田中則雄著

読本論考

汲古書院

読本論考　目次

凡例

論中の本文引用は、以下の方針に拠った。

一、漢字は原則として現在通行の字体に改めた。但し、人名に関わるものなど、敢えて旧字等を残した場合がある。

一、原本における有無如何にかかわらず、新たに濁点、句読点を付し、発話部分（心中の語も含む）に「　」を補った。

一、原本にある振り仮名は、読解上必要と思われるもののみ残し、それ以外は省略した。また読みにくい漢字には新たに振り仮名を（　）に入れて補った。

一、誤字・宛字については、ママと傍記した。なお一部、該当する字の右傍に（　）に入れて正しい字を示した箇所もある。単純な誤記については、断らずに正しい字に改めた。

一、脱字は、（　）に入れて該当箇所に補った。

読本論考

第一部　初期読本の成立

第一章　近世初期の教訓意識と宋学

一　近世初期の宋学受容における変形の問題

中世に伝来して以来禅林などで研究されるにとどまっていた宋学は、近世初期に至ると、朝鮮本の宋学関係書が船載されたことも影響して広く浸透普及することとなった。この流れを承けて、次に掲げる『仮名性理』(1)のように、宋学の概念を平易に解説しつつ人倫規範の遵守を教える啓蒙教訓の書が現れた。

儒道には、此性《この》は、天の性をうけ得て生れ、また本の天へ性かへると落着なり。しかれども心にいつはり有て人をそこなひ人をそねみ、心よこしまにしておごりをきわめたるものは、此世にては天のせめをうけ、その身亡るか、また子孫にいたりてほろび、また死てのゝち此心るろうして天にかへらざるなり。これによりて天をおそれ、明徳を明《あきらか》にして、心をまことにし、五常五倫をおこなひ、慈悲を専《もつぱら》にして、此性天の本土に帰る事をたのしむ。

ここで「性」「明二明徳一」など宋学の概念が善因善報・悪因悪報の論と渾融して説かれているが、これは本来宋学とは相容れない行き方である。朱熹は、倫理的修養を説くに当たって、因果応報論を導入することを否定していたのであった。

禍福報応の説、又以て愚俗を鉗制して以て衣食を資足する（愚俗の輩を黙らせて衣食を奪い取る）の計を為すに足れり。

（『朱子語類』巻一二六）[2]

（仏家の側でも因果応報を）信ぜざる底《もの》有りと雖も、依旧這箇《これ》を離れ得ず。他《か》の幾箇の高禅の如きは、縦《たと》へ説《い》ふこと高殺なるも、也《また》依旧這箇を掉舎し下さず（捨てきれない）。将《も》て去《ゆ》きて人を愚す。

（同）

かくして、前掲の如き啓蒙教訓書は宋学の概念を決して直訳的に用いているのではなかったことが窺えるのである。

なお第四節に後掲するような、いわゆる教訓的仮名草子の類にも、宋学の概念を取り用いるものが多く現れたが、これらも一般に、因果応報論、天道思想、儒仏一致論などに立脚しつつ人倫規範の遵守を鼓吹するという方法をとるものであった。しかし宋学とは元来、自己の道徳的修養に始まり政治的実践へと到達すること（「修己治人」）を標榜する、一つの体系を備えた〝士大夫の学〟であって、人倫規範の遵守を教訓すること自体を目的とするものではなかった。従って宋学が啓蒙教訓書や仮名草子に取り用いられるに際して、単に平易に和らげて説かれたのではなく、本来の論理自体が何らかの変形を受けたのではないかと考えざるを得なくなるのである。

そこで以下、啓蒙教訓書や仮名草子に宋学が取り用いられるに至った経緯について考えたいが、そのためには先ず、林羅山・山崎闇斎などのいわゆる宋学者を中心とする、この時期の思想界全般における宋学への理解について検討しておく必要がある。即ちこの時期の宋学受容全般にわたって、殊に修養論に関わる部分に、本来の宋学と異なった理解が認められ、そのことが当該の問題と深く関連しているように思われるのである。

朱熹は修養論として、「居敬」と「窮理」の二つの方法を掲げていた。「居敬」とは、自己の内面を専一集中に保つという言わば主観的修養法であり、「窮理」とは、外界の事物の道理を窮めるという言わば客観的修養法である。かくてこの二つの方法の同時進行によって人間の完成を目指すというのが、朱熹の持論であった。

学者の工夫は、唯居敬、窮理の二事に在り。此二事は互に相発す。窮理を能くすれば、則ち居敬の工夫は日に益々進み、居敬を能くすれば、則ち窮理の工夫は日に益々密なり。……（居敬と窮理は）其実、只是《ただ》一事なり。

（『朱子語類』巻九）

ところが以下に検討するように近世初期の論においては、この二つの修養法のうち殊に「窮理」には言及しないという傾向が著しく、あるいは仮に言及しても、その意味するところが宋学本来とは異なるものとなっていることが窺えるのである。そこで、後に日本側の論者たちの発言と比較するために、先ず朱熹における「窮理」論の要点を概観しておくことにする。

二　朱熹の「窮理」論

朱熹は、『大学』に見える「格物致知」なる句を註釈し、それは事物の道理を窮めるという「窮理」の修養法をいうものである、と規定した。

所謂「致知在格物（知を致すは物に格《いた》るに在り）」とは、吾の知を致さんと欲すれば、物に即《つ》きて其理を窮むるに在るを言ふ。……大学の始めの教へは、必ず学者をして凡そ天下の物に即きて、其已《すで》に知れるの理に因りて益々之を窮め、以て其極に至るを求めざること莫《な》からしむ。力を用ふるの久しき、一旦豁然として貫通するに至りては、則ち衆物の表裏精粗、到らざる無く、而して吾が心の全体大用も明らかならざる無し。

（『大学章句』格物補伝）[3]

この「窮理」論に関しては、「一旦豁然として貫通するに至りては」云々のくだりを挙げて頓悟的、悟道的などと見なす向きもあるが、これは妥当な理解ではない。「窮理」の修養とは、「貫通する」という地点に到達するまでの、

「益々之を窮め」「力を用ふるの久しき」、漸進的な営みに他ならないのである。[4] そのことはまた、「窮理」を政治の実践的場面に適用しようとした次の論において確認できる。朱熹は政治の腐敗、北方の異民族との闘争などの問題を挙げ、その解決のためには「窮理」が不可欠であると、皇帝に上奏した。

古は聖帝明王の学、必ず将に物に格《いた》りて知を致して、以て夫の事物の変を極め、事物の前に過ぐる者、義理の存する所をして繊微 畢《ことごと》く照らし（直面する事物の道理を微細にわたって明らかにし）、心目の間に瞭然として、毫髪の隠をも容れざらしめんとす。則ち自然にして、意誠に心正しくして、天下の務めに応ずる所以は、一二を数へ黒白を弁ずるが若《ごと》し。

（『朱子文集』[5] 巻一一「壬午応詔封事」）

傍線部分は、前引の「益々之を窮め、以て其極に至る」という「窮理」に相当する。次の上奏文も同様の論である。

（陛下は）未だ嘗て理に即きて以て事に応ぜず。故に天下の事、未だ明らかならざる所多し。是を以て挙措の間、動《やや》もすれば疑弐に渉り（判断に迷い）、聴納の際、未だ蔽欺を免れず（進言を聞き入れる際、欺かれざるを得ない）。……願はくは陛下、清間の燕に（政務のいとまに）博く真儒の此道を知れる者を訪ひ、講じて之を明らかにせしめ、之を経に考し、之を史に験し、而して之を心に会し、以て当世無窮の変に応ずれば、則ち今日の務の、当に為すべき所のものは、為さざるを得ず、当に為すべからざる所のものは、止まざるを得ず。以て臣下の忠邪、計慮の得失に至るまで、燭照数計を待たずして（あれこれ検討するまでもなく）、可否黒白判然たり。

（『同』巻一三「癸未垂拱奏剳 一」）

右の二つの上奏文にそれぞれ「夫の事物の変を極め」「当世無窮の変に応ずれば」などと言うように、朱熹は先ず、人間の直面する現実は複雑多様な変化を含むと捉える。かくして、その現実の中の「理」を窮め、その「理」に則って行えば、直面する問題への至当の対応ができると考えたのであった。

朱熹はまた一方で、「理」とは、根源的な一理（「太極」）があって、且つそれが各々の事物に分在しているとする「理一分殊」説を唱えるが、この説が「窮理」論を成立させる根拠となっているのである。

凡そ道理を看るには、大頭脳の処（根源の理）を見得て分明なることを要す。下面の節節は、只《ただ》是此理の散じて万殊と為りしものなり。……且如《たと》へば、（『孟子』に言う）「惻隠の端」は、此より推し上れば、則ち是此心の「仁」なり。「仁」は即ち所謂「天徳の元」、「元」は即ち「太極の陽動」なり。此の如く節節、推し上れば、亦自づから大総脳の処を見得ん。若し今、太極の処を看得て分明なれば、則ち必ず能く天下の許多の道理条件は皆此より出づるを見得ん。

（『朱子語類』巻九）

即ち、複雑多様な現実の中の「理」を窮めていき「豁然として貫通するに至る」という「窮理」とは、「理一分殊」説に即して言えば、「分殊の理」から「一なる理」（「太極」）へと到達すべく「節節、推し上る」という営みであった。「益々之を窮め」「力を用ふるの久しき」、漸進的な営みとされていた所以である。

ところで宋学は「大義名分」論、即ち画一的に上位者への絶対服従を強要する思想であると、往々にして見なされているようである。しかし実際のところは、以上見てきたような思考を前提に据えているが故に、忠孝等の人倫規範を論じても、それを如何なる形で実践するのが至当かを問う、という発想を備えるものとなっている。

（心に備わる「明徳」を発現するに当たっては、）本自《もと》より一個の当然の則有り。之に過ぐれば不可、及ばざるも亦不可なり。且《しば》らく孝を以て之を言へば、孝は是明徳なり。然れども亦自づから当然の則有り。及ばざれば則ち固《もと》より是ならざるも、若《も》し其則を過ぐれば、必ず股を刲《さ》く事（薬効ありとして病気の親に自分の股の肉を食わせること）有り。須是《かな》らず当然の則の田地に到りて遷《うつ》らざるを要す。此方《まさ》に是至善に止まるなり。

（『朱子語類』巻一四）

親への孝もひたすら献身的であればよいというものではなく、その実践に当たっては必ず「当然の則」が求められねばならないと。このように宋学の「窮理」論とは、現実の中に存在する「分殊の理」から「一なる理」へと到達すべく窮めることにより、人倫規範の至当なる実現のあり方を求めるという営みであったと解し得る。

三　近世初期宋学者における「窮理」

このように「窮理」は、「居敬」と共に本来宋学の修養論の根幹をなす要素であった。ところが前述したように、近世初期の宋学受容においては、この「窮理」が捨象される傾向が顕著に認められるのである。捨象と述べたのは、最初から「窮理」に言及しないか、あるいは言及しても前節に見たような宋学本来の論理が失われているということである。本節では、啓蒙教訓に宋学が取り用いられるという現象の起こった背景としての、近世初期における全般的な宋学理解のあり方を窺うために、山崎闇斎・林羅山などいわゆる宋学者の発言を検討してみる。

山崎闇斎は、朱熹を崇敬し、自らその忠実な継承者であろうと標榜したことで知られる。しかし阿部隆一「崎門学派諸家の略伝と学風」(6)に、次の『文会筆録』の一節を挙げて指摘される通り、闇斎の修養論には、「居敬」のみを偏重し、内面さえ正せば外に現れた行動も自ずと正しくなるとする理解が認められる。『大学』のいわゆる八条目（格物・致知・誠意・正心・修身・斉家・治国・平天下）を論じて言う。

八条目は明徳、新民の事、其道至善に止まるに在りて、伝者之を釈して、敬《つつし》みて止まると曰ふ。恂慄は敬の中に存するなり。威儀は敬の外に著はるるなり。此則ち八条目皆敬に由る。（『文会筆録』(7)巻三、天和三年（一六八三）刊）

これでは八条目に含まれる「格物致知（窮理）」も、「居敬」に包摂されることになる。また『敬斎箴』(8)（明暦元年（一六五五）序）に、次のように述べる。

人の一身五倫備はりて身に主たる者は心なり。是の故に心敬すれば則ち一身修まりて五倫明らかなり。（序）

即ち闇斎は、修養は詮ずるところ「居敬」一つに集約されると理解していたのであった。さて闇斎は韓愈の「拘幽操」を編して刊行、その跋に、『礼記』「郊特牲」の「天先乎地、君先乎臣。其義一也」を掲げたが、門下の浅見絅斎はそれを解説して、

上下尊卑ソレゾレニ名分ガ立テ、万古動カヌモノ。天地ノ位ト同ジコトデ、何デアレ、君ハ臣ヲスベテ引廻シ、臣ハドコマデモ君ニ従フテ、フタツナラヌガ、各当然ノ道理ゾ。（『拘幽操師説』[9]）

と言う。内面的修養のみを偏重して、人倫規範を如何なる形で実践すべきかという点を問わないのであれば、規範にひらすら随うべきであるとの論に至り着くしかない。

この時期の論には「窮理」への言及自体がきわめて少ないが、皆無というわけではない。しかしそれらの論も宋学本来の「窮理」論とは異なる内容のものとなっている。野間静軒の『沈静録』[10]（寛永一八年（一六四一）成）には、「理」を知ることの必要を説いている。

理を知りて行ふ者は白昼に路を見ること分明にして行くが如し。自づから差錯無し。理を知らずして行ふ者は昏夜に見る所無くして冥に行くが如し。或は偶々路と適会する者の有りと雖も、終に未だ差ひ有ることを免れず。（巻二）

しかしその「理」を知るための方法とは次のようなものとされる。

事を作すは切に須く謹慎仔細にすべく、最も怠忽疎略にすべからず。……心を操《と》ること一なるときは則ち義理昭著にして味からず、一なるときは則ち神気凝定して浮ばず。養徳養心、心を操るの一法に過ぐること莫し。（巻一）

朱熹のように事物に即して窮めていく営みが説かれることなく、内面的修養のみに帰結している。

松永尺五は、「理一分殊」説を挙げつつ、「致知格物」（窮理）の必要を述べており、一見朱熹の論を踏襲するかの如くである。

> 天地森羅万象、事事物物、次第ニ疑ナクキハメテ、天道ト心法トヲアキラカニミガキテ、天人一理ノ旨ヲシレバ、万物モ一太極ヨリ分散シテ出デテ、万物ニヲノヲノ一太極ヲ具シタリ。万物オホシトイヘドモ、約《ツヾ》ムレバ一太極ニ帰スル也。シカレバ理一ニシテ、分《ワカチ》ハ殊《コト》ナリ。一ニシテ二ツ、二ツニシテ一ナルモノナリ。……コノ理ヲ推シテ一切ヲシルヲ致知格物ノ工夫ト、大学ニノセラレタリ。
>
> （『彝倫抄』[11]、寛永一七年（一六四〇）刊）

しかし朱熹においては、「分殊の理」を「節節、推し上る」、漸進的に窮めた結果として「一なる理」に到達するとされていたのであって、「約《ツヾ》ムレバ……帰スル」などと短絡されることはあり得なかった。尺五が言おうとしているのは要するに、右に言う「天人一理」、即ち「天地森羅万象、事事物物」に秩序があるのと同様に人心にも本来秩序が備わるということである。従って尺五の言う「窮理」とは、

> 学は理を窮むることを貴ぶ。……心は天理なり。心外豈に道有らんや。天理は人心の固有なり。道は之を日用彝倫の外に求むることを待たず。此を舎《す》てて何ぞ他に求めんや。
>
> （『同』自跋）

と、やはり内面を正しうして人倫規範に随うの論に帰結するのである。

ところで林羅山は、程朱の「窮理」論を踏襲すると自ら言明している故、ここに挙げて検討する必要がある。

> 今、程朱を崇信し、乃ち格物を以て窮理の謂ひと為すなり。
>
> （『羅山林先生文集』[12]巻五三「四書跋 大学」、寛文二年（一六六二）刊）

しかし実際のところ羅山の「窮理」論は、宋学本来とは異質なものとなっている。ここでは朱熹と羅山、各々の君臣

秩序に関する発言を比較しながら、「窮理」論の変形を跡付けてみる。

朱熹の「窮理」論は、第二節に見たように、「分殊の理」から「一なる理」へと次第に窮めて、直面する現実への至当の対応策を見出すというものであった。かくしてこの方法は当然、君臣秩序を実践する場においても適用される。

> 但《ただ》理を窮むるの上は、須是《かな》らず見得ること十分に徹底して極処に窮め到るべし。須是らず第一著を見得て、方に是なるべく、只第三第四著に到て便ち休すべからず。……且如《たと》へば君に事《つか》ふるに、便ち須是らず進みては忠を尽さんことを思ひ、退きては過を補はんことを思ひ、道合へば則ち従ひ、合はずんば則ち去るべし。義の得て去るべからざるあれば、知らずんばあるべからず。
>
> （『朱子語類』巻一五）

朱熹は人倫規範を如何なる形で実現すべきかを求めようと発想する。従って「窮理」の結果、「去る」ことが君臣秩序の至当なる実現と判断されることもあり得るのである。

一方羅山は、「窮理（格物致知）」を次のように敷衍する。

> 君臣父子は外物なり。君父を捨てて后に忠孝を為さんや。然れば則ち外物果たして禦ぐべからず、又た棄つべからず。譬へば鏡の明を棄てて照らすべからざるが如し。万物は各々事有り、事ごとに各々理を具ふ。理は乃ち心の性なり。心と性とは元一なり。形気に拘り私欲に蔽はれれば、之を一にすること能はず。是を以て聖人は大学の書を著し、人に教ふるに其心と理とを二つならざらしめんことを欲す。而して后、指し示して曰く、知を致すこと物を格すに在りと。格物の義大なるかな。
>
> （四書跋 大学）

万物万事には「理」が備わる。その「理」は本来、人間の心に内在する「性」と一致している。しかし現実には心は混濁を受けている故、それを再び「性（理）」に復帰させるべく修養することが必須である、と。しかしこれは、「分殊の理」から「一なる理」へと漸進的に窮めて至当の対応策を得るという観点を欠くという点において、前掲した松永尺五の論と同軌の理解である。羅山は『三徳抄』(13)にも次のように言う。

ヨロヅノコトハリヲキハメントナラバ、天ハ何ユヘニタカキゾ、地ハ何ユヘニアツキゾ、火ハ何ユヘニ物ヲヤクゾ、水ハ何ユヘニ物ヲヌラスゾ、昼ハ何ユヘニアカキゾ、夜ハ何ユヘニクラキゾ、人生ケルハ何ユヘゾ、死ルハ何ユヘゾ、親ニ孝ヲスルハ何ユヘゾ、親ノ子ヲ思フハ何ユヘゾ、ナンド思フ時ニ、ミナ自然ノコトハリアリ。ソノコトハリヲコトゴトク窮メシル時ハ、万物シナジナ多シトイヘドモ、其コトハリト人ノ心ト又元来一ツ也。一ツノ理ヲミナキワムレバ、ヨロヅノ理カヨイテ不同ナシ。此コトハリニカナフヲ善トシ、此理ニタガフヲ悪トス。

これは万事万物の現象と、人間が人倫規範に随うことが、共に必然である、と説くものである。

かくして、同じく君臣秩序を論じても、羅山の論点は朱熹のそれとは異なるところに置かれることになる。朱熹は、君臣秩序などの実践はあくまでも「窮理」を介した上でなされなければならないと論じていた。

今の学者は、但《ただ》一辺を見るに止まる。……且《たと》如へば忠を為し孝を為し仁を為し義を為すに、但《ただ》只眼前に拠りて箇の皮膚を理会し得れば便ち休し、都《すべ》て曾《まつた》く那《か》の徹心徹髄の処を理会し得ず。……又天下の万事の如きは、一事に各々一理有り。須《かな》是らず一一理会して徹せしむべし。不成《よも》や只天は吾其高きを知るのみ、地は吾其深きを知るのみ、万物万事は吾其万物万事たるを知るのみと説道《い》はんや。（『朱子語類』巻一八）

朱熹はここで「天高地低」という事象を挙げるが、その「高低」という事実のみを見て終わることなく、そこから「徹心徹髄の処」に至るまで窮めていく必要があることを説いている。ところが羅山は同じく「天高地低」を挙げながら、それを君臣の上下秩序と直接重ね合わせる。

天ハ上ニアリ地ハ下ニアルハ、天地ノ礼也。此天地ノ礼ヲ人ムマレナガラ心ニヱタルモノナレバ、万事ニ付テ上下前後ノ次第アリ。此心ヲ天地ニヲシヒロムレバ、君臣上下、人間ミダルベカラズ。（『三徳抄』）

ここでは「天高地低」であること自体が「理」であって、それ以上の「徹心徹髄の処」が問われることはない。結局これは、「君臣上下」の秩序が必然のものであることを体認せよという論になっている。

以上、近世初期の宋学者たちの発言を検討してきたが、そこには宋学本来の「窮理」論が捨象されるという一つの傾向が認められる。かくて啓蒙教訓に宋学が取り用いられるという現象も、このような理解の中から生じてきたものであったと考えられる。

四　教訓的仮名草子における宋学

では教訓的仮名草子において、宋学は如何に扱われているのであろうか。先ず、「窮理」の必要に言及しないという傾向は、ここでも認められるようである。

(『中庸』に)「天命《てんのめいずる》之謂《をいひ》レ性《せいと》、率レ性之謂《したがふせいにこれをいふ》レ道《みちと》、修レ道之謂《おさむるみちをこれをいふ》レ教《をしへと》」と云々。「天の命ずる」とは、我生をうくると、天よりよき道理のそなはるものをあたへ給ふを、それを性といふ。性といふは、即《すなはち》道理のかたまりたるなり。「率レ性之謂《したがふせいにこれをいふ》レ道《みちと》」といへるは、そのよく道理にまかせ万端をこなふときは即《すなはち》道なり。「修レ道之謂《おさむるみちをこれをいふ》レ教《をしへと》」と云へるは、其能《よき》道を民百姓までにしらせておこなはしむるを教といふなり。

(山岡元隣『他我身のうへ』[14]巻二、明暦三年(一六五七)刊)

このように、「道理」に随うことの必要は説かれるものの、その「道理」自体を究明することについては不問にされている。かくして、善か悪か、即ち人倫規範に対して適か不適かを分別することが究竟となり、宋学の基本的テーゼである「天命之謂レ性」云々は、それを根拠付けるために用いられることとなっている。以下の例における「明二明徳」「虚霊不昧」「陰陽」「理」など宋学の概念の用いられ方も同様である。

人生れ出づると、則《すなはち》天より明徳をうくるものなり。その明徳を明らかにせざるによつて万事に暗し。……其悪しきと見付たる事をせぬやうに心がけなば、大きなる誤りは有べからず。……万事に私なくすれば、虚霊不昧にして、鏡に向つて顔を覰れば其如く見え、顔よくして向へば顔よくうつろふ如く、善は善、又悪は悪とみゆる物なり。（江島為信『身の鏡』(15)巻上「人ごとに明徳備る事」、万治二年（一六五九）刊）

天地、是は人間万物の生出《なり》る所の根源なり。天は陽なり、地は陰なり。故に一切の生物に陰陽の理具らざるはなし。万代かはりなき誠の道なり。則此誠の字の心、天地の理にあたれると見へたり。人間の道は天地の理にかなふを善とし、天地の理に違ふを悪とす。（児玉信栄『何物語』(16)巻上、万治二年成）

また、浅井了意の『浮世物語』(17)（寛文初年（一六六一―）刊）に次の一節がある。

人の行き交ふ道の如く、仁義を離れては人は身を働き動かすべからず。此故に仁義をも道とは言ふなり。定まれる道を捨てゝ邪なる道に行けば、誠の心ざす所へ行き著かぬ如く、五常の道筋を忘れて邪なる行に陥れば、聖賢の所を失ふ。（巻三「万事心得ちがひの事」）

ここで儒教の「道」を道路に譬えて説くのは、前田金五郎「『浮世物語』雑考」(18)に指摘される通り、朱熹門弟の陳北渓の著で、宋学の代表的な概説書である『性理字義』(19)の、次の一節を利用したものである。

道は猶ほ路のごとし。当初此字を命ずるは是路上より意を起こす。（多くの）人の通行する所、方に之を路と謂ふ。一人独行して、之を路と謂ふを得ず。道の大綱は、只是《ただ》日用の間人倫事物当に行ふべき所の理（所当行之理）、衆人共に由る所、方に之を道と謂ふ。……只是日用の人事当に然るべき所の理（所当然之理）、古今共に由る所の路。所以に之を名づけて道と曰ふ。（巻下「道字」）

宋学において「所当行之理」「所当然之理」とは、第二節にも見たように、「窮理」の結果得られた、倫理の至当なる実現のあり方をいうものであった。同じ『性理字義』に次の解説がある。

古人の格物窮理、事物の上に就きて箇の当然の則を窮めんことを要す。亦只是窮めて那の合做恰好の処に到るに過ぎざるのみ。（同「理字」）

これが前掲『浮世物語』の一節では、「定まれる道」（善）と「邪なる道」（悪）の分別という観点に転じているのである。

かくしてここから、人倫規範を遵守すること自体が絶対化され、遵守しさえすれば結果が得られるとの論に行き着く。了意は同じく『浮世物語』において、『中庸』の「天命之謂レ性」（前出）を挙げつつ次のように論じた。

天の命ずる所、二五（陰陽と五行）の性理その精《くはしき》を受くるものは、是人なり。……されば行年五十ならば、四十九年の非を知り、今日よりして是に進み、昨日までは誤れりと後悔して、心を改め、賢きより賢きに移さば、いかでか聖賢の道に入らざらんや。……然るに、凡人の心を改め、性の精なる理を知らしむるもの、これを教と言ふ。その教ゆる所、広く言ふ時は四書六経、約《つゞ》めて言へば五倫（君臣・父子・夫婦・兄弟・朋友）あり。……この五の道を心に味はひ身に行ふて、これを以て天下に施せば天下平らかに、国家に弘むれば国家治まる。

（巻四「天の命ずる性といふ事」）

ところで『浮世物語』には、

日夜常に忠と孝との二つによりて、是を思ふ事忘れざるは、たとひ人知らずといへども、天必ずこれを知ろしめす。陰徳あれば陽報ありとは此事を言ふなり。いかでか天道の恵無からん。（巻五「蝦《かへる》の願立ての事」）

などと善因善報・悪因悪報の論が頻出するが、見てきたような宋学に対する理解は、かかる論と矛盾なく融合し得るものとなっているのである。

以上検討してきたところから、前節に見た如き、「窮理」を捨象するという、この時期の宋学理解のあり方を根柢として、人倫規範を遵守することを鼓吹する仮名草子に宋学が取り用いられるという現象が生じたものと窺えるのである。

五　近世初期の教訓意識

では近世初期の宋学受容においてこのような変形が生じたところには、如何なる要因が関与していたのであろうか。先ず第一に挙げられるのは、朱熹が「窮理」論を導入した意図が日本側の論者たちに十分理解されなかったと考えられる点である。朱熹の当時、公案禅僧及び陸象山の江西学派によって、現実界を窮めることなく自己の内面の修養を絶対化する頓悟的な方法が説かれていた。朱熹はこれに対して、客観性が失われ独善に陥るが故に複雑多様な現実に対応し得ないとの批判を加えた（荒木見悟「近世儒学の発展——朱子学から陽明学へ——」参照）[20]。

（公案禅僧の大慧宗杲《そうこう》の方法を批判して）近世宗杲の如き、事を做すこと全く点検に通ぜず、喜怒更に節に中らず。

（『朱子語類』巻一二六）

（陸象山のある門弟の学風を批判して）道理は精微を極むと雖も、然れども初めより耳目見聞の外に在らず、（物事の）是非黒白は、即ち面前に在り。此にして察せず（これについて省察しないで）、乃ち別に玄妙（悟り）を意慮の表（意識の外）に求めんと欲するは、亦已《すで》に誤れり。

（『朱子文集』巻三六「答陸子静」）

朱熹が内面の修養である「居敬」のみならず、事事物物に即して理を窮める「窮理」の必要を説いたところには、このような頓悟主義との対決という課題があった。然るに近世初期の論者たちは、このような事情にまで遡って理解するには至らなかったのではないかと推測する。

また第二に、近世初期の儒学者、教訓的仮名草子の作者たちの間に、人倫秩序の確立を急務とする意識が濃厚であったことが挙げられるであろう。藤原惺窩は、戦乱のようやく終結したこの時期の倫理的頽廃を、次のように慨嘆している。

> 数十年間、千怪百変、世道刻薄にして乱逆紀無し。其父を弑する者比々として、施《ひ》きて達官貴介に及ぶも、人以て常と為して言はず。（『惺窩先生文集』[21]巻四「次菅玄同傷慈母詩韻并序」）

林羅山の「惺窩先生行状」（『羅山林先生文集』巻四〇）も、惺窩の還俗を、人倫からの離脱を図る仏教を去り、人倫を教える儒教に赴いたものと意味付けて評価するものである。

> 先生以為へらく、我、久しく釈氏に従事す。然れども心に疑ひ有り。聖賢の書を読みて信じて疑はず。道、果たして茲《ここ》に在り。豈に人倫の外ならんや。釈氏は既に仁種を絶ちて、又義理を滅ぼす。是異端たる所以なりと。

同様の観点は、仮名草子においても認められる。『祇園物語』[22]（寛永末年（―一六四四）刊）は、仏教には人倫の教えが欠如しているとした『清水物語』（寛永一五年（一六三八）刊）の論を駁して、人倫を教えるという点では仏教も儒教に劣らないと論じた。

> 凡そ仏の出世は、勧善懲悪を以て根本とす。……仏法は今生の善悪によりて未来に善悪の報をうくるとをしへ候により、すこしの悪をもおそれ、善にすゝむ事つよし。……（仏教の）五戒と（儒教の）五常と名は別にして心は同じ。（巻下）

ここでも人倫の教えの有無自体が争点となっているのである。

このような、人倫秩序の確立を急務とする意識――これを〝教訓意識〟と称することとする――に立って宋学を見た結果、複雑多様な現実への至当の対応策を求めるという発想が顧みられないまま、宋学の論理が、人倫規範の必然たることを教えるための根拠となり得る形に変容して受け入れられた、ということでなかったであろうか。

近世初期の論者たちも、忠孝などの規範を遵守せよとのみ唱えても現実との間に齟齬が生ずるということは認識していた。しかしこの問題を解決するに当たって、宋学に言う「窮理」の営みを導入するという方向はとらなかった。林羅山は『儒門思問録』(23)（寛文二年（一六六二）刊）に、悪事を諫めても聞き入れない親に対して子は如何に対処すべきであるか、などの問題を提示しておきながら、要領を得ない叙述に終始している。

カヤウノ事ハアラカジメ定ガタシ。小キ僻事ナラバ、随フコトモアルベシ。大ナル僻事ナラバ、子タル者ノ気分ニヨリ力量ニヨリ分別ニヨリテ、親ヘノアテガヒヤウアルベシ。其時ハ親モ諌ニ随コトアルベシ。子ノ孝ニ感ジテ僻事ヲ思ヒトマルコトモアルベシ。此ハ皆其時ニ臨デノコトナリ。カネテ云ノベガタシ。

これを第二節の末尾に引いた『朱子語類』巻一四の「孝」に言及した一節と比較すれば、その相違は明白である。

前記の『清水物語』(24)の作者朝山意林庵も、朝鮮の李文長に宋学を学び、本書にも宋学の概念を取り入れているが、「五常五倫の道」を大原則とはしながら、実際にはそれを各々の時に応じて変え用いるべしとして、現実との適合を図ろうとしている。

天地の内何事か常にして通り候や。……時移りぬれば、よき事がみな悪しき事に変ずる物にて候。今まで此政事にてよかりしと思ふ事も、時移りぬれば悪しき事になるべきなり。変らぬ物は五常五倫の道、変へてよろしきは掟のしな〴〵、……何事も時によりて変るべきなり。（巻上）

ここでも、如何に変え用いるかを求めるべく窮理すべしと説かれることはない。

なお中江藤樹のいわゆる「時所位」の論も、儒教規範を各々の場に応じて修正して用いるべきことを説いたものであった。

儒書にのする所の礼義作法は、時により所により人によりて、そのまゝはおこなはれぬものにて候。……伏犠より周の代まで代々の聖人制作したまふ礼義作法、その時代にはよく相応して中庸の儒法なれ共、代かはり時うつりては大過不及の弊ありて損益（増減修正）なくてはかなはぬ事なり。しかる故に万世通用の定法はすくなし。（『翁問答』[25] 第九五問）

このように、それぞれの場に臨機応変に対応しつつ人倫規範を実践せよとの論によって解決を図ろうとする。

山鹿素行は「格物」の必要を唱えたが、それは、

（天地万物は）その本は一にして、既に天地たり既に万物たれば、則ち一理を以てこれを論ずべからず。（『山鹿語類』[26] 巻三三）

と、それぞれの事物の理を明らかにするというものであって、「分殊の理」から「一なる理」へと推し窮めるというものではなかった。

貝原益軒は、「窮理」とは即事即物の理（「気」に即した「理」）を窮めることであると規定した。

理は即ち是気の理にして、一気の四時に行はるるなり。……故に理は須く気の上に就きて認取すべし。（『大疑録』[27] 巻下）

従って、

宋儒の、陰陽を廃して別に一箇の空無虚寂、生気も無く権力も無きものを以て、道と為し、万物の根柢と為し、又以て太極の妙と為すは、聖人の所謂道にあらざるなり。（同）

と、「太極」の理へと到達すべく推し窮めるとする論は受け入れられなかった。

次章「「載道」と「人情」の文学説――初期読本成立の基底――」において改めて掲げるが、現実を複雑多様に変化するものと捉え、その現実に対応すべく理を窮めていくという観点が顕著に取り上げられるようになるのは、近世中期に至ってのことであったと窺える。

（先王の学は）必ず天下の物に即す。天下万機、事変測られず。故に能く理を窮め以て宜しきに応ずるを求む。……物として理有らざるは莫し。理として窮むべからざるは莫し。理を窮めて後知至る。以て是非を審らかにすべく、以て天下の変に応ずべし。（蟹養斎『非徂徠学』(28)、明和二年（一七六五）刊）

夫の先王制する所、皆物則なり。以て準すべし。而して人生多故に、六経も亦予め其変を侍すること能はず。喪礼の如き、礼経の諸編既に之を具ふ。然るに其佗変故の来る、豈に料るべけんや。乃ち自ら其意を取り、以て当行の理を求め、而して先王の道に合せざる能はざるなり。……平時学問する所以の者、当行の理を求めんが為のみ。（五井蘭洲『非物篇』(29) 附録、天明四年（一七八四）刊）

ところで、教訓的仮名草子の作者たちが人倫規範を遵守すること自体を価値化したことを、単純に現存体制への追随という意図に帰着させることは妥当でないと思われる。例えば浅井了意作の可能性が指摘される『鎌倉北条九代記』(30)（延宝三年（一六七五）刊）巻二「新田開作」に、苛酷な徴税による農民の困窮を描いた上で、為政者の無慈悲を次のように弾劾している。

哀レナルカナ、米穀オホケレドモ、農民ハ食《クラ》フコトアタハズ、糟粕ニダニ飽時ナシ。悲シキカナ、糸帛《シハク》ハ盈《ミツ》レドモ、機婦ハ衣《キル》コトヲエズ、裋褐《トウカツ》ヲダニ暖カナラズ、皆コト〴〵ク官家ニ納ム。……更ニ民ノ苦労ヲ思ハズ、膏《アブラ》ヲ搾《シボ》リ血ヲシタデ、用ヒテ、我身ノ楽シミトス。サレバ天理ノ本ヲ尋ヌレバ、彼モ人ナリ我モ人ナリ。一気ノ稟《ウク》ル所ソノ倖《ヒト》シカラザレバ、上下ノ品ハアリトイフトモ、君トシテ世ヲオサメ、臣トシテ政《マツリ》ゴトヲタスクルニ、仁慈コソハ行足《ユキタラ》ズトモ、荒不作ノ所ニ年貢ヲ立テ責取給ハンハ、天道神明ノ冥慮モ誠ニ計リガタシト、心アル輩ハ嘆キ悲シミ給ヒケリ。

前掲した了意の『浮世物語』にも引かれていた「天命之謂レ性」（『中庸』）が、ここでは為政者の民への対し方の根拠として用いられている。(31)但しここで、民の困窮という問題を、慈悲の有無という観点から捉えている。これは結局、慈悲さえ守られれば問題は解決するという論理に行き着くのであって、前掲した、人倫規範の遵守自体を価値化する論と表裏一体である。このような論理は、近世初期の論者たちの思考を強く規定していた。そのことは、検討してきたように、殊に宋学受容という面に沿って顕著に見て取れるものであったと思われる。

注

（1）『仮名性理』は、『日本思想大系　藤原惺窩・林羅山』（岩波書店、一九七五年）に拠る。藤原惺窩著とされるが、存疑。慶安―寛文期（一六四八―七三）成立、元禄四年（一六九一）刊。

（2）『朱子語類』は、『和刻本　朱子語類大全』（中文出版社、一九七三年）に拠り、読み下して掲げた。

（3）『大学章句』格物補伝は、岐阜市立図書館蔵和刻本『四書集註』（元禄九年（一六九六）、京・川勝氏蔵版。国文学研究資料館マイクロ資料）に拠り、『中国古典選　大学・中庸』（朝日新聞社、一九七八年。島田虔次訳註）を参考にして読み下して掲げた。

（4）「窮理」が漸進的な営みであることについては、『中国文明選　朱子集』（朝日新聞社、一九七六年）七三、九一ページ、三浦国雄解説参照。

（5）『朱子文集』は、島根大学附属図書館蔵和刻本『晦庵先生朱文公文集』（奥付、正徳元年（一七一一）、京・寿文堂蔵版）

に拠り、読み下して掲げた。

(6) 阿部隆一「崎門学派諸家の略伝と学風」(『日本思想大系 山崎闇斎学派』(岩波書店、一九八〇年) 解説)。

(7) 『文会筆録』(原漢文) は、新潟大学附属図書館佐野文庫蔵本 (国文学研究資料館マイクロ資料) に拠る。

(8) 『敬斎箴』(原漢文) は、注6前掲『日本思想大系 山崎闇斎学派』に拠る。

(9) 山崎闇斎編『拘幽操』、浅見絅斎講・若林強斎筆記『拘幽操師説』は、注6前掲『日本思想大系 山崎闇斎学派』に拠る。

(10) 『沈静録』(原漢文) は、東京都立中央図書館加賀文庫蔵本 (延宝二年 (一六七四) 刊) に拠る。

(11) 『彝倫抄』は、注1前掲『日本思想大系 藤原惺窩・林羅山』に拠る。なお次に引く自跋は原漢文。

(12) 『羅山林先生文集』(原漢文) は、国文学研究資料館蔵本に拠る。

(13) 『三徳抄』は、注1前掲『日本思想大系 藤原惺窩・林羅山』に拠る。

(14) 『他我身のうへ』は、『仮名草子集成 第四八巻』(東京堂出版、二〇一二年) に拠る。

(15) 『身の鏡』は、『新日本古典文学大系 仮名草子集』(岩波書店、一九九一年) に拠る。

(16) 『何物語』は、『仮名草子集成 第五四巻』(東京堂出版、二〇一五年) に拠る。

(17) 『浮世物語』は、『日本古典文学大系 仮名草子集』(岩波書店、一九六五年) に拠る。

(18) 前田金五郎「『浮世物語』雑考」(『近世文学雑考』(勉誠出版、二〇〇五年) 所収。初出は一九六五年六月)。

(19) 『性理字義』は、京都大学附属図書館蔵和刻本 (寛永九年 (一六三二) 刊) に拠り、読み下して掲げた。

(20) 荒木見悟「近世儒学の発展――朱子学から陽明学へ――」(『世界の名著 朱子・王陽明』(中央公論社、一九七四年) 所収)。

(21) 『惺窩先生文集』(原漢文) は、国文学研究資料館蔵本に拠る。

(22) 『祇園物語』は、『仮名草子集成 第二二巻』(東京堂出版、一九九八年) に拠る。

(23) 『儒門思問録』は、国立公文書館内閣文庫蔵本に拠る。

(24) 『清水物語』は、注15前掲『新日本古典文学大系 仮名草子集』に拠る。

(25) 『翁問答』は、『日本思想大系 中江藤樹』(岩波書店、一九七四年) に拠る。

(26)『山鹿語類』（原漢文）は、『日本思想大系 山鹿素行』（岩波書店、一九七〇年）に拠る。

(27)『大疑録』（原漢文）は、『日本思想大系 貝原益軒・室鳩巣』（岩波書店、一九七〇年）に拠る。

(28)『非徂徠学』（原漢文）は、国立公文書館内閣文庫蔵本に拠る。

(29)『非物篇』（原漢文）は、国立公文書館内閣文庫蔵本に拠る。

(30)『鎌倉北条九代記』は、島根大学附属図書館堀文庫蔵本に拠る。

(31) 了意は『浮世物語』巻二「米の直談《ねだん》高き事付穀象虫の事」において、米価をつり上げるために米を抱え込んで供給を止める役人・商人を批判して、「猶欲深く、百姓方は旱《ひでり》、水損、蝛蝗《いもり》の為に稲を損ひ、登《みのぼる》こと無く満作にも無きを、責取り扱き取り、年貢を計らせ、直談を高くせんが為に倉に納めて売こと無ければ、……いよ〳〵占売にして人の咽《のんど》を締めらるゝ」とし、一方で堯、湯王、唐の太宗の「労り」「恵み」を掲げる。即ち、例えば社会のシステムの問題を論うなどのことではなく、人の内面の善悪の事に帰結させている。仮に『鎌倉北条九代記』が了意作でなかったとしても、引用した如き言説は了意の思考と近接したものであると認める。

付記　朱熹の文章の読解、読み下しに当たって、前掲『中国文明選 朱子集』、同『世界の名著 朱子・王陽明』、また『朱子学大系 第四・五巻』（明徳出版社、一九八二・八三年）より多大な裨益を受けた。

第二章　「載道」と「人情」の文学説

――初期読本成立の基底――

一　都賀庭鐘の小説観と上方文壇

近世中期の上方文壇において『水滸伝』をはじめとする中国白話小説が愛好され、更に李卓吾・金聖歎など明清の小説批評が受容されたことが、初期読本の成立をもたらした重要な要因として知られている。しかし読本作者たちが、かかる中国小説の方法に接して、そこから自己の小説観を形成するところまで至り得たのは、それに足る文学的理解の基礎がこの時期文壇の中に熟しつつあったが故と考えるべきであろう。本論では、都賀庭鐘の読本の成立に関係する以下の如き点につき検討を試みたい。

次章「都賀庭鐘の読本と寓意――「義」「人情」をめぐって――」において、庭鐘が、小説とは「義」なる倫理的寓意を備え、且つ「人情」を描くものであると述べ（『英草紙』序、寛延二年（一七四九）刊）、彼の読本諸作が正にかかる小説観の実践となっていることを論じた。いま庭鐘の「義」「人情」の捉え方を窺うために、同章で検討した諸編の中から一例を挙げる。『義経磐石伝』(1)（文化三年（一八〇六）刊）に、源義朝が平治の乱で敗死して後、遺された妻常盤が、平清盛の寵に応じて老母と牛若等三人の児を救うか、二夫にまみえるを潔しとせず自裁するかの選択を迫られる事が描かれる。ここで常盤は、かかる状況においては家族の助命こそ自らの当為であり、清盛への再縁は不義にあらずと決断する。

「身命は軽けれども、我に頼《より》て活《いき》るの老母あり。軽率に自尽すべからず。……清盛の懇意に応ぜば三子の寸進のたよりあらんとのかぎりは人情にて、操とは常の守りをこそいへ、忠臣二君に比べんはいかにさかんなりや。」（巻六）

家族の助命は、常盤にとって行うべき「義」であり、且つそうありたいと考える「人情」でもある。即ち庭鐘は、「義」と「人情」とを背反し相剋するものと捉えるのではなく、言わば〝義にかなった人情〟〝人情にかなった義〟のあり方を小説化しようとしたと解されるのである。

ところで上方文壇では、恰も庭鐘の読本が成立する近世中期に至って、文学とは如何にあるべきかの議論が盛んに行われるようになる。清田儋叟・芥川丹邱等、中国小説の研究家たちにもこの種の発言が見られることは、後掲の如くである。然れば、かかる議論を経る中で、右に文学的理解の基礎と称した如きものが次第に形成され、それが庭鐘の作法を生み出す前提となったのではなかろうか。以下この観点から、庭鐘の周囲に位置する論者たちの発言を検討していく。

二　〝性情説〟と〝載道説〟

上方文壇において、近世中期、文学とは如何にあるべきかについての発言が盛んに見られるようになる。そこで顕著に唱えられるのは次の二つの論である。なおこれは主として、荻生徂徠の古文辞派への批判を契機として述べられた、従って元来漢詩文を対象とした議論である。しかしそこには、以下に検討していくように、小説論へも通じ得る、文学に関する基本的な事柄が含まれている。

先ず第一に、徂徠が、詩文の制作に当たっては先人の表現の模倣に徹せよと、擬古の論を唱えたのに対抗して、当該の論者たちは、詩文は他者の模倣ではなく、自己の内面の「性情」の吐露でなければならぬと論ずる（以下これを〝性情説〟と称する）。大坂懐徳堂の五井蘭洲は、擬古の風を批判して次の如く言う。

人の心を種としての語、詩は性情をいふの詞は、詩歌の本とする所なれど、詞をゑらむより本をうしなへり。文章の道も、修辞といふになづみて、錦のきれをあつめて是をぬひつゞるが如し。（『茗話』[2]巻上）

また、前記の清田儋叟・芥川丹邱等と共に京都の漢詩文壇に属した武田梅龍は次の如く述べる。

蓋し左氏、荘周、史遷、豈に一一古人の模範に效《なら》はんや。寸轍尺塗、何ぞ必ずしも古踵を踏襲せん。亦惟《これ》胸膈より吐露し、機杼より織裁するのみ。（『武梅龍先生書牘』[3]、宝暦五年（一七五五）刊）

さて第二にこの論者たちは、詩文は「道を載す」、即ち思想的倫理的要素を述べるとする（以下これを〝載道説〟と称する）。武田梅龍は擬古の風を批判しつつ、また次の如く言う。

夫古の文や、道を載するの器、文武世教に補ひ有り。今の文や、明文（明代古文辞派の詩文）の盗窃なるのみ。しからざれば則ち妄語虚浮の戯言なり。（『同』）

良野華陰は、林鳳岡の門に出て漢唐の学をも折衷し、京都において芥川丹邱・武田梅龍と交遊した人物であるが、その「文論」（『良論』[4]所収、宝暦二年（一七五二）刊）に次の如く言う。

夫文は道を載するの器なり。道には非ざるなり。韓柳欧蘇は、器の器たるを知りて、而して後、将に道を載せんとする者なり。于鱗、元美なる者（明代古文辞派の李于鱗・王元美）は、文を混じて以て道と為す者なり。

かくしてこの時期上方文壇で生じてきた議論の中で、文学には「情」と「道」が共に不可欠であるとする見地が明確化してきたことが見て取れるのである。

ところで〝性情説〟と〝載道説〟自体は、中国古来、文学のあり方を規定する大前提として行われてきたものである。先ず〝性情説〟は、『毛詩』大序[5]の、

詩者志之所㆑之也。在㆑心為㆑志、発㆑言為㆑詩。情動㆓於中㆒、而形㆓於言㆒。

また『礼記』楽記[6]の、

詩言㆓其志㆒也。歌詠㆓其声㆒也。舞動㆓其容㆒也。

などに古く由来するものである。

一方の〝載道説〟は、古くは韓愈の古文運動の、古文は古道と不可離であるとする主張に認められ、唐の李漢「韓昌黎集序」[7]に、

文者貫㆑道之器也。不㆑深㆓於斯道㆒、有㆑至㆑焉者、不也。

と表明された。但し後に朱熹は、「這文皆是従㆓道中㆒流出」、道が本源にあってそこから文が表れるのであるとし、「文は道を貫く」の説では「把㆑本為㆑末、以㆑末為㆑本」、道と文との関係が逆転するとして修正を求め（『朱子語類』[8]巻一三九）、結局周濂渓『通書』[9]文辞章の、

文所㆓以載㆑道也。輪轅飾而人弗㆑庸徒飾也。況虚車乎。

の説が、宋学の文学観の根幹となった。

ここで、右に言う「道」と「情」は、いわゆる義理と人情の葛藤の如く相互に背反するものと理解されてきたのではない、ということに注意しておきたい。〝載道説〟を掲げ、あくまで文学に倫理的効用を求める朱熹の文学論も、

詩者人心之感レ物而形二於言一之余也。

（『詩集伝』序[10]）

大率古人作レ詩、与二今人作レ詩一般。其間亦自有三感レ物道レ情吟二詠情性一。

（『朱子語類』巻八〇）

と、古来の〝性情説〟を排除して唱えられたものではなかった。また、溝口雄三「中国の「道」」[11]に指摘されるように、文学における「情」の流露を尊び〝性情説〟の典型とされる明末の李卓吾、またそれを嗣ぐ公安派の論も、

論レ載レ道而承二千聖絶学一、則舎二狂狷一将何之乎。

（李卓吾『焚書』[12]巻一「与耿司寇告別」）

と、反儒教反倫理という見地に立つものではなかった。即ち、かかる儒教的文学観の伝統において、「道」と「情」は背反するものとしてではなく、相互に不可分の要素として位置付けられてきたのであり、従って文学史の進展を「道の文学」と「情の文学」の対抗という構図に解消することはできないと考える。この点日本近世においても同様であって、近世前期は「道の文学」、中期は「情の文学」などと定式化し得ないことは、第三節に引用する諸論により明らかになるはずである。かくして問題は、各々の論者が〝載道説〟と〝性情説〟をあくまで大前提として掲げて議論を行う中で、具体的に如何なる文学的理解を提示するに至っているかという点にこそあると考える。

中野三敏「寓言論の展開」[13]において、近世中期、李卓吾を典型とする陽明学左派的風潮が受容される中で、詩文は作者の胸臆の感情を流露させるものであるとする文学観が浸透したとされ、前掲した如き擬古主義批判の論客たちがその中心と位置付けられている。そして、かかる胸臆の感情（＝憤り）は、上田秋成に至って、「悲しび」「嘆き」等の個人的心境を言うものとなり道徳性倫理性から離脱するが、それ以前は、儒学者等が道徳倫理に立脚して述べたものであったが故に真の情感の表出とはなり得なかったと評された。かくしていま、文学の道徳性よりの乖離独立という流れを想定して、その中に当該の近世中期の文学説を位置付けようとすれば、〝性情説〟と共に掲げられている〝載道説〟は、文学が〝非載道〟に到達するまでの残滓に過ぎなかったということになろう。然るにここまで述べて

きたところからも、当該の文学説において、依然〝載道説〟の領域の中にありつつ、この時期の論者特有の理解を提示している部分が認められないか、検討しておく必要があるものと考える。更には恰も近世中期の上方においてかかる「情」と「道」を必須とする詩文論が顕著に唱えられるようになることと、前述した如く庭鐘が、小説は人情を描写し且つ倫理性を備えると規定したこととは、相互に深く関連すると推測し得るのであって、庭鐘読本の成立背景を考えることを課題とする本論においては、当該の文学説の中に貫かれる論理にまで立ち入って検討することが不可避となる。

では当該の近世中期の論者たちは、〝性情説〟〝載道説〟を掲げる中で如何なる文学的理解に到達しているのであろうか。前述したように、かかる議論は主として古文辞派への批判を通じて述べられている故、以下に先ず徂徠の論を掲げて、対比しつつ検討してみる。徂徠の儒学説は周知の如く、聖人の教とは、「心法理窟」という抽象的な〝理〟ではなく、「礼楽」制度という具体的に捉え得る〝わざ〟（事）である、と規定するものである。

道と申候は、事物当行の理にても無レ之、天地自然の道にても無レ之、聖人の建立被レ成候道にて、道といふは国天下を治候仕様に候。扨聖人の教は専《もつぱら》礼楽にて、風雅文采なる物に候。心法理窟の沙汰は曾而無レ之事に候。宋儒以来わざを捨て理窟を先とし風雅文采をはらひ捨て野鄙に罷成候。

（『徂徠先生答問書』[14]巻下、享保一二年（一七二七）刊）

かかる思考を基礎として徂徠の文学論は、文学における「道理・理窟」（〝理〟）の関与を否定し、そこに記載されている「風儀風俗」（〝わざ〟）自体に同化せよと説くものとなる。

是（『詩』）を学び候とて（直接的には）道理の便《たより》には成不レ申候へ共、言葉を巧にして人情をよくのべ候故、其力にて自然と心こなれ、（結果として）道理もねれ、又道理の上ばかりにては見えがたき世の風儀、国の風儀も心に

移り、……殊に理窟より外に君子の風儀風俗といふ物のある事は是よりならでは会得なりがたく候。（『同』巻中）

かくして詩文の創作においては、

孔子之（『詩』）を刪《けづ》るは、辞に取るのみ。学者之を学ぶも、亦以て辞を修むるのみ。

（『弁道』(15)二二、元文二年（一七三七）刊）

古聖人の道も教も皆わざにもたせ置候事にて、其わざさへ行候得ば、理は不レ知候ても、自然と風俗移候所より、……是故に今日の学問はひきくひらたく只文章を会得する事に止り候。（『徂徠先生答問書』巻下）

と、古文辞の表現をそのまま模倣すること、即ち〝理〟を問うことなく〝わざ〟の次元に徹することが必須とされる。以上のように、徂徠の詩文論はその儒学説と一体をなすものであった。

この、詩文論と儒学説との合致ということは、徂徠を批判する側においても同様である。古文辞派への批判は、宋学の尾藤二洲・蟹養斎、折衷学の松宮観山・太田錦城、仏教の無隠道費等、各々の見地から唱えられ、宝暦期にかけて上方のみならず広く波及したが、それらは、徂徠が斥けた「心法理窟」（〝理〟）の回復を主張するものである。

聖人、事物当行の路を修め、以て礼楽典章を立つ。礼楽典章は道の顕るる者なり。

（蟹養斎『非徂徠学』(16)、宝暦四年（一七五四）刊）

けだし聖人の道、性命の理によつて立給ふこと分明日星のごとし。夫性は天に出。天に出るの源を推究《おしきはむ》るに、無極の真に至て尽《つく》。しかふして這裏《この》尚《なを》この一理あつて、一切万物の種子たり。故に物あれば則あり。聖人その万物所レ具の理を尽して、離るべからざるの道を立。

（松宮観山『神楽舞面白草』(17)巻四）

儒者の学は、先づ其礼楽の原を闡《あき》らかにし、而して后に、土を見、時を考へ、宜しきに順じて、以て其儀式を業《はじ》め用ふるときは、則ち可なり。

（無隠道費『心学典論』(18)儒教篇、寛延四年（一七五一）刊）

ここで注意したいのは右の論が、徂徠の論を単純に反転して〝わざ〟を排し〝理〟のみを絶対視するというのではなく、〝わざ〟はその根源に存する〝理〟に基づき成立している、という論理をとっている点である。即ち徂徠が〝わざ〟のみと規定した儒学の教を、〝わざ〟と〝理〟の連関という視点を導入して捉え直そうとしているのである。

従ってかかる思考に基づいて書に対すれば、

> 経を解するの方、義を暁すを要となす。……物、其由る所を推さずんば、則ち心に入ること深からず。……故に程朱の解、必ず其由る所を推す。道を論ずるに至れば、則ち其本原を窮む。（『非徂徠学』）
>
> 夫楞厳、維摩の文に鬼神なる所以や、内に則ち其不測の玄理の鬼神に鬼神なる者有りて存すればなり。故に直《ただ》其文を玩て其理を遺るるときは、則ち未だ以て善く仏教を好みて仏理に達する者と為ることを得ず。
>
> （『心学典論』華梵篇）
>
> 書皮牙籤（書物）を観て、此物如何を問へば、則ち必ず之に答ふるに其理を以てす。
>
> （上月専庵『徂徠学則弁』[19]、宝暦元年（一七五一）成）

と、書は〝わざ〟（文辞）の中に〝理〟を内含するものとして把握されることとなる。

かくして当代上方文壇における〝載道〟の文学説も、この論理を拠り所としていた。先に引いた良野華陰の「文論」（『良論』所収）を再掲すると、

> 夫文は道を載するの器なり。道には非ざるなり。韓柳欧蘇は、器の器たるを知りて、而して後、将に道を載せんとする者なり。于鱗、元美なる者は、文を混じて以て道と為す者なり。

と、「器」（〝わざ〟）である「文」と、「道」との関係を説く。また芥川丹邱は、黄檗僧大通に唐音を学び、松室松峡・田中大観等と共に白話小説を研究した点においても初期読本の成立に深く関与する人物である。その著『学範』[20]（明

和八年（一七七一）成）は、徂徠の『学則』を逐条批判したものであるが、そこに次の如く言う。

蓋し天の覆ふ所、地の載する所、物有れば則有り、人有れば道有り。……道の天地自然より出ること、昭々乎として明らかなり。故に六経は道を載するの器なり。（第二条）

万古の前、此心、此理あり。万古の後、此心、此理あり。六経は心、理を抽繹せる者なり。（第四条）

やはり、六経を、〝理〟に対する〝わざ〟として位置付けている。

以上より当代上方文壇の論者たちは、〝わざ〟（文辞）の中に〝理〟が内含されると捉える思考に立脚して、文学とは如何にあるべきかの論を深めていったと窺えるのである。

三　近世中期における文学的理解の深化

前節に述べた如く、〝載道〟と〝性情〟の両説自体は中国古来行われてきたものであり、問題は、各々の論者がこの両説を掲げつつそこに如何なる文学的理解を提示しているかというところにある。以下に引用する如く近世初期の論も、〝載道説〟〝性情説〟を掲げる点では当該の中期文壇の論と等しい。しかし両者の論理にまで立ち入って見るとき、中期の論に至って新たな理解が生じていることが認められる。

近世初期の論においても、〝載道説〟〝性情説〟を併せ掲げるが、両説は次の如く融合して説かれている。漢詩作法書として流布した『詩林良材』[21]（貞享四年（一六八七）刊）に言う。

詩ハ情志ノ之《ユク》トコロニ随テ、見ルコト聞コトヲ作ルモノナレド、唯向フトコロノ情志ニ、邪ノナカランコトヲ欲ス。（詩学部「詩ヲ作ル総論」）

句ヲ作ルト云ハ、喩ヘバ人ノ外貌ヲ刷《ツクロ》フト同義ナリ。寔《マコト》ニ威儀ハ外ノ事ナレドモ、本トハ心ヨリ興テ外ノ行作モ出ルモノナレバ、畢竟内外一致ゾ。……唯心ガ実ニ賢ナラザルユヘニ、外ノ行跡威儀モ乱ル、ナルベシ。詩モ此ト同義ナリ。元ヨリ情ガ十分ニ高妙ナラザルユヘニ、句格モ劣レルゾ。（同）

即ちここで「内外一致」、文辞は内面の直接的投影であるとの論理が前提となって、〝文学は性情の表出である〟〝文学は道（内面の正邪）を記載する〟の両説が成立している。また林鵞峰も、

詩は志の之く所なり。其志す所、道を離れず、道に由りて詩を言ふときは、則ち其志自づから正しくして、……

（『鵞峰林学士文集』(22)巻二七「答藤孟幹所寄落花詩書」、元禄二年（一六八九）刊か）

と〝性情説〟と〝載道説〟を融合して説くが、

（歌は）人性の感ずる所に出づ。其感ずる所正しきときは、則ち以て天地を動かすべく、以て鬼神に通ずべし。……夫人の性本善なるときは、則ち其出づる所の辞も亦善なり。若し其人欲に蔽はれて其本性を失するときは、則ち言ふ所も亦不善なり。慎まざるべけんや。

（『同』巻一九「歌説」）

即ちここで〝性情説〟は、〈情のあり方がそのまま文辞に投影される〉の意に解されることを前提に、その情の正邪を問うという形で〝載道説〟と一体化している。

かかる「内外一致」の論理は元来、情の直叙である詩を想定してのものであるが、これが散文にも適用されるとき、問題点が明確に現れてくる。即ち山崎闇斎学派において『伊勢物語』『源氏物語』が不義の文学として斥けられたところにも、このことが関与していたと考えられる。闇斎学派においても、

詩ト云フモノハ感発シテ作ルガ、言バ、ワルウテモ、詩ト云モノナリ。……一点人欲ニマミレヌトキノ、タンテキデ作タモノナリ。

（佐藤直方『韞蔵録』(23)続拾遺巻四）

と、内面の正しさは詩に直接的に投影されるとしている。然れば、文面に邪なる描写が表れていれば、それは即ち邪なる性情より発した非道の文学として斥けられる以外になくなる。

世の人のたはふれ、往てかへる道しらずなりぬるは、源氏、伊勢物語あればにや。げむじは男女のいましめにつくれりといふ。たはふれていましめんとや、いとあやし。（山崎闇斎『大和小学』[24]序、万治三年（一六六〇）刊）

即ちかかる論理からすると、文学理解の営みは、記述されている事象それ自体の善悪正邪を分別するということに集約されることとなる。

同様の観点は、朝山意林庵『清水物語』[25]（寛永一五年（一六三八）刊）の、書への対し方を説く一節にも見られる。

学文と云は、道理と無理とを知り分け、身の行ひを能《よく》せんが為にて候。……古の理非をよく知りたる人の行へる事を語り伝へ聞伝へて、其如くするを学文とす。其後代も久しく成ぬれば、善き事も多く悪しき事も多くなり、紛れ易き故に、善し悪しを書き記し分ちて、善きを手本とし悪しきを戒めとす。（巻上）

近世初期の宋学者において、元来宋学の修養論の根幹をなしていた「窮理」の論理が捨象される傾向が認められることに関しては、前章「近世初期の教訓意識と宋学」において述べた。「窮理」とは以下にも述べるが、〝わざ〟（事）に即しつつその中に存する〝理〟を窮めていくという営みである。右の朝山意林庵も、朝鮮の儒者李文長に宋学を学んだ経歴を持つものの、記述されている事象の中に存する〝理〟を析出するという「窮理」の発想へと進むことなく、記述されている事象それ自体の善悪正邪を分別することを究竟としている。

このような近世初期の論に対して、中期に至ると前節に見た如く、〝わざ〟と〝理〟の連関という視点を文学説の基礎に置くようになる。それは、この時期に至って宋学本来の理解に沿った「窮理」論が顕著に唱えられるようになることと表裏一体をなすものと考え得る。「窮理」論とは要するに、

（先王の学は）必ず天下の物に即す。天下万機、事変測られず。故に能く理を窮め以て宜しきに応ずるを求む。……物として理有らざるは莫し。理として窮むべからざるは莫し。理を窮めて後知至る。以て是非を審らかにすべく、以て天下の変に応ずべし。

（『非徂徠学』）

人間の直面する現実を複雑多様に変化するものと捉えた上で、その現実の中に理を窮め、この理を以て対応して生きるべし、というものであって、その基礎にあるのは〝わざ〟と〝理〟の連関という視点である。かくてこの思考は、描かれた事象の善悪を分別して終わるという文学理解の方法を脱却するための示唆となり得たものの如くである。

五井蘭洲は、大坂懐徳堂の助教を務め宝暦一二年（一七六二）没、恰も初期読本が成立した近世中期上方の論者である。その蘭洲も「窮理」の不可欠を説いている。

夫の先王制する所、皆物則なり。以て準すべし。而して人生多故に、六経も亦予め其変を侍すること能はず。喪礼の如き、礼経の諸編既に之を具ふ。然るに其佗変故の来る、豈に料るべけんや。乃ち自ら其意を取り、以て当行の理を求め、而して先王の道に合せざる能はざるなり。……平時学問する所以の者、当行の理を求めんが為のみ。

（『非物篇』(26) 附録、天明四年（一七八四）刊）

平時学問をするのは、「当行の理」、即ち複雑多様な現実に対応して如何に生きるべきかの準則を求めるためであるとする。いま、ここで言う「当行の理」を〝倫理的指針〟と称してみる。

かくしてこの観点は、文学への対し方にも及んでくる。結果、善悪分別を受容すべしの論とは異なって、文学もその中から〝倫理的指針〟を析出すべき対象となる。蘭洲は『詩』を読むことの効用について次のように説く。

孔子云はく、詩は以て興すべく、以て観るべく、以て群すべく、以て怨むべし。之を邇《ちか》くし父に事へ、之を遠くし君に事へ、多く鳥獣草木の名に識すと。詩の教へ為るや、蓋し此の如し。……子夏、子貢は倶に孔子の許す所、与に詩を言ふべきは、其婦女工匠の事を以て、変じて君子徳に進むの道と為すを以てなり。然らば則ち、詩の一経も亦誦する者の用心何如に在るのみ。　（同）

直接的には「婦女工匠の事」を描きながらそこに「君子徳に進むの道」を読み取り得るところに『詩』の意義があると。蘭洲の文学観に関しては、朱熹『論語集註』(27)に言う、

（『詩』は）可下以験二風俗之盛衰一見中政治之得失上。其言温厚和平、長二於風諭一。故誦レ之者、必達二於政一而能言也。
（「子曰誦詩三百」章）

などの風諭説からの示唆が指摘されているが（中村幸彦「五井蘭洲の文学観」(28)）、その根柢にあるのは、「婦女工匠の事」、即ち描かれている事象の中から「君子徳に進むの道」（〝倫理的指針〟）を抽出するという思考であろう。「変じて……為す」「誦する者の用心何如に在るのみ」のくだりは、〝わざ〟から〝理〟を抽出する営みの意が認められる如くである。

ここで、右の蘭洲の論と相通ずる視点が、これより早く京都の伊藤仁斎が唱えた論の中に見出されることを指摘しておきたい。仁斎の古義堂において『水滸伝』等の俗文学の価値が大きく肯定されたことが重要な契機となって、上方に中国白話文学愛好の風潮がもたらされたという点も、読本成立の問題と深く関連するが、ここでは、仁斎の俗文学の論が、その「理」「気」の説を基礎にして導かれている点について検討したい。

仁斎は、天地の間の万象を「気」の止息せざる運動として捉える。

蓋し天地の間は、一元気のみ。或は陰となり、或は陽となり、両《ふた》つの者只管《ひたすら》に両間に盈虚消長往来感応して、未だ嘗て止息せず。　（『語孟字義』(29)「天道」、宝永二年（一七〇五）刊）

かくして「理」とは、宋儒の説く「太極」の一理の如きではなく、「気」の止息せざる運動の中に彰然と見て取れる

条理を言うものであるとする。

所謂理とは、反て是気中の条理のみ。……其理、彰然として明なること甚だし。大凡宋儒の所謂「理有て後気有り」、及び「未だ天地有らざるの先、畢竟先づ此理有り」等の説は、皆臆度の見にして、……実に見得る者に非ず。（同）

仁斎は「理」字に関して、右の一節に宋儒の「太極」説を批判し、また、

（「理」字は）以て事物の条理を形容すべくして、（「道」字の如く）以て天地生々化々の妙を形容するに足らず。（『語孟字義』「理」）

と限定を付しているが、それ自体無意味な概念として否定したのではない。「理」と「義」の関係を論じて次のように言う。

理、義の二字亦相近し。理は是条《すぢ》有て紊《みだ》れざるの謂ひ、義は是宜しき有て相適ふの謂ひ。（例えば）河流派別、各々条理有る、之を理と謂ひ、水は舟すべく、陸は車すべき、之を義と謂ふ。……理、義の両つの者は、本自づから天下の至理にして、吾が心は即ち仁義の良心なるを以て、故に理や、義や、皆吾が心と相適ふ。（同）

かくて、「事物の条理」をいう「理」も、結局のところ「義」に矛盾無く統合され、人間如何に生きるべきかの指針となり得るのであった。

以上のような、「気中の条理」（万象の止息せざる運動の中の「理」）を見て取るという思考を以て臨めば、経書は、あらゆる事象の複雑多様な変化を記載しつつ、その中に人間如何に生きるべきかの指針となる「理」を備えていることとなる。

五経は是宛然たる天地万物人情世変の図子のみ。……論説に属せずして、万理畢《ことごと》く具はる。

（『童子問』[30] 巻下・第四章、宝永四年（一七〇七）刊）

論語、孟子は、義理を説く者なり。詩、書、易、春秋は、義理を説かずして義理自づから有る者なり。義理を説く者は、学びて之を知るべし。義理自づから有る者は、須く思ひて之を得べし。

（『語孟字義』「総論四経」）

かくしてこの観点から仁斎は、俗文学にも大きな価値を認める。

（経書の複雑多様な記述の中に理を読み取るべきことを述べた上で、）苟も其理に通ずるときは、則ち野史稗説を見て、皆至理有り。詞曲雑劇、亦妙道に通ぜん。学者唯道理を説くの道理有ることを知りて、道理を説かざるも亦道理有ることを知らず。

（『童子問』巻下・第五章）

俗文学も経書と同様に、人間を取り巻く現実を写しつつその中に「理」を備えていると見るのである。右の三つの引用の傍線部分に見て取れるように、仁斎の言う「理」とは、読者による思考を経て初めて抽出され得るという性質のものであり、描かれた事象それ自体に顕現している善悪分別の教えの如きものではない。

稗官小説と雖も、亦或は至言有り、取らずんばあるべからず。……苟も諸家の書を兼ね取り旁《あまね》く捜り広く求め並べ蓄へ、其短を捨てて其長を取るときは、則ち是非相形《あら》はれ、彼此相済《ただ》し、翫索既に久しうして、而る後一の至正至当の理有りて、自づから其中に在り。

（同・第二章）

以上の如く仁斎は、独自の「気中の条理」なる論理を基礎にして、文学の中に〝倫理的指針〟を把握するの論に至ったものと考え得る。

ここまで掲げてきたところから、〝わざ〟の中に〝理〟を求めるという思考の成熟は、文学に対する捉え方の深化の基礎をなしていたことが窺える。このことを〝載道説〟に即して言えば次の如くになるであろう。近世初期においては、文学中の「道」とは善悪分別の教えであって、従ってそれは描かれている事象それ自体が忠か不忠か、孝か不孝かという点に存すると捉えられていた。然るに近世中期に至ると、複雑多様な現実に対応して如何に生きるべきかの準則を得ようと発想する。これを以てすれば、本論冒頭に掲げた常盤の再縁なども、彼女の置かれた状況の中において把握されるべきであるということになる。庭鐘による問題提起や評価も、かかる文学的理解の深化が文壇に浸透していく中から生じてきたものではなかったであろうか。ところで前述したように当該の中期の文学説においては、〝載道説〟と〝性情説〟は一体のものと思考されていたのであって、「道」の捉え方の深化はそのまま「情」の捉え方の深化でもあったはずである。この点について次節に検討する。

四　人間の本情と義

大和郡山の柳里恭こと柳沢淇園は、大坂詩壇の片岡子蘭・北山橘庵等と交遊を持っていた（植谷元「柳沢淇園の生涯」[31]）。なおその片岡子蘭は『浪速人傑談』[32]巻上に、

文学を好み、殊の外博識なりしと云。四方に学友多く、蒹葭堂巽斎、都賀大江、江田世恭等、皆深く交はりし人なり。

と記される、庭鐘周辺の同好の人物である。さて淇園は「文説」[33]に、文学は「民用彝倫に益有る」ものでなければならぬと、次のように説いている。

（人が蜘蛛の糸を悪むは）其民用に益無きを以てなり。……（蚕の繭を尊ぶは）其民用に益有るを以てなり。文章の道も亦其斯の如きのみ。蓋し世の文章を以て居る者を観るに、……古今を折衷し経伝を弁明し民用彝倫に益有るの言に至りては、則ち闕如たり。

ここまでは〝載道説〟の議論であるが、それは〝性情説〟と一体のものとして理解されていたのであった。続けて次のように言う。

> （諸葛孔明の）出師表、（項羽の）垓下、（荊軻の）易水歌、一たび之を読めば則ち人をして忠気心に銘じ幽憤骨に入り、漼然として千歳の下に落涙せしむるに至る。想ふに是其忠臣節義の心、悲愴忼慨の志、渥然として骨髄中より流出する者に非ざれば、則ち奚《なん》ぞ能く焉《ここ》に至らんや。是に繇《よ》りて之を観るに、文は誠を以て主と為す。誠一にして言一なり。其言一なれば、則ち文は其何くにか之かん。故に文を学ばんと欲する者は、先づ其理を究む。能く其理を究むる者は、一言章を成し、彬彬として其美、務めずして中る。

例示の作には「忠臣節義の心、悲愴忼慨の志、渥然として骨髄中より流出する者」が述べられていると言う。このうち「臣不レ勝ニ受レ恩感激一、今当ニ遠離一、臨レ表涕泣、不レ知レ所レ云」と、先主劉備の殊遇を思いつつ後主劉禅に奉った出師表は忠義を述べたものと言えるが、「力抜レ山兮気蓋レ世」云々の垓下、「風蕭々兮易水寒」云々の易水は、直接には倫理的事柄を述べたものではない。然るにそれらが共に「民用彝倫に益有る」とされるのは、如何なる所以であろうか。

ここで、「忠臣節義の心、悲愴忼慨の志、渥然として骨髄中より流出する者」が「誠」と観ぜられている。中村幸彦「柳里恭の誠の説」[34]では、淇園の著作全般の用例を検討した上で、淇園における「誠」とは「人間の実」「真実無妄の自己」の如きをいうと解されている。いまこれを本論に取り上げている〝性情説〟に即して言えば、〝人間の本情〟と称し得ようか。かくして直接には道徳倫理を素材としないものであっても、作中にかかる本情を捉え得ていれば、「一たび之を読めば則ち人をして……漼然として千歳の下に落涙せしむるに至る」、読者の心を動かし人間に対する理解を深めるが故に、人生にとって有益なものとなる。かくして淇園において〝性情説〟は、〝載道説〟と不可分の連関をなしていたと解する。

谷口元淡に宋学を学んだ淇園はここで、理を究めてそれを文に表すべきであると述べて、「窮理」論に拠っている。〝人間の本情〟を捉える営みに「窮理」が関与している。このあたりの事情を窺うべく、次に室鳩巣『駿台雑話』[35]（寛延三年（一七五〇）刊）の論を参照してみる。ここで敢えて上方文壇から離れて鳩巣の論を掲げるのは、そこに「窮理」論に依拠して〝人間の本情〟を把握しようとする経緯を明瞭に辿り得るためである。

鳩巣は〝わざ〟の中に〝理〟を求める「窮理」論に立って、書への対し方を次のように説く。

書をよみて義理を講じ、事物に即て其理を窮《きはむ》る、同じく致知の事にして、力行の始なり。……およそ天下の道、なに、てもわざより入ざるはなし。『詩』にいへらずや、「天生《せうず》㆓烝民《じやうみんを》㆒、有《あり》レ物《ものあり》有レ則《のり》」。物はわざなり。則は法なり。（巻一「諸道わざよりいる」）

このことと連動して、文学は「義理」に基づくとの〝載道説〟を述べる。

すべてよろづの事、義理を質とせざるはなし。いはんや文章は質ありての文なれば、義理にもとづかずしては、浮靡乱雑にして文章とはいふべからず。（巻五「曇陽大師」）

その一方で、次のように〝性情説〟をも述べるが、

詩は辞に拘れば、理屈に落て味なく、情に発すれば、意思を含て味あり。（同「詩文の評品」）

この〝性情説〟も、〝載道説〟と不可分のものとして理解されていた。儒学者としては当然ながら、文学の議論は『詩』から始まる。次の一節ではその邶風「雄雉」の詩を挙げて、これを旅中の夫の道徳的卓越を念ずる妻の心情を詠じたものと解して言う。

百爾《もゝのなんぢの》君子　不レ知《や》㆓徳行㆒　不レ忮《やぶら》不レ求《むさぼら》　何用《なにをもつてか》ン不レ臧《よから》

是は夫に告やるやうにいふなり。「早く帰り給へかし。相見まほしとおもふは女のつたなき私の情なり。かねておのこは徳行こそ大切の事と承る。それに羇旅はよろづ艱難にて、おもひがけぬ事もあれば、日ごろの名節を損ぜられぬやうにとこそ思ひ侍れ。それは百の君子なべて御存知の事なれば、申におよばねども、女のおろかなる心におもふには、人はたゞ人をそねみにくまず、人に貪りもとめずして手前をさへ正しく守らば、いづくにありても、何のよからざる事かあるべき」といふなり。かくいふ意をみるに、夫の徳行に疵なく、身を全うして帰るを望むにぞありける。限りなく殊勝の事なり。誠に人情に発して礼義にとゞまるといふべし。……詩は人情に発すとあれば、なにのいはざる事かあるべき。三百篇（『詩』）を見てしるべし。（巻二「不忮不求」）

これを、義理に合致した人情であるとして高く評価するのである。

鳩巣はかかる「情」の理解に基づいて、文学作品にも対した。巻二「仁は心のいのち」に、下野佐野の城主天徳寺了伯が、『平家物語』を琵琶法師に語らせ、感動の余り落涙し、次のように述べたとの話を挙げる。

（天徳寺、）「（佐々木高綱の宇治川先陣に関して）頼朝舎弟の蒲冠者にも賜らず、寵臣の梶原にもたまはらぬ生唼《いけずき》を高綱に賜るにあらずや。されば其甲斐もなく、此馬にて宇治川を先陣せずして人に先をこされなば、必討死してふたゝび帰るまじきと、頼朝にいとま乞して出ける、其志を察して見られよ。あはれなる事かは」とて……「（那須与一の扇の的に関して）大勢の中より撰ばれて、只一騎陣頭に出しより、馬を海中に乗入て的にむかふに至る迄、源平両家鳴をしづめて是を見物するに、もし射損じなば、みかたの名をりたるべし。馬上にて腹かき切て海に入むと覚悟したる心を察してみられ候へ。武士の道程あはれなる物は候はず。……」

ここで鳩巣が右の話を掲げたのは、「情」についての次のような見解を述べるためであった。

忠孝も礼義も、文道も武道も、内より油然として潤ひわたりて発するにあらざれば真のものにあらず。是則《すなはち》……人に情あり物の哀をしるの心なり。すべてもろ〳〵の言行ともに、義理に当てはこと〴〵く忍びざるの心より出て、天徳寺が涙をこぼすやうにだにあらば、是心徳の全きなり。

〝性情説〟とは元来、「詩者志之所レ之也」（前掲『毛詩』大序）と、詩は情の表出より成るという、言わば大前提を述べたものであった。近世初期の論者たちがこれを、内面の正邪が詩文に直接的に投影されるの意に解したことは前節に述べた。然るに鳩巣は「書をよみて義理を講じ、事物に即て其理を窮る」（前掲「諸道わざよりいる」）という「窮理」論に拠っていた。かくて先ず『詩』に対して、表現されている事柄に即しつつ、そこから人間の本質的な情を引き出そうとした。更にここから『平家物語』の如き文学作品へも思考を及ぼし、自発的に義理に進もうとする際の人間の心情というものを把握するに至った。鳩巣による「情」の理解は、柳沢淇園のそれと比較して、より道徳倫理的な領域に引き付けられてはいるが、情の正邪を分別して終わるという発想から解き放たれて、〝人間の本情〟を把握しようとする方向へと進んだ、その発想の経路には淇園と相通ずるものがある。

かくして「情」の捉え方の深化は、小説に関する理解にも及んできた。この点を実践を以て示したのが、京都の漢詩文壇に属し、また中国小説研究家としても知られる清田儋叟である。儋叟は、

凡そ詩文ともに忠孝にはづれたるは、なにほど上手にても見るに足らず。文はみちをつらぬくの器といふ事を、くれ〴〵忘るべからず。　（『芸苑談』[36]、明和五年（一七六八）刊）

嗚呼文は道を貫くの器なり。若し徒に尋常の書序記論の属に従事せば、即ち精詣と称するも尚ほ未だ可ならずと為す。　（『孔雀楼文集』[37]巻五「贈長江公綾」、安永三年（一七七四）刊）

と、貫道説ではあるが、文と道との合致を述べていた。

儋叟は安永二年、中国小説の翻案より成る『中世二伝奇』[38]を刊行し、作中に施した自註に、「人情ヲヨクウツセ

リ」「一段ヨク人情ヲ書出ス」などと述べて、人情の描写に配慮したことを示している。さて本作で殊に留意して描いた人情とは、次のような性質のものであった。第一話「琵琶君話」に、主人公和気清人《わけのきよひと》が象潟で、迫害の身にあった琵琶君の娘を救う話がある。ここで僊叟は評して次のように述べる。

清人ハ弱《ヨハキ》ヲ扶《タス》ケ強《ツヨキ》ヲ押《ヲサ》ユル本性ヲ以テ娘ノ便《タヨリ》ナキヲ哀《アハレ》ト思テ、カ、ヅラヒタルニテ、

また、後に娘の叔父から彼女を妻にせよと勧められるが、清人は次のように述べて固辞したとする。

「象潟ニテ救奉リシハ、全ク義ヲ以テノコトナルニ、今御仰《ヲヽセ》ニシタガヒナバ、始ヨリセシコトムダトナツテ、淫《タハレ》タルミダレ心カラナセシコトトイハレンハ、口惜カラン。御怒ツヨカランナレド、此事ハ先ヅ免《ユル》シ聞へ玉へ。」

即ち僊叟がここで描こうとしたのは、清人の、進んで義に赴く心情であったと解される。

以上掲げてきた如き諸論においては、文学における「情」も〝倫理的指針〟となり得る情、道義的人情であることが理想とされた。これは近世中期において一方に、

詩は人のまことをのべ出すに、そのおもふごとくの実情みな理あらんや。たゞ理は理にしてそれが上に堪がたきおもひをいふを、和の語にわりなきねがひといふ。（賀茂真淵『再奉答金吾君書』[39]、延享元年（一七四四）成）

の如き詩歌論から本居宣長の「もののあはれ」を知るの論へと至る、人情を道徳倫理から切り離して捉えようとする流れが存したことを想起すれば、それと正に対照的な観点を示していることになる。また前掲した近世初期の論との対比において見ても、初期の論が、正邪の分別という観点にとどまっていたのに対して、当該の文学説は、〝人間の本情〟に踏み込みつつ人の生き方を捉えるというところまで、理解を深化させていると認められる。

本論においては、近世中期上方の白話小説愛好家とその周辺の人々の発言を中心に取り上げてきた。この時期上方文壇において『水滸伝』『三国演義』等の白話小説が愛好されたのも、単に異国の文学への興味という動機によって

のみではなかったであろう。即ち、そこには盗賊の業などが描かれていようとも、作中から人の本情、人の生き方に関わる要素を得ることができるとの理解があった。そして殊に、作中の人物たちが体現している正義感、道義心に対する強い共感が存したと推測し得る。「義」を備えて人生有益の「教」を表しつつ「人情」をも述べる都賀庭鐘の読本は、かかる気運の中から生じたものであったと思われるのである。

注

（1）『義経磐石伝』は、京都大学大学院文学研究科図書館濱田啓介文庫蔵本に拠る。なお、『江戸怪異綺想文芸大系　第二巻』（国書刊行会、二〇〇一年）に翻刻が備わる。
（2）『茗話』は、『懐徳堂遺書』（松村文海堂、一九一一年）に拠る。
（3）『武梅龍先生書牘』（『感喩』の附録、原漢文）は、京都大学附属図書館蔵本に拠る。
（4）『良論』（原漢文）は、東京都立中央図書館特別買上文庫蔵本に拠る。
（5）『毛詩』大序は、島根大学附属図書館蔵和刻本（外題「詩経古註　再校」、延享四年（一七四七）刊）に拠る。
（6）『礼記』楽記は、国文学研究資料館蔵和刻本『礼記集説』（享保九年（一七二四）刊）に拠る。
（7）「韓昌黎集序」は、国文学研究資料館蔵和刻本『唐韓昌黎集』（万治三年（一六六〇）刊）に拠る。
（8）『朱子語類』は、『和刻本　朱子語類大全』（中文出版社、一九七三年）に拠る。
（9）『通書』は、国立公文書館内閣文庫蔵和刻本『周子全書』（七巻、無刊記）に拠る。
（10）『詩集伝』序は、島根大学附属図書館蔵和刻本（外題「首書詩経集註」、享保九年（一七二四）刊）に拠る。
（11）溝口雄三「中国の「道」」（『文学』一九八七年八月号）。
（12）『焚書』は、国立公文書館内閣文庫蔵『李氏焚書』（明代刊本）に拠る。
（13）中野三敏「寓言論の展開」（『戯作研究』（中央公論社、一九八一年）所収。初出は一九六八年一〇月）。

(14)『徂徠先生答問書』は、『荻生徂徠全集　第一巻』（みすず書房、一九七三年）に拠る。
(15)『弁道』（原漢文）は、『日本思想大系　荻生徂徠』（岩波書店、一九七三年）に拠る。
(16)『非徂徠学』（原漢文）は、国立公文書館内閣文庫蔵本に拠る。
(17)『神楽舞面白草』は、筑波大学附属図書館蔵本（写本、国文学研究資料館マイクロ資料）に拠る。
(18)『心学典論』（原漢文）は、京都大学附属図書館蔵本に拠る。
(19)『徂徠学則弁』（原漢文）は、東京都立中央図書館加賀文庫蔵本に拠る。
(20)『学範』（原漢文）は、東京都立中央図書館加賀文庫蔵本（写本）に拠る。
(21)『詩林良材』は、京都大学附属図書館蔵本に拠る。
(22)『鵞峰林学士文集』（原漢文）は、『近世儒家文集集成　第一二巻』（ぺりかん社、一九九七年）に拠る。
(23)『韞蔵録』は、『増訂佐藤直方全集　巻二』（ぺりかん社、一九七九年）に拠る。
(24)『大和小学』は、横山邦治蔵本（国文学研究資料館デジタル資料）に拠る。
(25)『清水物語』は、『新日本古典文学大系　仮名草子集』（岩波書店、一九九一年）に拠る。
(26)『非物篇』（原漢文）は、国立公文書館内閣文庫蔵本に拠る。
(27)『論語集註』は、島根大学附属図書館足立文庫蔵和刻本（外題「論語集註　再刻」、無刊記）に拠る。
(28)中村幸彦「五井蘭洲の文学観」（『中村幸彦著述集　第一巻』（中央公論社、一九八二年）所収。初出は一九六九年九月）。
(29)『語孟字義』（原漢文）は、『日本思想大系　伊藤仁斎・伊藤東涯』（岩波書店、一九七一年）に拠る。
(30)『童子問』（原漢文）は、『日本古典文学大系　近世思想家文集』（岩波書店、一九六六年）に拠る。
(31)植谷元「柳沢淇園の生涯」（『国語国文』二四―四、一九五五年四月）。
(32)『浪速人傑談』は、『続燕石十種　第二巻』（中央公論社、一九八〇年）に拠る。
(33)「文説」（原漢文）は、『大和文化研究』四―五・六（一九五八年六月）所収『自筆遺稿』に拠る。
(34)中村幸彦「柳里恭の誠の説」（注28前掲『中村幸彦著述集　第一巻』所収。初出は一九六六年三月）。

（35）『駿台雑話』は、『日本随筆大成　第三期第六巻』（吉川弘文館、一九九五年）に拠る。
（36）『芸苑談』は、京都大学附属図書館蔵本に拠る。
（37）『孔雀楼文集』（原漢文）は、京都大学附属図書館蔵本に拠る。
（38）『中世二伝奇』は、『照世盃付中世二伝奇』（ゆまに書房、一九七六年）に拠る。
（39）『再奉答金吾君書』は、『増訂賀茂真淵全集　巻一〇』（吉川弘文館、一九三〇年）に拠る。

第三章　都賀庭鐘の読本と寓意

——「義」「人情」をめぐって——

一　都賀庭鐘の小説観と寓意

初期読本は思想性が濃厚であると説かれる。しかし都賀庭鐘の読本諸作に関しては、庭鐘固有の思想の問題より、むしろ知識性、衒学性という面が強調されてきた。従って各話における寓意の追究も十分に行われてきたとは言い難い。然るに庭鐘は、『英草紙』[1]（寛延二年（一七四九）刊）序に次のように述べている。

> 彼《かの》釈子の説《とけ》る所、荘子が言《いふ》処、皆怪誕にして終に教《おしへ》となる。紫の物語は、言葉を設けて志を見《あらは》し、人情の有処《ある》を尽す。兼好が草紙は、惟《たゞ》仮初に書るが如《ごとく》なれども、世を遁るゝ事の高きに趣を帰す。……此書（『英草紙』）義気の重き所を述《のぶ》れば、……鄙言却て俗の儆《いましめ》となり、これより義に本づき、義にすゝむ事ありて、半夜の鐘声深更を告るの助とならん（夜中まで読書するようになる）こと、近路行者、千里浪子（本書の著者と校者。実は何れも庭鐘自身）の素心なる哉。

先行の諸書は皆何らかの人生有益の「教」を述べており、この作も「俗の儆《いましめ》」となる「義」を備えていると。これは自作には明確な寓意が存すると表明したものに他ならない。また、根本武夷『湘中八雄伝』（明和五年（一七六八）刊）、伊丹椿園『女水滸伝』（天明三年（一七八三）刊）等の初期読本群を貫流する精神が、ここで庭鐘の言う「義気」に由来するとの、大高洋司の指摘は、[2]庭鐘の寓意への論及として実に示唆的であり、かかる点においても、庭鐘固有の寓意に関する問題は追究されて然るべきであると考える。それのみではない。庭鐘は、この議論の中で「紫の物語」（『源氏物語』）を挙げて、それが「人情」を述べたものであるとしているのである。

近世中期、漢詩文壇を中心に、文学とは如何にあるべきかについての議論が盛んに唱えられていた。この種の議論の根幹をなすのは、文学は「道」（思想・倫理）を述べるの説（〝載道説〟）と、文学は人間の情を述べるの説（〝性情説〟）であって、この両説が右の如き庭鐘の小説観においてもその基底をなしていると思われるのである（前章「「載道」と「人情」の文学説――初期読本成立の基底――」参照）。本論ではこの点を踏まえつつ、庭鐘の小説観が実作品においてどのように具現しているかを辿ろうとする。先ず前掲した『英草紙』序の論に従って、「義」――庭鐘の作品固有の寓意――とは如何なる性質のものであるかという問題を考察する。更にはそこから、庭鐘の理解において、その「義」と「人情」とが、相互にどのような関係に位置付けられていたかという問題について私見を述べたい。

いま試みに『英草紙』、『繁野話』（明和三年（一七六六）刊）、『莠句冊』（天明六年（一七八六）刊）、『義経磐石伝』（文化三年（一八〇六）刊）[3]に就けば、果たして多くの「義」「義気」の語例が見出され、中には「大高何某義を厲《はげま》し影の石に賊を射る話《こと》」（『莠句冊』）の如く題名に「義」を掲げるものすらある。その「大高何某」の話に、

其時に大高助五郎なるもの、心剛に義信あり。

あるいは、

（大高、敵方に対し逡巡する武士たちに言う、）「きたなし儞ら、明日は明日の義あり。今日は今日の義あり。……」

などとあるのは武士の忠義を言うものである。また『義経磐石伝』巻五に、静が鶴岡の舞の後日、梶原景茂の戯言を

叱責したことに対する、

静を列女に数へ入れたるは、其妓娼なれども分別《とりわけ》て義気あるを取なり。

との評、「紀の関守が霊弓《たつかゆみ》一旦《ひとたび》白鳥に化する話」（『繁野話』）の、

むかしは婦節重からぬやうなるに、後世義気にはげまされて、おの〱天とし戴ける丈夫《おつと》ありて、

は貞節を言うものである。その他、「三人の妓女趣を異にして各《をの〱》名を成《なす》話」（『英草紙』）には、

（妓女鄙路《ひなじ》は）生得に俠気《けうき》《ひかぬき》ありて、志男子に勝れり。……道路《みち》に是非《いさかふ》を見る時は、かならず其弱《よわき》かたを助く。義によつて命をかへりみず。

と義俠を言うものもある。但しここではかかる直接的語例のみに限定せず、「義」とは庭鐘諸作における何らかの倫理性を備えた寓意を総体的に指すものと解して考察を進めるべきであろう。

そこで、『義経磐石伝』巻六に見える〝大河兼任《かねとう》の乱〟の話、「中津川入道山伏塚を築《つか》しむる話」（『繁野話』）、「大高何某義を厲《はげま》し影の石に賊を射る話」（『莠句冊』）に一貫して認められる庭鐘の論について検討することから始めたい。

二　庭鐘諸話に一貫する寓意

庭鐘没後の文化三年（一八〇六）に刊行を見た『義経磐石伝』には、『史記』の様式を踏襲した各章段末の論賛、あるいは章段中に逐次挿入される評言を通じ、史上の人物に対する庭鐘の評価が披瀝されている。巻六に、源頼朝の奥州征伐によって滅亡した藤原泰衡の遺臣大河兼任《かねとう》が、鎌倉に対して反乱を画策した経緯（『吾妻鏡』文治六年（一一九〇）条所見）を叙述する。兼任自ら、鎌倉に対する憤懣と亡主への忠節を標榜して言う。

「我先君（藤原泰衡）、父（秀衡）の命に背き、宣旨（頼朝が拝領した義経追討の院宣）に従ふ。（然るに）不幸にして無辜《むこ》の伐（頼朝による奥州征伐）に係れり。亡臣胆を嘗て忘れず。古《いにしへ》已に六親の怨仇に報ずるを聞けり。今や亡主の為に仇を還すものを聞ず。兼任不肖なれども我より是を始むべし。」

しかし結局兼任は樵夫により殺戮されて反乱は挫折する。庭鐘はかかる兼任の行動を厳しく批判する。

本心は忠臣と見えけれども、是が為に多の人民を難《なや》ましける報ひか。亦其起る時、義経、義仲など徇《とな》へて（詐称して）人を迷はしたるは、本分の人には非ざるべし。

また章段末の論賛中にも、

兼任が聞ずの言ば、野《や》なるかな。

と斥ける。ここで庭鐘は、兼任の「本心」、即ち亡主のための報仇という動機より出た行為を、「人民」の安穏を破壊するものとして批判しているのであるが、かかる説は以下叙述する通り、庭鐘の言わば持論であった如くである。

「中津川入道山伏塚を築《つか》しむる話」（『繁野話』）は、南朝の遺臣矢田義登《よしとよ》が足利方に対して反乱を画策し、桜崎左兵衛・赤松則祐に加担を要請するが、双方から拒絶され、最後は則祐によって斬られるという話である。なおここで桜崎左兵衛なる人物は、「判官楠公、湊川に仮腹《そらばら》切りて跡を隠し、任をのがれ」変名した者と世評されていたとある。武将に関する説話を集成した日夏繁高『兵家茶話』[4]には、楠木正成が「桜崎左兵衛」と変名し武蔵国（「中津川入道」では伊勢国）に存命していたとの伝えがあるとしており（但しそれは真実ではないと否定している）、庭鐘がここでかかる俗説の類に材を得ていることが窺える。

さてこの話には以下のように、前述した〝兼任の乱〟の話と共通する論が認められる。矢田義登は南朝の衰微を憤り、桜崎左兵衛に次のように述懐する。

「爾来《しかしより》土も木も足利の風に偃《のべふし》て、南朝日《ひゞ》に衰へ、其旧臣たる者、朝夕歯をくひしばるにたへざるべし。」

ここで義登が反乱を画策した動機が、義登自身の抱く遺恨であるとする点、〝兼任の乱〟と通ずる。桜崎は、乱を企て「清平の世」を破壊してはならぬと義登の要請を拒む。かくして義登は、山伏に扮して赤松則祐を訪ね助勢を要求する。

「むかし日夕《ひるよる》に鬱憤をおさへしこと、おのれは今に忘れず。貴君には如何。」

しかし則祐は、義登自身の「鬱憤」を動機とする画策を、次の論理を以て明快に否定する。

「天下の善をなせば天下を利す。是君子なり。一分の善をなせば天下に害あり。是匹夫なり。近年、天意騒乱に倦《うみ》て治世に入り、蒼生《さうせい》《たみ》よみがへりたる思ひをなし、四方に弓兵を動すものなきに、儞一人存念を立て、自ら憤《いきどふり》を快くせんと欲して乱を唱《いざな》ふ事、遂《とぐ》べきにあらねども、火起れば風加つて、微《すこ》しの勢を得ば、上下を震驚し、人民業に就《つく》ことを得ず。天兵一たび臨んで、片甲《へんかう》《つはもの、かげ》も留《とゞめ》ざるにいたり、儞は一旦の義勢を振《ふるひ》て、後末の名欲に死するとも笑を含まん。儞が為にいざなわれたらん幾百の人命を落し、処を失はしめ、其罪皆儞に帰す。老夫日日世の安寧を庶幾《こひねがふ》心より見れば、（儞の如きは）匹夫たることを免れず。」

拒絶された義登は則祐に斬り付けるが却って倒される。則祐が言う。

「傷ましながら、世の為に害をのぞく。自ら儞が愚を恨めよ。」

その後則祐は「矢田が志を憐み」、供養のために山伏塚を築く。このように、南朝の衰微による「鬱憤」という義登の動機（「矢田が志」）自体は憐れむべきものではあるが、「世の安寧を庶幾《こひねがふ》」見地からは容認し得ないとするのは、〝兼任の乱〟の話と一貫するものであり、これは庭鐘自身の論であったと認めてよいであろう。

「大高何某義を厲《はげま》し影の石に賊を射る話」（『莠句冊』）は、嘉吉の乱に将軍足利義教を弑逆した罪科によって滅んだ赤松家の家臣石見太郎が、功を挙げて主家を再興しようと、臣下の間島《まじま》三郎兵衛・中邑《なかむら》五郎次郎を奉公と称して南朝宮へ潜入させ、両人が南帝を弑逆するが、その際、大高助五郎一人奮起し中邑を射倒すという話である。庭鐘は編末に、石見の計策と対比しながら、大高の武勇を「義」と称して顕彰している。

石見が立功の機を得兼て苦計を用たる、大高が時に臨んで義に進みたる、其成功を論ずれば同じ。只是遇と不遇と深浅あり。其深きは慕ふ所にあらずかし。

庭鐘がここで石見の計策に対して批判的である根拠は、この話の中間部において、夙に南帝弑逆の計策を看破していた楠木正勝が間島・中邑に対して述べる警告の中に見出される。

「或は是（南帝の弑逆）を効《かう》として、主人の家を起さんと欲すとも、元来赤松（嘉吉の乱における）弑逆の罪にて面を出しがたきに、又弑逆の所為《しわざ》を功にして前《さき》の罪を免《ゆる》されなんことは、国に不忠を教るためしにて、後必ずそれに倣ふものあらん。其故に執達の人ありとも、公是あらば、智臣あつて納《いれ》ず。却て罪名を重ぬべし。」

主家を再興したいとの願望を絶対化して世の秩序を顧みないのは誤りであるとの論は、前掲二話と共通するものである。

以上の諸話に一貫する寓意は、結果の如何を顧みず動機の正当性のみを絶対化することへの批判ということである。他の編をも検討した上で第五節に再述するが、これを単純に、公的社会的規範と私的個人的規範との価値の軽重を言うものとは見なし得ない点、注意を要する。即ち庭鐘の「義」は単なる名分論の如きとは異なるものである。そのことについて検討する前に、先ず庭鐘がかかる寓意を作中に託した背景を窺っておく必要がある。

三　「本心」と「安天下」との間——徂徠学との関連——

庭鐘には、「世の安寧」に対する強い志向があった。「守屋の臣《しん》残生を草莽に引《ひく》話」（『繁野話』）は、排仏を主張した物部守屋が、厩戸皇子・蘇我馬子との政争に敗れ近江の山中に隠退するが、その後も世の動向を見届けるという話である。守屋は、従者漆部小坂《ぬりべのこさか》に皇子による統治の実態を偵察するよう命じて言う。

「厩戸 政《まつりごと》を用て、君安く民和楽《くわらく》せば、我におゐて他議なし。爾出て遠く都にいたり、民間に立交《たちまじはり》、実に民人の沢《たく》を被るや、仏行れて国安きか、窺《うかゞひ》見て我に聞せよ。」

守屋は、皇子の恩沢が普く及んでいることを知って安堵し、里民と親しく交わりつつ百歳の長寿を保つ。ところで、ここで草莽に庵を結び「荻生翁」と名乗ったとされる守屋に、自ら物部氏の末裔と称した荻生徂徠その人の人間像が投影されていることが、日野龍夫「〝謀叛人〟荻生徂徠[5]」に指摘されている。即ち「荻生翁」が安寧への祈念を語るという設定は、

孔子の道は先王の道なり。先王の道は天下を安んずるの道なり。（『弁道』[6]）

と、六経の中に先王の安天下の道を解明するところに儒学の存在意義を規定する、徂徠学の大前提を踏まえたものである。

庭鐘が徂徠学に対して関心を抱いていたことを窺わせる事例は、「守屋の臣」の話以外にも指摘されている。庭鐘は、元文元年（一七三六）に、『徂徠先生可成談』（徂徠著『南留別志《なるべし》』の偽版）に序を付し刊行した。また「後醍醐の帝三たび藤房の諫を折《くじく》話」（『英草紙』）の、帝が披瀝する仏教批判の中に徂徠の仏教観を取り入れた（日野前掲論文）。更

に「紀任重《きのとふしげ》陰司に至り滞獄《くじ》を断《わく》る話」（『同』）では、徂徠門下服部南郭の擬文「擬江因州答源廷尉書」（『南郭先生文集』初編巻八所収）を利用した（徳田武「都賀庭鐘　遊戯の方法――『英草紙』『繁野話』と唐代小説・三言――」）[7]。いま新たに挙げれば、『義経磐石伝』巻二に、

晋朝の諸臣、清言を高とし武備を知らざる世風によるといへども、元来漢土に武備の実なく、戎狄に国を陥られ、夷風多く夏《か》を濫《みだ》る。

とあるのは、徂徠が自ら『鈐録』『孫子国字解』等の兵書を著述し、

武備は国之根本にて候。国郡を領候人は、君より其土地を預り居候事に候。然れば先其土地を人に奪はれ不中備第一に候。（『徂徠先生答問書』巻中）[8]

などと秩序保持のための武備の不可欠を説いたことからの示唆があろうか。また同じ『義経磐石伝』巻三には、

何れにも古賢に折衷《ほどよく》して立たる国法を守ること、凡民の安んずる道なるべし。

と、前掲した『弁道』に言う徂徠学のテーゼと酷似する口吻も認められる。

このように庭鐘は徂徠学に対して関心を抱いていた。かくして「守屋の臣」の話において〝安寧への志向〟という徂徠学の大前提に着眼した庭鐘は、前節に見た、動機を絶対化して安寧を破壊することを否定する論を形成するに当たっても、徂徠の論を意識していたのではなかったかと思われる。

徂徠は宋学の修養論を、個人の内面を磨くことのみにとどまり安天下に寄与し得ずと見なして論難した。

総ジテ聖人ノ道ハ、元来治国平天下ノ道ナル故、政務ノ筋ニ入用ナル事ヲ第一トスル事、古ヨリ如《シ》レ此《クノ》。……何レモ、何ノ用ニモ立ヌ心法ノ詮議、理非ノ争ヒ等、無用ノ学文ト可《シ》レ言《フ》。（『政談』巻四）[9]

従って例えば「忠信」の徳に関しても、宋学の定義では自己一身の中に閉じたものとなってしまい無意味であると述

べる。

先王の道は、民を安んずるが為に之を設く。……忠信は皆、人に施す者なり。且つ、它《た》人の事を以て己が任と為すの意有り。……程子曰く、「己を尽くすを之忠と謂ひ、実を以てするを之信と謂ふ」（『程子遺書』第一一）と。……動《やや》もすれば諸《これ》を己に求むるが故のみ。且つ「己を尽くす」は、未だ以て忠字の義を尽くすに足らず。今人の宋儒の学を為す者は、人の為に謀りて聴かれずんば、則ち多くは皆舎《す》て去りて、復《また》之を顧みず、曰く、我既に我の心を尽くせりと。是忠字に懇到周悉（遍く配慮する）の意有るを知らざるが故なり。「実を以てす」も亦信字の義に非ず。程子は動もすれば諸を心に求む。故に是《こ》の解を作《な》すのみ。（『弁名』(10)巻上「忠信」）

徂徠はここで、内面的動機が正しいことと、結果としての行為が正しいこととが必ずしも一致しないということを指摘しているのである。

ところで一連の赤穂浪士論争において、吉良襲撃に至った遺臣たちの動機と、社会的秩序の保持という問題との相剋が主要な争点となったことは周知である。個々の主張は田原嗣郎『赤穂四十六士論――幕藩制の精神構造――』(11)に整理して掲げられているが、その全般的な傾向としては、山崎闇斎門下の三宅尚斎・浅見絅斎らに代表される、亡君のための報仇という動機の純粋性を以て遺臣たちの行動を是認する論が優勢であったものと窺える。これに対して徂徠は「論四十七士事」(12)を著し、浅野長矩による吉良傷害がもとより非合理であったと断じ、遺臣たちはかかる浅野の「邪志」を継承したものであると厳しく批判した。

四十有七人の者、能く其君の邪志を継ぐと謂ふべきなり。義と謂ふべけんや。

徂徠は先ず、彼等の亡君に対する心情そのものは憐憫に値すると述べる。

士や生きては其君を不義より救ふこと能はずんば、寧ろ死して以て其君の不義の志を成さん。事勢の此に至るは、是其情を推すに、亦大いに惆むべからざらんや。

しかし、上総姉崎村の傭僕市兵衛が滅んだ主家の再興のために尽力した一件を挙げて、遺臣たちが浅野家再興という臣下としての当為に就くことなく、吉良襲撃に赴いたのは誤りであったと述べる。

今佃奴市兵衛の事を察するに、則ち大いに長矩の臣に勝らずや。鞠躬《きくきゅう》として（懸命に心身を労して）力を竭《つ》くし、以て其主に忠たるの道を致し、能く尽く其為すを得る所の者を為して、久しく輟《や》めず、誠志、県官（公儀）を感ぜしめ、以て其主の家を復して、身良民と為るを得。是亦大いに長矩の臣に勝らずや。

徂徠は元来、臣下としての忠義のあり方を次のように規定していたのであった。

御身は主君へ被差上、無物と被思召候由。是は今時はやり申候理窟に候得共、聖人之道に無之儀に候。畢竟阿諛逢迎之只中と可被思召候。……畢竟聖人の道は国家を治め候道故、忠之立様世俗之了簡とは違申候。……臣は君の命をうけて、其職分をわが身の事と存じ務むる事に候。……身を我物と不存候はゞ、わが了簡を出さず、いかやう共主君の心まかせに可仕候。しかれば君一人にて候。臣ありても臣なきがごとくに候。

（『徂徠先生答問書』巻中）

真の忠義とは、主君に隷従することではなく、臣下として「其職分」を務め安天下に寄与することであると。この見地から徂徠は遺臣たちの「情」即ち動機は憐れむべきとしながら、その行動については正当と認めなかったのである。元来徂徠学が当代社会の危機を救済しようとする意識に立つものであることは、諸家の指摘するところである。右のように徂徠が遺臣たちを評した背景にも、

世皆謂へらく、四十有七人の者は、身命を主死するの後に捐《す》て、以て報いらるること無きの忠を効《いた》すと。翕然《きふぜん》として（一斉に）義士を以て之を称す。

（「論四十七士事」）

と指摘する通り、実際徂徠の周囲において、安天下の実現という点を不問に付したまま、内面的動機のみを偏重する傾向が顕著であったという事情がある。

さて庭鐘の言説に戻る。前掲した〝兼任の乱〟の話において、

本心は忠臣と見えけれども、（兼任の画策が挫折したのは）是が為に多の人民を難《なや》ましける報ひか。

と述べていたが、このように、動機の正しさと世の安寧との矛盾を指摘したとき、庭鐘は徂徠の安天下の論を何らかの形で意識していたのではなかろうか。「後醍醐の帝三たび藤房の諫を折話《くじく》」（『英草紙』）に当時の談義僧の堕落を取り上げ、「馬場求馬妻を沈《しづめ》て樋口が聟と成《なる》話」（『同』）に身分階級論を展開したことにも窺えるように、庭鐘は当代社会に対する自己の関心を積極的に作品化する姿勢を持つ作者である。また『英草紙』『繁野話』『莠句冊』の三部作の序文に用いられた「太平逸民」の印には、大坂民間の一儒医として近世中期の安寧を享受する自身の境涯が託されている。かくして庭鐘は、徂徠の安天下の論に触れたことも一つの契機となって、当該の問題に関心を寄せ作品化するに至ったということではなかったであろうか。

四　庭鐘読本における人間像、上方における中国白話小説愛好

検討した諸話に見える庭鐘の論を、小説における人間像という観点から捉え直すことができないであろうか。庭鐘は、嘗胆の念、鬱憤によって反乱を画策した大河兼任・矢田義登を批判的に遇していた。一方『義経磐石伝』では、佐藤忠信に関して、『義経記』以来著名であったその壮烈な最期には言及せず、「出没変化人目を驚」かすところにその個性があったと捉えて描出し（巻五）、また〝弁慶の立往生〟にも通説と異なる解釈を与え、義経と共に蝦夷に渡

るとした（巻六）。更に「三人の妓女趣を異にして各《をの〳〵》名を成《なす》話」（『英草紙』）の、妓女鄙路《ひなじ》が誅殺した三上五郎太夫の死骸に向かって、これは決して恋人平四郎のための報仇にあらずと道破するとした設定などをも勘案すると、庭鐘には言わば〝情動的〟人間像を忌避する傾向が認められる如くである。

ところで、庭鐘より六歳上、中国白話小説愛好家として知られる西宮の勝部青魚は、その著『剪灯随筆』(13)に、赤穂浪士事件を次のように批評していた。

予謂《ヲモウ》、良雄が忠心実に感ずるに堪たり。然ども少しく疑べきものあり。……良雄こゝ（浅野家の存立）に意なく、いたづらに坐視して、事破れて後、辛酸万苦汲々として復讎を計る。己が忠義千載に賞せられて、長矩の汚名弥朽ず。予謂、人各得る所得ざる所あり。良雄が器復讎に長じて、君を諫家を治るに得ざる歟。……日本人は敵討を無上の忠義と心得るも国の風歟。死を軽んじて気味の能事を悦ぶ也。……（藤井懶斎の『閑際筆記』に）「……若し夫関を破り旗を奪、死地に入て先登する事は、中華人固に本朝人に及ざるべし。是を以中華人を視れば恰も若《ゴトシ》二嬰孩《ノ》一。其闇主に直諫して権臣を面逝し、鼎を視事蔗飴の如なるに至ては中華人尤まされり。是を以本邦人を視れば、若二婦女一」と有り。（巻二）

青魚は宇野明霞に学んだ古文辞学統であり、かかる大石批判の論法には、前節に見た徂徠の議論による示唆を想定し得るが、ここで重要であるのは、庭鐘と同様上方の中国白話小説愛好の中にあった青魚が、その「中華人」の人間観への理解に立脚しながら、日本人の「国の風」を指摘するに至っている点である。中華人には、自己のなすべきところを確信してそれを冷徹に貫くという面が認められ、一方日本人には、直情のままに行動することを良しとする風潮があり、それ故に敵討が称揚されるのであるとする。

庭鐘は次の第五節に検討するように、「江口の遊女薄情を憤りて珠玉を沈《しづむ》る話」（『繁野話』）において、原拠のストーリーを改変して、主人公の小太郎は遊女白妙の情愛に殉じることを肯んじなかったとしている。また『義経磐石伝』巻二、巻六では、常盤が夫源義朝を失って後、自裁して独りを守る道を選ばず平清盛の寵に応じたことを妥当と認めている。「死を軽んじて気味の能」き人間像の如きとは異なる方向を、庭鐘は志向している。今後、庭鐘による源義経等の造形のあり方なども、『水滸伝』『三国演義』など白話小説における人間像との関係の中で問い直される必要があるものと考える。

五「義」と「人情」

本節では、『義経磐石伝』に見える〝常盤の再縁〟の話と、「江口の遊女薄情を憤りて珠玉を沈《しづむ》る話」（『繁野話』）を検討し、庭鐘実作中において『英草紙』序に言う「義」と「人情」とが如何に位置付けられているかという問題について私見を述べたい。

『義経磐石伝』において庭鐘は、巻二、巻六の両度にわたって、源義朝が平治の乱に敗死して後、常盤が老母と牛若ら三人の遺児の助命のために平清盛の寵に応じた経緯に言及している。巻二に、二夫にまみえるを潔しとせず自裁するか、清盛に赴き家族を救うかという決断の場で、常盤自ら述懐する。

「索性《おもひきり》に死は易く、生は苦し。彼貞女なる人はいかゞにすらん。恩義を極め尽さば死の一ツは徒空《むだこと》にはあらず。身の幸《さいはひ》ありて母をも安く過してんと思ふがうへに、幼き人のいかに世に立べきとひだり右りに思ひやり思ひかへり、先だつべうの心露起らぬは、いふならく不貞なるや。死せざれば俠《いさみ》なく、おぼれざるは情《なさけ》にあらずと世にいふも、自ら我を欺き、何気《なにげ》無時に思ひたゝばなでうかたかるべき。」

性急に自裁するのは容易であるが、常盤には救うべき家族がある。

「今の身は子あり母あり、いづこによるべき。武き主《ぬし》の女に愛《めづ》るはためしおほく、女は男の心よわき憐みを得てこそ時世《ときよ》をも得たらん。」

また老母が常盤に述べる。

「倚《よる》べき子なくては人に適《ゆく》こそ順ならめ。貞といひ操といふも是私の意地にて、……若き身の後かけて独《ひとり》を守るべき心地せずは、わたり求る船ともせん。」

かかる状況の下で敢えて独りを守ることは「私の意地」であると。また巻六では、張り子の像に憑依した狸が常盤の心中を代弁するが、これも同旨の議論である。

「身命は軽けれども、我に頼《より》て活《いき》るの老母あり。軽率に自尽すべからず。……清盛の懇意に応ぜば三子の寸進のたよりあらんとのかぎりは人情にて、操とは常の守りをこそいへ、忠臣二君に比べんはいかにさかんなりや。」

続いて、秦の懐嬴《かいえい》が、晋との関係を保持しようとする父穆公の命に随い、晋の王子重耳に再嫁した件（『春秋左氏伝』僖公一七、二二年、『国語』晋語四、『史記』晋世家所見）を挙げて、

「秦、晋の好《よしみ》を成《なし》たるを美《び》して列女に列ねたり。操は斯てもいふや。」

と評する。

常盤の再縁に関しては、「貞女不更二夫」の点からその是非が問題とされ、例えば近松門左衛門『平家女護島』（享保四年（一七一九）初演）三段目では、常盤は清盛に応じ、その後も色に耽ると見せて、実は源家の再興のために徒党を募っていたと設定して、不義の汚名から救済している。庭鐘の解釈は、正に二夫を更えることによって常盤は家族を救ったのであるとして、以て不義にあらずとするものである。このように、常盤が自裁する道を選ばなかったこと

を評価するところには、情動に拠るを良しとしない点で、第二節に見た〝兼任の乱〟の話などと通ずる観点が認められよう。

次に「江口の遊女薄情を憤りて珠玉を沈《しづむ》る話」（『繁野話』）を検討する。先ずこの話の梗概を、原話である中国白話小説「杜十娘怒沈百宝箱」（『警世通言』(14)所収）と対比しつつ掲げる。

「江口の遊女」

(1)豊前の郡司家の継嗣小太郎が、都に遊学中遊女白妙と馴染む。遊興に財尽き、家伝の刀剣・馬鞍まで売却する。やがて身請けし、共に小太郎の郷里へ向かう。

(2)小太郎は途上、従弟和多為重《わだのためかず》から、白妙を柴江原縄《しばえもとつな》に譲り刀剣・馬鞍を買い戻し、父の赦免を得て家門を継承すべきであると勧告され、これに従うことを決意する。

(3)白妙は小太郎の薄情を憤り、携行した財宝と共に、彼の面前で投身する。

(4)小太郎は覚醒し、帰郷して郡司家を継承する。

「杜十娘」

(1)李甲が、北京に遊学中遊女杜十娘と馴染む。やがて身請けし、共に李甲の郷里へ向かう。

(2)李甲は途上、孫富の虚語にかかり、十娘を売り渡す旨を約す。

(3)十娘は李甲の薄情を憤り、携行した財宝と共に、彼の面前で投身する。

(4)李甲は慚愧の余り狂疾となる。

庭鐘による重要な改変は、先ず(1)(2)において、「家伝の太刀《たち》刀《かたな》、烈祖勇武の宝鞍」の売却とその買収という趣向を付加した点、和多為重なる人物を設定し、彼が小太郎に対して家門を継承せよと勧告するとした点、更に終末部(4)に、小太郎が覚醒して家門を継承するとした点にある。即ち、原話には見られない家門に関する事柄が付加されている。かくて小太郎における、白妙への情愛と家門継承の責務との相剋ということが、「江口の遊女」のテーマとなる。

原話では、最後、江中に沈んだ十娘の報いによって李甲は狂疾となる。

　李甲在舟中、看了千金、転憶十娘、終日愧悔、鬱成狂疾、終身不痊。……人以為江中之報也。

庭鐘はこの部分を改変して、小太郎は覚醒し家門を継承するとした。

　彼小太郎は船中にあつて大に恥入り、心地くるはしく見へしが、きつと悟りて思ふに、「女が深情にそむきたるは残念なれども、彼は浮花の身のうへ、我も若年の浮気《ふき》放蕩。彼は彼が俠《けう》《いきぢだて》に死し、我はわが儇《さとき》にかへる。しりて惑ふは我ばかりかは。今さら遁世などせば、いよ〳〵人に笑われん。父の不興を侘て、家にかへるべし」と、

原話では、十娘の深情を称賛し、孫富の非道、李甲の薄情を糾弾するところに一編の寓意があったのと相違して、ここで白妙の深情は、小太郎の家門継承と価値的に相対化されているのである。庭鐘は編末を次のように結ぶ。

　痴ならざれば情にあらず、死《しせ》ざれば俠にあらずとは、情義を鼓吹するのことば、両人が身によく当れり。世の風月に遊ぶもの此一編を看《み》破《ひらき》て、情のある所興のとゞまる所を知らば、人の笑ひを惹《ひか》ぬ戒《いましめ》とも成なんかし。

傍線部は、『情史』(15)巻一四「杜十娘」に「女不死不俠、不痴不情」とあるなどに拠ったか。類句が前掲した『義経磐石伝』巻二の常盤の述懐中にも見えて、情愛に殉じることを良しとする人間観を指す。かかる「情義を鼓吹する」見地からすれば、白妙はその深情ゆえに称揚され、小太郎はその薄情ゆえに譴責されることとなる。然るに庭鐘は、家門の継承を遂行したことを以て小太郎を肯定的に遇した。然ればその「戒」即ち本話の寓意とは何か。

徳田前掲「都賀庭鐘　遊戯の方法」では、「家門の継承を重んじるという」「儒家的名分論の方が、妓女との愛情を

全うする、という個人的モラルよりも重いものであり、従って白妙を他人に譲ることもさしたる罪悪にはならない、という庭鐘の考え方を反映したものである」とされるが、私見では、庭鐘の意図を以下のように解する。本話を一読して明らかなように、庭鐘は白妙に対し、その自己貫徹を「侠」と評して、決して否定的には遇していない。それは彼女が遊女という「浮花の身のうへ」たるが故である。一方小太郎は郡司家の継嗣である。彼は家門継承の責務を放棄して情愛に殉じることは許されない。然れば庭鐘の意図は、第二節に掲げた諸話、また〝常盤の再縁〟の話と同様、結果の如何を顧みず心情、動機を絶対化することに対する批判に存したと解すべきである。庭鐘の論点が個人と家との価値の軽重という問題にあるのではないことは、また以下に述べるところからも明らかであると考える。

再び〝常盤の再縁〟の話に戻る。庭鐘は二夫を更えた常盤を不義にあらずと解していたが、その一方で、

むかしは婦節重からぬやうなるに、後世義気にはげまされて、おの〳〵天とし戴ける丈夫《おっと》ありて、

（前掲『繁野話』「紀の関守が霊弓一旦白鳥に化する話」）

と貞節を堅持する気概を「義気」と称しており、貞節の価値自体を否定したのではない。然るになお常盤の行為が肯定される根拠は何であろうか。

いま庭鐘が、世と共に「人情」も変移すると論じた、『義経磐石伝』跋の次の一節を挙げる。

古と今と法度同じからず、外夷と中国と風気異《こと》にして、人の作業も善悪の動くも珍らなるもあるべし。人情の変り移るは其時にあたりてはかり知べきにあらねども、事に臨みて逼《せま》りたる心ざまは、思ひやるちまた外《ほか》なるまじく、それを文の言葉に伝えて、朽《くち》ざらしむるためしも少なからざるに似たり。かゝらざりせば司馬の史《ふみ》も事を結ぶことかたかるべしと、振提《ふりさげ》たる人の言たるも宜《むべ》なり。

「法度」「風気」「人の作業」、更には「善悪」の規準などと共に「人情」も変移するという右の論は、中村幸彦「読本

初期の小説観[16]」に評される通り、儒学者国学者が単に古今の人情の同一を述べるのとは異なり、より細緻に人情のあり方を捉えていると言い得る。しかも庭鐘はそこから更に論を進めて、人情は確かに変移するが、事態に直面して窮迫した人間の心というものは、究竟の一なる「人情」であると述べる。前章「「載道」と「人情」の文学説――初期読本成立の基底――」において、文学の中に〝人間の本情〟の如きものを求めようとする発想が、近世中期に至って見られるようになることを述べたが、それは庭鐘の小説観にも貫流していたことが窺える。かくしていま、右の論をそのまま庭鐘の創作理論として読めば、庭鐘は、各々の事態の中に人間を置き、その事態のもとで窮迫した心を描くことにより、究竟の「人情」を把握しようとした、ということになろうか。

然れば、女性の貞節も、各々の時所の条件を離れて一律に論定されるべきではない。

女は生活《すぎはひ》の業《わざ》を知らねば、或は親の志《こゝろ》に従ひ、又は子の不便《ふびん》さに引れて、心の外に両夫に見《まみ》ゆるもあり。

（『英草紙』「黒川源太主山に入ッて道を得たる話」）

従って常盤の如き事態に直面しては、「清盛の懇意に応ぜば三子の寸進のたよりあらんとのかぎりは人情にて」、即ち再縁の道を選ぶのが真の人情である。庭鐘は、家族の救済が「義」であるという点からのみならず、「人情」という点から見ても常盤の行為は肯定される、と考えていたのではなかろうか。

「江口の遊女」の小太郎が肯定される根拠も同様であろう。小太郎は情愛と家門継承との相剋に苦悩し進退窮まる中、和多為重の衷心からの勧告を得、帰郷の志を固めつつあった。ここで彼は白妙に殉じることなく、「きつと悟りて」「家にかへる」ことを決意する。

「彼は浮花の身のうへ、我も若年の浮気放蕩。彼は彼が俠に死し、我はわが儇《さとき》にかへる。」

小太郎は元来白妙とは異なる状況に置かれていた。とすれば、小太郎には小太郎の「人情」があり得る。そしてそれは、同じ観点から、彼にとっての「義」でもある。第二節に掲げた『莠句冊』「大高何某」の話において、大高助五郎が独り奮起し敵を射倒したことを、「大高が時に臨んで義に進みたる」と評していた。即ち庭鐘は、人間が窮迫して義に赴く、そこに本情の発動を捉えようとしている。

既述した如く、庭鐘は自身の諸作における寓意を総体的に「義」を以て称したと解され、従って本論の如きは、その一端に論及し得たにとどまる。これを超えた寓意の拡がり、それに伴う人情の捉え方の拡がりについては、更なる探究が必要となる。

注

（1）『英草紙』は、著者架蔵本に拠る。

（2）大高洋司「『忠臣水滸伝』まで」（『京伝と馬琴――〈稗史もの〉読本様式の形成――』（翰林書房、二〇一〇年）所収。初出は一九八五年）。

（3）『繁野話』は国文学研究資料館蔵本（請求記号、ナ四―九二二）、『莠句冊』は早稲田大学図書館蔵本（請求記号、ヘ一三―〇一八〇四）、『義経磐石伝』は京都大学大学院文学研究科図書館濱田啓介文庫蔵本に拠る。なお、『繁野話』は『新日本古典文学大系　繁野話・曲亭伝奇花釵児・催馬楽奇談・鳥辺山調綫』（岩波書店、一九九二年）に、『莠句冊』『義経磐石伝』は『江戸怪異綺想文芸大系　第二巻』（国書刊行会、二〇〇一年）に翻刻が備わる。

（4）『兵家茶話』は、京都大学附属図書館蔵大惣旧蔵本（一九巻一〇冊、宝暦一〇年（一七六〇）序）に拠る。その巻一二「武州古河城内に頼政墳墓之事」に、「按ずるに、源義経、楠正成戦死の真似し、ひそかに逃がれ隠る、などといふ。正成は桜崎左兵衛と改め、武蔵国に来たり給ふと言ふ。……あらぬ事を取りそへてその人を穢す事嘆かしき事なり」と記している。なお当該写本は、高橋圭一「翻刻・京都大学附属図書館蔵（大惣本）『兵家茶話』（上）（中）（下）」（『大阪大谷国文』四二・『大阪大谷大学紀要』四七・四八、二〇一二年三月・二〇一三年二月・二〇一四年二月）に翻刻された。

（5）日野龍夫「〝謀叛人〟荻生徂徠」（『江戸人とユートピア』（朝日選書（朝日出版社）、一九七七年。後に、岩波現代文庫（岩波書店）、二〇〇四年）所収）。
（6）『弁道』（原漢文）は、『日本思想大系　荻生徂徠』（岩波書店、一九七三年）に拠る。
（7）徳田武「都賀庭鐘　遊戯の方法——『英草紙』『繁野話』と唐代小説・三言——」（『日本近世小説と中国小説』（青裳堂書店、一九八七年）所収。初出は一九七一年五月）。
（8）『徂徠先生答問書』は、『荻生徂徠全集　第一巻』（みすず書房、一九七三年）に拠る。
（9）『政談』は、注6前掲『日本思想大系　荻生徂徠』に拠る。
（10）『弁名』（原漢文）は、注6前掲『日本思想大系　荻生徂徠』に拠る。
（11）田原嗣郎『赤穂四十六士論——幕藩制の精神構造——』（吉川弘文館、二〇〇六年。初版は一九七八年）。
（12）「論四十七士事」（原漢文）は、『日本思想大系　近世武家思想』（岩波書店、一九七四年）に拠る。
（13）『剪灯随筆』は、『随筆百花苑　第六巻』（中央公論社、一九八三年）に拠る。
（14）『警世通言』は、『古本小説集成　警世通言』（上海古籍出版社、一九九二年）に拠る。
（15）『情史』は、国立公文書館内閣文庫蔵本『情史類略』（清代刊本）に拠る。
（16）中村幸彦「読本初期の小説観」（『中村幸彦著述集　第一巻』（中央公論社、一九八二年）所収）。

付記　『兵家茶話』に関して、本論の初出稿（一九九〇年一月）では、注4に掲げた楠木正成生存説と「中津川入道」の話との関係を指摘し得たのみであったが、その後、井上泰至『雨月物語論——源泉と主題——』（笠間書院、一九九九年）、同『近世刊行軍書論——教訓・娯楽・考証——』（笠間書院、二〇一四年）により、庭鐘諸話との更なる関係が示された。

第四章　上田秋成と当代思潮
——不遇認識と学問観の背景——

一　「貧福論」黄金の精霊の論と当代思潮——『世間銭神論』のことなど——

上田秋成は殊に晩年において、山上憶良・和気清麻呂等、才行正しくして報われず不幸に死んだ人々に対し、自己の境涯に重ねつつ深い共感を示した。この、善人必ずしも報われずという人生の不条理に対するこだわりは、早く『雨月物語』(1)「貧福論」において、人の才行の善悪と貧福との不相関への着眼という形で表明されていた。岡左内が、夢に現じた黄金の精霊に貧福の不条理を質して言う。

「今の世に富るものは、十が八ツまではおほかた貪酷残忍の人多し。……又君に忠なるかぎりをつくし、父母に孝廉の聞えあり、貴きをたふとみ賤しきを扶《たす》くる意《こゝろ》ありながら、……（貧窮のあまり）汲々として一生を終るもあり。……かく果《はつ》るを仏家には前業をもて説《とき》しめし、儒門には天命と教ふ。もし未来あるときは現世の陰徳善功も来世のたのみありとして、人しばらくこゝにいきどほりを休めん。されば富貴のみちは仏家にのみその理《ことはり》をつくして、儒門の教へは荒唐なりとやせん。」

対して黄金の精霊は、銭は「非情の物」であって、金銭の集散の論理は人間の才行の善悪には関与しないことを述べる。

「我今仮に化《かたち》をあらはして話《かた》るといへども、神にあらず仏にあらず、もと非情の物なれば人と異なる慮《こゝろ》あり。……卑吝貪酷の人は、金銀を見ては父母のごとくしたしみ、食《くら》ふべきをも喫《くら》はず、穿《き》べきをも着《き》ず、得がたきいのちさへ惜《をし》とおもはで、起てもおもひ臥てわすれねば、こゝにあつまる事のあたりなることわりなり。我もと神にあらず仏にあらず、只これ非情なり。非情のものとして人の善悪を糺し、それにしたがふべきいはれなし。善を撫《なで》悪を罪するは、天なり、神なり、仏なり。三ツのものは道なり。我ともがらのおよぶべきにあらず。只かれらがつかへ傅《かしづ》く事のうやく〳〵しきにあつまるとしるべし。これ金に霊あれども人とこゝろの異なる所なり。」

かかる黄金の論に対する従来の評価として、例えば小椋嶺一「「貧福論」考」(2)では、「貨幣経済の発展に即応した」「重商的思潮」に通ずる論理と解されるなど、現実主義、合理主義として捉える論が存する一方で、『雨月物語評釈』所収解説・補説（中村博保執筆）(3)に、人間の倫理以前の自然固有の不可思議なる「人格」「魔性」を有する「生」の論理に秋成は着眼したとするなど、神秘主義として捉える論が存し、合理主義と神秘主義と両様の評価が併在している。私見によれば、かかる秋成の論理は以下叙述していくように当代思潮と深い関連を有するのであって、合理主義か神秘主義かを問う以前に、先ず秋成の論理自体を当代思潮に即しつつ理解することが求められるものと考える。そこで、秋成が当時存在した思想に何らかの示唆を得つつこの黄金の論を形成したことを窺わせるものとして、田中友水子の教訓読本『世間銭神論』(4)（安永八年（一七七九）刊）を挙げる。

著者友水子は、教訓本に筆を執り、また狂文『風狂文草』（延享二年（一七四五）刊）を著したことで知られる大坂の町人学者である。さてこの『世間銭神論』において、晋の魯褒「銭神論」を踏まえて、銭の精の老人が現れ倹約等々金銭に関する論を披瀝するという設定が「貧福論」を彷彿させることは、中野三敏「静観坊まで――談義本研究

（五）——[5]」に既に述べられているが、のみならず、その議論の内容自体にも「貧福論」と酷似するものが見出されるのである。巻四「通宝字義」に言う。

銭の仁不仁を論ずるものあり。一人が云、「銭ほど不仁不義なるものはなし。其故は銭のあつまる家を見るに、多くは慳貪不仁にして、慈愛の心なき所なり。仁愛の心あるものに富《とめ》る人はまれなり。……けんどんふじんの家にあつまる所をもつて見れば、不仁なるものに味方して、仁愛のふかき所に立よらざるゆへ、銭の不仁慳貪なる事をしる所なり」。……方兄先生これを聞て云、「不仁者は銭をあつめて散ずる事をしらず。故によく富をなす。仁者はあつむるにおろそかにして、散ずるに速《すみやか》なり。故に富《とむ》事なし。されば銭はもとより無情無心のものにして、仁と不仁に心なく、淡《たん》として世の中をめぐれども、いむべき家もなく、このむべき所もなし。仁と不仁はたゞ人のなすわざにて、銭のあづからざる所なり。……こゝにおいて貧者は銭はかたゆきするくせありとうらめども、銭のかたゆきにはあらず。人のかたゆきなり。しからば銭に不仁もなく仁もなし。……」

ここで第一の論者が提示する、個々人の仁不仁と貧福とが現実に対応していないという論点が、前掲「貧福論」の左内による「今の世に富るものは、十が八ツまではおほかた貪酷残忍の人多し」云々の問題提起と共通する。且つそれを承けて方兄先生（即ち銭の化身）が、銭を「無情無心のもの」と規定し、故に銭は「人のなすわざ」たる「仁と不仁」には関与しないと述べるところに、「貧福論」に、「非情の物」である黄金と人間の善悪との相関を否定するのと同軌の論理展開が認められる。

田中友水子は、宝暦三年（一七五三）序の実録体小説『銀の簪』[6]に、町人学者として高宮環中、穂積以貫、大口恕軒、半時庵淡々等と名を連ねている（中野前掲論文。中村幸彦「穂積以貫逸事」[7]）。なお『俳諧叢書 名家俳文集』に収める『風狂文草』の解題[8]には、友水子は淡々の他、青年時の秋成と繋がりのあった紹簾、白羽等の俳人たちとも交誼があったとされている。友水子は生没年未詳であり、元文末年（一七四一）頃既に五〇歳を過ぎていたとする、中野前掲論文の推定に従えば、秋成より四〇余歳年長となろうが、秋成と同じく大坂の町人学者たちの文化圏内にあった人物であることは確かである。

『世間銭神論』は、夙に寛保・延享（一七四一―四八）の間に『銭神腐談』の名で成稿していたが、刊行を見たのは著者没後の安永八年（一七七九）に至ってのことであった（中野前掲論文）。『雨月物語』の刊行は安永五年、従って秋成が「貧福論」執筆の時点で本書を見ていたとすれば、写本によったと考える以外にない。しかしここでは本書を「貧福論」の直接的典拠の一つと認めるか否かの問題よりもむしろ、本書と「貧福論」におけるかかる論理の類似が、黄金の精霊の論の如き金銭観の成立する基盤が実は秋成の周辺に準備されていたことを示している、という点の方が重要である。先に、秋成の思想形成に与った当代思潮の検討が不可避であると述べた所以である。

然れば友水子の論の背景には如何なる思潮が存するのか。周知の通り享保一二年（一七二七）に佚斎樗山が『田舎荘子』を刊して以来、老荘思想の論理を取り用いつつ庶民的教訓を叙述する教訓談義本が続出することとなったが、友水子も『面影荘子』（寛保三年（一七四三）刊）なる教訓談義本を著して、この老荘思想流行の現象の中に位置する。かくして、右に引用した論もこの現象と深く関連すると考えられるが、この点は第三節に改めて検討することとする。

さて黄金の精霊の論が『胆大小心録』等に見られる「神」「狐狸」に関する論と通ずることは、諸論考に指摘される通りであるが、秋成は後掲のように、特に「神」に関して明確な概念規定を述べており、且つその規定が本居宣長におけるそれと正に対立的な意味をもつものとなっている。そこで次に、秋成の「神」「狐狸」に関する論を掲げて再整理し、特にその「神」の規定を当代思潮の中に位置付けながら、その意味するところを明らかにしたい。

二　「理をもて見る」思考

前掲の「貧福論」に秋成は、銭は「非情の物」にして人間の才行の善悪には関与しないと述べていたが、「神」に関しても同様の論理を以て、「仏」「聖人」と対比しつつ次のように論じた。

（狐狸は）善悪邪正なきが性也。我によきは守り、我にあしきは祟る也。……神といふも同じやうに思はるゝ也。よく信ずる者には幸ひをあたへ、怠ればたゝる所を思へ。仏と聖人は同じからず。人体なれば、人情あつて、あしき者も罪は問ざる也。（『胆大小心録』[9] 一三）

仏と聖人には「人情あつて」云々とは、黄金が「非情の物」であることと対照をなし、神が「我によきは守り、我にあしきは祟る」とするのは、黄金が「つかへ傅く事のうや〳〵しき」者の所に集積することと軌を一にする。

さて秋成はまた、『易』繋辞上伝にいう「陰陽不測」に拠って神の本質を規定していた。

天つちわかれず、夜ひるなく、たゞ鳥の子のかひ（卵）をいでぬに似たりと也。しかしてすめるたなびきてあめとなり、にごるはこりてつちとなれり。其中にひとり神なりませり。

易に陰陽不測を神と云。或はあらはれ、或はかくれ、見とゞむべからぬを神とは申也。（『神代がたり』[10]）

また次のようにも言う。

仏氏云、神仏同体と。翁おもふ、仏は聖人と同じく、善根をうへて大樹とさかへさせ、ついに世かいを覆ふにいたるべし。……神は神にして、人の修し得て神となるにあらず。易云、「陰陽不㆑測謂㆓之神㆒」。はかるべからずの事明らか也。さればこそ人の善悪邪正の論談なき歟。我によくつかふる者にはよく愛す。我におろそげなれば罰す。狐狸に同じきに似たり。

（『胆大小心録』三〇）

このように秋成は、『日本書紀』の「古天地未剖、陰陽不分、混沌如鶏子」云々と国常立尊《くにのとこたちのみこと》の化生を説く一節を踏まえつつ、『易』の「陰陽不測」に拠って「神」を規定した。ここで秋成は「陰陽不測」を根拠として、「さればこそ人の善悪邪正の論談なき」、人間の設けた善悪の規準には関与しない、人間とは異質なものと「神」を捉えている。要するに秋成の黄金、「神」の論の解釈は共に、かかる規定に基づいて行われるべきであると考える。

且つここで看過し得ないのは、当該の『紀』の記述を正面から斥けた者に、秋成の論敵本居宣長がいたことである。

神代《ノ》巻の首《ハジメ》に、「古《ヘ》天地未《ダ》レ剖、陰陽不レ分、混沌《トシテ》如《シ》二鶏子《ノ》一云々、然《シテ》後《ニ》神聖生二其中一焉」といへる、是はみな漢《カラ》籍《ブミ》どもの文《コトバ》をこれかれ取集て書加へられたる、撰者の私説《ワタクシゴト》にして、決《キハメ》て古《ヘ》の伝説《ツタヘゴト》には非ず。

（『古事記伝』(11) 巻一「書紀の論《アゲツラ》ひ」）

宣長と秋成における思考の相違が最も顕在化した『呵刈葭』論争に関しては第四節に後述するが、「神」の規定として「陰陽不測」を認めるか否かという最も根本的な点において、既に両者は見解を異にしていたのである。そこで、秋成の「神」の論と対比すべく、ここで宣長の論を窺ってみる。

宣長は、「陰陽」の理を以て「天地の初《ハジメ》」を解釈することは、人知の限界を弁えぬ暴論であると述べる。

人の智《サトリ》は限《リ》のありて、実《マコト》の理は得《エ》測識《ハカリシ》るものにあらざれば、天地の初《ハジメ》などを、如此《カク》あるべき理ぞとは、いかでかおして知《ル》べきぞ。さる類《ヒ》のおしはかり説《ゴト》は、近き事すら甚《イタ》く違ふが多かる物を、理をもて見るには、天地の始《メ》も終《ハテ》もしられぬことなしと思ふは、いとおふけなく、人の智の限《リ》有《リ》て、まことの理《リ》は測《ハカリ》知《リ》がたきことを、え悟らぬひが心得なり。

（同）

更に、神代紀の、伊邪那岐命を「陽神」、伊邪那美命を「陰神」とし、「陰神先発二喜言一、既違二陰陽之理一」とする記述に批判を加える。

大よそ世に陰陽の理といふもの有《ル》ことなし。……なまさかしき人、此《ノ》文を見ては、伊邪那岐《ノ》命、伊邪那美《ノ》命と申す神はたゞ仮に名を設けたる物にして、実《マコト》は陰陽造化をさしていへるぞと心得るから、或は漢籍《カラブミ》の易の理をもて説き、陰陽五行を以て説《トク》ことゝなれる故に、神代の事は、みな仮の作りごとの如くになり、古伝説《イニシヘノツタヘゴト》、尽《コトゴトク》に漢《カラ》意《ゴコロ》に奪はれはてて、まことの道立《タチ》がたければなり。……この陰陽の理といふことは、いと昔より、世《ノ》人の心の底に深く染着《シミツキ》たることにて、誰も〳〵、天地の自然《オノヅカラ》の理にして、あらゆる物も事も此《ノ》理をはなるゝことなしとぞ思ふめる。そはなほ漢籍説《カラブミゴト》に惑へる心なり。漢籍心《カラブミゴコロ》を清く洗ひ去て、よく思へば、天地はたゞ天地、男女はたゞ男女、水火はたゞ水火にて、おの〳〵その性質情状《アルカタチ》はあれども、そはみな神の御所為《ミシワザ》にして、然るゆゑのことわりは、いともいとも奇霊《クスシ》く微妙《タヘ》なる物にしあれば、さらに人のよく測知《ハカリシル》べききはにあらず。然るを漢国人《カラクニビト》の癖として、己がさかしら心をもて、万の理を強て考へ求めて、此《ノ》陰陽といふ名を作《リ》設《ケ》て、天地万物みな此理の外なきが如く説《トキ》なせるものなり。　（同）

宣長は「天地はたゞ天地、男女はたゞ男女、水火はたゞ水火にて」、現実はただ「神の御所為」によってもたらされた現実としてそのまま受容すべきであるとする。ここで「陰陽」論に関して、その論理自体に不備矛盾があるなどと唱えるのではなく、それを「理をもて見る」「万の理を強て考へ求め」るもの、即ち現実を見てそこからその背後に存する「然るゆゑのことわり」を捉えようと志向するものであると見なして、言わばその思考態度に批判を向けている点は、重要である。同様に言う。

マヅ世間ニハ二ツアル物多キ也。天地、日月、男女、昼夜、水火ナドノ類也。カクノ如ク二ツアル物ノ多キハ、コレミナ陰陽ノ理也トスル事ナレドモ、コレ全ク陰陽ノ理ニテ然ルニ非ズ、オノヅカラニ然ル也。……若《シ》実ニ陰陽ノ理アラバ、万物コトゴトク二ツヅ、アルハズ也。然ルニ一ツナル物モアリ、二ツナル物モアリ、又マレニハ三ツナル物モアルハ、ミナ何トナク然ル也。（『答問録』[12]）

現実の世界に「天地、日月、男女」等々のように対をなすものが多いのは、「陰陽ノ理ニテ然ルニ非ズ」、即ち「陰陽ノ理」なるものに依拠して現実がかくあるのではなく、現実は現実として「オノヅカラニ然ル」「ミナ何トナク然ル」と解すべきであると。

宣長は前引の『古事記伝』に「或は漢籍《カラブミ》の易の理をもて説き、陰陽五行を以て説《トク》こととなれる」云々と述べていたが、神道に『易』の「陰陽」論、あるいは中国古来の陰陽五行論等を導入し、古伝説の次元にとどまることなく世界の根源（宣長の言う「天地の初」の「理」）をも射程に入れた体系に組み替える試みが、例えば度会氏の伊勢神道、それを承ける北畠親房『元元集』等に見られるように中世以来行われ、近世に至っても林羅山・山崎闇斎等の儒家神道において推進されることとなった（阿部秋生「儒家神道と国学」[13]）。また民間に俗神道を講釈した増穂残口も、陰陽五行を導入しつつ国常立尊を森羅万象の根源であると規定して次のように説いた。

天地渟合《こゞもり》し中、仄《ほの》かに芦芽《あしかい》の如くなる神化生《なりいで》給ふ。実の体《かたち》あるにあらず、推て云察《いひさつ》して名づくる物にして、虚空法界万物育生の元気なり。是を国常立尊と申奉る。此神人畜、草木、森羅万象の全体にして、本有《ほんう》常住の尊容《みすがた》なり。是より木、火、土、金、水と五行判《わか》れ、……　（『艶道通鑑』[14]巻一、正徳五年（一七一五）序）

かくして、「陰陽」論によって神道説を捉え直すことは近世中期においても依然顕著に行われていたものと窺えるが、宣長はかかる論に対して殊に「理をもて見る」、古伝説を古伝説として受け入れることなく、古伝説の背後に更に「理」を読み取ろうとするものと位置付け、排撃したのであった。

三　近世中期における老荘思想の流行

前節に見たように宣長が斥けた「陰陽」論は、近世中期に至って神道界のみならず、殊に老荘思想の流行、その一環である易老一致説と相俟って、一層顕著となってきたもののようである。後年易学の大家となった新井白蛾は、若年時に成稿した談義本『老子形気』[15]（宝暦三年（一七五三）刊）において、陰陽五行論に拠りつつ国常立尊を天地の始原と説いているが、かかる論は正に、宣長が「伊邪那岐《ノ》命、伊邪那美《ノ》命と申す神はたゞ仮に名を設けたる物にして、実は陰陽造化をさしていへるぞと心得る」（前掲『古事記伝』）、即ち古伝説の背後に更に陰陽造化の「理」を見て取る論としたものの典型と言うべきである。

道といふも太極といふも無極といふも皆一ツ事也。天地いまだ開ざる時声もなく形もなく陰陽五行も一渾然《ひとかたまり》にて何とも分れぬ此時をさして無極といふ。……神道は国常立尊を元々造化の始として、天神地神の間は陰陽五行の廻りを今日人の身の上を借用ひ譬喩《たとへ》ていふたもの也。伊弉諾尊《いざなぎのみこと》と申も今の人間のごとくかくも名の付たる体の有にはあらず。神代の巻に、「伊弉諾尊、伊弉冊尊、天の浮橋の上に立せ玉ひて共に計ひて曰、「底下《そこつ》に豈《あに》国なからんや」との給ひて、すなはち天《あま》の瓊《と》矛《ほこ》を以て指下《さしおろし》て探《かきさ》ぐりしかば、是《こゝ》に滄溟《あをうなばら》を獲き。其矛の滴瀝《したゝり》の潮凝《こり》て一ツの島となれり。これを名付けて磤馭盧《をのころ》島といふ」と有も、造化の運《めぐ》りを今日人間の物をなし行ふ気味合に借用て、舎人親王書給ひたるもの也。

（巻五「馬子発明の事付儒仏神問答」）

ところでこのように天地の始原を捉えようとする議論を一連の老荘思想流行の現象の中に位置付けて見ると、例えば『老子』[16]第四二章の、道は一を生じ、一は二を生じ、二は三を生じ、三は万物を生ず。万物は陰を負ふて陽を抱く。沖気以て和することを為す。

の如き、老荘所見の、現実界における万物のあり方を、根源の「道」に基づき「陰陽」の展開によってもたらされたものと観ずる論に対する関心が、この流行現象の中に認められることに想到する。

老子研究書に筆を執った幕府の御書物奉行近藤蘆隠は、「老子の道は犧画周易と其《ノ》理表裡を相なし候へば、異端といふべからざるのみならず、儒の本を説《トク》といふべく候」(『蘆隠先生老子答問書』[17]、元文五年(一七四〇)刊)と、易老一致説に立つと表明する。これは、『易』[18]における「易に太極有り、是両儀を生ず。両儀四象を生じ、四象八卦を生ず」(繋辞上伝)の如き、天地万物の根源を捉える論理を、前掲の如き『老子』の「道」を捉える論理と同軌と解するもので、蘆隠自ら『老子本義』[19](享保一六年(一七三一)刊)序に、「古人も亦往々老子、周易並べ観、参へ玩ぶ」云々と述べるように、中国古来存する論である。かくして蘆隠は易老一致の見地から、現実における「万物」のあり方は根源の「道」に基づき「陰陽」の展開によりもたらされると論じた。

……しゐて是を名づけて道といふまでにて、名もなきなり。名の無が常の名にして、天地の始也といへり。其の無名の道より一気を生じ、一気清濁軽重をわかちて、陰陽の二気をなし、天地斯《コヽ》に開け、二気交通和を成て、万物を生ず。　(『蘆隠先生老子答問書』)

また滝鶴台『三の逕』[20](元文三年(一七三八)自序)には、『荘子』[21]大宗師篇所見の、天地を大なる鑪、造化を鋳物師、人間を鋳られる金属と見なす論(「今一たび天地を以て大なる鑪と為し、造化を以て大なる冶と為さば、悪《いづ》くに往くとして可ならざらんや」)に拠りつつ、造化の作用に基づき万物の「生死寿夭」がもたらされる様を次のように説く。

老子荘子の道には因果の沙汰なし。一切万物、生死寿夭、皆自然の道理にて、天のなすにもあらず、我なすにもあらず、自《オノツカ》ら生じ、自ら死す。是を物化と云。……天地の鑪《タヽラ》、造化の冶工《イモノシ》、陰陽の炭《アラスミ》を以て、万物の銅《アカヾネ》を鋳出す事なれば、聚散定りなく、変化測りがたし。

ここで「聚散定りなく、変化測りがたし」と、深遠なる造化の作用に着眼を示すが、これは、前掲した秋成『神代がたり』の、

易に陰陽不測を神と云。或はあらはれ、或はかくれ、見とゞむべからぬを神とは申也。

とする捉え方との関連を思わせる。

教訓談義本の先駆をなした佚斎樗山も、同様の論理に立って、現実界の事象は造化の作用に統べられ「陰陽の生殺」によってもたらされたものであるが故に、人間の情を以ては如何ともなし難いと、明確に説くに至っている。

彼（雷）無心にしてふるふ。我無心にして聞《きか》ば、何の気を塞《ふさぐ》事かあらん。……天豈《あに》我一人のために、此暴風霹靂を起して、此変動をなさんや。天地は無心也。懼《おそる》る者はみづから惧《おそる》也。天地は天地を以て変動し、我は我を以て寧静《やすくしづか》也。……はやくやみなん事を思ひても、我ためにやむ物にもあらず。……此形は陰陽の凝聚《こりあつま》る也。造化の中に有《ある》もの、誰か陰陽の生殺をまぬかれむや。……天に五臓なし。何ぞ人情のごとくのいかりあらん。
（『田舎荘子外篇』[22]巻三、享保一二年（一七二七）刊）

「無心」にして「人情」なき造化の作用のもたらす「陰陽の生殺」は、人間の情には感応しないとする右の論と、先に掲げた秋成の、黄金を「非情の物」、神を「陰陽不測」として人間の善悪との相関を否定する論との関連を想定することがここに許されるとすれば、前掲『胆大小心録』三〇に言う、

易云、「陰陽不レ測謂二之神一」。はかるべからずの事明らか也。さればこそ人の善悪邪正の論談なき歟。

とは、「陰陽」の深遠なる作用であるが故に、それに拠ってもたらされた現実は人間が設けた善悪の規準とは対応し

ない、との謂いであったと解してよかろうか。

ところでかかる老荘思想流行の現象において、老荘所見の、善悪・賢愚等々の価値対立を相対的なものと見なす論に対する着眼が認められることが、中野三敏「近世中期に於ける老荘思想の流行――談義本研究（一）――」(23)等の論考に指摘されているが、以上のように見て来ると、かかる相対的思考も、相対的価値の対立する現実の相を超えた「道」の存在に対する関心を前提としていたものと思われてくる。前掲した『世間銭神論』に秋成と類似の金銭観を展開していた田中友水子は、談義本『面影荘子』(24)に、夭折した顔回が長寿の彭祖に対して語るとして、次のように述べる。

但《たゞ》虚にして霊有り、一にして体なきものあつて客人となり来る。其名を玄徳といへり。天地万像を総持するものにて、天地は我と同根万物一体也。……汝骸《からだ》の八百歳を重んじて自己の身に具《そなわり》たる天徳の事を忘れたり。……鶴は千年亀は万年、東方朔は九千歳といへば、汝が八百歳は夭死《わかじに》也。……汝が養気調練は死を畏れ生を貪て骸をのみ大事と思ひ、寿を是とし夭を非とす。是非好悪の念慮絶ず自然にしたがはざる病によつて八百歳を一期として死したれ共、汝に何《ン》の徳かある。（巻三「彭顔夭寿」）

真に拠るべきは「寿夭」「是非好悪」の相対的価値対立ではなく、それを超えた「天地万像を総持する」「玄徳」「天徳」であると。

もとより老荘においては、善悪・賢愚等々の価値対立は相対的なものと見なされるが、

天下、皆美の美たることを知れば、斯れ悪のみ。皆善の善たることを知れば、斯れ不善のみ。故に有無相生じ、難易相成り、長短相形《あらは》れ、高下相傾き、音声相和し、前後相随ふ。（『老子』第二章）

かかる論は、現実における相対的差別の相を超えたところにある「道」こそ真に拠るべきものと見なす思考に裏付け

られていた。右『老子』第二章に続けて言う。

　是を以て聖人は、無為の事に処し、不言の教へを行ふ。（聖人の拠る「道」は）万物作《な》りて辞せず、生じて有せず、為して恃《たの》まず、功成りて居らず。夫惟《ただ》居らず、是を以て去らず。

また『荘子』則陽篇においても、

　天地は形の大なる者なり。陰陽は気の大なる者なり。道は之が公たり。……欲悪去就、是に於て橋起す。雌雄片合すること、是に於て庸《つね》に有り。安危相易《かは》りて、禍福相生《な》る。緩急相摩して、聚散以て成る。……此物の有する所、言の尽くる所、知の至れる所は、物に極まるのみ。

「道」は、「言」「知」を以て捉え得る「欲悪去就……」の相対をなす「形」「物」の世界を超えたところに存在するとされていた（『中国古典選　荘子』福永光司解説参照）[25]。

　ところで先に近藤蘆隠の易老一致説に触れたが、『易』の論理からの、老荘と相俟っての示唆も看過できない。佚斎樗山は『田舎荘子』[26]「荘子大意」に、『易』繋辞上伝の「形而上は之を道と謂ひ、形而下は之を器と謂ふ」に拠りつつ次のように言う。

　唯聖人のおしへは、道を以器を制し、器を以道を載せ、道、器兼備へて、遺すことなし。

樗山はこの論理に基づき、善悪等の相対をなす「形迹ある」「器」を超えた「道」を、次のように捉える。

　迹ある者は、かならず対あり。此に善なれば彼に悪なり。譬へば、陰陽水火のごとく、用をなす時は善也、物を害する時は悪なり。万物形迹ある物みなかくのごとし。……天地の大なるも、形あれば器也。人猶憾《なほうらむ》る所あり。只道は迹なし。故に対なし。善悪を以《もつて》語るべからず。古今を以《もつて》損益すべからず。始もなく終りもなし。前後もなく左右もなし。人の由《より》よつて、須臾も不レ可レ離《はなるべからざる》所に就て、強て名付て道といふのみ。

なお樗山は同様の論を根拠に、

（荘子は）五帝三王、周公、孔子を毀《そし》りて、当世の儒者、聖人の真を不レ知、徒に其礼楽仁義の迹になづみ、聖人の糟粕を貴むで、道とすることを憤り、礼楽仁義聖人ともに打やぶりて、道の極りなき事を論ず。……今の儒者の貴ぶ所は、堯舜孔子の迹なり。其形迹の堯舜孔子を打やぶりて、真の堯舜孔子をあらはさむため也。

と、「迹」「糟粕」に堕した儒教道徳を「道」「真」の次元から新たに捉え直そうとすることにこそ荘子の執筆意図があったと論ずる。即ち樗山のいわゆる〝荘子の儒教的解釈〟（中野三敏「談義本略史」[27]）とは、かかる「道」の把握に拠って立つものであった。

このように老荘、あるいは『易』由来の論理を摂取しつつ、宣長の言う「理をもて見る」、現実を見てそれをそのまま受容することなく、現実の背後に貫徹する「道」「理」の存在を見て取ろうとする思考が、当代において一層顕著となっていったものと窺える。即ち、秋成が自らの論を形成する基礎となし得るだけの思想が当代においてかかる形で準備されており、秋成の論はこれに即して理解されるべきではないか、ということである。

四　宣長との論争、不遇認識の問題

かくして秋成は、当代思潮に底流していた「理をもて見る」思考に拠ったが故に、現実とは「オノヅカラニ然ル」（前掲『答問録』）ものであるとしてそのまま受容するを良しとする宣長と、その思考態度において鋭く対立することとなったものと解される。このことが顕著に表れたのが、著名な『呵刈葭』[28]「鉗狂人上田秋成評同弁」第三条の儒仏受容をめぐる論争であろう。

（秋成、）儒仏の二教も土地にふさはずは、培養する共生育すべからず。既に切支丹の国禁厳なるを見つべし。二教の神孫の御心にかなはせ給ふは、即国土に相応《フサハ》しき共いふべし。其ふさへる大理は、人の小智に推測るべきにあらず。今や二教は羽翼に用ひさせ給ふをも、国津神の悪ませ給はぬにて見れば、今日遺恨もなきこと也。事物みな自然に従て運転するを、其勢《ヒ》に対へ立て止むべきにあらず。擬古は学びて得べし。復古は学者の贅言也。然れども天地の無窮なる間には、自然の運転にて古に復る時も有まじきにあらず。釈氏の一劫は智術の巧なれば従ひがたし。今日の弊風うれたきとて、一民の努力にはいかむ共すべからず。吾師いへらく、往時は往時にて宜しく、今世は今世にて宜しと。此言旨味あるかな。

（宣長、）「儒仏の二教も土地にふさはずは」云々。……物の広まるは、必宜しき理ある故に然るにはあらず。凡てわろき事の広まるは、禍津日神の心也。もし広まるを以て、神の悪ませ給はぬ故ぞといはゞ、国に盗賊のあるも、水火の災のしげきも、稲に虫のつくも、神はにくませ給はぬにや。時ありて天下の乱るゝことあるも、神のにくませ給はぬ故といはむか。「事物皆自然に従て運転するを、其勢に対立て止むべきにあらず」云々。こは余がもとより常にいふ所也。但し自然の運転といふは非也。運転は神たちの御しわざ也。抑世中の万の事は、こと〴〵く神の御心より出てその御しわざなれば、よきもあしきも、人力にてたやすく止べきにあらず。故にあしきをば皆止よと教るは強事也。たゞ其善悪邪正真偽をよくわきまへて惑はじとするぞ、学問には有ける。

秋成は傍線部分に明らかなように、儒仏二教が日本に「相応ふ」か否かという観点に立って問題を捉える。かくして現実に徳川治世下において儒仏が統治を輔佐する機能を果たしているという事態の背後にも「其ふさへる大理」が存在すると見て取り、かかる上で「今日遺恨もなきこと也」「往時は往時にて宜しく、今世は今世にて宜し」と是認するに至っている。一方宣長にあっては、「盗賊」「水火の災」等々と例示されるように、あくまで現実における直接的可視的な是非の規準に立って論じており、儒仏の「広まらざる」が即ち是、「広まる」が即ち非と捉えられている。然れば、「理」があって現実をそのようにあらしめているとの把握が成立しなくなるのは当然であり、かくして宣長は「必宜しき理ある故に然るにはあらず」と論駁したのであった。

右の論争に関して、秋成・宣長共に歴史の動きを人力で阻止できない旨を述べているところから、両者の認識に本質的相違はなかったとする解釈も存する（飯倉洋一「秋成における「自然」の問題」[29]）。私見では、ここで、かかる結論に至り着くまでの両者の思考の内実を問題にすべきであると考える。要するに秋成の言わんとするところは、儒仏の浸透が是であるか非であるかは、現実における直接的可視的な規準においては決められないのであって、「其ふさへる大理」の次元から問題を捉えるべきであり、然れば、現に統治に寄与していることにも窺われる如く、是認すべきこととなる、というものではなかったか。宣長は言う。

抑漢人は、天地万物の理もこと〴〵く測り識《ル》べく、測られずといふことは無きがごとくいふなるを、今上田氏も凡て漢意なる故に、余が不可測といふを託言の如く思ふ也。（『呵刈葭』「鉗狂人上田秋成評同弁」第五条）

上田氏は我が言う意味での真の「不可測」を理解しないという点で漢意に等しいと。現実とは「オノヅカラニ然ル」ものであるとして、その背後に「理」を見て取ることを徹底して拒否する宣長にすれば、秋成がたとえ「其ふさへる大理は、人の小智に推測るべきにあらず」「其勢《ヒ》に対へ立て止むべきにあらず」と述べようとも、そこに、現実の背後に貫徹する「理」の存在を捉えようとする思考態度が貫かれている以上、相容れざるところであった。

宣長のように、現実の背後にあるものは徹底して不可測であるとして、そこに「理」を見て取ることを放棄し、眼前の現実を「オノヅカラニ然ル」ものと観ずることができれば、たとえそれが不条理な現実であろうとも、「たゞ其善悪邪正真偽をよくわきまへて惑はじ」、そのまま受け入れて終わることができたであろう。

まづ下たる者はたゞ、上より定め給ふ制法のまゝを受て其如く守り、人のあるべきかぎりのわざをして世をわたり候より外候はねば、……然るに無益の事を色々と心に思ひて、或は此天地の道理はかやう〳〵なる物ぞ、人の生るるはかやう〳〵の道理ぞ、死ぬればかやう〳〵になる物ぞなどと、実はしれぬ事をさま〴〵に論じて、己がこゝろ〳〵にかたよりて安心をたて候は、みな外国の儒仏などのさかしら事にて、畢竟は無益の空論に候。

（『答問録』）

しかし秋成は、現実の背後には何らかの「理」が貫徹していると捉えるが故に、実際には不条理な現実が存在することを意識するにつけ、かかる現実をもたらす所以のものにあくまでもこだわらざるを得なくなった。このことが最も顕著に表れたのが、秋成が晩年において随所に言及する「不遇」に関わる問題であった。

前掲『呵刈葭』の言説において、儒仏が日本に浸透したのは何らかの「大理」によってであると捉えていた秋成は、人間の幸不幸を決定付けるような歴史上の事象に関しても、何者が現実をそのようにあらしめているのか、その所以にこだわり続けた。『金砂』[30]巻六に、大友皇子の統は壬申の乱に断絶するものの、天智天皇の孫光仁天皇が再び皇位に即いて以来この統が連綿と継続するという歴史の動きの測り難さを説いて言う。

是につきても恐れながら我輩の上に思へば、人各遇不遇有て、我しらぬ命禄は論ずべきにあらず。又仏化の冥福、奸智の栄花も、天賜にあらざれば、我に亡びずとも子孫に尽ん歟。上宮太子、山背王の不遇、来たるが如くにて来たらず、蘇我三世の威福来たれども、終に亡ぶ。天武の御系統《スヂ》も称徳に断え給へるをおもへば、学士の理数も無しと誣べからず。又必も信ずべからず。

また『春雨物語』[31]「血かたびら」には、平城帝が太弟（後の嵯峨帝）に、王朝の興衰をもたらす所以のものは何であるかと問う。

（帝）のたまはくは、「周は八百年、漢四百年、いかにすればか長かりし」とぞ。太弟……こたへたまはく、「長しといへども、周は七十年にて漸衰ふ。漢家も又、高祖の骨いまだ冷ぬに呂氏の乱おこる。つゝしみの怠りにもあらず」と答たまふ。「さらば天の時か。天とは日々に照しませる皇祖の御国也。儒士等、「天とは即あめを指か」と聞けば、「命禄也」と云。又数のかぎりにもいへり。是は多端也。仏氏は、「天帝も我に冠かたぶけて聴せたまふ」と申す。あな煩はし」と。（富岡本）

かくして秋成は殊に、才行正しくして不幸に死んだ史上の人々を見ては、自己の境涯に重ねつつ、かかる不幸をもたらした所以に対して一層深くこだわった。

大夫（山上憶良）博学多才、且気介有て当世の人傑也。不遇薄命にして、壮年病に繋がれ、官途進まず、老に到て妻に別れ、愛児を失ふ。悲傷いとまなし。儒士はかゝるを天命に帰し、釈氏は是を因縁に托す。其理知べからず。（『金砂』巻一〇）

前掲『呵刈葭』に「其ふさへる大理は、人の小智に推測るべきにあらず」としたと同様、ここにおいても秋成は「其理知べからず」、人間の幸不幸などの現実をもたらす所以のものは結局のところ明らかでないとする。即ち秋成は、現実は「理」によってもたらされていると思考するが故に、その現実が不条理極まりないことを意識するにつけ、「理」は不測であるとの認識を深めざるを得なくなったのではなかったか。

五　不遇認識、古典学と老荘的思考

不幸な人々の境涯に感情移入しつつ自己を寒酸孤独、不遇とする認識を晩年に至って一層強めていった秋成にとって、古典の学への没入が唯一の自己救済の手段であったことは周知の通りである。

頃一夜の夢に、垢面短鬚の老翁来りて云はく、「兄や薄命不遇、郷土を去り六親を離れ、居無く産無し。自ら恣に狂蕩を為し、間に乗じて文を作る。……居常書を読みて感有り、将に以て不遇に安んぜんとするか。……」と。覚めて後之を思ふに、冷落失路、之を窮厄と為せば、則ち楽しむべからず、之を命禄と為せば、則ち何を以てか憂へんや。……終日門を閉ぢ、兀坐し、筆に乗じ、富に勝り貴に勝るの文ならずと雖も、聊か以て消間の策と為すのみ。（『藤簍冊子』自序[32]）

ところが古典学への没入は、秋成をして、不遇に対する慨嘆から解き放たれ安逸の境地へと至ることを不可能ならしめる要因を、実は内包していた。且つこの問題は以下に述べるように、検討してきた秋成の思考と深く関連するものであったと思われる。

秋成は古文献に没頭すればするほど、古文献は必ずしも真実の古代像を伝えてはいないという懐疑の念、いわゆる〝文献的ニヒリズム〟（日野龍夫「秋成と復古」[33]）に陥った。『遠駝延五登　一（異文）[34]』に、無絃の琴を奏でて楽しんだ陶淵明に倣って、古文献の脱漏は敢えて補わぬを良しとすると述べる。

文辞に事を述尽す国（中国）も、秦火の後は事乱りぬと也。こゝ（日本）にも村上の天徳四年の火に、古書は何も〳〵焼亡びし後は、とざまかうざまに補ひわざして全からしむ。中には闕失なひしまゝなるぞ、切たえし絃の足はぬに心をやれるぞまどひなからめ。

ここで「切たえし絃の足はぬに心をやれるぞまどひなからめ」と言うとき、古文献の脱漏を敢えて補うことへの戒めは、文献学的方法論としての意味を通り越して、秋成個人の内面に関わる問題となっている。

かくして、かかる感懐は、『遠駝延五登　二』に『老子』を引用して述べる次の一節に顕著に窺うことができる。

老子云、「絶レ学無レ憂、唯之与レ阿、相去幾何」。この語の高き趣、知がたし。解えずとも其旨おほろかに憩なひてあらむ。

いま『老子』第二〇章の冒頭部分を引くと、

学を絶ちて憂ひ無し。唯《い》と阿《あ》と、相去ること幾何《いくばく》。善と悪と、相去ること何若《いかん》。人の畏《おそ》る所は、畏れずんばあるべからず。荒として其未だ央《きは》まらざる哉。

即ち「唯」と「阿」と、返事の作法を喧しく区別し、善悪の別を詮索する儒家の学問を批判しつつ、人の憚るところは憚らざるを得ないが（「畏」は「憚」の義）、それ以上の議論は際限がない、と説く。「荒として……」とは、「ごてごてとした学問的な詮索は、人間を際限のない観念の泥沼のなかに追いこんで、いたずらに苦しめ悲しませ迷わせるだけの無益な彷徨である」（『中国古典選 老子』福永光司解説）(35)の謂いである。学問には人を煩瑣な詮索に陥れ心を苦しめる〝毒〟の潜むことを指摘した『老子』のこの一節に、秋成は深く共感したのであった。

また『胆大小心録』一五には、『列子』『荘子』から次の引用が見られる。

楊朱云、「百年《ハ》寿之大斉《ナリ》。得《ルハ》二百年《ヲ》一者千無《ニシ》レ一焉。設《たとヒ》雖《モ》レ有、孩抱昏迷者《は》、幾《ほとンド》居《ル》二其中《ノニ》一矣。夜眠所《ノ》レ弭《やム》、昼覚之所《ノ》レ遺《うしなフ》、又幾《ンド》居《ル》二其半《ノニ》一矣。量《ルニ》二十数年之中《ヲ》一、逌然《ゆうぜんトシテ》而自得、無《キモノ》二介焉之慮一、亦无《キ》二一時之中一爾《のみ》」。荘子云、「吾生《ガハ》也有《リ》レ涯、而知《ハ》也無《シ》レ涯。以《ツテ》レ有《ルヲ》レ涯、随《フハ》レ無《キニ》レ涯、殆《あやふキのみ》已」。

（なお、秋成による誤記は適宜改め、振り仮名、送り仮名を付した。）

先ず前半に引く『列子』楊朱篇の一節は、仮に百年の長寿を得たとしても、幼年期（孩抱）と老年期（昏迷）、また昼夜の失われる時間を除くと、人生の実質的時間は幾許もないことを説く。これを踏まえて後半に引く『荘子』養生主篇の一節は、限り有る生において限り無き知を追求することを戒めるものである。ここには右の二つの引用章句のみで、それに対する秋成の評は見られないが、殊に当該の『荘子』の一節は、早く安永三年（一七七四）に成った『あしかびのことば(36)』の中にも引かれており、秋成の注目の程を窺わせる。

おのれ〳〵が得るとえぬとのかた《僻》は心して、いづれかかしこきにさだむべき。たゞかぎりある命もて、かぎりなき世の事を尽さむぞ、いとかたじけなくかたたかるよしに、荘子と云人ぞはやく論じたまへりし。たゞ〳〵すけるひとかたにのみをさ〳〵《専》しくば、それぞ其道の師とあがむべき。

『老子』の「絶学無憂」と同様、右の『荘子』養生主篇の一節は、煩瑣な学問的詮索が、善悪の価値対立を超えた真に拠るべき「道」を傷つけ害うことを警告するものである（『中国古典選　荘子』福永解説参照）。かくして秋成は『茶痕酔言（異文）(37)』五三に言う。

たゞよき歌に習ひ、そのかみは世のさましか有しよと、思ひかへして、心にしるすばかりこそ宗なるべき。誤字落句しひて補なふとも無味也と、見過すが識者の心なるべし。さて歌の心の感動はくはしくも見ずして、事のみを解わづらへるは聞にくし。

自らの携わる古代学が「事のみを解わづらへる」営みに陥る危険を内包することを知った秋成は、眼前の可視的な次元にある文献に如何に操作を施そうとも、真の古代像は依然その背後にあって姿を明らかにしないことに対する慨嘆を込めて、『老子』の「絶学無憂」、『荘子』の「以有涯、随無涯、殆已」への共鳴を表したのではなかったか。

秋成の老荘に対する直接的言及は右にとどまる。秋成が直接老荘を範としつつかかる学問観を形成したのか否かは、検証し難い。あるいは、検討してきた如き秋成の思考態度が自ずから、眼前の文献に触れるにつけそれをそのまま受け入れることを許さず、その更に背後にこそ古代の実像が存すると捉える視点を導き、それに合致する表現を老荘の中に見出したという方が事実であるかも知れない。何れにしても第三節に論じた如く、秋成が思考態度において老荘と通じる部分を有していたことが、老荘に述べられたかかる学問観への共鳴を導いたのであったと解する。『胆大小心録』五に、「或人云。しいてしれぬ事をしらんとするは、かへりて無識じやとぞ。是は聞えたとおもふて、しらぬ事に私はくはへぬ也」と秋成が賛意を示した、雨森芳洲『橘窓茶話』(38)の一節に言う。

神代一巻、不レ可三以不《ザル》二尊重一。其為《ルヤ》レ言也、遼濶奥顚、弗《シテ》レ究《メ》可也。人欲レ求二其的確一、可レ謂二無識《ト》一矣。（巻下）

芳洲は同じ『橘窓茶話』に、儒仏道の三教に関して、個別的教義、修養の方法は異なろうとも、その根本においては一であると論ずる。

天惟一道、理無二二致一。惟立教有レ異。故自修不レ一。（巻上）

芳洲のかかる三教の捉え方に関して、林兆恩を代表とする明末の三教一致論（中野前掲「近世中期に於ける老荘思想の流行」）、また芳洲が奉じた宋学に備わる理一分殊論（上垣外憲一『雨森芳洲――元禄享保の国際人――』(39)）からの影響が従来指摘されているが、ここに、芳洲が晩年に親しみ『橘窓茶話』にも重ねて引用する老荘思想に備わる、現実の可視的な差別対立を超えたところに「道」を措定する論による示唆をも考えてよかろう。かくして、可視的な文献の背後に、「遼濶奥顚」、深遠なる真の古代像が潜在するとの思考は、秋成にとって十分に共鳴し得るものであった。

最晩年の秋成にあって、「理をもて見る」思考は、不遇に対する認識、更にそれと表裏をなす古典学において一層深められていったものの如くである。秋成が、宣長の説く、善神は結局悪神に克ち現実の不条理はやがて解消されるとの論を容れられなかった事情は、日野龍夫「老境の秋成」(40)に詳述されるが、かかる思考に立つことにより秋成は、不条理な現実をもたらす所以のものに対するこだわりを一層強めることとなったのではなかったか。夙に『諸道聴耳世間狙』「孝行は力ありたけの相撲取」において、正しき者の報われない不条理に関心を寄せ、前掲した「貧福論」の議論を経て、晩年に至っては『春雨物語』「宮木が塚」に、遊女宮木を徹底的に不幸な者に形象し、かかる不幸をもたらす所以のものは何かと問うた如く、「理をもて見る」思考は秋成の文学の基底に貫流するものであったように思われる。

注

（1）『雨月物語』は、『上田秋成全集　第七巻』（中央公論社、一九九〇年）に拠る。
（2）小椋嶺一「「貧福論」考」（『秋成と宣長――近世文学思考論序説――』（二〇〇二年、翰林書房）所収。初出は一九八三年一二月）。
（3）鵜月洋『雨月物語評釈』（角川書店、一九六九年）所収「貧福論」解説・補説（中村博保執筆）。
（4）『世間銭神論』は、京都大学附属図書館蔵本に拠る。
（5）中野三敏「静観坊まで――談義本研究（五）――」（『戯作研究』（中央公論社、一九八一年）所収。初出は一九七三年一〇月）。
（6）『銀の簪』、九州大学文学部蔵、二巻二冊。
（7）中村幸彦「穂積以貫逸事」（『中村幸彦著述集　第一一巻』（中央公論社、一九八二年）所収。初出は一九七三年一月）。
（8）『風狂文草』解題（『俳諧叢書　名家俳文集』（博文館、一九一四年）所収）。
（9）『胆大小心録』は、『上田秋成全集　第九巻』（中央公論社、一九九二年）に拠る。
（10）『神代がたり』は、『上田秋成全集　第一巻』（中央公論社、一九九〇年）に拠る。
（11）『古事記伝』は、『本居宣長全集　第九巻』（筑摩書房、一九六八年）に拠る。
（12）『答問録』は、『本居宣長全集　第一巻』（筑摩書房、一九六八年）に拠る。
（13）阿部秋生「儒家神道と国学」（『日本思想大系　近世神道論・前期国学』（岩波書店、一九七二年）解説）。
（14）『艶道通鑑』は、『日本思想大系　近世色道論』（岩波書店、一九七六年）に拠る。

(15)『老子形気』は、京都大学附属図書館蔵本に拠る。なお『京都大学蔵大惣本稀書集成　第二巻』（臨川書店、一九九四年）に同本を底本とする翻刻が備わる。
(16)『老子』は、『老子鬳斎口義』（林羅山校訂、明暦三年（一六五七）和刻本、著者架蔵）に拠り、読み下して掲げた。
(17)『蘆隠先生老子答問書』は、国立国会図書館蔵本に拠る。
(18)『易』は、島根大学附属図書館蔵和刻本（外題「改正易経集註」、享保九年（一七二四）刊）に拠り、読み下して掲げた。
(19)『老子本義』（原漢文）は、大阪府立中之島図書館蔵本に拠る。
(20)『三の逕』は、東京都立中央図書館井上文庫蔵本に拠る。
(21)『荘子』は、『荘子鬳斎口義』（寛文五年（一六六五）和刻本、著者架蔵）に拠り、読み下して掲げた。
(22)『田舎荘子外篇』は、『叢書江戸文庫　佚斎樗山集』（国書刊行会、一九八八年）に拠る。
(23)中野三敏「近世中期に於ける老荘思想の流行――談義本研究（一）――」（注5前掲『戯作研究』所収。初出は一九六五年三月）。
(24)『面影荘子』は、香川大学附属図書館神原文庫蔵本（国文学研究資料館マイクロ資料）に拠る。
(25)『中国古典選　荘子』（朝日新聞社、一九七八年。福永光司訳註）。
(26)『田舎荘子』は、注22前掲『叢書江戸文庫　佚斎樗山集』に拠る。
(27)中野三敏「談義本略史」（『新日本古典文学大系　田舎荘子・当世下手談義・当世穴さがし』（岩波書店、一九九〇年）解説）。
(28)『呵刈葭』は、注10前掲『上田秋成全集　第一巻』に拠る。
(29)飯倉洋一「秋成における「自然」の問題」（『秋成考』（翰林書房、二〇〇五年）所収。初出は一九八二年一二月）。
(30)『金砂』は、『上田秋成全集　第三巻』（中央公論社、一九九一年）に拠る。
(31)『春雨物語』は、『上田秋成全集　第八巻』（中央公論社、一九九三年）に拠る。
(32)『藤簍冊子』自序（原漢文）は、『上田秋成全集　第一〇巻』（中央公論社、一九九一年）に拠る。
(33)日野龍夫「秋成と復古」（『日野龍夫著作集　第二巻』（ぺりかん社、二〇〇五年）所収。初出は一九八一年六月）。

（34）『遠駝延五登 一（異文）』、また次に引用する『遠駝延五登 二』は、注10前掲『上田秋成全集 第一巻』に拠る。
（35）『中国古典選 老子』（朝日新聞社、一九七八年。福永光司訳註）。
（36）『あしかびのことば』は、『上田秋成全集 第一一巻』（中央公論社、一九九四年）に拠る。
（37）『茶痕酔言（異文）』は、注9前掲『上田秋成全集 第九巻』に拠る。
（38）『橘窓茶話』は、『日本随筆大成 第二期第七巻』（吉川弘文館、一九九四年）に拠る。
（39）上垣外憲一『雨森芳洲――元禄享保の国際人――』（中公新書（中央公論社）、一九八九年）。
（40）日野龍夫「老境の秋成」（注33前掲『日野龍夫著作集 第二巻』所収。初出は一九八四年七月）。

第五章　上田秋成における小説と詩歌

一　小説における表現の問題

上田秋成の読本の基底にある小説観については早くから検討が試みられているが、秋成の叙述の中に説明不十分の箇所が多々ある故もあって、未だ整理し尽くされているとは言えない。小説は作者の思想を託すものなりとの〈寓言論〉を有していたことなどは既に言われている。但しそのような小説観の根柢に、〝小説とは表現なり〟という見解が貫かれていたことは、取り立てて問題にされたことがなかろう。

『雨月物語』(1)序に、『水滸伝』『源氏物語』を挙げて、自作がこれらに比肩すると聞こえる物言いをしていることは知られているが、これは、小説の表現を「音」として捉える観点からの論であった。

　然り而して其（水滸・源語の）文を観るに、各々奇態を奮ひ、啽哢《がんろう》真に逼《せま》り、低昂宛転、読む者の心気をして洞越たらしむる也。事実を千古に鑑せらるべし。

「啽哢」の「啽」は黙すること、「哢」は鳥がさえずること。「低昂宛転」は低く高く抑揚に富むこと。「洞越」は瑟の底に音を響かせるためにあけられた穴。即ち水滸、源語、自作は共に、磨かれた表現で読者の心に共鳴を生じ、作者が表そうとした事どもを時代を超えて伝えるものであるということになる。

小説の表現を「音」と捉える論は、遡って都賀庭鐘の『英草紙』(2)（寛延二年（一七四九）刊）序に見られる。庭鐘は「幸《さいわひ》にして歌舞妓《かぶき》の草紙に似ず」と、当時の浮世草子とは異なる和漢雅俗混淆の新文体を用いたことを述べる文脈の中で、次のように言う。

此書義気の重き所を述《のぶ》れば、昔より牛喘を問《とふ》て時の政《まつりごと》を知り、馬洗の音を聞て阿字をさとり、風の音に秋の深《ふかき》をしり、砧《きぬた》のひゞきに冬の近《ちかき》を思ふためしあれば、鄙言却て俗の儆《いましめ》となり、これより義に本づき、義にすゝむ事ありて、

もし、この作は義を述べたもの、故に読者はこれを教誡とせよというのであれば、教訓書の類と変わらない。これと隔たるのは、牛喘、馬洗、風、砧の音を挙例しての論があることによる。それぞれ故事や和歌を踏まえながら、音の中に意味を読み取るべきことを述べる(3)。そしてこれを自作の構造に当て嵌める。読者の前に実際に存在するのは鄙言（実は新しい文体）のみである。読者はここから義を読み取る（聴き取る）のである。「これより義に本づき、義にすゝむ」とは、読者が自ら感得して心を動かすことを言おうとする。

秋成の、小説の表現を音として論ずるという発想には、庭鐘の影響が関与している部分があろう。ただ秋成の場合、後述するように、物語論の中で詩歌を併せ論じ、且つ詩歌の表現をやはり音として捉える言説があることから、近世の特に詩論史において蓄積されてきたものが直接的には踏まえられていると予測する(4)。

では表現を音として捉えることは、小説とは何かという問題を考えるに当たって如何なる意義があったのであろうか。先ずは物語を論じて最も纏まった分量をもつ『ぬば玉の巻』(5)を中心に見る。この書を一読すると、以下に述べるような疑問点が浮かび上がってくる。秋成はここで『源氏物語』を次のように評論した。

かの物がたりは、いかにもその世のありさまを、打はへていとおもしろくつくりなしたれば、世の人の目をよろこばしむるさかしわざなれど、しひては何ばかりの益《やく》なきいたづら言《ごと》なり。かうやうの書《ふみ》は、京極の中納言の、たゞ詞花言葉をのみもてあそべと、さだしおかれたるぞ、げにことわりなりける。これらのあだ物もて、世のをしへにもなるものにとりはやすは、いとおろかなり。

藤原定家が『伊勢物語』の一写本の奥書にいう言葉を援用しつつ、『源氏』は「いたづら言」「あだ物」なりと説く。この方面の先駆的研究である中村幸彦「上田秋成の物語観」(6)ではこれを引いて、契沖、伊藤仁斎、荻生徂徠、賀茂真淵の、勧懲論否定の流れの中にあるものとされた。また中村博保「秋成の物語論」(7)でも、「物語をなぐさみ物として道徳的な立場から解放しようとする考え方」とした。近世の文学思潮の中で俯瞰するならば、確かにそういうことになる。しかし秋成は同じ『ぬば玉の巻』に、『源氏』について次のようにも述べている。

一部の大むねをもとむれば、雨夜の物がたりに、世にある女のうへを、さまかたち、心ばへをまで、もらさじとかいあらはしたるほどに、筆のすさみのゆくにまかせて、そこはかとなく書ひろめたる物とこそおぼゆれ。さるは女にて見ば、いとありがたき教へのふみとも云べし。

また、『源氏』の人間描写は読者にとって「今よりをつゝしむべきいましめともなりなまし」とも言う。なお『落窪物語』は秋成が殊に高く評価したもので、『源氏』と同列ではないこと後述の通りではあるが、自ら校訂した刊本（寛政一一年（一七九九））の序(8)に、

（この物語を）をしへかしこきまめぶみともあふぐべかんめりける。……この物語なんひとりひじりだちたるふみのつらにもとりくはへてんに、

と述べている。物語は「いたづら言」「あだ物」であるとしながら、「教へ」にもなるとは、矛盾するもののように聞

こえる。これが秋成の中で両立していたとすれば、それは如何なる論理によってであろうか。私見では、ここでも、小説（物語）とは表現なりとの論が踏まえられていると解する。「詞花言葉をのみもてあそべ」とは、道徳からの解放云々の前に、文字通り、物語は表現に就けの意であったと考える。『源氏』の表現の卓越については、前掲『雨月』序の他、「たぐひなき上衆《じょうず》の筆」「事の巧みなる、詞のうるはしびたる」（『ぬば玉の巻』）、「言のあやに妙なる、心ばへの巧なる、このたぐひのものには、やまともろこしにもならびなき」（『藤簍冊子』巻三「秋山記」）[9]などと述べている。先ず表現に就くことによって物語の享受はどうなるのか、という所に問題は存するように思われる。

二　物語論と詩歌論

『ぬば玉の巻』では、物語以外の、次のようなジャンルにも言及がある。

①教誡の書（仏典、経書等）②『詩』（いわゆる詩経）③後代の詩　④古代の和歌　⑤後代の和歌

①は、仏典の方便、『春秋』の褒貶の如く、文章から直ちに教誡を読み取るべきもので、物語が「いたづら言」「あだ物」であるのと対照をなす。ここまでは極めて明解である。しかし更に②〜⑤の詩歌のことへと論が及ぶ。しかもこの詩歌論と、全体の主旨たる物語論との連絡については触れられない。以下その説明がない部分を詮索してみる。

先ず、詩歌に関する秋成の論を整理する。教誡の書（①）の中に、聖人の行跡を記録してこれを典範として示すものがあるが、これでは「おのが常のねがひにたがひ、事毎《ごと》に情《こゝろ》を枉《まげ》られ、読ほどにさへ、聞ばかりにさへ息づきのみせらるゝには、誰かは是を身に行なはん」、人間本来の情と齟齬を生じて定着しない。『詩』（②）はこれと異なり、人間の実生活に即した純なる情を詠じたものである。またそれは後代の、言葉の雕琢に堕した「あだ言」の詩（③）

とも区別されるべきであると言う。

　詩といふものこそ、よき人あしき人、おのが心にねがふ事のまゝをば、さま〴〵物にくらべ、それにかこつけもしてつらね出たるが、其物をとう出て云も、後々の世の、花鳥の音いろにふけるあだ言の、酔をすゝめ袖を翻《かへ》すはやし物のみにはあらで、大かたは衣食材用の宝ものをもて、ねがふ心にたぐへつゝうたひあぐる也けり。

この見方は、和歌の論にもそのまま当て嵌められる。同じ理由で古代の和歌（④）は、後代の和歌（⑤）と区別される。

　やまと歌こそ、この国の人のおのづからなる情《こゝろ》をもてなげきいづるなれど、それも後々の人の、花鳥のはかなごとのみはいたづら也。

古代の和歌には人間の純なる情が表されている。また「詞は打あら《麁》びたるも、猶云たらはさぬもありげにて」、「心をかくさずのこさず、詞には打出し也」とも言う。素朴な言葉で情を表出しているの意に解してよかろうが、これ以上の説明はやはり『万葉集』研究の著述の中に求めざるを得ない。以下、物語論との関係が見込めそうな点のみに絞って掲げてみる。

　秋成の万葉歌評釈の基盤は、〝歌とは歌うものなり〟という定義である。従って「調べ」を整えるため、一般には言葉を選ぶことになる。

　歌とはうたふ物故にいへり。さるはいみじく言えりして調べをとゝのへずは、いかでふし《歌腔》はかせにかなふべき(10)。（『楢の杣』序例）

古代和歌の場合、確かに言葉は素朴であるが、これも調べが良いという点は満たしている。

　古き歌はそのかみの常言もてや打出つらむ。たゞ心に思ふ事をあまりては言に挙て永くうたふものから、しらべは取つくろはでもよろしかりき。（同）

かしこ（中国）には、音韻をたふとみて声をと〻のへうたふとや。こ〻には言を延べ約めつ〻して、しらべをゆたけくうたひしものぞ。（同）

古歌は詠吟を宗とすれば、詞章をかへしてしらべをと〻のふる事、西土の詩経を見て、詞章の体を思ふべし。（『楢の杣』巻一）

声に出しての歌い方によって美しい調べがもたらされるのである。

古代和歌の言葉が素朴であるとは、一切文飾を用いないの意味ではない。枕詞（秋成は「装ひ」と言う）の使用は古代においてこそ盛んで後代は衰えたとし、「我は此言の宮びをのみ恋おもふ也けり」と言う（『楢の杣』序例）。単に、枕詞は装飾の一種であるから「みやび」だというのではない。主意に直接関わらない語が入ることで一首全体の高い調べがもたらされる、そのようなあり方がみやびなのである。いわゆる序詞に関して次のように説くのも同じ観点からである。

「なが〳〵し夜を独かも寐ん」「いざよふ水の行へしらずも」と云に、思ひは尽したり。故に上句十七言は、たゞ文装をつらねて意を害せじとす。比興の体を宗とすれば、詞章幽艶にして調高し。意志をくはしく云解くには、かへりて志情を浅からしむ。後の世の頃ひは是也。歌は言を永くすると云には、詠吟の調を専ら先務とすべし。（『金砂』巻六）(11)

比興云々は『詩』の表現方法になぞらえての説明である。長夜を言うのに直接には関係ない山鳥を引く。この文装が入った分、主意を述べる部分は圧縮される。それによって、吟詠した際の高き調べがもたらされる。結果享受はこの調べに即して行われ、詠み手の志情は深く伝わる。逆に、言い尽くすと伝わり方は浅くなる。また、防人の歌を論ずる『金砂』巻五に次のように述べる。

ひな人は文字はえか、ねど、志を述ては人を感ぜしむ。今も田舎に田草とり紡績するにも、声をかしくうたふ。其詞章の実情、聞に感あらしむ。

やはり声を聞いて感受するのである。この論はまた、「浅茅が宿」（『雨月物語』）の末尾の場面を想起させる。漆間の翁から真間の手児女の説話を聞いた勝四郎が亡妻宮木を思い遣りつつ詠歌するのを、「田舎人の口鈍くもよみける」と言い、

思ふ心のはしばかりをもえいはぬぞ、よくいふ人の心にもまさりてあはれなりとやいはん。

と評する。言い尽くさぬ方が、却って聞く人を深く感ぜしめるのである。

以上古代和歌に関して秋成の言う所を次の二点に纏める。

一、歌は歌うもの。享受は、その調べに感ずるところに成り立つ。

二、意を言い尽くさぬ方が、却ってその情が深く伝わる。

一と二とは相互に関連するはずである。意を言い尽くそうとすれば、歌は説明的になり、あるいは詳密な描写に傾く。享受者は専らその情報を受け取り、一首の意味を組み立てて終わる。一方、一端を言うのみであれば、詠み手の主意と実際表れた言葉との間に空隙が生ずる。ここで享受者の意識は調べに向けられる。先ずその調べに感じ、そこから詠み手の主意を感得しようと求めることになる。

一応以上のように理解して、『ぬば玉の巻』に戻る。秋成の論の難解さは、経書等から直接読み取る教誡の類と、この、調べを通して感得される主意とを、共に「教へ」と称したところに原因する。「（歌は）教へのふみにあらねば、後の世の歌をしふる人の、此国の道々しきは是のみぞといふにはたがへる也」と、歌は直接教誡を示すものではないと言う。一方記紀の歌から挙例しつつ、古代和歌は「おのづからなる情《こゝろ》」「やまと人の国がらの直き心」より出づる

ものであると述べている。更に日本紀竟宴和歌に言及し、後代和歌と対比しながら次のように論ずる。

> 弘仁承和の後にも日本紀を講ぜしめ給ふとよのあかり《竟宴》に、いにしへの君たち臣たちのかしこきをえらびて其御徳をほめたる歌どもの世に散のこれる《日本紀竟宴歌》を見るに、ありがたき教へなるがあるを、（後代の）なべての歌集といふは、其はじめに、花の色香、鳥の囀りをのみ心よせたるあだしわざなれば、是もて教へとせんはもとよりにて、御国のいにしへの道といふも、これにはあづからぬことわりをしるべき也。

教誡の書は、直接善悪の鑑を示す。一方後代和歌は言葉の雕琢に偏して人の生き方に関与しない「あだしわざ」である。古代和歌はこの何れとも行き方を異にして、高き調べによって聞く者の感を起こして人（古代日本人）の真情を伝え、人生にとって有益であることを言うのである。

秋成はこの見方を下敷きにして物語を論じている。物語は、教誡の書と異なり、先ず表現に就くべきである。表現は読者の感を起こすべきもの、その意味で表現は優れるべきである。但し感を起こした結果、人間如何に生きるべきかの問題を伝えるものと、そうでないものとがある。秋成はこれを〈まめ―あだ〉という軸で論じている。『落窪物語』は人格の優れた夫婦の生き様を描いて「まめぶみ」、『源氏』は一応「あだ物」である。『源氏』の作者は男女の中らい、世の栄え、容姿の絶倫を繰り言のように賞賛するのみで、各々の人物も内心道義を保持せぬ所が多い。人間如何に生きるべきかの観点が欠けている。しかしながら、それ故無益であるということにはならない。

> 事の巧みなる、詞のうるはしびたる、かゝるたぐひのふみには、もろこしにさへくらべあぐべきはいと稀なるべし。しひて是よまん心しらひをもとめば、男も女も、世にある人のうへをかたり出たるが、おほよそ隠るゝくまなくあなぐり出しかば、よむ人、おのれ〳〵がきたなき心ねを書あらはされて、今よりをつゝしむべきいましめともなりなましを、

人の属性、通弊の如きものを描き得ているならば、人生の問題と関わりが生ずる。表現の卓越故に読者はこれを感得する。恰も我が事を書かれたかのように実感を伴って受け取るのである。

なお詩歌と物語とでは直ちに重ならない所もある。特に歌における主意と言葉との間の空隙のことは、物語での対応が問題となるが、最後の第五節に取り上げることにする。それにしても秋成の説明は不親切である。表現に就くことに徹しつつそこから「教へ」を把握するという理屈は、周辺ではある程度了解されていたと考えるべきであろう。そうでなければ、秋成の論はあまりに難解で孤立的に聞こえる。次にそのあたりの事情について考えてみる。

三　儒学者の詩論

秋成の論は、『詩』を起点に和歌に及んでいた。近世の、詩歌ひいては文学は如何にあるべきかの論の基盤にあるのは、儒学者の詩論（『詩』の論）である。先ずはこの流れの中に秋成の所論に通じる要素を探索してみるのが妥当であろう。儒学者の詩論には多様な論点が含まれるが、いま、表現を通じて主意を感得するの論が熟してくる過程を辿るべく、近世初期から順に大まかに掲げてみる。

儒学者が詩論において拠り所とするのは、『毛詩』大序[12]の次の論である。

詩は志の之《ゆ》く所なり。心に在るを志と為し、言に発するを詩と為す。情、中に動きて、言に形《あら》はる。之《これ》を言ひて足らず、故に之を嗟嘆す。之を嗟嘆して足らず、故に之を永歌す。之を永歌して足らざれば、手の之を舞ひ足の之を踏むを知らざるなり。情、声に発し、声、文を成す。之を音と謂ふ。

近世初期の儒学者（宋学者）もこれを踏まえて、詩は人間の内面を表したものであるとする。但しそこでは「性情之正」（詩に詠まれた情が道徳的に正しいこと）が求められている（揖斐高「風雅論――江戸期朱子学における古典主義詩論の成立――」参照）[13]。いま、この点に連動して、右の『毛詩』大序の声音について言う部分が顧みられていないことをも指摘しておきたい。林鵞峰は、

儒者の詩を論ずるは、詩家の論ずる所と其取捨趣を異にす。詩家の取る所の者は格体、句勢、字法、眼を着けずといふこと無し。儒者は唯其志気の豪大を取るのみ。其豪や其大や、皆性情之正に出づ。

（『鵞峰林学士文集』[14]巻三六「授仲龍」、元禄二年（一六八九）刊か）

と、「性情之正」を言う一方で表現の追求については斥けている。近世初期の論者も、詩は人を感ぜしむるものと言う。しかしそれは、詠まれている情の正しさが共感を起こさせるの意である。

言は心の発なり。文は言の粋なり。故に簡淡平易、心に誠有りて人を感ぜしめざるは未だ有らず。刻彫藻績、誠有らずして能く人を感ぜしむるは蓋し寡《すくな》し。

（藤原惺窩『惺窩先生文集』[15]巻四「若州刺史祖母挽詩五首并序」）

かくして表現の如何を置いて、情の正しさを問うのであれば、結局見るべきは、そこに直接記されている事柄の善悪ということになる。

（『詩』に淫風の詩があるのは）後世の淫乱汚穢の人をして、閨中の密事といへどもあらはれざるものにあらずとしらせて、ふかくみづからいましめしむと也。

（藤井懶斎『徒然草摘議』[16]巻下、貞享五年（一六八八）刊）

ところで、このような近世初期儒学者の論は朱熹の詩論を祖述した結果であると解するのは正しくない。朱熹の論そのものは、しばしば誤解される如く硬直したものではない。『詩集伝』[17]序に、詩が人間の内面に基づいて生ずる過程を、次のように説明する。

人生れて静なるは、天の性なり。物に感じて動くは、性の欲なり。夫既に欲有れば、則ち思ひ無きこと能はず。

既に思ひ有れば、則ち言無きこと能はず。既に言有れば、則ち言の尽くす能はざる所にして、咨嗟咏嘆の余に発する者は、必ず自然の音響節族《せつそう》有りて已《や》むこと能はず。此詩の作《おこ》る所以なり。……詩は人心の物に感じて言に形《あら》はるるの余なり。心の感ずる所邪正有り。故に言の形はるる所是非有り。

人間の内面の本源である「性」が外界の事物に反応して「思」が生ずる。これが「言」になって表れるが、単なる言では意を尽くせずして詩が生ずるのである。ここに「咨嗟詠嘆」と言い、「自然の音響節族」を備えるとも言う。即ち『毛詩』大序（前掲）をもとに、詩を「音」として捉えている。従って確かに、心の邪正が詩に表れると述べているが、心と詩とはこのようにレベルが異なるのであるから、心の善悪がそのまま詩の字句に映し出されるのではない。かくして先ず就くべきは表現であって、ここから逆経路を辿って、詩の出発点にある心を捉えるのである。

詩を読むは正に吟咏諷誦して、其委曲折旋の意を観るに、吾自ら此詩を作るが如くして、自然に以て善心を感発するに足るに在り。（『朱子語類』[18] 巻八〇）

須是《かな》らず沈潜諷誦して義理を玩味し滋味を咀嚼すべく、方《まさ》に益する所有らん。……古人「詩は以て興るべし」（『論語』陽貨）と説けり。須是らず読み了りて興起する処有るべくして、方に是詩を読むなり。若《も》し興起すること能はずんば、便ち是詩を読むにあらず。（同）

従って『詩』は、「（春秋・書・礼とは異なり）字を逐て理を将《もっ》て読まんとすれば、便ち都《すべ》て礙《さまた》げり」（同）、字句の上に直接道理を求めるべきではない。先ず吟誦して表現そのものを享受し、そこから自然に感（道義的感情）が生ずるのを待つのである。

前掲した近世初期の儒学者たちよりやや年代の下る貝原益軒（正徳四年（一七一四）没）では、吟ずること、感ずることを重んずる発言が現れる。

古詩三百篇（『詩』）をよく吟玩して、わが心を養なひ、詩の教の道をしるべし。

（『文訓』[19]下、享保二年（一七一七）刊）

詩（『詩』）をまなべば、をのづからよき事あしき事を見きくにしたがひて、感をおこして、よきことをこのみあしきことをきらふ。是人の心をみちびきて、しらずおぼえずして、正しくよきかたにうつりゆかしむるをしえなり。

（『同』下之末）

しかしここで吟ず、感ずというのは、朱熹の言う意味とは異なる。これは詩中の道徳に感じて自らの心が善に移る、即ち感化ということである。表現自体に感ずるのではない。

伊藤仁斎については、朱子学の勧善懲悪論を全否定することにより文学は人情をいうの説を打ち立てたかの如き説明がなされることがあるが、これは必ずしも正確でない。

詩を読むの法、（朱熹『論語集註』に言う、）「善なる者は以て人の善心を感発すべし。悪なる者は亦以て人の逸志を懲創すべし」と。固《まこと》なり。然れども詩の用、本《もと》作者の本意に在らずして、読む者の感ずる所如何といふに在り。蓋し詩の情、千彙万態、愈《いよいよ》出でて愈窮まり無し。

（『語孟字義』[20]「詩」、宝永二年（一七〇五）刊）

朱熹の感発・懲創の説自体は肯定している。仁斎が批判するのは、近世初期の儒学者たちの論の如き、詩に善悪の別という尺度を導入する方法である。ここで、読む者は詩に表れた多様な情を感じ取るべきだと言う。但し表現に感ずるのではない。伊藤東涯の『読詩要領』[21]を参照すると、次のような説明がある。

（『詩』は）たゞ風俗、人情をあらはして、是非、善悪のおしへを示すの書にあらず。これをよむものは、諷誦、吟詠して、人情、物態を考へ、温厚和平の趣を得べきなり。

「諷誦、吟詠」と言うが、これは、先ずは表現に就けという論ではない。享受者の注意は最初から風俗、人情、物態の把握に向けられるのである。仁斎に戻って、従って表現に関しては、「詩は俗を以て善しと為す」（『古学先生文集』(22)巻三「題白氏文集後」、享保二年（一七一七）刊）、「（『詩』は）勉強矜持の態無く、潤飾彫鏤の詞無し。是を以て見る者入り易くして、聞く者感じ易し」（同「詩説」）、人間の感じ方生き方が顕わに読み取れるべく、俗であることが理想とされるのである。

荻生徂徠の詩論は、表現の意義というものを大きく認めた点に特徴がある。徂徠は『詩』から学ぶべきは道徳ではなく、聖人の世の風儀風俗人情（社会と人間の在り様）であるとする。そしてそれらは、表現が優れるが故に自ずと享受者の心に移るのだと言う。有名な『徂徠先生答問書』(23)（享保一二年（一七二七）刊）巻中の『詩』の論に言う。

言葉を巧にして人情をよくのべ候故、其力にて自然と心こなれ、（結果として）道理もねれ、又道理の上ばかりにては見えがたき世の風儀、国の風儀も心に移り、わが心をのづからに人情に行わたり、……詞の巧なる物なるゆへ、其事をいふとなしに自然と其心を人に会得さする益ありて、

「送雨顕允序」（『徂徠集』(24)巻一〇、享保二〇年―元文五年（一七三五―四〇）刊）では、『詩』の表現の美しさが人心を動かすことを述べている。

……其言為るや人情に縁《よ》り物宜に協《かな》ひ、諸《これ》を風声に伝へ、諸を民俗に被《およぼ》す。比興の至る所、婉にして章を成し、藹乎《あいこ》として（和らぎ穏やかに）春陽の物を吹くが若く、燁乎《えふこ》として（美しくかがやいて）草木の其栄を敷く（茂り咲く）が若し。

また、詩は「情語」、散文は「意語」と規定した上で、鶯の声（情語）は美しく、且つ直接意味を表さずして、鸚鵡・猩猩の声（意語）に勝ると論ずる。

（鶯声は）極めて粗俗の人と雖も之を聴くを愛せざる者有ること莫し。而して其嚶嚶《あうあう》の声（美しい鳴き声）を細繹

（細かく分析）するに、又何ぞ幾多の巧妙の意の説くべく言ふべき者有らんや。乃ち鸚鵡、猩猩に至れば則ち語語意有り、声声義有り。然れども終に嚶嚶の声に勝りて之に上ること能はざる也。（『徂徠集』巻二五「答奇陽田辺生」）

「意」は如何に複雑であろうとも説明し尽くすことができるが、「情」の細微は、語の調子を通じてようやく伝え得るものだとも言う。

情は唯《ただ》喜怒哀楽愛悪欲のみにして、意の曲折万変たり。然るに意の曲折万変たるや、言ひて尽くすべく、復《また》余蘊無し。情に至りては、其名七つと雖も、而して態度（在り様）種種にして言ひて尽くすべからず。唯語の気格、風調、色沢、神理のみ以て発して之を出すべきに庶幾《ちか》からん。（同）

表現に感じて受け取るのは、意ではなく情のみということになる。徂徠の論は、卓越した表現に感ずることで詩の享受が成り立つと指摘した点に大きな意義がある。但しそれは、風儀風俗人情を感覚的に受け取ることである。明確な意味や思念を感得するという考え方は、むしろ宋学系の詩論の中で熟していったもののようである。

四　木門における詩論の展開

宋学系の詩論は、木下順庵門下の室鳩巣、祇園南海によって大きな発展を見たと言ってよい。鳩巣は、『詩』の意義は、情を涵養することによって、道徳実践を上辺ではなく真情より出るものたらしめることにあるとする。

人情の変を尽くし、人をして其間に従容優楽詠歌自得し、……藹々然として春陽の和ぐが若く、油々然として時雨の潤すが若くあらしむ。之を以て善を為さば、則ち善は必ず誠に、之を以て義を行はば、則ち義は必ず果たし、之を以て君に事へ父に事へ朋友と交はらば、則ち君臣は必ず和し、父子は必ず親しみ、朋友は必ず信ならん。

益軒の感化論などと同一に聞こえるが、異なる。鳩巣は漢詩和歌を併せてその効用を大きく肯定する。但しそれは、詩中に書かれた孝に感じて自分も孝心を起こすなどの、道徳の直接的感受という狭い経路に沿ってのことではない。

（『補遺鳩巣先生文集』[25]巻二「詩論」、宝暦一三年（一七六三）刊）

春秋のあはれをいひ、月花などを詠めし歌も、たゞ其まゝに写しとりてさながらみるやうにあるは、なにのおかしきふしもなけれど、かの詞つゞきたくみに、よくいひかなへたると見ゆるよりは、感ふかうしてすてがたく覚へ侍る。

（『駿台雑話』[26]巻五「倭歌に感興の益あり」、寛延三年（一七五〇）刊）

道徳に直接関わらぬものも含めて、卓越した表現に感ずるという行為自体が有益と考えたのである。

鳩巣は、詩歌に感ずるの論を一歩進めて、感の生ずる仕組みを、表現の問題として追究しようとした。『駿台雑話』には、「言外の余情」への言及が再三現れる。『古今和歌集』の歌について、「いづれも言葉すなほにて、なにの手もなきやうにて、打吟ずればその味おのづから深長にして、言外にあるやうに覚へ侍る」と言う。表現を玩味することによって、言外の情を把握するのである。更に、織田信長が敵対していた一族の者と和睦した時、家老平手中務が貫之の「袖ひぢて……」の歌を書き付けて相手方に送ったとの話を挙げ、これは、水の凍れるを春風が解くという歌に、和睦の喜びを「よそへて」述べたものだと評価する。

作者の心はそれとはなきを、平手が袖ひぢての歌を引しやうに、その意のかよふをとりて、外の事に引合たらんは、すぐに比興のこゝろにもかなひて、ことに感情ありてきこへ侍る。

（以上、巻一「袖ひぢての歌」）

『詩』の比興については、和歌にも適用可能なものとして、以下のように説明する。比とは「本意すぐに比する物にありて、別に本意をいふに及ばず」、喩えに託して本意は述べない方法。興とは「他物をもてその本意をいひ興す」もので、柿本人麻呂の「あしひきの……」の歌を挙げ、「山鳥の尾をもていひ起して、本意は下の句にあり」と説く

〈以上、巻五「六義の沙汰」〉。ここで第二節に前掲した秋成『金砂』巻六の挙例との一致を以て、影響関係を云々しようというのではない。が、表現と主意との間の空隙に注意する所、またそこに感の生ずる所以を認めようとする所には、相通ずるものがある。

同じ木門の祇園南海の論は更なる深まりを見せる。南海は『詩学逢原』(27)において、「元来詩ハ心ノ声ニテ、心ノ字ニハ非ズ」、詩は音声に就いて享受すべきものであることを強調する。また言う。

周ノ末ニ至リテ、音楽ノ道亡ビテ、其節拍子、ハヤシ方トモニ絶亡ビヌレバ、昔ノ如ク音声ヲ聞テ感ズルコトハ無トイヘドモ、姑ク吟味読誦シテ心ニ感通スル所、今ニ遺レルノミ。

古代の音声は絶えたとしても、詩を音声として捉えそれに感ずるという原則は動かないと。南海詩論の主要論点は、〈影写説〉、〈断章取義論〉、〈雅語の論〉である。そしてこれらは全て、表現に感ずることという一点に関係している。〈影写説〉は、主意を直接述べず言外に含ませる表現法である。『詩学逢原』に挙げる次の例はよく知られるが、改めて掲げる。人を招待する旨を伝えるのに、

有レ酒有レ花易レ負《(そむキ)》レ春ニ　半ハ為二風雨一半ハ為レ塵　今日晴明若シ不レ飲ンバ　花落啼テ鳥亦笑レン人

と惜春のことのみを述べて、招くの意は「言外ニアラハル、」ように作る。では何故殊更このような方法をとる必要があるのか。

其形ヲステ、其風情ヲノミ写シ出ストキハ、其所レ賦ノ物生テハタラク故、読ム人自然ト感ヲ起スコト、直ニ其景ニ対シ、其物ヲ見ル如シ。……詩ハ必ズ其面影ヲウツシテ、読ム人考ヘテ、ゲニサコソト感心スルヤウニ作ルベシ。（『明詩俚評』(28)）

言い尽くさず、享受者が考え感ずる余地を設けておくことで、却って、物や情の本質が明瞭に伝わるのである。

〈断章取義論〉は、詩に直接書かれている事柄とは別の意を享受者が引き出すことである。『詩学逢原』に右の同じ詩を例に用いて、花も酒も備われりと油断すると春景賞玩の好機を逸す、と読む（惜春の詩から人生慎むべしの意を引き出す）が如きであると説明する。但し知慮を用いて無理に付会するのではない。「吟誦ノ余、自然ト其感発スル」「其感ズルニ随ヒ、イカヤウニモ道理ノ付ク」、表現を玩味して感を起こすことによるのである。

〈雅語の論〉については、詩を絵画に喩え、山家田家の絵にも雪隠、積み肥等は描くべからずと説く一節（『詩学逢原』）が有名である。但しそれは現実を捨てて美化せよとの趣旨ではない。

実事ヲ云ヘバ、ヒラタク卑キ故、其中ノ雅ナル事ヲ択テ、尚潤色シテ、ヤサシクシホラシキヤウニ作ルナリ。……若クハ其所ニナキコトヲ云タメシアリ。コレハ借用ルモノニシテ、虚ニアラズ。但《タゞ》其雅景、雅趣、雅物、雅興、雅字、雅語ヲエラビ用フベシ。其感ゼシムルコト、虚ヨリモ実事ヨリモ百倍スベシ。（『詩訣』）[29]

雅を構えるのは効果的に享受者を感ぜしむるためである。雅俗論自体が到達点なのではない。

畢竟詩ハ人情ノ声ナレバ、天誠自然ノ真情ヲウツシタル所ヲ詩トス。本ハ雅俗ノ論ハ無キコトナレドモ、雅ナレバキ、ヨロシク、俗ナレバキ、悪キ故、雅ヲ好ミ、俗ヲ嫌フ……（『詩学逢原』）

詩は人の真情を音で表したものである。良き音が求められるのは、享受者の感を起こして真情の把握を容易ならしめるためである。従って逆に、感によって真情を伝え得てさえいれば、民間俚俗の語も捨てるべきでない。

其俚俗ヲ以テ偽リ飾モ無ク真情ヲ言ノベタル所、雅語ヲ以テカザリコシラヘテ作リタテタル後世ノ士大夫、大儒先生ノ作ヨリ、遙ニ感慨モ深ク、鬼神モ泣カシムベシ。（同）

これに該当するものは『詩』『万葉集』に存するとも言う。この見方は秋成の鄙人の歌に対する評（第二節前掲『金砂』巻五）と通ずる。

南海は寛延四年（一七五一）に没するが、上掲した『明詩俚評』は宝暦六年（一七五六）、『詩学逢原』は同一三年（一七六三）、『詩訣』は天明七年（一七八七）の刊で、年代的に秋成と重なる。直接的な影響の有無についてはいま論じ得ないが、表現に就き感を起こすことで人の生き方に関わる事柄を読み取る、且つその感の起こる所以を表現と主意との間の空隙に求めるという考え方が、近世中期の詩文論の中で熟しつつあったことが窺えるのである。

五　秋成における詩歌論と小説論

詩歌における表現と主意との間の空隙という問題は、確かに散文である小説には直接当て嵌まらないかのようである。しかし以下に述べる理由から、秋成にあってはこの問題と、小説における仮構のこととが連続的に捉えられていたと解する。稿本『よしやあしや』[30]に、『伊勢物語』は、在原業平の実際の事跡を記述したものではないとわかる書き方がなされていると述べる。

時にかなはぬ官位をしるし、或は歌を全く出せるをも詞書を異にしなど、定かにそれならぬさまにのみ書なしたり。よりて物語の物がたりなる事を心得て、後に業平の業平ならぬをしるべき也。こは用なき物ならむといふべき歟。其事にかゝはらず、唯文のすぐれたるをとるべし。

業平の実記としては使えない。仮構であるという認識に立って、表現の卓越を享受すべきであると。また続けて言う。

此文を教あらんやうに、よこさまに理をつけるはとらず。唯の文にてかゝるつくり物語なるを、虚言なりとしらむに、たはけたる中だちとならんや。唯風流ごとゝしりたるぞ此物がたりをしりたる也。

但し、このように仮構であり「風流ごと」であるとは、非現実の世界を美文で描き上げて実人生に関知しない、ということではない。

在五中将ならぬ在五物がたりして、それにかこつけつゝ、世のさまのあまりにたはけたるをいひ刺《そ》しれるにも、

（刊本『よしやあしや』）[31]

人間や社会に対する作者の批判意識――寓意――は確実に存在する。ただそれを直接述べることはしない。読者は先ず表現を享受し、そこから作者の主意へと到達すべきである。

　前述した通り、『ぬば玉の巻』で物語と詩歌との間を行きつ戻りつ論じていた。秋成自身の中でどれほど整理して意識されていたかは知り得ないが、双方に共通する論理を基盤に置いていたと考えてよかろう。我々は実際に和歌に対するに、表現を見よと言われても、言葉に触れるや、そこに記された素材事柄そのものが認識され、意味を組み立て始めてしまう。歌うもの故調べに就けとは、この方向を遮断することである。必ずしも吟ずることを要するのではない。言葉の選択、配列、比喩、何を言い何を省くか等々、表現自体を玩味して、やがてそこから浮かび上がってくる詠み手の主意を把握する。物語に対しても同様に、構成、趣向、詞章等々、仮構の世界を形成している表現そのものを受け取る。作者の主意（寓意）はこの作業を経た後に把握されるのである。本論冒頭に掲げた『雨月物語』序の一節は、小説の音読を求めるものなどではない。小説の文章を音として捉えるとは、文章から即事実や道理を詮索する方向へと吸引する力を払い除けることである。

　ところで仮構を用いる理由に関して秋成は、寓意を伝える際に、「たゞ今の世の聞えをはゞかりて、むかし〳〵の跡なし言に、何の罪なげなる物がたりして書つゞくる」（刊本『よしやあしや』。『ぬば玉の巻』にも同旨の文あり）との朧化説を述べたことが知られている。検討してきたところから、秋成は仮構に対して朧化以上の積極的な意義を認めていた、小説は必ず仮構であるべしと考えていたとしたいのであるが、如何であろうか。

注

（1）『雨月物語』は、『上田秋成全集 第七巻』（中央公論社、一九九〇年）に拠る。なお序は原漢文。

（2）『英草紙』は、著者架蔵本による。

（3）挙例の順に、前漢の丙吉が牛の喘ぎ声で陰陽の調和を察しようとしたこと（『蒙求』「丙吉牛喘」）、明恵上人が馬を洗う男が「あしあし」と言うのを「阿字阿字」と聞いたこと（『徒然草』一四四段）、「もみぢせぬときはの山は吹く風の音にや秋を聞き渡るらむ」（『古今和歌集』巻五）、「み吉野の山の秋風小夜ふけてふるさと寒く衣うつなり」（『新古今和歌集』巻五）。以上、『新編日本古典文学全集 英草紙・西山物語・雨月物語・春雨物語』（小学館、一九九五年）の中村幸彦注に拠る。

（4）一方庭鐘は、「豊原兼秋音《いん》を聴《き》て国の盛衰を知る話《こと》」（『英草紙』）、「猥瑣《わいさ》道人水品を弁じ五官の音《いん》を知る話」（『莠句冊』）に、楽器、水、金属などの生ずる音が世情や人の思念を表すとのことを取り上げており、小説の表現という観点を越えた独自の拡がりを持っている。

（5）『ぬば玉の巻』は、『上田秋成全集 第五巻』（中央公論社、一九九二年）に拠る。

（6）中村幸彦「上田秋成の物語観」（『中村幸彦著述集 第一巻』（中央公論社、一九八二年）所収。初出は一九五八年一〇月）。

（7）中村博保「秋成の物語論」（『上田秋成の研究』（ぺりかん社、一九九九年）所収。初出は一九六四年二月）。

（8）刊本『落窪物語』序は、注5前掲『上田秋成全集 第五巻』に拠る。

（9）『藤簍冊子』は、『上田秋成全集 第一〇巻』（中央公論社、一九九一年）に拠る。

（10）『楢の杣』は、『上田秋成全集 第二巻』（中央公論社、一九九一年）に拠る。

（11）『金砂』は、『上田秋成全集 第三巻』（中央公論社、一九九一年）に拠る。

（12）『毛詩』大序は、島根大学附属図書館蔵和刻本（外題「詩経古註 再校」、延享四年（一七四七）刊）に拠り、読み下して掲げた。

（13）揖斐高「風雅論――江戸期朱子学における古典主義詩論の成立――」（『江戸詩歌論』（汲古書院、一九九八年）所収。初出は一九九四年）。

(14)『鵞峰林学士文集』（原漢文）は、『近世儒家文集集成 第一二巻』（ぺりかん社、一九九七年）に拠る。

(15)『惺窩先生文集』（原漢文）は、国文学研究資料館蔵本に拠る。

(16)『徒然草摘議』は、国文学研究資料館高乗勲文庫蔵本に拠る。

(17)『詩集伝』序は、島根大学附属図書館蔵和刻本（外題「首書詩経集註」、享保九年（一七二四）刊）に拠り、読み下して掲げた。

(18)『朱子語類』は、『和刻本 朱子語類大全』（中文出版社、一九七三年）に拠り、読み下して掲げた。

(19)『文訓』は、東京都立中央図書館加賀文庫蔵本に拠る。

(20)『語孟字義』（原漢文）は、『日本思想大系 伊藤仁斎・伊藤東涯』（岩波書店、一九七一年）に拠る。

(21)『読詩要領』は、『新日本古典文学大系 日本詩史・五山堂詩話』（岩波書店、一九九一年）に拠る。

(22)『古学先生文集』（原漢文）は、『近世儒家文集集成 第一巻』（ぺりかん社、一九八五年）に拠る。

(23)『徂徠先生答問書』は、『荻生徂徠全集 第一巻』（みすず書房、一九七三年）に拠る。

(24)『徂徠集』（原漢文）は、『近世儒家文集集成 第三巻』（ぺりかん社、一九八五年）に拠る。

(25)『補遺鳩巣先生文集』（原漢文）は、『近世儒家文集集成 第一三巻』（ぺりかん社、一九九一年）に拠る。

(26)『駿台雑話』は、『日本随筆大成 第三期第六巻』（吉川弘文館、一九九五年）に拠る。

(27)『詩学逢原』は、『日本古典文学大系 近世文学論集』（岩波書店、一九六六年）に拠る。

(28)『明詩俚評』は、国立国会図書館蔵本に拠る。

(29)『詩訣』は、国立公文書館内閣文庫蔵本に拠る。

(30)稿本『よしやあしや』は、注5前掲『上田秋成全集 第五巻』に拠る。

(31)刊本『よしやあしや』は、注5前掲『上田秋成全集 第五巻』に拠る。

第二部　読本周辺の諸問題

第一章　悪漢と英雄
――椿園読本が求めたもの――

一　椿園読本に見られる齟齬の問題

伊丹椿園の中編読本二作『両剣奇遇』（安永八年（一七七九）刊）、『女水滸伝』（天明三年（一七八三）刊）は、小説としての完成度についての評価は必ずしも高くない。『両剣奇遇』は、主人公秦織部《はたおりべ》が名剣を探索しつつ奸悪を重ねる話に、織部に父を殺された雪の江による敵討の話を絡めたものである。この中で、一貫して奸曲非道の人物であったはずの織部が、終末近くに至って、貪汚の官吏を滅ぼす正義の徒の如く描かれるという不整合が生じている。また冒頭に置く、織部の父浅井主馬が主君の足利持氏を弁を以て欺くが結局失敗に終わる話も、これ以降にある織部の遍歴譚との連関が十分に示されていない。一方の『女水滸伝』は、波羅遮国《はらしやこく》との密貿易を行う盗賊一党の妻である女賊たちが結義して、足利幕府に抗する一団を形成するという話である。この作は、彼女たちが、幕府方によって捕縛された夫たちを刑場から救って山塞に戻るという中途半端な所で終わっている点などから、未完の作であった可能性が論ぜられている。(1)但しそのことを勘案しても、結義に際して南朝再興が掲げられつつ後の部分でそれへの照応を欠く、更には終末部、盗賊とその妻たちの側が正義の集団の如く扱われている所も説明不足とせざるを得ない、などの問題がある。

このように両作品とも、不備は数々指摘される。それらは全て作者椿園の粗忽と構成能力の未熟に由来するとして、一旦はよいであろう。しかしそのうちの幾つかは、椿園側のそれなりの必然性によって、言わば、起こるべくして起こったものではなかったのか、ここに一考してみる必要があるのではなかろうか。

右に幾つか掲げた中、最も問題とすべきは、悪漢、賊であったはずの人物を英雄の如く扱っているという点であると思われる。椿園が一方で、小説とは勧善懲悪を備えるものであると論じている（後掲する『両剣奇遇』序、『椿園雑話』）ことを考慮すれば、なおさらである。このことが生じた事情について、先ず『女水滸伝』の検討を通じて考えてみたい。

二　『女水滸伝』における威権への対抗

『女水滸伝』[2]の終盤（第七回）に見られる女賊たちの集結においては、反足利幕府ということが旗印となっている。波羅遮国に抑留されている芦乗八郎ら盗賊一党の救出を期する妻たちの一団に、女卜筮の秀蘭が合流し、芦乗らの命運を占って、彼等は波羅遮国からの脱出には成功するものの、帰国の後また捕縛されるであろうと予見し、

「其囚《とらは》るゝは極めて当時の将軍足利義勝が令に依ての事なるべし。」

と述べている。そしてその秀蘭自身、「夫は名和長武とて南朝に属し奉りて忠戦を励み、終に足利の為に討死せし故、其鬱憤を晴さん」とする、即ち同じく足利に抗すべき立場にある者であった。また続いて、「足利の為に亡ぼされし赤松満祐《まんゆう》が妾《せう》」であった尼の禅月もこの一団に加わる。ここで秀蘭は女賊たちに、「各《おの〳〵》夫を助《たすけ》上にて南朝に属し

忠功を励《はげま》れなば、長く賊党の譏《そし》りを免れ、名を後世に残すのみならず、足利に敵して共に雄を争ふべし」と呼び掛けており、南朝再興が彼女等の集結原理となったかのようである。しかし末尾に至るまで、南朝への帰順、忠功などは書かれることがない。ここに、この作のわかりにくさがある。

　ところで椿園は、足利に抗する賊党側の方が正義であるかのように描いている。

足利に心を傾《かたむけ》し智士勇者も、多く心を変して次第に味方となり、況や南朝亡将の余類は、秀蘭が貞操忠心の逞《たくまし》きに励《はげま》され、追々に集り来て、旗《はた》を揚る時を待て大に戦功を立んと心の中に勇みける。（第七回）

右にも「貞操忠心」云々とあるが、恰もこのあたりから、賊党自らも、志節・節義などを頻繁に言うようになる。その一例、女賊たちに刑場より救われた四人の盗賊が、秀蘭と禅月それぞれに対して次のように述べている。

「君（秀蘭）は南朝の忠臣名和長武公の令室なりし由、亡夫の志節を請継《うけつぎ》、勲功を立んと願ひたまふ貞操の比《たぐ》ひなき、深く感伏するに堪《たへ》ず。」（第八回）

「君（禅月）も又亡主赤松氏の遺恨を報ぜんと時を待たまふ節義の逞《たくま》しき、……」（同）

このように椿園は賊党を、反足利という共通の動機のもとに、節を備えた人たちが相互に結束した集団であると捉える。一方これと対立的に、足利側が悪として扱われることになる。それは、賊党の山塞に攻め寄せた幕府直属の役人畠山壱岐守について、秀蘭が、「畠山は暗愚にして軍法にうとき将なれば、かれが首ははや我手ににぎりたるがごとし」と述べて、後に全くこの通りに滅ぼされているところ（第八回）などにも窺える。また盗賊たちが帰国した際、将軍足利義勝の命によって平戸の領主松浦弾正が遣わした士卒に見咎められるところでは、盗賊たちの側に理があるかの如き書きぶりとなっている。

（士卒）威権を揮《ふる》ひ、「いづれも引たて帰らん」と詈《のゝし》りければ、天平太、鬼藤内は怒《いかつ》て、所詮如何程《いかほど》に詞を尽すとも承引すまじき体《てい》を察し、「か程にことわりを演《のぶ》るに用ひぬこそ奇怪なれ。己等が如き無法の輩は魚服に葬りとらせん」といふまゝに、両三人を攫みて海へ投込、刀を抜てかゝる者は斬殺《きりころ》して共に海へ蹴込ける。（第八回）

何故このように足利を悪とする必要があったのか。それは単に、旧南朝ゆかりの秀蘭に導かれて賊たちが集結するという展開を作るため、足利側を便宜的に悪としたということではなかろう。右の場面においても、士卒が「威権を揮」ったことが、賊党が反発する直接の契機になっている。即ち足利への対抗とは、威権への対抗であり、更に言えば、弱者を虐げる威権への対抗であった。足利の在り様については、既に第二回、玉園が夫の芦乗八郎に言う言葉の中に、

「今足利の末に当て天下の政道明《あきら》かならず。民を苦《くるし》め財を貪《むさぼつ》て不義の富貴をなす輩多く、都《すべ》て皆天の悪《にく》む所なれば、……」

と示されていた。椿園の反官主義的精神とは既に指摘されるところである。但し足利が厭うべきものとされるのは、それが単に体制であり権力であるが故ではない。椿園が標的とするのは、弱者を虐げて富貴を構築するような威権のあり方である。かくして椿園は、このような威権を許さずこれに立ち向かう精神を賊党の側に見出そうとする。

本作は、柳下猛秀《やなしたたけひで》の人格を言う次の一節を以て始まる。この、やや唐突にも感じられる始まり方は、ここに言う「俠気」が、全編に関与する事柄であることを、先ず以て巻頭に示したものと受け取れる。

話説す。後花園院の御宇、文安の比《ころ》かとよ、泉州沙界《さかい》の津に柳下猛秀といふ者あり。猛勇にして力量世に勝れ、俠気《けふき》《おとこぎ》多きを以て、人の為に仇を報じ恨を酬《むく》ひ、弱きを助け強きを砕くことを好み、官にも付ず、家に有て同志の友数人と交りを結び、日々《にちく》酒を飲奕《あき》をなして遊び暮しける。

このような人格は猛秀一人のみに該当するのではない。続いて妹の玉園について次のように言う。

姿《し》容《し》艶《えん》麗《れい》《すがたかたちやさしくうるはしく》、標《ひやう》致《ち》《きりやう》常ならず、しかも伶俐にして、心は兄と同じく俠気強く、区々《くゝ》《ぐず〳〵としたる》たる婦女の態《わざ》を好《この》まず、万《よろ》づ事をなすに都《すべ》て男子の如くなりける。（美形にて心を寄せる者多かったが、）高貴富豪を好まず、才貌兼備《かねそなは》りて俠気《けふき》《おとこぎ》盛なる人にあらずんば配遇《はいぐう》《ふうふとなる》すべからずと、志を固く極めたれば、更に動《うごか》し靡《なび》けん様なかりしに、

玉園は後に女賊の首領となる人物であるが、その人となりが冒頭からこのように提示されていることは注意しておいてよい。更には、後に登場する女賊夕虹の父についても、

始は豊饒《ふにやう》にくらせる者なりけれども、生業《すぎわひ》を勤ず、酒を好み奕《ゑき》をなして、家逐漸《しだい》に貧く成て朝夕の烟も立難き程なれども、俠気《けうき》《おとこぎ》を立る事を喜び、交遊する者多く、人来て事を頼めば己が身を顧ずして必ずこれを助け整へ、勇力ありて、光《くはう》棍《こん》渾《こん》章《しやう》《かたりぬすみあぶれもの》の世を騒す輩あれば征して狼藉をなさしめざりけるに、（第四回）

とある。弱きを助け強きを砕く俠気の持ち主とは、『水滸伝』の豪傑などをも意識しつつであろうが、椿園の好みの人物であった(3)。なおここで、俠気のことと同時に、生業を勤めず飲酒と博奕をなすという放埒自由な人格のことが書かれているが（玉園については、飲酒を好んだことが別の箇所に記される）、この点については後に問題にする。

このような気概を快しとすることと、先に述べた、弱者を虐げて富裕をなす威権を嫌忌することとは、椿園において表裏一体をなしていた。そのことは、俠気の兄妹猛秀・玉園と、宿禰《すくね》図書《ずしよ》との対立事件（第一回）に端的に示される。幕府直属の役人宿禰図書は、正にこのような威権の典型として登場する。

邪曲貪欲にして、専《もつぱら》賄賂を好み、裁判道に背きたれば、商賈《しやうこ》の輩皆悪《にく》み怒《いか》るといへども、威権盛にして、是が心に違《たが》へば忽ち業をやめらるゝのみならず、罪なきに命を失ふ者多かりければ、恐懼する事猛虎毒蛇の如し。

この宿禰図書が玉園を妾にしようと企て、「窃《ひそか》に人を遣し財宝権威を以て招き致さん」とする。しかし彼女はこの男の人格を嫌悪する故拒絶する。すると宿禰図書は便佞の下吏懸河段内《かけがわだんない》を送り込むが、猛秀は憤怒に堪えずこの者を殴

打し、後にこのことが元で命を奪われることになる。

猛秀はかねてより図書が無道なるを深く悪《にく》み憤る上に、威権を以て劫《おびやか》し妹を慰み物になさんとするを口惜く思へども、後難を恐れ堪忍び居たりしに、此時怒気盛に起《おこり》て禁じ得ず、段内が首筋を摑み引寄て幾拳《いくけん》を連打《れんたう》《つゞけたゝく》し、大に罵《のゝしり》て曰、「図書を始《はじめ》汝等が輩、下を苦め己を利して飽ことを知ず。種々の悪逆天の容《いれ》ざる所なれば、やがて身首所を異《こと》にし郊原《かうげん》に恥を曝《さら》さんこと必《ひつ》せり。何ぞかゝる穢《けがら》はしき輩に我一人の妹を送るべけんや。早く帰て此旨を図書に語れよ」と罵りいふ。

以上要するに、冒頭から幕府直属の役人の非道を描き、また終末部で賊たちが集結して足利に対抗するという展開を設けた背後には、弱者を虐げる威権を嫌忌し、これに立ち向かう気概を称揚するという椿園の思考が一貫して底流していたと解してよかろう。そのことはまた、次のような部分にも表れている。第四回に、夕虹が夫の天平太を戒めて、

「譬《たと》へ不義非道なる輩の貲財《しざい》を奪掠《うばひかすむ》る共、必ず善を修し道を守る人に心を付て、必ず害をなす事勿れ。」

と述べ、また第七回には、

（女賊たちは）夜は男子の姿にやつし已前《いぜん》の党を集め所々《しよく》に徘徊して財宝を掠奪《かすめうば》ふ。然れども秀蘭下知して、正直に道を守り仁慈に人を救ひ憐みて徳を積《つむ》家を窺《うかゞは》ず、貪欲邪行にして世を欺き人を苦めて富を致す者の方のみを撰《あら》み襲ひければ、

とあって、念が入っている。これらは決して彼等が義賊に転じたことを言っているのではなく、上記のような椿園の大前提からすれば、是非とも断っておかねばならない事柄であった。

義賊に転じたのではないと述べたが、彼等は蓄積した財を施して人々を救済したりなどしない。また南朝再興を言

いながらも、帰順して義軍の名を得たなどという展開もない。彼等は正義の如く扱われるものの、末尾に至っても山塞に立て籠もったままで、賊であり続けた。このことの意味について、以下に検討する。

三　後期読本『新編女水滸伝』『新編熊阪説話』

後期の上方読本の中に、椿園の作と対比するのに好適な作品『新編女水滸伝』がある。好華堂野亭作、東南西北雲画、文政二年（一八一九）刊[4]。時代を源平合戦の期に設定し、江州佐々木家を舞台とする御家騒動と敵討の中に、椿園の『女水滸伝』の人物と趣向を組み入れたものである。

この作では、芦乗八郎・司馬太郎、また玉園・龍岡《たつおか》など、『女水滸伝』と同名の賊とその妻たちが登場する（龍岡は、『女水滸伝』では龍岳と表記）。但しここでは、彼等は全て平氏の残党余類であるとされ、山伏の剛慶（実は平宗盛の子幸盛）を首領とし源氏への報讐を掲げて集結する。梗概は以下の通りである。

源氏による一統が成った頃のこと、山伏剛慶の夢に、一谷で滅んだ平教経の霊が現れ、剛慶が平宗盛の落胤であることを告げ、源氏への報讐を勧める。一方平氏の残兵で強盗を事とする芦乗八郎らの一党が九州で捕らえられる。近江源氏佐々木義清は、芦乗らの身柄を預かるが、鎌倉へ護送の途中、家臣の不手際から玉園・龍岡など賊の妻たちによって奪われる。義清は責めにより追放、妾桜女《さくらめ》を伴って館を出る。佐々木家の郎等関清治《せきのせいじ》猛秀《たけひで》は、これ以前に奸臣の讒言によって放逐されており、妻道芝《みちしば》を伴っての道中、父母が殺害された場を偶然に通る（清治はこれが剛慶の仕業であることを後に知る）。清治夫婦は義清夫婦と会い、取り逃がした賊たちの行方を探索すべく、共に一旦筑紫へ赴く。ここで奸悪の士宿根《すくね》図書《ずしょ》（『女水滸伝』では宿禰と表記）が桜女に横恋慕、一同窮するが、篤実の士松原監物の計らいで救われる。その間女賊の側では、禅月・秀蘭（共に平氏の余類）、木枯（実は清盛の娘）らの合流がある。桜女は、義清の病難を救うために身を売った後入水するが、女賊の船に救われ、清治の妹若荻《わかおぎ》と共に、女賊の一人春雨が営む室津の妓楼に滞在。やがてここで義清・清治と再会する。剛慶率いる賊党は、伊賀の平田入道舎継《いえつぐ》の城を拠点に兵を挙げる。佐々木方の軍は激戦の末これを破る。賊たちは討たれ、剛慶も清治に親の敵として首を刎ねられる。女賊のうち五人は出家し、後に大往生を遂げる。

以上は主要なところを掲げたのみで、この他にも挿話的部分が随所にある。椿園の『女水滸伝』と比較して筋は甚だ複雑、それを御家騒動と敵討を軸に緊密に纏めるのは、この時期既に成熟していた後期読本の手法に立脚したものである。野亭の狙いは、この複雑かつ緊密な筋の中に、椿園作に備わる面白さを融合させることにあった。しかし実際の結果として、それは損なわれることなく継承されたであろうか。

賊を厭うべき悪と扱うのではなく、そこに英雄性を見出しその魅力を描くところに椿園作の面白さが存することは、野亭も気付いていた。かくして野亭も、例えば女賊春雨について、「頗《すこぶ》る烈婦なり」「英雄の相あり」などと評する（第四回）。また、賊党が佐々木方の軍に対抗して討って出るさまを次のように記す。

平田入道、上総忠光、司馬太郎、脇谷《わきや》天平太、富田進士《とんだのしんし》、禅月、春雨、龍岡なんど万夫不当の者共、主将次郎冠者幸盛を囲繞《ゐねう》して、其勢七百余騎、勝負を一挙に決せんと勇威凛々として城を出《いづ》。（第二一回）

入水した桜女を女賊が救う話は、椿園作における、月華《つきはな》・雪光《ゆきてる》なる双生の姉妹を龍岳が救う話に拠ったものである。ここで女賊たちは、桜女を春雨の妓楼に伴った後、「誠心《まこと》面色《おもて》に露《あら》はれ」、「其苦節を感じて倶《とも》にらく涙《るい》」し、更に桜女の話を聞いた春雨は、

「御身蓋世《まれなる》貞女たり。妾《わらは》賤しき家業《なりわひ》はすれど卑劣の心を不持《もたず》。此上は如何にもして御身が良人《おっと》をば尋出し再度《ふたゝび》比

目《もく》の契りを結ばせ参らせん。」　（第九回）

と述べて助力する。一方山中で暴漢に襲われたところを女賊の木枯に助けられた若荻（関清治の妹）をも自分の妓楼に置き、この二人については、閨中の勤めに出ることを許さなかった。

この許らいなど確かに、椿園が述べていた「俠」の要素を取り入れようと意識したものかと推測される。野亭が賊の魅力を描こうと努めたことは確かである。しかしながら重点の置き所が椿園とは明らかに異なっている。即ちこの作では、腐敗した威権への嫌忌ということが全く問題にされていない。従って彼等の英雄的な要素についても、この観点から意味付けられることがない。そのことはまた、賊党の集結の原理の扱い方にも表れている。椿園においては、反足利が掲げられていたが、その背後にはこの、腐敗した威権への嫌忌という動機が大きく流れていた。野亭においては、剛慶を頂点に女賊も全て平氏ゆかりの者であって、彼等は源氏への報讐という「大義」のもとに結束する。ここで源氏は腐敗権力の代名詞云々の意味などなく、平氏を討滅した者としての源氏そのものである。かくして、彼等の盗賊の業もその「大義」のための手段であったとされる。

（玉園・龍岡・夕虹が秀蘭に言う、）「われ〳〵とても区々《くゝ》として山客《やまだち》同前の働《はたらき》をなすは、大義を思ひたつ魁首《たいしやう》をまち奉るなれば、……」　（第二回）

（関清治の父母に盗賊の業を諌められた剛慶が、反論して言う、）「我何ぞ山賊の所行をなさん。辱けなくも宗盛が落胤、左袒《みかた》を集て源氏を倒し二度《ふたゝび》平氏《へいけ》の盛《さかへ》を見んと、諸邦《しよこく》を回《めぐ》り英士を招き、貪欲の土民等《どみんばら》が黄白《きんぐ》を奪取《ばいとる》も、戦《いくさ》の用財《ようきん》たり。」　（第五回）

一方椿園の『女水滸伝』においても、確かに南朝の再興が掲げられていたが、前述した通り、賊党の行動原理がこれに収斂されるという書き方になっておらず、最後まで賊はあくまでも賊であり続けた。もし野亭流（あるいは後期読本流）に作るのであれば、ここは、賊たちは然々の縁で、実は皆南朝の旧恩を受けた者であったことが明かされ、以降も彼等は盗賊の業を続けるものの、それはこの大義の実現に備えての営みであった、などと持ってくるべきところであった。

やはり賊の魅力を描こうと試みて野亭と同様の構想をとった例として、江戸出来の後期読本『新編熊阪説話《くまさかものがたり》』(5)がある。感和亭鬼武作、一峰斎馬圓画、文化一二年（一八一五）刊。この作は、盗賊熊坂長範の一代記で、熊坂、実は近江源氏嫡流佐々木季定の落胤と設定する。少年時代から悪行を重ね、次第に徒党を集めた熊坂が、終には、奥州へ向かう源義経一行をそれと知らずに襲うが、義経の手で斬られ、自分の素性、源氏へ与力せんとの志を持ち続けていたことなどを明かして死ぬという話である。賊が源氏側に属するという点で、『新編女水滸伝』と丁度対照的な図式である。

この作においても、盗賊熊坂を英雄の如く遇しようとする姿勢が認められる。例えば、熊坂が盗賊の三草野《みくさの》四郎と対面する場面で、「賊といへども義を重んじ、文武の道も弁まへし」三草野と、互いに礼をなした後、「英雄豪傑の話に刻《とき》をうつし」たとし（巻一）、また山中で暴漢に手込めにされている農夫と娘を「見るに忍びず、救ひ得させんとおもひ」、暴漢を撃退し、その後も様々力を貸したとする（巻二）などである。しかしこれらの描写と、全編の筋展開との繋がりについては放置されている。即ち作者鬼武の主要な意図は別のところにあった。熊坂は少年時代、自分が佐々木の落胤であることを知り、平氏を討滅せんとの志を立てる。その後、一見このこととは無関係と思われる盗賊の業を重ねるが、最後に至って、実はそれも当初の志を遂行するための手段であったことが明らかになる。熊坂が臨終に際して義経に述懐する場面に次のようにある。

「……今諸国の源氏悉く平家に諂らふ世中《よのなか》ゆへ、我は渇し死するとも、平家には従がふまじ。蛭《ひる》が小島の兵衛佐《ひやうへのすけ》殿に源家再興の旗上を勧め、奢《おごる》平家を討亡し、源氏の御代になさんづと、盗賊を業《わざ》として、軍用金を取集ん。是まで盗し金銀は、……君に捧《さゝげ》軍用の足しとなし、御兄弟一致ありて、何卒義兵を上《あげ》たまへ。……」と、悪徒とみへし長範が、始て明す忠臣義士。

かくして冒頭に示した、熊坂即ち近江佐々木の落胤なりという設定をここに収束させてみせるところに、鬼武の大きな狙いはあった。

ここで、盗賊の業も実は源家再興という大義のための手段であったとするのは、前掲の『新編女水滸伝』と全く同じ構想である。即ち「悪徒とみへし長範が、始て明す忠臣義士」と正にここにある通り、特定の所以、因縁、大義等々のもとに入った瞬間、賊は悪から善へと転化するのである。以上のような野亭、鬼武の作と対比してみると、椿園作の特色が明確になってくる。椿園の賊たちは、あくまでも賊であり続けながら英雄の業をなしている。かくして、賊たちが純粋に悪である、正にそれ故に正義を体現し得る、という発想が椿園にあったのではないかと考えざるを得なくなる。この問題について、次に椿園のいま一編の中編読本『両剣奇遇』を通じて検討してみる。

四　『両剣奇遇』における賊の精神

『両剣奇遇』(6)は、秦織部《はたおりべ》が少年時に「玉兎」の名剣を入手したことを契機に、これと対をなす「金烏」の剣を探索して遍歴し、ようやく入手した後、天下を奪わんと反乱を企てるが結局滅ぼされるという話である。織部はこの遍歴の過程で、密通、殺人などの非道を重ねており、明らかに悪漢として描かれている。ところが終末近くの第九回に至ると、貪吏を滅ぼす正義の徒の如く扱われる。両剣が揃い、いよいよ兵を挙げようとして、織部は次のように唱える。

「今将軍義教《よしのり》暗愚にして政《まつりごと》正しからざるゆへ、諸国の守護太守多くは民をしへたげ苦めて驕奢逸楽にふけるを見るに忍びず。某《それがし》大望をくはだて、妙術を以て知勇の武士をかたらひ義兵を起し、無道の徒《ともがら》を討亡し、天下万民の憂苦をすくはんことをはかるに付て、多くの軍用金を調へんと欲す。」

この将軍批判は一見、軍用金を集めるための偽善かとも思われるが、そうではないことは、この後の展開から明らかである。またこれは前掲した『女水滸伝』の玉園が「今足利の末に当て天下の政道明《あきら》かならず。民を苦《くるし》め財を貪《むさぼっ》て不義の富貴をなす輩多く」と述べていたのと全く同趣旨であって、椿園が意識的に持ち込んだ事柄であったと窺える。かくして足利を頂点とする権力側には弱者虐待の悪が満ち満ちているとした上で、非道の代官斯波筑後守義明を登場させる。

姦曲邪智にして欲心あくまで深く、賄賂を貪り非道の裁判をなし、富有の民はすこしく罪を侵せば籍没《せきぼつ》して其家財を己が徳となすことを悦び、度々不時の科役を掛けるにぞ、後に到りては命に応ぜざる者多く有けるを、こと〴〵く捕へて獄屋につなぎ置たりける。

威権を楯に弱者を虐げ己の富貴を構築するとは、『女水滸伝』の宿禰図書と同一である。従ってこれを滅ぼし、虐げられた者を救済する織部は、必然的に正義ということになる。

織部飛かゝつて（斯波の）首筋をとらへ、「民を苦しめ驕奢にふける逆賊の終りはかくぞ」といふまゝに、刀をぬいて両段《まつぷたつ》に斬放《きりはな》せば、血汐ほどはしりてあたりを紅に染なしたり。……罪なくして獄屋につながれし者をこと〴〵くゆるし出しければ、おの〳〵筑後守が死したるを見て喜ぶこと限りなし。織部諸人にむかひ、「此地庶民の深き嘆《なげき》をあはれみ、かくの如く汚吏《をり》を誅罰したり。是を始として天下の大名高家をいとはず、国民を侵漁《しんぎょ》し苦《くるしむ》るの徒《ともがら》を討亡さんため義兵を挙る也。……」

『両剣奇遇』巻五挿絵（京都大学附属図書館蔵本）

また椿園は次のように、出陣にあたっての織部一党の雄姿をも描いている。

織部は鍬形《くはがた》の兜を着し緋おどしの鎧に金の采配を手に持、太く逞《たくま》しき駿足に跨《またが》れば、橘左衛門は萌黄《もへぎ》おどしの鎧に白柄《しらゑ》の長刀をかいこみ、山懸《（やまがた）》一角は黒糸の鎧を着し頭《かしら》の髪を振乱し鉢巻しめて氷の如き大太刀を抜持《ぬきもち》、有合ふ味方廿余人、何れも物の具かためさせ左右に従へて門外におどり出るありさま、誠に何れも一騎当千の英雄と見へて勇々《ゆゝ》しかりける。（第一〇回）

なお本作の挿絵が椿園自画である可能性について別稿に述べたが、(7)この箇所の絵（図版参照）は、右の描写と相俟って、腐敗した威権に立ち向かう者に対する椿園の思い入れのほどを示している。

ところで『椿園雑話』によれば、椿園は、当時において稀覯であった『三遂平妖伝』の唐本を所有愛読していた。そしてそこから本作にも幾つかの趣向を取り入れた。この斯波義明討伐の話は、『平妖伝』第三三回の、貝州の軍官王則が妖人たちを率いて、貪汚の知事張徳を討つ話に拠ったものであることが知られている。但し『平妖伝』では、王則は張徳を討って以降、東平郡王と僭号して民を使役し淫楽驕奢を尽くすなど、悪へと転落していくとされていた。椿園は、それ以前の遍歴の過程で既に奸悪を重ねてきた織部に、ここに至って王則同様の行動をとらせたため、悪人が突如善人に転じたかのように見えて、読者に違和感を覚えさせることとなったのである。しかし椿園自身は、これを悪人が善人に転ずる話として構想したのではなかった。これ以降の部分においても、貪官汚吏の討伐を掲げたことによって織部の奸悪が浄化されたなどとは、全く書かれていない。織部はその最期に至るまで悪漢であり続けた。

織部の人物像に関しては、日野龍夫「近世文学史論」(8)に、これが王則の上に由井正雪の面影を重ねて造形されたものであることが指摘され、更に、正雪に対する当時の一般的な意識は、浄瑠璃『太平記菊水之巻』（宝暦九年（一七五九）初演）、『碁太平記白石噺』（安永九年（一七八〇）初演）に見える宇治常悦の如く、謀叛人でありながら実は南朝再興という正義に縛られて行動していた、と見て同情を寄せるというものであったが、本作はそのような正雪を、『平妖伝』が描いた、無頼の徒が奔放に活躍する世界へと解放したものであると論ぜられた。このことは恰も前節に見た如く、『女水滸伝』が、例えば『新編女水滸伝』が源氏への報讐としたような、何らかの「大義」へと賊党の行動原理を収斂させるという方法をとらなかったことと軌を一にしていると考える。

要するに椿園は、悪漢を、終始純粋な悪漢として描こうとした。但し椿園の意図はそれのみにとどまらなかった。同時に、彼等が正義を体現する様をも書こうとしたのである。右の貪吏討伐の件に加えて、それ以前の、織部一党が金烏の剣を入手する場面（第八回）において、殊更次のような話を設けたところにも、そのことは表れていた。ここに至るまでの彼等の悪を描く流れからすれば、剣を奪われる側については善人（少なくとも悪人にはあらざる者）と設定するのが自然である。しかしこれに該当する備前牛窓の宝蓮寺の住僧は、淫悪の者とされた。一党の山懸《やまがた》一角は剣を求めて寺に潜入し、偶然に住僧の悪事を見る。

（山懸）耳を傾けて聞ば幽《かすか》に女の叫ぶ声聞へければ、いぶかしく思ひ、いよ〳〵しづかに足音をかくして進み行ば、暗黒たる一間の奥に灯明を多くてらし種々の供物をつらねて壇をもふけ、其かたはらに住僧とおぼしく朱衣を着せし僧、祈禱に来りしと見へたる若き女にたはふれか﹅るを、女はふせぎこばむ体《てい》なりければ、「こはけしからぬ悪行の出家かな」と思ひながら、

かくして山懸は壇の上に金烏の剣が置かれているのを見付け奪おうとするが、住僧はそれに気付き自ら出て討とうとする。

「此者をゆるしかへしては我悪事忽ち世上にひろくならん。各《おの〳〵》力をつくして打殺せ」と、自ら長刀を振舞《ふりまは》してさ﹅ゆるありさま、古《いにしへ》の弁慶、張範が猛勇を欺く勢ひ成しに、山懸がいらつて討《うつ》太刀を請《うけ》はづし、二つに成て倒れければ、是に辟易してふた﹅び刃向ふ者なければ、「さも有らん」と広言して、

これは貪吏討伐の話に比べても簡略で、描写が不十分と言わざるを得ないが、山懸が住僧を斬る瞬間を描いた挿絵まで付しており、やはり虐げられた者を救済する正義を書こうと、意図的に設けた話であったと窺える。椿園がここで、悪漢が悪漢のままで、即ちある大義や因縁等々のもとで善に転化するという手続きを経ずして、正義を体現し得るという見方をとっていることが確認できる。

しかしそれにしても、弱者を虐げる威権を砕くという正義をなす者が、何故賊や悪漢でなければならなかったのか。椿園は織部について冒頭から、「爰に雌雄の宝剣を得て叛逆をくはだて身を亡せし一人の豪傑あり」と述べて、以下、その剛胆ぶりを強調している。先ず、奸計を用いて寡婦の所蔵する玉兎の剣を入手したことを、「幼年にして類ひなき大胆不敵の行跡《ふるまひ》、行末いかなる者にかならん」と評する（第一回）。また、織部は公家の西宮左大将信成《のぶしげ》になりすま

し、金烏の剣探索の旅に出るが、その道中、摂津の曾根神社において、祠官より受けた神盃が二度にわたって手から落ちて砕けた際には、次の如く振る舞った。

橘、山懸も、「無官の身にして神を偽るを悪《にく》みたまふにや」と、心中に霊験をおそるゝといへども、大胆不敵の織部少しも驚《おどろか》ず、「我が母は藤原時平《しへい》の末孫成ゆへ、菅神《かんしん》厭ひたまひてかくの如くなるや」といつはり、自若として、（第七回）

更には播州赤松家から討手がさし向けられた時、一党は酒宴の最中であったが、

織部は少しも驚かず、其まゝに座して、酌にありし女も恐れて逃去しかば、自ら銚子を取て盃を傾け居たり。

と全く動じなかった（第八回）。織部の悪はこのような精神に支えられていたのである。

最終的に織部は捕縛され、かつて殺害した兵法の師鎌田監物の娘雪の江によって斬られる。しかしこの部分は、敵討の達成という観点からすれば甚だ歯切れの悪い書き方となっている。

織部は刀を手に持ながら、「我今望《のぞみ》達せずして世を去るとも、一度《たび》管領の討手を退け、義教を始諸侯の胆を冷させたれば、名は末代に留むべし」と独言《ひとりごと》して、

千とせ経る鶴のよはひも限りあればかげろふの身を何嘆くらん

と辞世の一首を柱に書付て腹切んとせし所に、畠山が良等走り来てからめんとするを物ともせず、二十人計は斬伏けれども、いかゞしけん閾《しきゐ》につまづきたるすきに乗じて力者共おり重り、終に縄をぞ掛たりける。（第一〇回）

織部が満足感を抱きつつ死んだというのでは、敵討の価値は半減してしまう。それを敢えてこのように遇したのは、織部の最期に、重ねてきた奸悪の応報という意味に加え、大胆不敵の豪傑が威権と正面から対決する物語の帰結という意味をも持たせようとしたからであろう。

賊や悪漢は、秩序や規範から完全に逸脱した所にあるが故に、何物をも懼れない、精神の快豁を獲得し得ている。そしてこのような精神の中には、腐敗した威権に対したとき、これを黙過するを潔しとせず敢然と砕こうとするような、人間において最も素朴な道義心の発露が見出せる。椿園はそのように考えたのではなかったか。彼等は、特定の大義や因縁等々を拠り所としない分、誰であろうと、曲がれる者は砕き、虐げられし者は救うという、より広い、普遍的な正義に到達し得ている、と理解してもよかろうか。

『女水滸伝』に戻って、先に触れておいた「侠気」についてのくだりもこのことと関係すると考え得る。柳下猛秀は、再掲するが、次のような人物であった。

　猛勇にして力量世に勝れ、侠気《けふき》《おとこぎ》多きを以て、人の為に仇を報じ恨を酬《むく》ひ、弱きを助け強きを砕くことを好み、官にも付ず、家に有て同志の友数人と交りを結び、日々《にちく》酒を飲奕《あき》をなして遊び暮しける。

同じく「侠気」の人である玉園も、飲酒を好んだとあり、また夕虹の父も、「始は豊饒にくらせる者なりけれども、生業《すぎわひ》を勤ず、酒を好み奕《あき》をなして、家逐漸《しだい》に貧く成て朝夕の烟も立難き程」になったとする。言わんとするところは、侠気も、何物にも縛られぬ放埒自由な精神の中から出るものであるということであろう。

芦乗八郎らの掠奪や密貿易も、秦織部らの反乱も、あくまでも己を利するための営みであった。この点を末尾まで貫徹したところに、椿園作の特色がある。純粋に悪であることによって初めて獲得される精神のあり方を描こうと椿園は意識していたのではなかったかと考えるものである。

五　結語――椿園の小説観と実作と――

椿園は賊や悪漢の活躍を描いたのであるが、その一方で、小説は「勧善懲悪」を備えるものであると述べていた。『両剣奇遇』序に、清田儋叟訓訳『照世盃』（明和二年（一七六五）刊）の序を踏襲しながら[9]、小説の意義について次のように論じている。

古人曰、小説者《ハ》、史之余也《ナリ》。採㆓閭巷之故事《ヲ》㆒、絵《ツシ》㆓一時之人情《ヲ》㆒、妍媸不レ爽《エ》㆓其報《ヲ》㆒、善悪直《チニ》剖《ツ》㆓其隠《ヲ》㆒。使《シテ》㆘天下敗行越撿之子《ヲ》、惴々然《トシテ》側《テ》レ目而視《テ》曰《ハ》㆗海内尚有《テ》㆓若《ノゴトキ》輩《ラ》㆒、存《シ》㆓好悪之公《ケヲ》㆒、操《ル》㆓是非之筆《ヲ》㆒。盍《ゾ》其《レ》改《メ》レ志変《シ》レ慮《ヲ》、無《シム》㆖貽《レトス》㆓以身後之辱《ヲ》㆒。

椿園の言うところを、文字通りの善因善報・悪因悪報の意味にとれば、『両剣奇遇』において、雪の江の復讐によって織部が滅ぶところは、正に「妍媸不レ爽《エ》㆓其報《ヲ》㆒、善悪直《チニ》剖《ツ》㆓其隠《ヲ》㆒」に該当する。しかしこの他の、むしろ作品の大半を占める、織部の悪漢としての活躍、特に悪漢でありながら正義を行う部分は、全てこれに抵触することになってしまう。やはりこの狭い意味に限定していたとは考え難い。

『椿園雑話』[10]には、中国白話小説を渉猟耽読していることを次のように述べている。

予幼き時仮名の草紙物語を好みて読ならひしより、今猶三十に近からんとすれども尚小説野史を好て読の癖やまず。書店を探りて古蔵を求め、また清の舶より新に持渡る物の題号を聞ては必求め読んとす。古の名賢も小説をよむ事を廃せずといふこと書々に見へたりと雖も、それは博識の上にて正法眼を具したる後のことなれば益も有べきなれども、予が如き愚昧の輩は見て無益なりと止んと欲すれども能はず。然れどもいかほど鄙俗の書たるとも、みな勧善懲悪に本ずき世用人事に便なる事を含ざるはなし。

この後に有名な、『平妖伝』を「甚だ奇怪を究め趣向面白き事三国志、水滸伝に劣らず」と絶賛する一節が続く。小説に描かれた人物や行動について、善と悪とに截然と区分して、善因善報・悪因悪報の理を求めようとする発想から自由になっていなければ、白話小説をこのように耽読しその面白さを語ることはできないであろう。ここで椿園が言うのは、如何に卑俗で、如何に狼藉が書かれていようとも、確固として、人間の生き方に関与する事柄が作中に込められているということと解し得る。この観点からすれば、彼自身が描こうとした、人間において最も素朴純粋な道義心の如きは、正に恰好のものであったということになるであろう。

注

(1) 濱田啓介「伊丹椿園は津国屋善五郎なり」(『近世文学 作家と作品』(中央公論社、一九七三年)所収)。石川秀巳・磯貝寛子・宝田かほる「〈翻刻〉女水滸伝」(『読本研究』九、一九九五年一〇月)。

(2) 『女水滸伝』は、京都大学大学院文学研究科図書館蔵本に拠る。なお注1前掲石川・磯貝・宝田稿に翻刻が備わる。

(3) 『女水滸伝』と『水滸伝』との関係については、次章「水滸伝と白話小説家たち」において論じている。

(4) 『新編女水滸伝』は、島根大学附属図書館堀文庫蔵本に拠る。この本の奥付は、「文政二年己卯正月発兌／書林／京都　吉野屋仁兵衛・丸屋善兵衛／江戸　前川六左衛門／大阪　河内屋嘉助」とあって、初印もしくはそれに近いものと見られる。

(5) 『新編熊阪説話』は、横山邦治・西村展子「翻刻『新編熊阪説話』」(『読本研究』八、一九九四年九月)に拠る。

(6) 『両剣奇遇』は、京都大学附属図書館蔵本に拠る。なお『京都大学蔵大惣本稀書集成 第三巻』(臨川書店、一九九四年)に同本を底本として翻刻した(担当田中)。

(7) 『両剣奇遇』挿絵に関しては、注6前掲『京都大学蔵大惣本稀書集成 第三巻』の解題において論じている。

（8）日野龍夫「近世文学史論」（『日野龍夫著作集　第三巻』（ぺりかん社、二〇〇五年）所収。初出は一九九六年）。

（9）『両剣奇遇』序と『照世盃』序との関係については、徳田武「初期読本における寓意性と文芸性」（『秋成前後の中国白話小説』（勉誠出版、二〇一二年）所収。初出は一九七四年六月）に指摘される。

（10）『椿園雑話』は、『随筆百花苑　第五巻』（中央公論社、一九八二年）に拠る。また、『江戸怪異綺想文芸大系　第二巻』（国書刊行会、二〇〇一年）所収の翻刻をも参照した。

第二章　水滸伝と白話小説家たち

一　陶山南濤と『水滸伝』

近世中期、白話を解する人たちが『水滸伝』に触れたとき、従来の日本の小説にはなかった様々な要素を見出したであろう。中でもそこに描出された豪傑たちの精神への着目は大きなものであったと考えられる。

陶山南濤の『忠義水滸伝解』[1]（宝暦七年（一七五七）刊）には、簡略な語注のみならず、時にやや踏み込んだ説明が見られる。『水滸伝』第二回に、史進が、朱武・楊春・陳達の三人と意気投合する話がある。この三人は少華山に寨を構えて盗賊の業を行っていたが、陳達が、麓の史家村に住む史進に捕らえられる。これを聞いた朱武・楊春は史進の屋敷へ赴いて降参し、自分たち三人は同日に死のうと誓った仲、三人一緒に役所へつき出していただきたいと嘆願する。この様を見て史進は心を打たれ、陳達の縛めを解き、三人と信義を結ぶ。この時の、史進の心の様について本文に、

惺惺惜惺惺、好漢識好漢。

とある。『忠義水滸伝解』で南濤は、これに次のように注する。

惺々トハ心ノ霊ナル、サツパリト何モカモサトリキリタル者ヲ云。ソノヤウナ人ハ同クサツパリトシタル者ヲオシミ愛スル也。又男立仲間ハ男立ヲ惜ミ愛スルコト、人情ノ常也。是等モ古ヨリノ常言也。此処記者ノ詞也。或人ノ説ニ、惺々ハ猩々ノ字ノ誤ニテ、猩々ト云獣ガ友ヲ愛スル者也ト云。甚シキ杜撰ノ説也。取ルニ足ラズ。

史進と三人の盗賊は一旦対立の関係にあったが、互いに相手の精神に共鳴して懸隔を超える。南濤が殊更かかる注を施したのは、これが『水滸伝』における一つの重要テーマであり、作者もその意識のもとにこの「惺惺」云々の一文を置いたことを言いたかったからであろう。

南濤はこのような、人の心のあり方に関わる部分に注目していた。近世中期にはまた、同じく白話小説の愛好家研究家で、更にそこから読本の制作へと進んだ人たちがいる。彼等も『水滸伝』を丁寧に読み込む中で、同様の関心を抱いていたことが窺える。

二　伊丹椿園『女水滸伝』――妻女たちの結義――

伊丹椿園は白話小説に造詣深く、『女水滸伝』(2)（天明三年（一七八三）刊）は『水滸伝』の影響のもとに成った作として知られる。本作に関しては前章「悪漢と英雄――椿園読本が求めたもの――」においても取り上げたが、ここでは改めて『水滸伝』との関係という観点から考察する。椿園も、人物が互いに相手の精神に共鳴するということに強い関心を寄せ、作中に取り上げようとしたことが窺える。本作の主人公である女性たちは以下のようにして互いに結義していく。芦乗八郎をはじめとする盗賊一団が波羅遮国《はらしやこく》へ密貿易に出たまま抑留されており、彼等の妻たちが集結して夫たちの救出を目指す。但しそれは、彼女たちが単に同一目的のために共同することを意味するのではない。彼女たちは各々、夫のことを強く思慕する念を有しており、その点において相互に共鳴を生じて合一するのである。玉園（芦乗八郎の妻）らが集う生駒山の寨を、春雨（鬼藤内の妻）が初めて訪れた時のことである。

（玉園ら、）「……我々も姉妹の思ひをなし、力を一致にして、再び彼土（波羅遮国）に渡海し救ひ帰らんことを種々に慮る也」といふを聞て、春雨も其節操を深く嗟嘆し、

彼女たちの心は、ここで節操と言い、また貞操、節義などとも称されるが、文字から連想されるような道徳規範的なものではない。玉園は、「区々たる婦女の態《わざ》を好ず、万《よろ》づ事をなすに都《すべ》て男子の如くなりける」者で、夫芦乗から武芸忍術を学んでいた。その彼女が、夫が波羅遮国へと出発する時大いに悲嘆落涙し、その後も愁いに沈む。

玉園独り別れを愁涙を濺《そゝ》ぎて、「一日も速に帰て妾《せう》が意《こゝろ》を慰めたまへ」と、恋々として八郎と手を分ち、影見ゆるまで伸上りて遙に見送りける。……（二年が過ぎても音信無く、）明暮待詫て深く憂愁に逼《せま》れども、雁の翼ならで外に便りを通ずべきやうもなかりける。

両人は「互に相思の情濃《こまやか》なれば、夫妻の中殊に睦まじ」かった。玉園の夫へ向ける情愛は、このように丹念に書かれている。

夕虹は、京都の遊廓にあって天平太と互いの情の深さを確かめ合い、「殊更実を以て交り親み」「海誓山盟情好日々に密なる」仲となる。後に夫が渡海して抑留されていることを知り、「悲惨して涙を止め得ず」という様になる。春雨も、夫である「鬼藤内を思慕《おもひしたふ》心の切なる」ものであり、「朝暮焦れ慕て独《ひとり》涙を堕《おと》さぬ間はなかりける」という日を送り、「夫は五千里の外なる獄中に有の愁苦を想像して惨然と涙を流し」た。作者椿園は、妻たちが夫を思慕することを意識的に描いている。

この後合流する秀蘭、禅月は、かの盗賊たちとは関係がない。夫同士の直接的繋がりがない中で、彼女たちは何を

拠り所として結義していくのであろうか。秀蘭は、南朝に属して足利に討たれた名和長武の妻、禅月は、やはり足利に滅ぼされた赤松満祐の妾であった。最後に無事帰国して妻女たちと再会した四人の盗賊たちは、秀蘭に対して「亡夫の志節を請継《うけつぎ》、勲功を立んと願ひたまふ貞操の比《たく》ひなき」、禅月に対して「赤松氏の遺恨を報ぜんと時を待たまふ節義の逞《たくま》しき」と称揚する。節操、貞操、節義とは、夫を思慕し、夫のためにと強く念ずる心のことであり、彼女たちは相互に、この点において敬意を生じながら共鳴する。同じ精神を備える人間同士が共鳴するという、『水滸伝』に存するテーマに拠りながら、椿園は妻女たちの結義のあり方を構想したものと解される。

ただここで留意すべきは、椿園が、彼女たちの精神を剛勇なるものと捉えていることである。この点においても『水滸伝』が踏まえられていたと考えられる。以下このことについて検討する。

三　侠なる人たち

『女水滸伝』の冒頭に登場する柳下猛秀《やなしたたけひで》（玉園の兄）は、「猛勇にして力量世に勝れ、侠気多きを以て、人の為に仇を報じ恨を酬《むく》ひ、弱きを助け強きを砕くことを好」む者であった。玉園も、「兄と同じく侠気強く」、多くの求婚者があったものの、「高貴富豪を好まず、才貌兼《かね》備《そなは》りて侠気盛なる人にあらずんば配遇すべからず」と固く決めていた。宿禰《すくね》図書《ずしょ》なる役人が「威権を以て劫《おびやか》し」彼女を娶ろうとしたため、猛秀は憤って宿禰の使者を罵って退け、このことにより死に追いやられる。玉園は兄の仇を討とうとするも失敗して窮地に陥り、これを救った芦乗八郎と夫婦になる、と話は繋がる。前章「悪漢と英雄――椿園読本が求めたもの――」において論じた如く、本作には、弱者を虐げる威権への反発というテーマが存する。そして、この兄妹の威権に立ち向かう気概の様を、「猛勇」「侠」などと称している。

この後登場する龍岳《たつおか》（司馬太郎の妻）は、「丈夫にも劣らぬ豪気の婦人」「剣術早態《はやわざ》勝れ、殊に水練の妙を極め」た人とされる。夕虹（天平太の妻）は、武芸の人ではないという点で他の女性たちとは異なる個性を与えられている。但し彼女の父は「俠気を立る事を喜び」「勇力あり」という人であったとし、彼女自身かつて妓女として遊廓にあった時、客として来た天平太が遊技の賭けによって馴染みの妓を定めようとしたのを、本来馴染みは客の寵愛によって定まるべきであると、「微笑を帯、丹花の唇をひるがへして流るゝ如く演説して」戒める。天平太はこれに感伏し、ここから真の交情となり終に夫婦となる。春雨（鬼藤内の妻）は、「心直く胆太くして専《もつぱら》力態《ちからわざ》を好みければ、人渾名《あだな》して今巴《いまともへ》と呼にける」という人であった。何れも強い気概を有し、己の意思を持して一歩も退かぬ者たちである。

なお彼女たちが足利への対抗を標榜するのは、終盤に至ってからのことである。秀蘭が玉園ら四人の妻女たちに対して、卜筮の結果、芦乗らはやがて波羅遮国を脱して帰国するものの投獄されると予言し、「其囚《とらは》るゝは極めて当時の将軍足利義勝が令に依ての事なるべし」と述べ、一同彼女の導きで救出の挙に出る。秀蘭が彼女たちに結束を呼び掛けて言う。

「旁《かた〴〵》も我卜《ぼく》せしに違《たがは》ずは、貞節に身を忘れ兵を起して夫の難を救んと心を金石に固めなば、共に一味して、我已《すで》にかたらひ置し味方と牒じ合せ兵を揚ん。……衆心一致とならば如何なる堅陣剛敵にても何の恐るゝ事かあらん。」

夫を思慕する念（貞節）は、あらゆる力に屈することのない強い気概によって支えられている。威権の象徴である足利に抗することは、この気概をより盛んにすることを意味する。秀蘭は続けて言う。

「各《おの〳〵》夫を助《たすけ》し上にて南朝に属し忠功を励《はげま》れなば、長く賊党の譏《そし》りを免れ、名を後世に残すのみならず、足利に敵して共に雄を争ふべし。」

南朝・足利のいずれが正義か正統かなどを、彼女たちは論じない。南朝に就くのは、世のためにするものではなく、自分たちの気概を集結させる拠り所を求めてのことと解される。

椿園はこのような人の心の捉え方をするにあたって、『水滸伝』から示唆を得たものと推測される。同じく椿園作の『唐錦』(3)（安永九年（一七八〇）刊）所収「圓鐵法師旧友を救ふ話《こと》」は、吉見三郎秀廉《ひでかど》（後の圓鐵法師）が常盤登之助を救うという筋で、『水滸伝』第七回から第九回に至る、魯智深が林冲と兄弟の盟約を結び、後に林冲が冤罪を着せられて殺されようとするのを救う話に拠っている。(4)秀廉は、「童子の時より力量万人に卓越して、勇気盛なるのみならず、正直《せいちょく》にして、善を助け悪を制し、信義を専らとする豪傑」であった。登之助は、「勇猛正直なる事秀廉に同じく、ともに猟を業としけるゆへ常に出合ふこと多きまゝ、終に厚き交りと成て」、兄弟の盟約を結ぶ。即ちここにも、相手の精神への共鳴が描かれているが、その勇猛正直なる精神とは次のようなものであった。

秀廉出家して圓鐵と称するようになって後のこと、登之助が今川義元に冤罪を着せられて刑せられようとしていると聞いて大いに驚き、刑場へ駆け付ける。

登之助は無実の罪に坐せらるゝ憤りを面に顕し、牙をかんで来るを見るより、圓鐵は怒りたちまち動て、獅子の吼るが如くたけりて、鉄禅杖を水車にふりまはし、

悪を除いて世を正すなどとは言わない。ただ眼前にある状況が己の心から見て許すべからざるものであるとするところから奔出する感情である。これは正に魯智深を典型として『水滸伝』に見出されるものであった。

ところで都賀庭鐘は『英草紙』(5)（寛延二年（一七四九）刊）所収「三人の妓女趣を異にして各《をのく》名を成話《なすこと》」において、妓女鄙路《ひなじ》の心のありようを以下のように描いている。彼女は「生得に俠気《けうき》《ひかぬき》ありて、志男子に勝れり」、武術を学び、

「道路《みち》に是非《いさかふ》を見る時は、かならず其弱《よわき》かたを助く。義によつて命をかへりみず」という者であった。彼女は安那平《やすな》四郎という青年と馴染んでいたが、三上五郎太夫が彼女を奪おうと企み、平四郎を卑劣な手段で殺害する。彼女は三上を待ち受けて斬殺し、その死骸に向かって言う。

「我一生人に身を許《ゆるし》たることなければ、夫の仇を報ずるにもあらず。余所に見てもすむべきなれど、我故に命を失《うしなひ》しを知りながら、外《よそ》ごとにもてなさんは、我心に恥る所あればなり。」

かつて平四郎から身請けの申し出があったが、受け入れていなかったので夫婦ではなく、夫の敵討としてするものではない。しかし我故にこのような殺され方をした人がいることを知りながら黙過することは、己の心が潔しとしないのであると。世間的観点や規範に照らしてどうあるべきかではなく、ひとえに我が心から奔出する所のものによってすることであった。本話は『水滸伝』の特定の部分を典拠とするものではないが、庭鐘が「俠気」と称する彼女の精神は、椿園が『水滸伝』から読み取ったものと近似する。

『水滸伝』は長編小説である。一方、近世中期、白話を愛好し研究した人たちは、短編・中編小説の創作へと進んだ。その中で関心は自ずと、長編小説としての構成面のことよりも、個々の人物に即して描出される精神の在り様の方へと向けられたと考えられる。この点、同じく白話を解しつつ長編を志向した後期読本作者においては如何であったであろうか。

四　曲亭馬琴『開巻驚奇俠客伝』——長編読本の目指したもの——

曲亭馬琴の長編読本『開巻驚奇俠客伝』(6)（第一―四集、天保三―六年（一八三二―三五）刊。第五集は萩原広道が継ぎ、嘉

永二年（一八四九）刊）は、足利と南朝との対立を背景とし「俠気」のことが書かれており、この点において『女水滸伝』と対比して検討することができる。

野上著演《あきのぶ》は、馬琴が本作において最も努力して描き上げた人物と言ってよかろう。「性《さが》として俠気《をとこぎ》あり」とされているが、その内容は慈善によって人を救済するというものである。彼は相模国藤沢の郷士で、南朝方の士であった人を祖父とし、足利一統の世となっても仕えず己の生き方に拠っていた。極めて富裕の人で、凶年には倉から粟を出して里人を救い、豊年には道路や橋を修築し、常に親疎の別なく米銭を恵み、また戦場に残る雑兵の髑髏を集めて供養した。南朝余類の浪士館英直《たてのひでなお》は、主君脇屋義隆から子息小六丸を託されて我が子として養育していたが（これが後の達小六《だてのころく》）、旅の途中で瀕死の病に倒れ、伝え聞いていた野上著演の評判から、この人を頼ろうと思い定める。

（英直思う、）「（著演は）世に有がたき豪傑にて、義を守ること城の如く、悪を癉《や》むこと仇の若《ごと》く、弱きを資《たす》け哀たるを憐み、生平《つね》に施《ほどこし》を好みて財貨《たから》を惜まず。その性《さが》をさ〳〵俠気《をとこぎ》ありて、勢利《いきほひ》に隷《つ》かず、権家《きりもの》に媚びず、嚮《さき》に隣郡近郷なる戦死の髑髏一万余級を集めて塚を築き好事《はうじ》を修行し、慈善の誉《ほまれ》を得たりとぞ、知るも知らぬも人はいふなる。」

英直は妻母屋《おもや》に、自分は著演とかつて義兄弟の盟約を結んだと述べ、一封の書簡を残して没する。著演がこれを受け取って開くと中身は白紙であった。実は英直は、著演と一面識だになく、その人格を信じて妻子を託したのであった。著演は英直の思いをここに読み取って、依頼を受け入れる。

この話は『拍案驚奇』（初刻）所収「李克譲竟達空函　劉元普双生貴子」に依拠することが指摘されている(7)。原話において、李克譲は瀕死の床にあって、劉元普が「仗義疏財、名伝天下、不論識認不識認、但是以情相求、無有不応」「義気干霄」、義を重んじ財をうとんじ、知る知らないを問わず頼めば必ず応じてくれる、義気の強い人であると聞いていたことから、この人に妻子を託したいと考え、一計を案じて白紙の書簡を贈ったとする。後年、劉元普は李克譲の妻子に向かって、あの白紙の書簡を受け取った時のことを明かした。

「……仔細想将起来、必是聞得老夫虚名、欲待托妻寄子、却是従無一面、難叙衷情、故把空書蔵着啞謎。」

よくよく考えたところ、これは私の実際以上の評判を聞いて妻子を託そうとされたが、一面識もないことから、白紙の書簡に謎を込められたとわかったのだった、と述べている。

馬琴は原話の大枠を利用しながら、次のような事柄を新たに増補して、著演と英直との間における心と心の遣り取りを描いた。この書簡、中身は白紙でありながら、上書きに「野上史殿まゐらする　新田余類　館大六郎英直」と記されていた。

（著演思う、）「世に憚りある人の妻子《やから》と知るといふとも、義の為には後難を辞せずして必《かならず》よく扶持すべき著演也と思はれけん。」

著演は、英直が自分に向けて、足利の世にあって憚るべき素性を明かしたところに、彼の思いを察知した。著演は亡き英直に向かって心中こう念じた。

「某《それがし》弱冠の昔より惟《たゞ》兼愛を旨として、人の危窮を救ふといへども、位高く富栄て民の父母たるものならねば、そは九牛の一毛のみ。普く人に施すに由なく、虚名徒《いたづら》に年を歴《へ》て、徳の菲薄《ひはく》を羞《はぢ》たりしに、豈《あに》思はんや、和殿に知られて、……窃《ひそか》に推量《おしはか》るに、紙中に一字も写《しる》されざりしは、千万言にもなほ優《まし》て、人を知りたる意味深かり。……某既に和殿に知られて、かくの如き遺託あり。いかでか死力を尽さゞるべき。」

単に暗示された意味を読み解いたということではない。英直は未だ交誼のなかった著演の人格に共鳴し、そのことを訴えかけてきた。著演はその思いを十全に受けとめた。そのことを、著演はここで感動を込めて述べているのである。

俠の人がその人格故に人から共鳴を得るというテーマを描いたのは、馬琴の努めたところであったと思われる。あるいはここに『水滸伝』からの示唆が関与していたかと推測する。但し著演の俠は「患《うれひ》を共にし災を分つ」ものと評され（達小六の言葉）、また引用した中にも見られるように、「慈善」「兼愛」と意義付けられている。弱者の苦しみを我が事とする感情であり、それは善なるものである。

また、先の著演が亡き英直に向かって語る言葉はこう続く。

「只這《この》奇偶のみならで、和殿は則《すなはち》 新田の類族、脇屋次将の家臣なるべし。俺大父《わがおほぢ》野上目《さくわん》は、贈中納言義貞卿の鎌倉攻に従ひまつりて元弘に功ありしもの也。料《はか》らず又這《この》旧縁あり。何《なん》でふ一時の値偶《ちぐ》ならんや。」

英直と著演との結び付きは、個と個の人格の共鳴にとどまらず、その背後に〝新田余類の旧縁〟があったとされる。

次に楠正元の娘姑摩姫《こまひめ》について掲げる。彼女は「俠気《をとこぎ》」「義俠の志」ある人物で、君父の仇として将軍足利義満を狙っていた。女仙九六媛《くろひめ》は、彼女に「剣俠の術」を授けるに際して、義満が、南北朝講和（一三九二年）の際に結ばれた、北朝の帝の後には南朝の春宮を立てるとの約に背いたことと、明の帝から日本国王の封を受けたことを不義として難じ、彼女の企ては正当なものであると述べる。

「（義満に関して）這它《このよ》の不義は忍ぶとも、南帝を紿《あざむ》きまつりて誓に背く一条と、明の冊封を受たるは、是《これ》国体に係る処、讞然《げつぜん》として饒《ゆる》すべからず。縦《たとひ》宿怨あらずとも、天に替りて道を行ひ、その非を正すべきものなるに、況や君父の讐敵《あたかたき》とて、年来《としごろ》和女郎が撃《うた》まく欲《ほり》する情願道理に称《かな》ひたり。」

姑摩姫はこれを了解して言う。

「理非明弁なる自他の得失。仇なりとても他《かれ》に理ありて我に理なくば、賊する也。仇ならずとも義満の如きは罪を正すべしと宣《のたまは》するこそ剣俠の要領にこそ侍るめれ。」

この部分の話は『拍案驚奇』（初刻）所収「程元玉店肆代償銭　十一娘雲崗縦譚俠」を典拠とすることが指摘されている(8)。原話においても、剣俠が討つべき者に幾種類かあるが、「皆非私仇」、全て私の仇は該当しないとした上で、庶民を虐げる行政官、上には諂い正直の者を害する権力者等々が対象であると例示する。これは個人的な報復は除外した上で卑劣の徒を討てと言っているのであって、天の理非得失に照らしての正当性までを要求するような議論ではない。

前掲の館英直に養育され野上著演に引き取られた脇屋義隆の遺子小六丸は、成長して達《だての》小六《ころく》と称し、「義俠」「義胆豪俠」の人となる。彼は伊勢国を訪れて、稲城守延《もりのぶ》なる人物が、国司に仕える権臣の子木造《きづくり》泰勝に娘を奪われた末に暗殺されたとの話を聞き、怒りを顕わにする。

「某《それがし》偏愚の性《さが》として、不平の事を聴《き》くときは、怒気胸に満て勝《たへ》られず。然《され》ば親疎の差別《けぢめ》なく、その冤《しへたげ》を伸《のべ》恥を雪《きよ》めて人の患《うれひ》を払んずと思ふものから、年弱《わか》ければいまだその義を試ず。」

確かにこれが己の心から出る感情であることが述べられている。後にこの娘が、養父英直の実子で、小六の妹として育てられていたが幼少時に生き別れとなっていた信夫《しのぶ》であったと知れる。彼はこのことについて稲城の妻に向かって言う。

「初《はじめ》刀自の愛女の素生《すぜう》を知らぬ時だにも、冤苦を聞くに堪ざれば、某《それがし》既に兼愛の情《こゝろ》を越《こゝ》に宗《むね》として来つゝ事問《ことゝひ》候ひしに、信夫はおん身の養女にて、俺《わが》養父母の女児《むすめ》なりしを、方僅《いま》詳《つまびらか》に知るうへは、怨初《はじめ》に十倍して、火にも入るべく刃も踏ん。」

かくて木造泰勝方へ乗り込む時も、次のように言う。

「俺《われ》は他郷の旅客《たびゞと》なれども、義の与《ため》には親疎を択まず、弱《よはき》を助けて強きを折《くぢ》き、冤《しへたげ》を伸《のべ》怨を雪《きよ》めて、世の奸悪を鋤《すか》まく欲する宿念越に愆《あやまた》ず。」

馬琴は、小六の心のあり方が相手との親疎に関与しないものであると、幾度も念を押す。その上でこれを「兼愛の情」、また「世の奸悪を鋤《ほり》く」ものであるとする。

この話は、中国白話小説『好逑伝』の、鉄公子が韓愿の娘を大夬侯の所から救出する話に依拠することが指摘されている。(9) 冒頭にこの鉄公子の人となりについて、

性子就似生鉄一般、十分執拗、又有膂力。遇不如意、動不動就要使気動粗。……人若緩急求他、便不論賢愚、慨然周済。

性質は生鉄のごとく強情、腕力強く、気に入らぬことがあると荒いことをする。が、人が頼ってくれば、誰であろうと慨然として救ってやるのであったと言う。続いて描かれる救出の行動は、彼のこの性質の実現ということであった。然るに馬琴の描いた小六は、奸人藤白安同《ふじしろやすとも》を討つ時も、「天の憎《にくみ》に逼《せま》りし応報愆《あやま》たず」「民の蠹毒《とどく》を刈払《かりはら》ひて、世の為《ため》亦《また》人の与に心を快くなすもの也」と言明する。彼の行為は世の正義へと収斂していくものである。

馬琴による本作執筆は第四集までで絶え、萩原広道がこれを継いで第五集を著した。その第五集の序に広道の言うところが、馬琴が意図したものを的確に説明している。

道おとろへ、政事《まつりごと》ゆるびては、ことわりのまゝならぬこともおほかなるを、正さむ人もなく、訴へむ方もなければ、おのづから耳にも目にも余る事どもの出来《いでく》なるを、えたふまじく、うち速き人は、我身を無にしても、うれたき人のわざはひを助け救ふなる、……かゝるをなむ、ことにをとこだてとは云《いへ》るなるべき。

侠ある人々が立ち向かう不条理とは、政道の緩みの中から生じてくるものとされている。本作における政道の緩みとは、即ち南北朝擾乱によるもののことである。馬琴は新井白石の『読史余論』の歴史記述に大いに拠って、本作全体

の長編構成を支える枠組を設けているとされる(10)。個々の侠は、各々の人物の内面の問題にとどまることなく、最終的には歴史の動きに関与していかなければならない。

前掲の通り、野上著演は館英直との間に南朝新田の旧縁を観じたのであったが、後に、預かった小六が脇屋義隆の子であったことを知って、こう述べた。

「小六は脇屋の公達なりきと聞ては、いよ〱いとをしく、英直、母屋の孤忠節操、感ずるにあまりあるものを、……」

著演が英直の心に感じてした振る舞いは、やはり〝正しい〟ことであったということになる。かくて彼の侠は南朝の大義へと包摂されていく。馬琴流の長編読本において、人と人との精神の共鳴や侠の行為は、他の人々（英直・母屋夫婦など）の正義の行為と融合しながら、より大きな正義を実現し歴史を作っていく。人物の側に即して見れば、彼等は常に、世のために正しいかと問い掛けながら行動しているということになるのである。

五　近世中期白話小説家たちの求めたもの

初期読本の作者たちが描く、人と人との精神の共鳴や侠の行為は、世のための正義の実現ということからは自由である。確かに『女水滸伝』において、夕虹は夫の天平太が盗賊の業をなす者であることを知った時、不義非道の者から奪うとも善なる人を害することなかれと戒めたとし、彼女たち一団が結義して後も、先に掲げた秀蘭の言葉に、南朝方に就くことで「長く賊党の譏りを免れ、名を後世に残す」ともあった。しかし彼女たちは、貧窮の人に施す義賊になったわけでもなく、掠奪の行為自体をやめることもなく、賊党であり続けた。「将軍と幕府役人とを敵とし、海外渡航の賊党を英雄とする大胆さに注目される」(11)との評価は先ず動かない。庭鐘描く『英草紙』「三人の妓女」の鄙路は、三上を斬殺した後姿を隠して行方知れずとなり、彼女の「俠《けふ》声《せい》《いきじだてのきこへ》益《ます〱》著《あらは》れ」たとする。やはり世の正義という範疇を志向するものではない。

沢田一斎は自ら白話小説を創作し、悪を積極的に描いた。『日本左衛門伝』では、東海道一円を跋扈した盗賊の首領日本左衛門を、『演義俠妓伝』では、密通と兄殺しを犯して処刑された妓女可淑（かしく）を主人公とし、何れもその徹底した悪を描き出した上で、却って一切の道義から解放されることで得られる精神の自由快活を捉えた(12)。日本左衛門は「慷慨義気的人」「烈々丈夫」、可淑は「有些俠気」「俠気不屈不怕死」とされる。これはもはや『水滸伝』の好漢の人間像をも超えてしまっている。但し、己の内面から奔出する気概に光を当てようとする姿勢は、近世中期の白話小説家のものであったと思われる。

注

（1）『忠義水滸伝解』は、『唐話辞書類集 第三集』（汲古書院、一九七〇年）に拠る。

（2）『女水滸伝』は、京都大学大学院文学研究科図書館蔵本に拠る。なお石川秀巳・磯貝寛子・宝田かほる「〈翻刻〉女水滸伝」（『読本研究』九、一九九五年一〇月）に翻刻が備わる。

（3）『唐錦』は、京都大学大学院文学研究科図書館蔵本に拠る。なお『江戸怪異綺想文芸大系 第二巻』（国書刊行会、二〇〇一年）に翻刻が備わる。

（4）山口剛「怪異小説について」（『山口剛著作集 第二巻』（中央公論社、一九七二年）所収。初出は一九二七年）に指摘される。なおここで取り上げる「圓鐵法師旧友を救ふ話」、「三人の妓女趣を異にして各名を成話」については、旧稿「庭鐘から秋成へ——「信義」の主題の展開——」（『読本研究』五、一九九一年九月）において論じたことがあるが、改めて俠という観点から検討する。

(5)『英草紙』は、著者架蔵本に拠る。

(6)『開巻驚奇俠客伝』は、『新日本古典文学大系　開巻驚奇俠客伝』(岩波書店、一九九八年)に拠る。

(7)麻生磯次『江戸文学と中国文学』(三省堂、一九七四年。初版は一九四六年)、水野稔「馬琴と『拍案驚奇』」(『江戸小説論叢』(中央公論社、一九七四年)所収。初出は一九六七年六月)参照。なお『拍案驚奇』は、『古本小説集成　拍案驚奇』(上海古籍出版社、一九九四年)に拠る。

(8)得丸智子「姑摩姫の仇討――『俠客伝』の女俠論――」(『読本研究新集』一、一九九八年一一月)参照。

(9)注7前掲『江戸文学と中国文学』参照。なお『好逑伝』は、『古本小説集成　好逑伝』(上海古籍出版社、一九九二年)に拠る。

(10)大高洋司「『開巻驚奇俠客伝』の骨格」(注6前掲『新日本古典文学大系　開巻驚奇俠客伝』解説)。

(11)『日本古典文学大辞典』(岩波書店、一九八三年)「女水滸伝」の項(濱田啓介執筆)。濱田啓介「伊丹椿園は津国屋善五郎なり」(『近世文学　作家と作品』(中央公論社、一九七三年)所収)にも同旨の記述がある。

(12)詳しくは、田中則雄「白話小説『日本左衛門伝』について――論考と翻刻――」(『島大国文』二七、一九九九年三月)を参照されたい。なお、『日本左衛門伝』は東京都立中央図書館蔵本、『演義俠妓伝』は『中村幸彦著述集　第七巻』(中央公論社、一九八四年)所収の影印に拠る。

第三章　増穂残口の誠の説
――その文学史との接点――

一　増穂残口と「誠」

増穂残口は、その著述、いわゆる八部書に残された特色ある言説によって知られ、早くから思想史、文学史の上で考察の対象となってきた。かくして中野三敏「増穂残口伝（上）（下）」、「増穂残口の事蹟――談義本研究（二）――」(1)によって、その生涯が詳細に記述され、残口研究は大きな進展を見ると同時に、その後の研究の基礎が築かれた。但しその思想の内容にまで踏み込むと、未整理の要素、評価の不確定な部分が残されており、その中には、以下のような重要な問題も含まれていると考える。

残口に関しては、特に『艶道通鑑』（正徳五年（一七一五）序）に顕著な、恋愛至上主義と称される説について言われることが多い。そこには肉欲、嫉妬などの肯定が説かれ、また、「今の世も売女《ばいた》の中に、金づまり義理あいとはいへど、弐人心をみださで刃に臥有《ふす》。脇目よりは狂乱の様に笑ひ罵《のゝしれ》ども、死をかろんずる所いさぎよく哀也。是を笑ひそしる輩は、どふぞ、ならば死ンでみや」（『艶道通鑑』巻五―一〇）の如き論あるに至っては、封建的倫理への対抗のように評されるのである。ところが一方、政治や身分秩序に関する事柄となると、「士農工商ともに祖神職神《しょくがみ》の筋目ちがへず、筋目を守りて、富貴に成ても奢らずして其職分をつとめ、貧賤なるとも職分をわすれず、己は士か商かと知てつとむるが本立、一分立なり」（『神国加魔祓』地の巻、享保三年（一七一八）刊）の如く、全く体制迎合的と称すべき発言が見られるのみである。この点、夙に家永三郎「増穂残口の思想」(2)において問題にされ、保守的側面が併存するという留保を付しながら、恋愛の論における進歩性が強調された。しかし体制を擁護しようとする人が、一方で、明らかに秩序の維持にとって都合が悪い事柄を、矛盾に関知せず力説するなどということがあり得るであろうか。それは恐らく、残口の発言を体制擁護か否かという規準を設けて見ればそのような二面があるということであって、故に残口自身の中に迎合か対抗かというような意識が存したということにはならない。

また従来、右のような恋愛の論が、彼の思想の中心をなす神道説と、論理的に如何に連関しているかについては論ぜられることがなかった。確かに恋愛の論は最終的には神道説へと統合されていくはずのものであるが、それが具体的に如何なる論理のもとに統合されるのかについては、検討が行われるべきであろう。

要するに、恋愛の論、身分秩序の論、神道説等の主張を、各々独立の如く扱って検討する限り、残口の真に意図する所は把握し難いのであって、一旦それらを統括的に捉え、その全体の体系の中においてまた各々の主張の意味を考察するという手続きが必要ではないであろうか。このように考えて臨むと、残口の著述には「誠《まこと》（真）」の語が随所に見えることに想到する。この語は男女、夫婦の心情のあり方を言うものとして、特に『艶道通鑑』に頻出するが、他の著述の、神道説の文脈中などにも現れ、これが彼の思想を統括的に捉えようとする際の拠り所となり得ることが予測される。

更に、誠の説の検討は、残口と文学史との関連について考えるに際しても不可欠であると思われる。従来、文学史に関わる事柄としては、その狂激諷諫の文体が、談義本に影響を与え風来山人へと至ることなどの指摘がある（中野三敏「増穂残口の人と思想」[3]。また『艶道通鑑』から幾つかの説話や文辞が以降の作品に摂取されたことも知られている。うち最も有名なのは、その巻四―四、大江定基の段が、上田秋成によって『雨月物語』「青頭巾」に利用されたことであるが、そこにも、誠ということが関与していると考える。いま大まかな言い方をすれば、誠の追究とは、一種の、人間の内面に対する追究であって、ここに文学と接する部分が生じている可能性があるということである。

概ね上記のような見通しに立って、先ずは前述した、恋愛の論と神道説との連関如何という問題について検討する中から、残口の思考の大きな枠組を把握しようと試みる。

二　恋愛の論と神道説

確かに、男女の恋愛についての論は、神道説とは趣を異にし、一見内容的に結び付かないかのようである。現に論駁の書『残口猿轡』[4]（享保七年（一七二二）刊）も、残口が恋愛の論を説いた動機は、「まづ愚人をば引込《ひきこむ》べし。それにはとかくかうしよく事がよゐ橋なり。これをふうりうにいひなして、すぐに神道におとし、ふうふのみちを極意とたて、愚人をそやすものならば、いかなるものもなびくべし。所詮神道の談ずる所、陰陽の二をいでず。こかしどころはこゝにあり」（巻一）ということであったと決め付ける。この点に関しては従来の研究においても、前掲中野三敏「増穂残口の人と思想」に、「その恋愛論はあくまで彼の神道思想の一節をなすもの」であり、「残口の主意は、何も「和の道」の解説流布にあるのではなく、それを足懸りとした神道復興が狙いなのである」と述べられ、また風間誠史「『艶道通鑑』から『雨月物語』へ」[5]でも、恋愛の論は思想的な問題から切り離して論じてよいとの立場をとる。私見では、残口の最終的な意図が神道の興起にあったことは動かないにせよ、恋愛の論と神道説との内容的連関如何については改めて検討が必要であると考える。そこで先ずは残口の神道説の最も基礎的な部分について、その大要を整理することから始めたい。

残口は、秘伝によって権威付けが保たれていた当時の神道界にあって、大衆相手の講釈によって自説の流布を図った。ここから残口の神道は、通俗神道と称される。但し教化方法がこのように特異である一方で、その説の内容自体を見ると、以下掲げるように、根幹をなす部分については、中世から近世初期に至って現れた神道説に拠って組み立てられていたことが窺える。

残口は、儒・仏に対する神道の優越を強く唱えながら、一方で、究竟の理においては儒・仏も神道と合致すると述べる。

> 仰《あをげ》ばいよ〳〵高き所は、老子の絶学廃智の段、荘子の可不可一条の見、仏の無明無体、全依《ぜんゑ》法性《ほつしやう》の重《ぢう》、我《わが》神の陰陽不測《しき》の妙、二もなく別もなき終究必竟《しうくうひつきやう》の理処なり。是《これ》天地同根、本然固有あるがゆへ、三国無差《しや》の天道、日月星辰、渾天の度数、不易の易たり。毫厘も違《たが》ふべからず。其不変の理をおしていふときは、理当心地（宋学を摂取した神道）も得たり、両部習合（真言を摂取した神道）も得たり。あらそふべからず、すつべからず。儒理ももつとも、仏説も有難し。今いふ所の神の道といふは、土地の気質にしたがふ、国化のおしへの事相なり。儒仏に混ずべからず。
> （『直路乃常世草』一一、享保二年（一七一七）刊）

このように、不変の一理から各々具体の事相が生ずるという論理を用いて神道と儒仏等との関係を説く例は、既に例えば度会延佳の『陽復記』(6)（慶安四年（一六五一）刊）に、「理は異国の理、我国の理とて二つなけれども、法は形にあらはれたるものなれば、差別あり」（巻下）などと見える。また林羅山・山崎闇斎等の儒家神道においても、神道の独立性を認めながら、究竟においては儒・神は一理に統合されると前提されていた。これらにおいては宋学の、万物

は太極の一理の展開によって生ずるとする理一分殊説が参看されたと考えられるが、残口の著述にも、例えば、

一万物にわかるゝとて、一を体として、万にわかるゝ其万は、一のはたらきいづる用なり。その万のはたらき一にそなはりて、かけざるをつかねて道といふなり。（『神国加魔祓』人の巻）

事理は神車の両輪、体用は神鳥の両翼なり。（『神路乃手引草』地の巻、享保四年（一七一九）刊）

などと、「体—用」「理—事」、即ち、本源的で一なるものと、それが具体的な形をとって表れたものとの対応という捉え方が頻出して、これが彼の神道説の拠り所となる基礎的思考であったと窺える。

前掲した神儒仏の論もここから導かれたものと理解できるが、特に重要であるのは、やはりこの思考に基づいて、「神」について次のように、本源的な「無色無形の神」と、具体的な形姿を有する「人体形化の神」とがあると捉えたことである。

無色無形の所に浄《じやう》穢《ゑ》わかつ事なく、無色無形の神は、うやまはずとて威の減《へる》事もなし。敬《うやまい》たればとて威のます事にもあらず。敬《うやまふ》に威を増す神は、人体形化の神の御事なり。（『同』天の巻）

この、本源の神を想定して、万物はその展開であるとする発想自体は、中世以来の先行の神道説に存する。即ち既に伊勢神道・吉田神道に、国常立尊《くにのとこたちのみこと》を本源の神と捉える論があって、これが近世に至っても、林羅山・吉川惟足等へと継承されている。残口の論は基本的にこれに拠っているとしてよかろう。ただここで、単に無色無形の神と人体形化の神とがあると述べるにとどまらず、敬拝の対象となるのは人体形化の神であると、信仰の態度の問題と絡めて論ずるところに、残口の独自性がある。

およそ無色無形の所は、惣じて名づけてしゐて神と呼《よぶ》通号とて、何もかも神とばかりいふぞ。日の本は別に神に号《な》を立る事、住吉、春日、玉津島、賀茂、松尾、三輪等、是効能《くのう》ありて体を取時の名なり。……和朝を神国と申

は、神に形をとりて、とこしなへに神の在《ゐ》ますと、事相に寄《よせ》て知《しら》する道を神道と唱ふるぞ。

（『有像無像小社探』一二、享保元年（一七一六）刊）

かくして残口は、神道の信仰には神像を立てることが不可欠であるとの独特の主張に到達する。そして、自ら「仮に日本姫《やまとひめ》の御像《みかたち》を御戸代《みかたしろ》と立て、世に弘《ひろむ》ること十余年。或は画《ゑが》き或は彫《きざみ》て三千体の余、凡《およそ》都鄙に流布す」（『神国増穂草』巻下、宝暦六年（一七五六）序）と述べる通り、これを実践した。なお残口の神像敬拝説が聖徳太子に仮託された偽書で、太子流神道の経典とされる『先代旧事本紀大成経』の影響を強く受けたものであることが、湯浅佳子によって指摘されている。(7) 神像敬拝説の形成過程についての探究はこの指摘を踏まえて行われるべきであるが、ここでは先ず右に掲げた如きから、残口が、「体—用」の対応という思考を基礎に置いて、本源の神と形姿ある神との関係を捉えたこと、そこから更に神像敬拝説を唱えたことを確認しておきたい。

さてこのよう見てくると、残口自身において、男女の恋愛についての論と神道説とは内容的にも関わりをもつと意識されていたのではないかと思われてくる。『艶道通鑑』の冒頭、巻一—一には、男女、夫婦の情愛こそが人倫の根本であるとの論が、先にも見たような「神」に関する議論と一連の事柄として述べられている。

凡《およそ》人の道のおこりは、夫婦よりぞはじまる。夫《それ》本覚の仏はかたちなく、法性の神にすがたなし。則《すなはち》真如実相、陰陽不測《ふしき》にして、またみな天地の間に形あるものは、此神此仏の姿なり。今世におがみうやまふ神仏は、父母ありて生《うま》れ出させたまふなれば、始成《しじやう》の仏、有覚《うがく》の神と申奉る。すれば男女、夫婦の情をはなれ給ふ事なし。易の序の卦《け》の伝に曰、「天地あつて然　後《しかふしてのち》男女あり。男女あつて而《しかふして》　夫婦あり」と。其後神も仏も聖人も出給ふ事ぞ。男女のかたち出来るまでは造化の妙にして、交合《きやうごう》のなさけは人の作業《さごう》に成れば、人道《にんどう》立ての仏法、神道、老、孔、荘、列なり。しからば夫婦ぞ世の根源としれたる歟。その夫婦和《くわ》せずして、一日も道あるべからず。道なければ誠なし。誠なければ世界は立ず。件《かく》根本たる夫婦の事のおろそかに成行ば、道も誠もなくなりて、後は孝もうせ忠も絶《たへ》なんずらんとかなし丶。

論を整理すれば以下のようになろう。形姿なき「本覚の仏」「法性の神」が本源にあって、ここから天地の間の万物が生ずる。敬拝の対象となる「始成の仏」「有覚の神」もここから生じたものである。本源の次元における営みは「造化の妙」であるが、そこから人の形が成るとき、男女、夫婦の情が生ずる。これが和、誠であり、従ってこれがあらゆる人倫の根本であると。ここでは、生成ということに絡めて男女の誠の意義を論じているが、これ以外の点においても、恋愛の論には神道説との緊密な関係が認められるようである。以下そのことを辿りながら、残口のいう誠とは如何なる性質のものであるかを考えてみる。

三　誠の説

誠（真）は、残口の著述において和（親和）、仁愛、直（正直）などと一体のものとして論ぜられる。意味するところは淳朴純真な情、誠実などと、一旦大まかには捉えておいてよいであろう。その誠についての論は『艶道通鑑』に最も頻出する。そこに掲げられた説話の中には、取りあえず淳朴純真な情、誠実などと解して意味の通るものもある。その一方で、一読では直ちに了解しがたく、一体この話のどの部分が誠なのかと思わせるものもある。しかしそれらについても、神道説と重ね合わせて読むことによって、残口の意図するところを理解できるようである。以下掲げてみる。

巻一―一一に、常陸帯の風習について取り上げる。これは例えば『俊頼髄脳』(8)に、「常陸の国に鹿島の明神の祭の日、女の、けさう人のあまたある時に、その男の名ども、布の帯に書きあつめて神の御前におくなり。それが多かる中に、すべき男の名書きたる帯のおのづからうらがへるなり」と説明されるような恋の占いである。残口はこれを単なる俗習とは見ず、未婚の娘たちが、「我を思ふ男数あれども、決《さだか》に心だてをしらず。又我からしたふ男は、色ごのみの心なれば、ます花あらば我も末とげぬ事や出来てん。当座のまじはりは出合しだいの交合《やりくり》、一生をまかするは神の引合をたのみ奉る」との心から神託を伺う、真剣な行為であると意味付ける。その上で、

　是又神にたのみ奉りて、そのうへを仲立《なかだち》にてむすぶわざになん。男風流《ぶり》にもよらず、貧《まづしき》をもきらはず、氏の卑《ひき》、も高《たかき》をもゑらびすてず、ひとへにあなたしだいとかたろふ。真《まこと》の中の真なる事なり。

と、相手の美醜貧富貴賤の如何を一切詮索せず、判断を神に一任する態度であるとして評価する。しかし何故それを「真《まこと》の中の真」と称すべきであるのかについては、この説明のみでは理解し難い。

判断を神に一任するという態度については、続く巻一―一二、黄楊《つげ》の小櫛の段にも取り上げる。即ち、黄楊の小櫛を持って四辻に出、そこへ最初に来る人の言葉如何で吉凶を占うというもので、ここでも「是又神慮にまかせ、私にせざる心なり」と評している。なお残口は占卜について、『有像無像小社探』三―一にも、「神代よりの太占《ふとまに》は、うらかたなり。……今に至りて辻占《うら》を問《とひ》、又三つの柏《かしは》の浮沈《うきしづむ》ためし、常陸帯の結ぶ縁《ゑ》にし、願事は我に有て究《きはま》る所は私心をすてゝ神にまかせ奉る事也」と述べて、その意義を重んじていた。

巻一―九は、『宇津保物語』俊蔭巻に拠る一段で、占卜は用いないが、やはり神慮に任せるという態度について説くものである。俊蔭は、娘に高位の人々から求婚があったものの、「娘が事は天道にまかせ奉る。天の掟《おきて》あらば国母とも、掟なくばいかなる山賤《がつ》の子とも嫠合《なれあい》かし」と述べて応じなかった。娘は結局後に太政大臣の若君と結ばれる。この俊蔭の態度について残口は、

俊蔭が名をもをしまず利にも耽らざる心より、娘が末目《すへ》出度大利を得、俊蔭が名も今に伝《つたは》りて、大なる名を月日とともに残せり。

と高く評価する。

巻三―四は、『文正草子』(9)に拠って、常陸国の塩焼文正の出世譚を挙げる。文正の娘は、文正の主にあたる鹿島大明神の大宮司の子息、また常陸国の国司などから求婚されるが、何れも拒否し、結局、京より下って来た商人（後に、実は関白の御子二位の中将とわかる）と契る。この経緯を残口は次のように記述する。

程へて京よりうかれ来りし商人《あきんど》になびきしを、あたりとなりも内々のものもあさましき事にとりぐ〵沙汰しければ、文正が云けるは、「主の仰をそむき国の守の下知を聞《きか》で、行衛なき旅人に思ひ付けんも此世ならぬ縁ならめ。一生身をまかする男なり。心にあはぬものにそいて何にかせん。兎もあれ角もあれ、娘が心しだいぞ」とて、世の取沙汰をもきかぬふりにてぞありし。

しかし元来『文正草子』には、娘が商人と契ったことを聞いて、母親が嘆いたとはあるが、文正の反応については記しておらず、相手の男の身分など問題にせず、「此世ならぬ縁ならめ」と積極的に認めた、などというくだりはない。全て残口の創作と見られる。その上で評に、

文正は片田舎の野夫《のおとこ》なり。道も情も弁《わきま》へ知べきにあらねども、本性《うまれつき》の正直天心に叶ひて、思ひの外の幸《さいわい》にあへり。「一世倍男《そふ》なれば、氏にも録《ろく》にもよるべからず。娘が心にまかせなん」と云し一言、今時にしていはゞ、勢虚《うつけ》なりとぞいふべき。猿がしこき物識《ものしり》どもの調成《こしらへなし》て工《たく》む事は、一たびは見事に埒明とも末のとぐることなし。誠の心より成事は、打見はよからねど後の栄へつよし。

と、文正親子の繁栄は、彼の誠の心に由来するものであったとの解釈を主張する。

このように残口は、神慮、天道、此世ならぬ縁——人間の力や認識の及ばない超越的なもの——にゆだねる態度を尊重した。しかしこれが何故、誠と称されるのかについては、説明が十分でない。このあたりの問題を整理するには、やはり神道説との対比が必要となる。

残口は、人間による理非の判断には限界がある、従って畢竟の所は天、神にゆだねるべきであると説く。

……非も非にして、非ならざるあり。理も理にして、理ならざる有。我《われ》人一旦と、眼前にばかり理非を論じて、天道いかにとしらざるぞ。道は天地の規矩《かね》にして立べきぞ。己が非也と思ふとも、天道いかにと見、おのれ理なりとおもふとも、天道いかにと見るべし。然れば神木に釘打て所願忽《たちまち》に叶ひ、千度身をきよめて祈る心のかなはざるあり。非の中に是ありて叶ひ、是の中に非ありてかなはざるは、神の見徹《どを》したるゆへなり。

（『直路乃常世草』二四）

自身による理非の判断はこのように危ういものであるから、善悪邪正愛憎、私欲の有無、全てそのまま放置して、神慮に一任する。そのような態度が、誠であるとする。

凡《およそ》人は善悪邪正 愛憎《いとをしみにくむ》の心、私欲にひかる、常なり。その欲を捨、無欲になれといふ神訓《をしへ》にあらず。願はずいぶん〳〵欲ふかくする共、向《むかふ》に神を立て、何事も神のまに〳〵と祈るを正直の頭とする也。分際に過たる願を、是非〳〵かなへ給へと祈るにあらず。先申あげてあなた次第とまかせ奉り、かなへば正直にかなふ也と思ひ、かなはねば我直ならぬと知。是誠なり。

（『有像無像小社探』三〇）

かくしてこの、「向に神を立て、何事も神のまに〳〵と祈る」というところに、神像敬拝説との関係が生じてくる。

残口は、形姿ある神を敬拝することと、神慮に任せることとを、一連の事柄の如く論ずる。

今日の公道は、無色無形の神のせんさくにはあらず。有色有形の人の姿に神を立てうやまふが和国の風俗にて、秋津国の神の子に生れたる気質直《すぐ》にして、仁愛そなはりむつまじきを悦び、内外《うちそと》つくろいなきを嬉しがるぞ此国の天地の中《うち》の通気なり。去程に日本人は仏家も儒士も、口には堅い誡《いましめ》をかたり、身にも見かけは行ふ風流《ふり》をすれども、内心は彼和《かのやは》らぎに落入ざるはなし。行儀のくづるゝ儒士もにくからず、堕落の出家も訕《そし》るべからず。一世界の神識《たましい》、本清濁の二つを兼備《かねそなへ》たるを、支那《から》も天竺も法を立、理を以て教て、ためなをして道にしたがはしむる也。我国の正直の教は繕《つくろひ》なく、神識《たましゐ》のまゝを神にまかせ奉るの神訓《をしへ》なれば、日本の土地に生れし人は、神の教給ふ親和にをのづからうつる道理也。（『同』二一六）

ここで「法を立、理を以て教て、ためなをして道にしたがはしむる」という、その典型は、宋学の、「大学の始めの教へは、必ず学者をして凡そ天下の物に即《つ》きて、其已《すで》に知れるの理に因りて益々之を窮め、以て其極に至るを求めざること莫《な》からしむ」（朱熹『大学章句』格物補伝）という「格物致知（窮理）」の営みに基づきながら、濁を去り清なる本然の性へ到達すべきことを説く修養論の如きであろう。[10] 残口はこのような方法を否定して、清濁混在のまま「繕なく、神識《たましゐ》のまゝを神にまかせ奉る」べきことを説く。前節に見たように残口は、本源の神と形姿ある神との関係を捉えるに際して、「体―用」の対応という思考に拠っていた。この思考自体は宋学の理一分殊説と相沿っている。しかし宋学ではこれを根拠に、分殊の理から本源の一理へ向けて「窮める」ことを説く。残口は、本源の一理の存在は認めつつ、「窮める」ことを一切拒否しようとする。そしてこの、理への指向を放棄するということと、ひたすら形姿ある神像を敬拝するという、信仰上の態度とは、何れも淳直親和なるあり方の表れという点で、一連の事柄であると認識したのである。

我国を神国と名をつけ、神道と立る事、混沌未分の先を論ずる事にあらず。……其先は〳〵とはてしなき無始無終のせんさくは、今日の所用にあらず。成程ひらたふ形をとりて、神代の神を人にしてかたりつたへたる所に、

すなはち今日の人の代の、人の体《すがた》が神なる事を知らしめ給ふ。（『有像無像小社探』一二）

御影《おかげ》参りとて六十余州より伊勢へ参りしとき、彼方此方《かしこもこゝも》御祓《はらい》の飛降《とびくだ》り給ふとて、信をおこしき。近き比《ころ》春日の御簾《みすだれ》にうつらせ給ふとて、人皆参つどひき。かくのごとく形容《かたち》に信をおこして、正直にすゝむ愚俗なるに、何とて神に形をとらざる事ぞ。（『同』一七）

要するに、認識をひたすら形姿あるものの次元に固定し、それ以上の詮索を一切放棄するというあり方、これが誠であった。そして残口が言いたかったのは、そこにこそ、知慮がはたらく以前の、言わば、人間の情における最も本能的な部分が表れる、ということであった。

真忠至孝は素質の意地よりぞ出ん。件《かく》すれば忠、かくすれば孝なりと、議でなし、識《しり》て行ふは、似せ物真違《まがい》ものなり。天道は天然なり、地道は法爾《ほうに》なり。人道何ぞ天地の外の道あらんや。色にまよふは法爾と身に備《そなへ》し迷《まよい》なり。賢に易《かふる》は智学の力なり。子を思ふ道にまよふは天然なり。癡特《ちどく》をはなるゝは義解の功にあり。無作《むさ》の妙用こそ神明の不測《ふしき》、格をはづして格に中《あた》るこそ、真《まこと》の達徳なれ。智慮にもあらず、学解にもあらず、是を甚深の極秘と名づく。（『神路乃手引草』地の巻）

先の引用に、本来の清濁混在を矯め直すべからずとあったのと同旨で、智学・義解による修正がはたらく以前の、「天然・法爾」たる「迷」の段階にこそ、実は倫理へと向かう端緒（「素質の意地」）が存在しているとする。次にいう「自性の本心」も、これと同様のものである。

気質の替りは人面のごとく、色々に分れたれ共、根元の御魂に神胤具《ソナハ》る故、一文不知の鈍俗愚女なり共、感ずる所健《スコヤカ》にして、淳直《スナヲ》に移り安し。此重は日本に生を受たる有がたさ也。智により学に習てするは無理嗜なれば、ゑんにふれ、事に紛れて、必直を失ふものぞ。智者学者の誤りは多くは是なり。自性の本心に応《コタヘ》たるは変るべか

（『死出乃田分言《たわごと》』追加、享保一四年（一七二九）成）

らず。

さて忠孝などの倫理のみならず、恋愛における情愛も、知慮がはたらく以前の「素質の意地」「自性の本心」より発すると考えられていた。『艶道通鑑』巻一—一五に、釈浄蔵の妻帯の話を掲げる。典拠の『三国伝記』(11)巻六—九「浄蔵貴所ノ事」には、父の三善清行が、ある公卿の娘と浄蔵との婚姻を定めるが、幼少より道心深かった浄蔵はこれを厭い、この娘を刺し、出家。修行の末、やがてその威験高徳が宮中に聞こえ、召されて女房を賜るが、その身に痕跡あることを知り、「サテハ昔シ我ガ犯シタリシ所ナリト、先業宿執難レキ断理ヲ悲メリ」とある。一方残口は、この結末部分を、

「扨は他生の縁なり」としりて、いよ〳〵まめやかなりし。

と改める。また評にも、

聖の身にのがれがたき業《ごう》。浄蔵のいさぎよく一たびさけきらひ給ふにも、いやといわれずつきしたがふ。是を他生の縁といふ。

と述べる。他生の縁と知って「いよ〳〵まめやか」になる、というのは残口の解釈であろう。そう思って読むと、これ以前の部分においても、残口のさかしらと思しき部分が出てくる。先ず、娘との婚姻を父が定めたとはせず、これは出雲大社に集う諸神が結んだ縁であったとする。恰も大社へ参籠してこのことを知った浄蔵は、本意なく思いつつ帰京、宮中に参ると、そこで次のような少女に出会ったと、『三国伝記』にはないくだりを入れる。

八歳《やつ》ばかり成小女の浄蔵を見て目も離さず、しかも愛情のうつりてしほらしさいはんかたなし。茶のかよふするとて、浄蔵の呑《のみ》給ふ残りをいたゞきて打呑ぬ。その底《てい》、祝《ことぶき》の盃すなる顔ざしなりき。

この娘こそ出雲の神の示し給うた相手に他ならずと覚って、浄蔵は彼女を刺すに至る。『三国伝記』のように、単に

害したはずの相手と結ばれたというのみでとどめるより、このように最初から、人力の及ばぬこと、説明不可能なことが前提となっていたとする方が、「他生の縁」の重みが増し、従って浄蔵もそのことをより強く認識したということになる。

残口はこの話において、人間は、相手との縁が自分の力を超えたものによってもたらされたと観ずることによって、ますます情愛が深まるものだ、ということが言いたかったのだと考える。このように見てくると、残口が常陸帯の風習に「真《まこと》」を見出した事情がわかってくる。神によって告げられた相手なのだから、と受けとめて、一切の知慮や詮索を放棄する。そこに、全ての理屈を跳び超えてひたすら相手のことのみ思う心が生ずる。即ち、「素質の意地」「自性の本心」より発する愛——これが誠の説によって残口が発見したものであった。

四　人の心の「思ひきはめ」

残口自身としてはあくまでも、人々の間に誠を鼓吹して、最終的には神道の興起に繋げようという意図があったであろう。しかし誠という観点からする、古来の説話の（曲解をも含みながらの）読み直し、また当代の世態人情の観察は、それはそれで一つの、人間の内面の分析に到達しているもののようである。そして以下述べていくように、ここに、文学と関連する要素が見出される。先ず、誠ということに関わって、人間の内面の特質を指摘した部分を、『艶道通鑑』の中から掲げてみる。

巻一—七には、嫉妬について取り上げ、その評に次のように述べる。

およそ神の木に釘打程の妬《ねたみ》は、本より男ひとりを吾仏《わが》と守て、そのいとしさあけくれわすられぬ心から、男の脇心有を本意なく、いとゞせばき胸の内より愚鈍《ぐど》〳〵とおもひ余りて、かこつかたに神の憐《あはれみ》を頼奉るなれば、男の身にとりては不便に思ふべき筈なり。かゝる心をひるがへしたらんは、偕老のちぎりもなどかはるべき。

相手の男に対する強い愛情、これが状況に従って、あるいは嫉妬とも、あるいは逆に固い契りともなって表れ得るという。また、続く巻一―八、宇治の橋姫の段では、ある娘が、自分と契った男が別の娘と通じたことを知り、相手の男と娘に、「念の一字の真直《まつすぐ》を、通さでなどや置べき」と、その眷属子孫を取り殺し、怨執を鎮めるため宇治の橋姫と祀られたという話を挙げて言う。

評ずらく、面白《おもしろし》。逆則是順《ぎやくそくぜじゆん》。悪に強ければ善につよし。これ程の心ならでは、神にはまつるべからず。末の世までかやうのすさみにあいたらん女は、祈てしるしを得べし。さりながら、夫をつよく大切に思ふ心からは、願もかなふべし。妾《てかけ》をにくむばかりならば、かへつて神の心にそむかん。

ここで、強い嫉妬の内奥に、「夫をつよく大切に思ふ心」の存在を見て取っている。

このように残口は、誠の心の強さということを重んずる。巻四―六に挙げるのは、『源平盛衰記』巻一九「文覚発心付東帰節女《ノ》事」による次のような話である。源渡《わたる》の妻袈裟御前に横恋慕した遠藤武者盛遠（後の文覚上人）は、その血気鎮めがたく、袈裟の母を脅迫。袈裟は謀って、盛遠に寝所へ忍び入って渡を害するように言い、自ら渡に扮して待ち受けその刃に伏す。盛遠はこれを知って自害せんとしたが、渡はこれをとどめ、共に発心したというもの。残口はこれを評して次のように言う。

今世に他《ひと》の妻を犯して掟《おきて》にあい、または首の代に金銀を立所帯を失ふものあまた有り。そのはじめ、誠の恋の心ざしなく、うはかぶきのそゝりよりたがひにうつり気出たるなれば、あらはるゝより肝消《きもきへ》て、足手の置所なき程狼狽《うろたゆる》はあわれむべし。はじめより道ならぬ事と思慮をあらためば、何に迷ふべきぞ。又あらためられぬ心決定《けつじやう》せば、よしは骨を刻《きざま》れ肉をそがるゝとも、何をかなしまん。善悪ともに思ひきはめなきものは、すべて人に似たる猿ぞかし。

同じく不義の恋であっても、上辺から出るものと、「思ひきはめ」から出るものとがあって、これらは全く異質であると。残口は、誠を追究してこの「思ひきはめ」なる心の状態を捉えるに至った。

ところで残口は、盛遠の心がこのようであったということを〝論証〟するために、典拠の記述に修正を要求している。即ち『源平盛衰記』が、盛遠は渡辺の橋供養の折に袈裟御前を見初めたとするのに異論を唱え、次のように、その恋情は年来蓄積したものであったと言う。

盛遠が渡辺の橋供養に見初たるにもあらず。（袈裟とは）兼て従弟合《いとこあい》の事にして、おさなき時はおきふしもひとつ所にし侍りしが、盛遠も長成《ひとゞ》しく親の代官をとげて、奉公のつとめいそがしく、それより中絶《たへ》たれども、此娘の事つね〴〵心にはかけたる物ぞ。

盛遠の思いは逼迫したものであった、という結論の方が先にある。そこから、従ってその際の状況は然々であったに相違ない、という順序で思考して行く。

巻二—一一には、『平家物語』巻一〇に見える時頼・横笛の話を掲げる。ここでは、斎藤時頼が、横笛との結婚を父に許されず出家した、その際の決意の強さ、純粋さを言うことに意図がある。そのために評において、次のようなことまで論ずる。

茂頼（時頼の父）が「（時頼を）世に有者の聟《むこ》にもせんと思ひし」と云しは、慥に云名付の娘を見立たると見へたり。時頼がいひぶんに、「盛《さかり》成間廿年、其内醜《みにくき》姿を片時も見て何かせん」と。是にては時頼も、其娘をほのみしやう也。醜からぬ娘ならば、横笛を捨べきか。是は『平家物語』の作者、文に泥《なづみ》て義を失ひし物か。

時頼の横笛への思いは、単に色に惹かれた上辺のものであったはずがない。然ればここでかかる描写は適切でない、ということである。更に続けて述べる。

唯親の下知にも従ふまじ、横笛にも添べからずといふ所に、親をうやまひ横笛を思ふ心つよく聞ゆる。此心にて捨しゆへ、末も醒《さめ》ぬ道心者と成ぬ。彼形《かたち》の色にまよふぞなれば、後に横笛が嵯峨行に、すこし面痩《おもやせ》て裳《すそ》は露、袖はなみだにしほたれ、尋かね門の外に徘徊《やすらい》しを見たらんに、いかなる大道心もうせはてなん物ぞかし。義を重《おもん》じ名を惜む武意より、誠の菩提に至りけるにこそ。

ここで横笛が、出家後の時頼を慕いその坊を訪ねた際の様に触れている。残口は右の評に先立ってこの話のストーリーを掲げており、そのうち時頼が横笛の姿を見る部分については、「障子の隙より覗《うかゞい》てみれば、裾《すそ》は露、袖は涙に打絞《しほれ》つゝ、少浮痩《おもやせ》たる顔《かほばせ》、誠にたづねかねたる有様」と記している。『平家物語』の近世流布の刊本にもこれと合致する表現があって、残口はこれらに拠ったと推測される。[12] 殊にかかる表現に注目しながら、か程までの横笛の愛おしさを眼前にしてそれを乗り越えた道心の強さを述べようとしたのである。

いま、描写、表現などという言葉を使ったが、残口の思考は、人の心における「思ひきはめ」を捉えるというところから、文学の領域へと入り込んできたと言ってよいようである。残口においては、「思ひきはめ」が結論として予定されていて、既存の説話はその結論へ行き着くべく解釈される。この心情に至ったからには、定めてこのような状況であったに相違ない、と発想するのである。ここで恐らく残口自身は意識していないであろうが、実は作家と同じことを行っている。

人の心における「思ひきはめ」を、然るべく状況を設定して描くという作家的営みを、それと自覚して行った例として先ず以て挙げるべきは、やはり秋成の、特に『雨月物語』であろう。かくして、よく知られた「青頭巾」における『艶道通鑑』からの文辞摂取の意味も、この「思ひきはめ」の把握ということに即して捉え得るのではないか。次にこのことの検討から、冒頭に述べた、残口と文学史との関連のあり方如何についての考察へと進もうとする。

五　『艶道通鑑』と『雨月物語』

『艶道通鑑』巻四―四は、大江定基が、病死した妾を愛惜する余り死屍を愛撫するが、その腐乱する様を見て発心するという話で、この中の、「懐《ふところ》の玉をうばわれ、手に持花を風にさそはれしおもひ……」以下の、定基の愛惜と死屍愛撫の様を叙述したくだりが、秋成の『雨月物語』[13]「青頭巾」に利用されたことは周知である。残口は、定基の発心の様を次のように述べて、やはりそこに強い誡の存在を捉えていた。

　此かはれる姿をまもりて、不浄の観想に忘着《もうじやく》の眼ひらけ、悪につよかりし心の善にかたまりて、忽《たちまち》家財を捨《すて》眷属をはなれて、発心修行におもむき給ひしが、

さて秋成がこの段の文辞を利用した背景には、先ずこのような誡の説への共感があったのではなかろうか。「青頭巾」では快庵禅師が、件の、寵愛した童児の死を契機に食人鬼と化した僧を評して次のように言う。

　そも平生《つね》の行徳のかしこかりしは、仏につかふる事に志誠《まごゝろ》を尽せしなれば、其童児《わらは》をやしなはざらましかば、あはれよき法師なるべきものを。一たび愛慾の迷路に入て、無明の業火の熾《さかん》なるより鬼と化したるも、ひとへに直くたくましき性《さが》のなす所なるぞかし。

ここに「志誠」なる語を使う。強い誡より発して極端な行為へと向かう――人間のこのような側面を捉えた残口の説を、秋成は十分に理解していたのではなかったか。

「青頭巾」では、右の引用に続いて、「心放《ゆる》せば妖魔となり、収むる則《とき》は仏果を得る」という有名な一節がくる。ところで『艶道通鑑』巻二―四では、『太平記』巻三七「身子声聞、一角仙人、志賀寺上人事」に拠って、道心厚かった志賀寺の上人が京極の御息所の姿を見てより執着の心を生じ、終に御息所を訪ね面会するという話を掲げる。残口は、『太平記』には本来ない、「たちまち凡情をすて正覚に帰りて、めでたく往生し給ひけるとぞ」という結末を付け加えた上で、これを評して言う。

顚倒すれば獄卒杖《しもと》をふり、発起すれば聖衆蓮台をかたむく。いまだ肉身をはなれざればまよふまじきにもあらず。霊性そなはりたれば、悟るになんぞかたからん。

表現と趣旨の類似を指摘したいまでで、これも「青頭巾」の典拠の一つであるなどと言うのではない。『艶道通鑑』を読んでいた秋成は、淳直で強い誠は迷いにも悟りにも至り得るという残口の説を、十分承知していたことを推測するのである。

『雨月物語』には、誠の問題を取り上げたと考え得る編が、この他にもある。「菊花の約」には、次に列挙するように、丈部《はせべ》左門と赤穴《あかな》宗右衛門との間の心のあり方をめぐって「実」「信」「情」等の用字であるが、「まこと」の語が頻出する。

左門いふ、「見る所を忍びざるは人たるものゝ心なるべければ、厚き詞ををさむるに故《ゆゑ》なし。猶逗《とゞ》まりていたはり給へ」と、実《まこと》ある詞を便りにて日比経るまゝに、

左門歓びに堪《たへ》ず、「母なる者常に我孤独を憂ふ。信《まこと》ある言《ことば》を告《つげ》なば齢《よはひ》も延《のび》なんに」と、伴ひて家に帰る。

(両人は)互に情《まこと》をつくして赤穴は西に帰りけり。

老母左門をよびて、「……帰りくる信《まこと》だにあらば、空は時雨にうつりゆくとも何をか怨《うらむ》べき。……」

（宗右衛門、）「賢弟が信《まこと》ある饗応《あるじぶり》をなどいなむべきことわりやあらん。……」

では、左門と宗右衛門の間の「まこと」とはいかなる性質のものであったか。病に倒れた旅人が逗留していることを聞いて救済に赴く場面で、典拠の中国白話小説「范巨卿雞黍死生交」（『古今小説』[14]所収）の張劭が言うのは、「既是斯文、当以看視」（そういうことなら看てあげなければならない）と簡潔である。一方左門は、「かなしき物がたりにこそ。……病苦の人はしるべなき旅の空に此疾《やまひ》を憂ひ給ふは、わきて胸窮《むねくる》しくおはすべし。其やうをも看《み》ばや」と、面会する以前に、一切の理屈詮索を跳び超えて、直接相手の心と一体になろうとする。かくしてその手厚さは、「病を看《み》ること同胞《はらから》のごとく、まことに捨がたきありさまなり」ということになる（これも典拠にはない描写）。

宗右衛門が本復して出雲へ戻ると、主君の塩冶掃部介が尼子経久によって滅ぼされたことから、従弟の赤穴丹治は、この上は経久に従うしかないと説いた。宗右衛門がこれを受け入れないため、経久は彼を疑い、丹治に命じて幽閉させた。宗右衛門は自裁して霊となって左門との再会の約を果たすが、この時次のように述べている。

「従弟なる赤穴丹治富田の城にあるを訪《とむ》らひしに、利害を説《とき》て吾を経久に見《まみ》えしむ。」

宗右衛門の自裁は、左門の厚き志に報じたものである。このように、全てを放擲して相手のことのみ思う「信《まこと》」を絶対とする両人からすれば、丹治の態度は、利害を詮索するという一点において最早容認し得ない。話の終盤、左門は出雲へ赴き、直ちに丹治に面会し詰問して言う。

「伯氏《あに》は菊花の約《ちかひ》を重んじ、命を捨て百里を来《こ》しは信《まこと》ある極《かぎり》なり。士（＝丹治）は今尼子に媚《こび》て骨肉の人をくるしめ、此横死をなさしむるは友とする信《まこと》なし。経久強《しひ》てとゞめ給ふとも、旧《ひさ》しき交はりを思はゞ、私《ひそか》に商鞅叔座《しやうをうしゆくざ》が信《まこと》をつくすべきに、只栄利にのみ走りて士家の風なきは、即《すなはち》尼子の家風なるべし。」

左門によれば、丹治はただ宗右衛門を思い遣って助けることのみ考えるべきで、それをなさなかったのは、栄利の詮索が働いたからに他ならぬ、というのである。

一切の詮索を棄ててひたすら相手を思い遣るというあり方は、「吉備津の釜」の磯良《いそら》にも読み取れる。先ず正太郎との婚約が整った後、鳴釜神事の結果が凶と出た際、磯良の母は「ことに佳婿《むこがね》の麗なるをほの聞《あて》て、我児《こ》も日をかぞへて待わぶる物を、今のよからぬ言《こと》を聞ものならば、不慮《すゞろ》なる事をや仕出ん」と言う。対面してどのような人間か知る以前から、既に相手に対する思いを形成しているのである。結婚後の「夙《つと》に起《おき》、おそく臥《ふし》て、常に舅姑《おやく》の傍《かたへ》を去《さら》ず、夫が性《さが》をはかりて、心を尽して仕へければ」という〝良妻〟ぶりもその延長上にある。やがて正太郎はその「奸《たはけ》たる性《さが》」を顕して、鞆《とも》の津の袖《そで》を妾宅に置いて逗留するようになり、磯良はこれを諫めるが応じない。

父は磯良が切なる行止《ふるまひ》を見るに忍びず、正太郎を責て押籠《おしこめ》ける。磯良これを悲しがりて、朝夕の奴《つぶね》（奉仕）も殊に実《まめ》やかに、かつ袖が方へも私《ひそか》に物を餉《おく》りて、信《まこと》のかぎりをつくしける。

磯良はひたすら正太郎のことを大切に思うのみである。従って、この後、袖と別れることに決めたので彼女を都へ送るための資金を工面してほしいとの正太郎の言葉をそのまま信用して欺かれることになる。一切の詮索を棄てて一途に夫のことを思う心は、献身的な奉仕となって表れるが、最後の行く手を絶たれたとき、忽ち深い怨みへと転ずる。

「浅茅が宿」においても、「信《まこと》」ということが問題にされている。先ず冒頭の、妻が夫を旅へ送り出す場面で、典拠の中国小説「愛卿伝」（『剪灯新話』所収）では、立身の好機を逃さぬようにと、妻の方が積極的に出発を促す。一方「浅茅が宿」の宮木は勝四郎に対し、「かくてはたのみなき女心の、野にも山にも惑ふばかり、物うきかぎりに侍り。朝《あした》に夕べにわすれ給はで、速く帰り給へ。命だにとは思ふものゝ、明《あす》をたのまれぬ世のことわりは、武き御心にもあはれみ給へ」と述懐し、送り出して後は、「此秋を待《まて》」と言った夫の言葉のみを頼んで待つ。しかし勝四郎は、京と近江に長らく無為に滞在した後、ようやく妻の心に理解を向ける。

「古郷《ふるさと》に捨し人の消息をだにしらで、萱草《わすれぐさ》おひぬる野方《のべ》に長々しき年月を過しけるは、信《まこと》なき己《おの》が心なりける物を。」

宮木には、例えば、戦乱が収まるまで一旦安全な所へ逃れよう、などという思慮のはたらく余地はなかった。ただ夫のことのみ思い、夫の言葉を頼んで待ち続けた。しかしそれに応える「信」が勝四郎の側にはなかった。

この話の難解な点の一つに、末尾に漆間の翁が語る真間の手児女《てごな》伝説と、宮木の生き方とがどのように関連するかということがある。男たちから次々に求愛された手児女は、「物うき事に思ひ沈みつゝ、おほくの人の心に報ひすとて、此浦回《うらわ》の波に身を投《なげ》し」とある。しかし何故、男たちの情愛に「報ひ」んとした手児女の心が宮木と比較の対象になるのか。しかも、「此亡人《なき》（宮木）の心は昔の手児女がをさなき心に幾らをかまさりて悲しかりけん」とされるのはどういうことか。

ここで『艶道通鑑』巻四―五を参看する。そこには手児女の話と型が似る求塚伝説、即ち菟原処女《うないおとめ》が二人の男から求婚され、思い悩んで投身した話が掲げられていて、次のような評がある。

恋する人もまめやかの心ざしをあらためず、恋らるゝ娘もわくかたなき情しりにて、私のいたづら心みぢんもなし。

誠の情愛に誠を以て応えたという捉え方である。秋成も手児女の話を誠という観点から挙げたのではなかったか。即ち手児女は、相手の男たちの誠を十分感受して、それに報いた。しかし宮木は、夫の誠を頼みながら、死に至るまで終にそれを実感できなかった。その孤独と悲愁の深さを言おうとしたものではなかったか。

長々と掲げてきたのは、残口と秋成との類似を強調して、それらが全て『艶道通鑑』からの影響であるなどと言おうとするものではない。残口は強い「思ひきはめ」に注目したが、逼迫した人間の心情を捉えようとする営みは、読本作者の側においても行われていた。都賀庭鐘の『義経磐石伝』(15)跋に言う。

人情の変り移るは其時にあたりてはかり知べきにあらねども、事に臨みて逼《せま》りたる心ざまは思ひやるちまた外《ほか》なるまじく、それを文の言葉に伝えて、朽《くち》ざらしむるためしも少なからざるに似たり。

そしてこのことの実践は庭鐘の諸作において明らかである。(16)本来この流れの中にあった秋成は、残口の誠の説に触れて強く共感した。それが『艶道通鑑』からの文辞の摂取に繋がったと推測する。しかしその一方、残口と秋成との間にはやはり決定的に相容れない部分が存したと考える。それは思想家と作家との方法の相違と言ってもよい。以下その点に関して私見を述べる。

六　結語――誠への対し方――

秋成が誠を描くのは、当然のことながら、それを讃美しようという意図からではない。いま、前述した読みに固執して言えば、「菊花の約」では、二人の間の閉じた「信」が如何なる事態を生むかを、「吉備津の釜」「浅茅が宿」では、各々状況は異なるが、報いの得られない一方的な誠によってもたらされるものを、それぞれ描いているということになろうか。要するに秋成は、誠に必ず付随する矛盾を描く。残口においてこのあたりの扱いは如何であるか。

残口も確かに、前掲したように、誠は善・悪何れとしても表れ得ると述べていた。しかし、全般的に見れば、誠は自ずと善をもたらす傾向があると考えられていた。

真忠至孝は素質の意地よりぞ出ん。件《かく》すれば忠、かくすれば孝なりと、議でなし、識《しり》て行ふは、似せ物真違《まがい》ものなり。……無作《むさ》の妙用こそ神明の不測《ふしき》、格をはづして格に中《あた》るこそ、真《まこと》の達徳なれ。智慮にもあらず、学解にもあらず、是を甚深の極秘と名づく。

（前掲『神路乃手引草』地の巻）

直を守らば悪はすべからず、不義はすべからず。善をなして直になるもまわりどをし。義により直に成もこしらへもの也。頭から正直を本とすれば、善も義も其中におのれと立なり。

（『有像無像小社探』三二）

残口にとって誠とは、それ自体絶対的に正しいものである。神道思想家としてこの点は決して譲れない。従って、強い誠の結果、周囲の人々を不幸に巻き込むこともあり得ると認めながら、例えば前掲の盛遠の話（『艶道通鑑』巻四―六）にしても、

渡が仁、盛遠が勇、袈裟御前が貞、ともに天地をうがつ誠の一字。婦女の身を現じて得度し給ふ観世音、非道を行ひ仏道ならしめ給ふ御利益。あふぐべし、とふとむべし。

仏の化身であったなどという所へ話を持っていって解決してしまう。

ところで、誠でさえあれば善がもたらされるとの予想は、一方で次のような論へと行き着く。

国の和を尊み、敷津島根の久しからんをたのしみ、正直にして誠を立、温順仁和の神璽《しんじ》を頂き、六親常に睦じく、義を見て勇むの宝剣を仰《あおひ》で、士農工商職分をはげみ、是非邪正の神鏡《みかゞみ》に対して、私欲曲知の曇《くもり》なからん事を思はゞ、神は敬《うやまふ》によりて御威光益《ます〱》耀《かゞやき》、人は神の徳によりて高運弥《いよ〱》増加せむ。

（『異理和理合鏡』一六、正徳六年（一七一六）刊）

士農工商ともに祖神職神《しよくがみ》の筋目ちがへず、筋目を守りて、富貴に成ても奢らずして其職分をつとめ、貧賤なるとも職分をわすれず、己は士か商かと知てつとむるが本立、一分立なり。

（前掲『神国加魔祓』地の巻）

誠、即ち一切の詮索を放棄して神慮と受けとめるというあり方は、恋愛においては、相手への一途なる愛情となる。一方身分秩序に関しては、それを天与と受けとめて墨守することへと繋がる。恋愛の論と身分秩序の論とは、一読相

反する感を与えるものの、実は何れも、もたらされる結果については楽観しておきながら、誠の正しさのみ説くという態度から出てきたものと考え得る。

残口は、人間の心における誠を追究した。それはあくまでも神道上の思考の経路に沿って行われたものであったが、そこには、人間の逼迫した心情をその置かれた状況の中で捉えようとする方法が導入されていて、近世中期の作家たちがやがて到達していく所と同じ方向を示していたと言ってよいと考える。但し、誠に存する負の側面、これによって不幸に巻き込まれた人々の心情などを照射するという営みは、やはり作家の手にゆだねられるべきことであったようである。

注

（1）中野三敏「増穂残口伝（上）」（『近世中期文学の研究』（笠間書院、一九七一年）所収）、「同（下）」（『文学研究』七三、一九七六年三月）、「増穂残口の事蹟――談義本研究（二）――」（『戯作研究』（中央公論社、一九八一年）所収。初出は一九七三年）。その後も、湯浅佳子「増穂残口の神像説――『先代旧事本紀大成経』との関わりを中心に――」（『近世小説の研究――啓蒙的文芸の展開――』（汲古書院、二〇一七年）所収。初出は一九九七年二月）、川平敏文「増穂残口――舌耕の思想家――」（『国文学　解釈と鑑賞』六六―九、二〇〇一年九月）、井関大介「増穂残口の「公道」と「神道」」（『東京大学宗教学年報』三二、二〇一五年三月）など、研究の進展がある。

（2）家永三郎「増穂残口の思想」（『家永三郎集　第四巻』（岩波書店、一九九八年）所収。初出は一九五一年一〇月）。

（3）中野三敏「増穂残口の人と思想」（『日本思想大系　近世色道論』（岩波書店、一九七六年）解説）。なお同稿は、「増穂太夫のこと」（『経済往来』一七―六、一九六五年六月）と合わせて刪補され、中野『江戸狂者伝』（中央公論新社、二〇〇七年）に、「残口任誕」として収録。

（4）『残口猿轡』は、酒田市立光丘文庫蔵本（国文学研究資料館マイクロ資料）に拠る。
（5）風間誠史「『艶道通鑑』から『雨月物語』へ」（『読本研究』八、一九九四年九月）。
（6）『陽復記』は、『日本思想大系　近世神道論・前期国学』（岩波書店、一九七二年）に拠る。
（7）注1前掲「増穂残口の神像説」。
（8）『俊頼髄脳』は、『新編日本古典文学全集　歌論集』（小学館、二〇〇二年）に拠る。
（9）『文正草子』は、『日本古典文学大系　御伽草子』（岩波書店、一九五八年。翻刻の底本は渋川版御伽文庫）に拠る。
（10）『大学章句』格物補伝は、岐阜市立図書館蔵和刻本『四書集註』（元禄九年（一六九六）、京・川勝氏蔵版。国文学研究資料館マイクロ資料）に拠り、『中国古典選　大学・中庸』（朝日新聞社、一九七八年。島田虔次訳註）を参考にして読み下して掲げた。また「格物致知（窮理）」とその近世初期における受容に関しては、本書第一部第一章「近世初期の教訓意識と宋学」参照。
（11）『三国伝記』は、『中世の文学　三国伝記　上』（三弥井書店、一九七六年）に拠る。
（12）『平家物語』漢字片仮名交じり刊本（例、国文学研究資料館蔵、万治二年（一六五九））には、「裾ハ露、袖ハ涙ニ打絞《シホレ》ツ、、少浮痩《シヲモヤセタ》ル顔《カホ》バセ」とあって、用字もよく合致する。他に漢字平仮名交じり刊本（例、国文学研究資料館高乗勲文庫蔵、天和二年（一六八二））、絵入り漢字平仮名交じり刊本（例、お茶の水女子大学附属図書館蔵（国文学研究資料館デジタル資料）、宝永七年（一七一〇））なども表現自体は共通する。
（13）『雨月物語』は、『上田秋成全集　第七巻』（中央公論社、一九九〇年）に拠る。
（14）『古今小説』は、『古本小説集成　古今小説』（上海古籍出版社、一九九二年）に拠る。
（15）『義経磐石伝』は、京都大学大学院文学研究科図書館濱田啓介文庫蔵本に拠る。
（16）庭鐘の小説観と実作との関係については、本書第一部第二章「「載道」と「人情」の文学説——初期読本成立の基底——」、第三章「都賀庭鐘の読本と寓意——「義」「人情」をめぐって——」参照。

残口著書はそれぞれ以下の本に拠った。

『艶道通鑑』……注3前掲『日本思想大系　近世色道論』

『神国加魔祓』、『直路乃常世草』、『神路乃手引草』、『有像無像小社探』、『神国増穂草』、『死出乃田分言』追加、『異理和理合鏡』……『神道大系　論説編二二　増穂残口』（神道大系編纂会、一九八〇年）

第四章　仏教長編説話と読本

一　仏教長編説話における人間探究

仏教長編説話（長編勧化本）が読本の成立に果たした役割について、中村幸彦「読本発生に関する諸問題」において指摘がなされてから久しい（初出一九四八年九月。後に『中村幸彦著述集 第五巻』（中央公論社、一九八二年）に収録）。仏教長編説話は、それが元来僧による連続談義の手控えであったことに由来する長編的構成法を有し、かつ仏教的ながら思想性と呼べるものを備えていた。このことが、作法の面で読本作者に示唆を与えた。更には、『小夜中山霊鐘記』（盤察作、欣誉補、寛延元年（一七四八）刊）が曲亭馬琴の『石言遺響』（文化二年（一八〇五）刊）の典拠となるなど、読本に直接素材を提供することも起こったのである。しかし当然のことながら、影響関係が存するということは、両者が全ての面において連続するということを意味するのではない。特に、読本作者が採らなかった部分、変形しつつ取り入れた部分を見極めておくことは不可欠な作業であるように思われる。

次章「文学史の中の大江文坡」、次々章「大江文坡における思想と文芸」において、大江文坡の仏教長編説話『勧善桜姫伝』（明和二年（一七六五）刊）、『弥陀次郎発心伝』（同年刊）、『小野小町行状伝』（明和四年刊）、『勧闡《かんせん》風葉篇』

（同年刊）を取り上げ、そこに人間の内面の追究と称してよいものが見られることを述べた。即ち文坡は特に、人間が己の思いが挫けることによって次第に逼迫し内面の統御を失ってしまう様、深い絶望を契機として悟りへと到達する様などを大きく取り上げていたのである。この二章では、文坡が一方で宣揚した仙教などにも言及して、彼独自の思想との関連においてこの問題を捉えることに重点を置いたが、文坡以外の作者による仏教長編説話にも、これに近似した型の人間が頻出することをここで指摘しておくべきである。そもそも人間が妄執に陥っていくこと、あるいはそこから悟りを得ることとは、極めて仏教的なテーマであったのである。

中村前掲論文、後小路薫「近世勧化本刊行略年表」(1)に掲げられる書名一覧に基づき仏教長編説話と認定されるものは、二〇〇点余、刊行時期も享保から寛政（即ち一八世紀のほぼ全体）に及び、素材も伝説、説話など多岐にわたる。しかしそこには、例えば前記のような形で、一定した関心のあり方が存在している如くである。本論では、これらの諸作を俯瞰しつつ、そこに見られる人間の内面への探究について検討しようとする。また仏教長編説話と読本との連続非連続の問題についても、特に前述した如く、読本作者が採らなかった部分、変形しつつ取り入れた部分に留意しつつ考察を試みる。

二　悪、抑え難い思念への関心

仏教長編説話もしくは勧化本という呼称から想像される内容とは、因果応報の理を説き、現世で善行を積み来世の往生を期することを勧めるというものであろう。確かにこの種の言説は頻出する。しかしそこには同時に、人間の内面に対する関心というものが大きく存在していたことが窺える。このことについて、最も初期の享保一五年（一七三〇）に刊行された『中将姫行状記』（致敬作）を通じて検討してみる。[2] 長谷観音の申し子として生まれた中将姫が、継母照夜前《てるよのまえ》によって虐待されつつも成長し、仏の導きを得て当麻寺の曼陀羅を織り上げるという話である。

中将姫が五歳の時母が病没する。七歳のある日花園に遊んだ時のこと、一人の「賤《シヅ》ノ童子《ワラハ》」が入り来て花を手折らんとし、その両親が慌てて抱き取って連れ去った。姫はこれを見て涙して言う。

「自《ミヅカラ》ハ不幸ニシテハヤク母ニ離レ、実《マコト》ニ幼少ノ時ナレバ、御容貌《スガタ》サヘモサダカニソレト弁《ワキマ》ヘズ。別《ワカレ》テ三年以来《コノカタ》再ビ御 顔《カホバセ》ヲ拝《オガミ》奉ルコトモナラズ、但《タヾ》御事ヲノミ思ヒ寝ノ床ノ上ニ独リ過《スギ》シ跡ヲ慕ヒ嘆クバカリナリ。アラ恋シノ母上ヤ。」

作者が言わんとしたのは、「子トシテ母ヲ思ヒ慕フコト貴賤男女隔《ヘダテ》ナシ。若尓《シシカ》ラズンバ何ゾ人倫ト云ハンヤ」とのことであった。かくして姫は父の横佩朝臣豊成に対し、「願クハ父上再ビ母公《ハヽギミ》ヲ迎《ムカヘ》玉ハヾ、吾実ノ母御ト思ヒ事《ツカ》ヘ奉リナン」と懇願するが、豊成は応じなかった。彼はその真意を次の一首で伝える。

異人《コトビト》ニ傍《ソハ》セイカヾト憐《アハレ》メル親ノ心ヲシラヌハカナサ

姫はそれに返して言う。

吾ヲ思フソノ憐《アハレミ》ハ忘レネドタヾ生親女《タラチメ》ノナキゾ悲《カナシ》キ

そしてこの後も、「（姫は）時ヲ窺ヒ折ニヨソヘテ再三御 勧《スヽメ》アリケレバ、豊成卿ニモ止事《ヤムコト》ヲ得玉ハズ」、照夜前を後室として迎えることにしたとする。

ところで後の寛政一三年（一八〇一）に、この『中将姫行状記』をダイジェスト化し漢字平仮名交じりに改め挿絵を加えた『中将姫一代記』が刊行されたことが知られている。[3] この書では右の話に関して、花園での一件、父娘歌の遣り取りのことを全て省略して次のように簡潔に纏めた。

姫君ある時父上にむかひの玉ふは、「吾幼《いとけなふ》して母上にはなれ、御貌《かたち》もさだかに覚えず。御懐敷《なつかしく》思ひ奉るなり。願くは父上にもふたゝび母公《はゝぎみ》を迎へ玉へかし。吾実の母上とおもひ事《つか》へ奉らん」とおとなしく申給ひければ、豊成卿も志をかんじ思しながら御沙汰もなかりしかば、時を窺ひ折によそへて御勧《すゝめ》ありければ、豊成卿も止事を得ず、橘諸房卿の御息女照夜前《てるよのまへ》を娶《めとり》たまふ。

対比してみれば、省略された部分にこそ『行状記』の力点の置き所があったことがわかる。これらの描写があって初めて父娘各々の情の切実が了解できるのである。

このような、切実なる情のあり方を追跡するという『行状記』作者の姿勢は、「悪」を描くに当たっても貫かれたと見られる。即ち悪とは人間にとって所与のものでは決してなく、抑え難い情が積み重なることで図らずも陥ってしまうものと見て、その過程を以下のように丹念に書いている。ある日中将姫の夢に亡き実母が現れ、姫と継母照夜前とが悪しき宿縁で結ばれていると告げる。

「汝前生ヨリノ宿縁アリテ今般《コノタビ》後母《ノチノハヽ》ニ遇《アヘ》リ。去《サリ》ナガラ此ノ継母ハ汝ニ対シテ過去ヨリノ怨ミ悪因縁ノ結《ムスビ》アリ。」

果たしてこの後照夜前の中将姫に対する虐待が始まる。しかし作者はそれを宿縁に帰して終わるのではなく、照夜前の内面に憎悪の念が生じ増長していく様を丁寧に描いた。姫は亡母の告げを受けて後も照夜前を母として慕った。然るに宮中の宴に召された折のこと、姫には琴、照夜前には簫の役が当てられた。姫は妙なる腕前を披露して一座の絶賛を得たが、照夜前は心得がなく赤面して退いた。かくして「劣ルハ必ズ勝《マサレ》ルヲ嫉妬《ソネミネタ》ム世ノ習ヒ」にて、これより姫を憎むようになる。また姫が「御智慧敏疾《サトク》、御心操《コヽロバセ》世ニ超テ柔順」にして、成長するにつれ才を顕したことが彼女には不快であった。加えてその頃実子豊寿丸が出生したことで、この子に「家ヲ嗣《ツガ》セ我身威勢ニ誇《ホコラ》ント思フ下心」が生じ、いよいよ姫を厭い憎むようになる。そして終に家士に命じて姫を暗殺しようとするが失敗に終わり、「憤リ増々《マス〳〵》深ク」なる。このように照夜前は自身からすればやむ事を得ずして悪に陥ったのであり、その意味では決して大胆不敵の極悪人という型の人間ではなかった。

彼女は終に自らの手で姫を毒害しようと決意し、銚子の中に隔てを作って薬酒と毒酒とを入れ、姫と豊寿丸の前に持ち出した。その時天井から降りてきた蜘蛛が糸で字を書き、左側の酒は飲むなかれと教え、姫はその意を了解した。然るに照夜前はその段になって狼狽した。

寔《マコト》ニ目ノ前ニ人ヲ殺ス程ノ大事ナレバ胸打噪《ウチサハ》ギ、「サラバ酒ヲ」ト云声モフルヒ〳〵、心モウロタヘ目モ見ヘズ、左リヲ盛《モル》ベキ筈ナルヲ取違ヘ、右ノ方ノ薬ノ酒ヲ姫君ノ盃ニ盛《モラ》レシニ、

姫は、これなら蜘蛛の告げに照らして気遣いなしと受けて飲んだが、豊寿丸は飲むや忽ち悶絶して倒れた。作者は、この蜘蛛の告げは姫が日頃の信心故に仏の加護を得たものであると力説している。しかし実際には照夜前による取り違えが直接の決め手となってしまっている。このような描き方になったのは、悪に陥っていく人間の内面に潜む弱さというものへの関心が、作者の中に大きく存していたからであろう。

さてこの一件によって照夜前は一層憤りを深め、その「悪《ニク》ヤ怨《ウラメ》シヤト思フ瞋恚《シンイ》ノ一念」は団火となり、また鬼女の形をなして姫を襲った。そして再度姫の暗殺を企てるが失敗に終わり、終に悪事が露顕、「流石《サスガ》ニ巧《タクミ》ノ恥《ハヅカ》シカリケン、故郷ニ奔去《ワシリサリ》テ其身ヲ隠セリトナン」という結末になった。確かにこれは彼女が重ねてきた悪事に比していかにも呆気ない。しかし、悪に陥るのは当人にとっては切実なる情の積み重ねの結果であるとの見地からすれば、悪であるという点を以て単純に断罪するということはできなくなるのである。このことについては次の第三節で改めて検討する。

この作の執筆態度には大きな軸が二つあると認める。一は、仏教的宿縁が人間を支配する様を描くこと、また一は、人間の内面に関わる問題を追究することである。前者は、長谷観音の申し子として生まれた中将姫が幼年期から仏道

に専心し悟りを深化させていく様を描くこと、また前掲した継母継子の関係を前生からの悪因縁によるとしたことなどである。後者は、切実なる情を描出し、悪心が生じ増長する過程を追跡しそこに潜む弱さをも指摘するなどのことである。前者は仏教的著作の大前提とも言うべきものであるが、往々にして後者の方が大きく前面に出て来る。そしてこれは他の作者による仏教長編説話にも見出される傾向である。

先にも触れた通り、『小夜中山霊鐘記』は馬琴の読本『石言遺響』に材を大きく提供した。[4] 本作は小夜中山の無間の鐘伝説を中心に「種々の説話から得た筋をからませた、複雑でまとまりの悪い筋」[5]と評されるが、人間の内面に対する関心のあり方という点では、以下述べるように作中一貫するものを認める。

ここにも『中将姫行状記』の照夜前の如く、思いが挫ける度に深い恨みの念へ陥っていく人間が描かれている。遠州菊川の里の猟師　鵰《くまたか》平内左衛門の娘月小夜《つきさよ》は、日野良政に見初められ都に迎えられる。然るに良政には既に正室万寿ノ前があった。万寿ノ前は当初月小夜と睦まじく接したが、やがて嫉妬の念が生じて心が隔たった。月見の宴の折、万寿ノ前が良政の左の袂に手を掛け、「名ノ月ヤ萩ノ袂ニカツラ男ノ」と詠むや、月小夜は右の袂に手を掛け、「影ヲ宿セル露ノ袖カナ」と応酬した。作者はこれを次のように説明する。

上ノ句（万寿ノ前詠）ハ、月ノ縁ヲトリ、良政卿ハ我カツラ男ナリトノ心ヲ含《フクミ》、萩ノ袂ト云カケタリ。下ノ句（月小夜詠）ハ、シカレドモ良政卿ハ我方ニ御心深《フカシ》ト云ノ意《コヽロ》ヲ、影ヲ宿セルト云カケタルナランカ。何《イツレ》モ女ノ執情ヲ顕《アラハ》シ妬《ネタム》心ヲ含《フクミ》互ニ争《アラソフ》ノ意味聞《キコエ》タリ。

この時点では相互に対決しているのであり、「執情」「妬心」を抱いている点では両者等しい。その後良政の寵愛が月小夜に偏ったことで、万寿ノ前は「明暮月小夜姫ヲ悪《ニク》シトノミ思フ一念日々ニ増長シ」、終に彼女に濡れ衣を着せ良政の手討ちに遭うように仕向ける。しかし結局悪事が露顕して出奔、放浪の末貧窮の身となる。彼女はその遣る方ない思いを次のように吐露する。

「実《ゲ》ニ頼 難《タノミガタキ》ハ人心。初ノ程ハ比翼連理ト云通《イヒカハ》シ、稚《ヲサナキ》 姫ヲモ儲《モウケ》、水モ洩《モラ》サヌ中トヤ云ン、最和利《イトワリ》ナクモ契シニ、月サヨガ来《キタリ》テヨリ何日《イツ》シカ彼ニ思ヒ代《カヘ》ラレ、作《ナス》コト為《スル》コト皆倶利破魔《グリハマ》、身ノ苦《クルシ》サモ悲《カナシ》サモ皆月サヨガ作《ナ》セル業《ワザ》。悪《ニク》ヤ恨ヤ腹立ヤ。吾《ワレ》ハ憂キ身トナリナガラ、月小夜ヲ其儘《マヽ》ニ、ソモ安穏デ置《ヲク》ベキカ。」

作者は万寿ノ前を敗北者挫折者として描いているのである。

また本作の終盤に置かれた遠州金谷の玉なる女の話は、月小夜等の登場する前半の話との繋がりが悪いが、作者の関心という点では連続するものを認める。この玉はある男との結婚を切望するが、男はそれを持て余し、持参金を調えれば諾すと戯言する。彼女はこれを真に受け、折しも小夜中山に鐘楼建立のことがあって、これに鏡を寄進して金子を得られるよう祈るが験なく、思い悩んで病臥する。やがて鐘の鋳造が行われるが、彼女が献じた鏡は融け残って撞き座の部分にとどまったため周囲から嘲笑され、瞋恚をつのらせ終に毒蛇と化して男を取り殺す。このように玉は、思いが挫け苛酷な状況に追い込まれ妄執に陥っていくという点で万寿ノ前と重なる。抑え難い情の中に封じ込められていく人間の様というものは、仏教長編説話の作者たちが大きく関心を寄せた所であったと窺えるのである。

三　逆即是順

仏教長編説話の作者は前述のような観点に立脚した結果、人間の善悪に関する特徴ある説を提示するに至った。『小夜中山霊鐘記』の万寿ノ前は妬心から悪事を重ねたが、作者はこれに筆誅を下すのではなく、救いを与える結末を設けた。彼女は出奔、零落して一層怨念を燃やしつつ丑の刻参りに出た。これを高徳の老僧が見て教化する。但しそれは理性の力で妬心を除くよう教えるものではなく、「一心ニ称名シテ月小夜ヲ呪殺《ノロヒコロサン》ト余念ヲ交エズ唱」えさせるというものであった。結果彼女は終に心身柔軟となって妬心から解き放たれ、「先非ヲ悔テ尼ト成《ナリ》」「目出度《メデタキ》身」となった。ここで「一心ニ」「余念ヲ交エズ」という如く、強い一心を保ち続ける点に重要な意味があった。作者はこれを、「彼老和尚ノ方便、逆即是順ノ密意仰《アヲグ》ベシ」と評している。ここに「逆即是順」と言う。――彼女は憎悪の念に陥った。が、それは強い一心であるが故に、極限まで押し進めれば人間の内面の最も純粋無垢な所へ到達する。そこで善への方向付けを得れば、今度は忽ち一途にその道を進むようになるのである。然れば、思い込み激しく一心から出られなくなる型の人間ほど、悪に陥りやすいと同時に、機を得て善に赴く可能性をも大きく有しているということになる。

　このことに関しては『中将姫行状記』においても大きく扱われていた。照夜前に仕える「貪欲無道」の山下載則《としのり》が中将姫殺害を命ぜられる。息子の山下則重《のりしげ》はこれを諫めるが叶わず、自身が姫の身代わりとなって載則に討たれる。載則はこれによって忽ち発心する。作者は載則について「悪ニツヨキハ善ニモ強《ツヨシ》トヤ」と評し、また仏教的な論理を用いて次のようにも説明する。

　仏教ニハ一切衆生悉有真如ト説、……内ニ真如ノ内薫有。故ニ順逆異ナリト雖ドモ強縁ニ考撃セラルレバ、内因必ズ厭欣信敬等ノ善心ヲ発生ス。

人間の心には最も本質的にして純粋な部分がある。強い一心を持つ者はこの部分がより顕わであるが故に、機を得れば善の側へと鋭く反応するのである。なおこのことは仏教長編説話共有のテーマというべきものであって、例えば『幡随意上人諸国行化伝』(6)（喚誉作、宝暦五年（一七五五）刊）には、妻を疎み殺害した男がその怨霊に悩まされ、幡随意上人の導きによって発心し往生を遂げたとの話を掲げ、「俗ニ云ヘル、悪ニ強ケレバ善ニ強シトハ此類ナラン」と記している。

さて載則の内面を突き動かしたのは、則重の切実なる情であったともいう。

則重親ニ孝心アリ、又主君ノ為ニ身ヲステ姫君ノ命ニ代《カハラ》ント欲スル、忠孝二ツノ誠アル故ニ、其《ノ》徳スデニ顕ハレテ、悪逆無道ノ父ナレドモ、是ヲ菩提ノ縁トシテ日比ノ悪心ヲ翻シ善道ニ趣キ道心堅固ノ人トナレリ。

自分の大切な人を心底から思い遣る情を「誠」と称している。作者はここで文覚上人の説話（『源平盛衰記』巻一九等所見）を「相似タル事縁」として引き合いに出している。即ち、遠藤武者盛遠が渡辺の橋供養の日に源渡《わたる》の妻袈裟御前の姿を見て恋慕の情を燃やし、彼女の母（盛遠の姨母《おば》でもあるとする）衣川を脅して、自分と結婚させなければ命を奪うと迫る。袈裟は、盛遠に従えば夫へ不義、従わずして母を死なせれば不孝になると思い定め、盛遠に夫の渡を害するよう説いて邸に導き入れ、自身が渡に扮して首を討たれる。盛遠は彼女を討ってしまったことを知るや発心し、文覚と称して修行に専心し高僧となるという話である。作者はこの袈裟と則重とを重ねながら、次のように評する。

此婦人亦《タ》母ニ孝アリ、夫ニ義アリ。身命ヲ抛《ナゲステ》テ二ツノ者ヲ全ク守ルトコロノ貞女ノ徳顕レテ、色欲熾然タル盛遠、是ヲ出離ノ縁トシテ菩提ノ道ニゾ入リニケル。尓《シカ》レバ則重、阿都磨（袈裟御前のこと）皆是至誠ノ徳ヨリシテ人ヲシテ転レ悪成レ善セシムルモノナリ。

共に「至誠」が人の心を突き動かした話とするのである。

この文覚の話は仏教長編説話にとって恰好の素材であった。即ち右の『中将姫行状記』より降る宝暦二年（一七五二）に刊行された『文覚上人行略抄』(7)（南溟作）は、文覚の話を以て一編を成したものである。以下この『文覚上人行略抄』から掲げる。先ず、渡辺の橋供養の場で袈裟御前の姿を見た際の盛遠の心中に関して、作者が参照したと思われる『源平盛衰記』(8)巻一九「文覚発心付東帰節女《ノ》事」の条では次のように記していた。

「是ハ聞エシ衣川ノ女房ノ女ヤ。過失ナキ美人也ケリ。如何スベキ」ト、春ノ末ヨリ秋ノ半マデ、臥ヌ起キヌゾ案ジケル。

これを『文覚上人行略抄』では大幅に増補した。盛遠はかねて袈裟との結婚を衣川に申し入れたものの叶わなかったところに、年を経て今日彼女の姿を見たのであったとする。

盛遠思《オモフ》様、「扨ハ袈裟御前ガ臈タケテネビマサリタルニコソ。此二三年見ザル間ニ天女ニハヂヌ容貌カナ。口惜ヤ。吾モ初メ姨母《ヲバ》ニ申セシナリ。姨母吾ヲ傍ニシ渡《ワタル》ヲムコニ定《サダメ》ラル。此憤イカヾシテ散ズベキ。何分忘ラレヌ袈裟御前。実ニヤ柏木大将ハ唐猫ノ走リ出タル御簾ノ間《ヒマ》ヨリ女三宮ヲ見テ懸想シヤマズ。我モ今夜々ニ増《マサ》ル思ヒ日々ニ慕フ志、此渡辺ノ橋ノ鉤簾《コス》ノ間《ヒマ》、一タビ見シハ一生ノ煩ヒ。此儘ニシテ思ヒ沈マバ定テ惆悵《チウチヤウ》ノ鬼《キ》トナラン。……恋ニハ姨母モ敵《カタキ》ナリ。敵ト見テハ姨母トテモ用捨ナシ。カナハヌ時は一《ヒト》ウチ」ト逆罪ヲモ打ワスレ、只一筋ニ袈裟御前ニナヅマレケリ。

これは単なる恋慕ではない。抑え難い無念であり、また柏木云々と言う如く焦がれ死に寸前の命懸けの恋でもある。そして「只一筋ニ……ナヅマレケリ」という、強い一心であった。

後に文覚上人となった盛遠が、袈裟御前を祀るために恋塚寺を建立した時、弟子が、未だ袈裟への思いが断ち切れぬにやと評判されたら遺憾ではないかと質したところ、彼は、恋塚の恋とは彼女の節義を恋うるの意であると答える。

「吾彼ガ首ヲ切《キリ》カヘリタル時マデハ堅固ノ愛執ナリ。扨彼ガ首ト知《シラ》ザル故ナリ。後ニ渡《ワタル》ガ首ニアラズ彼ガ首ト知タル時、正ニ吾ヲ計欺《ハカリアザムキ》シト思ヒ究《キハ》メタル刻《キザミ》ニ、愛執ノ念忽ニ放下シタリ。……（恋塚寺と号するは）後人ヲシテ其節義ヲ恋慕サセシメンガ為ナリ。」

一方袈裟については、母から盛遠による脅迫のことを聞いた時、孝と貞とを守って死することを「心ノ裏《ウチ》ニ思ヒキハメ」たと記す。彼の愛執が強い一心であったが故に、彼女の思い極めた情に打たれることができたのである。作者が言いたかったのは、極限に置かれた人間の心情は、極限に置かれた人間こそが最もよく理解し得るということであったと解される。

　ところでこの文覚発心の話は、これより遡る増穂残口によって取り上げられていた。残口は独自の神道説に基づく講釈を行いそれを著述に残したことで知られるが、その主著『艶道通鑑』（正徳五年（一七一五）序）に見える解釈は、仏教長編説話のそれと極めて似る。[9] 残口は、袈裟は一たび孝貞を守って死ぬことを決意するや全く動じなかったとして、次のように評する。

……（夫の源渡と）さいごの名残とおもひ、いつ〱よりむつまじくこしかたをかたり、すこしも色に出さず酒のみかわし、いたく酔《ゑは》せて常の床にふさせ置《おき》、我身は盛遠にをしへし所に行て、長成《たけなる》髪を切《きり》、夫の烏帽子枕にちらし、酔臥《ゑいふす》様にて盛遠が忍ぶを待し心ざし、思ひ遣《やる》さへ中々に、たとへていわんかたはなし。おししづめたる心底、いかなる智勇兼備の兵《つはもの》もおよぶべきかは。

また盛遠との対比を意識しながら、当代の密通者を難じて言う。

はじめより道ならぬ事と思慮をあらためば、何に迷ふべきぞ。又あらためられぬ心決定《けつぢやう》せば、よしは骨を刻《きざま》れ肉をそがるゝとも、何をかなしまん。善悪ともに思ひきはめなきものは、すべて人に似たる猿ぞかし。

盛遠の恋情は道を外れたものではあったが、強い「思ひきはめ」であるという点を以て称揚されているのである。かくして孝貞に殉じようとする袈裟と、恋慕を貫徹しようとする盛遠とは、表面的には相対立するように見えながら実は大きく重なると解して、残口は双方とも「天地をうがつ誠の一字」であると評する。この「誠」は残口の思想の根幹をなす概念であるが、前掲の如く『中将姫行状記』が、山下則重と袈裟両者の内面を「誠」「至誠」と評していたことと相通じる。付言すれば、先に見た〝逆即是順〟〝悪ニ強キハ善ニモ強シ〟という事柄も、『艶道通鑑』で大きく扱われている。近世中期、神道、仏教の領域において、各々の宗教的意図に端を発しつつも、人間の内面についての関心という点で共有する部分が生じていたということになる。

四　悪に対する追究――読本作者との観点の相違――

仏教長編説話が読本の典拠となって材を提供したとしても、それは直ちに、見てきたような特質が読本へそのまま継承されたことを意味するのではない。特に善悪の扱い方という点において、両者の相違が際立っているように思われる。このことを先ず、前掲の『小夜中山霊鐘記』と馬琴の読本『石言遺響』[10]とを対比しながら検討してみる。『小夜中山霊鐘記』の月小夜・万寿ノ前にそれぞれ対応して、『石言遺響』にも月小夜・万字前が登場する。但しこちらの月小夜は、遠州の猟師の娘ではなく日野俊基の娘である。さて馬琴はこの月小夜・万字前を、それぞれ善人・悪人と明確に規定した。月小夜は、日野良政に嫁して二子をもうけたが、「少も誇れるこゝろなく、万字前を姉のごとく親《したし》み、主のごとく敬」った。一方万字前は、「元よりこゝろ直《すぐ》ならず」「巧言をもて夫を欺き、己に諛《へつら》ふものは忠なきをも賞し、おのれに逆《さか》ふものは忠有をも罰し」た。月小夜を憎み陥れようとするが、長谷観音に詣でた帰途に発熱し、煩悶譫語して自身の悪事を全て暴露してしまう。これは仏罰、即ち悪業に対する応報である。その後彼女は出奔して強盗の妻となり極悪へと転落し滅んでいくのであり、『小夜中山霊鐘記』の万寿ノ前の如き救いを与えられることはない。そして馬琴は終局の所で、実は万字前はかつて日野俊基に討たれた塩飽勝重なる者の娘であり、故に俊基の娘である月小夜の命を狙っていたという事情が明らかになると設定した。しかしそこから、故に彼女の悪事も子の心情としては無理もなかったなどとの意を読み取ることはできない。善と悪との対立という構図の中、彼女は終始悪の側に、しかも生来の悪人として位置付けられている。馬琴が示そうとしたのは、人間の善心悪心、善行悪行の底部に、人力では如何ともなし難い宿縁が存在しているということであったと解される。

『小夜中山霊鐘記』と『石言遺響』との観点の相違は、また次のような所にも見ることができる。『小夜中山霊鐘記』の終盤に、赤木伝内なる男が、妻の敵である盗賊轟《とどろき》業右衛門を討つ話がある。業右衛門は伝内の妻を殺害して金子を奪うという悪事を働くが、その後は気の毒な面もある人物として描かれる。彼はこの悪事の後幼い息子を伴い出奔するが、貯えも乏しくなり、他の業も知らず「詮方《センカタ》尽テ」「善《ヨ》カラヌ事トハ知《シリ》ツヽモ、食《クハ》ネバ飢ル着ネバ寒シ、是非ナク」再び強盗の業をなす。しかし強盗の場に子を連れ回るわけにも行かず、「是非ナク後妻ヲ迎」えたが、この後妻は継子を憎み殺害した。やがて彼は先妻（即ち殺された子の母）と再会し、この無念を涙ながらに語っているところに、赤木伝内が乗り込んでくる。その折の業右衛門の振る舞いは殊勝というべきものであった。傍らにいた先妻に助太刀無用と告げ、それでも彼女が躊躇するのを厳しく制し、伝内と堂々と渡り合って終に討たれる。これを受けて伝内もこの先妻に向かって、「汝トテモ敵ノ余類ナリトイヘドモ、夫ガ最後ノ健気《ケナゲサ》ニ免ジ、其分ニ捨置《ステヲク》ナリ。我ハ是ヨリ役所ニ訴《ウツタエ》決断ヲ蒙《カウフ》ルナリ。汝其儘在《アラ》バ咎メニ逢《アハ》ン。何地《イヅチ》ヘモ退《ノカ》レヨ」と告げる。これは敵討の通常の描き方から逸脱している。馬琴はこれを不適当と認識したのであろう、『石言遺響』では、轟業右衛門に該当する隈高《くまたか》業右衛門を極悪の賊とし、殊勝な面は一切描かなかった。但しここで『小夜中山霊鐘記』の描き方を未熟と一方的に評するべきではない。業右衛門が強盗を続けたのも、後妻を迎えたのも、「是非ナク」なしたことであったとしている。右のような描き方になったのは、作者の注意が、善悪の峻別にではなく、悪に陥る人間の内面へと立ち入ることの方に向けられていたためであったと考えられる。

確かに仏教長編説話の作者全てが均一の作風であったということではない。西向庵春帳は、仏教長編説話作者の中で「最も本格的読本に近い作風の者」と位置付けられている。[11]その作『復讐奇談』[12]（明和三年（一七六六）刊）の沙門岳眠序に、本作は「庸夫孺子ヲシテ忠孝節義ノ人ニハ天必ズ景福ヲ玉フコトヲシラシメ」ようとするものであると説く通り、春帳の作には善人悪人の別を明確にしてそれぞれの行為に対する応報を示すという態度が顕著であり、この点で極めて読本的である。しかし一方で以下に掲げる如く、なお仏教長編説話の側に属する特色と認めるべきものが存する。

『復讐奇談』は、幼少の折に小山田驛七なる賊に母を殺害された飯冨左市郎が、成人の後に復讐を遂げるという話である。冒頭から、驛七は凶暴にして極悪、飯冨一家は仁慈にして至善という構図が明確に示される。そして左市郎が幼時に驛七に殺害されそうになるが観音菩薩の加護によって奇跡的に救われ、後に船中で暴風雨に遭った折にも彼の「忠孝仁義」故に「神明仏陀ノ加護」を得て助かったとする。しかしこの仏神による善悪応報の原理は、一編の中心をなす復讐成就に関わる段においては十分に機能していない。左市郎は復讐に先立ち於トセなる女性と結婚するが、彼女も父の敵を狙う身で、実はその後見と頼むべき人として左市郎を見込み接近したのであった。左市郎が備中松山で剣術指南をしていた時のこと、評判高まり門人増え、同業の長浜弥官太《やかんだ》に妬まれて決闘を挑まれる。左市郎は復讐を志す大事の身故慎んで臆病を装うが、門人たちが納得せず、やむなく戦って弥官太を倒す。これによって門人いよいよ増加し教場が狭くなったため、鼓の師秩父丹斎方に移る。丹斎の娘の松は丁度この頃、粮庵なる医師の療治で病気平癒し、礼謝のため粮庵方へ出向くが粮庵は留守にて、姪の於トセが出て懇ろに応対する。これより於トセは松と親しみ、丹斎方を訪れるようになり、同家に滞在中の左市郎に熱心に言い寄り結婚に至る。ここで彼女は、父の敵を討つための後見を求めていたこと、左市郎と弥官太との決闘を見ていたことを明かす。

「アワレ君ト夫婦ノ縁ヲ結バヾ、サリトモ余処《ヨソ》ニハ見給ハジ。本意ヲトゲンハ掌ノ中ニアリトハ思ヘドモ、誰ヲタノミ何ヲ便《タヨリ》ニ言ヨルベキ由モナケレバ、天ガ下ニアラユル神々ヲ頼《タノミ》奉リシシルシニヤ、於マツノ病気ガ橋トナリ、此年月ノ願成就。」

神々の冥助にやと言うが、実質何も描かれていない。その一方で右に長々記した如き、いかにも持って回った展開を作っている。これは仏神の思し召しによってそうなるべく導かれた運命というものではなく、「於マツノ病気ガ橋トナリ」とある通り、人のなす事の積み重ねによってもたらされた結果である。

またこの後に置かれる、左市郎が驒七を討つ話についても同様のことが言える。左市郎は驒七の所在を突きとめて後、一旦亡父の旧友山口氏を訪ねる。山口氏は左市郎の心中を聞いて感嘆し、太刀を与え一人の後見を遣わした。結果無事復讐をなし遂げた左市郎は再び山口氏を訪れ、「此度首尾ヨク本意ヲトゲシハ、皆以テ御助力ニヨッテナリ」と謝したが、これは実質その通りであった。作中折に触れて天地仏神の冥助のことに言及してはいるが、これが人間の運命を支配する様が浮かび上がってくることがないのである。この作の筋は確かに善が栄え悪が滅ぶというものである。しかしその悪に関しても、驒七とその一党の保身の様や姑息な振る舞いなど、醜い部分を克明に描き出している。また善の側に関しても、掲げた如き、左市郎と山口氏との情の遣り取りなどを書いている。作者の主眼は、人間が如何に感じ考え行動するかという点に置かれているのである。

春帳の作は確かに、悪事には悪報ありとの原則に拠っている。『苅萱道心行状記』[13]（寛延二年（一七四九）刊）では、末尾の「附録」（沙門門誉による）に、本作は「傀儡場中ノ戯」にして実説にあらずと述べた上で、

此篇ニ説《トク》処、苅萱一家ノ盛衰、因果報応ノ理。其傀儡ハ善、其傀儡ハ悪、其報《ムクヒ》ハ吉、其報ハ凶ト、場中明ニ因果ヲ示ス。

と、善悪の別とその応報が明確に記されているとしている。しかし実際には、悪人に対して筆誅を下すという書き方をしているのではない。確かに加藤繁氏（苅萱道心）の叔父権藤太数高は「大悪無道ノ男」、その妻爪木も「飽マデ邪智タクマシク……不仁第一ノ女」、何れも生来の悪人であって、事情あってやむなく悪に陥っていくというものではない。彼等は繁氏の側室千里姫を滅ぼそうと謀る。ところが彼等の娘弥生が、かつて千里姫に仕えていたことから、その身代わりに立って死ぬ。これは「因果歴然ノ理ニテ、正シキ娘ガ死タル事、身ノ毛モヨダツ報《ムクヒ》ノ程」のことであった。但し作者はここで、数高・爪木に救済を与えた。爪木は一生の罪悪を悉く懺悔し、「願クハ阿弥陀仏必ズ引接シ玉へ」と唱えつつ自害した。これを見た数高は忽ち剃髪して廻国行脚に出た。作者の力点は、悪人を誅することよりも、因果歴然の理を思い知った人間のおののきや苦悩を捉えることの方に置かれていた。

春帳はまた梅若伝説に基づく『隅田河鏡池伝』(14)（寛延四年（一七五一）刊）において、若葉ノ前なる生来邪悪の人間を設定したが、悪事露顕して零落したとするのみで、滅亡するとまでは書かなかった。梅若を拐かした上に殺害した人買い信夫《しのぶ》の藤太も、終始極悪であったのではない。彼は最期に述懐し、別腹の兄に捕らえられ、同腹の兄に討たれることになったのも本望だと告げつつ、若年より酒色に溺れ、貧窮して悪事に手を染め終に人買いに転落してしまったが、自分が拐かした人々の怨みが「積《ツモリ》ツモリテ天罰人罰」、梅若を、実は自分の妹が生んだ子とは知らずに殺してしまったと、罪の深さを思い知る。悪人を完全否定して切り捨てるのではなく、その心中にある悔恨苦悩を、なお描こうとしている。一方馬琴の『墨田川梅柳新書』（文化四年（一八〇七）刊）はこの『隅田河鏡池伝』を踏まえるものの、忍ぶの惣太（『隅田河鏡池伝』の信夫の藤太に該当）を、父の平行稚、妹の亀鞠と共に完全に悪逆非道の者とし、彼等は全て誅せられるとして、善悪対立の構図を明示している。春帳の作は、確かに人物を善悪の別という観点で規定してはいるが、その悪も人間の弱い部分が表れたもの、起こりがちなものとする見方が根柢にある。仏教長編説話の作者たちは、仏教的な観点から人間の内面を観察した結果、迷い、情欲、妄執等々、通常悪と称せられる領域に関して、殊に追究を深めたものと認められる。善悪応報の整合性という所から発想する読本作者の作法との相違がここに見出されると考える。

五　結語――仏教長編説話から読本への展開――

ここまで専ら馬琴の読本を挙げて、仏教長編説話との相違を強調してきた。しかし山東京伝における仏教長編説話の受け取り方は、馬琴におけるそれと全く同様であったのではない。京伝は『桜姫全伝曙草紙』（文化二年（一八〇五）刊）において大江文坡作『勧善桜姫伝』、春帳作『苅萱道心行状記』を利用したことが指摘されている。[15]但し京伝は、単に素材やストーリーを摂取するのみにとどまらず、検討してきたような人間の内面に関わるテーマにも関心を向けていたと窺える。『桜姫全伝曙草紙』に、仏教長編説話『弥陀次郎発心伝』（文坡作）に拠りつつ、殺生狼藉を重ねていた青年水次郎が、仏の霊験に触れて信心を発し弥陀次郎と称されたとの話を掲げ、

誠《まことにこれ》是逆則是順の理にたがはず。悪につよき者は又善にもつよしといへる常言《ことわざ》も、此弥陀次郎がたぐひなりかし。

と評している（次章「文学史の中の大江文坡」参照）。また『昔話稲妻表紙』[16]（文化三年刊）では、自らの盗みを懺悔して自害した長谷部雲六を、「悪にもつよく善にもつよき」者としている。ただ京伝は逆則是順の説を、粗暴あるいは淳直な精神は悪にも善にも移り易しとの、仏教長編説話に比して単純な意味に用いている。翻心以前の、強い一心の蓄積から思い極めに至る部分が描かれることはない。

『本朝酔菩提全伝』[17]（文化六年刊）には、悪逆非道をなす提婆仁三郎、百魔山姥が登場する。先ず提婆が自害し、そ

の霊が罪を懺悔して善に帰する。その懺悔の言を聞いた百魔山姥は、彼が自分の子であったことを初めて知り、且つその翻心に突き動かされて、次のように述懐して自害する。

「提婆仁三郎自殺して善に帰し、みづから後悔の物語に、はじめて我子といふ事をしり、六十年来しこみたる悪念を唯一時にひるがへして、善になりたる此自害。」

ここで「唯一時にひるがへして」というのは、他者の善心に突き動かされる、その瞬間の内面の様を捉えたのである。京伝は『双蝶記』[18]（文化一〇年刊）の鮒尾賀《ふなおか》堂左衛門にも全く同一の型を用い、「年来の悪念を、今一時に転《ひるがへし》て善に到《いたり》し此自殺」と述べさせた。これは前掲した『文覚上人行略抄』に、自ら夫の身代わりに立った袈裟の節義に触れた盛遠が「愛執ノ念忽ニ放下シタリ」とあったことを想起させる。しかし京伝記す所はこれと同一レベルではないことにも留意すべきである。ここでは、盛遠における、放下の瞬間に至るまでの「堅固ノ愛執」に相当するような、抑え難い情の蓄積が描かれることがないのである。

馬琴も確かに翻心する人物を描いてはいるが、その観点は京伝と同じではない。『椿説弓張月』[19]（文化四―八年刊）に登場する阿公《くまぎみ》は、鶴亀兄弟の母親を、自分の実の娘であるとは知らずに殺害する。これにより兄弟は、阿公を、実の祖母と知らぬまま母の敵として狙う。阿公は終に兄弟の殊勝な志の前に屈して自害を図り、彼等に向かって本心を明かす。

「（汝等兄弟）今亦こゝにわれを見て、母の仇人《かたき》とよせあはせし勇士の広言道理に称《かな》ふ、その健気さに自《み》の奸曲《よこしま》を羞《はづ》れば邪念の角《つの》も折れ、……（己の強悪を）清くながらふ鶴亀が忠孝に思ひ比《くらぶ》れば、今さら悔しく恥しく、せめて罪悪を滅せん為に、……」（残編巻二）

これは改心に至った筋道を説明しているだけであって、内面が突き動かされる瞬間の様を捉えようという観点は存在しない。

仏教長編説話は、因果応報や宿縁のことを根柢に置きつつも、人の運命は、その者が如何に考え（あるいは信心し）行動するかによって左右されるということを、結局のところ描き出している。この部分に小説家にとっての示唆が存することを直感的に了解していたのは、馬琴ではなく京伝の方であったように思われるのである。

注

（1）後小路薫「近世勧化本刊行略年表」（『勧化本の研究』（和泉書院、二〇一〇年）所収。初出は一九七八年三月）。

（2）『中将姫行状記』は、関西大学図書館中村幸彦文庫蔵本（国文学研究資料館マイクロ資料）に拠る。

（3）『中将姫一代記』は、関西大学図書館中村幸彦文庫蔵本（国文学研究資料館マイクロ資料）に拠る。

（4）『小夜中山霊鐘記』は、関西大学図書館中村幸彦文庫蔵本（国文学研究資料館マイクロ資料）に拠る。

（5）『日本古典文学大辞典』（岩波書店、一九八四年）「小夜中山霊鐘記」の項（中村幸彦執筆）。

（6）『幡随意上人諸国行化伝』は、関西大学図書館中村幸彦文庫蔵本（国文学研究資料館マイクロ資料）に拠る。

（7）『文覚上人行略抄』は、関西大学図書館中村幸彦文庫蔵本（国文学研究資料館マイクロ資料）に拠る。

（8）『源平盛衰記』は、早稲田大学図書館伊地知鐵男文庫蔵無刊記整版本（同館古典籍総合データベース）に拠る。なお慶長古活字本、漢字平仮名交じり整版本（例、国文学研究資料館蔵本、延宝八年（一六八〇））等においても、巻一九「文覚発心付東帰節女ノ事」当該箇所の文章は同様である。

（9）前章「増穂残口の誠の説――その文学史との接点――」では、本話を残口の誠の説という観点に即して論じた。

（10）『石言遺響』は、『馬琴中編読本集成　第一巻』（汲古書院、一九九五年）に拠る。

（11）濱田啓介「「勧善懲悪」補紙」（『近世小説・営為と様式に関する私見』（京都大学学術出版会、一九九三年）所収）。

（12）『復讐奇談』は、関西大学図書館中村幸彦文庫蔵本（国文学研究資料館マイクロ資料）に拠る。

(13)『苅萱道心行状記』は、関西大学図書館中村幸彦文庫蔵本（国文学研究資料館マイクロ資料）に拠る。
(14)『隅田河鏡池伝』は、関西大学図書館中村幸彦文庫蔵本（国文学研究資料館マイクロ資料）に拠る。
(15)中村幸彦「桜姫伝と曙草紙」（『中村幸彦著述集　第六巻』（中央公論社、一九八二年）所収。初出は一九三七年八月）、土屋順子「読本にみる勧化本の受容――『苅萱道心行状記』と『桜姫全伝曙草紙』――」（『大妻国文』二二、一九九一年三月）参照。なお『桜姫全伝曙草紙』は、『山東京伝全集　第一六巻』（ぺりかん社、一九九七年）に拠る。
(16)『昔話稲妻表紙』は、『新日本古典文学大系　米饅頭始・仕懸文庫・昔話稲妻表紙』（岩波書店、一九九〇年）に拠る。
(17)『本朝酔菩提全伝』は、『山東京伝全集　第一七巻』（ぺりかん社、二〇〇三年）に拠る。
(18)『双蝶記』は、注17前掲『山東京伝全集　第一七巻』に拠る。
(19)『椿説弓張月』は、『日本古典文学大系　椿説弓張月　上・下』（岩波書店、一九五八・六二年）に拠る。

第五章　文学史の中の大江文坡

一　大江文坡と近世小説史

大江文坡を近世小説史の中に位置付けようとすれば、先ずはその仏教長編説話（長編勧化本）の作者という側面に言及することになろう。殊に中村幸彦「桜姫伝と曙草紙」(1)に指摘された、文坡の『勧善桜姫伝』（明和二年（一七六五）刊）が山東京伝の読本『桜姫全伝曙草紙』（文化二年（一八〇五）刊）の粉本となった一事は、読本という本格的長編小説の成立への直接的関与ということである。京伝は『桜姫全伝曙草紙』(2)例言に次のように述べる。

此書（文坡の『勧善桜姫伝』）……狂簡といへども往々実を兼《かね》、因果輪廻、無常転変の理を示し、遅速はありといへども、善悪到頭つひに報ある事を録せり。よし虚談にもあれ、児女勧懲の一端ともなるべき所聊《いさゝか》みゆれば、書肆の需《もとめ》に応じ、補綴して与へぬ。

「補綴」したと述べる通り、筋や趣向など多くの要素を『勧善桜姫伝』に拠った（中村論文の例示参照）。京伝がこのように惹き付けられたのは、この作に因果応報の理法が貫徹していると認めたからであった。但しこれは、善行には善報、悪行には悪報という単純な教訓書的図式のことを言うのではない。個々の事件が因となり果となりつつ人間の命運が規定されていくところに、長編小説構成にとっての示唆を得たのである。

ところで後掲するように、『勧善桜姫伝』には『桜姫全伝曙草紙』に踏襲されなかった要素も一方で存する。従って、もし文坡の書が広い意味で人生を描くものであったならば、その独自性は、京伝が採らなかった所をも含めて検討されるべきであろう。また文坡が仏教長編説話を執筆したのは明和（一七六四―七二）の初年、その著述活動全体から見ればごく初期に限られ、後年は三教一致を掲げる独特の仙教を唱えるようになる。(3)そこに説く所は通俗的で、既成の道徳規範を遵守すべしとの言が頻出して、一見文学とは無縁の領域かと思われる。しかし人を効果的に教導しようとすれば、予め、人間は如何に考え感じ如何に行動するものかなどについての理解を深めておく必要があったであろう。もし文坡に曲がりなりにも人間探究と称せるものがあったとすれば、京伝のような読本作者のそれと比較してどうであるか。粉本という直接的関係以外に、より内的な意味での繋がりは生じていないであろうか。以上のような所から、思想的領域をも含めて文坡そのものの中に小説的要素をあなぐり求めようと試みるものである。先ずは『勧善桜姫伝』に即して、文坡が人間の如何なる部分に関心を向けたかを辿ってみる。

二　『勧善桜姫伝』と『桜姫全伝曙草紙』

文坡の『勧善桜姫伝』(4)は以下のような話である。

丹波国桑田郡の長者鷲尾《わしのお》義治は、父の供養にと一子を出家させる（後にこの子は清水寺へ入り清源と称する）。その後同郡の出雲社に祈って女児を得、桜姫と名付く。姫は成長して美麗。同国の住人信太《しだ》時元は、姫に恋慕し求婚するが、朝敵平将門の子孫なりと中傷されて叶わず。時元は憤怒をつのらせ、姫に付きまとうが、鷲尾の家臣篠村公光《きんみつ》に斬られる。時元の怨魂が、清源の胸間に入り、清源が姫に恋慕。伴善長《よしなが》は姫と結婚し、鷲尾義基と称す。清源は姫に付きまとい、公光と義基に斬られる。一同は、清源がかつて出家した鷲尾家の一子であったこと、全て時元の怨魂のなせる業であったことを知る。法然上人が時元の怨魂を済度。姫、義基は出家。後に姫は観世音の応化であったと知れる。

このように纏めてみると、信太時元の執念が、物語を動かす重要な要因となっていることがわかる。信太氏は桑田郡内では「一二トサガラヌ大家」であった。その家系について、作者は言う。

　其先祖ヲ尋《タヅヌル》ニ、昔信太ノ首《ヲフト》ト云人ノ後胤ニシテ、ソノ先祖ハ百済国ノ人百午《ヒヤクゴ》ト云者ナリ姓氏録。

また時元は次のような人物であった。

　生質《ウマレツキ》聡明ニシテ儒学ヲ好ミ、朱学ニ心ヲ傾ケテ家業ニウトク、日夜遊猟ヲコト、シテ世事ニカ、ワラズ。其生質《ムマレツキ》ヲウヨウナリ。

以下、この世間知らずの大家の子息が、恋情をつのらせ終に死しては怨魂と化していく様を描く。時元は桜姫に恋慕し、艶書を度々送るが返答はなく、自失の体となる。

　経史詩文モ眼ニツカズ、五帝三皇ノ聖像モ唯《タヾ》桜姫ガ雅髪《ミヤビヤカ》ナル容貌《スガタ》トミエ、労攘《ロウジヤウ》ト無明妄想ノ闇ニ迷フ。却テ埋怨《ウラミ》ノ涙枕上《マクラ》ヲ淋《ヒタシ》々、心身モイマハクダクルバカリ悵然《カナシミ》ナゲヽドモ、人ヅテナラデ消息《イフ》ヨシモナク、如何《イカヾ》ハセントアンジケルガ、

かかる折、姫の館に出入りする太郎助なる者が、過日館を訪ねた際に姫に会ったと言い、その姿は「ナカ〳〵人世《セカイ》ノ者ニハアラジ。天仙ノ変化《バケソコナイ》ナラン」「ナニ、比《タグ》エン、牡丹芙蓉ハ」などと褒め上げる。時元はこれを聞いて絶倒する。

　話裏《ナカバ》ヨリ時元　忽《タチマチ》顔貌《ガンシヨク》カハリ、両眼ヨリ血ノ涙ヲナガシ、拳ヲ握リ歯ヲクヒシバリ、「エ、無念ヤ」トバカリニ

テ、忽然トシテ息タヘヌ。

作者はこの間の経緯について、時元の家人大谷藤弥の言を借りて次のように説明する。

「桜姫ニ執心フカク、伝《ツテ》ヲ以テ密《ヒソカ》ニ艶書《フミ》ヲ送ラルト雖《イヘドモ》、一言ノ返答《イラヘ》サヘナシ。サルニ依テ主公《ダンナ》憤怒《イカリ》ニ堪ズ、朝夕ノ食飲ヲサエ咽喉ヲ通サズ、恋慕ノ闇ニ迷《マヨハ》ル、折カラ、（太郎助が）桜姫ガ容貌《カタチ》ノ美ナルヲ話《カタ》ルニヨツテ、主公《ダンナ》マス〱怨怒《ウラミ》ニタヱカネ、カク人事ヲワスレ絶倒シタマフ。」

思いが叶わぬことによって追い詰められていったのである。更に話は以下のように続く。この藤弥の計らいで太郎助が鷲尾家に婚姻を申し入れに行く。よって姫の父鷲尾義治は時元の素性を詮議。最初に松下ト叟なる書生が、「姓氏録ヲ考《カンガウ》ニ、百済国人百午《ヒヤクゴ》ト云者ノ後胤ニ信太《シダ》ノ首《ヲト》ト云者アリ。彼ガ後《ノチ》ナラン」と述べる。前引した作者自身の説によれば、これが正解ということになる。しかしながら同席の者から様々異説が唱えられ、最後に田上周庵なる医師が、

「彼信太平太（時元）ガ先祖ハ、信太小太郎ト云者ニテ、天慶年中ニ奥州信太玉造ノ領主ナリ。コレ将門ガ孫ニシテ、……（時元は）コノ小太郎ガ後胤ナリ。」

と語ると、義治はじめ一座の人々はこの説を信じ、「サテハ平太ハ朝敵将門ガ子孫ナリケルカ」と指弾する。これで時元の望みは完全に絶たれた。作者はこの周庵の説を事実無根とする。

マコトニ俗説ノ人ヲアヤマツコト、斯ノゴトシ。モト信太小太郎ト云者、往昔《ムカシ》カツテナシ。今コノ周庵イカナル所存アツテ虚説ヲカマヘ、コノ平太ヲサミシケルゾ。不審《イブカシ》キノミ。

これで、時元の怒りが遣り場のないものであったことが示される。ここからの時元は、内面の統御が全く利かない状態となり、鷲尾家への攻撃に転ずる。姫が丹後切戸の文殊堂に参詣した折、突然現れて拉致しようとし、鷲尾の家臣篠村公光に斬られる。屍から出た心火が僧清源（姫の兄であること後に知れる）に取り憑く。これによって清源は姫に

恋慕して付きまとい、斬殺されることとなる。その怨魂は、鷲尾家に仇をなさんと館に怪異を起こすが、姫の夫義基によって抑えられる。そして終に桜姫に取り憑き、姫の口を借りて義基を罵って言う。

「此桜姫ニ執心セシカドモ、我信太ノ家ヲ以テ朝敵トシ、天下ノ忠臣信太首ガ後胤タル某ヲ嘲弄シ、アマツサヘ姫ヲ我ニ送ラズ。此賁恨《フンコン》徹底ヤムコトヲ得ズ。……姫ヲ奪ントシテ却テ篠村二郎（公光）ガ為ニ殺サレ、弥々無念増長シ、姫ニ怨《ウラミ》ヲ報ゼント慕ヒシ処ニ、……（清源に取り憑き煩悩を起こさせ、）ツラカリシ鷲尾ノ家系ヲ断滅サセント種々ノ殃怪ヲ顕シ、已《スデ》ニ此館ニ人跡ナカラシメントセシヲ、汝義基ガ為ニサ、ヱラレ、弥憤怒ノ一念ヲ増長セシム。」

思いが閉ざされる度ごとに憤怒の念が増長していったのである。このように作者が、時元が次第に追い詰められていく如く、過程として描いていることは、改めて後に触れるが、重要である。

後に桜姫が義基に、自分は観世音の応化であったと明かしつつ、これまでの事件の背後に存在する「因果」について語る。

「鷲尾ノ家ノ先祖太郎維綱《コレツナ》ハ、後白河院ノ御宇ニ西海ニ海賊蜂起セシヲ征伐セシメ、其軍功ニヨッテ右衛門尉ニ任ゼラレシカドモ、……彼信太平太夫時元ハ、先祖太郎維綱ニ殺サレ、無念ノ憤怒ヲ含ミ死セル海賊ノ張本木《キ》ノ冠者《クワジヤ》時元ト云ル者ノ再来ナリ。必ズ因果ハ歴然ナルモノゾ。」

かくしてこの「無念ノ憤怒」が本作を貫くテーマであったことが浮かび上がってくる。鷲尾の先祖維綱に滅ぼされた海賊木ノ冠者時元の無念と、信太時元の無念とを、因と果の関係で連結した。但しそれは、前生の怨恨を今生で晴らすという単純な意味ではない。無念の憤怒に陥るような生き方をする人間であることが、転生を経て信太時元に運命付けられていたというのが、作者の本意であろう。なお前掲の通り、家系としてはあくまでも百済国人百午《ひやくご》の後胤信太首《しだのおうと》の子孫であったとし、時元個人はその前生海賊であったが、彼はそのことを知らない、という扱いがなされている。このようであって初めて、彼が自分の正統性を信じ、そこから出口のない一念へ陥っていくことが読者に納得される。作者の配慮は周到であったと言ってよい。

なお作者は決して、時元のこのようなあり方を嫌忌すべきものとして否定的に遇しているのではない。確かに桜姫に取り憑いた時元の怨魂は、法然上人が済度しようとするのを容易に受け入れず、却って仏法を罵る。その様を見て上人が、「斯ル邪儒ノ比《タグヒ》ハタヤスク度シガタシ。吁々《アア》アサマシキ哉。カクノ如キ大憍慢心ノ凡夫」と嘆じ、また、「マコトニ信太時元ガゴトキハ至極ノ悪人ナレバ、執心モ又フカシ」とも述べている。しかしこれは、儒学（朱子学）に傾倒したとされる彼が頑なに仏法による救済を拒むことをいうものであって、いわゆる邪悪の人として位置付けているのではない。虚説によって中傷された件も、彼の方が気の毒という書き方である。

以上述べてきたことを、京伝の『桜姫全伝曙草紙』と対比しながら整理してみる。京伝は時元に該当する信太平太夫勝岡を全くの悪玉として設定した。

容貌はなはだ醜悪にて、性質きはめて奸佞なり。しかのみならず驕奢に長じ、酒色に耽り、不仁を好み、礼義を知らず、田夫野人にひとしき輩なり。

姫との結婚を拒まれたことを怨み、彼女の父義治を殺害する。これは単なる報復であって、文坡が扱った「無念ノ憤怒」とは全く異なる。一方で京伝は、義治の正妻野分の方が、妾玉琴を嫉妬の念から惨殺するという話を新たに設けた。そして玉琴の野分の方への復讐という筋に沿って物語は展開することになる。然ればこの玉琴の怨魂が、『勧善桜姫伝』の時元の怨魂に相当するかというと、そのようにはならない。確かに京伝は、理不尽に命を奪われた玉琴の遣り場のない怒りを書いている。しかし、引用は省略するが、最初の巻一に、野分の方による玉琴惨殺の場面を、悪意に満ちた謀略の数々と共に克明に描いている。即ち玉琴の怒りは最初から当然過ぎるほど当然なのである。同じく憤怒ではあっても、次第に増長していくという性質のものではない。京伝はこの作で、玉琴、野分の方に桜姫をも含めて「女性の感情を軸とした展開」を構想した。(5) そのうち特に野分の方について、心を尽くして我が子桜姫を看病する様を描き、「子を憐むこと世の人に越て厚く、強悪の志には露ばかりも似ざ」るものと評する。この偏狭排他の母性愛を描くことの方に、人間の内面に対する追究という点で言えば、力点が置かれていた。

かくして追い詰められて内面の統御を失っていく人間を描くことは、文坡が特に意識したものであったように思われてくる。そしてその際、追い詰められていく様を過程として描く、またこのような精神を否定的に遇しないという姿勢を以て臨んだ。このことの意味について考えてみる。

三　『小野小町行状伝』『壬生謝天伝』――一途なる思念をめぐって――

小説の表現という観点で見た場合、追い詰められていく過程を書く、書かないの違いは大きい。この点を、同じく文坡の仏教長編説話『小野小町行状伝』(6)（明和四年（一七六七）刊）の中に辿ってみる。文坡はこの作に、憤死した早良親王の怨念が人面瘡となって小野峰守に取り憑く話を書いた。

桓武帝による長岡遷都直後のこと、中納言藤原種継が射殺される事件が起こった。小野峰守が、早良親王の近臣大伴継人《つぐひと》の矢を種継館付近で拾得。種継の長子山人《やまびと》に、よく思慮あるようにと仄めかす。ここから大伴継人・同竹良《たけよし》の仕業と知れ、二人は糾問される。親王は、種継によって帝の信任を奪われ、その上自身の推した人事も遮られて頓挫、かくて怒りをつのらせた結果、この謀に及んだのであった。継人・竹良の供述に言う。

「太子甚憤怒《ダイカリ》ヲ発シ給ヒ、種々ノ妙計ヲ運《メグ》ラサレ、（種継を）罪ニ陥《オト》サント奏シ給ヘドモ、帝サラニ信用シ玉ハズ、剰《アマツサ》ヘ朝政モ太子ニ任サレズ。太子ノ憤リ旦夕ニ増長シ、種継ヲ殺シ憤怒《イカリ》ノ胸ヲ晴サント思召ス。……（我等、種継暗殺を命ぜられて実行し、）誰知ル者モナカリシニ、小野峰守ガ所為ニ依テ太子ノ謀計一時ニ露顕シ面辱ニ逢フコト、生々世々ノ遺恨ナレ。」

継人・竹良は梟首され、親王はこれを聞いて激昂する。

「小野峰守コソ麿《マロ》ガ怨人《アダビト》ナレ。此憤恨イカデカ散ズベキ。小野ノ家アラン限リハ、冤魂此土ニ留ツテ災害ヲナサンズ」ト歯切《ハガミ》ヲナシ、拳《コブシ》ヲ握《ニギリ》タマヘバ、五爪《イツヽノツメ》ミナ甲《カウ》ヲツンザキ、満面ニ朱ヲソヽギ、髪サカ立《ダチ》テ罵リ給フ御声殿中ニ震動シ、門外ニ響《ヒヾキ》ワタリケル。

親王は淡路に配流され、「飲食ヲ絶シテ、小野峰守ヲ罵リ薨」じ、後に人面瘡となって峰守に取り憑く。ここでも、思いが挫かれる度ごとに憤りが増長し追い詰められていったように書かれている。

仏教長編説話である『小野小町行状伝』は大本、漢字片仮名交じり、挿絵無しの体裁をとる。これを半紙本、漢字平仮名交じり、挿絵入りの読み物に改めた『小野小町一代記』(7)が後の享和二年（一八〇二）に刊行された。『小野小町一代記』は、『小野小町行状伝』のストーリーや文章をほぼ踏襲するが、中に「前板の繁冗雑語をはぶひてもはら簡易の俗調に換ふ」（序）部分もある。早良親王の話に関して『小野小町一代記』では、親王が遺恨をつのらせ激昂に至った経緯についての叙述を全て省略した。そして親王の人面瘡が小野峰守に対して言う次の言葉を『小野小町行状伝』から引いて来ることによって話を纏めた。

「われ藤原種継を怨《うらむ》ことあつて、大伴継人おなじく竹良に命じてひそかに射ころさせ、誰か我所為と知るものなかりしに、汝が舌頭をもつて我密謀露顕し、つひに継人、竹良は梟首せられ、我は淡路の島守となる。」

結果、突如生じた人面瘡が、実は然々のことがあったのだと、事後に説明を一括して述べる形になってしまった。読み比べれば、読者として受け取れるものに違いがあることに気付かされる。過程が書かれることによって初めて、内面の逼迫の度が了解されるのである。前掲『勧善桜姫伝』の信太時元とこの早良親王の例を併せ見ると、憤怒を過程として描くことが、即ちその内実を描くことにもなると、文坡は意識していたものと窺える。

ところで右の話において、峰守自身は親王を陥れようとの意図をもっていたのではない。従って親王が峰守を直接の仇の如く認識して矛先を向けるのは、客観的に見れば筋違いである。そのことに気付き得なかったのは、極限まで追い詰められて統御が利かなくなっていたからである。そして文坡はここでも、『勧善桜姫伝』の信太時元についてと同様、これを邪悪なるものとして斥けるような書き方はしていない。このことは憤怒を過程として描いたことと関連していると考える。彼等が一念の中に封じ込められていく経緯を丁寧に辿り逼迫の度を伝えることによって、時元が鷲尾家への攻撃に転じ、親王が峰守に矛先を向けるのも、本人たちにとってみればそれなりに一理あるものと受け取れるような書き方に傾いていくのである。

但しこれは小説の書き方に関わることである。加えて文坡には、自身の思想に関わる問題として、これを否定できないような事情があったのではなかろうか。『勧善桜姫伝』に戻る。義基（桜姫の夫）は、かつて法然上人から、「念仏ハ要ナキヲ要トス。タヾ偏《ヒトヘ》ニ仏語ヲ信ジテ念仏スレバ往生スル也」との教えを得て後に出家した。ところがある人が、如何に念仏するとも学問なければ往生は不可と説いたによって疑念が生ずる。すると夢に法然が現れ、

「源空（法然）ガ汝ニ、念仏シテ往生スルコトハ決定《ケツジヤウ》シテ疑ヒナシト教《ヲシヘ》タルヲ信ジタルハ、蓮花ヲ蓮花ト思フガ如シ。深《フカク》信ジテトカク沙汰ニ及バズ、但《タヾ》念仏ヲ申スベキナリ。」

と教える。義基は疑念氷解し、一向他念なく念仏往生したとする。物語に即して教えを説くという仏教長編説話の本

領を明らかにした部分であるが、一途なる敬信の念というものを説こうとの意図が、文坡の中に大きく存していた。ところで理屈や知慮を全て排した内面の状態という点で、一途なる敬信の念と一途なる憤怒とは大きく重なるのではなかろうか。即ち信太時元や早良親王の憤怒の如きものを文坡が捉え得たのは、彼が一方で、仏神を敬信する際の内面のあり方というものを常に探究してきた結果ではなかったか。そして一途なる憤怒を邪悪なものとして斥け得ない背景には、やはりこのあたりの事情が関わっているのではなかろうか。以下この敬信の念に関する捉え方を追ってみる。

『壬生謝天伝』(8)（天明七年（一七八七）刊）は半紙本、漢字平仮名交じり、挿絵入りで、前掲した仏教長編説話に比して、より小説的体裁を取るが、やはり文坡独自の思想的な主張は強く表れている。主筋は次のようなものである。

後堀川院の世、大和国服部の領主大鳥広元は、縁者が企てた密謀の巻き添えになり滅ぼされる。残された妻須磨の方は、やむなく幼い一子を捨てる。この子は、北条の元家臣梅本謝天に拾われ、後に東大寺に入り出家。修広上人と称し、世人の崇敬を集めるようになって後も、幼少にて別れた母との再会を一心に念じ続ける。愛宕権現に、日毎に肝胆砕いて祈る。権現が異僧の姿と現じて修広を播磨国へと導く。一方須磨の方は子の行方を求めあぐねて死を覚悟する。そこに亡父大鳥広元が日々信仰していた北辰真武神君が現れて母子を導き、終に播磨国印南野にて再会を果たす。

作中には「誠に天道は鏡のごとし」「積善の家には余慶ありといへる語、尚《たつと》むべし」などとあって、正直律儀で信仰厚き者が果報を得るという展開に終始するので、一読、通俗道徳を説く教訓の書と同類のように受け取れる。しかしその基底に文坡流の敬信の論が据えられている点に、やはり特色がある。

修広は、「幼少にて別れし母はいかゞなり給ひし。此世に存命にて座《まし》まさば、何とぞ今一度巡り逢せてたべ」と、

「仏陀に祈り神明に求め」「心身を凝《こら》し勤行怠慢な」く祈り続けた。そして道俗男女を集めて融通念仏を行っては母の姿を求めた。

「只願《ねがは》くは、生て離れし我母に再び逢せてたび給へ。南無本師釈迦牟尼仏。南無西方教主阿弥陀仏」と……称名の中《うち》に、若《もし》や我母の御座《おわし》ますやと、上人は意《こゝろ》を十方に配り、御眼を群集の裡《うち》に運《めぐら》しては、「母見たや南無阿弥陀。母見たや」と唱へ給へば、貴賤群集の諸万人も只同音に、「母見たや南無阿弥陀。母見たや南無阿弥陀仏」と唱へけり。

修広の一心は、融通念仏の営みを通して、一切詮索を加えずに受け入れて敬信する態度として、群集に伝わった。

また、梅本謝天に仕える侍女長《ちょう》の孝行忠義もこれに通じる。彼女は「正直律義」にして「一人の母に大孝心深き者であった。近辺の人が壬生寺の大念仏会に詣でた折に買い求めた女の面が、郷里江州大溝に残してきた母の顔に似るのを懐かしがり、乞い受けて日夜誠の母に仕えるが如くする。傍輩の侍女らがこれを嘲り、密かに鬼女の面と取り替える。長は驚き、もしや母の身に異変あったかと、鬼面を携行して郷里へと急ぐ。途上、兄弟の悪漢に拘禁され、終夜篝の番をさせられる。彼等の話を漏れ聞くに、主の謝天を討とうと企てる者と知れる。折節、篝の火が風に煽られ、黒煙を防がんと鬼面を着けるや、悪漢らは驚天、絶死。この隙に彼等を斬って郷里へ向かう。長は孝行忠義を賞でられ、謝天の計らいで母を都へ迎え安楽に暮らす。

実《まこと》に信あれば徳ありといへる古語に違《たが》はず、……この下女長は、常に仏神に祈願して母の息災延命、且《かつ》我奉公首尾克勤《よくつとめ》おはりて母を安楽に介抱さゝしめてたべと、信実大孝心を尽して祈りしが、たちまち今日是《かく》の如き果報を得て、親子富貴安楽の身となりぬ。

話の運びがやや単純ではあるが、作者の意図した所は読み取れる。この長は愚直というべき人物として描かれている。

ひたすら主親のためにと思い遣る心と、一途に仏神を念ずる心との根柢にあるのは、全ての理屈や知慮を排した精神であるということであろう。

末尾に作者は言う。

匡弼（文坡）此伝を撰ずる事は、我帰依する神仙の北辰真武神君の利生を伝へんためなれば、見る人々も信を起し御霊験を尊ぶべきものなり。

自ら『北辰妙見菩薩霊応編』（天明六年（一七八六）刊）等の著で説く、北極星を神格化した北辰真武神君の信仰に帰結させた。確かに須磨の方は夫大鳥広元の信仰した北辰真武神君に救われ、また梅本謝天が後に隠居して歓楽に暮らしたのも、常に北辰真武神君を尊信してきた故であったという。しかし修広は僧として仏を奉じ愛宕権現に祈った。長は仏神に念じたとある。作者はこのあたりの説明も用意していた。

文坡曰、夫《それ》神は神異無方陰陽不測にして、譬《たとへ》ばいづれの神に於ても其対《むか》ふ所の人の意《こゝろ》に随《したが》ふて種々に変化す。故に僧これに対する則《とき》は地蔵とし観音とし、又は文殊普賢釈迦弥陀と見る。神道者是《これ》に対して遂に是《かく》のごとき形相《すがた》を見ず。仙道を行ふ者は、神《しん》と見、仙と見る。儒道を信ずる眼にては神《かみ》と見たり、大天狗と見る。たとへば人の夢の中に種々の形を見るがごとし。其意念に随《したが》ふて種々の相形変化不測なるを以て神となす。

本源的な神は直接的には形姿として捉え得ないものであるが、人はそれぞれ己の信ずる所に応じて、仏や神として観ずる。かくて具体的な対象を得てこれを敬仰すれば、そこに全ての理屈や知慮を排した精神が生ずるのである。

この作全体の趣旨としては、先ずは以上のような敬信の念のあり方を説く所にあったと理解するが、作者は中でも修広上人の孝については、特に純化され高められたものであると述べたいもののようである。序に、孝には二種あると説く。

夫《レ》孝《ニ》有《リ》レ二《ツ》。所謂《ル》世間之孝、出世間之孝《ナリ》。世間之孝《ハ》、三事無《ク》レ違《フコト》、四体不レ毀《ラ》、以至立《テ》レ身《ヲ》揚《テ》レ名《ヲ》以《テ》顕《ハシテ》二父母《ヲ》一、而《シテ》後《ニ》已《ム》。出世間之孝《ハ》、始《ハ》則導《キ》二其《ノ》正信《ニ》一、終《リニハ》必《ズ》抜《ク》二神霊《ヲ》於天界《ニ》一。如《キ》二修広円覚上人《トイフ》者《ノ》一、不三惟《ダ》孝篤《キノミニアラ》二乎親《ニ》一、而心実《ニ》契《フ》二於正真之道《ニ》一也。可《シ》レ謂《ツ》出世之至孝《ナリト》矣。

日常実際の行為の中で果たす「世間之孝」に対して、「出世間之孝」は、内面を「正真之道」に到達させるもの。修広の如く孝心を突き詰めて純化すれば、孝という限定された領域を超えて普遍的水準に及ぶ。ところでこれは、文坡が著述の随所において説く「真一の霊旨」と重なるものではなかろうか。文坡は著述活動初期において、前掲したような仏教長編説話を執筆し、後年は「真一の霊旨」を大悟すべしとする独特の仙教を説いた。この「真一の霊旨」は、仏教仙教併せて文坡の思想の帰着点であったと言ってよい。掲げてきたような憤怒や敬信の念に関する見方は、このような思想家教導家としての思考に連続するものであったのではないか。以下この点について考えてみる。

四　「真一の霊旨」と一途なる思念

文坡は『抜参残夢噺』(9)に、神を敬仰する際の人間の内面に関して重点的に論じている。この書は、是道子が明和八年（一七七一）に刊行した『抜参夢物語』を論駁すべく、同年に執筆刊行したものである。是道子の著は、伊勢太神宮と弘法大師との対話を設定し、人々が太神宮による霊験や不可思議の現象を信じることで抜け参りが流行したとして、霊験不可思議の現象自体を否定し、且つ抜け参りの行為をも批判したものである。文坡は、これらの説を猿田彦が論駁するという設定のもと、霊験不可思議信ずべし、抜け参り肯定すべしの論を展開した。中に『伊勢太神宮神異記』（度会延佳著、寛文六年（一六六六）刊）、『伊勢太神宮続神異記』（度会弘乗著、宝永三年（一七〇六）刊）、『諸社霊験記』（吉野秀政著、元文元年（一七三六）自序）等に霊験不可思議の事例を種々収録するとして、これを事実として認めるべしと再三説く。それは、敬信の念を起こすには霊験不可思議を見て感ずるということが必須であるからだと、明快に言う。

　儒道は、君臣父子夫婦朋友の中に於て仁義礼智信の五常の教を専らにし、五常さへ能々《よく〳〵》守れば、仏者の説《とく》かの地獄もこはからず、又浄土も願ふに及ばず、一切の事に於て誰《たが》点の打《うち》てはない至極の正道なれど、其道を学ぶ者の鮮《すくな》いは、彼《かの》諸人を引入る奇妙不思議沙汰がないゆへなり。……神道仏道には、時々《おり〳〵》奇妙不思議の凡夫の双眼《め》を覚す神験霊応があるにより、有難や忝《かたじけ》なやと、諸人礼拝恭敬して其道を親《した》ふ心が起る……

抜け参りも、こうして一途に敬仰する心より起こったものであるという。

　かやうの大切なる太神宮様なれば、唐天竺は知らず、日本国中に生を受《うけ》し程の者が神恩を有難がらぬものなく、……（殊に貧賤等により不如意の者は、）此度抜参時行《はやり》、誰が抜た彼が参りしと、日々夜々に抜参りするは、是《これ》神明の御受《おうけ》なり。此砌参宮せずは何《いづれ》の年を期《ご》せんと、親は子を忘れ、子は親を捨《すて》、主じや夫じや何じや彼《か》じやの是非なく、誰も彼も只伊勢へ〳〵と着の身其儘抜出るは、世の常神明を帰依し奉るからなり。

主親等を忘れることを是認した言い方をするのは、『壬生謝天伝』で忠心孝心を説いたのに矛盾するかのようである。しかしこれは単なる不道徳ではなく、神明の加護を求める一念に封じ込められて知慮判断を排した結果である。前掲の信太時元（『勧善桜姫伝』）や早良親王（『小野小町行状伝』）の憤怒が否定されなかった所にも、同様の事情が関与しているのではなかろうか。思い込みによる道理に外れた思考や行動であっても、それが一途なる思念に由来するものである限り斥けられ得ないことになろう。

　ところでこの敬信の念は、「清浄正直」なるものであるという。

諸人こと〲く国を忘れ家を忘れ主人をわすれ親子夫婦を忘れ、我一と神明へ志すは、譬へば百川の大海へ朝宗するがごとし。……一度かの神前の大海へ帰入すれば、清浄正直の真人間の数に入《いる》ことなり。

然ればこのようなあり方を深めていったならば、文坡の言う「真一の霊旨」に到達することになると考えられる。文坡は『春秋社日醮儀』[10]（天明元年（一七八一）刊）に言う。

我朝の上古《むかし》の人は皆心正直質素にして、虚静恬淡無為なれば、自然と真一の霊旨に契《かな》ふて、神霊照然として一面の明鏡《かゞみ》の如く、陰陽不測虚霊不昧、清浄明々妙霊なり。

かくして、前掲『抜参残夢噺』に見られた敬信の念に関わる論は、「真一の霊旨」の追求という、文坡の思想の根本部分に由来するものであったと窺える。では「真一の霊旨」とは如何なるもので、如何にして把握すべきものなのか。[11]次の説明によれば、これは人間の内面の最も本源的部分を言うもののようである。

真一とは、仏教にては仏心仏性といひ、禅家にて本来の面目とも主人公ともいふ。儒教にては性といふ、是なり。

（『北辰妙見菩薩霊応編』[12]、天明六年刊）

『荘子絵抄』[13]（天明四年刊）には、『荘子』の篇名「徳充符」の意味を説明しつつ、天地を貫く一理と同じ理を人間も具有していると説く。

人間世《よ》に交《まじは》る事を得るの信《しるし》は、素《もと》理は天地同一体なるが故に、符節《わりふ》を合《あは》するが如きぞと、徳充符を説《とか》れたり。徳は得なり。本然の一理を自己《おのれ》が胸中《むねのうち》に平生増《まさ》ず減《へら》さず、有《たも》ち得て充満《みちみつ》るを徳充といふなり。

また『成仙玉一口玄談』[14]（天明五年刊）に、

「……宋儒、朱子を始め、其外《ほか》本心、本然、復初なんどゝ、孔子の説給《とき》はぬ事を設けて学者を導くは、是皆異端にして儒者に非ず」と罵り誹謗《そしる》は、彼《かの》孔子聖人が真一の旨を説示《ときしめ》されたる事を知らず悟らぬゆへなり。周濂渓、程子、朱子のごとき人々は、是を解《さと》り是を知りて、其真一の旨を弁ずるに、彼《かの》本心、本然などの語を以て説示《ときしめ》すものなり。

などと言う所からすれば、宋学者の「性即理」説（『中庸』の「天命之謂性」を、天地を貫く一理が人間にも賦与されて「性」（本然の性）となる、の意に解する）に近似するかの如くである。しかし文坡の論には宋学と決定的に異なる部分がある。朱熹は、自己の内面を専一に保ち本然の性へ到達する「居敬」（主観的修養法）と、外界の事物に存する理を追究する「窮理」（客観的修養法）とを統一的に行うことによって人格の陶冶を目指す必要があると説いた。

学者の工夫は、唯居敬、窮理の二事に在り。此二事は互に相発す。窮理を能くすれば、則ち居敬の工夫は日に益々進み、居敬を能くすれば、則ち窮理の工夫は日に益々密なり。……（居敬と窮理は）其実、只是《ただ》一事なり。

（『朱子語類』[15]巻九）

然るに文坡の修養方法は一に内面的な悟りという行為に限定される。

若《もし》人此真一の霊旨を胎息（坐禅する事を仙家にては胎息といふなり）工夫して此霊旨を大悟せば、凡身を転ぜず神仙を成《じやう》す。

（『和漢年中修事秘要』[16]、天明二年刊）

真一とは人々の本来の面目をいふ。（『荘子』に）大宗師といふは道をいふなり。道は自然に法《のつと》る。自然とは心の外《ほか》に求むる事なき本来の大道なり。

（『荘子絵抄』）

真一は天地を貫く一理と合致するとしながらも、この理を窮める営みは一切放棄され、一方ひたすら内へ内へと求めていく。この姿勢が、文坡の思想の大前提であった。

窮理を排する姿勢は、不可思議なるものへの対し方を説くに当たって明瞭に現れる。『抜参残夢噺』で文坡は、井沢蟠竜の『広益俗説弁』（正徳五年―享保一二年（一七一五―二七）刊）、西川如見の『万物怪異弁断』（正徳四、五年（一

七一四、一五）刊）を激しく攻撃する。文坡によれば、怪異霊験への対し方において、蟠竜は、「凡《をよそ》漢土に其証拠なければ、日本に有し事は虚説の様に断はれり」、また如見は、「天地の怪異を弁断して、和漢三千年余の数万千億万人の眼耳を己一人が管見を以ておほはんとす」るものであるとされる。

日本六十八州の内さへ未行《まだゆか》ぬ国見ぬ国あり。いかにいはんや其外国をや。……斯《かく》の如き世界をつゝみたる天地なれば、夫《それ》を己一人の偏見邪説で弁断せんとは、蟻が鯨をひかんとするより愚なり。然れば此天地の内、神異怪異なくて叶はず。

論証の内容の正否云々以前の所、不可思議なる領域に人知を入れようとする態度自体が誤っているというのである。かくして事物や状況を分析し判断することを抑えて、ひたすら内へ内へと向かって思考していくとすれば、一旦形成された思念は修正される機会を得ないまま肥大し続けることになろう。特に『抜参残夢噺』では、論駁という文脈の中、教導性が露骨な物言いになっている。しかしいま敢えてその点を置いて言うなら、人間は不可思議を感得して敬信の念を抱くものである、一念に封じ込められた時知慮判断を停止するものであるとは、これはこれで一つの、人間の内面に関する指摘になり得ている。掲げてきたような文坡の人間観察の最も基底にあったのは、思想家教導家としての「真一の霊旨」なるものの探究であったと考える。

五　結語——文坡における人間の内面追究——

文坡は仏教長編説話『弥陀次郎発心伝』(17)（明和二年（一七六五）刊）において、不可思議を感得することによって深い信心へと入り込んでいく人間の生き方を一編のテーマに据えた。殺生狼藉を重ねる青年水次郎が、托鉢に通って来る僧を厭い顔に火印して追い払う。跡を尋ねるに、山州乙訓郡粟生野の光明寺の釈迦仏に火印の痕あり流血するを見る。水次郎は、「仏法ノ不可思議ナルコトヲ会得シ、立処ニ深ク懺悔ノ心ヲ生ジ」て信心を起こし、後に弥陀次郎と称される。文坡は『山州名跡志』(18)（正徳元年（一七一一）刊）巻一五「宇治郡 西方寺」の項に収める弥陀次郎の伝に、「成長シテ天性頑魯ナリ」とあったのを承けて、「天性頑魯ニシテ文字ヲ知ラザレバ、曾《カツ》テ仏経祖論ヲ看《ミ》ルコトアタハ」ざる者であったとした。やはり知慮を排した所に生ずる一念を捉えようとしたのである。京伝は『桜姫全伝曙草紙』にこの水次郎発心の話を取り入れた。その際新たに、水次郎は鷲尾家の臣であったと設定して桜姫の話との連結を図り、彼の経歴については『山州名跡志』に拠って掲げた。しかしその中に「天性頑魯」のことは触れられていない。代わって、水次郎は「悪行をなすといへども元来無欲にして、名利を貪る心な」き者であったとし、「誠《まことに》是《これ》逆《ぎやく》則《そく》是《ぜ》順《じゆん》の理にたがはず。悪につよき者は又善にもつよしといへる常言《ことわざ》も、此弥陀次郎がたぐひなりかし」と評した。文坡はこの弥陀次郎発心譚から、深い一念の生ずるメカニズムの如きものを読み取ろうとした。一方京伝は、淳直な精神は悪にも善にも移り易しという事柄を引き出した。逆則是順については、『昔話稲妻表紙』（文化三年（一八〇六）刊）の長谷部雲六においても取り上げており、京伝が特に関心を寄せたテーマであった。

逆則是順は、遡って正徳五年（一七一五）から享保四年（一七一九）にかけていわゆる八部の書を著して独特の神道を説いた増穂残口によって論じられていた。但しその観点は京伝と同一ではない。残口は、逆則是順の現象は「誠」なる精神に由来すると見ている。誠とは、全てを神慮に任せて詮索を排する精神であって、故に神への敬仰や男女の情愛の基盤となると考えられている（本書第二部第三章「増穂残口の誠の説――その文学史との接点――」参照）。これはむしろ文坡の理解に近い。残口には、神の本体は陰陽不測であるとしつつ神像を立てて敬仰すべしとの論もある。文坡の思考との近似については、神道思想の流れの中での整理も必要かと思われる。ただ、文坡の方が小説の上での実践という点で、文学の領域へ一歩踏み込んだものであると認める。

以上の如く文坡と京伝との観点の違いを見た上で、人間の内面に対する追究という大きな言葉で敢えて括ってみるならば、文坡の思想家としての動機に支えられての営みと、人間、人生を描く読本という文学との連続が見えてくるように思われる。

ところで文坡の説く、事物の理を窮めることを放棄してひたすら内へ向かって求める態度は、既存の教義や道徳規範を無批判に受け入れて遵守することに繋がる。本論では近世小説史の中に文坡を位置付けようと、人間の捉え方描き方に関わっての進んだ面を強調してきた。思想そのものについての評価は自ずと別の事柄とすべきであろう。

注

（1）中村幸彦「桜姫伝と曙草紙」（『中村幸彦著述集　第六巻』（中央公論社、一九八二年）所収。初出は一九三七年八月）。

（2）『桜姫全伝曙草紙』は、『山東京伝全集　第一六巻』（ぺりかん社、一九九七年）に拠る。

（3）大江文坡の事蹟・思想の全体像については、浅野三平「大江文坡の生涯と思想」（『中世・近世文化と道教　第三巻』（雄山閣、一九九七年）所収。初出は一九六四年二月）、中野三敏「文坡仙癖」（『江戸狂者伝』（中央公論新社、二〇〇七年）所収。初出は一九六五年七月）、湯浅佳子「大江文坡の談義の方法――『成仙玉一口玄談』を中心に――」（『近世小説の研究――啓蒙的文芸の展開――』（汲古書院、二〇一七年）所収。初出は二〇〇一年一月）参照。また坂出祥伸「江戸時代中期の戯作者・大江文坡が唱えた仙教」（『江戸期の道教崇拝者たち――谷口一雲・大江文坡・大神貫道・中山城山・平田篤胤――』（汲古書院、二〇一五年）所収。初出は二〇一〇年三月）には、道教受容のあり方に即して文坡の仙教の成立を論じる。なお、本書次章「大江文坡における思想と文芸」をも参照されたい。

（4）『勧善桜姫伝』は、京都大学附属図書館蔵本に拠る。なお『京都大学蔵大惣本稀書集成　第三巻』（臨川書店、一九九四年）に同本を底本とする翻刻が備わる。

(5) 大高洋司「『優曇華物語』と『曙草紙』の間」（『京伝と馬琴――〈稗史もの〉読本様式の形成――』（翰林書房、二〇一〇年）所収。初出は一九八八年六月）。

(6)『小野小町行状伝』は、国文学研究資料館蔵本に拠る。

(7)『小野小町一代記』は、関西大学図書館中村幸彦文庫蔵本（国文学研究資料館マイクロ資料）に拠る。

(8)『壬生謝天伝』は、京都大学附属図書館蔵本に拠る。

(9)『抜参残夢噺』は、京都大学大学院文学研究科図書館潁原文庫蔵本に拠る。なお『京都大学蔵潁原文庫選集　第六巻』（臨川書店、二〇一八年）に同本を底本として翻刻した（担当田中）。

(10)『春秋社日醮儀』は、刈谷市立中央図書館村上文庫蔵本（国文学研究資料館マイクロ資料）に拠る。

(11) 注3前掲湯浅論文において、この「真一の霊旨」の思想の背景に、禅の法語、道教の書、更にその影響下にある仮名草子、談義本の説が存在していることが跡付けられている。

(12)『北辰妙見菩薩霊応編』は、西尾市岩瀬文庫蔵本（国文学研究資料館マイクロ資料）に拠る。

(13)『荘子絵抄』は、飯倉洋一『「奇談」書を手がかりとする近世中期上方仮名読物史の構築』（科学研究費補助金研究成果報告書、二〇〇七年）所収の影印に拠る。

(14)『成仙玉一口玄談』は、『新日本古典文学大系　田舎荘子・当世下手談義・当世穴さがし』（岩波書店、一九九〇年）に拠る。

(15)『朱子語類』は、『和刻本　朱子語類大全』（中文出版社、一九七三年）に拠り、読み下して掲げた。

(16)『和漢年中修事秘要』は、国立国会図書館蔵本に拠る。

(17)『弥陀次郎発心伝』は、京都府立京都学・歴彩館蔵本に拠る。なお『叢書江戸文庫　仏教説話集成（一）』（国書刊行会、一九九〇年）に同本を底本とする翻刻が備わる。

(18)『山州名跡志』は、『新修京都叢書　第一六巻』（臨川書店、一九九五年）に拠る。

第六章　大江文坡における思想と文芸

一　はじめに――仏教長編説話と「悟り」の論――

大江文坡は、明和（一七六四―七二）初年に仏教長編説話（長編勧化本）を執筆し、その後神道や道教に関する書を続々刊行し、天明（一七八一―八九）頃には独特の仙教を掲げ、仏教、神道、道教などもこれに合致すると説いた(1)。

著作活動の初期に現れる仏教長編説話は、右のような営み全体の中でどのように位置付けられるのであろうか。前章「文学史の中の大江文坡」において、仏教長編説話『勧善桜姫伝』（明和二年（一七六五）刊）、『小野小町行状伝』（同四年刊）に、出口のない憤怒怨恨に陥る人間の様が描かれることを取り上げ、これが、後年の神道や仙教の著作に見える、人は不可思議を感得することで知慮詮索を全て排して深い敬信に入るとする論と連続するとの私見を述べた。文坡は一貫して、一つの思念に入り込んでいく人間の内面に関心を向けていたことが窺えるのである。

本論では、文坡の仏教長編説話のうち前章において十分に検討し得なかった『勧闡《かんせん》風葉篇』、『弥陀次郎発心伝』を取り上げ、後年の仙教関係の著作において述べられる「悟り」の論との関連如何について考察したい。仙教を説くに当たっては、悟りの意義や修行のあり方などが教導的に述べられている。一方仏教長編説話においては、具体的な登場人物に即して悟りに到達するまでの言動が描写されており、ここに文芸的営みとして着目すべき部分を認める。先ず、一部前章の記述と重なる事柄も含まれるが、仙教関係の著作に見られる悟りの論の大要を把握することから始めたい。

二　文坡における悟り

文坡は、儒仏仙神それぞれの教は、表面に見える「相」「名」においては異なるものと映るが、到達すべき理においては一つであり、仙教においてこの理に当たるのが「真一」「真一の霊旨」であるとする。

夫《それ》道は元来一致《ひとつ》にして、相を離れ名を離れて見る則《とき》は、儒道も仏道も仙道も神道も皆ひとつの理なり。我《わが》仙教に於ては、清浄無為真一と号《なづ》け、禅宗にては本来の面目とも無位真人とも主人公とも号けたるは、皆たゞ一心の悟りを開き見性成仏し、或は神仙真人となる当体を指て、真一とも面目とも無位真人、主人公とも称す。仏経にては如来とも仏とも仏心とも仏性ともいふは、皆仙教の真一の事なり。（『成仙玉一口玄談』(2)、天明五年（一七八五）序）

夫《それ》仙教は天竺、震旦、日本三国に於て、天地開闢より自然の妙道にして、人々固有の真一の霊旨なり。

（『烏枢沙摩金剛修仙霊要籙』(3)、天明元年序）

儒教では、『中庸』に説く「性」がこれに該当するという。

儒教に於ても、「惟《これ》精惟《これ》一」といひ、中庸に、「天の命、これを性といふ。性に率《したが》ふ、これを道といふ」と。此性に率ふの率ふは、循《したが》ふと同じ意にて、神仙の教に真一あり、此真一がすなはち中庸にいふ性なり。此性といふは清浄無為の真性仏性真一これなり。

（『和漢年中修事秘要』(4)、天明二年刊）

ここには宋学の「性即理」説の影響が見て取れる。次の、「日輪の真一」（「天地の魂魄」などとも）が即ち「人々の本有清浄の真一」であるとする論は、天地を貫く本源的な一理が人間に賦与されたものが本然の性であるとする「性即理」説と近似する。

この日輪の真一は、天地開闢せざる已前より有て、生ぜず滅せず、一切国土山林田畠河海は変改すれども、此真一は変改する事なく、此真一は天地滅すれども滅する事なく、円なるにあらず方なるにあらず、長きに非ず短きに非ず、内もなく外もなく、増《ます》こともなく減《へる》こともなく、形質《かたち》あるに非ず無《なき》にあらず、動かず静なるに非ず、一切国土を照臨して光明十方に円満し、変ぜず異なる事なき、其色青黄赤白黒を離れ、又此五色を離るゝに非ず、有に非ず無にあらず、常に天を運行《めぐりゆき》て、暫時も間断ある事なし。是即天地の魂魄とも心性とも真一とも称すれども、其名の名づくべきなく、其形の象《かたど》るべきなし。今暫く是をなづけて清浄本然真一の霊性と称《なづ》けたり。当《まさ》に知るべし、人々の本有清浄の真一も、亦復《また〳〵》是《かく》のごときことを。（『成仙玉一口玄談』）

但し宋学では、自己の内面を専一に保ち本然の性へ到達する「居敬」（主観的修養法）と、外界の事物に存する理を追究する「窮理」（客観的修養法）とを統一的に行うことによって人格の陶冶を目指すとしていた。(5) それが文坡の論では、真一の霊旨はひとえに悟りによって得られるものとされている。

夫《それ》神仙の至教は、修煉服食長生不死等を以て極要とするに非ず。唯清浄無為真一の霊旨を大悟する事を極要とするなり。真一とは、仏教にては仏心仏性といひ、禅家にて本来の面目とも主人公ともいふ。儒教にては性といふ、是なり。此真一を大悟《さとれ》ば、直《じき》に仙人とも真人とも神仙ともいふ。(6)（『北辰妙見菩薩霊応編』、天明六年刊）

悟りに到達するためには、「戯場《しばい》の役者が舞台にて狂言をする意持《こゝろもち》」になり、我、執着心を離れるよう修行するのであるという。(7)

修行底《てい》の人は、我を離れ執着心を離るべし。一切世間の事は皆仮の浮世に仮の身にて、何を為《な》す事も皆仮の事なれば、意《こゝろ》を止《とゞ》むべき事もなく、何事も頼むべき常住不変の事もなく、皆生滅の法なりと意得《こゝろへ》るが、修行底の第一なり。　（『成仙玉一口玄談』）

即ち一切を仮のものと観じて、歓楽、愁嘆、恋慕等々への執着から離れることである。

一切皆仮の狂言、一切の作《なす》こと皆仮なりと、我もなく執着もなく、唯《たゞ》舞台を勤て見物に褒美《ほめられ》たり笑はれたりするのみ。晩の果《はて》太鼓に見物の後《あと》や前《さき》に我家に立帰りて見れば、一日の歓楽、愁嘆、恋慕、修羅、闘争、捨身、立身は、皆夢の世の境界。是を以て修行底の用心といふなり。　（『同』）

かくて眼前にある是非邪正曲直など価値の対立を超えて、天地万物と自己とに遍く内在する真一の玄旨（霊旨）を悟るのである。

世の人神仙の真一の玄旨を悟らざれば、各々人我の間《へだて》をなし、是非の争ひをなす。是非邪正曲直は一如なるに、是《かく》の如きの衆論を為す。　（『荘子絵抄』(8)、天明四年刊）

文坡はこのような悟りを得るための修行法として、胎息（坐禅）を説いている。(9) 且つ、次のように、祈願する行為が不可欠であるとも言う。ここでは金毘羅信仰に即して、「其威神力を頼むで願ふて其苦悩を解脱する」、即ち感応を信じて祈願することで眼前の現実へのとらわれがもたらす苦悩から心を解き放つことを説く。そして撞き鐘の譬えを用いながら、強い精神を以て祈願することの必要性を強調している。

己を励し意を剋《こく》して所願を発《おこ》す則《とき》は、弘誓甚深にして相《あひ》応ぜずといふ事なし。衆生其威神力を頼むで願ふて其苦悩を解脱する事は、是を巨鐘《つきがね》を撞《つく》に譬ふ。其大木を以て是を撞《つく》ときは其声遠く響き、小木を以て是を撞《つく》ときは其声近く響く。威神王の慈心は巨鐘の如く、衆生の願力、或は大又は小なるを以て、其霊応感通に不同あり。故に此尊神の霊法を修するに、行ひを立ること金剛の如く、願を起す事鉄石に逾《こ》へ、命を尽して護持し心を厚ふして救済し、霊験を得て神恩を報じ、抜苦を以て衆生を資《たすく》るに非ざれば敢て休歇せじと、勇猛精進の願力を発《をこ》して此霊法を修行すべし。

（『金毘羅神応霊法錄』[10]、天明二年刊）

以上掲げたところから、文坡の教の中心に、本源的なるものを悟るために眼前にある価値の対立を超えるべきである、深い悟りを得るには強い精神を以て祈願すべきである、という思考があったことが見て取れる。では仏教長編説話においては、悟りのことはどのように扱われていたのであろうか。先ず『勧闡風葉篇』に即して検討する。

三　『勧闡風葉篇』における絶望と悟り

『勧闡風葉篇』[11]（明和四年（一七六七）刊）は、平清盛の専横により、小督、祇王、仏御前らがその人生を左右されながら、終に仏道へ赴いたことを描く。全五巻のうち巻三前半までは小督の話、以降は祇王・仏御前らの話となっている。以下専ら祇王・仏御前らの話について検討する。[12] 文坡が主として拠ったのは『源平盛衰記』であり、中でも最も流布したと見られる漢字片仮名交じりの無刊記整版本であったと推定される。[13]

先ず『源平盛衰記』に見られる祇王・仏御前らの話を以下のように要約する。

(1)平清盛の専横が甚だしかった頃のこと、白拍子祇王は清盛に寵愛され、母、妹の祇女と共に栄えた。

(2)白拍子仏御前が清盛の館を訪れ、舞を御覧に入れたいと請う。清盛は、追い返せと言うが、祇王に諫められてこれを許す。

(3)仏が舞を披露すると、清盛は恍惚の態となり、以後自分は仏を寵愛すると言い、祇王を放逐する。

(4)後日仏は、祇王のことを思い遣り、清盛に、時々は祇王を召されるようにと勧める。清盛は得心し、参上せよと、使いを送って命じるが、祇王は返事もせず泣き沈む。清盛はこれを聞いて怒り威嚇する。祇王は激しく悲しむが、母の嘆きを受け入れ、清盛の方へ赴く。

(5)祇王は、清盛の館で差別的な待遇を受け、更に心傷付く。清盛の前で今様を披露し、帰宅して出家。母、祇女も出家する。

(6)仏は、祇王らが出家したことを聞き、彼女たちの悲しみを推量し、世のはかなさを思い知り、自分も出家する。その後四人の尼は共に念仏修行に専心する。

(7)四人の尼はそれぞれ遅速はあったが往生を遂げる。

文坡の『勧闌風葉篇』は、全体の流れとしては『源平盛衰記』に拠りながら、後に(A)(B)(C)として掲げる話を新たに設けて挿入や差し替えを行っている。またほぼ踏襲した話においても表現の増補改変を行っている。以下順に検討する。

(1)〜(5)　清盛を狙った大男の事、祇王の誠心、悲哀

『勧闌風葉篇』では、(1)祇王が平清盛に寵愛されたこと（『源平盛衰記』と同様）の後に、新たに〈(A)清盛が嵯峨へ花見に出た折に、大男が弓で清盛を狙うが失敗し、却って清盛に射殺される話〉が挿入される。

折モコソアレ、何方ヨリ共白羽ノ尖箭《トガリヤ》、浄海ノ袖ヲスツテ向《ムカフ》ナル桜ノ樹ニ一ユリユツテ立タルハ、身ノ毛モヨダツ計《バカリ》ナリ。……余多《アマタ》ノ武士等カシコ此処ト走リ巡リ尋ル処ニ、遁レガタキ狩場ノキヾス、カリ立ラレテ艸叢《クサムラ》ヨリ露出《アラハレイデ》タル大男、……太政入道浄海アタリニアリシ弓ト矢ツガヒ、逐行《ヲイユク》曲者ヲネラヒ澄シテヨツピキヒヤウド切テ放セバ、彼曲者ノ背中ヨリ胴腹ヘグサト徹《トヲツ》テ、其儘ニ息ノ根タヘテ死《シヽ》タリケル。

なおこの事件の持つ意味は後になって明かされる。

続いて文坡は、祇王の仏御前に対する誠心のことを強調しようとする。(2)の、舞の披露を願い出た仏御前を清盛が追い返せと言うのを祇王が諫めた時のことを、『源平盛衰記』では、

祇王入道ニ申ケルハ、「我身モ経《ヘ》候シ道也。……只今ノ仏御前ガ心ノ中推量《ヲシハカラ》レテ糸惜《イトヲシ》ク侍リ。何カ苦《クルシ》カルベキ。見参シテ舞一番御覧ジ侍カシ」トワリナク口説申ケレバ、「左《ト》モ右《カク》モ祇王ガ計《ハカラヒ》」トテ、安部資成《スケナリ》ヲ以テ遙ニ帰リタル仏ヲ召返《メシカヤサ》レテ……

とのみ記すのに対して、『勧闡風葉篇』では、点線部の表現を改め、また傍線部を増補し、祇王が仏に同情して衷心から懇願したことを示そうとする。

祇王平相国ノ前ニ手ヲツキ、「唯今参ラレシ仏トヤランモ妾《ワラハ》兄弟モ同ジ白拍子ニテ侍ベレバ、妾ノ身ニモ覚《ヲボヘ》アルコトニテ侍ルゾヤ。……今ノ仏ノ心ノ中サゾト思ヘバイトヲシ、。何カ苦シカルベキ。見参ノ御許シアツテ舞一手御覧ジツカハサレナバ、妾マデノ悦《ヨロコビ》」ト涙ヲ含ンデ申ケル。……（しかし清盛はこれを拒む。）祇王ハ兎《ト》カウ泣入テ、「仏ノサゾヤ自《ミヅカラ》ヲ恨《ウラミ》給ハン悲《カナシ》サヨ。加様《カヤウ》ニ申ス妾ガ心御聞入ナキ上ハ、今ヨリ舞モ謡《ウタヒ》モセジ」ト、又サメ〲ト泣《ナキ》ケレバ、平相国大ニサワギ給ヒ、「サホドニ思ハヾ、兎モ角モ祇王ノ心ニマカスベシ。ソレ安部ノ資成《スケナリ》、早ク仏ヲ呼モドセ。ハヤク〱」トアリケレバ、

文坡は、続く(3)～(5)では祇王の悲哀のことを強調する。先ず(3)、彼女が突然放逐されることとなった時の様は、『源平盛衰記』では次のように記される。

祇王ハ夢ウツ、弁《ワキマヘ》煩《ワヅラヒ》タリ。泣《ナク》々申ケルハ、「去《サレ》バ人ノ為ニハ能《ヨク》テモ有ナン、悪《アシク》テモ有ベシ。抑《ソモ〱》只今罷出《マカリイデ》侍バ、

片辺《カタヘ》ノ遊《アソビ》者共ガ門前市《イチ》ヲ成《ナシ》テ、サ見ツル事ヨト申サンモ心憂《ウク》侍ルベシ。晩《クレ》ヲ待《マチ》侍ラバヤ」ト申。入道去《サル》ケシカラヌ人ニテ、「イヤ〳〵疾罷出《トクマカリイデ》ヨ。吾出家入道ノ身也。今ヨリ後ハ一筋ニ仏ヲ崇憑《アガメタノ》ムべシ。仏ヲ崇ル程ニテハ、片時モ祇王無《シ》レ詮。急々《イソゲ》」ト使頻《ツカヒシキリ》ニ立ケレバ、

『勧闌風葉篇』では、全体に清盛の理不尽な振る舞いの描写を増補し、また傍線部を加えて、祇王の嘆きの深さを際立たせる。

祇王ハ夢幻《ユメウツヽ》トモワカズ、「今ハ力及《ヲヨバ》ヌコトナガラ、人ノ為ニ能《ヨク》セシコト、我身ノアタトナルコトハ、何《イカ》ナル仏神ノ咎《トガメ》ゾヤ。……」……イトヾ悲サツラサ、母ヤ妹ガナゲカンコト、人々ノ笑ンコト、我身一ツニカキクレテ、羽ヲモガレタル鳥ヨリモ、立端《タチバ》ヲワカズ泣沈ム。入道声アラ、ゲテ、「何故罷出去《マカリイデサラ》ザル。早々《ハヤク》」ト有ケレバ、祇王今ハ所為《センカタ》ナク、涙ナガラニ立上リシガ、立帰リ、「揣《トテ》モ此上ノ御慈悲ニ、セメテ日ノ暮マデ置テタベ。……」ト手ヲ合セ悲嘆ノ涙ニクレケレバ、入道大ニ怒宣《イカリノタマ》ヒ、「イヤ〳〵日暮ノコトハサテ置《ヲキ》ヌ。暫《シバシ》モ爰《コヽ》ニ叶ハヌ也。早速《ハヤク》出ヨ」ト下知アレバ、……（仏が取りなそうとするが、）入道サラニ聞入ズ、「我出家ノ癖トシテ仏ヲ念ジカツテハ、祇王モ冥王モ我ハ念ゼズ。今ヨリハ唯《タヾ》一筋ニ仏ヲ崇憑《タツトミタノム》べシ。南無仏《ホトケ》大明神、コナタヘキタレ」ト手ヲ引テ、「祇王ハ早ク疾《トク》出ヨ。仏ヲ信ズル上カラハ、祇王モ耆婆《ギバ》モ入用ナシ。……」ト云捨テ帳台ノ内ヘ入給ヘバ、祇王ハ目クレ心キヘ、立テハ泣《ナキ》居テハ泣《ナキ》、正体モナク見ヘケレバ、

続く(4)、祇王が清盛によって強引に召されようとする時の母の嘆きを、『源平盛衰記』では次のように記す。

母ノ閉《トヂ》泣々教訓シケルハ、「西八条殿ハ世ニモ腹悪《アシキ》人ニテ、思ヒ立給事ハ横紙ヲヤブラル、ゾカシ。一天四海上臈モ下臈モ、誰カ其命ヲ背《ソムク》。況ヤ加様ノ身トシテ一夜ノ契リトテモオロカナルベキガ、年来有難《アリガタク》世ヲ過シツルマカナヒモ、偏《ヒトヘ》ニ入道殿ノ御恩也。サレバ日来《ゴロ》ノ情《ナサケ》ヲ思ニモ参ルベシ。後ノ難モ恐シケレバ参ルベシ。サラバ老

タル親ニ憂目見セ給フナ。入道殿ノ御心トシテハ、女ナレバトテ、ヨモ所ニハ置給ハジ。早出立給へ」トテ、使《ツカヒ》ニハ「急参《ギマイル》ベシ」ト母ゾ返事ハ申ケル。

『勧闌風葉篇』ではこれを大幅に増補し（傍線部）、母が祇王に深く同情して共に悲哀に沈み、しかし一方で清盛からの使いに責められて切迫していくことを描いた。

母ノ刀自ハ泣々モ祇王ガ背撫《セナナデ》テ、「道理トモ理トモ。親ノ身デコレガマア何トアキラメ居ラレフゾ。去《サリ》ナガラ西八条殿ハ世ニモ聞《キコ》ヘシ横紙ヤブリ。……殊ニ今マデ我々ガ歓楽ニ世ヲ過《スゴ》セシモ入道殿ノ御恩ニアラズヤ。悲《カナシ》ヒハ理《コトハリ》ナガラ、母ガ為ニナル事ゾヤ。早出立テタべ。是《コレ》祇王ヨ」……祇王ハ何トイラヘサへ、唯死《タヾシス》ベキト定《サダメ》シモ、母ヤ妹ガ嘆《ナゲキ》ニ引《ヒカ》サレ、只返答モ泣《ナク》バカリ。母ハ心ノヤルカタナサ、使《ツカヒ》ノ前ニ立出テ、「祇王只今参《マイル》ベシ。暫《シバラク》待《マタ》セ給ヘヤ」ト、又内ニ入リ祇王ヲス、メ手ヲ合セ、「母ガ頼《タノミ》ジヤ。是《コレ》祇王、無念ヲコラヘテ早フ行テタモ。遅ナハラバ入道殿ヨモ其儘《ソノマヽ》ニ置給ベキヤ。軽《カルフ》テ都ヲ追立ラレ、親子諸共路頭ニ立《タチ》袖乞乞食ノ身ト成ナン。重《ヲモク》ハ親子ノ命ガ有マジ。是祇王、聞分テ早フ行キヤ。是妹、御使へ早参ルト申上ヨ」ト、アチラヲナダメ此方《コナタ》ヲイサメ、千々ニ心ヲクダキケリ。

また(5)、祇王が参上した清盛館で冷遇されることを、『源平盛衰記』では次のように書く。

入道ハ仏ヲソバニ居《スヘ》テ、人々ト酒宴シテ御座《ヲハシ》ケリ。祇王祇女ヲバ一長押《ナゲシ》落タル広廂《ヒロヒサシ》ニスへラレタリ。仏ハ打ウツフキテ目モ見上《アゲ》ズ。祇王ハ、寵愛コソキハマラメ、居所《イドコロ》ヲサへサゲラル、心ウサニ、打シメリテゾ候ケル。

『勧闌風葉篇』では点線部を改め、更に傍線部を加えて、祇王が自らの凋落を思い知らされたことを描く。

斯《カク》テ六波羅ノ御殿ニハ、仏ヲソバニ居置《スヘヲキ》テ、入道浄海侍女共ニ酌トラセ酒宴シテ居ラレケル。灯台ノ光カ、ヤキ渡リ、昼ヨリマバユキ御殿ノ有様、祇王祇女ハ此日頃住馴《スミナレ》シ処《トコロ》ナレ共、今ハ早《ハヤ》心ヲクレ涙ナガラニシヅ〳〵立出《タチイヅ》レバ、源太夫判官両人ヲ制シテ、一長押《ナゲシ》落タル広廂《ヒロヒサシ》ニ居《スヱ》タリケリ。仏ハ打ウツムキテ顔モ上《アゲ》ズ。祇王祇女ハイトヾナヲ、寵愛コソ捨ラレメ、居所《スヱドコロ》サヘ下《サゲ》ラル、カト思ヘバ、胸マデセグリクル涙ヲ呑デ指《サシ》ウツムク。

こちらの方が、祇王の心にとってより苛酷である。かくて祇王は出家を決意する。以上掲げたところから、文坡は祇王の、栄華から突然凋落へと転ずる局面での悲哀と絶望の様をより強調して描くことを意図したと窺える。

(6)(7)　仏の宿意と出家、本願超世ノ念仏、発心

(6)は仏御前の出家譚である。『源平盛衰記』では、仏は祇王らが出家したと聞き、その悲しみを推量し、また世のはかなさを思い知り、自らも出家を決意したとする。

仏是ヲ聞、「心憂ヤ。サシモ盛《サカリ》ノ人々ノ花ノ袂ヲ脱替テ墨染ノ袖ニヤツレケン事ノ悲《カナシ》サヨ。吾《ワレ》故角《カク》成ヌレバ、思ヒ嘆《ナゲキ》ハ吾身《ワガ》ニコソハ積ルラメ。移レバ替《カハル》世ノ習《ナラヒ》。吾身トテモ憑《タノミ》ナシ。縦《タトヒ》偕老ノ幸《サイハヒ》ナリトテモ、アダニ墓《ハカ》ナキ世ノ中ハ、兎テモ角テモ有ヌベシ。哀《アハレ》人々ノ住居《スマイ》タラン所ヲ聞出《キヽイダシ》テ同《ヲナジ》道ニモ入《イラ》バヤ」トゾ思ケル。

『勧闡風葉篇』では、この部分を、新たに〈(B)仏が清盛を暗殺しようとして遂げられず、出家する話〉に置き換える。ある宵のこと、仏は、熟睡する清盛を、隠し持っていた懐剣で殺害しようとするが、清盛の臣源太夫判官季定に抑えられる。そしてその懐剣から、二人が父娘であったことが判明する。仏は季定に事情を明かす――「自分の夫近藤太郎景光は、桜町中納言成範卿に仕えていた。成範卿は、娘の小督が清盛によって無理に出家させられ追放されたことで心に大きな傷を受けた。よって景光は成範卿の無念を晴らそうと、清盛が嵯峨へ花見に出た折に狙ったが失敗し、却って清盛に射殺された（即ち前掲(A)の話）。悲しさ辛さ遣る方なく、夫の怨敵に色を以て近寄り報復しようと決意したのであった」と。そして、どうか見許してほしいと懇願するが、季定は「主君の清盛を娘に討たせたのでは、

自分は不忠になる」と言って受け入れない。仏は行き詰まる。そして出家を決意する。

仏大ニ涙ヲ流シ、「……扨モカヽル事ニテ有ナラバ、祇王祇女ノ寵愛ヲサマタゲ、人ノ情《ナサケ》ヲ受ナガラ、気ヅヨクモ人ヲ退ケ我ハ留リ、貞女ノ操ヲ汚シテ入道殿ニ身ヲ任セ、咲中偸《シヤウチウヒソカ》ニ人ヲ鋭刺《トキ》ヌル刀ヲ蔵《カク》シ、本意ヲ達スルコトカハ。却テ操ヲ汚シ、アマツサヘ祇王祇女ノサシモ盛《サカリ》ノ人々ノ花ノ袂ヲ脱カヘテ墨染ノ袖ニヤツレケン事ノ悲《カナシ》サヨ。吾《ワレ》故角《カク》成ヌレバ、思ヒ嘆ハ吾《ワガ》身ニコソハ積ルラメ。此幸《サイワヒ》ノ善知識。哀《アハレ》此人々ノ住居《スマイ》タラン所ヲ聞出《キヽイダ》シテ同ジ道ニモ入《イラ》バヤ」ト云ケレバ、

報仇に執して貞操を汚し、情を受けたその人たちを深く傷付けてしまった。先の⑵で、祇王が仏に誠心を示したことを強調して描いていた意味はここにあった。かくて彼女は自分の陥っていた迷いの深さを思い知ることで深い悟りへと赴くことになると言いたいのである。

『勧闡風葉篇』ではこの後、⑺に入る前に、源氏の挙兵、清盛の死没、平氏一族滅亡の事を記し、〈Ⓒ平経正らの霊が虚無僧と化して四人の尼を訪問する話〉を挿入した。即ち、四人の尼が共に修行する庵に虚無僧たちが訪ね来て、成仏得脱の要路を教えてほしいと請い、尼たちは、源空上人より教えられた本願超世ノ念仏のことを語る。

「夫《ソレ》本有ノ仏性ハ三世不可得ニシテ、善悪邪正ニ拘《カヽワ》ラズ、是非得失ノ間ヲ超テ、有ニアラズ無ニアラズ、中道ヲ離《ハナレ》テ諸法実相ナレバ、煩悩スナハチ菩提、生死スナハチ涅槃《ネハン》ナリ。……此迷流ヲカヘシ其本源ニ至ランニ修行サマ〴〵多シトイヘドモ、勝《スグ》レテ易《ヤス》キハ唯《タヾ》阿弥陀仏ノ本願超世ノ念仏ニ勝《マサ》ルハナシ。……縦《タト》ヒ他法ノ修行者ニテモ、此名号ヲ唱ヘヌレバ、宗我ヲ離レ神妙ヲ得テ、万善ノ妙体ハ名号ニ即シ、恒沙《コウシヤ》ノ功徳ハ口称ノ一行ニ備フル物ヲト、深《フカク》信ジ声ニ付テ決定《ケツジヤウ》往生ノ思ヒ増進シ給フベシ。其決定心ニヨリテコソ、往生ノ業ハ定ルナレ。然《シカル》上ハ万法ヒロシト雖ドモ一法ニ帰スルノイワレ、一又一ニアラザルヲ知《シレ》バ、自他ノ差相ヲ忘却シ日用安穏ニナリヌ。

但《タヾシ》コレハ悟解《ゴゲ》ヲ帯《ヲブ》ルノ修行者ナランカ。サナキトテモ本願ノ不思議、一文不通ノ頑魯ノ者、偏《ヒタス》ラ念仏ヲ信ジ申スレバ、自《ヲノヅカ》ラ仏ノ御手ニ摂取セラレテ、二世安楽ヲ得ルゾカシ。……」

虚無僧たちは一同に念仏し、自分たちは滅亡した平氏の一門経正、忠度、敦盛、知盛であると明かし、忽然と姿を消す。ここに「本有ノ仏性」に関して言うところは、第二節に掲げた仙教関係の著作中に、「真一の霊旨」は仏教にいう「仏心」「仏性」などに該当するとし、それは是非邪正曲直を超えて悟るべきものであると述べていたのと合致する。そしてここで、その「本有ノ仏性」を悟るために本願超世ノ念仏に専心せよと言い、「深《フカク》信ジ声ニ付テ決定《ケツジヤウ》往生ノ思ヒ増進シ給フベシ」、強く祈ることが必要であるとするのも、先に見た論と重なる。なお引用末尾の「悟解《ゴゲ》ヲ帯《ヲブ》ルノ修行者」と「一文不通ノ頑魯ノ者」とを挙げて論ずる部分については後に触れる。

(7)、『源平盛衰記』では、四人の尼は行業を重ねた末に「遅速コソ有ケレ共」それぞれ往生したとする。『勧闡風葉篇』では、四人の尼は、文治五年（一一八九）二月一五日に「一同ニ寂滅ヲ取ニケル」とし、次のように一編を結ぶ。

時ニ後白川法皇此由ヲ叡聞マシ〳〵テ、「祇王祇女仏刀自四人ノ尼、今斯《カヽ》ル往生ヲ遂《トゲ》シモ、一旦ノ嘆《ナゲキ》ニ依テ憂世ヲ恨ミ人ヲカコチ、忽ニ発心シ仏道ニ入シ故也。……是誠ニ有難キ仏縁也」ト、法皇自《ミヅカラ》宸筆ヲ以テ四人ノ尼ノ法号ヲ過去帳ニ書写シ、御廻向マシマシケル。是ゾ煩悩即菩提ノ縁由ナル者哉。

嘆き恨みかこち、その深い迷いから発心へと向かう人の心の動きを捉えようとしたのであった。

文坡は、祇王、仏の挫折を殊に取り上げそれを苛酷なものとして描き出した。本作は、深い絶望の中に置かれることで、是非得失に縛られたこの世の頼み難さを感得し、そこから強い精神を以て修行することで深い悟りが得られるという認識を、人物の言動を通じて表そうと意図したものであったと考えられる。ところで先の引用において、「悟《ゴ》解《ゲ》ヲ帯《ヲブ》ルノ修行者」、既に悟りの道に方向付けられている人は当然ながら本願超世ノ念仏の修行を行い得るが、「一文不通ノ頑魯ノ者」であっても「偏《ヒタス》ラ念仏ヲ信ジ申スレバ」悟りに到達できるとしていた。このことを中心に据えた作が『弥陀次郎発心伝』であった。

四　『弥陀次郎発心伝』――「大真玄真」への到達――

文坡は『弥陀次郎発心伝』[14]（明和二年（一七六五）刊）において、若年時に剛悪の限りを尽くした水次郎（後の弥陀次郎）が終に深い悟りに到達する様を描く。赤羅洞摩訶真人の序に次のように言う。

> 弥陀次郎の行蔵、之を大真玄真に譬ふるときは、則ち摩尼宝珠の比類《タグヒ》也。其五色に方に随ひて各々現ずるや、人徒に其五色に於て相映ずるを見て、此の摩尼の清浄にして未だ始より五色の為に染せられざることを知らず。臥仙子文坡廼ち其相映の跡を按じ、各応の余を拾て、之を目して発心伝と曰ふ。（原漢文）

この「大真玄真」とは、第二節に前掲した論に言う「真一の霊旨」に当たる。臥仙子文坡はここで、弥陀次郎の実際に見て取れる行状（其五色に於て相映ずる）の内奥に摩尼宝珠の如き清浄なる本源が存することを描き出そうとしたというのである。

弥陀次郎の生き様が具体的に記されるのは、全五巻のうち巻四の後半からであり、それまでは全て彼の父母に関わる話である。――越後国三島郡乙寺の僧は、後に紀貞次なる人物に転生する。一方、かつて二匹の猿が木皮を持参しこの僧に写経を願うが遂げられずして死し、後に紀躬高《みたか》（越後国太守）夫婦に転生して僧に対面、更に淀の長者浮田宣成夫婦に転生する。紀貞次は、宣成夫婦の娘花園と結婚し、浮田家を継承する。貞次・花園は鞍馬寺で老僧から、一途に弥陀の名号を唱えよと教えられ、長谷寺で天女から「汝等両人ハコレ凡人ニアラズ。仮ニ凡身トナツテ末世ノ衆生ヲ済度センタメニアラズヤ」と告げられ、一子水次郎を授かる。花園はその後忽然と館を出て当麻寺の大曼荼羅の修補を成し遂げ、貞次も遍歴の僧となる。夫婦共に前身において仏縁に繋がれており、本来仏心備わる人々であったことを言おうとしている。水次郎はこのような両人の子として生まれるのである。

乙寺の僧 → 紀（浮田）貞次
両猿→紀躬高夫婦→浮田宣成夫婦…娘花園
（貞次＝花園）──水次郎

続いて水次郎の生い立ちと発心に至る過程を描くに当たって、一二世紀後半の動乱のことが詳細に記されるが、これは作者によって意識的になされたものであったと解される。恰も貞次が出塵の念を起こしていた時、三井寺の行尊大僧正が訪れ、乱を避けて館を出るよう勧めるが、

「我ツラ〳〵世ノ運気ヲ考ルニ、来歳丙子ニアタリテ一天下大ニ乱レ、兵革絶ズ四夷蜂起シ、君君タラズ臣臣タラズ、父子兄弟ノ礼ヲ背キ、家ヲ失ヒ身ヲ滅ス。……汝コノ時ニ当テ此館ニ居住セバ、心ノマヽニ弥陀号ヲ唱フルコトアタハズ。且又氏族ノ義ニ依テ永ク戦場ノ幽鬼トナラン。必ズ此年ヲ限リ、此館ヲ辞去《ジシサル》ベシ。」

一方で一二歳の水次郎を見て驚き、告げる。

「コレ大乗ノ根気アリ。末世ノ衆生ヲ済度スルコト、極メテ無量ナラン。彼ガ人相ヲ見ルニ、刃傷災害ノ相ナシ。コノ館ニ残シ置トモ何ノ害カアラン。コノ館ニ留マリ住セバ、却テ彼ガ壮年ニ有縁ノ知識ニ逢ハン。」

かくて水次郎は、館に残されて敢えて乱の中に身を置くことになる。

父の出家により水次郎が浮田家を継いだ保元元年（一一五六）、保元の乱が起こり世が荒廃する。

都ノ町小路ヨリ鳳闕宮門殿楼マデ忽チニ修羅闘争ノ途トナリ、喚叫《ヲメキサケ》ブ音洛外ニ響キ、泣悲ム音ハ洛中ニ喧《カマビス》シ。コレヤ叫喚大叫喚ノ地獄カ。火焔天ヲ焦ガシ黒煙地ヲ廻《メグ》ツテ咽《ムセ》ビ叫ブ有サマハ、焦熱大焦熱ノ苦モカクヤト、見ル人聞ク人身ノ毛ヲ竪《タツ》テ怖レヌ。

敗死した源為義の妻女が浮田家に四人の子を匿ってほしいと嘆願に来るが、結局朝廷の命によって子は斬られ、妻女は桂川に入水するという悲話も語られる。平治の乱が起こった平治元年（一一五九）に一七歳となった水次郎は、頑魯にして狼藉が止まず、悪次郎と呼ばれて疎まれた。

成長ニ従ヒ天性頑魯ニシテ、唯日夜殺生ヲコノミ、近村隣里ニ出テ狼藉シ、内ニアツテハ奴婢僕従ヲ憐レマズ、悪行日々ニ増上セシカバ、……タヾ佞姦邪智ノモノヲ朋友トシ、諸所ニ出テ狼藉シ人民ヲ切害ス。然レドモ人、カレガ力量アツテ殊ニ弓矢打物ニ妙ヲ得タルヲ以テ、アヘテ敵対セズ、タヾ疫病神ノ如クヲソレ怖《ヲノヽイ》テケレバ、村民コノ水次郎ガ名ヲ悪次郎トゾ称シケリ。

都の戦に乗じて凶賊が起こり、その張本二人が源義朝の臣下に扮して水次郎を訪れ、「コレマツタク（義朝公が）貴殿ノ武勇ヲ聞伝ヘタモフ故ナリ。コン度貴殿一戦ノ功ヲ尽サバ、恩賞アニ軽カランヤ。早ク加勢セラルベシ」と述べる。水次郎は悦喜し、早速都さして上る。その隙に凶賊は彼の館に侵入し家財金銀を全て奪って火を掛ける。

折節烈風ハゲシク吹テ、サシモ広大ニ建連《タテツラネ》タル浮田悪次郎ガ大館、一軒モ残ラズ焼亡シ、一時ニ寒灰トゾナリニケル。……誠ニ此浮田ノ家ハ代々慈悲ヲ以テ人民ヲ憐ミ撫育セシカバ、人ミナ慈悲長者ト称セシニ、此水次郎ガ代ニナツテ、悪行ヲナシ人民ヲ憐愍セズ、已ニ悪次郎ト称号セシガ、今日ハカラズモ己ガ武勇ニホコルヲ以テ凶賊ノ手段ニ乗ラレ、家ヲ亡ボシ財ヲ滅却ス。

水次郎は戦に出たものの平氏の軍に厳しく攻められ、辛うじて一人で逃げ帰る。彼は武勇を以て自ら誇っていたが、その武勇故に身の破滅を招いた。そしてここからその転落の様が極めて苛酷なものとして描かれる。

カクテ悪次郎淀へ其夜ノ丑ノ刻スギニ漸々ニカヘリ、我館ニ来テ見レバ、コハ如何ニ、大館ノコラズ灰燼トナツテ更ニ身ヲ入ルベキ処ナシ。コハ夢カ幻カ、如何セント、茫然トシテ両眼ニ血ノ涙ヲウカベ、馬上ニアツテ男泣ニゾ泣ニケル。頃ハ十二月二十七日ノ夜半スギ、雪ハ散メク、風ハハゲシク吹ヌ。終日ノ労《ツカ》レ出テ、心身トモニモダヘ苦シク、馬上ヨリ大地ヘコロビヲチ哭《ナゲ》キ叫ビケレドモ、「平生ノ悪行ユヘカヽル憂目ハスルゾ。ヨキ様カナ」ト、近隣ノ村民コレヲキケドモ、誰一人出テ介保シテヤルモノモナク、唯ニ悶ヘ苦ンデ大地ヲ転ビメグリ泣叫ビケルガ、漸ニ東方シロク明渡リヌ。

暫くは残った山林田畠を元手に生活したが、翌永暦元年（一一六〇）、先に凶賊に賺されて合戦した廉で「家ヲ没収セラレ、山林田畠ヲコトゴトク取上ラレ、命バカリヲ助ケラレヌ」という態となり、漁者となって辛うじて暮らす。かくて水次郎は、武勇も富も絶対のものではなかったことを思い知らされることになる。

誠ヤ、行水《ユクミヅ》ノ流ト人ノ身ノナリユキハ計リガタシ。昨日ハ大館ニ枕ヲ高シ、栄花ノ夢ニ己ヲタカブリ、朝夕珍饌珍味ヲナヲタラズトシ、今日ハ茅屋ニ膝ヲ屈シテ、朝夕ノ麁食疎飲モナヲ飽ガタシ。

それでも水次郎は狼藉をやめなかった。かかる時に一人の托鉢僧が水次郎の門に通うようになり、彼はこれを憎んで僧の顔に火印を当てるが、僧は自若として去る。怪しんで跡を尋ね、山州乙訓郡粟生野の光明寺の霊尊釈迦牟尼仏が結縁のために化して訪れたのであったと知り、強く打たれて懺悔の心を生ずる。

コヽニ於テサシモ剛悪無慚《ムザン》ナル悪次郎、忽チ仏法ノ不可思議ナルコトヲ会得シ、立処ニ深ク懺悔ノ心ヲ生ジテ、仏前ニ敬礼《ケウライ》シ、ソノ悪行ヲ恐レカナシンデ、ナク〳〵家路ニカヘリケル。

更にその夜の霊夢の告げによって、淀川の水中より紫金の弥陀如来像を得る。

次に安元三年（一一七七）四月二八日の京都大火のことが記される。続けて記されるが、先の平治・永暦の出来事から一七、八年が経過している(15)。

其ノ中ノ人、アルヒハ煙ニムセビテ倒レ伏シ、或ハ炎ニマクレテ忽チニ死ス。或ハ又ワヅカニ身一ツ退《ノキ》タルハ、資材ヲ取リ出ルニ及バズ、七珍万宝サナガラ灰燼トナリニキ。男女死スルモノ数千人、馬牛ノタグヒ数ヲシラズトカヤ。

続いて治承四年（一一八〇）四月二九日、洛中で起こった「大ナル飇風《ツジカゼ》」のことを記す。

大ナル家モ小キ家モノコラズ吹破ラレ、棟ヲ吹上ゲ瓦ヲ飛セ、梁柱バカリ残ルモアリ。門ヲ吹キハナチテ四五町ガホドニヲキ、垣ヲ吹ハラフテ隣家トヒトツニナシ、……家ノ損亡スル計リカ、人コト〳〵クコレガ為ニ打殺サル。

更に同年六月、福原遷都により京都はますます荒廃したとする。

帝ヲ始メタテマツリ大臣公卿悉ク移リ玉ヘバ、世ニ仕官セルホドノ人タレカ一人故郷ニ残ラン。……サレバ都ニ軒ヲ連ネシ人家次第ニ荒行テ、家ハコボタレテ淀河ニ浮ビ、地ハ目ノ前ニ畠トナル。

そしてこれに続けて言う。

コ、ニ於テ悪次郎、コノ世ノサマヲ観ジ、厭欣ノ思ヒ決定シ、菩提心頻ニ催シテ、ツイニ殺生ノ作業ヲ止メテ出要ノ修行専至ナリ。慈悲心大ニ起ツテ孤独ヲアワレミ、己ガ朝夕ノ飲食ヲ分チ施シケレバ、世人大ニ観ヲ新《アラタ》メテ、悪次郎ト云シヲ改メテ、善者弥陀次郎トゾ称シケル。時ニ弥陀次郎年三十八歳ナリ。

一七、八歳の時、挫折を経験し、光明寺の霊尊の導きを受けて懺悔の心を起こし、紫金の弥陀如来像を得ることがあったが、更に人の営みの頼み難さを感得する経験を重ねることで、この世の様を観じ、発心に至ったということを示そうとしているのである。

弥陀次郎は宇治西方寺の常照阿闍梨に、「我天性頑魯ニシテ文字ヲ知ラザレバ、曾《カツ》テ仏経祖論ヲ看《ミ》ルコトアタハズ。如何セン、後生善所ニ到ルコトノカタキコトヲ。憐レ貴僧我為ニ一言ノ示シ玉ヘ」と請い、阿闍梨は、「弥陀如来ノ超世ノ本願、他力ノ念仏ニシクコトナシ」と教える。前掲『勧闡風葉篇』の四人の尼が説いた「本願超世ノ念仏」のことである。そこでの四人の尼の言葉において、「悟《ゴ》解《ゲ》ヲ帯《ヲブ》ルノ修行者」と「一文不通ノ頑魯ノ者」とを挙げて論じていた。弥陀次郎の両親（浮田貞次・花園）は前者、元来悟りへと方向付けられた人であり、本作の前半部は、かかる人が定められた道を進むが如く発心へと至る様を描く。天性頑魯の弥陀次郎は、それと対比されるかのように置かれる。しかし実は、前身から仏縁に繋がれた夫婦の子として「大乗ノ根気」を具有していた。彼は頑魯であるが故に、我執にとらわれ、絶望の淵に陥り、この世の様を観ずる経験を重ねることで終に深い悟りへと到達する。序文に即して言えば、弥陀次郎が自身の中に備わる摩尼宝珠の如き「大真玄真」を如何にして磨き上げ明らかにしたかを記したということになるであろう。

仏教長編説話は思想の書であると共に文芸的要素をも備える。悟りとは何かということを説くという、思想的な面から言えば、検討した両作品に述べられた所は、文坡にとっては一つの通過点であり、最終的には仙教に即した悟りの論へと収斂していったということになる。但し、人が悟りを求めそこへ到達するまでの過程において心の中に何が起こるかについての追究は、構成、人物の言動・内面の描写など小説的要素を備える仏教長編説話においてこそ深められたと考えられるのである。

注

（1）大江文坡の事蹟・思想の全体像については、浅野三平「大江文坡の生涯と思想」（『中世・近世文化と道教 第三巻』（雄山閣、一九九七年）所収。初出は一九六四年二月）、中野三敏「文坡仙癖」（『江戸狂者伝』（中央公論新社、二〇〇七年）所収。初出は一九六五年七月）、湯浅佳子「大江文坡の談義の方法――『成仙玉一口玄談』を中心に――」（『近世小説の研究――啓蒙的文芸の展開――』（汲古書院、二〇一七年）所収。初出は二〇〇一年一月）参照。また坂出祥伸「江戸時代中期の戯作者・大江文坡が唱えた仙教」（『江戸期の道教崇拝者たち――谷口一雲・大江文坡・大神貫道・中山城山・平田篤胤――』（汲古書院、二〇一五年）所収。初出は二〇一〇年三月）には、道教受容のあり方に即して文坡の仙教の成立を論じる。なお、本書前章「文学史の中の大江文坡」をも参照されたい。

（2）『成仙玉一口玄談』は、『新日本古典文学大系 田舎荘子・当世下手談義・当世穴さがし』（岩波書店、一九九〇年）に拠る。

（3）『烏枢沙摩金剛修仙霊要籙』は、著者架蔵本に拠る。

（4）『和漢年中修事秘要』は、国立国会図書館蔵本に拠る。

（5）例えば『朱子語類』巻九に次のように述べる（『和刻本 朱子語類大全』（中文出版社、一九七三年）に拠り、読み下して掲げる）。「学者の工夫は、唯居敬、窮理の二事に在り。此二事は互に相発す。窮理を能くすれば、則ち居敬の工夫は日に益々進み、居敬を能くすれば、則ち窮理の工夫は日に益々密なり。……（居敬と窮理は）其実、只是《ただ》一事なり。」

（6）『北辰妙見菩薩霊応編』は、西尾市岩瀬文庫蔵本（国文学研究資料館マイクロ資料）に拠る。

（7）ここで掲げた、「真一の霊旨」を日輪に例える言説、悟りに到達するには芝居の役者の心にて修行すべしとの言説などについて、注1前掲湯浅論文には、禅の法語、道教の書、更にその影響下にある仮名草子、談義本の説との関係が指摘されている。

（8）『荘子絵抄』は、飯倉洋一『「奇談」書を手がかりとする近世中期上方仮名読物史の構築』（科学研究費補助金研究成果報告書、二〇〇七年）所収の影印に拠る。

（9）注1前掲坂出論文参照。

（10）『金毘羅神応霊法籙』は、豊橋市中央図書館羽田八幡宮文庫蔵本による。

（11）『勧闡風葉篇』は、京都大学附属図書館蔵本に拠る。なお『京都大学蔵大惣本稀書集成　第三巻』（臨川書店、一九九四年）に同本を底本とする翻刻が備わる。

（12）冒頭に語られる金毛十尾の狐をめぐる話なども含め、全体にわたる作品論が今後必要になる。なお小督の話に現れる主夜神については、西田耕三「文坡と主夜神」（『人は万物の霊――日本近世文学の条件――』（森話社、二〇〇七年）所収。初出は一九八九年八月）、同「主夜神と黒本尊――黒裳束ニ頭巾ヲ着セシ大男――」（『日本文学』四三―三、一九九四年三月）に検討が備わる。

（13）『源平盛衰記』は、早稲田大学図書館伊地知鐵男文庫蔵本（同館古典籍総合データベース）に拠る。

（14）『弥陀次郎発心伝』は、京都府立京都学・歴彩館蔵本に拠る。なお『叢書江戸文庫　仏教説話集成（一）』（国書刊行会、一九九〇年）に同本を底本とする翻刻が備わる。同書解題（西田耕三執筆）に、序者赤羅洞摩訶真人について、これが文坡自身である可能性を指摘するのは妥当な推定。即ち『勧闡風葉篇』の序を参照するに、「赤蘿洞摩訶真人題」と署し、併せて「江匡弼印」の印を刻している。

（15）文坡は弥陀次郎の行跡を記すにあたり、『山州名跡志』（正徳元年（一七一一）刊）巻一五「宇治郡　西方寺」の記事に拠ったことが知られているが、凶賊に賺されて戦に出たことは創作か。またここからは『方丈記』に拠って三つの災難とそれによる都の荒廃の様を列記している。

第三部　後期読本の表現様式

第一章　因果応報

――長編小説に内在する理念――

一　因果応報と近世小説

近世の文学史において、〟因果応報〟を最も大きく扱った作者は曲亭馬琴であろう。その作『新《しん》累《かさね》解脱物語』[1]（文化四年（一八〇七）刊）の友石主人序に言う所が、その端的な定義に当たる。

予嘗聞二仏氏言一。一切生法、如二植レ栗得レ栗、植レ豆得一レ豆。是因レ心成レ体。有レ華則有レ果。如二谷応一レ声。語雄而響亦励矣。

即ち世の中の万事、原因とそれに相応する結果という関係を以て生ずることをいう。勿論この概念は仏教史において古来細密な議論を経て来たものであるが、文学における扱われ方を論ずるに当たって、先ずは、人間の心・行為のあり方が〈因〉となり後に相応の事態が〈果〉としてもたらされるの謂いと解しておいてよかろう。本論では、馬琴その他の後期読本作者たちが作中に〟因果応報〟を取り上げることで何を意図したかについて考察したい。

〟因果応報〟は万事に例外なく作用するはずであり、また仮に例外が現れればそれなりの理由説明が必要となる。このことから人が因果応報の語を聞いて先ず連想するのは、これが超越的理法として上から一方的に人間を制御支配する様であろう。しかし近世の文学作品では早い段階から、言わば人間の側に主体を置いて〝因果応報〟を扱う方法が見出されていた。いま一旦読本から大きく遡って西鶴『本朝二十不孝』(2)（貞享三年（一六八六）刊）巻二の二「旅行の暮《くれ》の僧にて候」を挙げる。九歳の少女小吟は、家に休養させた旅の僧が小判を所持していることに気付き、父親を唆してこの僧を殺して金を奪わせる。後に武家に奉公し、主人に戯れを仕掛けて我がものとするが、奥方が夫を諌めて阻止したのを恨み、彼女を殺害して逃亡する。親が代わりに捕らえられ、小吟が自首しないため処刑される。小吟はその翌日姿を現し、結局処刑されるという話である。この父親が処刑されたのは、彼が僧を殺害してから七年目の同じ「霜月十八日」であったとして、因果の所在を表す。しかし実際読者に伝わってくるのは、因果の超越的な理法が人間を縛ることよりも、小吟が九歳にして小判を見て心を動かし、後に傍若無人なる強悪さを顕わにしていく様、父親が娘に容易に教唆されて悪事を犯すが、刑に就く際にはこれを当然の報いと受けとめて悔悛観念する様の描写から浮かび上がってくる人心の問題の方である。読者は人の心ざまを辿りつつ読んだ上で、「かかる報いや暗合の背後にはやはり特定の力が働いていたのではないか」という緩やかな感慨を得て終わる。

このような〝因果応報〟の扱い方が早くから存したとして、それが後期読本まで通じているのか否かについては検討の必要があろう。また一方で、後期読本は日本の文学史上初の本格的長編小説である。かくて作者たちが長編化の手法を考案する中で、〝因果応報〟は、長編構成を緊密に保持するための原理としても捉え直されることとなった。この点に関しても留意しなければならない。

二　馬琴読本、人の思念行動をも差配する因果

馬琴が〝因果応報〟を大きく扱ったというのは、この概念そのものの理解を思想的（仏教的）に深めたという意味ではない。馬琴が際立っているのは、これを長編小説の構成を統括する原理として機能させるべく全編に貫徹させた点にある。特に『新累解脱物語』はそのことが顕著に見て取れる作で、全編どこを取っても因果の理がストーリーを進むべき方向へと誘引している。特に、因果の理が人間の思念や行動まで規定する（恰も人の心や体の中にまで浸透して支配するかの如く）としたのは、極端なまでに徹底した扱い方というべきである。

武蔵国石浜の将千葉惟胤《これたね》の息女田糸姫《たいとひめ》は痘瘡により醜貌となったことから人との交わりを嫌い出家を決意するものの、剃髪式の最中この場を覗き見ていた西入《にしいり》権之丞（美形なれど邪悪）の顔が匜《はんぞう》に汲まれた温湯に映るのを見るや懸想し、直ちに剃髪を中止、父惟胤はこれを受け入れ彼を婿にする、しかし後に姫は権之丞の悪計にかかり、織越与左衛門（悪漢）の手によって水中に沈められるという話がある。一旦自らの意思で出家を決意した人が、突然春心を起こして意を翻すとは強引な運びである。ただ馬琴としては、これは全く合理的という認識であった。これより前、山梨治部《じぶ》（千葉家の佞臣）が門野与三《かどのよぞう》（忠臣）を讒言し、惟胤がこれを信じて与三を刑死させる事件があった。治部は直後に頓死したが、この悪報で後に山梨印幡《いんば》（治部の子）は無実の罪を得て千葉正胤（惟胤の嫡子）によって手討ちにされた。やがて印幡の霊が正胤の枕辺に現れて、そもそも惟胤に家臣の良否を弁別し得ぬの非があったとし、これが〈因〉となり娘の田糸姫に難がもたらされたのだと説く。

「脱《のがれ》がたき因果の理《ことはり》を聞え進《まゐ》らせ、御あはれみを蒙りて黄泉《よみぢ》の苦艱《くげん》を助《たすか》るべう思ふのみ。いともかしこけれど、先君（惟胤）の御時に、印幡が父山梨治部は門野与三を冤《しへたげ》たる悪報によつて頓滅すといへども、原《もと》家臣の邪正、その忠不忠をよくも察し給はざる御悞《あやまち》は君のうへにありて、天神《あまつかみ》これを許さず。さるによつて田糸姫、難痘に醜うなり給ひ、剰《あまさへ》祝髪の願事《ねぎこと》より、よしなき人を眷恋《みそめ》たまひて、西入権之丞が妻となり給ひぬれど、忽地《たちまち》彼等

　が為にはかられて、往方《ゆくへ》なうなり給ふにあらずや。」

因果の理が田糸姫に作用して「祝髪の願事より、よしなき人を眷恋」させたというのである。

　さて織越与左衛門、西入権之丞は悪計悪事を重ねてきた人間であるが、それぞれ奇怪な現象を体験したことを契機に萎縮してしまい、家族を捨てて逐電する。両者共それまでの悪逆ぶりに比して意外なまでに気弱な振る舞いに見えるが、

　与左衛門といひ、権之丞といひ、年来《としごろ》心ざまの猛きに似げなく、さばかりのあやしみを見て駭怕《おどろきおそ》れ、子を棄迹《すてあと》を闇《くらう》せしは、彼冤鬼《おんれう》に誘引《いざなは》れ万里のそらに迷ひ出けん、陰慝《いんどく》の報《むくひ》ぞ浅ましき。

これも陰慝（知られざる悪事）の報として、彼等がそのように動かされたのだという。

　本作にはこのように、因果の理が人間の思念行動を直接差配する如き書き方が見られる。馬琴は、因果の理を長編小説の構成を統括する原理として機能させるべく全編に貫徹させようとの意識のもと、一旦極端なレベルにまで推し進めてかかる方法を試みたものと思われる。そのあたりの事情はまた、彼が読本制作の初期の段階で取材源として利用した仏教長編説話（長編勧化本）における因果の扱い方と対比してみることによっても窺うことができる。

　仏教長編説話と後期読本との間に存する諸問題については、本書第二部第四章「仏教長編説話と読本」に論じた。素材が重複するが、いま改めて〝因果〟の扱い方という観点に即して考えてみたい。

　仏教長編説話『中将姫行状記』（致敬作、享保一五年（一七三〇）刊）において中心を占めるのは、中将姫が継母によって虐待される話である。この虐待は前世からの因果によるものであったという。

　姫君ノ継母ノ為ニ憎嫉酷虐セラレ玉フモ、過去冤讎ノ追ヒ来ルトコロナランノミ。

また、菩薩が姫の夢に亡き実母の姿と現じて告げるとする。

「汝前生ヨリノ宿縁アリテ、今般《コノタビ》後母《ノチノハヽ》ニ遇《アヘ》リ。去《サリ》ナガラ此ノ継母ハ汝ニ対シテ過去ヨリノ怨ミ悪因縁ノ結《ムスビ》アリ。」

しかしこの「過去冤讎」の具体的な内容は記されずに終わっている。その一方で専ら現世における継母の切なる一念を描写することに意が傾けられる。即ち、宮中の宴において、姫は琴の技を披露して絶賛を得、継母は音曲の心得なく赤面して退く。この恥辱から姫を憎悪し、毒害を企てるも誤って実子を死なせてしまい、なお深い怨恨を抱き一層虐待する（ここでは引用を省略する。前掲「仏教長編説話と読本」を参照されたい）。即ち実質的には、現世における敗北挫折〈因〉―虐待の行為〈果〉という関係が成り立っており、且つその〈因〉から〈果〉へ至る過程の説明も尽くされている。「過去冤讎」については具体的内容を記さぬまま、更にその背後に、前世以来の何らかの〈因〉が見えない力として存したことを暗示するにとどまっている。

馬琴の読本『石言遺響』（文化三年（一八〇六）刊）の典拠となったことで知られる仏教長編説話『小夜中山霊鐘記』（盤察作、欣誉補、寛延元年（一七四八）刊）には、日野良政の正室万寿ノ前が、側室月小夜を迫害する話がある。この万寿ノ前は、月小夜と夫の寵愛をめぐって対抗した末敗北し挫折を重ね、避けられず嫉妬怨恨に陥っていく。一方馬琴の『石言遺響』では、万字前が月小夜を迫害する。但しこの万字前は生来の悪人であったとされる。そして実は彼女は、かつて日野俊基に滅ぼされた塩飽勝重なる者の娘であり、故に俊基の娘である月小夜を攻撃していたという事情が明らかになると設定した。善悪截然とした上で、当人にとっても如何ともし難い因果がその人の人生を操っていたことを示すのである。

仏教長編説話では、敗北挫折（〈因〉）と加害の行動（〈果〉）との間が、切なる一念（無念・怨恨）が増長し終に抑制し得なくなる階梯を一々描くことによって連続的に結ばれる。即ちストーリーを決定付ける要因はあくまでも人間の思念行動の側にあるとされる。馬琴はこの方法をとらなかった。『石言遺響』においては、万字前の素性の事が〈因〉、月小夜に対する加害の行動が〈果〉である。但し双方の繋がりのことは、小説の終局に至って初めて明かされる。かかる方法を図式的に表現してみる。点1〈〈因〉〉と点2〈〈果〉〉とは一旦別の事として示される。そして点2から点1に向けて一気に線を引いて見せる。この時、当初水面下に隠れていた因果の理は突如姿を現す。更に話が繋がっていく場合には、因果の理は再度隠れて、点2が今度は〈因〉に転じ、新たな点3〈〈果〉〉を生んだ時また姿を現す。この書き方によって、因果が超越的理法として背後で見えつ隠れつ絶えず人間を縛っていく様を読者に感得させようとするのである。勿論馬琴は、先に見た、因果が人間の心と体を直接動かすかの如き書き方に固執したのではなく、後年はむしろ顕わでない形で作中に因果を忍ばせる方法を考案することに力を注いだ。(3) 但し顕わに直接動かすのではないにしても、因果が超越的理法として常に上位にあって人間を制御支配するという構図に拠って長編構成を統括するという考え方自体は最後まで変わらなかったと思われる。

三　小枝繁『松王物語』における因果応報

因果が理法として上から人間を制御支配するという構図に拠って長編構成を統括すべしとする考えは、後期読本作者の標準であったと言えるであろうか。小枝繁は、馬琴の作風に忠実に追随した作者と評されてきたが、その作法に馬琴流と重ならない部分が見られることについては、本書第三部第六章「後期読本作者小枝繁の位置」に論じた。いま因果の取り扱い方という観点に即して見ても、馬琴の方法を強く意識しつつも完全に同じるものではなかったことが窺える。このことをその作『松王物語』(4)（文化九年（一八一二）刊）を掲げて検討してみる。本作においては、『平家物語』によって知られる斎藤時頼・横笛の悲話を翻案した筋が大きな比重を占める。以下、作者が因果を描いたことを主張する箇所を中心に挙げていく。

先ず時頼・横笛が結ばれる発端は次のようであったとする。ある年三月三日のこと、平重盛は西八条の邸に入り花の咲き満ちた庭を眺めていた。前栽の向こうなる建礼門院の在所とは池水の流れが通じていたが、折しも門院方では曲水の宴に擬して詩歌の詠の最中と見えて、詩の二句を書いた檜扇がこちらの庭へと流れて来た。重盛は随侍していた斎藤滝口時頼に、これに末二句を添え時頼の名を記して流し返すよう命じた。この扇は、建礼門院から侍女横笛が賜り二句を書き付けたが、その末を出しあぐねて一旦傍らに置いたところ、春風に吹かれて池水に落ち流れ去ったものであった。横笛は戻って来た扇に末二句が添えられているのに驚きつつうち吟じ、これより時頼を強く慕うようになる。


横笛原来《かねて》時頼が風流《みやび》たるをば識《し》りつれど、斯《かく》ばかりの才あるべしとは想ひもかけぬことなれば、且《かつ》驚き且《かつ》賞嘆し、「あはれ女子たらんもの、此滝口どのゝごとき男子を夫《つま》にもちたらんこそ、世に住甲斐《すむ》はありなん」と、これより時頼を慕ふ心頻《しきり》にして、

しかし横笛はこの恋情を伝えるすべのないまま思い悩んで病臥し、建礼門院から暇を得て親三松国春の方へ帰る（なお時頼は、自分が流し返した扇の行く末のことは承知せず、従って横笛が自分を恋慕しているとは知らない）。

時頼は、三松国春を学問の師としていた。ただ国春は男女の礼節に厳格な人で、時頼を妻子と対面させる機会を設けなかったので、横笛も時頼が我が方へ来ているとは夢にも知らなかった。その年の夏時頼は、師の宅で琴を弾く娘を垣間見て恋情を抱く。但しこれは横笛ではなく、彼女の双生の妹名月であった。時頼が文を送ると、名月の方もかねてから彼に憧れていたので、喜びはこの上なく、早速深い思いを認めて返した。

さて後日時頼は住吉詣でに出た際、横笛・名月の姉妹とその母の輿に出会う。彼は用意していた短冊を名月に届け

ようと輿に差し入れた。しかし案に相違して、その輿に乗っていたのは横笛の方であった。

時頼が篤実なる、いかで此婬《あだ》なる事《わざ》をばなす。是やこの人差《ひとたがへ》より多々《さま〴〵》の奇怪にわたり、終には時頼菩提の道にいるに至れり。こはさる因縁あるにより、仏菩薩の方便にして斯なし給ふにやありけん。

この人違えによって、彼は後に曲折を経て終には出家へと至ることになるが、この時頼らしからぬ行動は、「因縁」の力が彼を動かしてそうさせたのだという。これは、『新累解脱物語』などに見た馬琴の方法を意識したものであろう。但し一方で、「颯《さ》と吹来る浜風」によって輿の簾が吹き上げられたため、一瞬中を覗き見て思い込みをしてしまったこと、また彼女たちが双生であることも承知しておらず慎重さを欠いたことなどを読者に示しながら、時頼が「見差《たが》へたるも道理《ことはり》なり」、やむを得ざる状況があったと言う。

この後突如雷雨となり、横笛は母妹の行方を見失い一人で祠へ駆け込む。それとは知らず時頼がそこへ入ってくる。時頼は相手を名月と思い込んで、先ほど短冊を差し入れたのは浅からぬ志故のこと云々と語る。横笛は憧れていたその人から言い掛けられて嬉しさ限りなく、今春西八条での扇の一件以来恋慕病臥の次第を明かし口説く。ここでようやく時頼は人違えと知り仰天する。しかし彼はこの時、

熟々《つく〴〵》横笛が光景《ありさま》を看るに、病にて少しおもやせたれど、天性の美艶《あてやか》なるは、玉を欺くばかりにて、世にまたあるべうもおもはねば、意《こゝろ》又是に移り、今春西八条にてのことなど思ひ出せば、男子も及ばぬ才あるに、人伝ならで切なる志気《こゝろざし》を聞《きゝ》、あはれやるかたなければ、今はなか〳〵あこがれし名月よりも想ひ増《まさ》れば、

と、横笛の情を受け入れ将来を約してしまう。ここで、彼が横笛へと心を移したのも因縁故と言って済ませることもできたはずである。然るにこのいかにも冗長と言うべき説明が入るのは、「あはれやるかたなければ」、即ち時頼にやまれぬ情があったことを言っておきたかったためである。

横笛は時頼と結ばれるものの、後に仁和寺蔵人家兼なる男によって殺害されてしまう。彼女の七七日の前夜のこと、妹の名月が突然一人で時頼を訪ねて来て、彼の心移りにより捨てられた身となり仏道を志したが、未だ恋情を抑えられないと口説く。時頼は拒み切れず終に彼女の思いを受け入れてしまう。

時頼一回《いつたん》非を改る（心移りの件を自戒したこと）の善ありて、またこゝに不義を行ふ。其志し一定ならず。且《かつ》夜ごとに小女《おとめ》の単身《ひとりみ》にて来《きた》るを怪しともせざること、さらに酔中の人のごとし。又名月、時頼が多心を怨み世を厭ふの志しありながら、姉の死をみて其夫と姦通す。これ奈何《いか》なる心ぞ。此輩が所為さらに解しがたし。其、詳《つまびらか》なるを知《しら》んと要せば、往々巻毎に説《とく》を閲《けみし》て知《しり》給へかし。

要は両人の不可解と見える思念行動も因縁がそうさせたものであったことが後の巻で知られると言いたいのである。しかし同時に次のようにも描く。名月の様子が切迫しているので、時頼は、敵家兼を討って後なら聞き入れようとなだめるが、彼女は納得せず、今叶えられぬならば自害すると言う。時頼が躊躇していると持参した短刀に手を掛けるので、やむなく約して帰すが、その後毎夜通って来る。時頼は「はじめのほどはさま〴〵に欺きこしらへけれど、後々はいかにも詮《せん》すべなく、心ならねど名月と妹背の契をむすびけり」と。時頼にしてみれば避けられざる状況があったという説明が極めて念入りになされるのである。

かくして名月は時頼との間に松王を産む。しかし時頼が後に三松家を訪ねてみると、名月は彼への恋に破れて以来邸内で病臥したままであった。これは横死した横笛が時頼との間の本来の「因縁」を果たすために名月の体を借りて、改めて彼と結ばれ子をなしたのであった、と知れる。横笛の霊が、病臥している名月の枕辺に現れこう告げたという。

「我時頼どのと過世《すくせ》の因縁により、今世におゐて夫婦となり、一子を孕《みごもり》つるに、不図《ゆくりなく》も蔵人家兼が非道の刃に命を没《おと》し、……（閻王に鬱情を訴え認められたが、）其体すでに全《まつた》からねば、そのことかなひがたく、然れど因縁は止《とゞむ》

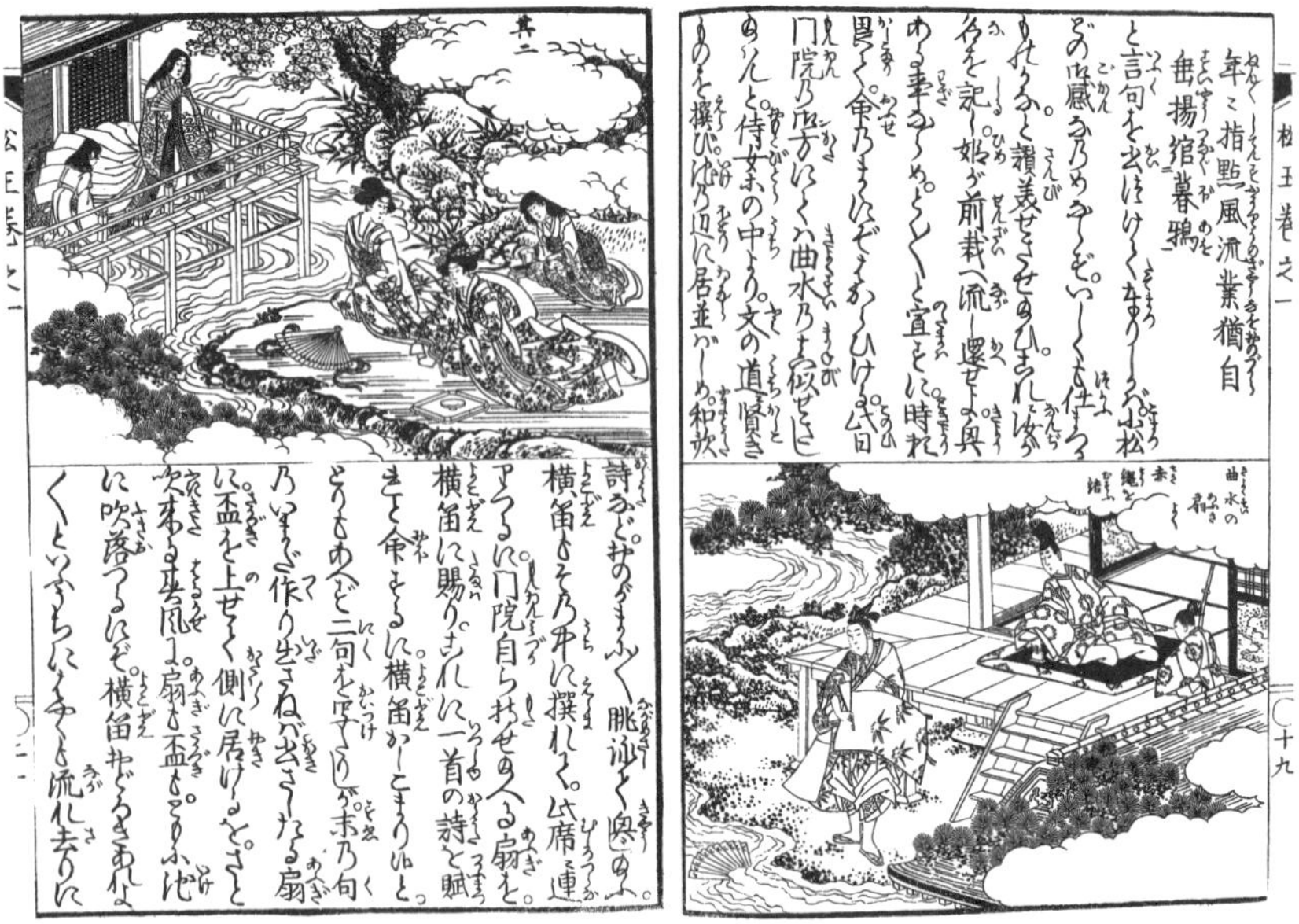

『松王物語』巻一挿絵（八戸市立図書館蔵本。国文学研究資料館マイクロ資料に拠る。）

べきにあらずと、……おん身（名月）の名を借《かり》、時頼どのと夫婦となり、孕《はらみ》し子を産《うみ》、其因縁を果したり。」

横笛は時頼と結婚し一子をもうけることが定められていたのだという。しかし前世において時頼・横笛の間に具体的に何があってこのように定められたのかについては全く記す所がない。

ここで改めて西八条での扇の一件の場面を見る。作者はそこにこう述べていた。

鳴呼誰知《たれかしらん》、此一把の扇よく氷人《なかだち》となり、時頼横笛が赤縄《えにし》を結《むすび》、一場の奇談を残す発端とはなりにける。

但しこの扇は、例えば八犬士の玉の如く何か謂われがあるという類のものではない。またこの箇所の挿絵は、小枝繁の読本特有の、文章と画図とを混在させた配置によって、左上から右下へと扇が流れ来たことを効果的に読者に印象付けているが、そこに「曲水の扇よく赤縄を結《むすぶ》」と記す（図版参照）。両人の行く末が定められたのはここであった。

以上よりこの小説における因果の扱い方について次のように考える。小枝繁は馬琴の読本を意識しながら、因果の理のもとで生きる人間の様を描きたいと考えた。そこで扇の一件を〈因〉とし、これに規定されて以降の出来事（人違え、祠での出会いと心移り、横笛没して名月が時頼の妻となり一子を産むこと）は生じたとした。ただ一方で、一々の局面において、人物がそのように思念を抱き行動した所以についての説明を丹念に加えた。しかしこれでは、超越的な理法が一方的に人間を支配するという構図は浮かび上がって来ない。読者から見て、人物が自身の置かれた状況の中で考え悩み迷いながらある行動を選択していく様が描出される分、上からの力に支配される存在としては映りにくい。

扇の一件によって横笛は強い恋情を抱き、彼女は最終的に時頼との間に一子をもうけた。換言すれば、彼女は曲折を経てこの恋情を叶えたのである。しかし作者はここで、例えば、彼女の激しい恋情が生霊と化して見えつ隠れつ周囲の人々の行く末を縛ったというような描き方をとらなかった。馬琴流の因果の扱い方を強く意識しながらも、これに徹し切ることをしなかったのである。

ところで作者は更にこの背後に「過世の因縁」を置き、その具体的内容については何も書かずに終わらせた。その意図は何であったのか。先ず扇の一件自体は全く偶然の出来事であったように書かれる。以降の部分も、例の丹念なる説明が入るため、人間の思念行動が〈原因―結果〉の関係を形成することを重ねながら結末がもたらされたようにも読める。しかし一旦結末に至ってそこから改めて顧みれば、あの扇の一件はやはり運命的なものではなかったかと感じられてくる。かくてこの一件をもたらした更なる〈因〉が背後に存するのではないかと考えたくなる。読者がこのような受けとめ方をすることを期待して、作者は敢えてこの空虚な「過世の因縁」を置いて、見えない力の作用を暗示したのではなかったか。

　ところで上方では享和期（一八〇一―〇四）頃から、即ち江戸で馬琴が読本の長編化を本格的に推進し小枝繁らが後続するよりも早い時期から、速水春暁斎が、実録を素材として読本に仕立てた〈絵本もの〉読本を続々世に出していた。春暁斎の読本には、人物の感情面の必然性を丁寧に辿りつつストーリーを進めていくという方法が見られる(5)。例えば敵討の話において、敵の側もそれを討つ側も、一々の局面でかく考え感じたが故にかく行動せざるを得なかったという類の説明が、次々連関を保ちながら積み重ねられていく。従って怨恨が生じて相手を討ち、討たれた側の者が苦難の末終に報仇を遂げる、その過程全てにおいて、人間の側の方に主体がある。しかしながら報仇の成就を賞賛する所では次のように言う。

　正しく忠孝の感ずる所、天定《さだまつ》て人に勝《たふる》の理《ことはり》顕然として、其報応のあやまらざる事、こゝにおひて知るべし。

（『絵本亀山話』、享和三年（一八〇三）刊）

（報仇の結果）只一世のみならず家門繁栄不朽の報応、実《まこと》に宜《むべ》なりといふべし。

（『絵本義勇伝』、文化二年（一八〇五）刊）

但し背後に何らかの人を超越した力が存在して報応が起こったと説くこと自体は、既に〈絵本もの〉読本以前、実録の段階で行われていた。田宮坊太郎物の実録を例に挙げれば、書名を「金毘羅大権現加護物語」「金毘羅大権現霊験記」などとし、坊太郎の敵討が成就した背景に金毘羅権現の擁護の力を置いている。かくて読者に対して、話の結末を、人間のなせるわざの蓄積によってもたらされたものであると一旦了解したとしても、やはりその背後に何らかの力が作用したのではなかったかという感慨を起こさせるように記述する方法は、既にこのあたりにも用意されていたことが窺える。

四　結語――読本に底流する因果応報――

因果応報を理念として内在させつつ長編小説を著すに際して、一には、因果が超越的理法として上から人間を制御支配する構図に拠る方法、また一には、人間の感情や行為の一つ一つを原因と結果の関係で繋いでいき、その上で背後に何らかの不可測な力の存在を暗示する方法とが存した。馬琴が前者の方法を推し進めて読本界をリードしたとしても、後者の方法が駆逐されたわけではない。むしろこちらの方が読本以前の文学から続く本流で、依然これを支持する読者も多かったと思われる。ただ何れの方法に就くにせよ、後期読本は長編であるが故に、事件が事件を生みながらようやく結末に辿り着く。従って読者が結末の所に立って、発端から続く道筋を顧みて因果を観ずる時の感慨は、短編におけるそれとは自ずと性質が異なる。このことを熟知していたという点においては、馬琴も他の後期読本作者たちも同様であったと言ってよかろう。

注

（1）『新累解脱物語』は、大高洋司編『曲亭馬琴作　新累解脱物語』（和泉書院、一九八五年）に拠る。

（2）西鶴作品における因果の扱い方に関しては、中嶋隆「『因果物語』の展開――仏教説話の終焉――」（『初期浮世草子の展開』（若草書房、一九九六年）所収。初出は一九九四年）から教えられた所が多い。

（3）馬琴が「稗史七法則」とも関連付けながら因果の扱い方を深化させていったことについては、徳田武「『南総里見八犬伝』の因果律」（『秋成前後の中国白話小説』（勉誠出版、二〇一二年）所収。初出は一九九四年）に詳しく説かれる。

（4）『松王物語』は、『叢書江戸文庫　小枝繁集』（国書刊行会、一九九七年。翻刻担当田中）に拠る。

（5）　速水春暁斎の〈絵本もの〉読本の作法については、本書第三部第三章「読本における上方風とは何か」において論じた。

第二章　後期上方読本における長編構成の方法

一　文化期上方読本における江戸読本摂取をめぐって

寛政一一年（一七九九）京伝『忠臣水滸伝』（初編）の刊行を見て以降、文化年間（一八〇四―一八）にかけて、江戸では京伝と馬琴を中心に、新しい長編小説の様式の探究が行われていた。一方上方には、夙に武内確斎、速水春暁斎の〈絵本もの〉、秋里籬島の〈図会もの〉の読本などが存したが、文化期に至ると、手塚兎月、中川昌房、栗杖亭鬼卵らの作者が現れて、京伝・馬琴による江戸読本の〈稗史もの〉の影響を受けながら、本格的な長編小説の作法を模索し始めた。

これらの作者の読本は、序や作中に勧善懲悪を謳うこと、時代を遡って歴史小説として構想すること等々、京伝・馬琴の作法を模倣した跡が著しい。しかしながらこれらを一読したとき、京伝・馬琴の作とはやはり似て非という感を得る。確かにそれが作者の筆力の差に起因する場合もあろう。しかしそれのみならず、言わば質としての違い、即ち当時の江戸読本の方向を模そうとしながらも逸れている部分があると思われるのである。

勿論江戸読本という範疇の中においても、例えば小枝繁が馬琴の方法を意識的に摂取しながらも異なる部分が存するなど（本書第三部第六章「後期読本作者小枝繁の位置」）、一様に括ることはできない。また上方に関しても、本論でも後に述べる通り、作者各々における作法上の個性は存する。決してこれらの問題を排除して、江戸対上方という図式に単純化しようと意図するものではない。しかし上方出来の読本の中には、江戸の、特に京伝・馬琴の作に対し、模して同じない一つの傾向が認められると考える。

上方の作者も長編小説を志向する中で、長編としての構成の合理性という点に配慮を向けた。勿論、かかる合理性を保持するための要素は単一ではない。大高洋司「享和三、四年の馬琴読本」(1)など一連の論考において探究されている〈読本的枠組〉をはじめ、この問題は多様な角度から検討されるべきであるが、ここでは以下のような、少し限られた観点から考えてみる。

江戸読本では、善悪の応報、前世からの宿業、仏神の加護・冥罰の如き人力を超えたものの作用が、全編の中で大きく機能するよう位置付けられている。京伝と馬琴の間の差、また年代や個々の作品間の相違などを一旦置いて敢えて大括りな言い方をすれば、これは江戸読本の最も顕著な特質と認めてよいものである。そしてこのことが長編構成にも関係すると考えるのは、次の理由による。いま読者の立場に即して言えば、先ず一には、応報、宿業等々によって一々の事件が起こるべくして起こった、必然のものであると了解しながら読み進むことになる。即ち一つ一つの要素が緊密に連結されたものとして捉えられる。また一には、その上で改めて作品全体を見渡したとき、そのような逃れ難い力の支配が隅々にまで及ぶ、統合された世界として感得されることになる。この連結と統合が、全編の構成を支える基盤となっている。

さて江戸読本におけるこの、人力を超えたものの扱い方は、そのままの形で上方読本に受容されたのではなかった。横山邦治『読本の研究』(2)では、京都の作者手塚兎月について、江戸読本の動向に追随しながら、最終的には京伝・馬琴の〈稗史もの〉の作風を模するに至ったとする。かくして当然その作には、応報や宿業等を書こうと意識した跡が見える。『小説奇談夢裡往事《ゆめのかよいじ》』（文化五年（一八〇八）刊）は次のような話である。

奥州合浦の知県舟辺《ふなべ》雅邦・遠郷夫婦が錦塚明神に祈って娘桜児《さくらこ》を授かる。桜児は一六歳の時病臥する。原因は隣家渓上加東吾《たにがみかとうご》宅の鬼甍であるとて、撤去を申し入れるが、加東吾は拒否。舟辺が対抗して鍾馗の瓦を上げるや、今度は加東吾の父が病臥する。激怒した加東吾が舟辺夫婦を殺害する。桜児は曲折を経て終に両親の敵を討つ。

本作には、神の告げや神罰についての言及が再三にわたって見られる。作の冒頭、舟辺の妻が子を授からんと錦塚明神に祈った時、明神から、子を得れば必ず禍生ずとの告げがあったとする。

「前世の宿命つたなくして今世に報《むくゆ》故に、儻《もし》一子誕《もふけ》ば必らず家を没せるか、你《なれ》が命に及ぼすべし。」

そして元来「愿慤《げんこく》篤義の人にして、仮にも他《ひと》と闘争《あらそひ》を好《このま》ざるの性《さが》」であった舟辺が加東吾と諍いを生じたのは、「之《これ》向《さき》に妻の遠郷霊神を犯《おかし》奉るの神罰」によるとし、また終に殺害されたことについて、

嘆ずべし、這時《この》に当り舟辺の家全《まったく》断絶に及びぬる事、是応《これまさ》しく神慮の御咎《おんとがめ》なるにや。

と述べる。このように宿業や神の作用を背後に置き、それぞれの事件が起こるべくして起こったことを示そうとしたのは、江戸読本の作法を意識したものである。但し京伝や馬琴の努力は、宿業などが何故逃れ難いのか、また如何にして人の命運を操っていくのかを丁寧に描いていくことに向けられていたはずである。そのことがあって初めて、それらの力の大きさや根深さを示し得たのであり、一々の事件が必然のものとして読者に了解され、ひいては、作品全体がそれらの力の統御のもとにある一纏まりの世界として感得されたのである。しかし兎月においては、舟辺の「前世の宿命つたな」き所以は何かを語ることもなく、不幸が訪れるたびに、神の咎めと説明するのみにとどまる。江戸読本を強く意識して形は模したものの、方法を十全に把握し得ないで終わっている。

上方読本において、人力を超えたものの作用を書くという方法は、必ずしも京伝・馬琴の意図した所に沿って継承されたのではなかったことが推測できる。但し全ての作者が兎月の如く、模して及ばずであったのではない。次に掲げる栗杖亭鬼卵の如きは、この部分を意識的に後退させているもののように窺える。問題は、この江戸読本との方法の相違が、上方読本の作品において如何なる質的変化を生んでいるかにある。以下代表作者と言うべき栗杖亭鬼卵・好華堂野亭の読本に即して、この点を検討してみる。

二　栗杖亭鬼卵読本における霊験、死霊などの扱い方

栗杖亭鬼卵の作を、江戸読本に対するのと同じ構えで読み進んでいると、違和感を覚える部分がある。初作の『蟹《かい》猿《えん》奇談[3]』（文化四年（一八〇七）刊）は、百太郎《ももたろう》（青砥藤綱の子息とされる青年）が武者修行の遍歴の後、賊軍と対決しこれを破るという話である。その中盤の巻三、百太郎は観音堂に通夜し妖怪退治を試みるが、苦戦し窮地に陥る。すると虚空に声あって策を授けられ、「こは仏神の加護ならん」と思いつつ、示唆に従って妖怪を撃退する。

> （先刻の声の主は）此御本尊にやと見上れば、左《さ》にはあらず、「われなり」と立出る人を見れば一人の勇士なり。

流れからすれば、日頃の信心の余慶云々などの理由を付けて、仏神の擁護へと話を持っていって全く不自然でない所である。しかしこれは三州安久見家の臣田原源吾なる者であったという。百太郎はここで源吾に武勇を見込まれ、その邸に招かれ滞在、これが契機となって、かねてより恋慕していた安久見家の姫君と再会する、と話は繋がる。作者の注意は、仏神の力を語ることにではなく、このことを起点に後の話への繋がりを作っていくことの方に向けられている。

また『新編陽炎之巻《かげろう》』(4)（文化四年刊）では、冒頭部分に、勢州桑名の北畠家の姫の飼っていた小介なる猿が姫の鏡を盗んで隣家の庭に落とし、そこに住む近藤志津馬がこれを返す、この時両人対面し互いに恋慕するという話がある。そして最終部分で志津馬は、父の敵赤松九郎と決闘するが、九郎に一刀斬り込まれて窮地に陥る。その時一匹の猿が飛び込み、九郎に襲い掛り、その間に志津馬は挽回、終に九郎を倒す。

是は志津馬平日《つねぐ》山王権現を信じける故、其場に至《いたり》神力を添《そへ》給ひしは誠に奇異の事也と、其頃専ら言はやせしなり。是は左《さ》にあらず。先年鏡を盗し小介といふ猿なるが、久しく山にありて里へ出ざりしが、今年の春より折節里へ出て遊びけるとなり。けふも松の梢にありけるが、志津馬が血を見て大に驚き、飛をり、不計《はからず》九郎に掻付《かきつき》しならん。されど山王の加護なきにしもあらず。

要領を得ない言い方をしているが、要は山王の加護に帰着させたくないのである。

鬼卵が仏神の加護を全く書かないというのではない。しかしそれは、京伝・馬琴の作に描かれるものとは機能が異なる。馬琴の『稚枝鳩《わかえのはと》』（文化二年（一八〇五）刊）を例にとれば、楯縫《たてぬい》九作の娘息津《おきつ》は、かつて彼女が行った陰徳への報いとして弁財天の使いの蛇によって命を助けられ、九作はその蛇の化した宝剣を得、弁財天の告げを受ける（以上巻二）。後に弟の呉松が敵を討とうとして窮地に陥るや、この宝剣が飛来し救われる（巻五）。この他にも仏神の力を作中の要所に記述しつつ、これが恒常的に人物たちの命運を方向付けていることを示そうとする。このような姿勢が、鬼卵には見られない。前掲の『蟹猿奇談』に、秋葉権現の眷属が山伏に扮して百太郎を、行く手の難を避けるべく先導、更に百太郎の夢に権現が現れ、賊軍のやがて滅亡することを告げる、とある。しかしこれは、単発的にこの場に現れて、先導したり予言したりしているに過ぎない。話の展開を作るために出しているのみであって、権現の力が終始統御していることを言おうとの意図に拠るものではない。

避けがたく人の命運を支配するという点では、京伝・馬琴が盛んに取り上げた死霊も、同様の範疇に入る。鬼卵の死霊に対する扱いは如何であろうか。『今昔庚申譚《いまはむかしこうしんばなし》』(5)（文化九年（一八一二）刊）に、遠州浜松の朝比奈家の若殿鴨江《かもえ》之助《のすけ》が、駿府今川義元のもとに在勤中、遊蕩して勤めを怠り、寵愛する妓女奥州を請け出そうとし、忠臣の山脇三次郎がこれを憂え、奥州を斬殺するという話がある。これは直ちに京伝『昔話稲妻表紙』（文化三年（一八〇六）刊）の、佐々良《ささら》三八郎が白拍子藤波を斬る話を想起させる。しかし本話における死霊の報復という事柄の機能は、以下述べるように、京伝の作におけるそれとは異なっている。

鴨江之助は三次郎への腹癒せに、三次郎の父三左衛門を、悪臣大谷大之進に命じて殺害させる。これに奥州の死霊が関与していたことが、後になって読者に知らされる。奥州の霊が、大之進に言う。

「我三次郎に偽寄《すか》され黄泉の旅に趣《おもむ》けども、魂は此土にとゞまり、山脇一家をとり殺さんと、鴨江之助様、そもじさまに力を添《そへ》、三左衛門を殺《ころし》たり。」

しかしここから、奥州の死霊のおぞましさを読み取ることはできない。それは、死霊の作用があればこそ三左衛門の横死が起こったのだ、と思わせるような書き方になっていないことによる。右の奥州の言葉に恰も「力を添《そへ》」とあるが、三左衛門殺害の件は、鴨江之助の三次郎への逆恨み、大之進の奸悪のみで、既に十分説明が成り立っている。従って事後に奥州の死霊の関与を告げられても、読者は遡っておぞましさを感じることはない。

その点京伝『昔話稲妻表紙』(6)における、藤波の死霊の意味は異なる。死霊は、三八郎の子楓《かえで》と栗太郎《くりたろう》に取り憑く。

一団の心火あとを追て飛来《とびきた》り、見る〳〵空中にて二つにわかれ、一つは娘楓が懐に入、一つは栗太郎が懐に入りぬ。是乃《これすなはち》藤波が死霊、兄弟の児等《こどもら》につき恨《うらみ》を報《むくゆ》る一端なり。

かくしてこのあと二人の子に不幸をもたらし、それが三八郎一家の命運をも変えてしまうことが描かれる。また三八郎は、藤波殺害以後、罪の意識に終始とらわれ苦悩し続ける。

三八郎おもへらく、「忠義の為とはいひながら、罪なき藤波を殺せし事、かへす〴〵も不便《ふびん》なり。……せめては彼が冥福を得る種にも」と、農業の片手にも念珠《ずゞ》をはなさずたえず念仏をとなへければ、里人異名をつけて、六字南無右衛門とよびけるを、

（三八郎、妻の磯菜に言う、）「我つら〳〵思ふに、藤波が怨念子ども等をなやまし、我等夫婦におもひをさせて、宿恨を報《むくゆ》るにうたがひなし。かれ一点の罪なくして殺《ころさ》れたれば、深く恨《うらむ》も理《ことはり》なり。三代相恩の主君のためにせしことなれば、たとひ子ども等をとり殺さるゝとも悔《くゆ》べきにあらず。磯菜嘆くな、我は少しも悲しからず」と、嘆きを胸におしかくしていへば、

このように、死霊が三八郎に徐々に詰め寄っていく過程を描くこと、それと併行して三八郎の内面の苦悩を描くことによって、死霊が人に及ぼす力を示している。『今昔庚申譚』ではそのような手続きが備わらない。鬼卵の意図は別の所にあったと考えるべきである。

忠臣が主君の放蕩を止めるために妓女を殺害するという話の枠は『昔話稲妻表紙』と類似していながら、一つ大きく異なるのは、妓女奥州が密かに三次郎に思いを寄せていたとする点である。『昔話稲妻表紙』において、三八郎に対する藤波には勿論このことはない。三次郎は、主君鴨江之助の放蕩に心を痛め思案した末、奥州に、実は自分の方も恋慕していると告げる文を送り、共に出奔しようと欺いて伴い、殺害する。

……玉の緒も絶《たゆ》るばかりの文なれば、奥州は世に嬉しく、「我此人ならば命もおしからじと思ひ暮せし方より、かく誠ある玉章《たまづさ》を給はる事、何といふべき詞もなし。早く逢見ん事を」と返しこま〴〵と認《したゝめ》、……（三次郎、）「……君我をおもひ給ふ御心の誠ならば、此所を立退《たちのき》、何国《いづく》の片田舎にても二人暮し給ふ心にや。其所をとくと

糺し曲輪を立退し上にて二世のかためをいたさん。……」と、真実満面にあらはれければ、奥州は猶更、「傾城に誠なしと世の人の言草《いひぐさ》なれば、君其御心にましまさば、いかなる賤《しづ》の業《わざ》をもいたし、わが真心を見せ申さん。しからば今宵我を伴ひ立退給はらんや。」

鬼卵はこのように、奥州が、三次郎の「玉の緒も絶るばかりの文」や「真実満面にあらはれ」た言葉に、純真に喜び誘い出されたのは無理もないことであった、という書き方をしている。しかし一方の三次郎も、朝比奈家の危急を考え、窮地での決断であったのだという。奥州が最期に、欺かれたことを恨むのに対して、三次郎が述べる。

三次郎も涙を押ぬぐひ、「成程不審尤《もつとも》なり。若殿鴨江之助殿汝に心を奪はれ勤《つとめ》も怠たり、殊に受出し城辺に囲ひ置んとある。我さま〴〵諫るといへども、佞臣の為に用ひたまはず、剰《あまつ》さへ我をも遠ざけられぬれば、最早朝比奈家の浮沈此時にあり。所詮汝を生置《いけおき》ては御家の一大事なれば、常々我に心あるさまを幸《さいはい》、偽りて此所へ虚引出《おびき》し殺害するは御家の為なれば、何事も定業と諦らめ、尋常に最期あるべし。」

後に宗長法師が、奥州の霊を済度しようとして言う。

「……三次郎は忠臣無二の若者なり。鴨江之介汝を受出す聞へあらば、今川家より鴨江之介に咎《とが》か丶るべし。是汝が罪なり。是を計《はかり》彼をおもふて、三次郎汝を殺すは、三次郎に咎なく、罪は汝にあり。……寔《まこと》に一念発起には十悪も滅するといへば、今より悪念をひるがへし善心とならば、我極楽へ引導せん。是にて汝に理ありて、三次郎が非なるや。早く返答すべし」と声あら丶かに宣《のた》まへば、奥州は一言《いちごん》の答もなくありけるが、

三次郎がかかる状況下でかく考えたのは尤もであると理解せよというのである。奥州の霊はこの言葉に伏して、執着を断ち済度される。

奥州歓喜のおもひをなし、「我も此後執着ふかき人を教化《けうげ》すべし」といひ終つてかき消すごとく失《うせ》にける。

呆気なくも済度されてしまうように書かれたのは、死霊の凄まじさを語ろうとする意図がなかったからである。鬼卵の意識は、三次郎、奥州双方のそれぞれ当然なる情の鬩ぎ合いを辿っていくことに向けられていたと解される。

同じく鬼卵の『月桂新話』(7)（初編文政七年（一八二四）、後編同八年刊）は、忠臣による妓女殺害を発端とする点で『今昔庚申譚』と共通するが、死霊の扱いの大きさではこちらの方が著しい。角書きに「おはん蝶右衛門」とある通り、浄瑠璃『桂川連理柵』（安永五年（一七七六）初演）で知られるお半長右衛門心中事件を趣向として取り込んだ作である。

斎藤源之進は、主君である土屋千守之介が妓女岸野に溺れ、彼女の気を惹こうと家宝の短刀を譲与してしまったのを憂慮し、これを取り戻さんと図る。源之進は、岸野が密かに自分に思いを寄せているのを利用して彼女に接近し、共に桂川に入水、水中で彼女から短刀を奪い、一人逃れて逐電する。後に京都の帯屋半斎の養子となり蝶右衛門と名乗る。岸野の霊は、帯屋の近隣の信濃屋の娘お半に取り憑き、年のかけ離れた蝶右衛門に恋慕させる。一方短刀は、一旦盗賊の手に渡った後、信濃屋に買い取られ、お半の守り刀となる。お半は蝶右衛門がこれを求めていることを知って、自分の思いを叶えてくれればこれが彼の手に渡るよう計らおうと言う。かくして蝶右衛門は、「こゝろならずも武士のかたき心も砕かれて」お半と契る。

作中には確かに、欺かれて死んだ岸野の霊を蝶右衛門（源之進）が恐怖することが書かれている。最後に蝶右衛門が、お半と契ったことにより進退窮まり心中しようとした時、次のようであったと言う。

（お半は）かゝえ帯にて蝶右衛門の身と我身を三重五重に括〆《くゝりしめ》、完爾《につこり》とわらひ、「年来の遺念今こそ晴たり。かく括《くゝり》たれば、よも此度はのがれたまはじ。あら嬉しや」といふ声は、まさしく先年此処にて入水なしたる岸野が声なれば、此とき蝶右衛門身髪うごき、

鬼卵は、例えば曲亭馬琴『新累《しんかさね》解脱物語』(8)（文化四年（一八〇七）刊）、織越与左衛門によって水に沈められた田糸姫《たいとひめ》

の霊が、彼の娘累《かさね》に憑いて言わせる、「過つる年墨田川を渡すとて、醜女《しこめ》（田糸姫のこと）を川へ投入れて金を奪ひ去たる夜は、今宵にひとしき月にあらずや」などを意識しながら書いたものであろうか。しかしそれにしても岸野の霊が、これと同様の凄まじさを感じさせることはない。作者が岸野の霊を取り上げた意図は、終末部分で善行上人が語る次の一節によって知れる。即ち一連の事件には全て岸野の霊が関与していたことを言う。

「岸野（害せられたことを）大にうらみ、夫よりその執念源之進に付纏《つきまとひ》、神通川に溺死なさしむ。しかれども（源之進は）名刀を懐中せる、其威徳にて蘇生す。霊鬼、とても（源之進が）名刀を所持なすが故死地に勾引《みちびき》する事のかたきを知て、盗賊の手をかりこれを奪わせたり。しかるに於半出生して宮参せし折ふし、霊鬼の引合《ひきあはせ》にて孩子《おさなご》の守刀となさしめ、岸野の霊鬼、於半に魅して、蝶右衛門を恋せしめ、終に此一刀よりして枕をならぶ。其後ふしぎに懐胎せし有さまも、皆かの霊鬼の仕業にて、終をこの桂川に没す。」

岸野の死霊に由来する〝因果〟に短刀の行方のことをも絡めて全ての事件を繋ぎ、長編としての連続性を構築した。しかしこれは、死霊の凄まじさを描き、人間を背後から大きく統御する力の存在を読者に伝えるというものではない。最後の心中の前に、お半は蝶右衛門に、守り札と引き換えに短刀を渡してしまっている。そして両人はこの札と刀の霊験によって蘇生、大団円となる。岸野の死霊がかつて取り上げた短刀を、お半が渡してしまうというのは不審である。そのように書いてしまった原因は、お半（即ち岸野の死霊）が、恨んでいるはずの蝶右衛門に恋慕した、しかも純粋に恋慕したと描いたことにあった。お半は蝶右衛門と契って懐胎、家蔵の短刀を持ち出し、彼を追って走り、心中へと至る。この時の彼女の思いは決して、実は全て彼を陥れ報復するための方便であったなどとは読めない書き方になっている。一方で死霊の所為を描くことを構想しながら、また一方で人物の当然なる情を辿ろうとした。そして鬼卵の意識の重点は、やはり後者の方にあったものと認めてよいようである。

三　栗杖亭鬼卵読本における人物の心情を辿る方法

鬼卵は、人力を超えたものが人物たちの命運を統御するという前提を置いて作を構想しようとはしなかった。そしてそのことによって、より自由に人間の情を捉え得た部分があると言えるようである。このことについて以下考えてみる。

『茶店墨江《すみのえ》草紙』(9)（文化七年（一八一〇）刊）は、実録の『天下茶屋敵討真伝記』(10)に大きく拠っている。『天下茶屋敵討真伝記』では、浮田秀家が石田三成方に付いて関ヶ原に出兵、その虚に乗じて家老長船《おさふね》紀伊守が御家押領を画策、忠臣の林玄蕃《はやしげんば》がこれを暴き、このことへの報復として、長船に一味する当麻《たえま》三郎右衛門が林を闇討ちにするという事件が発端となっている。『茶店墨江草紙』では、人物をそれぞれ、宇智田舎秋《うちだいえあき》、岡船《おかふね》壱岐守、早瀬《はやせ》玄蕃とし、当麻三郎右衛門の名は同一としている。鬼卵は、特にこの発端の事件に関しては、『天下茶屋敵討真伝記』を、その表現に至るまで下敷きにして書いているものの、このような事件が生じたことの理由付けに関しては、独自の説を立てている。『天下茶屋敵討真伝記』ではこの事件の原因を、浮田家先代の直家以来の旧悪に求める。先ず当代の秀家の短才と、その関ヶ原出兵が非道の行為であったこととを言う。

太守浮田秀家、太閤の御厚恩に依て中納言に任ぜられ老職に加へ給ふ。然共生得短慮にして忠佞をわかつこと能わず、誠に重職のきりやうに非ず。……石田治部少輔三成、太閤御治世の時ゟ野心をはさみ天下を奪わんと欲する企有ける故、……上方に有て内々謀反の徒党を語ひけるに、秀頼公の命也と偽り、西国大名を多く味方に引入れける。就中浮田秀家は最初ゟ石田と申合、徒党の張本たり。

そしてこの長船の陰謀から林の横死に至る事件は、浮田家先代の直家以来の旧悪が祟ったものであると説く。

是を以往昔を思ふに、秀家の父浮田和泉守直家、無道にして郡国を掠め領し、罪を天地の間に蒙るといへ共、戦国の時なれば暫く誅をまぬかれ、幸ひに病死せり。秀家家督相続して、太閤の御果報にあやかり御一字を給わり、中納言に昇進す。其徳に依て暫し栄花を得るといへ共、天道いかでか旧悪をゆるさんや。浮田家滅亡の時節到来して、奸賊内におこり、名士身退き、秀家石田に与して天に逆ひ忠臣の諫を聞ず、長船紀伊守時を得てむほんし、林玄蕃是を知て征伐する事なく、却而其身を亡す事、旧悪の家も絶さんとす、天誅のかゝり合といゝつべし。……天道に私なし。浮田家断絶の時節といゝながら、天晴無双の玄蕃直則、……此難に出会事、惜むべき武士也けり。

積悪に対する天の咎めに説明を帰着させている。

鬼卵の『茶店墨江草紙』では、この説は採らない。先ず巻頭に、実録における秀家の関ヶ原出兵に相当する事件を置く。正治元年（一一九九）に源頼朝が没した直後のこと、宇智田舎秋が比企能員《ひきのよしかず》の謀叛に呼応して、相模国上野が原に出兵し、鎌倉幕府に敵対したとする。但しこれは、かつて親族が滅ぼされたことの恨みを晴らそうとするものであった、即ち然るべき動機が存在したとの扱いをしている。

（舎秋は）江州粟津の合戦に巴女《ともへじよ》が為に命《めい》を落せし宇智田三郎舎吉《いゑよし》が嫡男にて、近国に威をふるひけるが、子息越後守義資《よしすけ》、梶原が讒によつて誅せられ、其恨《うらみ》を晴さんと此度の企《くはだて》に与《くみ》して出陣せしが、

従ってこれに連動して、積悪に対する天誅という説明も見られなくなっている。代わって述べられるのは、早瀬が非業の死を遂げたのは、そもそも彼自身の粗忽に由来するという、特徴ある解釈である。即ち早瀬は家臣たち列座の場で岡船の陰謀を暴露した。しかしこれは配慮に欠けることであったと言う。

諺《ことはざにいはく》曰、英雄人を欺くとは宜哉《むべなるかな》。こゝに早瀬玄蕃は、今日逆臣ども取挫《とりひしぎ》ながら、急に是を糺さんともせず、「我当館《とうやかた》の柱礎として斯《かく》有ん内は、彼者どもいかほど謀叛する共何程の事あらん」と、日もはや西山《せいざん》に沈没し黄《たそ》昏《かれ》の薄曇《うすぐもり》、物のあいろも見へ分かざれど、常に通ひし路程《みち》なれば、悠々と心静《しづか》に弐十余人の老党を随へ、馬上にて静々と打せける。夫《それ》遠き慮無則必《おもんはかりなきときはかならず》近き憂有《うれひあり》との聖語を忘却して、戦国の中《うち》に処しながら、斯《かゝ》る軽率の言動《ふるまひ》、凶事を招く基《もとひ》なり。諺に、恨《うらみ》は可解結《とくべしむすぶ》べからずといへり。今日早瀬が時宜《しぎ》、剛直の勇気は称すべし。憤怒《ふんど》の譴責の甚しきは遠き慮《おもんはかり》なきと謂《いふ》べし。故災害《ゆへにわざはい》自他に及ぼせり。……（早瀬は、闇の中から現れた当麻に鎗で突き殺される。駆け付けた妻と二人の息子の悲嘆。）……惜哉《おしいかな》、英雄人を欺くの卒忽《そこつ》より事を発足《おこ》しぬ。

剛直の勇気余って憤怒の譴責となった。それが岡船を追い詰め、結果非道の手段での報復となったのであると。この発端部分は全般にわたって、実録『天下茶屋敵討真伝記』に拠って書きながら、早瀬の横死に対する理由付けについては、独自の解釈を示した。ここに、積悪に対する天誅の如きものに帰結させるのではなく、あくまでも人の感情に即して、事件の生起する所以を説明していこうとする姿勢が表れている。更にこのことは、作者が単純に、事を〈善悪〉の構図に持ち込まなかったことをも意味する。御家押領を企む岡船・当麻によって早瀬が討たれ、遺された子が敵討を達成するという全体の筋からすれば、早瀬の側の粗忽を言うなどのことは、「勧懲正しからず」ということになりかねない。善悪応報の理法の貫徹を示すのであれば、截然と、善は善、悪は悪とすべきである。作者は、天誅、善悪応報の如き理法を先ず大前提として置き、そこから演繹的に事柄を描いていくという発想をとらず、人間の感情と感情との絡みの中に事件が生起する所以を求めようとしているのである。

鬼卵のこのような姿勢は、『絵本更科草紙』(11)（初編文化八年（一八一一）、後編同九年、三編文政四年（一八二一）刊）においても顕著に見られる。(12)本作は、戦国の士山中鹿之助の伝であるが、一読して気付かされるのは、鹿之助が、忠義の観念に縛られた人とはなっていないことである。近代以降に形作られた、あの、三日月を拝し「我に七難八苦を与え給え」と祈り、尼子氏に生涯を捧げた忠義一徹の人という像とは明らかに異なる。

信州村上家の士である相木森之助と、更科（同じく村上家臣の楽岩寺右馬之助の娘）との間に生まれた鹿之助は、信州の山中で少年期を過ごす。後に遠州諏訪が原城を守った森之助が帰郷退隠を決意した時、鹿之助は、父に随うや否やを問われて答える。

「今天下大に乱れ、英雄星のごとくに起り、いつ昇平の代となりなんも計りがたし。いやしくも我幼年より井上道人（かつて父母の武芸の師でもあった井上光興）にしたがひ、軍学の奥義を学び剣術の琢磨せしも、天下に英名を顕はさん為なり。父にしたがひ信州へ退き老農となつて生涯を経ん事、口惜き事にあらずや。尤《もつとも》父に随はざるは不孝なれども、某は天下に横行《わうぎやう》して世を納め民のくるしみを救はん事を願《ねがふ》外なし。我一人此城に留り、寄来らん敵に淡《あわ》吹せ、其上何国《いづく》へも立退、名将をゑらんで随身せんより外の願ひは是なし。」

天下に横行し世を治め民を救い英名を揚げんとの志――これは鹿之助個人の、何のしがらみもない、主体的な願いである。ここに「何国へも立退、名将をゑらんで随身せん」という通り、この時点で、後に尼子氏に仕えることが予定的に運命付けられているなどのことは全くない。このように、尼子への忠節という観念に縛られないことによって、以下掲げるような未練、恋情、慢心など、言わば人間的な膨らみを持った鹿之助像が描かれることが可能になった。

この後鹿之助は、ある夜山中で、中御門宗行《むねゆき》なる人の霊に出会い、上洛すれば道が開けるとの告げを受ける。更科はこれに拠って、鹿之助と離別しようとするが、彼はここに至って未練の様を見せる。

鹿之助は今更母の別れかなしく、打涙ぐみてありけるが、「宗行卿の御告により我は上方へ登るべけれど、母上只一人信州へ御越あらん事心元《こゝろもと》なし。一先《ひとまづ》御供申さん」と、……更科声を励まし、「未練也鹿之助。天下の英雄

となら ん と思ふ身の、か丶る婦女のごとき性根こそ浅間《あさま》しけれ。親子とおもふな。子とは思はじ。……」と言捨て、……ゆくゑもしらずなりにける。

かくして鹿之助は一人上洛するが、次第に初志が弛み、都の風俗に馴染む。折節、地主の花見に出掛け、一人の美しき姫を見かけ、茫然となる。

年は十六夜《いざよひ》ばかりと見えて芳蓉窈窕《はうようようてう》として、……従婢数多《こしもとあまた》引つれ三年阪を桜翳《かざ》して下り給ふ風情、月宮の嫦娥《じやうか》花にうかれて来りしかと、さしも勇猛絶倫の鹿之助、総身痿痹《そうみなへしびれ》しごとく、恍惚として前後をわすれ、思はず其人のしりへに付て下りけるが、

彼はその後思いがつのって病臥、衰弱。「国を出る時はいさましく父母に、錦の袖をひるがへして御皃を拝せんと立出し身の、一人の婦人の為に命を捨る事の浅間しくも嘆はしくも口惜くも、いふべき詞さへあらず」と嘆いても、如何ともできない。ここで前世からの赤縄云々などと説明されることは一切なく、単に一青年の純粋な恋情として描かれている。

さて彼が恋慕した相手は、かつて対面した霊の主、中御門宗行の子孫、宗教《むねのり》の娘九重姫であったと知れる。続いて鹿之助が、賊の襲撃から姫を救う一件あり、中御門家との繋がりが生じる。宗教は鹿之助に、姫の姉の夫尼子義久に仕え輔佐するようにと頼む。かくして尼子のもとへ赴くが、しかしこれは鹿之助にとってやや不本意なことであったという。

鹿之助倩《つらく》思ふやう、「我天下に遊行《ゆぎやう》して大功をなさんと思ひしに、よしなき色情ゆへ宗教卿にたのまれ、尼子に随ひぬ。去《さり》ながら、かく安楽に暮すうへは何ぞ二君に仕《つかへ》ん。足事《たること》をしるは聖人の道なり。此上は尼子の武運を祈り、我も強勇の誉《ほまれ》を顕《あらは》さん。」

尼子義久も鹿之助の心中を知っていて、「かゝる豪傑は我等などの旗下《きか》にあるべき者にあらず。早く都より九重姫を呼迎へ婚礼をさせなば、折足《ほだし》と成て長く我方にも留るべし」と考えた。鹿之助が尼子に仕えたのは、単に中御門家の紹介によるものであって、前世からの宿縁等々は一切存在しなかった。

かかる折節、伯耆国の山名氏資の家臣菊池乙八の狼藉のことを聞き、鹿之助は退治を思い立つ。乙八は剛力の大漢にて、「自《みづから》天下に敵なしと広言」する者であった。

　一人の乙八を恐るゝ事厄神の如くなれば、乙八が傍若無人に振廻《ふるまひ》、漫に民家へ打入、みめよき婦人は己が儘に奸淫しければ、国中の騒動大かたならず。……鹿之助此事を聞て安からずおもひ、「仮令《たとへ》七面八臂ありとも人間也。我此者を除《のぞか》ずんば当国の人民くるしまん。いざや謀《はかりごと》をもて乙八を怒らせ打殺すべし」と、「菊池乙八を討《うつ》ものは山中鹿之助なり」と大文字に認《したゝ》め、所々へ張札《はりふだ》して置《おき》ける。

これを聞いた尼子義久は驚き、無謀なりと鹿之助を止める。しかし鹿之助は自若として出で、乙八を倒す。義久はこれを聞いて驚嘆する。即ちこの乙八退治は、主君義久を差し置いて行われた、鹿之助の独り舞台であった。

この一件は、『太閤記』巻一九の「山中鹿助伝」[13]に拠ったと思われる。しかしそこには一つの改変が施されている。『太閤記』では先ず、

　粤《こゝに》宇田源氏之末流、佐々木源三秀義が苗胤、尼子伊与守経久が的孫、右衛門尉（晴久）が子、伊与守義久が内、山中甚次郎、天文十四年乙巳八月十五日、雲州富田之庄に於て出生しけり。

と、鹿之助が生まれながらに出雲の尼子配下であったことから説き起こす。続いて、幼年期からの勇猛、一六歳の時、三日月に武勇を祈ったことを述べた上で、

　かゝる処に、伯州小高之城主山名を攻討《せめうた》んと、義久発向しければ、山名も打向ひ合戦に及び、互に火出る計《ばかり》苦

戦し、勝負まち〳〵なりしに、「山中甚次郎」と名乗出《いで》つゝ、菊池音八と渡し合せ暫し相戦ひしが、終に菊池を討て首をさし上たり。此菊池は因伯二州にをひて隠れなき勇者なりき。

本来はこのように、義久率いる尼子軍と山名軍との戦の中、山名方の勇者を破ったというものであった。鬼卯はこれを、人民に狼藉なす悪漢を、鹿之助が己の一存で退治したという話にした。これも己の武功を願う最初の立志に由来するものであり、尼子に対する忠節へと収束していくものではない。

後に父の森之助が、鹿之助の慢心を指摘して次のように言う。

「幼少の頃天下に英名をなさずんば再び父母にまみへじと大言を吐出《はきいで》たるに、豈《あに》はからんや、僅《わづか》の色情に依て中納言（中御門宗教）にたのまれ、尼子義久を助《たすけ》、漸《やう〳〵》雲伯播の三ヶ国を取返《とりかへし》、事足《たれ》りとし、自《みづから》慢心を生ず。是《これ》天下の英名といわんや。」

最初の立志から始まり、これを実現すべく行動する中での曲折を描こうというのが、作者が意図したところであった。また併行して、鹿之助と尼子十勇士各々との出会いが書かれるが、これも、互いの武勇や人格に感じ入っての意気投合であって、尼子家の徳のもとに運命的に集結していくなどという類のものではない。作者は鹿之助を、尼子と宿縁で繋ぎ〝忠義の人〟という型に沿って造形するという発想をとらなかった。そしてそのことは、この人物の心情をより幅広く自由に描く方向へと作用した。但し、それぞれ描かれた情が相互に連関を保って一つの性格を描出するというのではない。言わば、一々の情はそれぞれの場において尤もなのであって、それが連なり、全体として円環をなしているにとどまる。情を辿っていくことと同時に、例示は省略するが、一つの事件が次の事件を生む経緯についても丁寧に説明されている。かくして長編としても破綻することなく、全体の連続性を保ち得ていると認めてよい。

四　好華堂野亭読本における「正しさ」

鬼卵と並んで上方読本の代表作者として挙げるべきは、文政から天保期にかけて〈稗史もの〉〈図会もの〉を手掛けた好華堂野亭である。鬼卵に見た、人力を超えたものの統御を前提に置かない、また人物を道徳観念の枠に沿って造形していくことをしない、という点は、野亭にも認められる。そして、当然の情を辿っていくという点で言えば、以下掲げるように、野亭の方が一段進んで、己の一念を貫く人物を肯定的に扱うに至っている。

『部領使世嗣草紙《ことりづかいよつぎ》』(14)（天保八年（一八三七）刊）は以下のような話である。

摂州池田の剣術指南沢田蟠竜の娘玉絹《たまぎぬ》は、父の弟子花園麗三郎に恋慕するが、麗三郎は江州佐々木家へ召され、一方自分はかねてからの約によって邑岡《むらおか》団之丞（悪漢なること後に知れる）に嫁がされることとなり、悲嘆の余り一人家を出て麗三郎の跡を追う。暴漢に襲われ、通り掛った相撲取りの鬼が嶽に助けられる。しかし鬼が嶽はこの後悪心を起こし、玉絹に戯れ掛り、靡かぬと見るや遊廓へ売ってしまう。思い掛けずもこの遊廓を訪れた麗三郎に邂逅するが、身請けの金の工面に手間取るうちに、玉絹の所在を察知した邑岡によって請け出されることになる。玉絹は自害を決意し、海に身を投げるが、恰も船で通り掛った篤実の力士磐川《いわがわ》に、奇跡的に助けられる。玉絹は、その後も様々の曲折、苦難を経て、終に麗三郎と結ばれる。

婚約者があったにもかかわらず家を出て麗三郎の跡を追い続けた玉絹の行為を作者が全面的に肯定していることについては、横山前掲『読本の研究』(15)に指摘がある。同書ではここに、この時期江戸で最盛期を迎えていた人情本からの影響を想定する。いまこれを、述べてきたような上方読本の作風の傾向という観点から捉えることができないであろうか。

遊廓にあった玉絹は、邑岡に強引に身請けされようとして自害を決意した際、次のように述懐する。

「此年月剣の橋をわたる如く、針の席《むしろ》に座する思ひして、幾許《いくそ》の辛苦を凌ぎ、邂逅《たま〳〵》其主《そのぬし》に環会《めぐりあひ》、已《すで》に志を致さんとする期《とき》に臨み、忽地《たちまち》うき人の為に身を贖《あがなは》るゝも、是父母《かぞいろ》を捨《すて》て物思はし奉る不孝の罪を、神仏《かみほとけ》の罰《つみ》し玉ふにこそ。かゝれば誰を怨み誰を喞《かこつ》べき。素《もとよ》り父母の家を出しより、思ふ人に添《そふ》ことを得ざらましかば命生《いき》じと心を決《さだめ》たる身の、今更何をか嘆くべき。何なか〳〵に存命《ながらへ》て、昭君が胡地《こち》の辱《はづかしめ》を見るべき。身はうたかたの泡と消《きゆ》とも淫《たはれ》たる名を流《ながさ》じ。」

確かにここで、不孝に対する神仏の罰と言う。しかしこれは決して、神仏の理法の厳然たることを思い知らされて、それにおののいているものではない。事は全て自らの一念から出たことにて、誰の仕業故でもない、かくなる上は最後まで一念を貫き通すべし、ということを言っているのである。玉絹は最終的には麗三郎と結ばれるが、これも決して、仏神や天が彼女の思いを憐れみ結ばせ給うたなどとはしていない。玉絹が仏神や天の理法と向き合うことがないのであれば、理法が彼女の命運に対して関知することもあり得ない。

但しここから単純に、作者は道徳的な要素を排除して一途なる念を無条件に肯定しようとしている、と解するのは妥当でない。野亭の作は、その序によれば、善悪応報、勧善懲悪に基づくものであるという。

談話中、好人受福、不好人受禍。山人（作者野亭）之定存出勧懲者是花之有実也。（『新編女水滸伝』[16] 梅堂主人序）

（この作に、善人・悪人の力士が出ることを述べて）今時此技盛行、然世人大抵不論其心術之善悪、但多力是称。不思之甚。是作者之所以慨焉乎。（『部領使世嗣草紙』芝蘭処士序）

（世に忠臣孝子と乱臣賊子の別あり。乱臣賊子の横逆簒奪をなすは、）無下不レ害二於世一者上也。是以天怒人悪、終至二于喪レ身敗レ家覆レ宗絶レ祀之禍二而已。

（『大伴金道忠孝図会』(17) 宮田南北序）

然れば、一念を貫いた結果道徳規範から逸脱するようなことがあれば、これとの間に矛盾が生じないであろうか。

彼女は最後に、佐々木家の高臣玉倉隼人によって、麗三郎と結婚するよう計らわれる。

（玉倉、）「玉絹が貞節いと切なれば、改《あらため》て我が処女《むすめ》とし、吉日を撰《えらみ》て麗三郎が許《もと》に嫁《とつが》しむべし。」

また作者自身、玉絹を評して言う。

玉絹は、父母の命《めい》を待ず、其夫を私《わたくし》にせしは、聊《いさゝか》不義の行《おこなひ》に近しと雖《いへども》、一度誓《ちかひ》し意《こゝろばせ》を変ぜず、百辛千苦を嘗《なめ》ても猶《なほ》其操《みさほ》を改《あらため》ず。可謂《いふべし》、再難得《またありがたき》一列女《ていじょ》なりと。

「聊《いさゝか》不義の行《おこなひ》に近しと雖《いへども》」と言いつつ「貞節」「操」「一列女」と評する所に、作者の立場がよく表れている。既定の道徳規範には確かに反している、が、それを以て斥けず、むしろ、人として当然の思いであるということを以て、それはそれで正しいと認めたいものの如くである。野亭の各作は確かに、最後には善人の手で賊が滅ぶことによって、応報は保たれている。しかしそこからそれ以上の所、即ち厳然たる理法が人間を統御している構図を示すなどのことへは向かっていかない。この点は特に馬琴読本と大きく方向を異にする。野亭における善悪応報、勧善懲悪とは、緩やかな意味で、作中に倫理的な筋を一本通すことと捉えられていた。

この観点から『絵本菅原実記』(18)を見てみる。「絵本」とあるが、実質は〈図会もの〉。初編は巨勢秀信作（文化七年（一八一〇）刊）。いま、野亭がこれを継いで執筆した後編（天保一三年（一八四二）序）のみを問題にする。本作が、神道講釈家吉田天山の『北野実伝記』を典拠とすることが、中村幸彦「実録、講談について」(19)に指摘される。同稿において本作は小説性に乏しいと評される。確かに込み入った描写も少なく淡々と大筋を叙するのは〈図会もの〉の典型と言い得る。但し『北野実伝記』(20)と対比して見たとき、野亭が意識的に一貫して改変している要素があることに気付かされる。

太宰府に流された菅原道真が藤原時平の滅亡を祈り、死しては雷となって取り殺したのは、自身の冤罪を晴らし得ないことの恨みによるとするのが、『北野天神縁起』、『太平記』巻一二「大内裏造営事付聖廟御事」等以来の一般的な理解であった。『北野実伝記』では、全くこれに拠っている。一方野亭の『絵本菅原実記』ではこれを、佞臣が世を恣にすることへの憤りによるとした。都から太宰府へ赴いた島田忠臣が、時平専横の様を告げた際、次のようであったという。

菅公大に駭《おどろ》かせ給ひ、「……明月も盈《みつ》れば欠る事世の常理なれば、無実の罪に沈しも、我に於て恨とせず。然ども時平斯のごとく天下の政道を我儘に執行《とりおこな》はゞ、君の明を益《ます》〳〵昧《くらま》し、朝廷の政《まつりごと》僻事のみ多く、遂には国の乱《みだれ》を生じ、さしもの賢君末代まで悪王の名を流し給はん事こそ嘆かはしけれ。帰洛恩免の勅詔下らざる宜なるかな。よしや我身は此儘に朽果《くちはつる》とも惜《おしむ》にたらず。君の為に此乱臣を除《のぞく》事能はざるこそ、かへす〴〵遺憾なれ」と、常に柔和の御顔色も忽ち薄紅梅の色に変じ、怒気を含で見え給ふ。

これに続く、道真が山上で祈った話（天拝山祭文）についても、『北野実伝記』では、天に無罪を訴えるためであったとするが、野亭はこれを、「朝政を乱す悪臣を罰せん」と念ずるためであったとする。この後没した道真の霊がかつての師、叡山の尊意僧正のもとを訪れる話（柘榴天神）についても、『北野実伝記』では、道真は尊意に、自分は雷と変じて時平らに「うらみをむくひ」ようとするので、師の法力によってこれを妨げ給うな、と告げるとする。これを野亭は、自分は時平ら佞臣を誅しようと思うが、師の身に危険があってはならないので、朝廷から祈禱に招請されても参内しないようにと告げた、と改めた。

野亭は、道真の一念を私憤に帰着させることを避けた(21)。しかしそれは、道真の情を既定の道徳の中に封じ込めたということではない。道真の感情に関する描写は、右の引用部分を含めて全体に、『北野実伝記』よりも増幅している。その上道真の逼迫した情を描くことにも配慮している。『北野実伝記』では、島田忠臣が太宰府の道真宅を訪れ、随従の度会春彦がこれを出迎える気配に気付いた際の道真の様子について次のように記す。

　菅公も此ものおとを聞せ給ふと、そのまゝおくよりもはしり出給ひて、すぐに両人が手をとりてなげかせ給ふ。主従のこゝろのうちいわんかたなくぞいたわしき。菅公忠臣にむかわせ給ひて、「都の事を申せ」とありしゆへに、

『絵本菅原実記』ではこれを、

　菅公は御異例にて打臥居給ひしが、忠臣と聞給ひて、衾をはねのけ起させ玉ひ、「珍らしや忠臣。都には変る事もなきや。妻はいかに、子どもは」とせわしく問給ふにぞ、

とする。表現としてはこちらの方が逼迫した情が顕わである。ただ一途純粋なる情を書くのみであれば、私憤でもよかった。それを敢えて採らなかったのは、その情は「正しさ」を伴ったものであるべく、作中に倫理的な筋を一本通したいという意図が存したためであろう。

　野亭の同じく〈図会もの〉に属する『大伴金道忠孝図会』（初編嘉永二年（一八四九）、後編同三年刊）にも、一念を貫く人が登場する。全体の筋は、大伴金烏《きんう》（後に真鳥と改名）が兄の大伴馬来田《まくだ》（筑紫の探題）を謀殺し、更に大友皇子の謀叛に加担、悪逆狼藉を尽くして威を奮うが、終には馬来田の子金道《かねみち》の率いる官軍に滅ぼされるというもの。これに絡めながら、医師埴雅明《はにののりあき》が、妹を金烏に惨殺されたことを恨み、敢えて金烏に仕えて悪事を勧めて滅亡へと導き、復讐の念を貫き通すことが書かれている。本作の典拠である畠山泰全の仮作軍記『大友真鳥実記』（元文二年（一七三七）刊）では、この人物は埴稚郎《はにのわいらつ》とあって、復讐の行動の大筋も既にここに備わっていた。しかしその一念を貫く様

は、野亭によって初めて鮮明にされた。

　作全体を見渡したとき、悪逆の金鳥が滅び、雅明の復讐が達成されることで、善悪応報の筋が通されていると、先ずは見ることができる。しかしもし、金鳥を悪、雅明を善とする図式を前提として読むならば、如何にしても引っ掛る部分が出てくる。金鳥の配下となっていた雅明は、金鳥が九州一円の狐狩りを計画した際、絢爛に仕立てて威を顕示すべしと勧め、臨時の課役を強いるように仕向け、民を困窮させる。

(雅明、金鳥に言う、)「……最《もつとも》御武名四海に比《ならぶ》者なき君の御遊猟なれば、諸人其行装《ぎやうそう》を見んと足を翹《つまだて》て待《まち》候べければ、君臣とも狩装束に花麗を尽し、馬の皆具《かいぐ》、射子《せこ》の打扮《いでたち》まで、天下の耳目を驚かし給ふべし。是九州の諸士の肝を拉《とりひし》ぐ一つにて、君子不レ重無レ威《おもからざればいなし》とも申せり。且《かつ》又其御遊猟ある国の国司郡司へは、君の御陣所、諸士の仮屋、念を入て造構《つくりかまへ》べき旨を御申渡《まうしわたし》あり、御領下の農民には田畑の高に応じて、十分が一を今度の入用《にふよう》として上納させ、一村に三十人乃至《ないし》五十人の人歩を出させて射子《せこ》に宛給ふべし。……」……村郷《むらさと》の農民へは、課役歩役の義を厳しく地頭より申渡させけるにより、諸士は俄に狩装束を調《とゝのへ》んと資材を抛《なげう》ち、貧《まづし》き士は衣服調度を沽却《うりなし》、或は他借して随意《こゝろ〳〵》に物好の品を誂《あつら》へ、下民は貢税《みつぎ》の外《ほか》の課役を虐《しへたげ》られて、恨み悲まざるは無りけり。

また真鳥と改名するに当たり、宮殿の如き城を築き佳人を集めよと勧め、民を虐げるよう仕向ける。

(雅明、金鳥に言う、)「……御改名有《ある》に於《おいて》は某們《それがしら》も怡《よろこば》しく存《ぞんじ》候なり。但恨《たゞうらむ》らくは御城甚だ狭く、且《かつ》要害も利《よろし》からず。別に国内に於て要害の地を御択《えらみ》あり、御居城を広く堅固に築き、内に宮殿楼閣を営み建、花麗の壮厳有て御在城なし給ふならば、九州の輩《ともがら》倍《ます〳〵》御威光の強《つよき》を恐れ伏従いたし候べし。……美人を択《えら》ぶ吏宦《やくにん》を定め、御領内は勿論、都鄙に分ち遣し、才色を兼《かね》し佳人を抱《かゝへ》しめ、使令《めしつかひ》側室《そばめ》に宛《あて》給ふべし。最《もつとも》諸雑費に於《おいて》は公用と号して、九州二島の諸司へは、所領毎《ごと》に貢税の内十分《ぶ》が一を上納すべしと触渡され、御領下にては……それ〴〵の分に応じて課役を命じ、新城御造立の入用に宛給ふべし」と唇を翻して説勧《ときすゝめ》ければ、……衆人大いに困《こう》じ果《はて》、「先には狩倉の料とて課役を取立、今又新城の入用金を責虐《せめせたげ》らるゝ無道さよ」と怨み嗟《なげ》かぬ者はなかりけり。

これらは金鳥を滅亡へ導くための手段であり、既に『大友真鳥実記』にも見えている事柄ではあった。しかしもし善悪の別を截然とするのであれば、是非とも整備しておくべき所であったはずである。しかもこれにとどまらず、『大友真鳥実記』にはなかった、雅明が真鳥（金鳥）に王位簒奪を勧め、悪僧の道智に命じて草薙の剣を奪取することを企てるよう、側面から駆り立てるという話をも加える。

（雅明、）「……詮《せん》とする所は王位を推簒《おしうば》ひ四海を併呑し給ふに有《あり》。然《され》ば軍戦の備《そなへ》をなし給ひ、一味の徒《ともがら》と牒じ合せ、先《まづ》近国を攻靡《せめなび》け、根を強《つよく》して九州を追々蚕食し、中国四国をも伐従《うちしたが》へて都へ攻上り給ふ御工夫こそ肝要にて候。何ぞ区々《くゝ》として気を屈し給ふ事の候べき」と舌を鳴して説励《ときはげま》しければ、真鳥その口車に乗《のり》、「……王位に即《つか》んには、先《まづ》三種の神器の一つたる草薙の剣、今尾州熱田の宮殿に納め有《あり》とぞ。我彼宝剣を奪取《ばいとら》んと欲する事多年なり。道智は諸《もろ〳〵》の妙術を得たれば、右の宝剣を暗《ひそか》に奪取方便《うばひとるてだて》は有まじきや」とうら問《どひ》けるに、道智完爾と打笑《うちゑみ》、「拙僧が法力を以てする時は、九重《きうちよう》の石櫃《せきひつ》に蔵《おさめ》し物たりとも袋の中の物を取出すより安く候。さもあれ其剣は如何なる徳の候や」と問《とふ》。其時雅明少し膝を進め、「其義は君に代りて某《それがし》宝剣の来歴を伝聞《つたへきゝ》しまゝ語《かたり》候べし。……（長々と剣の来歴を語る。）……」……真鳥斜ならず怡《よろこ》び、道智を行脚僧の体《てい》に扮装《いでたゝ》せ、路費《ろぎん》等を与へ尾州へぞ赴《おもむか》せける。

雅明の胸中にあるのは、ひたすら己の怨恨を晴らさんとする一念のみである。結果このように、翻って既定の道徳規範に照らせば問題ある行動をもとっているのである。終末部、金道が官軍の将として攻め込み、終に真鳥を射る。そこに雅明現れ、金鳥に惨殺された妹、その悲傷故に死んだ母のための報仇なりと唱えつつ二刀刺し、自害する。

「我母妹の仇を復《かへ》さんと、仮に真鳥に事《つかへ》、種々の悪事を勧め、今已《すで》に本意を達せし上は、仇は仇恩は恩。敵ながら多年高禄を喰《くらひ》し恩義の為に殉死するぞ。」

かねてから雅明と連携していた、金道配下の亀山太皃《かめやまたける》が、これを見て感涙と共に語る次の言葉に、雅明のこれまでの心情は尽くされている。

「噫《あゝ》孝なるかな雅明。義なるかな雅明。其母親と妹の仇を報ぜんと敵に膝を屈して事《つかへ》、真鳥が寵遇の恩に趼《ほだ》されず、一旦我と契約の信を守り、今日まで私の仇に手を下さずして、種々反間の謀《はかりごと》を廻《めぐ》らし、我主君（金道）に大敵を討せ、其身も多年の宿志を果し、功成名遂《なりとげ》て生を貪《しやう》らず、敵ながら真鳥の恩の為に殉死の義を立《たて》しは、又世に有難き一人傑《いちじんけつ》かな。」

雅明は、天道や仏神の鏡に照らして如何と問いながら行動していたのではない。殉死も、金烏を欺いたことの見返りに天誅として受け入れようなどというのではなく、単に自身の良心に従っているのみである。そして亀山の言葉は、そのような己の信念を貫いた生き方を、人間として正しいものであると称美するものである。

五　結語——後期上方読本における長編構成の方法——

一念を通すことを肯定するという点から、上方読本を再度文化期まで遡って見れば、馬田柳浪『朝顔日記』（文化八年（一八一一）刊）に行き当たる。深雪が次郎左衛門への愛を貫こうと、うち続く苦難に耐え、終に志を成就するという話である。その全体を貫いているのは、すれ違いもめぐり会いも、禍の降り掛るもそこから逃れるも、全て人のなせる仕業に由来する、との見方である。一例のみ挙げれば、深雪が拐かされて室津の遊廓へ連れられ、勤めを拒んで主の責めを受け自害を決意するに至った時、これを救ったのは仏神や天ではなく、廓の主婦於六の計らいであった。作者はこの於六の厚情の様を丁寧に描く。深雪は後に次郎左衛門と結ばれたとき、於六への礼謝を忘れなかった。超越的な力による統御を前提に置くことなく、全て人為と人情によって展開する事件を重ねて行き、長編に仕立て上げている。後に好華堂野亭は浄瑠璃作者として、同じ素材を『生写朝顔話』(天保三年（一八三二）初演)に取り上げた。然れば柳浪の作法についても意識することがなかったとは考え難い。『朝顔日記』の出た頃、江戸では小枝繁によって、『催馬楽奇談』(文化八年)、『松王物語』(同九年)が刊行されている。小枝繁の作法が馬琴の全くの踏襲ではないことは、本書第三部第六章「後期読本作者小枝繁の位置」に述べた。但し仏神の統御、応報の理法の厳然たることを標榜し、その前提に立って構想していく所には、やはり馬琴流の影響が強く働いている。上方の作者たちは文化年間、江戸の〈稗史もの〉に触れた当初から、既にやや異なる方向へと進み始めていたもののように思われるのである。

注

（1）大高洋司「享和三、四年の馬琴読本」(『京伝と馬琴――〈稗史もの〉読本様式の形成――』(翰林書房、二〇一〇年)所収。初出は二〇〇一年一一月)。また本書第三部第六章「後期読本作者小枝繁の位置」注3を参照されたい。

（2）横山邦治『読本の研究』(風間書房、一九七四年)「第二章　全盛期の読本――文化年間から天保初年まで――／序節　仇討もの以前――手塚兎月の読本について――」。

（3）『蟹猿奇談』は、関西大学図書館中村幸彦文庫蔵本(国文学研究資料館マイクロ資料)に拠る。

（4）『新編陽炎之巻』は、岐阜大学附属図書館蔵本(国文学研究資料館マイクロ資料)に拠る。

（5）『今昔庚申譚』は、島根大学附属図書館堀文庫蔵本に拠る。

（6）『昔話稲妻表紙』は、『新日本古典文学大系　米饅頭始・仕懸文庫・昔話稲妻表紙』(岩波書店、一九九〇年)に拠る。

（7）『月桂新話』は、国立国会図書館蔵本に拠る。
（8）『新累解脱物語』は、大高洋司編『曲亭馬琴作　新累解脱物語』（和泉書院、一九八五年）に拠る。
（9）『茶店墨江草紙』は、島根大学附属図書館堀文庫蔵本に拠る。
（10）『天下茶屋敵討真伝記』は、矢口丹波記念文庫蔵本（国文学研究資料館マイクロ資料）に拠る。
（11）『絵本更科草紙』は、広島文教女子大学附属図書館蔵本に拠る。
（12）史上の人物としては鹿介と記すのが妥当であるが、ここでは『絵本更科草紙』本文の表記に倣って鹿之助と記す。
（13）『太閤記』は、『新日本古典文学大系　太閤記』（岩波書店、一九九六年）に拠る。
（14）『部領使世嗣草紙』は、関西大学図書館中村幸彦文庫蔵本（国文学研究資料館マイクロ資料）に拠る。
（15）注2前掲『読本の研究』「第三章　終結期の読本――天保年間から幕末まで――／第一節　稗史ものの諸相／その三　好華堂野亭の稗史ものについて」。
（16）『新編女水滸伝』は、島根大学附属図書館堀文庫蔵本に拠る。
（17）『大伴金道忠孝図会』は、著者架蔵本に拠る。
（18）『絵本菅原実記』は、高知県立高知城歴史博物館山内文庫蔵本（国文学研究資料館マイクロ資料）に拠る。
（19）中村幸彦「実録、講談について／神道系講談――吉田天山の『北野実伝記』を軸として――」（『中村幸彦著述集　第一〇巻』（中央公論社、一九八三年）所収。初出は一九七〇年一〇月）。
（20）『北野実伝記』は、関西大学図書館中村幸彦文庫蔵、二一巻本（国文学研究資料館マイクロ資料）に拠る。
（21）浄瑠璃『菅原伝授手習鑑』（延享三年（一七四六）初演）では、太宰府に流された道真（菅丞相）が憤ったのは、自らの冤罪よりも、時平による謀叛簒奪の企みであったとする。道真の憤りを、一種の公憤と解する点で近似する。

第三章　読本における上方風とは何か

一　中川昌房読本における江戸読本風の不徹底

上方出来の後期読本は、江戸読本の隆盛が頂点を極めた文化五、六年（一八〇八、〇九）頃以降、進んでその作風を取り入れようと努めるようになった。しかしこの融合の動きによって、上方読本の作風が一変したということではなかったことが窺える。

上方読本が江戸風を意識的に取り入れた例として、中川昌房の『金鱗化粧桜《きんりんけしょうざくら》』[1]（文化九年（一八一二）刊）を挙げる。筋は以下のように纏められる。

①昔三韓より釣鐘を渡そうとした時、竜神が風波を起こして船を覆し、釣鐘は筑前鐘ヶ岬近くの海底に沈んだ（【鐘ヶ岬の伝説】）。

②白河院の応徳年間（一〇八四―八七）のこと、九州の豪傑尾形惟武《おがたこれたけ》は、姥ヶ嶽大明神（蛇体）を父として生まれ、背中に蛇の鱗と尾の形を備えていた（【尾形惟武の出生譚】）。

③千光国師が筑前国に寿福寺の造立を発願し成就。御堂供養の際、勅使として堀川中納言義春が都から下って来る。

尾形惟武の娘花満姫《はなみつひめ》（一三歳）は、堀川中納言に対面し思慕の念を抱く。

④千光国師が、「花満姫には嫉妬の悪相あり」と指摘し、偈を授ける。

⑤惟武は寿福寺に寄贈するため、海中に沈む釣鐘（伝説の釣鐘）を引き上げようと考え、奉行に塩田郡司を登用するが、引き上げは失敗、しかも惟武は塩田に謀殺される。

⑥惟武の子尾形惟次《これつぐ》が、再度釣鐘引き上げを試みるが失敗、釣鐘は砕ける。惟次はこの時海中より鬼面を得るが、これを花満姫に与えたことが、彼女が後に鬼女と化す前表であった。

⑦塩田は逃亡し海賊となる。堀川中納言が海賊平定の任を受け、都から下って来る。太宰府の帥重栄《しげふさ》親王の娘緋《ひ》桜姫《ざくらひめ》は堀川中納言と婚約していた。花満姫はこれを知って嫉妬の炎を燃やし鬼女となり、池に入水して滅ぶ。

さて右の④の所で、千光国師が花満姫に対して次の偈を授けている。

二八滅㆓一秋㆒　色心募㆓雲上㆒
二八増㆓一春㆒　妬意響㆓竜頭㆒

高僧が予め人物の命運を暗示する偈を提示し、後に話が終結するところでその意味が解かれるというのは、江戸読本で常套的に用いられる形であって、これを意識的に取り入れようとしたのである。しかし大高洋司が指摘する通り、作者は末尾に至ってこの偈を解くことを忘れてしまった[2]。そもそもこの話を真に江戸読本風にするなら、次のようにでもあるべきところである。

先ず【鐘ヶ岬の伝説】と【尾形惟武の出生譚】から竜蛇の因果を提示する。然して惟武の娘花満姫には蛇性が潜在するとし、彼女の命運を千光国師が偈で暗示。塩田の悪行、鬼面の出現、花満姫が嫉妬にて滅ぶのも全て因果による所。最後に偈が解かれ、因果解消、尾形家は繁栄。

偈の解き忘れに加え、【鐘ヶ岬の伝説】と【尾形惟武の出生譚】から因果を引き出し全編へ及ぼすことがなされていない点もあって、江戸風という観点から見た場合、甚だ不徹底という評価に決着する。

　このような結果となったのは、江戸風を取り入れようと努めながら、昌房にとって実は別の所にベースとするものがあったからではなかろうか。そしてそのことは、昌房のみならず上方読本の作者たちに広く関係する事柄であったのではないかと思われる。以下このことについて検討する。

二　後期上方読本に通底する作風

『金鱗化粧桜』の全編を見渡したとき、花満姫の恋情に関わる描写に特に注意が払われていることに気付かされる。先に示した梗概の③において、一三歳の花満姫が、都から遣わされた堀川中納言義春に対面した時の様を次のように描く。堀川中納言が花満姫に「知らぬ火の名香」を与える。その畳紙には中納言の手にて和歌が記されていた。この時彼女は中納言に思慕の念を抱いた。

（花満姫は）これを受《うけ》押戴きさまに義春卿の御顔を見奉るに、柳色の直衣に透額《すきびたい》の御冠、眼《まなこ》すゞしく眉濃《こく》して、玉を欺くばかりの御面体にておはしぬ。道理なるかな、其頃都にても美男の聞へましませし若殿上人にて、いまだ御年廿二歳にならせ給へば、絵に写せし光源氏、昔男の艶姿《やさすがた》もいかでかほどには粉《いろ》どり得んや。花満姫は漸《やう〳〵》十三歳にてまだ孩惋《いはけなき》心にも、「女の身に生れし冥加、かゝる清らかなる都人の妻とならば、其身の幸いか計《ばかり》ならん」と、娘心の一すじにおもひよりしは、末代までも嫉妬妄念の悪名を伝へ残せし萌《きざし》とはなりにける。斯《かく》て次の間に下りて御賜《たまもの》の畳紙開き見るに、一首の和歌を記《しるし》たまへり。中納言殿の御水茎と思しくて、

知らぬ火と人やいふらんたき物の我ひとりのみこがるべしやは

倭歌の心は奥深く、何と弁まふべきにもあらねども、「彼御方の筆ずさみよ」と心うれしく、かさねて廻《めぐ》り逢奉るしるしならんと肌身に付て懐中し、

こうして大切に所持した詠歌の畳紙が、彼女の中でいつの間にか自分に宛てた起請誓紙の意味を持つものと化してしまった。後に、緋桜姫と堀川中納言婚約のことを知り、嫉妬の炎を燃やす。

始終を聞て花満姫、「さては此家《このや》の緋桜姫は、年月こがれまいらす義春卿と夫婦の約束ありけるか。恨めしや腹立や。拾三歳の時よりも、吾殿御ぞとおもひ詰、知らぬ火の御歌を手づから書て給はりしを、往末《ゆくすへ》夫婦のかためのしるし、起請誓紙と頼母《たのも》しく、再び御目にかゝる日を待くらし居しものを、此人（緋桜姫）に添せん事、嫉ましく恨めしゝ」と、嫉妬のほむら胸の火に、面《おもて》はばつと紅葉《こうよう》して、顔色かはつて、

ようやく異性を意識し始める一三歳の少女が年上の青年に淡い思慕を抱く。これを持続するうちに彼女自身大人へと成長し、気付いた時には強い恋情執心へと増長していたのである。右に掲げた一三歳初対面の描写は、特に配慮して書いたものと評してよかろう。

　要するに彼女の人生がこのようなものになったことの理由付けは、感情面の描写によって充足されていて、この上に因果の理法やそれを暗示する偈などは敢えて必要なかったのである。大括りな言い方としては、昌房の作法のベースは感情面に沿って書くことにあったということでよいと思うが、前掲の部分に即してもう少し細かく考えたい。

　ある女性が嫉妬を顕わにするという話を作る場合、先ず女性が男性に恋慕する、しかしその男性は別の女性と結婚する、という事実さえ書けば、説明としては足りる。しかし昌房の書き方は、これより一つ手が込んでいる。彼女の嫉妬を顕わにした行動は、一三歳初対面の時の感情に起因すると書いている（先の引用の「娘心の一すじにおもひよりし

は……萌《きざし》とはなりにける」)。更に彼女のこの感情が生じた経緯についても、細かく留意がなされている。この時勅使の旅館に配膳の女中の一人として出仕していた彼女に、中納言は目をとめ、名香を与えた。彼女の姿が可憐であったことも書かれるが、中納言は、「正整《おとなしや》かなる少女《おとめ》かな。近く来よ。物とらせん」と声を掛けており、単に好もしい子と認めてのことであった。ところが彼女の方はここから思慕を抱いた。即ちここには、ある人物が別の人物の言動に触れて如何なる感情を生ずるか、という観点が存する。

この観点は、中川昌房のみならず、上方の読本作者において広く存したものであったと思われる。後の文政八年(一八二五)に刊行された文亭箕山の『絵図酬冤《えいりかたきうち》根《ね》笹雪《ざさのゆき》』(3)は、奥州黒川の武士藤戸第五右衛門が清水権八郎に殺害され、藤戸の息子大吉郎がその敵を討つという話である。典拠の実録『奥州白川根笹雪』(4)では、悪逆無道の清水権左衛門という者が傍輩の藤戸大右衛門の妻に横恋慕し、藤戸を滅ぼすとある。一方本作では、清水権左衛門は篤実な武士で不幸のうちに没し、その遺子の権八郎が藤戸の養育を受けるが、後に悪事を犯すとする。但し権八郎は当初は利発温柔であったとされ、藤戸は彼を信頼して家を預け、鎌倉へ用務に赴く。その留守中、彼は藤戸の後妻小蝶の弾く筑紫琴を聞いて茫然として我を失う。

奥の方へに筑紫箏《つくしごと》の捋擽《かきならす》音《ね》のきこへけるに、松吹《まつふく》風の翠簾《みす》に落てはからずも君が面ざしや看《み》んと、籬笆《まがき》の外表《そとも》にイヽ《たゝずみ》ものゝ間《ひま》より窃《ひそか》にこれを覗へば、藤戸が女房小蝶なり。夜中《よは》のつれづれ弾ぜしと見へて、甚《いと》も声絶《たへ》に艶《うる》わしく聞へけん、其容色《おもざし》の移り看ゆるに、権八郎は心神《こゝろとき》めきてあれば、

彼は「我ながら我魂のやうなら」ざる状態に陥り、相手は恩人の妻であると、自ら戒めるが抑え得ず、恋情つのって病臥衰弱する。見かねた小蝶が優しい言葉を掛けたことから終に不義へと陥った。彼は藤戸を殺害した後、盗賊にまで身を落とす。実録では、最初から「悪逆無道」とされた者が悪事を犯すと書いているのに対し、本作では、普通の

人間であった者が、ある感情を生ずることによって行動を誤り悪へと堕していくとする。その際、いつの頃からか恋情を覚えるようになったなどと書くのではなく、彼女が音曲を奏でる様に触れたことで心が動いたと書いたところに方法が表れている。

女性の弾ずる筑紫琴を聞いた男性が心を動かすという、恰も同じ形が、大坂の馬田柳浪の読本『不知火《しらぬい》草紙』[5]初編（文化七年（一八一〇）刊）にもある。武士の子香月《かづき》緑之助は、都から筑紫へ下って零落していたところを公文《くもん》外記左《げきざ》衛門《えもん》なる武士に救われ、公文の強い希望によって、その娘桜子の婿となり、同家の屋敷内で食客同然に養われていた。出世を求めて上洛しようとの意志を持っていたが、母を残して発足しかね延引していた。一方桜子に対しては、「倘《もし》発跡《なりいで》ぬその時、無瑕璧《きずなきたま》をそのまゝに返《かへす》」のが恩ある公文氏への寸志と考え、添い臥すことをしなかった。桜子は彼の真意を知らなかったので心を痛めた。ある夜彼女は奥の間で筑紫琴を奏しつつ独り寝の辛さ夫の恋しさを歌った。緑之助は耳をそばだてて聞き澄まし、彼女の心の痛みを思い知り、ここから、彼女と本当の夫婦になるためには一日も早く栄達すべく上洛しなければならぬと思い立ち、「事遅々せんは未練なり」と「思惟頓《しゆひとみ》にぞ決定《きわめ》」たとする。緑之助は、先の清水権八郎の如く音曲に触れて茫然として自律を失うとはならないのである。これは両作品が拠った観点の違いに由来すると考える。『絵図酬冤根笹雪』は、抑え難い感情故に悪へと転落していく人間の様に関心を向けている。この『不知火草紙』の作者柳浪は、人間の性格というものへの明確な配慮を有していたと思われ、この箇所も、「天のなせる老実《りちぎ》もの」と規定される緑之助の性格と関係する。[6]かかるタイプの人間がかかる事に触れて如何なる感情を生ずるか、という観点から書こうとしているのである。

なお緑之助はこれより前、天神の使者から、出世を求めて上洛することを促す告げを受けていたが、未だ躊躇していた。その彼が桜子の音曲に触れて感情を起こし、発足を決意するに至ったのである。即ち、人の行動を決定付ける要因として、神の導きよりも感情の動きの方がふさわしいと、作者が考えていたことが見て取れる。

以上掲げた所から各作者固有の観点に関わる要素を取り除いた共通部分、即ち、人物が別の人物の言動に触れて感情を生ずる様を書き、その感情によって行動を規定されるとすることは、上方読本の方法の一つの傾向と認められる如くである。そしてこの方法は、江戸風摂取が始まるより早い享和期（一八〇一―〇四）頃から続々制作されていた速水春暁斎の〈絵本もの〉読本の中に存したと思われる。以下春暁斎の作に即してこのことを検討してみる。

三　速水春暁斎〈絵本もの〉読本の記述体――『絵本浅草霊験記』『絵本彦山霊験記』――

速水春暁斎の〈絵本もの〉に関してはようやく近時本格的に論究がなされるようになり、従来実録の文章に手を入れ挿絵を施したのみの拙速の産物とされてきた評価に修正が加えられつつある。[7] 以下に掲げるところからも、実録から〝読本化〟するという営みは、様式を異にするものへの作り替えであると理解する。しかもその作り替えは、一定の記述体に立脚するものであったと考える。

春暁斎において、ある人物が別の人物の言動に触れて如何なる感情を生ずるか、という所に沿って書くことが、殊に明瞭に意識されていたことが窺える。『絵本浅草霊験記』[8]（文化三年（一八〇六）刊）は、奥州安積の士伊南《いなみ》十内が濡れ衣を着せられて謀殺され、遺子が敵討を遂げる話である。伊南の後室阿民《おたみ》は、幼い亀之助を連れて、浅草観音院の浄光和尚の扶助により門前に仮寓し、一途に観世音を祈る。和尚は彼女の心情を憐れみ、亀之助の教育に関して助力する。

（阿民は）自炊《てせんじ》の傍《かたはら》には寺中の僧侶および近隣のものを憑《たのみ》て裁縫洗濯《たちぬいせんだく》の手業をなし、或は其辺りの処女《こむすめ》に針線《ぬいはり》の術を教導《みちびく》の事を勤て少しも身を惰らず。又亡夫《おっと》の冤罪《むじつ》を清《きよめ》ふ、たび家を起さん事徒《たゞ》に人力の及ぶ処にあらずと、本寺の観世音へ祈願を籠《こめ》、旦夕《あさゆふ》両度堂前に詣《まうで》て誠心に冥助を希《ねがひ》求め、夜は裁縫の手業畢《をはつ》て後、身を浄《きよ》め心を静にして普門品三十三遍を読誦し、漸《やゝ》深更に及んで聊《いさゝか》終日の労苦を休むるばかり。如斯なる事毎日にして、隆冬盛夏雷雨風雪の候《とき》といへども敢て怠る事なければ、浄光和尚も深く其志を憐み、如何にもして亀之助を武家へ有付《ありつけ》伊南の家を興さしめん事を思はれ、亀之助拾才におよぶ頃より日毎に院中へ招て儒書の素読を励まし、傍には茶道活花の法を教《をしへ》、また檀家の内に武芸を業とするものあるを託《たのみ》て教育せられしに、

筋の運びという点のみで言えば、和尚の助力という事柄が次の話（亀之助が召し抱えられること。次掲参照）への繋がりに必要なのであって、阿民の祈誓と和尚の憐憫については、簡単な説明のみで通り過ぎることも可能であったはずである。しかしここでは、阿民が辛苦の中で祈誓に専心する様が極めて詳細に書かれている（傍線部より前全て）。この記述があることによって、和尚の憐憫の感情が実質を持つものとして読者に伝わり、その感情に理由付けられて助力という行動が起こったことが了解されるのである。

阿民はこの後病没するが、和尚はますます心を尽くして亀之助を教育した。さて熊本備中守頼晴は和尚と懇意の間柄で、特に学芸において交流があったとする。

肥州託摩《たくま》の城主熊本備中守頼晴卿と申は、累祖《せんぞ》代々当寺を祈願所と定《さだめ》られ、観音院を以て檀寺とし、鎌倉在覲の中《うち》は毎月一度参詣ありて歴代の神主《いはい》を拝礼あるの例格なり。此頼晴卿文武の道に秀《ひいで》玉ひ、其余《そのほか》和歌管弦点茶活花の遊芸をも嗜《たしなみ》給ひければ、参詣の折は現住浄光和尚と諸道の談話《ものがたり》ありて殊に懇命なりしが、

このような状況のもと、熊本頼晴はある日参詣の折に、持参した花を和尚に呈し活花を所望した。和尚は、「当院に寄寓仕る一少年、略《ほゞ》其法を弁へ候得ば、渠《かれ》へ仰付られ下され度《たき》」由を述べて亀之助に活けさせ、これが召し抱えられ

ることに繋がった。

> 此時亀之助径《わたり》二尺の馬盥《ばだらい》を持出て下段の床前《とこまへ》に置《をき》、少しも鈍恐《おめをそる》るの気色もなく静々と花配《はなくばり》を仕組《しぐみ》、彼切溜《きりだめ》にある処の五種の大花を執《とり》て手捷《てばや》く活済《いけすま》して退たり。頼晴卿座を移して其花を視給ふに、……深く其才を称じ給ひ、且初《かつはじめ》より渠《かれ》が容貌を見給ふに、面貌《おもて》の麗き事……既に断袖の情《おもひ》を働《うご》かし給ふに、今又気韻の凡ならざるを視給ひて、益《ます〱》愛憐の意《こゝろ》を増《まし》給ひ、
>
> （亀之助は）偏《ひとへ》に観世音の霊験、父母尊霊の冥助なるべしと、信心感嘆肝に銘じ、尚も行末の祈願を怠らず、一月に三日の御暇を願ひ浅草寺へ詣《まうで》ける。

衆道のことも言うが、決定的要因となったのはここに記される活花の手並みに触れて、頼晴が心を動かしたことである。こうして生じた愛憐の意によって、亀之助を召し抱えた。このことに関して、表向き霊験が掲げられている。

しかし実際に人物の行く末を決定付けている要因は、人が人の言動に触れることで生じた感情である。先ず、浄光和尚が阿民の一途な祈願ぶりを見て深い憐憫を生じ、亀之助に助力したとする。また、熊本頼晴は亀之助の活花の手並みを見て愛憐の意を起こし、召し抱えたとする。なおここで、かねて頼晴と和尚との間には学芸交流による昵懇なる関係が築かれていたこと、その和尚に推されて突然現れた少年が思い掛けぬ手並みを見せたこと、という特定の状況が設定されている。これによって、頼晴のここでの感情が必然のものであったことを示すという方法が用いられていると解されるが、このような点に関しては次節に改めて言及する。

『絵本彦山霊験記』(9)（享和三年（一八〇三）刊）は、京極内匠《たくみ》が吉岡一味斎《いちみさい》を闇討ちし、吉岡の妻と娘が九州毛谷村六助の扶助のもと敵討を遂げるという話である。京極が吉岡を討つに至るまでに以下のような経緯があったと記す。先ず京極とは、百瓜照基《ももりてるもと》（毛利輝元）が拠点とした出雲国富田《とだ》の洞雲寺を多和元忠（出雲の国人）に攻められて総崩れと

なった時、突如現れて照基を救った者であったとする。

一人の大漢《おほおとこ》、物具《ものゝぐ》をも着ず、みだれたる髪の上に帕巻《はちまき》ひき卜《しめ》、弓に箭番《やつが》ふて駈来り、照基卿の前に立ふさがり、大肌脱《ぬぎ》に成て散々に射る。あだ矢一つもなく、目前に十余人同じ枕に射伏たり。……今は矢だねを射尽したれば、弓をからりと地に投棄《なげすて》、太刀真額《まつかう》にさしかざし、椽《えん》の上より跳《おど》り下《くだ》り、無二無三に切て廻る。これすなはち京極内匠なり。

これにより京極は百瓜家に召し抱えられる。後年彼は吉岡一味斎（百瓜家剣術師範）の娘に恋慕し、婚姻を申し入れるが、吉岡は直ちに拒否した。

（吉岡、）「（京極は）其行状に於ては至つて心得がたき所あり。……今京極が行状を以《もつて》其心根を計《はかる》に、渠己《かれ》が為にしてかつて忠義の心なし。昔年《むかし》雲州富田《とだ》の城外洞雲寺合戦の夜、自ら彊敵《きやうてき》にあたり、身に甲冑をも着せず、わが君の御前に立て矢を放《はなち》、臂《ひぢ》を振ふて大軍の囲《かこみ》の中《うち》に劈入《きりいり》、死力を出して働《はたらき》し事ありとかや。是《これ》何の道理ぞや。……（恩を受けていた洞雲寺の住僧を戦火から救わず、その一方で）厚恩もなき当家の為に粉骨砕身して戦ふことは、人の眼目を驚して其禄を貪《むさぼら》んとする志必然たり。果して当家へ御見出しに預《あづかり》仕官の後、ひとへに巧言令色をもつて君に阿《をもねり》諛《へつら》ひ、唯《たゞ》己が為にせんとすること共甚多し。……斯る人物に女《むすめ》をあたへ徒《いたづら》に其流《ながれ》を酌んで羞辱《はづかしめ》を家門に及さんこと、豈《あに》けがらはしからずや。」

未だ恩もなき大将の前に立ちふさがり甲冑も着せず戦うというのは、感にあずかり禄仕しようとの下心によるものであると見ていた。更には仕官後の彼の振る舞いの裏にあるものも見えてしまい、「けがらはし」と軽蔑嫌悪の情を抱いたのである。

作者春暁斎は、この吉岡の感情に関わる部分に、筋の展開上重要な意味を持たせた。この直後家中に、京極の恋慕破れたりとの噂が広がる。恰もその頃、百瓜照基は京極の人格に疑念を抱き降格させた。京極は、これは吉岡が悪しき風聞を流したためと思い込んで恨み、闇討ちに及ぶ。なお吉岡妻娘の敵討譚は『豊臣鎮西軍記』[10]の中に記されており、春暁斎はこれを参照したと推定するが、そこにはこの京極手柄の話、吉岡による京極評の話はない。また『中国女敵討』[11]は吉岡妻娘の敵討譚のみから成る実録であるが、ここにも触れられていない。何れも、京極は毛利輝元が上方から抱えて帰った剣術者で、古くから指南役を務めていた吉岡を斥け門弟を独占しようと企て、吉岡に勝負を挑むが敗れ、遺恨から闇討ちにしたという端的な説明がなされている。京極の振る舞い、それに触れて吉岡の心がどう動いたかという所から事件の発端を説き起こすのは、春暁斎の創意であった可能性が高いと考え得る。

四　速水春暁斎〈絵本もの〉読本の記述体――『絵本亀山話』――

見てきたような、ある人物が別の人物の言動に触れて如何なる感情を生ずるか、という所に沿って書くという方法は、春暁斎〈絵本もの〉において、実録を読本化する際に考え出されたものではなかったであろうか。以下、実録との関係にも留意しつつ、『絵本亀山話』[12]（享和三年（一八〇三）刊）から掲げる。本作は、石井兄弟による勢州亀山城下敵討の話である。作者は冒頭に「凡例」として次のように述べている。

亀山復讐の事実、名家の筆記ありといへども、但《たゞ》其要を挙て嘗胆励精の行事《かうじ》を略せり。其余録して世に行はる者は、頗る華飾を加へて繁雑に堪へず。加之《しかのみならず》武林復讐の大義に合ざる所多し。要するに皆俗間の臆度に出て実録にあらず。頃日《このごろ》或家に秘する所の一書を見るに、所謂名家の筆記と大様《たいやう》同して終始甚詳《つまびらか》也。其実録たること知るべし。因て乞求《こひもとめ》て再三校訂し梓に鏤《ちりばめ》世に行ふ。

「名家の筆記」とは、『明良洪範』（真田増誉編）、『常山紀談』（湯浅常山著）、『新著聞集』（椋梨一雪著、神谷養勇軒編）に収める話の如きを指すか。「其余録して世に行はる者」の繁雑云々というのは、最も流布した実録『石井明道士』が虚構を加え全体の分量も多くなっているのを言うものか。本作の拠り所とした「或家に秘する所の一書」が何か、断定は難しいが以下のように考える。『石井兄弟復讐実録』[13]という写本が存する。石井兄弟の三男で父親の敵を討った熊之丞友将の筆記と称するものである。この書と『絵本亀山話』とを対比してみると、父親が討たれる時の様子、長男が返り討ちに遭う時の様子をはじめ重なる所が多い。春暁斎はこの系統のものを中心に据えたかと推定する。但し一部後に例示するが、実録『石井明道士』[14]や『石井遂志録』[15]からも、部分的な話や趣向を取り入れたことが窺える。

この敵討譚は、石井兵右衛門が、赤堀遊閑から息子伝五右衛門を付託されることに端を発する。先ず『絵本亀山話』について掲げる。本作におけるこの両者の出会いに関わる話は、後掲するように実録との相違が大きいことから、春暁斎が新たに考えたものであったと見られる。両者の経歴はそれぞれ次のようであったとする。

〔石井兵右衛門〕遠州掛川の領主畠山貞成の大坂第邸にて家中の武芸師範を務めていたが、後にその業を長男兵助に任せ、自身は京都へ移り、諸侯に武芸を教える。

〔赤堀遊閑〕もと肥州熊本の士であったが、閑静を好んで武を厭い、辞して備中松山へ移って医を営み、退隠の後江州大津へ移り住んだ。

出会いは京都四条河原の納涼の場でのことであった。石井は雑踏の中、一人俗に染まらぬ人物に目をとめる。

（石井、茶店の中を見渡すに、）皆騒人雑客にして、おほくは酒杯をかたぶけ、酔に乗じて諠呼《けんこ》狼藉なり。甚しきは娼婦をともなひ諷《うた》ひ戯《たは》れてしどけなく、たま〳〵物静なるは己が所業の艱苦を嘆き、或は物価の昂騰を談じて、いづれも俗腸をまぬかれざる中に、小隅《こすみ》の床《ゆか》に只一人、古人の詩句を口ずさみて薫風に嘯《うそむけ》る医師と思しきものあり。

石井はその人をゆかしく思い話し掛け、双方接近する。

兵右衛門は、是こそよき咄し敵《かた》きなるべしと、其側《かたはら》に腰をうちかけ、其あたり聞見《もんけん》の事をそれこれとかたり出れば、かの医師も友ほしき折にやありけん、快く答問す。其容貌衣服の質朴にも似ず、能《よく》事になれて、武家の作法をも心得しと見ゆれば、兵右衛門打くつろぎて今古興廃の談話に時を移し、

共にいま先斗町に旅宿を定めて滞在中であったと知り、翌日も会って談話、その後ますます親しく交遊する。

互に隔意なく談話時を移し、互に質直朴実なれば、其好悪略《ほゞ》同《おなじう》して、一見旧識に勝り、終に朋友の交りをむすび、是よりして後暇だにあれば互に行通ひ、断金の情日久《ひさし》うして益《ます〳〵》厚く、

これは単なる親密ではなく、価値観を同じうする意気投合であった。かくて一月余り交遊を重ねた後のこと、赤堀遊閑は石井に息子伝五右衛門を付託し教導を頼みたいと明かす。伝五右衛門は備中松山で仕官したが、同家中の士の妻女に横恋慕した上に殺人を犯して出奔、大津の遊閑方へ転がり込んでいた。遊閑は次のように心中を明かして石井に依頼する。

「（勘当しようと思ったが、）さすが恩愛の情すてがたく、罪をゆるして我家におき、日夜教戒加へしにより、過し頃より気質以前に変りて温和なりとみゆれば、ふたゝび仕官をさせんと心がくる所に、……（成就せず。）斯《かく》事の調《とゝのは》ざるも、渠《かれ》が気質いまだ改まらざる所ありて自然の感応によるなるべし。去《さり》ながら愛に溺れて其子の悪をしらざるは、道理に暗きのゆへなりといへど、又人情の止《やみ》がたき所なり。我等凡人の身なれば、此域を出んこと甚《はなはだ》かたし。古へより子をかへて教るの習ひもあれば、足下《ごへん》我を憐み給ひて渠《かれ》を足下の方に置て、其挙動《ふるまひ》を伺ひ、其過失を教諭して人となし給はるべし。」

恩愛の抑え難さ、親故の教誡の行き詰まりのことを述べて、切迫した心中を伝える。石井はこれに共感して、依頼を快諾する。

兵右衛門も遊閑が心を察し、子細なく領掌し、「不肖の我に心事を明さる、こと甚《はなはだ》祝着せり。我も賢息と同じ年頃なる男子を持たり。子を思ふ親の心誰も同じことなり。殊に足下《ごへん》と我《われ》朋友の交りをむすべば、即《すなはち》兄弟の義をかねたり。兄弟の子猶《なを》子のごとしといへば、何かは麁意あるべき。……」

石井の共感の基盤には、同じく息子を持つ親としての立場からの理解に加え、遊閑が人格レベルの信頼関係の上に立って特に自分に依頼していることを受けとめる気持ちがあったことがわかる。

実録では、石井が依頼を受諾した理由に関して、それぞれ次のように記している。『石井兄弟復讐実録』では、両者は互いに古傍輩であり、また遊閑は石井の妻と縁続きであったとする。『石井遂志録』では、両者は共に肥後加藤家に仕えた古傍輩であり、加藤家断絶後、偶然再会したとする。『石井明道士』では、藤田卜元（赤堀遊閑に該当）が石井の妻と縁続きであったことを挙げる。このように実録では石井が受諾した理由を、両者の間柄の如き事実に求めている。『絵本亀山話』では、これを石井の共感という感情面に求めている。そしてこの共感が必然のものであったことを示すために、両者の深い信頼関係が築かれていく様を予め描き込んだ。この心的結び付きを強調するには、両者は古傍輩でも親戚でもなく、最初全くの他人であったとするのが適当であると、作者は判断したと考えられる。

次に、遊閑の息子赤堀伝五右衛門が石井に対して遺恨を抱き、殺害に至る経緯について見てみる。赤堀は石井に対面した時、殊勝な態度を以て臨んだという。彼はこの後京都から大坂の石井宅へ移り、息子の石井兵助に会い、その人柄に敬意を抱く。

（赤堀は）兵助が人品の衆に超たると己に遇するの厚きに伏し、其父に事《つかふ》る体の謹密なるを見て、益《ます〳〵》己が前事の非なるを知り、年長じたりといへども、兵助を兄のごとく敬ひ、諸事其使令を受て己が意を出さず。

やがて赤堀は石井父子への謝意から、「いかにもして当家（畠山家）へ勤仕し今の洪恩を謝すべし」と、仕官を望むようになり、

「此上は我才能を顕はし、多くの門人を帰伏させなば、自然に其聞《きこへ》ありて勤仕を急ぐ便《たより》ともなり、且《かつ》は恩を蒙《かうふ》れる石井家の名を輝す一助共なるべし。」

と考えるようになる。かくて赤堀は兵助と共に外出した折、酔狂人が暴れるのに遭遇し、取り鎮めて名を上げようと思ったが、自分が出る前に落着してしまった。この時兵助は思慮からこれへの関わりを避けたが、赤堀はこれを臆したりと見た。

（赤堀は）血気猶止《なほやみ》がたく、其上名を顕して仕官の便《たより》ともなさんと心がくる折、今日途中にて狼藉者に出合しかば、取鎮《とりしづ》めんと思ひしに、早くも事鎮《しづま》りしを残《のこり》多く思ふに付て、今日の兵助が体全く臆したりとみゆれば、

ここから「自然に慢《あなどる》心生じ」、勝手に石井の門人に稽古を付けるようになる。ここまでを整理すると次のようになる。赤堀は、兵助のこの時の行動に触れて、軽侮、慢心という感情を生じたことにより勝手な行動に出たとする。そしてその感情の生じた前提条件として、仕官の願望にとらわれた身からはこの騒動こそ名を顕す絶好の機会と見て昂揚したこと、以前から兵助に敬意を抱いていたこと（却って反動として作用したこと）が書かれている。

さて赤堀が勝手に門人に稽古を付けている様を、京都から帰ってきた石井兵右衛門が見て、未だ人の師たるべき手並みにあらずと戒める。

（石井、）「我親父《しんぷ》の付託を請《うけ》てより、折を得て当家へ勤仕させんと思ふゆへ、其方が行状つねに心にかゝれり。……（其方の武芸未熟なるに）人の師となること、廉智の心薄き所あり。もし此事をしるものありて家中に流布せ

ば、後来の妨《さまたげ》となり、我存念も空しくならん事を嘆き、かく止《とゞむ》るなり。かならずあしく思ひ違ふべからず。」

これにより赤堀は、怒気を生ずる。

伝五右衛門も始めの程は何事にも謹みてありしが、今はからず人の師となり尊敬を受る身となりしかば、自《おのづから》驕慢の心生じ、元来其才能を顕し仕官の便《たより》ともなし、石井が厚情をも謝せんと思ひてなせし事なれば、兵右衛門帰宅せば賞美をも請《うく》べしとおもひしに、以の外なる示《しめし》を聞て、暴戻の気質再び発し、心中大に怒《いかり》、

かくて赤堀は無理に立合を望むが、石井はこれを簡単に破る。これによって恨みをつのらせ終に石井を闇討ちにする。

赤堀が石井を攻撃する行動に出たことは、石井の教誡に触れて生じた憤怒の感情によっている。但しこれは、単に叱責されたので怒りを生じたというようなことではない。良しと思ってしてきたことを頭ごなしに否定されたと、彼には思えたということである。即ちここには、石井への報恩という動機から仕官の願望を抱いたが故の行為であったこと、よって当然賞美されると予想していたこと、という特定の状況が書き込まれている。これによって、赤堀にとってみれば憤怒は不可避の感情であったことが示されている。

またこの後に見える、赤堀が岩倉家に庇護される話も、彼における感情の必然性に沿って作られている。赤堀は石井の息子の兵助・源七を返り討ちにして跡をくらまし、鎌倉へ入り、知人を頼んで武家への有り付きを探したが叶わず、「衣服万事の手当とても心にまかせざれば、小禄の有つきとてもなりがた」い程度まで窮乏した。ようやく渡り足軽となり、諸家を移りながら辛うじて暮らす。勢州亀山の城主岩倉壱岐守の鎌倉邸の門番を勤めていた時、図らずも親類の青木数右衛門（岩倉家にて二〇〇石、馬廻り）に出会った。赤堀は青木に、己の零落の次第を語り、仕官の世話を頼む。

青木子細なく承知し、「……さりながら今の身にては我親類なりと披露せんもいかゞなり。今暫し時を待《また》るべし。

其期《ご》まで表《おもて》はたがひに知らぬよしにもてなさん。かならず悪《あし》くははからふまじ」と頼母《たのも》しげにいひければ、赤堀はおもひがけなき便宜《びんぎ》を得大に雀躍《よろこび》、いかにもして当家に足を止《とゞ》めんと、昼夜心を配りて勤《つとめ》を励み出身の時をぞ待居しが、

数ヶ月後、岩倉邸の近隣で酒興の喧嘩から侍が相手を斬って逃走する事件が起こった。折しも門番勤務中であった赤堀は、一人で進み出てその侍を打ち倒し縄を掛けた（【手柄話1】）。この事が岩倉殿の聴に達し、早速徒目付に取り立てられた。その後同家内にて、近習が同輩を殺害したことから切腹を仰せ付けられたが、介錯人らを斬って逃走した。赤堀は逃げ道を予測して先回りし、この者を斬り伏せた（【手柄話2】）。岩倉殿は感賞あって彼を御前へ召し、知行一五〇石、馬廻りとした。彼はここで初めて出自を明かし、石井を討ち息子も返り討ちにしたことを弁舌巧みに述べた。岩倉殿はこれを真に受けその勇猛を賞し、彼を本国亀山へ移し庇護するよう老臣に命じた。

実録を参照すると、この話に関連する事柄は『石井明道士』と『石井兄弟復讐実録』において見出される。『石井明道士』では、赤堀は石井の息子を返り討ちにした後、勢州亀山板倉周防守の江戸抱えの足軽となり、三つの手柄を立てるとする。しかしこの実録では、彼は返り討ちをした後は自分の悪行を反省し立身を志すとしており、従ってこの手柄話も改心のなせる業であって、『絵本亀山話』の、ひたすら禄仕を求めてするそれとは全く意味が異なる。『石井兄弟復讐実録』には、赤堀は石井の息子を返り討ちにした後、勢州亀山板倉隠岐守に仕える伯父青木安右衛門を頼って逃げ込み、そのまま板倉氏に庇護されたと記す。

整理すると、『絵本亀山話』は実録を元にして次のように話を作り替えたことになろう。大枠としては、『石井兄弟復讐実録』で、赤堀は最初から直接青木を頼って逃げ込んだとするのを、赤堀が青木と会ったのは偶然のことと改め、これに『石井明道士』にあった三つの手柄話から第一と第二のものを、それぞれ前掲の【手柄話1】【手柄話2】と

して、但し別の動機に切り替えて連結したものである（第三の話は省略）。更に、この時赤堀は窮乏し仕官を切望していたという状況を付加した。ここで青木から、助力を「子細なく承知」され、「頼母《たのも》しげに」励まされて、雀躍歓喜し、「いかにもして当家に足を止《とゞ》めん」との思いを固める。即ち、窮乏の底でようやく頼れる人にめぐり会うという特定の状況のもと、青木の態度に触れて、彼にはこれが二つと無い機会と思えたのであって、是非当家に仕官したいと切望するのは必然の感情であったということが示される。そしてこの感情が、「昼夜心を配りて勤《つとめ》を励み出身の時をぞ待居」て、結果二つの手柄を立てることになる、とその行動を規定している。

ここに春暁斎の記述体を認めることができる。即ち、人物の行動について感情によって理由付ける（かく考え感じたが故にかく行動したと記す）という構えを前提とする。そのことを踏まえて、人物が別の人物の言動に触れて感情を生ずる様を描く。そしてその感情が必然的であることを示すという一点に向かって、特定の状況を設定するなどしながら種々の描写を進めていく、という方法である。これは元の実録において、例えば、古傍輩故に親戚故にかく計らったなどと、事実に理由を求める如く記されていた所を作り替えて行くという作業の中で考え出された方法であったかと推測する。(16)

五　結語

かくて既に享和期頃から春暁斎の〈絵本もの〉において用いられた方法が、上方読本が江戸読本の作風を摂取するようになって以降も、その基盤に存在して機能し続けたと考える。記述体は、文学理念や人間観などとは違って、個性の異なる作者の間でも継承や共有が易しい。これを原型に据えて、前掲した『金鱗化粧桜』では、少女から大人への変化に絡む感情の問題を捉える。『絵図酬冤根笹雪』では、抑え難い感情が増長することで人間が悪へと転落する様を辿る。『不知火草紙』では、「天のなせる老実《りちぎ》もの」の如く一定の性格を付与された者が人々の言動に触れて感情を生じながら、その性格の内実を具体的に発現していく様を描く。記述体は原型であるが故に、応用発展を自由たらしめる。

また長編構成という点においても、この方法は有効であったと思われる。これを拠り所とするならば、一々の事件の展開、またその結果としてもたらされる人物の栄枯や離合集散などの命運が、単なる偶然の産物、あるいは所与のものであったとされることなく、何れも人間の抜き差しならぬ必然の感情の積み重ねによるものであることが示される。因果など人力を超えた作用を持ち出さずとも、人間における必然が連鎖して大きな必然を形成する。結果として一つの時代や人生を描き出すことが可能となる。

本論において、特に春暁斎〈絵本もの〉読本から、文化五、六年以降の上方出来の読本へと連なる作法の流れを認めたいと考えるところから、これを上方風と称した。決して上方と江戸との間に対抗の構図を見て取ろうと意図するものではない。(17) 後期読本全体が本格的長編小説として深化していこうとした時、その基底を支える幾つかの作法が創出された。本論で見た如きものは、その重要な一つであったと思われる。

注

（1）『金鱗化粧桜』は、『京都大学蔵大惣本稀書集成　第四巻』（臨川書店、一九九五年）に拠る。
（2）注1前掲書所収の解題（大高洋司執筆）。
（3）『絵図酬冤根笹雪』は、八戸市立図書館蔵本（国文学研究資料館マイクロ資料）に拠る。

（4）『奥州白川根笹雪』は、島根大学附属図書館堀文庫蔵本に拠る。なお読本『絵図酬冤根笹雪』が実録『奥州白川根笹雪』を典拠としていることは、「八戸市立図書館所蔵「読本」展」解説冊子（国文学研究資料館、二〇〇三年一〇月）の本作解説、鈴木圭一の指摘に拠る。

（5）『不知火草紙』は、国文学研究資料館蔵本に拠る。

（6）馬田柳浪が性格の問題を中心に据えて長編構成を考えていたと見られることについては、本書第三部第五章「『雨月物語』と後期上方読本」に論じた。

（7）菊池庸介『近世実録の研究――成長と展開――』（汲古書院、二〇〇八年）「第一部第二章　他ジャンル文芸への展開／第一節　絵本読本への展開」（初出は二〇〇一年一〇月）、同「実録と絵本読本――速水春暁斎画作「実録種」絵本読本をめぐって――」（『近世文藝』八六、二〇〇七年七月）参照。春暁斎〈絵本もの〉読本において、元の実録からストーリーの配列を組み替えるなどして、読み物として纏まった構成を作り上げていることなどが明らかにされている。

（8）『絵本浅草霊験記』は、島根大学附属図書館堀文庫蔵本に拠る。

（9）『絵本彦山霊験記』は、島根大学附属図書館堀文庫蔵本に拠る。

（10）『豊臣鎮西軍記』は、著者架蔵本に拠る。

（11）『中国女敵討』は、手銭家（島根県出雲市大社町）蔵。「奥州白石敵討」と合綴。文章は全体に簡潔。なお『女敵討微塵断々』（弘前市立弘前図書館蔵。国文学研究資料館マイクロ資料に拠る）は、『豊臣鎮西軍記』中の当該敵討に関係する部分と、文章もほとんど重なる。

（12）『絵本亀山話』は、島根大学附属図書館堀文庫蔵本に拠る。

（13）「石井兄弟復讐実録」は外題。内題は「石井熊之丞友将覚書」。東京大学史料編纂所蔵。一冊。奥書に、「右石井兄弟復讐実録／丹波国多紀郡篠山東新町石井源太郎蔵本、明治二十一年六月編修長重野安繹採訪明年十二月謄写了」とある。謄写の底本は、「或家に秘する所の一書」の類と称するにふさわしい。この書については、史料編纂所のホームページで画像公開されている。

なお『石井復讐始末』（外題による。二冊。第二冊首には「石井熊之丞友将復讐始終覚」。国立国会図書館蔵）は、これと同内容で、奥書には、石井の三男熊之丞自筆の覚書の写本を、更に文政二年（一八一九）に書写したものと記す。

(14)『石井明道士』は、島根大学法文学部山陰研究センター山本文庫蔵本に拠る。

(15)『石井遂志録』伝本は、国立公文書館内閣文庫蔵。同本に拠る。

(16)実録に行動の理由付けとして感情面の要因が挙げられないということではない。例えば、赤堀が石井に勝負を挑んで敗れ遺恨を生ずるところで、『石井兄弟復讐実録』では、赤堀が、弟子たちが自分の敗戦のことを噂している由を聞き無念に思ったと記し、『石井遂志録』では、石井の下人がこの件で赤堀を誹謗していると聞き、それは石井が誹謗を止めない故と思い憤ったと記す。ただ、感情が必然のものであったことを示すべく、種々手続きを重ねて書いていくというのは、読本において創出されたものであったと考える。

(17)例えば、江戸の作者である小枝繁の作法の中には、春暁斎〈絵本もの〉読本と通ずる要素が認められると考える（本書第三部第六章「後期読本作者小枝繁の位置」参照）。

第四章　浄瑠璃の読本化に見る江戸風・上方風

一　浄瑠璃依拠の読本と江戸風・上方風の問題

後期読本が浄瑠璃と深い関係を有することはよく知られている。先ず思い至るのは、曲亭馬琴が『艶容女舞衣《はですがたおんなまいぎぬ》』（安永元年（一七七二）、豊竹座初演）に基づく『三七全伝南柯夢』（文化五年（一八〇八）刊）をはじめとする〈巷談もの〉数作を執筆していること、山東京伝の最後の読本『双蝶記』（文化一〇年（一八一三）刊）も『双蝶蝶曲輪日記』（寛延二年（一七四九）、竹本座初演）に拠るものであったことなどである。これは馬琴・京伝の作に限ったことではなく、江戸・上方それぞれ出来の読本の中に、多くの浄瑠璃依拠の作品を挙げることができる。

前章「読本における上方風とは何か」において、享和期（一八〇一—〇四）頃から上方で刊行された速水春暁斎の〈絵本もの〉読本には一定の特徴的な方法が見られること、またその後の上方出来の読本を大きく見渡したとき、そこには文化五、六年（一八〇八、〇九）の江戸読本隆盛期以降、江戸風の摂取が図られるものの、この〈絵本もの〉読本を淵源とする作風が底流し続けたと見られることを述べた。勿論江戸風・上方風と称するのは、それぞれの基底にある大きな傾向を把握しようとして言うものであり、各作者の個性を抹消して無理にこの範疇に当て嵌めようと意図するものではない。そのことを踏まえた上で、いま浄瑠璃に依拠して読本を作るという営みに特に着目してみるとき、そこには読本の様式に対する考え方の反映が見て取れ、その観点から江戸・上方の作風の問題を捉えることができるのではないかと考える。

二　曲亭馬琴、振鷺亭の浄瑠璃依拠の読本

馬琴読本と浄瑠璃との関係については、近時大屋多詠子による一連の論考(1)などによって、馬琴が如何なる意図に基づき、浄瑠璃を如何に摂取したのかが具体的に解明されるようになってきた。要するに考えるべきは、浄瑠璃は単なる素材提供源であったのではなく、馬琴が浄瑠璃に潜むある要素（本質）を捉えた上で、読本という様式に移し入れようとしているのではないかという点である。この観点から以下に私見を述べる。

『三七全伝南柯夢』(2)において馬琴は、浄瑠璃『艶容女舞衣』(3)の、親の許さぬ恋の結果子までもうけた半七・三勝を、忠臣貞女に造り替えた。しかしこのことを強調し過ぎると、両作品の違いのみを論じて終わることになりかねない。ここで考えたいのは、馬琴がこの浄瑠璃に、単なる素材以上の何かを読み取っていたのではないかということである。『艶容女舞衣』の半七は、三勝への愛に溺れ、それ故降り掛ってくる禍に自力では処し得ず、終には人を殺めるという、弱い人間である。かくてこの半七を懸命に支えようとする人たちの真情が描かれる。お園は、本来親の定めた正式な結婚相手でありながら、半七から全く顧みられることのないまま実家へ帰される。それにもかかわらず、彼女は一途に半七の身を案じ続けた。有名な酒屋の段のクドキに、自分という存在がなかったなら、半七は三勝を嫁に迎え、やがて身持ちも直って勘当を許されたであろうのにと、自らを責めて言う。

「思へば〳〵此園が、去年の秋の煩ひに、いつそ死で仕廻たら、かふした難義は出来まい物。お気に入《ラ》ぬとしりながら、未練な私が輪廻故、添臥は叶はず共お傍に居たいと辛抱して、是まで居たのがお身の仇。今の思ひにくらぶれば、一年前に此園が、死る心が、ヱ、マ、付《つか》なんだ。こらへてたべ半七様。わしや此やふに思ふてゐる」と、恨みつらみは露程も、夫を思ふ真実心《しんじつしん》、猶弥増《いやまさ》る憂《うき》思ひ。

ここには、夫への節義というような問題は関与しない。あるのは一途に半七を愛おしいと思う情のみである。また父親の半兵衛は、お尋ね者となった半七に代わって縄に掛る。これは、「科極《とがきわま》つた半七が命、一日なりと延《のば》したい」と「真実心《しんじつしん》に子を思ふ親の誠」というものであった。お園も半兵衛も、半七を救いたいという一途な思いに縛られることで、苦悩悲哀の中へと巻き込まれていくのである。

馬琴の『三七全伝南柯夢』の中に、浄瑠璃の右のような要素に留意したところが見出せないであろうか。赤根半六は、領主続井《つづい》順昭の命を受けて楠の老樹を伐ろうとして、通り掛った丹波都《たばいち》に誤って重傷を負わせる。半六夫婦は丹波都が絶命する時、彼の幼い娘おさん（後の三勝）を引き取り、将来自分たちの息子半七と夫婦にすると約す。後年半六は自らの出世を求めて続井家重臣の蟻松典膳に接近し、謀を用いておさんを放逐した上で、半七を蟻松氏の息女園花の婿とする。然るに半七は、自分の本当の妻はおさんであるという思いを変えることなく、園花と決して枕席を共にしなかった。

園花は半七の真意を聞いて深く悲しんだが、それでも彼の妻でありたいと訴えた。

背向《そがひ》に退《のき》て輾転《ふしまろび》、「……わが身ありては御こゝろの安からぬと宣《のたま》はすれば、秋にもあはで憂き鹿の奈良へ帰らんと思へども、死ずば夫の家を出じと、母にいひつる言の葉の露もまだ乾ぬその間《はし》に、われから飽《あい》て帰りしと、いはれふものか、いひもせじ。……（許婚の人、おさんのために）誓ひ給ひしその信《まこと》を、半《なかば》わが身に稟《うく》るならば、妾《てかけ》側室《そばめ》で果《はつ》るとも、さぞな喜《うれ》しく侍りなん。そをうら山しと思ふ程、おき所なきはこの身なり。情ぞかし、慈悲ぞかし。……」

園花は『艶容女舞衣』のお園に該当する人物であり、これが半七に向ける真情であるという点も重なる。しかしここには、婦の道とも言うべき〝正しさ〟のことが関わっている。半七を愛おしむ情と、女性として正しくありたいという願望とが融合した感情である。

　馬琴は浄瑠璃に示唆を得ながら、一つの思念に縛られるが故に、行動の方向を規定され苦悩へと陥っていく人間を描くという、悲劇の作り方の形を見出したのではなかったか。但しその思念は常に〝正しさ〟と一体でなければならなかった。このことは半七において一層顕著に見て取れる。半六はおさんを、熊にさらわれたと見せかけて放逐し、半七に園花と結婚するよう命ずるが、半七はこれに反論した。

「仰には候へども、某むかし母の遺言によつておさんと婚縁を結びしかど、彼不幸にして猛獣に銜《ついばみ》去らる。しかりといへども、今に活《いけ》るや死せりやしらず。万に一つも彼女子《をなご》恙《つゝが》なくて世にあらば、母の遺言に悖るのみならず、彼に対して不義なり不信なり。……」

馬琴は半七の、自分の妻はおさんのみという思いが真実のものであったことを示すため、丁寧な描写を重ねている。半七の幼少時、母輪篠《たがしの》は、「おさんにも、半七とゝもに手習ひさせ、わが子人の子の分別《けぢめ》なく慈愛《めでいつくし》み、「久後《ゆくすゑ》はかならず夫婦とすべし」と説いた。二人はこれを素直に受け入れて育った。

　二人の童はよくそのこゝろを得て、あらそひ逆ふことなく、出居《いでゐ》も諸共にして、外《よそ》の童とは遊ばず、只一つの果《くだもの》を得ても、屋《さき》て二つにせざればたうべず。こゝをもて近隣の人も、その故をしりて、「げに容姿《かほばせ》の端正《きよらか》なると、心ざまの怜悧《さかしき》と、いづれ劣《おとり》も勝《まさり》もせず、こはよき一対の夫婦なり」と称《ほむ》る毎《ごと》に、二人は顔を赧《あかう》して物の蔭に躱《かく》れけり。

後に病臥した輪篠は、未だ年少の二人に祝言の盃を交わさせ、将来のことを教訓して没する。この母の志が半七の心を縛った。なおこのことは、おさんにおいても同様であった。

馬琴は、ある心情がその人にとって真実のものであることと、それが道徳的に正しいということとは矛盾しないと考えている。引用した半七の半六に対する反論に、母の遺言を挙げるのは即ち孝に該当する。またおさんに対する義・信の不可欠をも述べている。

本作においては、半七、おさん、園花らの陥る苦悩の様が中心的に描かれている。しかしその外側に、半六の伐った楠の木精《こだま》の祟りが、全編を統括する枠組として配置されている。半六はこの木を伐るに当たって、木精と思しき大蟻を殺して焼いたが、その煙は半天に向かって昇った。

輪廻応報の理《ことわり》は、蟻といへども漏ることなし。されば半六、この樹を伐て、一旦身を立るに似たれど、終に南柯の夢と覚《さめ》て、その児半七憂苦に迫り、……これその縁起《ことのおこり》なり。

但し例えばこの大蟻が何かに化したり、誰かに憑依するなど、直接人に作用することは書かれない。表そうとしたのは、何らかの超越的な力が人間の禍福を背後で司っているということであろう。半七が、自分の二人の妻であるおさんと園花が実は同母の姉妹であったと聞き、自分たちの苦難の根深さを思い知り慨嘆して言う。

「みな是過世《これすくせ》の讐敵《あたかたき》が、今親子となり、同胞《はらから》となり、夫婦となりて、この煩悩をなすにこそ。」

道徳的に正しい思念に徹して生きる人たちが、どうしてここまで苦しまなくてはならないのか。――その答えとして因果応報の理法の存在を提示するのである。

同じく馬琴〈巷談もの〉の『糸桜春蝶奇縁』（文化九年（一八一二）刊）について簡単に触れる。浄瑠璃『糸桜本町育』（安永六年（一七七七）、外記座初演）に登場するお房は、左七（元の神原左五郎）に純粋な愛を抱き、それが叶わぬことで心を痛める人物である。馬琴の『糸桜春蝶奇縁』の阿総《おふさ》は、親の定めた許婚である神原狭五郎《さごろう》の所へ向かう途中で海難に遭い、彼とは一度も会えないままとなるが、その後も自分の夫は狭五郎のみという思いに縛られ続け、それ故に苦悩する。また狭五郎も、父の遺言に縛られ、また我が身に代えても主家を守ろうとの念に縛られて生きる。本作では、全編を統括するものとして、昔阿総の母親を道連れに心中しようと企て自分だけ死んだ男の怨魂の作用が置かれているが、これも極めて漠然とその存在が示されるのみである。心正しい人が、正しさを貫こうとするが故に陥る苦悩を中心に据え、背後に因果を配置するという形がここでも見て取れる。

江戸の作者振鷺亭の『陰陽《おんよう》妹背山』(4)（文化七年（一八一〇）刊）は、『妹背山婦女庭訓』（明和八年（一七七一）、竹本座初演）に基づく。『妹背山婦女庭訓』の雛鳥と久我之助《こがのすけ》は、共に相手への愛情を貫いて非業の死を遂げる。双方の親同士の間に古くから遺恨があったことに加え、この時専横を極めていた蘇我入鹿から二人とも出仕せよと命ぜられたことで追い詰められる。これに応じたなら、雛鳥は妾とされ、久我之助は拷問される。二人はそれぞれ自らの命を絶つことで、互いに妻であり夫であり続けるという道を選んだ。

一方『陰陽妹背山』において、雛鳥と古雅輔《こがのすけ》は、南朝方の手に渡った内侍所（神鏡）を、主家のために身を挺して奪回する忠義の人となった。浄瑠璃における双方の親不和のことを反転させ、共に主家の再興を企てる同志の者であったとした。しかも雛鳥と古雅輔は、幼少時に親同士の盟約によって、互いに子を交換し、且つ性別を逆転させ（雛鳥・古雅輔は実はそれぞれ男・女。これは危急のとき主家の継嗣の身代わりとするため）、その上で許婚と定められていたとする。このような二人が縛られているのは、忠義を貫徹したいという念である。

（古雅輔、）「何とかして芳野殿に参り、躬《み》を抛《なげうち》て内侍所を手に入れ、北朝に進《まゐ》らすれば、再び主君の家を興し、父が素懐も遂《とげ》て、忠孝二つながら全《まつた》からん。」

南朝の圓満院の宮は、蘇我入鹿の亡魂が憑依することで魔力を獲得している。忠義の念に強く縛られた二人は、この魔力（あるいは魔力が作り出す苛酷な状況）との戦いの中で苦悩する。苦悩をもたらす根源的要因として超越的な力の作用を置く点で、馬琴と同じ方向にあったと言える。但しこちらの方が、超越的な力がより直接的に人間に影響を与える構図となっている。

三　栗杖亭鬼卵、五実軒奈々美津の浄瑠璃依拠の読本

上方出来の読本の中にも浄瑠璃依拠の作は多く見出される。栗杖亭鬼卵の『河内毛綿団七島《かわちもめんだんしちじま》』[5]（文化一一年（一八一四）刊）は『夏祭浪花鑑』[6]（延享二年（一七四五）、竹本座初演）に基づく。浄瑠璃を取り入れるということ自体は、江戸の動きに続こうとするものであろうが、実際の取り入れ方については、前節で見た馬琴や振鷺亭とは相違する所が目立つ。

『夏祭浪花鑑』で中心的に描かれているのは、団七が、放蕩の末に勘当され零落した玉島磯之丞を庇護したいという思いを貫くが故に、終には舅を殺し、妻子をも巻き込んで苦悩に陥っていく様であろう。鬼卵の『河内毛綿団七島』はこれを基本的に残している。また馬琴の如く、そこに〝正しさ〟を導入するということもしない。しかし決して単に浄瑠璃を読み物風に直したというものではなく、読本という様式にするための工夫が施されている。

本作で特に際立っているのは、磯之丞が零落するに至るまでの経緯の部分の扱いである。『夏祭浪花鑑』では冒頭に、遊女琴浦を身請けした磯之丞が、傍輩の大島佐賀右衛門に唆されて遊興する様が書かれる。佐賀右衛門は磯之丞

を失脚させようと企てていたのであるが、その動機については、「さす恋の意趣ばらし」、即ち琴浦をめぐっての恋の遺恨であったという説明があるのみである。

鬼卯は、これに該当する部分の話を細かく作り上げた。堺の太守華岡和泉守は、大島佐賀兵衛という佞臣を重用し、玉島兵太夫らの忠臣を斥けていた。大島佐賀兵衛は太守から女性を妻として遣わされるが、既に太守の胤を孕んでおり、やがて男児を出産する。一方、玉島兵太夫は路傍で男児を拾い育てる。然るに後年、太守は佐賀兵衛の奸佞に気付き、自らの実子を由なき者に遣わしてしまったと悔やみ、双方子を取り替えるように命ずる。かくして大島佐賀兵衛と佐賀右衛門、玉島兵太夫と磯之丞がそれぞれ親子となる。

さて青年となった佐賀右衛門と磯之丞は一緒に遊廓へ行くが、これは単に誘い合って行くのであり、相手を陥れて失脚させようと企てたものではない。遊女の総角と琴浦が、共に佐賀右衛門を嫌い磯之丞を慕って達引きとなる。結局総角の意気地立てで収まり、佐賀右衛門は総角と、磯之丞は琴浦と馴染むが、佐賀右衛門は磯之丞と琴浦に対して不快の念を覚えるようになる。佐賀右衛門と磯之丞はこの後も遊廓へ通い続け、やがて各々借財が積もって困惑する。佐賀右衛門はいち早く親佐賀兵衛に打ち明ける。すると佐賀兵衛は御用金を盗み出し、これで佐賀右衛門に借財の返済と、総角の身請けをさせる。

佐賀兵衛は、「心底の能からぬ」者とされている。しかし単純に、悪人であるが故に悪事をなしたとは書かれていない。彼にとって佐賀右衛門は、「同気相求むる諺のごとく」、心に適う息子であった（彼等が実の親子であったことを知るのはこれより後のこと）。また遊廓での一件を息子から聞いて、「殊に磯之丞が仕方、琴浦とやらんが心底、甚《はなはだ》憎むべし。汝が相方の総角、真実ある婦人。感じ入たり」と受け取った。また太守の御用金に手を付けたことには、「近頃太守は某をうとみ、助松主計、玉島兵太夫などをのみ相談相手となし、我はありてなきがごとくにし給ふこそ恨なれ。」

遠ざけられたことによる無念が関与していたという。

佐賀右衛門が総角の身請けをする時、廓の亭主に、この上は早く磯之丞からも借財を取るがよいと促したことで、亭主は一層磯之丞を責めた。また琴浦は、身請けにおいて総角に先を越された焦りを磯之丞に訴えた。これによって磯之丞は追い詰められ、太守から預かっていた浮牡丹の香炉を質に入れてしまい、身の破滅が始まる。鬼卵は、磯之丞の零落に至るまでの経緯に関わる部分を、これだけ筆を費やして創作した。これは単に話が付加されて詳しくなったということではない。各人の心情が一つ一つ絡まり合いながら、避け難く一つの事態に至るという形を作るべく、背景の部分を描いているのである。

本作には、読本の様式を作るためのもう一つの工夫がある。磯之丞が質に入れた浮牡丹の香炉は、後に佐賀兵衛の手に渡るなどのことがあって、彼はその探索に苦労する。彼は最終的にこれを奪回し、もとより太守の落胤であった故とて御家を継承する。即ち香炉の喪失は磯之丞の零落を意味し、奪回は名誉と地位の回復を意味する。なお『夏祭浪花鑑』にも浮牡丹の香炉は出るが、これは、道具屋の手代となっていた磯之丞が詐欺に遭った時の偽の品として一度出てくるだけのものである。鬼卵はこれを活用したのである。また終末部に、佐賀右衛門が団七との決闘を仰せ付けられて討たれるという話が設けられる。このことも併せて考えるべきであるが、後に改めて取り上げる。

やはり上方の作である『鎗権三《やりのごんざ》累　襸《かさねかたびら》』(7)（五実軒奈々美津作、浜松歌国補、文化一三年（一八一六）刊）は、近松門左衛門の『鑓の権三重帷子』（享保二年（一七一七）、竹本座初演）に依拠する。近松作では、笹野権三が、茶道師匠の浅香市之進の妻おさゐを通じて秘伝の巻子の披見を得ようと執心し、一方おさゐは権三を娘の婿にしようと執心したことが、二人が不義を言い立てられ市之進に討たれるという悲劇に陥る原因となっている。また特におさゐの性格に留意がなされている。彼女は自分の信念に嵌り込み、感情の昂揚を生じやすい人間である。江戸在勤中の夫に代わって茶道の家を守ろうとする意識のもと、優秀な人物である権三を娘の婿にすることが家にも子にも幸福をもたらすと固く信ずる。しかし権三には既に恋人（お雪）がいて結婚の話が進んでいると聞き、強い嫉妬の念を燃やす。かくて権三に対して、茶道秘伝の巻子を見せるので必ず娘と結婚するようにと迫る。こうして切迫した思いの中権三と共に深夜の茶室へ入るが、やがて昂揚して激しく権三を責める。これを川側《かわづら》伴之丞（権三の相弟子）に、不義を見届けたと言い立てられ、二人して市之進に討たれねばならない状況に追い込まれる。

読本の『鎗権三累襂』では、執心や性格故に生ずる悲劇とする捉え方はない。ここに存するのは、一つの事態に至るまでの経緯を各人の心情の絡みに沿って書いていくという、前掲『河内毛綿団七島』と重なる方法である。なお本作では、市之進妻女の名が於律となる。――於律は、権三の人格が良い故に、娘の婿にと切望し婚約を要請するが、権三はこれを辞退する。韮山《にらやま》元橘（権三の武芸の師）の娘岬《みさき》が権三に激しく恋慕し、権三はこれに心を動かされて契る。相弟子の鞆江《ともえ》伴之丞は岬に恋慕していたので、権三を憎み、陥れる機会を窺う。於律は権三と岬との仲を知り、権三に面会して責めるが、これを伴之丞に、不義を見届けたと言い立てられる。かくて市之進が二人を討たなければならない状況が発生する。

本作は、一編全体が、讒言によって濡れ衣が生じそれが最終的に晴らされる話として作られている。この構造を読者に示すために、近松作にはなかった幾つかの要素を新たに導入している。その第一は、最終的に市之進が両人不義は無実であると確信したということを書いた点である。権三は市之進に討たれる時、踵を斬られただけで崩れそのまま倒れる。この振る舞いによって、市之進は彼の無実を知る。

市之進は怪しみて、綴居《とぢゐる》目先へ白刃を閃《ひら》めかせど、更に動ぜぬ覚悟の体《てい》なるゆへ、爰《こゝ》におゐておもふやう、「たとひ足に疵つきたゞよふとも、付入て討我刀をはらひなば払はるべきに、快よく一刀をうけて倒《たをれ》しは、偖《さて》は於律と姦通せしにあらざれども、冤《むじつ》の汚名のがれがたく国遠はなせしかど、我に一命を授けて武を立《たて》させん心なるか。平生《ひごろ》の義心にては左もありぬべきことなり」と推《をし》はかれど、今更助けん術《てだて》もなく、「せめては苦痛をさせまじ」と、乗かゝり声を潜め、「仁兄《きでん》の節儀我胆《わがきも》に貫通せり」と、無量の礼を辞《ことば》に含み、涙ながらに止命《とゞめ》をばさしも名を得し大丈夫も、朝《あした》の露と消失《きへうせ》ぬ。

第二は、伴之丞が討たれることの意味付けを明確化したことである。近松『鑓の権三重帷子』の川側伴之丞は、両人不義と言い立てた後間もなく甚平（おさゐの弟）に討たれて劇から姿を消す。一方読本『鎗権三累襂』の靫江伴之丞は、始終存在し続けて於律と権三を苦しめ続ける。彼は権三を憎み、権三と於律との面会遣り取りを窺い、不義と言い立てる。二人が立ち退いた後も、市之進に落とし文をして二人の在処を知らせるなど画策する。巻五の末尾で、於律・権三は市之進に討たれるが、作者はここで話を終わらせず、最後の巻六に、太守の命で伴之丞が韮山橘三郎（岬の弟）・白菅甚平（於律の弟）と決闘させられ討たれるという話を設けた。橘三郎はこれより前に伴之丞に殺害されていた岬の、甚平は無実の罪故に死んだ於律の報復をしたことに、表向きはなる。しかし一編全体が敵討譚の構造になっているのではない。これは、讒言によって発生した濡れ衣の終結を意味すると考えるべきである。即ち前掲の『河内毛綿団七島』が、零落から名誉地位の回復へと至る話という構造を持ち、大島佐賀右衛門が団七と決闘させられて滅ぶ話で締め括られていたことと重なる。

前節に掲げた馬琴や振鷺亭の作では、人々が苦悩するという事態を発生させる要因は、最終的に因果の理法や亡魂の作用の如き超越的な力に帰せられるとしていた。例示した上方の作においてこれに該当するのは、各人の心情の連鎖したものの蓄積である。蓄積はそれなりの重みを獲得して、因果や亡魂とは別の意味で避け難さを呈する。苦悩をもたらした要因は、実はこの蓄積全体なのであって、佐賀右衛門や伴之丞の心情や行為はその一部と言うべきである。しかしそれは表徴として蓄積の最も前面に位置する。これが滅亡することは、心情の連鎖の終結を意味し、即ち苦悩の終結を意味する。これは恰も馬琴や振鷺亭の作における因果の解消、亡魂の解脱に相当する。江戸・上方それぞれの作における作風の大きな傾向は、この点に見て取れると考える。ただ浄瑠璃を読本化するに当たり、苦悩の生ずる要因とその終結を示すことで長編全体を統括する構造を作ろうとする意識を備えていた点は、共通すると言ってよいであろう。

四　小枝繁、山東京伝と浄瑠璃

再び江戸の読本から掲げる。小枝繁は馬琴への追随が著しい作者と評されて来たが、その作法の根幹部分が必ずしも馬琴流と重ならないことについて、本書第三部第六章「後期読本作者小枝繁の位置」において論じた。そこでも取り上げた『柳の糸』(8)（文化六年（一八〇九）刊）をここでも掲げる。本作は『祇園女御九重錦』（宝暦一〇年（一七六〇）、豊竹座初演）に基づいて、横曾根平太郎・卯木《うのき》の出会いと別れを描く。平太郎は猟師の転生した者であり、卯木にはその猟師の妻の塚に植えられた柳の精が憑依しているとし、二人は因果の支配によって結ばれたのだと言う。しかし二人の出会いの場面においては、平太郎の手から逸れた鷹を卯木が智を発揮して戻してやったことを機に、互いに想いが芽生え、次第に高まり終に契るというように、心情に沿ってその経緯を詳細に描いている。この形はむしろ上方の読本に頻出するものに近い。しかし作者は、これはあくまでも「夙縁の爾《しか》らしむる処なり」と説く。かくて彼等の人生が、彼等自身の心情のあり方に規定されながらも、大きな因果の流れに背後から包み込まれている様を示そうとしたと考えられる。

最後に京伝の『双蝶記』(9)について私見を述べる。本作は、人物名や個別の趣向が取られているというレベル以上に、作品の本質的な部分において浄瑠璃『双蝶蝶曲輪日記』(10)に拠っていると考える。『双蝶記』終末部に、盂蘭盆会の夜のこと、この時自害した大仏九郎貞直夫婦が悲願としていた、旧主相模次郎時行の助命が叶い、また貞直夫婦等の供養も約束されることが書かれる。これは『双蝶蝶曲輪日記』の八幡里引窓の段の話が放生会の宵祭の日のこととされていたのを盂蘭盆会に改め、〝救済〟というテーマを大きく継承したものと解する。

『双蝶蝶曲輪日記』八幡里引窓の段は次のような話である。濡髪長五郎の実母は、八幡の里で郷代官を務める南方《なんぽう》十次兵衛に再嫁したが、十次兵衛が没した後息子の与兵衛（先妻の子）は没落していた。放生会の宵祭の日、大坂で人を斬った濡髪がこの母を訪ねて来る。与兵衛はこの日役所へ召され、昔の役への復帰を許されるが、同時に、この里へ逃れたらしい濡髪の詮議を、昼間は二人の武士が行うが、夜間は与兵衛が行うようにと命ぜられて帰って来る。母は継子である与兵衛の役儀のことを慮りながらも、濡髪を助けたいと強く願う。与兵衛の妻おはやは、二階に忍ばせている濡髪の姿が手水鉢に映っているのに与兵衛が気付いたと見て取るや、引窓を閉めて闇にする。

　二階より覗く長五郎、手水鉢に姿が写ると知らず、目早に与兵衛が水鏡きつと見つけて見上ぐるを、さときおはやが引窓ぴつしやり。内は真夜《しんや》となりにける。

おはやは母の本心に共鳴し、濡髪を助けたいと願ったのである。かくて与兵衛の思いも、母、妻と一つになっていく。彼は抜け道をそれとなく知らせてやり、また濡髪の顔に金子を投げ付け、詮議の印となる高頰の黒子を潰す。金子の包みには路銀と書いて、逃れよと仄めかした。それでも濡髪は与兵衛への義理を思い縄に掛りたいと言い、母は悲愁に苛まれつつ、引窓の縄で小手縛りにして与兵衛に渡す。しかし与兵衛はこの縄を切って引窓から月光を入れ、夜が明けたと言い放った。

すらりと抜いて縛り縄、ずつかり切ればぐわら〳〵、差し込む月に、「南無三宝夜が明けた。身どもが役は夜の内ばかり。明くればすなはち放生会。生けるを放す所の法。恩に着ずとも勝手にお行きやれ。」

母、おはや、与兵衛各々葛藤し心を痛めながら、その根柢には救いたいという思いが流れる。放生会の設定の意味はここにあった。

京伝は、この引窓と金子を以下のように用いた。南方十字兵衛が、主君山咲《やまざき》庄司の息子余吾郎《よごろう》の放蕩の罪を引き被って自害した後、十字兵衛の息子余兵衛《よへえ》と老母、幼い子窓太郎は貧窮する。余兵衛は懸命に働くが貧しさは如何ともし難く、僅かな食物を先ず老母に与えた。老母は余兵衛の志を感じつつ、幼い孫窓太郎が餓えることを悲しんだ。余兵衛は老母の様子を訝しむようになり、ある日外出したと見せ掛けて家内を窺い、老母が余兵衛から与えられた魚を窓太郎に食べさせる様を見る。余兵衛は激しく嘆き、無惨ながらも窓太郎を手に掛けて一口を減じようと決める。窓太郎を引窓の縄で縛り正に斬ろうとした時、落雷が起こり、轟きに手元狂って引き縄を切ってしまう。その瞬間、引窓から金子が降って来る。

あはやとひらめく電《いなづま》の目を射るばかりに家内を照し、忽《たちまち》一声《いつせい》霹靂《はたゝがみ》、絹裂《さく》ごとくに鳴響《なりひゞき》て、頭の上に落るかとおもふばかりにきびしければ、余兵衛が刀の手の裏《うち》もおぼえずくるひて、窓太郎が身にはあたらず、腰に結《むすび》し窓の引縄すつぱときり、ぐはら〳〵とひらく戸の、裏《うち》に降籠《ふりこむ》雨とともに、小判の山吹散乱して、井出の嵐とうたがへり。

このことが起こった事情について、京伝は以下の複雑な説明を設けた。山咲庄司は、南方十字兵衛が余吾郎の罪を引き受けたのであったことを後に知った。残された余兵衛らが貧窮していると聞き、家来に命じて金子五十両を届けさせようとした。ところが家来は途中で賊に財布を狙われて争いとなり、近くにいた見せ物師の檻の中の雷獣が雷に催されて猛り出し、財布の紐を首に絡ませて天に昇ってしまった。それが今の落雷と同時にここへ降ったのであると。

(山咲庄司、)「落る所もおほかるべきに、此家のうへに落たるは、正是《まさしくこれ》皇天汝が孝を憐《あはれみ》給ひて、あらたに此金を授給《さづけ》ひしに疑《うたがひ》なし。」

元来この金子は山咲庄司個人から出たものであったが、これだけの話を設けて余兵衛の孝に対する天の応報であるとした。

この話はいわゆる孝子説話の如く、単に余兵衛の献身的な行為とそれに対する褒賞と書かれているのではない。余兵衛が窓太郎を斬ろうとしていた時、老母は別室で、自分の一口を減じて子と孫を飢餓から救おうと考え正に自害しようとしていたが、例の雷鳴がこれをとどめた。双方互いのことを念じていたのである。また次のように言う。

(山咲庄司、)「汝等両人、母は慈悲あり、子は孝あり。今の迅雷母の自害をとゞめ、子の刀の手を狂はしめて、孫の命をすくひ給ふ。都是《すべてこれ》天の憐《あはれみ》をかうふりし所なり。」

この慈悲・孝について、京伝は観念的な説明で終わらせることをしない。これより前のこと、彼等の互いを思う様は次のようであったという。

おのれは常に襤褸《つゞれ》のみを着て臥《ふし》、母には衾をあつうして臥《ふさ》しめ、なほ寒からん事をおもひて母の熟睡をうかゞひ、おのれが一重を脱てこれをおほふ。母睡《ねふり》を醒《さま》して余兵衛が臥《ふし》たる方を見やり、彼が薄着をかなしみて、我に着《きせ》たる彼《かの》襤褸を又余兵衛におほひ、孫はおのれ抱き、衾をおほく孫に着《きせ》ておのれは寒さをいとはず。余兵衛目醒《さむ》れば又一重を母にゆづる。一夜のうちに親子一重の襤褸をゆづりあふこと度々なり。母の慈と子の孝とおほむねかくのごとし。

慈悲であり孝であるから、確かに善の範疇にある。しかし、相手を生かしたいという思いという点では、最早正しいか否かの問題の埒外にある。ここにおいて、『双蝶蝶曲輪日記』が描くところと近接する。ただ読本としては、この背後に天の作用を置くべきであると京伝は考えた。引用した山咲庄司の言葉、二度にわたって「天の憐れみ」に言及する。金子のことを、彼等を斬殺・自害から救った天の憐れみと統合したのは、人による計らいの背後に天の計らいが存すると言おうとしたものと解される。

本作には〝救済〟というテーマが大きく流れ、それが先に触れた終末部の盂蘭盆会の夜の場面へと収斂して行く。山咲庄司は、この時自害を図った大仏九郎貞直夫婦と息子動之助《ゆるぎのすけ》の供養を約す。貞直は本来敵であったが、それを超えての計らいである。また貞直夫婦の旧主相模次郎時行の助命が叶い、滅亡したその一門も弔われる。更に、ここまでに落命した人各々の名を挙げて皆供養されることが書かれる。これに続けて応報のことを説いて一編を閉じる。

そも明《あきらか》なるところには王法あり、暗き所には天罰あり。隠悪といへども必報《かならずむくい》あり。悪人一旦《ひとたび》盛なるも余殃の風にくじけて其枝葉を枯《から》し、善人一旦衰たるも余慶の春にあひて再花咲《ふたゝびはなさく》時にあへり。皆是天理のしからしむる所なり。されば浮世《ふせい》の興亡栄枯、人生の禍福吉凶、一部の小説に異なることなし。其巻末を見ざれば暁《さと》し得《うる》ことあたはず。豈悟《あにさとら》ざらめや。

確かに悪漢箕腹《みはら》蟻右衛門・袴田紺九郎の滅亡などのことも書かれる。しかしここに言う所を単純に善人栄え悪人滅ぶの意と取っては、本作の実質と余りに懸け離れる。善とは単に道徳的に正しいという狭い意味ではない（余兵衛とその母の如く）と解してよければ、人は一旦は苦悩に沈むとも最終的には救われる、「天の憐れみ」によって必ずそうなるというのが、最も言いたかったことであると考えてよかろう。

京伝は、天の超越的な力を掲げるという点で、前掲した馬琴や振鷺亭の作と共通する。但し実際作中においては、浄瑠璃からも示唆を得てであろう、人間の心情に関わるものを追究しようとしていることが見て取れるのである。

五　結語

浄瑠璃を読本化するに当たり、苦悩の発生やその終結の背後に超越的な力の作用を置くか、人間的な要因に帰結させるかというところに、大きな捉え方としてそれぞれ江戸・上方の作風を見て取ることができると考える。ただもう一つ踏み込んで、超越的な力に如何なる意義を持たせるか、あるいは、人の心情の如何なる面を追究し描写を如何に組み立てるかといった点に即して見たならば、各々の作者が考えた読本の様式とはどのようなものであったかという、より細緻な問題へ行き着くものと思われる。

注

（1）大屋多詠子『馬琴と演劇』（花鳥社、二〇一九年）所収の「馬琴の演劇観と勧善懲悪――巷談物を中心に――」、「馬琴と近松」、「馬琴の「人情」と演劇の愁嘆場」などの諸論。
（2）『三七全伝南柯夢』は、『馬琴中編読本集成　第七巻』（汲古書院、一九九七年）に拠る。
（3）『艶容女舞衣』は、『日本古典文学大系　文楽浄瑠璃集』（岩波書店、一九六五年）に拠る。
（4）『咊陜妹背山』は、島根大学附属図書館堀文庫蔵本に拠る。
（5）『河内毛綿団七島』は、島根大学附属図書館堀文庫蔵本に拠る。
（6）『夏祭浪花鑑』は、『日本古典文学大系　浄瑠璃集　上』（岩波書店、一九六〇年）に拠る。
（7）『鎗権三累襂』は、島根大学附属図書館堀文庫蔵本に拠る。

(8)『柳の糸』は、島根大学附属図書館堀文庫蔵本に拠る。なお同本を底本として翻刻した。堀文庫研究会 代表・田中則雄「〈翻刻〉柳の糸（上）（中）（下・一）（下・二）」（『島大国文』三一・三三・三四・三五、二〇〇八年三月・二〇一一年三月・二〇一四年一月・二〇一五年三月）。
(9)『双蝶記』は、『山東京伝全集 第一七巻』（ぺりかん社、二〇〇三年）に拠る。
(10)『双蝶蝶曲輪日記』は、『新編日本古典文学全集 浄瑠璃集』（小学館、二〇〇二年）に拠る。

第五章　『雨月物語』と後期上方読本

一　はじめに――『雨月物語』と後期上方読本――

『雨月物語』[1]「浅茅が宿」の終盤、久々に帰宅して妻宮木に再会した勝四郎は、翌早朝妻の姿が見えないことに気付き、実は彼女が既に亡き人となっていたことを知る。但し彼は妻の死を直ちに認識したのではない。初めは、そこに彼女の姿がないことに呆然とし、昨夜見た姿は狐狸妖怪の仕業か、または亡魂によるものかと考えつつ、「思ひし事の露たがはざりしよ」、帰宅前に予想した通り妻は没していたのだ、と了解するのみで、全く涙も出なかった。

　呆自《あきれ》て足の踏所《ふみど》さへ失《わす》れたるやうなりしが、熟《つらく》おもふに、「妻は既に死《まかり》て、今は狐狸の住かはりて、かく野らなる宿となりたれば、怪しき鬼《もの》の化《け》してありし形を見せつるにてぞあるべき。若《もし》又我を慕ふ魂《たま》のかへり来りてかたりぬるものか。思ひし事の露たがはざりしよ」と、更に涙さへ出ず。

次に彼女のものらしき塚に気付き、ようやく事実として受け入れ始める。

　むかし閨房《ふしど》にてありし所の簀子《すのこ》をはらひ、土を積て壠《つか》とし、雨露をふせぐまうけもあり。「夜《よべ》の霊はこゝ、もとよりや」と恐しくも且《かつ》なつかし。

そしていよいよ心底からそのことを認識するのは、彼女の最期の思いを表した一首を発見した時であった。

水向《むけ》の具物せし中に、木の端《はし》を刪《けづ》りたるに、那須野紙《なすのがみ》のいたう古びて、文字もむら消《ぎえ》して所々見定めがたき、正しく妻の筆の跡なり。法名といふものも年月もしるさで、三十一字に末期《いまは》の心を哀にも展《のべ》たり。

さりともと思ふ心にはかられて世にもけふまでいける命か

ここにはじめて妻の死《し》たるを覚りて、大に叫びて倒れ伏す。

既にこの前夜、宮木（の霊）は彼に対して、独り待つ年月の間に「幾たびか辛苦《からきめ》を忍」んだこと、帰宅時期として約束された秋を過ぎても「君は帰り給はず。冬を待、春を迎へても消息《おとづれ》な」く、孤独の中で待ち焦がれたことを縷々述べていた。「さりともと……」の一首はこの思いを表したものである。それでも帰ってくるのではと思う心に欺かれてよくここまで生きてきたことよ、と。作者は、勝四郎が彼女の死を本当に認識した瞬間と、悲愁の頂点とを重ねた。この一首に触れて、前夜の述懐に込められた心の痛みを本当に理解した時、彼女の死が現実の事として実感されたのである。宮木は勝四郎が都へと旅立つ当初から、「朝《あした》に夕べにわすれ給はで、速く帰り給へ」と、夫と共に暮らすことだけを切望していたが、彼はこれを正面から受けとめようとすることがなかった。「浅茅が宿」において、人が人の心を理解するとはどのようなことなのかという問いが大きなテーマになっていると考える。

『雨月物語』「菊花の約」には、丈部《はせべ》左門が赤穴《あかな》宗右衛門の心を理解することが書かれる。但しこれは極めて特殊な理解の仕方である(2)。左門は同じ里の人の家に病に倒れて苦しんでいる旅人がいると聞いて、対面する前からこの人の心を思い遣る。

（左門、）「かなしき物がたりにこそ。……病苦の人はしるべなき旅の空に此疾《やまひ》を憂《うれ》ひ給ふは、わきて胸窮《むねくる》しくおはすべし。其やうをも看《み》ばや。」

左門は献身的な看病によって赤穴を救い、やがて兄弟の盟約を結ぶが、その中で、「富貴消息の事」「栄利」を斥け、「信義」「まこと」（実、信、情の字を宛てる）を標榜しつつ、ひたすら相手を思い遣るという精神の中に没入していく。相手を独立した人格と見てその固有の心を推し測るというものではなく、最初から相手と感情的に同化しようとするものである。本話では、このような特殊な形の心の理解に、作者の関心が向けられているのである。

ところで、右に掲げた話には何れも人間の性格というものへの配慮が存する。「浅茅が宿」の勝四郎が宮木の心を容易に理解できなかったことには、「生長《ひと、なり》て物にか、はらぬ性《さが》」「揉《ため》ざるに直き志」という彼の性格が深く関与している。都へ商売に出て富を得るという一事に直線的に方向付けられた彼の内面の在り様は、共に暮らすことだけを切望する妻の心を顧みることを不可能にした。「菊花の約」の丈部左門については、話の冒頭に、「清貧を憩《あまな》ひて、友とする書《ふみ》の外はすべて調度の絮煩《わづらはしき》を厭ふ」と記される。心の純粋さに執着する型の彼は、「まこと」と称してひたすら相手を思い遣る精神の中へと自分を追い詰めていった。『雨月物語』に性格への配慮が存するなど、余りに常識的なことであるかも知れない。但し単に作中に性格への言及があるということではなく、人物の言動とそれによってもたらされる命運とが最終的に〝性格〟という点に帰結するように書かれていることに、ここで改めて注意を向けたい。この点で『雨月物語』はやはり際立っていると言うべきであろう。

ところで『雨月物語』をはじめとする初期読本が主として短編であったのに対して、一九世紀に入ってからの読本（後期読本）は、山東京伝・曲亭馬琴の先導によって長編としての様式を整えていった。そこには、人力を超越した因果の理法が長編全体を統括するという構造が存する。但し後期読本の全てがそのような作法に倣っているのではない。京伝・馬琴等の江戸読本が隆盛を迎える文化五、六年（一八〇八、〇九）頃に先立つ享和期（一八〇一—〇四）より、京都の作者速水春暁斎は、実録を典拠とする〈絵本もの〉読本を続々刊行していた。そこには、人物の感情とそれに基づく言動の連鎖によって話の展開を方向付けるという作法が見て取れる。私見では、この作法はこの後も、特に上方出来の読本を中心に脈々と継承されたと認める。特に、文化五、六年頃以降、明らかに江戸風を摂取しようと意識して作られた上方読本の中に、結局のところ感情、言動を拠り所として全体を構成している例を指摘することができるのである。(3)

いま、先に『雨月物語』において見たような、人間の内面を追究する小説を書こうとする動機が、後期読本においても存在したのかと考えてみたとき、大坂の作者馬田柳浪の作に想到する。柳浪は江戸側との交流があって、その作『朧月夜恋香繍史《おぼろづきよれんこうしゅうし》』には曲亭馬琴から序を寄せられ、実際創作に当たっては江戸風を強く意識したことが窺える。但し長編全体を因果の理法で括るという方法は採らず、人物の感情とそれに基づく言動の連鎖を拠り所としている。この点で、大きく言って春暁斎をはじめとする流れの方に属すると見られるが、柳浪の作はこの流れの中でも殊に際立っている。それは即ち人が人の心を理解するということに関して、それを作の中心に据えて丁寧に叙述したり、筋の展開上、特に重要な意味を与えている点、また人物の性格への配慮、特にそれを長編構成に活かそうとしている点においてである。

柳浪の読本として、次の三点が知られる。

『朧月夜恋香繍史』　五巻五冊、文化七年（一八一〇）刊。後編を予告するが未刊。
『不知火草紙《しらぬい》』　初編三巻三冊、文化七年刊。後編五巻五冊、藤原可教の補綴にて天保七年（一八三六）刊。
『朝顔日記』　初編三巻五冊、後編四巻五冊、文化八年刊。

ここで柳浪と『雨月物語』との直接の影響関係を論じようとするものではない。ただ人間の内面に向ける関心のあり方という点で、極めて近いものが見出されることを述べたいと思う。秋成が目指した方向は、長編化された新しい様式の読本の中においても生き続けることが可能であったと思われるのである。以下、柳浪の作を順に掲げながら検討する。

二　『朧月夜恋香繡史』の方法

先ず『朧月夜恋香繡史』(4)を掲げる。これは佐野（灰屋）紹益をモデルとする蝶之助という青年を主人公とする。彼は、武家の呉服所を務める灰屋を継いだ兄の代理として、都を出て播磨の宇幾田《うきた》和泉守の邸へ年始の礼に赴く。そこで宇幾田家の侍女花濃《はなの》と相愛となり、彼女の部屋に隠れ住む。これを知った同家の子息刑部少輔が激昂し、彼を庭に投げ付けるが、植え込みの上に落ちて奇跡的に助かる。この直後、内室清見の前が彼を密かに逃がす。この時彼女は、自分が彼を助ける心を次のように語った。

「焼野の雉子夜の鶴、子を慈《いつくしま》ぬものあらふか。今の刑部少は先妻の子、われも千種といへる愛子《いとしご》あり。里の兄なる姫路の城代曾根対馬守が子なきにより、家の血筋の絶るを嘆き、やむことを得ぬ螟蛉《ようし》にもらはれ、雨につけ風につけ、おもひわする丶ひもなし。人の親のこ丶ろは闇にあらねども、子をおもふ道に迷ふならひ。今汝《そち》を罪に行なひ、此事京師《みやこ》へ聞えなば、親どもが嘆《なげき》は嘸《さぞ》。わがうへにつまされていとをしくおもふぞよ。」

親として子を思う心、しかも離れた地から子を思う心とは如何なるものかを言い、専ら蝶之助の親の心情に思いを遣っている。言わば、蝶之助のためというより彼の親のために救ってやっているのである。これは、単に身分上位の者が下の者の私通を寛容の計らいとして許すという読本にも頻出する形とは少々異なる。柳浪が書きたかったのは、親である人が、別の親が子を思う気持ちに共鳴できるということであったと解される。

次にこの『朧月夜恋香繡史』における性格の扱い方について見る。作者は、初編で蝶之助のことを、後編で花濃（吉野太夫となる）のことを中心に記述しようと構想していた。

初編は半《なかば》よりもぱら昭益がことを演《のべ》、次編半よりは吉野がことを説出せり。看官その発兌を待て一覧あれ。

結局後編は未刊に終わったと見られるが、人物ごとに伝の如く纏めて記述するという姿勢は、一定の人物像を描出することを意図してのものであったと思われ、即ち性格への配慮ということと関係している。かくて初編には、蝶之助の性格が以下のように明示されている。

天授《うまれつき》て世にすぐれたる標致《きりやう》よし。その性《さが》また怜悧《かしこく》、豪富の家に生る丶といへども、露ばかりも驕るこ丶ろなく、朝夕爹嬤《ちゝはゝ》に事《つか》へて孝を尽す。

衣裳の立派といひ、角前髪の佶《きつ》としていといとう温柔《のどやか》に、あまんの愛敬をふくみ、……起居《たちふるまい》の風韻《きやしや》なる、また物いふさまのつよからずして、しかも下卑《げび》ず、初々しくは見ゆれど、信《まめ》だちて物なれたるにぞ、

怜悧というのは、赤松家臣の戸田角蔵が賊に襲われ、主家所蔵の千鳥の香炉を破損させてしまった時、蝶之助がこれと対をなす品を自分が所持していることに気付き、速やかに角蔵にこれを与えて代用すべきことを説いた様が、「才人のいとも賢き弁舌は、辺《あたり》に清き鴨川の水の流る丶ごとくなり」とされるのが該当する。また、温柔、風韻、信《まめ》だつ、なども示されるが、作者は、これらと表裏の関係をなすものとして、柔弱という面があると考えたと見られる。この面は蝶之助が、先に掲げた、播磨の宇幾田家で花濃と通じて成敗されそうになる一件以降において顕わになる。宇幾田刑部少輔によって庭に投げ付けられてようやく気が付く所では、

いまだ全く放心不大《をちゐがたく》、はた身の誤りに満面慚愧《うちはぢらひ》、消も入たき風情にて、この末いかなる憂《うき》めや見んと、たゞ涙さしぐみ、ひたもの股栗《ふるひをのゝ》きつ丶、あへて仰ぎ見ることあたはず。

宇幾田家を忍び出てから山中の険路を行くが、これも内室清見の前の厚意で遣わされた付き人に頼り切り。峠で力尽き、ある老婆の家に宿りを求めるが冷淡に断られると、「進退こゝに谷《きは》まり、たゞ女々敷《めゝしく》もほふりをつる涙を手してはらひつゝ」嘆く。入浴中に大蛇を見ては、「嚇《おどろき》得《え》て手足おくところなく、忙《あはて》て浴盆《たらい》を飛出、浴衣おつとり、裏頭《うち》のかたに跑入《かけい》りける」という有様。筏の上で雷鳴に気を失い伏したまま流され、やがて起き上がりあらぬ事を独りごちつつ泣き苦しんでいたのを里人に助けられたともいう。このように小心、一人では全く無力な人として一貫して書かれる。ただその柔弱の奥にある善良さが人から愛され、次々庇護扶助を得る。

前述したが、蝶之助は佐野紹益をモデルとする。柳浪は紹益の著『にぎはひ草』を読み、

泰平の気象おのづから具《そな》はり、賑はへる世のさま、章句の表《ほか》に灼然《いやちこ》なり。国朝にて近来《ちかごろ》随筆の書夥《おゝ》かる中に、超群《すぐれ》てその文いと醇美《いみじう》いと優姚《やさし》。

と感じたと言う。近世初期の泰平の世を生きた都の富商の文章からその人となりを想像し、そこから蝶之助を造形したのである。聡明怜悧、優美風韻、誠信などの奥に潜む柔弱、それが却って人に好もしく受け取られる――という一つの明確なタイプを描き得ている。

三　『不知火草紙』――人の心への理解――

次に『不知火草紙』(5)について検討する。この作は、初編の奥付に、

大納言金岡卿三十五世孫　巨勢法橋秀信先生画作／絵本菅原実記　初編全部三冊
附録　不知火草紙

『不知火草紙』初編巻一挿絵「香月小主水、武部橘内に別れを告て筑紫に赴く」（国文学研究資料館蔵本）

と記す通り、『絵本菅原実記』（初編巨勢秀信画作、文化七年（一八一〇）刊）という道真一代記の読本の附録と称して刊行された。しかし内容的には別のもので、香月《かづき》緑之助が筆道の師武部橘内の敵を討つという話である。緑之助が筑紫に住んだ時太宰府天満宮に祈ることなど、幾つか天神に関係する事柄も記されるが、部分的な話にとどまっている。また初編は柳浪の手になるものであるが、後編については、柳浪の草稿をもとに別人（藤原可教）が大幅に補綴したものと推定され、留意して扱うべきである[6]。先ず初編の中から掲げる。

浪人の息子香月緑之助は、少年時、京都鳴滝に住み、近隣の武部橘内に筆道を学ぶ。橘内の娘薫児《かおる》は一歳上の緑之助を強く慕う。似合いの男女とて門弟たちに冷やかされ、律儀者の緑之助は席を隔て、師の娘と通ずることなど思いも寄らずと心を固めていた。しかしそれは冷淡や鈍感によるものでは決してなかった。やがて父が筑紫の大内氏に仕官することが決まり、彼も随伴して赴くこととなる。出発の日、彼は薫児の心中を酌み取って涙を禁じ得なかった。

薫児は独眶《ひとりまぶた》泣腫し、人目避れどやるせなく、可憐情人《かわゆきをとこ》の生別離《いきわかれ》、峰の猿《ましら》にあらねども、腸を断つ苦《くるしさ》は、正にこれ灯暗《ともしびくらうして》　数行《すかう》虞氏《ぐし》涙《がなんだ》といへる類なるべし。緑之助これを猜《すい》し、小姐《こむすめ》が深き真情《まごゝろ》を憫《あわれ》み、とやかく物に紛わせど、袖の乾《ひ》る間はなかりけり。

彼が薫児の恋情に応じなかったのは、「天のなせる老実《りちぎ》もの」というその性格と関連付けて書かれているが、この点については後述する。その彼が、彼女の心中を感じ取って我が心を痛めたことを言うのである。この場面に対応する石田玉峯の画は緑之助の心の様を実に巧みに描出する（前頁図版参照）。

さて緑之助が筑紫へ移ってからのこと。父は仕官後間もなく病没、大内氏も敗戦によって没落し、彼は母と共に零落を余儀なくされる。太宰府天満宮で焼き餅を売って露命をつなぐが、これを公文《くもん》外記《げき》左衛門《ざえもん》なる武士が、実は才学ある少年と見抜き、自分の屋敷へ母子共に引き取り、離れに住まわせる。外記左衛門は彼を末娘の桜子の婿にとひたすら請うが、彼は、出世を遂げてからでなくては恩人の娘を苦しめることになると考えて固辞する。しかし外記左衛門は全く後へ退こうとしない。緑之助は行き詰まり、結納のみは承諾し、実際の結婚は延引して、もし出世が叶わなければそのまま破談にしようと考える。ところが外記左衛門は、結納を受けるや、その夜娘に付き添い一方的に嫁入りさせに来た。緑之助は即座に走り避け、母が対応した。

（母は）かくあらんとはゆめおもひもかけねど、この期《ご》におよびせんすべなく、忙《いそがは》しく裲《うちかけ》姿《すがた》かい刷《つくろ》ひ、昔の作法行儀《をりめ》正しく、しとやかに出迎へ、自来《もとより》待《まち》上臈《じやうろう》もあらざれば、自《みづか》ら誘《いざな》ひつゝ内房《をく》に請《しやう》じ、慇懃に款待《あしらひ》ける。

母は外記左衛門の心情を察するや、誠実に受けとめたのである。

（母は）外記左衛門が厚意を乖《そむ》かず、また桜子が心根をあわれみ、容易《いとやすく》これを允容《うけがい》、ほた〳〵悦《よろこび》つゝ、いちはやくその設《もうけ》をなさしめ、軈《やが》て土器《かわらけ》とりかわし、新人岳母《よめしうとめ》の礼《かため》を行《なし》、姻婭《あいやけ》どちの献酬《ぎしき》もおわりぬ。

彼女は外記左衛門に礼謝し、「新人《よめ》御寮はこの母が屹《きつ》と預り申たり。時機《をり》を見合せ鸞匹《かたらひ》をなさしめなん」と言い放つ。


そもそも外記左衛門にとっては、単に良き婿がねを見出したというような事ではなかった。緑之助が焼き餅を売る傍らに一冊の唐本を所持しているのを見付け、その講釈を所望すると、『史記』刺客伝の、恰も外記左衛門気に入りのくだりを見事に読み上げた。また近頃社壇の庇に奉納された、朗詠の詩を書した扁額に心惹かれていたが、それがこの少年の手になることを知る。そこに緑之助家来の岩助が来るが、彼が家来から大切に敬われている様を見て、ますますゆかしく思う。この時俄雨が降り出し、再会を告げて別れるが、外記左衛門は「只恋々捨がたく、立《たゝ》まくおしく」思うほど、緑之助の人格に惹き付けられたのであった。


またこの夜の婚礼は、外記左衛門が緑之助母子に覚られぬよう取り計らい、一気に押し掛けたものであったという。

自来這方《もとよりこのところ》（緑之助母子の住む離れ）は大荘院裏《をゝやしきうち》の幽僻《かたより》たる林子《はやし》の奥なれば、母屋よりやゝ隔り、物音も聞えず。

且《そのうへ》外記左衛門が令《いゝつけ》きびしければ、緑之助母子ともに、今宵の催《もよほし》をしらざりけり。

これで外記左衛門の抜き差しならぬ心が緑之助の母に伝わった。彼女が対面するや積極的な態度に出たのは、この切情を理解し受けとめたからである。


かくして緑之助は桜子と夫婦となったが、彼は、出世が叶わぬならば彼女を外記左衛門のもとへ返そうと考え、添い臥すことをしなかった。桜子は彼の真意を知らなかったので、これを悲しみつつも夫と姑に尽くした。一方公文家の人々は彼を賤しい焼き餅売りの成り上がりと蔑み、外記左衛門の計らいに反感を抱いた。ある日桜子は、奥座敷で異母姉の岩根らに「売餅郎《もちうりどの》の夫人《をくがた》」などと嘲弄され、彼女の腰元が堪りかねて言い返し、激しく罵り騒ぐことがあった。折しも手水に立って近くに来掛った緑之助は、その「有枝有葉《いちぶしじう》を聞《きゝ》すまし」てしまう。彼はこの夜快々として眠れなかった。

「われはともあれ、桜子は羞死《はぢ》すべくやありつらん。倘《もし》や痞《つかへ》も起さずや。何不足なき豪家の小姐《むすめ》、貧寒《まづしき》われに纏《かゝづら》ひ、恥を見せつる不便《ふびん》さよ。今に一夜の添臥《そいぶし》せねど、つゆ厭《いと》ひおもふ気色《けしき》なく、われへの貞心母親《はゝ》への孝養、い、尽されぬ情《なさけ》のほど、何《いつ》の世にかは忘るべき」と、たゞ独りごち、女々しくも不覚《すゞろの》涙撲簌々《はふりをちぬ》。

彼は桜子の心中を推し測り心を痛めたのである。以上掲げたように『不知火草紙』初編には、人が人の心を理解することが丁寧に描き込まれている。このうち緑之助が人の心を理解するというものについては、彼の性格の扱われ方とも関わっていると考えるが、この点については次節に述べる。

四　『不知火草紙』――人物の性格――

『不知火草紙』初編には、主人公香月緑之助の性格に留意がなされたことが見て取れる。先に引いた、筆道の師武部橘内の娘薫児が自分に好意を寄せていると知って、彼女と席を隔てたという所で、次のように言う。

緑之助は天のなせる老実《りちぎ》もの、薫児が眷恋《こゝろいき》あわれまぬにはあらねども、玉を窃《ぬす》み香を偸《ぬす》むてふ道なき行《おこなひ》を好まねば、一点の妄念を動かさず。

これは前掲した通り、心を閉ざした冷淡あるいは鈍感をいうものでは決してなく、彼は薫児の心中を理解していた。それでも終に自分の内面を制御して一線を越えることをしなかったというのである。

この後の彼の言動もこの「天のなせる老実《りちぎ》もの」という性格との連関の中で書かれる。彼は筑紫において公文外記左衛門の娘桜子と結婚するが、決して添い臥すことをしなかった。それは、公文氏の屋敷内で食客同然に養われつつ出世の機を待っている自分にとって、「倘発跡《もしなりいで》ぬその時、無瑕璧《きづなきたま》をそのまゝに返《かへす》」のが恩人への寸志と考えたからであった。彼は後に母親から、それは若気の至り、却って公文氏と桜子の情に背くものと諭されて納得するまで、このことに固執し続けた。

緑之助はこの後再び上洛して鳴滝の武部氏を訪ね、娘の薫児と四年ぶりに再会する。彼女は緑之助が去ってから、彼の残した手跡から落款を切り抜いて小さな神棚に納めて自室に置き、また下衣には彼の定紋を刺繍して、我が恋の叶うことを祈り続けていた。彼女はかき口説き、「滝なす涙しとゞをち、今は身も世も恥も忘れ、緑之助にとりすがり、膝にひしとうちもたれ、泣吃逆《ないじやくり》せるいぢらしさ」を表す。しかし彼は動じなかった。

　儼《さつ》と居なをり、衣紋と、のへ、「……今かく姐々《をこと》がこゝろにそむき難面《つれなく》せしも互《かたみ》なる親々への義理ばかりでなく、恩を重ねし筑紫の妻へ道たゝず。ことにまた大事の師匠の息女をわれ穢なくも密事《みそかごと》をなし、輪回《りんゑ》の覊《きづな》はなれ得で、家相続を妨《さまたげ》なば、恩を仇なる不義不実。……」と詞するどくいひはなてば、

種々説いてようやく収めたが、しかしこれで終わらなかった。武部氏の開いた酒宴で、緑之助は、この時病み上がりであった師匠の身体を気遣って、師匠が呑むはずの酒杯も自分が引き受けて呑み、泥酔して寝入ってしまう。目覚めた彼に、薫児が薄茶を捧げ持って来る。

　会杓《ゑしやく》をこぼす茶の湍香《はなか》、寐起の髪のみだれつゝ、おもひありげの面持《おもゝち》は、妖艶《あて》なるうちに愁をふくみ、燃のこりたる蠟涙もあわれを添るばかりなり。

緑之助は礼を述べて受け取るが、飲んでいる途中でまた酒気がこみ上げて倒れそうになる。薫児がこれを支えて介抱する。折しも風が吹き込み部屋の灯火を消し、雷鳴が起こる。怖れた薫児は思わず緑之助に抱き付く。

　われしらず緑之助にひたと綢繆《いだきつき》、しめからみたる蔦蔓、互《かたみ》に薄き小夜衣。緑之助もこの時無明の夢の覚《さめ》かたにて、

心ときめき、宛も胸のあたりを鹿の角にて撞《つか》るゝごとく、突々《とつ〱》としておどりてやまず。暗さはくらし、手廻りのものは総て鼾の最中なれば、今宵ばかりは婢僕もしるまじと、よのつねの人なりせば、ついわざくれ心も出ぬべきに、「弓矢八幡生涯の大事此時なり。こゝをとり乱しては、……畜生にも劣れるふるまひ。われながら浅まし」と、あざれる意馬の火を鎮め、たちまち邪念を空じ、古木寒巌《かんがん》と冷きれば、妄想の雲頓《とみ》にはれ、

やはり緑之助は冷淡鈍感な人間ではなかった。作者柳浪は余程このような心のあり方を読者に理解してほしかったと見え、続いて以下の注釈を入れている。

情史氏曰、緑之助薫児ごとき才子と佳人、不思議にも無人境《ひとなきをり》に奇遇《いであひ》、さある時機におよびなば、いかなる鉄肝石心を具したりとも、そゞろ情痴《なさけ》の絆《ほだし》にまつわれ、などて香を窃《ぬす》み玉を偸《ぬす》まで止《やみ》なんや。しかれども苟も万物の霊長たる人間として、狗鶏《いぬにはとり》の所為《しわざ》にひとしき桑間濮上の野合をなすことをせんや。

人間として、緑之助のような心のあり方はあり得ると言いたいのである。彼は人の心を理解し我が心の痛みとして感受することのできる人間であった。その彼が動揺しつつも最終的には自分の内面を制御することを貫く様が描かれる。このことが「天のなせる老実《りちぎ》もの」という性格規定に内実を与えている。

『不知火草紙』初編に見られるこのような緑之助の性格に対する配慮が、後編において見られなくなる。これは前に触れた通り、別人の補綴が関与しているためであろう。緑之助が山中の賊塞に拘禁されようとする危機を救った菊女が、後に室津の遊廓に売られ、ここで偶然両者は再会する。その時彼は菊女の情愛に容易に応じるように書かれる。しかしその一方で、初編では名前が出るのみにとどまっていた公文氏の長男庄司太郎が、後編に至ると、次のように性格を規定されつつ、活躍の場を与えられる。

聡明睿知にして下を憐み、弓馬道を鍛錬して善く家を修む。

生得学才あり、寛裕温柔、下を哀むこゝろあり。

しかもこれが空疎な文言として掲げられるのではなく、対応する内実が言動として描かれて行く。父親の公文外記左衛門が召し抱えた三輪数右衛門を、問住所雲八（庄司太郎の妹婿）が憎んで、彦惣（庄司太郎の弟）と結託し、数右衛門に公文家の宝物を盗んだとの濡れ衣を着せる。庄司太郎は、「実に数右衛門為業《しわざ》ならざる事を推量すれども、証拠無《なき》には為方《せんかた》なく」、先ず数右衛門の幼い息子を保護するよう家内の者に言い付ける。雲八は数右衛門を役所に突き出すべきだと主張するが、庄司太郎はこれを否定し、自分は数右衛門は無実であると思っているので、暇を遣わすことで決着させたいと述べる。数右衛門に暇を遣わす朝、庄司太郎は彼の縄を解き、幼い息子を連れて出て渡し、彼の刀を、「是は其方先祖より伝《つたわ》る十代（重代）と聞《きく》」と声を掛けて返し、金子一〇両も与えた。数右衛門は「庄司太郎が仁心深き事を感じ」つつ出て行くと、やがて公文家の侍が呼び止め古手屋の奥へ誘い、伝えた。

「主人庄司太郎仰には、此度の咎《とが》、完《まつた》く其方存《ぞんぜ》ざることながら、証拠なければ是非に及ばず暇を遣す。新しき着物袴羽織を取揃え、譬《たとへ》何国《いづく》に行《ゆく》共見苦しからぬ様に此着物と着替て往《ゆく》べしとの仰なれば、此処《このところ》にて疾《とく》と支度を調《とゝの》え御出《いで》あるべし。」

事の真相を見抜いていたが、証拠無きまま荒立てては家内に混乱を起こすと判断し、最大限の情けを懸けて数右衛門に暇を遣わしたという彼の言動は、「聡明睿知」にして「善く家を修む」「寛裕温柔、下を哀む」という性格規定に内実をもたらしている。彼はこの後も、松ヶ崎伊三郎なる相撲取りの無実を見抜き、その誠実な心意気を受けとめ颯爽と振る舞うなどのことが書かれる。

後編が柳浪の草稿をもとに藤原可教が補綴したものであったと考えるとき、緑之助に関わる部分は草稿が備わらず藤原可教が新たに書き起こしたため、その性格への配慮が放置されたと推測される。一方庄司太郎に関わる部分は柳浪による草稿が完全に近い形で備わっていたと思われる。それほど、後編での庄司太郎に関する扱い方は、性格を規定して言動によってその内実を与えていくという点で、初編での緑之助に関するそれと同質のものと認められるのである。

五　『朝顔日記』――一代記的方法をめぐって――

最後に柳浪の作の中で最も有名な『朝顔日記』[7]について見る。本作は、大坂の浄瑠璃・歌舞伎作者司馬芝叟の長咄「朝顔（蕣）」を小説化したもの。駒沢次郎左衛門（肥後菊池家の儒臣の子、幼名阿蘇松）が、深雪（筑前太宰家の家老秋月氏の娘）と相愛となり、幾度のすれ違いを経て終に結ばれる。同じ素材による浄瑠璃『生写朝顔話』（天保三年（一八三二）初演）が広く知られることもあって、この『朝顔日記』も純愛小説として評されることが多い。しかし小説全体としては、駒沢次郎左衛門の一代記というべきものとなっており、駒沢と周囲の人物との間の話（即ち深雪が直接関与しない話）が大きな割合を占めている。[8]その中の一つに、彼が仕えた周防大内家での以下の話がある。

主君の大内満興は鎌倉に逗留中酒色に溺れ、幕府からも咎めの沙汰がある。駒沢は諫言の役を自ら引き受け、本国周防から鎌倉へと向かうが、満興は面会を拒否した。駒沢は満興の側用人に依頼し、殿が目通りを拒まれるのは駒沢の鋭気を怖れるが故と噂されているので、召して言い伏せなさるがよいと、「語《ことば》の裏に猛勢《はり》を含《もち》、迂遠《とをまは》しに激《はげ》ましたてまつ」るよう計らった。わざと満興を刺激したのである。満興は駒沢を威圧しようと大戯楽を催したが、彼に会ってみると「何処《いづこ》に一点《ひとつ》の醜態《いやみ》な」く、好感を覚えた。後日遊里の談に及び、駒沢が黄瀬川を挙げたのを満興は否定し、大磯を称揚する。実際に見せてやろうと大磯へ伴う道中、満興は鎌倉の名勝を指点して教える。満興は「このたびこそ渠《かれ》めをいひふせたり」と満悦の体であった。かくて駒沢は、満興を優位に立てつつ互いに心が添う状況を作っていく。大磯の遊里に至ると、駒沢は「吹弾歌舞の雑芸といへども、一個《ひとつ》として精熟せざるはな」い才子ぶりを披露し、満興はこれを深く愛で、これより駒沢は「御側去らず」となる。大磯で駒沢は、満興寵愛の瀬川と文の遣り取りをする。満興はこれを知って憤り、空寝をして取り押さえるが、開き見るにそれは艶書ではなく、漢詩文であって、しかも満興はそれを全く読解できなかった。顧みればそこには多くの人。満興は当惑赤面した。一方で駒沢はこの頃大磯の妓女たちの間で漢詩文を流行させ、添削して教えていた。これで満興の心が大きく動いた。

　こたび瀬川が次郎左衛門ととりかはせし文を御覧ずるに、……一字とても読下したまふことあたはせられで、剰《あまつさへ》その夜他門より入こみたる稠人《あまたのひと》に覗き見られ、大きやかなる恥辱《やさしみ》をとりたまひ、いとゞ面目没《おもなく》おぼせしより、たちまち一念発起ましく〳〵、「予《われ》いやしくも大国を領し鎮西の節制を蒙りながら、今まで文道をしらざりしは、家の恥、身のはぢ。……」と、ひたもの昨日《さき》の非《あやまち》を悔たまひ、

翌朝満興は「斎戒沐浴して礼服にあらため」駒沢を召し、学問指南を請うた。ここで駒沢は、「浩溥なる聖経賢伝の内より、今日の経済に用たつべき枢要の語のみをゑらびて、捷径《ちかみち》に導びき講じ聞《きこへ》まゐらせ」た。学ぶ意欲が絶頂に達しているところを狙って、最適のテキストを選び与えたのである。

　げに当世の賢君なりと仰がれさせたまひにき。これしかしながら全く駒沢が方寸より出て、かく名君に仕たてあげしゆへなりかし。

この話は、単に筋として要約したならば、家臣が苦心を重ねて諷諫し終に主君を翻心させたという一美談となってしまう。そのこと自体は特に珍しいものでも面白いものでもない。柳浪が読者に読んでほしいと期待したのは、駒沢が常に満興の心を読み取っていくところであったと考えられる。

次に性格への留意という点に即して、『朝顔日記』を検討してみる。作者が駒沢の性格描写に意識を向けていたことは明確である。

その気宇《ひとがら》の軒昂《けだかき》はさらにもいはず、才器は古今独歩なり。

才学世に勝れ、はたその性《さが》の温厚の聞《きこへ》ある

気高し、才学勝る、温厚、これは単に主人公を英雄化するために並べられた言葉ではない。作者は、これが内実を持ったものとして読者に伝わるよう、対応する言動の一々を書き込んでいる。

才学勝り且つ温厚という部分は、大内家仕官後の場面で発揮される。彼はその卓識によって家老の面々から信頼を得たが、決して圭角を表すことはなかった。

もとよりこの次郎左衛門、加談役のことなれば、平生《つね〴〵》家老衆より政務のことを談ぜらる〻に、職分のことなれば、一々これを弁論するに、その判断ははなはだ明白にて緊《しご》く道理にかなひ、また人にすぐれたる卓識《りやうけん》などもありけるゆへ、家老の面々大に我ををり、「……当世無双の壮佼《わかもの》、後来《のち〴〵》は国器《ごよう》にもたつべきものなり」と、いと頼母《たのも》しくぞおもひける。されども次郎左衛門はいよ〻、謙遜《へりくだり》、いさゝかも唐突《ですぎ》たることをなさねば、人の眼稜《めかど》にもたゝざりけり。

かくして先にも引いた主君大内満興放蕩の問題が生じ、重臣らが対応を協議する中、駒沢が諫言役を買って出ると、この時陰謀を画策していた山岡玄蕃允がこれを遮るが、家老の相良主馬がこれを止め、

「駒沢氏が思慮あることは各々もしらる〻とをりなり。……主馬が腹に代てうけあひ申《まうす》。各《おの〳〵》これに決せらるべし」といふ。これをきいて同列あへて拒むものなく、異口同音に、「この議至極よろしかるべし」と諾《うべ》なひけるにぞ、

と決着した。これは重臣らの間に、駒沢の才学思慮あることが了解されており、その謙抑の人柄が好感をもって受け入れられていたからであった。

このような性格は彼の〝人間的魅力〟を形成し、人が慕い集まる。彼が阿蘇松と名乗った少年時代のこと、肥後菊池家に近習として仕えていたが、やむなく同僚を討ち果たしたことで出国を余儀なくされる。この時仲間たちが密かに国外れまで追って来て別れを惜しんだ。

那方《そこ》（寂れた古社の方）よりばら〳〵とたちいでゝ、阿蘇松を扯《ひき》とゞめ、別れを惜めるともがらは、日比親しきかぎりにて、適間《さきほど》より集合《つどひ》居て起程《かどいで》を見送るにぞありける。

それから京都へ出て儒書講釈の塾を開くが、彼の人格を慕って多くの門人たちが集まった。

彼が人間的魅力の持ち主として書かれることは、本作の重要なテーマである〈徳化〉ということと関連する。才学勝り且つ温厚という彼の性格は、武人として栄達を遂げて後は「寛仁大度」として発揮される。終盤において彼は、以前に自分を危難に陥れた者たちを次々に許す。橘雞庵は駒沢と縁者たちを欺いた後零落して蛇遣いになっていたが、これを見付け出していたわり、却って、「我初《はじめ》浪々の身なりし時、足下の渥《あつ》き好意を承《うけ》侍りき」と、肥後国を追われ一人上洛した自分に儒書講釈の塾を開く世話をしてくれたことを持ち出して礼謝し、金子を与えた。雞庵はこれに大きな衝撃を受けた。

駒沢が寛仁大度にして、己が旧悪を責ることなく、剰《あまさへ》恩をもて仇に報ひ、若干《そこばく》の金子を餽《おくり》たるゆへ……（救われたことを喜び）、且《かつ》おのれから駒沢が徳行に化せられて、忽地《たちまち》に邪慳の角《つの》を折、始《はじめ》て善心に翻へり、……（かつての）不義不実をば、われと悔み愧《はぢ》て、看る〳〵満面通紅《つらうちあかめ》、ます〳〵怖れわなゝき、遂にその陰匿《みんどく》を懺悔して、

また山岡玄蕃允と結託して陰謀を企んだ岩代瀑布太《たきた》の死罪を許し、自分の属吏として海田開発の奉行に任じた。岩代

はこれに心打たれ、よく努力し実績を上げた。作者柳浪は、〈徳化〉を観念的な説明に終わらせることなく、駒沢の人柄の実質を書いた上で、それに打たれる人々の心の様をも描き出したのである。

ここで「温厚」「寛仁」は、彼の性格として示されると同時に、人の心を理解するということとも直接関わりを生じている。本論では、深雪が駒沢の行方を追って長く孤独な旅を続ける純愛小説的部分には敢えて触れなかったが、過ちを犯す者の心の弱い部分に理解の目を向ける駒沢と、艱苦に耐えつつ自分への一途な愛を貫く深雪を思い遣り心を痛める駒沢とは、一つの像に結ばれる。

『朝顔日記』は柳浪自身の手で完結させ世に出したものであるだけに、彼の中に存在した一代記への志向が明瞭な形で現れている。人が人の心を理解するとはどういうことかという観点に沿った叙述、また性格の規定に内実を与える言動の描写、これらが次々重ねられることで、駒沢の人間像が描き出されて行く。ある人間の一生を描く長編一代記という形は、柳浪の方法にとって好適なものであったと思われる。

第一節にも述べたが、後期上方読本は、人的要因（人間の感情とそれによって起こる言動）の連鎖を拠り所として長編を構成しようとした。大きな意味において、人間の内面の追究を中心に置くという点で、『雨月物語』で秋成が提示したものはここへと貫流する。中でも馬田柳浪は、人間の内面に関わる事柄に立脚した長編小説の様式を作り上げたという点において特記してよいものと思われるのである。

注

（1）『雨月物語』は、『上田秋成全集　第七巻』（中央公論社、一九九〇年）に拠る。

（2）左門と赤名の信義のあり方については、特に「まこと」という観点から、本書第二部第三章「増穂残口の誠の説――その文学史との接点――」においても論じている。

（3）本書第三部第二章「後期上方読本における長編構成の方法」、同第三章「読本における上方風とは何か」参照。

（4）『朧月夜恋香繡史』は、学習院大学文学部日本語日本文学科蔵本（国文学研究資料館マイクロ資料）に拠る。

（5）『不知火草紙』は、国文学研究資料館蔵本に拠る。

（6）『不知火草紙』後編には、「恋香亭睡仙著」（巻一内題下）、「恋香亭作」（末尾の広告）と、柳浪の作であることを記してはいるが、藤原可教の序には、柳浪の名は一切出さず、初編の刊行後二十余年を経て旧稿を探し出し補綴した旨のみを記す。

（7）『朝顔日記』は、八戸市立図書館蔵本（国文学研究資料館マイクロ資料）に拠る。

（8）『朝顔日記』を一代記と捉えるべきことについては、「八戸市立図書館所蔵「読本」展」解説冊子（国文学研究資料館、二〇〇三年一〇月）の本作解説（大高洋司執筆）に指摘されている。

図版　『不知火草紙』初編巻一挿絵「香月小主水、武部橘内に別れを告て筑紫に赴く」

国文学研究資料館・新日本古典籍総合データベースに拠る。

第六章　後期読本作者小枝繁の位置

一　小枝繁と京伝・馬琴――作法近似の問題――

小枝繁は、山東京伝・曲亭馬琴の作法に追随した亜流の読本作者として位置付けられてきた。確かに以下のような点において京伝・馬琴と重なる。

その第一は、作風の変遷のあり方である。初作『絵本東嫩錦《あづまふたばにしき》』（文化二年（一八〇五）刊）は京伝の『復讐奇談安積沼』（享和三年（一八〇三）刊）の影響を受けた〈仇討もの〉であった。その後『絵本璧落穂《たまのおちぼ》』（文化三、五年（一八〇六、〇八）刊）など浄瑠璃に依拠する作、『松王物語』（同九年（一八一二）刊）など仏教長編説話（長編勧化本）に依拠する作を経て、『小栗外伝』（同一〇―一二年（一八一三―一五）刊）の如き、最も本格的な長編小説たる〈史伝もの〉の制作に到達した。この進み方は京伝・馬琴の動向を強く意識したものと言える。

また第二に、作中に〈善悪対立の構図〉を明示する点。『催馬楽《さいばら》奇談』[1]（同八年刊）で、「（竹村与作は）其気質曲《ゆが》めるを好まず、よく孝悌の道を守り」、「（鷲塚官太夫兄弟は）其心直《すぐ》ならぬさへに、邪智深きもの」とそれぞれ記すの類である。

第三に、前世からの宿縁や仏神の配慮の如き、〈人力を超越したものの作用〉を提示する点。『神猨伝《しんえんでん》』[2]（同五、六年刊）に、愛護の若が日吉山王に参籠した際、神人が現れ、「汝過世《すぐせ》の因縁により今世におゐて限《かぎり》なき艱苦を受《うく》るなり。……是渾前世《これみなさきのよ》の報《むくい》なり」と告げるなどとある。

第四に、長編小説としての全体を統括するための構成原理〈読本的枠組〉[3]を設ける点。『高野薙髪刀《こうやかみそり》』[4]（同五年刊）において、刀工虚六平《きよろくへい》の打った妖剣が彼の家に祟り、息子粂介《くめすけ》は母と離別するが、後年この剣が証となって再会し、この剣を用いて敵討を達成するなどと、発端に提示された妖剣に規定されて話が展開し収束するという構造を備える。

さて小枝繁に関して、横山邦治『読本の研究』[5]では、「京伝・馬琴の競合で創り出された稗史もの創りの軌道を忠実に進んで、時流に乗って京伝から馬琴に乗り換えた軌跡を描いている」（四六六頁）、「一層忠実な馬琴路線の実践者」（五三五頁）とされている。私自身もかつて、この評価を全面的に踏襲しつつ、但しそれに加えて「自ら独創的な作法を開拓するには至ら」なかったとまで述べた[6]。しかしこの、単なる京伝・馬琴流の敷き写しで全く個性はないかのような断定は適切でないと考えるに至った。以下そのことについて述べたい。

二　悪人の内面への関心

先に小枝繁は善人悪人を描き分けていると述べた。但しその善人も時に迷い過ちを犯すものとされ、また悪人についても、単純に切り捨てることなく、その内面にまで分け入って描こうとしている。特にその悪人の扱い方には際立ったものがある。

『神猨伝』は、小枝繁の読本の中では初期の〈中本もの〉で、説経や浄瑠璃・歌舞伎で再三取り上げられた愛護の若説話を素材とする。この読本に桜井の方という愛護の若の継母が登場する。彼女が愛護の若に恋慕し果てには冤罪に陥れるなどのことは説経に由来するものを踏襲している。但し以下に掲げるような、彼女の感情や言動に関わる部分は、本作で新たに構えられたものと思われる。桜井の方はもと藤原仲成の妾で、仲成との間に一子花若があったが、仲成が滅亡した際に生き別れとなる。後に二条蔵人清平と再婚するが、花若を探し出して迎え入れ、二条家を乗っ取ろうと企むようになる。一方花若は、秦黒道（仲成の旧臣）によって養われていた。黒道は、隣家に住む小松（元二条家の侍女）を殺害しようと謀るが、小松はこれを事前に察知して、逆に黒道と花若とを毒殺してしまう。この後小松は桜井の方に対面し、自分は黒道の妻であると名乗り、自分の息子亀寿を花若と偽るが、桜井の方はこれに欺かれてしまう。

（桜井の方）「さては童子はまがふべくもなき奴家《わらは》が子の花若にして、おことは黒道が妻なりけるか」と、吾子を養育《そだて》し礼《いや》をのべて、……且は喜び且はまた昔を想ひ、坐《そぞろ》涙にくれ給ひ、……童子の髪をかきなでて宣《のたま》ひけるは、「……健やかに生立給ひしぞ喜ばし。これ渾《みな》黒道夫婦が覆庇《かげ》によるものなり。……」と、またも涙さしぐみ給ふを、

この後再会を約して一旦別れるが、その際にも子への切なる思いを顕わにする。

寡婦（小松）は童子を将《い》て麓の方にまかれば、桜井方は立あがり、名残惜げにうち看《み》やり、従僕《ずさ》のものを催促《うながし》たて、心楽しく二条の館に帰り給ひぬ。

これ自体は、単に子を一途に思い遣る母親の情というべきものである。彼女は我が子との再会を強く望むあまり、小松の言葉を疑ってみる余裕を持たなかったのである。

後に彼女は二条家乗っ取りの謀計のために結託した伊賀九郎という者に裏切られ、琵琶湖に沈められてしまう。や

がて伊賀九郎の前に彼女の亡霊が現れ、小松に毒殺された花若の亡霊と対座しつつ、憤りを顕わにして語る。

桜井方忿怒《いかり》の涙をはら〳〵と流し、「……（小松に欺かれた無念に加え、）尚も悪《にく》きは伊賀九郎なり。彼奴家《わらは》が寵によりてときめけるに、忽ちその恩を忘れ、……亦彼にも欺むかれ、此湖の沖にて非命の死を遂《とげ》しこそ無念やるかたなし。譬《たと》へ肉《しゝむら》を食《くら》ふとも飽足《あきた》らじ。……」

先に見た〈善悪対立の構図〉という建前を前面に出すのであれば、彼女は己の悪事に対する当然の報いとして、欺かれ果てには滅亡したと、簡単に処理し得る所である。しかしここでは、溺愛、また忿怒と怨嗟の様を、悪人であるが故に陥ってしまう偏狭なる感情の表れとして描き出している。

なお、この桜井の方の母親像から思い起こされるのは、京伝『桜姫全伝曙草紙』[7]（文化二年（一八〇五）刊）における野分の方である。他人には残虐非道な行為をしながらも、我が子桜姫には極端な愛情を注ぐ様を描き、「子を憐むこと世の人に越て厚く、強悪の志には露ばかりも似ざ」るものと評する。悪人の内面へ一歩踏み込んで描こうとする態度において通ずるものがある。

作者は、桜井の方のこのような感情を全否定して斥けるような扱い方はしなかった。彼女の怨魂は人面瘡となって、自分を害した伊賀九郎に取り憑く。そして後に伊賀九郎が滅亡することによって、この怨魂は解消する。

このとき不思議や、九郎が膝口より一道の白気立上《たちのぼ》ると看《み》へしが、さしもおそろしげなる人面瘡、忽ちに消失《きへうせ》て痕《あと》なくぞなりぬ。

彼女の無念自体は当然と認めて、最後に救済を与えている。

これと通ずる観点は、漁夫与五六に関しても見られる。彼は伊賀九郎の謀計に乗せられ、我が娘を二条家へ姫と偽って送り込み、また桜井の方殺害にも手を貸す。彼はこの娘を我が方へ連れ戻すが、後妻の虐待によって殺されてしまう。これは「子の愛に溺れ、賤しき己が子をもて貴きに在《あら》しめんとし、又無道ながらも恩を受たる桜井の方を弑し」たことの悪報であったという。但し娘を失った際の彼の悲愁については、同情をもって書いている。

与五六は只是暗夜に灯を消されたるがごとく、又掌裡《たなそこ》の壁を奪はれしに均しく、只哽々咽々《むせびいり》て嘆《なげき》けるは、実《まこと》に哀《あはれ》の光景《ありさま》なり。

なお作者は執筆に際し、説経等に加えて、浮世草子『愛護初冠女筆始《あいごういこうぶりおんなふではじめ》』[8]（江島其磧作、享保二〇年（一七三五）刊）を参照したと思われる。説経では、継母は八条殿の姫君雲居の前とするが、この『愛護初冠女筆始』では藤原仲成の妹桜井御前とする。話の主筋は、桜井御前が愛護の若を追放し、離別していた実の娘を入れて二条家を乗っ取ろうと謀るが、お筆（愛護の乳母の娘）が、自分がその実子であると偽って名乗り出、終にその陰謀を阻止するというもので、愛護の若説話を御家騒動に仕立てるという発想も、その御家騒動の内容自体も本作と大きく合致する。但し『愛護初冠女筆始』では、桜井御前の陰謀は単なる悪心によるという書かれ方になっており、前掲したような、偏狭なる執念の高まりというべき様の描写は、小枝繁が新たに意図した所であったと思われる。

このような方法は『神猨伝』のような〈中本もの〉に限らず、本格的長編たる〈史伝もの〉においても顕著に見られる。『小栗外伝』[9]に現れる「奸悪狼戻」の人横山安秀に関して以下に掲げる。小栗説話も説経以来演劇でも再三取り上げられてきたもので、横山は小栗の敵対者として登場している。但し説経における横山殿は、武蔵・相模の郡代で、小栗の妻照天姫の父とされる。また浄瑠璃『当流小栗判官』（近松門左衛門作、元禄一一年（一六九八）初演）の横山郡司信久は、伊豆・相模を領する者で、照手の父とされ、同『小栗判官車街道』（竹田出雲・文耕堂作、元文三年（一七三八）初演）の横山大膳久国は、相模国の領主で、故兄郡司の娘照天姫の後見の立場にあるとされる。何れも地位を有し、照天姫の親もしくはそれに準ずる者である。然るに仮作軍記『小栗実記』[10]（畠山泰全作、享保二〇年（一七三五）

刊）では、横山前生安秀は、もと「相模ノ城主」であったが、「其人トナリ狼戻ナル故ニ、応永三年ノ春鎌倉ノ管領足利氏満ノ勘気ヲ蒙リ、ソレヨリ民間ニ下ツテ、東海、東山両道ノ盗賊ノ首領ト成」ったとする。また照天姫は、「前常陸守佐竹篤光ガ娘」で、幼少の時横山率いる盗賊に襲われ母を殺害されたとする。小枝繁の『小栗外伝』はこれを大きく踏まえて、横山太郎安秀を、もと「武蔵国の一領主」であったが、「為人《ひとゝなり》奸悪狼戻にして驕強く、朋輩に無礼し、民を逆使すること大かたならねば、……応永三年前《さき》の管領氏満公の御勘気を蒙」ったとし、また照天姫の父を「名武《なたけ》常陸介篤光」とし、横山はその名武を殺害する者（即ち照天にとって父の敵）とした。但し名武の義弟とし、管領の勘気により「采邑《しよれう》の地に放され、世のたゝずまひなりかねて」名武を頼り身を寄せた（盗賊になったのではない）とした点は異なる。

横山安秀は名武篤光を暗殺した上に小栗助重を讒害しようと企てる。但しそこには、彼自身にとってみれば抑え難い無念が関与していたとする。先ず名武篤光の邸で桜見の宴が開かれた折のこと、彼は鵰鳩《みさご》を射ようとして小栗助重と競い敗れる。

（横山は）我射損じつる鵰鳩《みさご》を小次郎（助重）に射とられ易からず想ふに、篤光小次郎をふかく感賞するを聞《きゝ》、妬きことかぎりなけれど、何とも云べきやうはなし。

そこで弓の故実のことを持ち出し小栗を圧倒しようとするが、却って論破される。

横山は、前《さき》に鳥を射損じ、後又論にけじめられ、両度まで恥を受つれば、影護《うしろめたく》て、何とはなしにその席をば退出《まかで》けり。

後に名武が小栗を娘の照天姫の婿に選び、その結納の宴席に横山を招くと、これは無神経な所業であると、名武に対しても憤りをつのらせる。

（横山）心裡《こゝろのうち》憤りを発《おこ》し、「彼小次郎事は、前日《さきのひ》我に両度まで恥辱を与へし仇人なり。其時の体たらくをば篤光目前《まのあたり》に看《み》しなれば、我彼を恨むといふはよく知りてぞ居らん。妻舅《こじうと》の讐とし思ふ人を女婿にせんとするこそ心を得ね。……さる薄情の白痴《しれもの》ならば、我も又その因《よしみ》を放れ、此憤りを晴さでやは」と念じける。

彼が名武と小栗を攻撃するに至った背後には、以上のような事情があったというのである。作者は演劇における横山の設定を当然承知していたであろうが、敢えて『小栗実記』に拠りつつ更に改変を加えた。そこには横山を零落挫折の人で、抑圧された意識の持ち主として位置付けようとの意図が存したと推定する。

ところで横山安秀は悪事を重ねて最終的に捕らえられるが、そこで自害を図り、「これは我身の先非を悔ひ、こゝろを善に翻すせめてのしるしにあるぞかし」と述べて、自ら進んで照天姫に父の敵として首を討たれる。最終的には、悔悟翻心する機会を与えて救済しているのである。この他にも『絵本璧落穂』の女賊岩根、『古乃花《このはな》双紙』（文化六年（一八〇九）刊）の盗賊猪俣丑太等々、小枝繁の読本には、悪事を犯した人間が悔悟翻心するという話が頻出する。悔悟翻心ということ自体は、仏教長編説話（長編勧化本）や京伝・馬琴の読本などにも現れるが、小枝繁は独自の観点に拠っていると思われる。この点については第五節に検討する。

悪人を全否定して切り捨てることをしないのは、子を思う故の欲心、挫折による無念など、悪人の心に潜む弱さや迷いに目を向けようとするからであろう。それは作法の面から言えば、横山安秀の例に顕著なように、避けられず悪念に陥っていく経緯を丁寧に描くということであったと解される。

三　人の感情と宿縁

小枝繁の読本では、悪人に関わる話のみに限らず全般にわたって、人間がある感情を抱くに至る経緯の部分を丁寧に描き込むという方法が貫かれている。この点に関して『道成寺鐘魔記』(11)（文政四年（一八二一）刊）を例に検討したい。

本作は安珍清姫の説話に取材するが、先ず冒頭に次のような宿縁のことが書かれる。――紀伊国日高郡の早鷹《さたか》が、妻子を授かるよう道成寺の観世音に祈る。その帰途、蛇が蛙を飲み込んだのを見た里の童子らが、これを吐かせ、その上この蛇を殺そうとしている所に出合う。早鷹は蛇を憐れみ、童子らに銭を与えてこれを助ける。一方この時偶然通り掛った京都北白川の藤太《とうた》が、蛙を、再び蛇に狙われぬよう別の場所へ移してやる。やがて早鷹に恩を受けた蛇は、彼の妻となり、清姫を産む。一方蛙は、藤太の妻に憑いて安丸（後の安珍）を産ませる。こうして蛙を飲みそこねた蛇の執念は清姫に受け継がれ、安丸への愛執に取り付かれるとする。

冒頭にこのような話が置かれるので、以下、この道成寺観世音による宿縁の力が人物たちを統御する様が具体的に描かれると予測して読むこととなるが、実際はそのようになっておらず、むしろその後の展開で大きな位置を占めるのは、晴若《はるわか》、青面《あおも》の鎌子《かまこ》という人物の思惑や感情に絡む要素である。

先ず早鷹と藤太が、それぞれの子清姫・安丸を将来夫婦となすことを約すという話が書かれる（背後には蛇と蛙の一件が前提とされている）。安丸はその後清水寺へ入る。叡山月林寺の稚児晴若が、師の前で安丸と詠歌を競って敗れ、無念から安丸を襲撃する。青面の鎌子がこれを救うが、そのまま我が方へ連れ帰って拘束し、無理に契る。この鎌子は、「放逸擅《ほしいまゝ》にて」「荒婬不節」の者とされてはいるが、単純に極悪とは言い難い。拘束された安丸が彼女を厭って病を装うと、彼女はそれを信じて心痛する。

(安丸は)俄に一計を設け、病と称して引籠り、つや〳〵ものも食ざれば、鎌子これを信《まこと》と思ひ、医師《くすし》を迎へ薬を請ひ、枕の下《もと》を離れず看病《みとみ》して居れば、

やがて早鷹が彼女を訪ね、安丸は我が娘の婿がね故渡してほしいと鄭重に頼むが、彼女は決然とこれを拒否する。

(鎌子、)「……奴家《わらは》とてもおめ〳〵と安丸どのをまゐらせん心は露もはべらじ」と、思ひ定めし光景《ありさま》にて、諾《うべな》ふべくはあらざりけり。

彼女の恋情は真剣なものというべきである。

一方清姫は、安丸との結婚が叶わないことで鬱々と思いをつのらせる。かかる折、かねてから清姫に懸想していた晴若が、紀州の彼女の宅へ来て、彼女が安丸を恨むよう仕向ける。

(晴若、)「(安丸は)出家せんといへども、其実は八坂に居《をり》し鎌子といふ女に深く迷ひて候へば、おほかた彼とゝもに遠き国に走りなん」と縁故知《わけしり》がほに語りける。……(清姫は)晴若が云《いふ》を聞て妬《ねたき》事かぎりなく、胸を焦して想《おもひ》けるは、「安丸どの、鎌子がために身を誤《あやまり》しといふ事は、予《かね》て奴家《わらは》も聞《きゝ》ぬ。これをもて晴若が云処を想ふに、疑がはしくはおぼえず。……。怨《うらめ》しの人や、難面《つれな》やの。……」

かねての伝聞の情報に更なる情報が加わって断定に至る(傍線部)という如き、複数の要因が重なることで避けられず一定の思念に陥るという運びは、小枝繁が多用するものである。この後安丸は鎌子のもとから逃れ、熊野参詣を志して紀州へ赴き、図らずも清姫の宅に宿を取る。これを鎌子が追って来て詰め寄る。晴若はその場を清姫に見せ、両者が語らっていると思い込ませ、「いかに無念におぼさずや」などと「言巧《ことばたくみ》に云な」して激昂させる。かくして清姫は短刀を抜いて鎌子に襲い掛り、鎌子は安丸を強引に連れて逃げるが、清姫はこれを追って日高川に至る。

清姫は諸手を揚げてさしまねき、「のふ怨めしの我夫《わがつま》よ。許嫁《いひなづけ》せし奴家《わらは》には露ばかりの情なく、鎌子にはいかなれば、深く恩をばかけ給ふ。……其舟の裡《うち》には鎌子も乗て居つらん。あな妬ましや胸苦しや。」

清姫は、正に晴若の計算通り、鎌子への嫉妬という形で執念をつのらせている。そして終に蛇身となり、道成寺に安丸を襲う。

なお浄瑠璃の『日高川入相花王《ひだかがわいりあいざくら》』（竹田小出雲等作、宝暦九年（一七五九）初演）では、清姫の執情の内実は、単なる安珍への恋慕ではなく、自分こそ彼の許婚であるとの思い込みに基づく恋敵おだ巻姫への妬心であるとしている。また清姫の宅で図らずも安珍とおだ巻姫が再会すること、その状況を利用して叡山の剛寂僧都が清姫に嫉妬を起こさせるよう焚き付けることなどが見え、小枝繁が参照している可能性がある。但し掲げたような、各人が各人の感情の中に閉塞的に入り込み、それらが衝突する中で話が展開していくという組み立て方は、創意にかかるものであったと思われる。

ところで後に早鷹は、松月尼（安丸の母）に対面し、例の宿縁のことを慨嘆して言う。

あな不思儀なる因縁かな。蛙は生をかえておんみの子安丸と生れ、蛇は……（我が妻となり）其時の念を子に伝へ、清姫をして安珍を鬼殺《とりころ》したるにてあらん。……斯《かく》悪因縁あるものを子に持《もち》し我々は、是亦《これまた》何の因果ぞや。

こうして巻頭巻末に宿縁のことを掲げ、人間を超越した力による支配のことを言おうとする。しかし実際には晴若の無念に発する謀計のことが書かれ、また鎌子の恋情も真剣なものであったとして、これも抜き差しならぬ事情であったことが示されている。巻頭巻末に示される宿縁に内包される話の中身の部分においては、人間の営みに関わる要素の積み重なりが話の展開を決定付けているのである。

『柳の糸』[12]（文化六年（一八〇九）刊）においても同じことが起こっている。猟師岩久曾《いわくそ》と妻青柳が共に発心の後没し、それぞれの塚に植えられた柳が連理となる。岩久曾の塚に植えられた柳は仏像の材となるが、青柳の塚に植えられた柳は残されて、年を経て今三十三間堂の棟材に用いられようとする。岩久曾は横曾根平太郎に転生し、青柳の塚に植えられた柳の精は卯木《うのき》なる娘に憑依する。卯木の字を合すれば柳となるがその証なり――などと、平太郎と卯木が夫婦となりやがて別離を余儀なくされることを運命的なものだと説明する。しかし特に彼等の出会いに関わる部分は、宿縁の一言では括り難い内容のものとなっている。

なおこの平太郎と柳の精との話も演劇由来のものである。古浄瑠璃『熊野権現開帳付平太郎きすい物語』(13)には、紀州牟婁郡の大将湯浅宗重の鷹が、足緒を柳の喬木の梢に絡ませて戻り得ず、湯浅が柳を切り倒そうとするところに平太郎が通り掛り、柳を憐れんで、申し出て矢を以て足緒を射切り鷹を戻す。後にかの柳の精は彼の前に現れて妻となるとある。この話は後の浄瑠璃『祇園女御九重錦』(若竹笛躬・中邑阿契作、宝暦一〇年(一七六〇)初演)にも受け継がれる。

このように平太郎と柳の精との結婚の話は、元来は生類の報恩譚であったが、小枝繁の描く所は純粋に男女の恋愛の話となっている。先ず鷹狩の主は平太郎自身であったとする。そして鷹が柳の梢に留まったまま戻らなくなってしまい(足緒が絡まったのではない)、彼が困惑していると、この時まだ面識のなかった卯木が、手飼の鶉を放って鷹を導き寄せてやる。

二八ばかりなる女子のいと艶やかなるが、前刻《さき》より鷹の颶生《それ》たるを看居たりしが、平太郎があまりに索兼《もとめかね》つるを優恤《いたはしく》や想ひけめ、餌飼《えがひ》し置ける鶉のありしをおしげもなく放ちやるにぞ、梢の鷹これを看《み》て一散に飛下《とびくだ》り忽ち鶉を捉《とらへ》たり。

平太郎は彼女の聡明さと真心に打たれ、愛恋の情を抱く。

平太郎漸《やう》やく己が鷹を得て深く喜び、女子に対《むか》ひ厚く謝を述て、その賢き計らひの程を賞しつゝ、彼が容貌《みめかたち》を看《み》るに、かゝる鄙《いなか》には似げなき艶女《みやびめ》なれば、心裡《こゝろのうち》驚き、才といひ貌《かたち》といひ、みぬ世の紫式部もかくやありけめと、猛然として愛恋の心発出《おこりいで》にければ、

ここで俄雨が降り出し、図らずも彼女の邸に招き入れられ、後には嵐となったため、そのまま留まり酒肴のもてなしを受ける。乳人が現れて卯木の才貌を褒め上げ、先ほどの一瞥によって彼女が平太郎に懸想していることまで告げる。これを聞いた平太郎は、酒気も手伝って心蕩ける。

彼乳人四方山の物語の折節、頻《しきり》に卯木が才貌のよきを云聞《いひきこ》ゆるにぞ、此時平太郎十分の酒気を帯て、ふと卯木が前刻《さき》のふるまひを想ひ出すさへに、今此乳人がその好《よき》をのみ云ひ聞ゆなれば、忽ちそゞろ心再び動き出《いで》、……（更に乳人が）「……寔《まこと》は卯木、前《さき》に殿を垣間見て深く懸想し、密《ひそか》に奴家《わらは》に旨を諭し、心ざまの程を殿に云ひ聞えてよとあり。女子《おゝなご》の身をもて斯《かく》恥あることをいひ出せる胸の苦しさを憐《あはれ》と猜《さつ》し給ひ、只一たびのあふせなりともかなへてたびね」と、いとわりなくも聞《きこ》ふるに、平太郎酔に乗《つれ》て春心《あだごゝろ》発き、卯木を想ふこと頻りなる処に、今如此《かくのごとく》説《とか》れつれば、忽ち心蕩々《とろけ》、平生の老実《ものがたき》心は露ばかりもなく、

こうして終に卯木と契ることとなる。ここで作者はこれは運命的なものであったと説明し、

嗚呼、此《この》平太郎当吉《まさよし》、義を正《たゞし》うする性《さが》にして猛《たちま》ちに心蕩《とろけ》鑽穴隙《けつげきをうがつ》の不義を行ふは何ぞや。正是《まさにこれ》……夙縁《しゆくえん》の爾《しか》らしむる処なり。

最初の転生云々の事に繋げようとするが、ここに至って、浮き上がったような感を受けざるを得なくなる。即ちここでも、人間がある感情を抱くに至る経緯の部分を詳細に描いてしまっている。人力を超えた宿縁のことを挙げつつも、次節に掲げるような馬琴の方法とは相違があったと言うべきであろう。

四　馬琴読本の「因果」と小枝繁

　ここで、小枝繁の作法の際立った点を確認するために、馬琴の『月氷奇縁』(14)（文化二年（一八〇五）刊）を参照してみる。『月氷奇縁』は馬琴の半紙本読本の第一作であり、且つ長編構成の原理としての〈読本的枠組〉を備えた最初と評価されているものである。(15)近江佐々木家の士三上和平は祖女《あこめ》に思いを寄せるが、同僚永原左近が後妻としたため、賊をかたらい左近を襲撃して滅ぼす。一方祖女に対しては、味方と信じさせて自分の妻とし、左近の子源五郎（後の熊谷倭文《しづえ》）をも引き取って養育する。彼は後に源五郎の前で旧悪を告白して自害を図る。

吾《われ》むかし祖女《あこめ》を眷恋してこれを娶《めとら》んとおもふうち、左近祖女をもて継室《のちぞひ》とす。こゝに於てわが計較《ふんべつ》たちまち齟齬し、遺恨さらに止《やむ》ときなく、終に朋友の信義を忘れ、窃《ひそか》に左近を喪《うしな》ひて祖女を妻とせんことを計る。……弱子源五郎を養育するに、自他親疎のわかちなく、鍾愛日々に弥倍《いやまさり》、邪念忽地《たちまち》滅して、遂に源五郎に討れんとおもひ、（尽力して彼を仕官させるなどした。）

左近が祖女を娶ったことによる無念がやみ難いものであったと言い、また源五郎を養育するうちに鍾愛が増し、邪念を翻したと語っている。確かにここで、悪事をなした事情と、悔悟翻心のことを言っている。しかしこれは単に何時如何なる気持ちになったと説明しているに過ぎない。遺恨がつのっていく具体的な様や、幼い源五郎との生活の中でどのような遣り取りがあって鍾愛が増したのかなど、経緯の部分は何も書かれていないのである。

　なお馬琴読本では、演劇における「もどり」に倣って、最期を目前にした人間が旧悪を告白して善心を見せるという趣向を頻繁に用いている。(16)最後に劇的な見せ場を作るという点からすれば、悪念に陥る経緯を詳述しない方が効果的とも言い得る。しかしここでは、この話の典拠とされる近松の浄瑠璃『津国女夫池』(17)（享保六年（一七二一）初演）に比しても、簡略な書き方となっている。『津国女夫池』では、冷泉文次兵衛が三上和平に、駒形一学が永原左近にそれぞれ該当する。文次兵衛は最期に一学の実子三木之進の前で告白する。

「一学を討たるは喧嘩でもなく遺恨もなく、本の起りはあの女房。一家中に沙汰有若盛りの艶色。我も廿三妻はなし。あはれ雁がねの翼もがなと、焦れても言寄らん便なく、幸一学あの女房に知辺《しるべ》有。ひたすらに頼んと文を認《した》め懐中し、会へば反《かへ》つて一学が、「エ、我に本妻なきならば、かの娘を娶らん物を」と恋話。此方は後手に成むなしく帰るは幾度か。書捨ての玉章千束に積り、胸に思ひの満つる折しも、一学が先妻産後に死し、忌の中より呼取婚礼。無念にも妬ましく堪忍ならず。手もなく討て思ひの儘に夫婦とは成たれ共、思へば剣と剣を抱合せたる女夫合。それ共知らず我を頼に馴れ馴染むいた〳〵しさ。始の恋に百倍したる苦しみ。胸に包んで廿年来、時がな来れ、三木の進に討れて蒙霧を散ぜんと、待負《お》ふせたる今月今日。一生の懺悔是迄。」

このように文次兵衛の旧時におけるやまれぬ思いを描出することに留意がなされている。

馬琴がこの点に冷淡なのは、次のような設定を新たに加えて「因果」を提示することの方に力点を置こうとするからであろう。和平は「羽隹《うすい》の剣」を用いて自害を図り述懐する。

羽隹はすなはち翟《やまどり》なり。吾前《われさき》には雌雄《めを》の山鶏《やまどり》をころし、今又夫妻《ふうふ》翟《やまどり》の剣に死す。因果亦復《またまた》かくのごとし。

昔左近を滅ぼした際、彼が飼育していた雌雄の山鶏を殺した。そのことが遙か年を経て今、羽隹（＝山鶏）という名の剣によって、雌雄ならぬ夫婦で共に滅ぶという運命を導いたのだと。即ち、話の展開を決定付ける要因を「因果」に委ね、内面に関わる逐一の経緯は敢えて描かなかったのだと理解される。この「因果」は、小説の初めに三井寺の拈華《ねんげ》老師が与える偈の中でも暗示され、二六年を経た結末部で再び同一の偈が掲げられ、これが左近や源五郎らの人生を規定した内容であったことが知らされる。かくして、人間の行動や感情の動きも全てこの「因果」に包摂されることになる。

小枝繁も第一作『絵本東嫩錦』(18)の段階から、運命的なるものの支配という要素を作中に導入しようと意識していた。笠原平太は飲酒して思案分別を失うという悪癖の持ち主で、ある日霊力ある老僧から、危難が迫っているとの忠告を受ける。

（老僧、）「尚禍《わざわひ》免れ難く、已《すで》に今宵に迫《せまる》の相顕然《あらわれ》たり。是を除《のぞか》んには足下《ごへん》の好物《このむもの》を絶て好々戒心《よくくつゝしみ》なば、禍自《おのづから》福に転ずべし。」

平太はこの後結局落命することになる。老僧のお告げに沿って事が運ぶというのは、後期読本的な常套手段と一応見られる。しかし実際にはこの間の経緯が、ここでも極めて詳細に描き込まれている。平太は老僧の言を大いに信じて慎もうとするが、彼の顔色がすぐれぬのを心配した友人嘉平から、鬱を晴らすためにと強いて酒を勧められて終に飲んでしまい、それを悪人嘉藤次《かとうじ》（嘉平の弟）に知られる。爛酔して帰宅した彼は、この時一人で留守番をしていた弟の妻を酔いに任せて威嚇するなどしたため、彼女は窮して家を出てしまう。こうして無防備に寝入った隙を嘉藤次に狙われ、金子を奪われ殺害されてしまう。即ち、運命というよりも、平太自身の心の持ち方と行動とが原因でこの事件は起こったと言うべき書き方になっている。

正に是此平太が横死は、化僧の示教のごとく、若《もし》その戒を守らば這《この》嘉藤次が毒手に命を落すまじきに、とも言う。また前引の老僧のお告げも、「好々戒心《よくくつゝしみ》なば（助かる）」とあって、固定的な運命を言うものではない。

かくして人力を超えたものに対する極めて淡泊な態度も表明される。『古乃花《このはな》双紙』(19)では、主人公此花《このはな》（後の遊女梅川）が身の守りにしていた撫牛《なでうし》（牛の形の置物）が幾度も彼女を危難から救うことが書かれる。一方で此花は大和国の帯解地蔵尊の申し子とされているが、この撫牛は地蔵尊と直接的関係は付けられていない。その上作者は、これ自体には霊力はないと言い切ってしまっている。

（撫牛は）もと是《これ》土をつかねて其形《かた》ちを作りしものなれば、霊のあるべき道理《ことはり》あらねど、物は人の信ずるによりて自《おのづか》ら霊あることにや。こゝに比すべきはいとかしこけれど、仏菩薩も、素《もと》これ木石金土をもて作り奉りぬ。同じ木石にて、おなじ尊像を、同じ人の作るなかにも、信ずる人の多き御仏は霊験もまた新《あらた》なるものなり。

運命や神慮等は人間の思念や行為如何で動かすことも可能であるとする見方は、検討してきたような小説作りの上での方法と深く関わっていると解される。

五　近接の小説類との関連、小枝繁の位置

小枝繁の作風に独特な部分があったとしても、それは当時において全く孤立的であったということではない。以下、近接の小説類との関連について、考察し得た限りのことを述べる。

先ず留意すべきは仏教長編説話（長編勧化本）との関係である。小枝繁は『松王物語』（文化九年（一八一二）刊）において仏教長編説話『兵庫築島伝』（天明二年（一七八二）刊）を典拠に用いて以降、『橋供養』（文化一二年（一八一五）刊）には『文覚上人行略抄』（宝暦二年（一七五二）刊）を、『道成寺鐘魔記』（文政四年（一八二一）刊。前掲）には『道成寺霊蹤記』（寛延三年（一七五〇）刊）を用いるなど、この方法を繰り返した。(20)

前述した通り、悔悟翻心する人物たちは仏教長編説話に頻出するが、小枝繁の観点はこれらと完全に重なるものではない。仏教長編説話における悔悟翻心の描かれ方については、本書第二部第四章「仏教長編説話と読本」において

論じたが、ここでは『橋供養』の典拠となった『文覚上人行略抄[21]』に即して簡単に再述する。素材は遠藤盛遠（後の文覚上人）発心の話である。『文覚上人行略抄』に言う。――盛遠は、既に源渡《わたる》の妻となっていた袈裟御前への恋情をつのらせ、終に彼女の母衣川の所へ乗り込み、渡との縁を切って自分と結婚させるよう迫る。袈裟は、盛遠の情が余りに強く説得不可能と見て、彼に対し、我が夫の寝所へ忍び入りその首を討つようにと言い、密かに夫と入れ替わって自分が討たれる。盛遠は彼女の志気に強く打たれて発心する。

ここで袈裟御前に恋慕した盛遠の内面には、強い感情の高まりがあったとする。

盛遠思《オモフ》様、「……此憤イカヾシテ散ズベキ。何分忘ラレヌ袈裟御前。……一タビ見シハ一生ノ煩ヒ。此儘ニシテ思ヒ沈マバ定テ惆悵《チウチヤウ》ノ鬼《キ》トナラン。……」

その上で、この感情が「放下」する（一瞬にして悟る）という心のあり方に注目しようとする。盛遠が後に回想して言う。

「吾彼ガ首ヲ切《キリ》カヘリタル時マデハ堅固ノ愛執ナリ。（彼女が夫と入れ替わり）正ニ吾ヲ計欺《ハカリアザムキ》シト思ヒ究《キハ》メタル刻《キザミ》ニ、愛執ノ念忽ニ放下シタリ。」

小枝繁の『橋供養[22]』は、この『文覚上人行略抄』に大きく依拠するが、安藤右宗《すけむね》という人物を設定したところが新しい。巻末の「橋供養附録」と称する段に、『源平盛衰記』を挙げつつ各人物の虚実を説く中で、右宗は元来「文覚、院の御所にて狼藉のおりから、組留《くみとゞめ》たる北面」であるが、これに虚構を加えた旨説明しており、次のような人物像も新たに設けられたものであろう。

この右宗もかつて袈裟御前に思いを寄せていたが、彼女が渡に嫁したことでこれが破れ、盛遠を利用してその腹癒せをしようと謀る。あとは第三節に前掲した『道成寺鐘魔記』の晴若と似る。盛遠を挑発しようと、袈裟は本来盛遠との結婚を望んでいたにもかかわらず、母衣川が渡の富裕を目当てに彼と結婚させせたなどと中傷する。その上袈裟の短冊を拾得してその詠歌を改竄したり、彼女の手を真似て偽文まで作成して盛遠に渡し、憤懣をつのらせるように仕向ける。盛遠は終に袈裟の所へ乗り込むが、彼女の弁明を聞き、右宗に欺かれたことに気付く。しかしその時彼女の憂いに沈んだ容貌を見るに、改めて恋慕の情いや増し、なおも責める。そして自分が彼女を討ってしまったことを知った時、「左衛門（渡）さこそ嘆くらめ。彼が心を思ひやれば、便《びん》なくも憐れなれかし。袈裟が節義にひきかへて、我不義のほどの恥かしや」と、「我身の悪を慚愧して」「善に赴」き出家したとする。ここには『文覚上人行略抄』のような、感情の逼迫とその放下という心のあり方への関心は存在しない。

仏教長編説話は、人間は、抑え得ぬ無念など、本人にすれば必然性があって悪念に陥っていくと捉える。この点において小枝繁は、大きく言って方向を一にする。但し彼の扱う悔悟翻心とは、人間が一々事情あって否応なしに悪念に陥り、やがて己の非を知り慚愧するに至るという、その意味で緩やかな性質のものである。

馬琴読本では、前掲の『月氷奇縁』の例に見られた如く、感情が逼迫していく経緯を辿るという方法をとらず、放下の様を描き出すこともしない。京伝の場合も、逼迫の経緯を辿ることはしないが、しかし『本朝酔菩提全伝』（文化六年（一八〇九）刊）の百魔山姥が、「六十年来しこみたる悪念を唯一時にひるがへして、善になりたる此自害」と述懐するとある。また『双蝶記』（同一〇年（一八一三）刊）の鮒尾《ふなお》賀《か》堂左衛門にも全く同様の言がある。かくて京伝は、一瞬の放下の様に関心を向ける分だけ仏教長編説話に近く接している。

小枝繁の、悔悟翻心を緩やかな性質のものとして捉えようとする方法は、意志弱く思わず過ちに陥ってしまうような人間を描く際に、特に有効であったと思われる。『小栗外伝』に美濃青墓の万長なる人物が登場する。これも元来説経において「万屋の君の長殿」として現れる人物で、流浪してきた照天姫を抱えて水仕の労苦を与える者である。

小枝繁は彼に関する記述を詳細にして、その利己心、迷いや弱さを描き出そうとした。彼は零落した照天を雇い入れて虐待を加えた。一方で自分の娘が、照天の夫である小栗助重に恋慕したことから、彼を強引な手段で婿にしようとするが叶わず、娘はこれを苦に病没してしまう。ここで彼は己の非を顧みて改心する。後年小栗夫婦一行が旅中青墓に至った時、小栗は万長の旅宿を指定した。これは彼を咎めようと意図してのことと察した照天は、俄に道を急いで、先に万長夫婦と対面しその改心を確かめる。小栗が到着して糾問を始め、既に万長を懲らそうとすると見えた時、「後背《うしろ》の紙門《ふすま》をおし開きて」照天が現れ、「（先に）夫婦の者が赤心《まごゝろ》のほどを聞はべるに、いと殊勝にも憐《あはれ》なれば、殿に見《まみ》へて長夫婦が命を助《たすけ》得さしたく、此体《てい》たらくに及べり」と述べ、終に小栗を納得させる。万長は、この後「年を経て道心堅固の知識となり、終に大往生を遂しとなん」という。彼の過ちは、利欲に迷い子への愛に溺れたためのもの、その悔恨の様に赤心を見て取った照天。このような描写は、仏教長編説話的な枠に収まらない特有の観点に拠ったことで初めて可能となったものであろう。

次に上方読本との関わりを考えたい。その際、前掲した『絵本東嫩錦』（文化二年（一八〇五）刊）が彼の第一作であるという点に留意すべきであろう。この作品は、本の外形的な面から速水春暁斎などによる、上方の〈絵本もの〉との類似が指摘されているが、[23]作風の面でも通ずる部分を認める。即ち春暁斎の『絵本顕勇録』に関して、敵を討つ側と討たれる側との、善・悪の区分が必ずしも型通りになっていないことが指摘されている。[24]『絵本顕勇録』は文化七年（一八一〇）の刊であるが、この点は次に掲げる『絵本義勇伝』（同二年刊）等、早い時期の春暁斎作において既に見られる傾向と思われる。小枝繁の『絵本東嫩錦』においても、笠原平太の弟が後に敵討を行うことになるが、前掲した通り元来平太の側にも非があったとされていたのである。第一作がこのような作風であったことは、後の制作にまで大きく影響したと考えられる。

春暁斎の『絵本義勇伝』(25)は、滅亡した奥田内蔵《くら》の遺臣らが奥田隼人を敵として討つという話であるが、内蔵＝善、隼人＝悪という割り切り方をせず、隼人は「才器勇武」の聞こえがあったとしている。序盤では、内蔵が主君の面前で弁を奮って隼人の意見を斥け、また内蔵の弟が隼人の弟の前で弓矢の誉れを独占するなど、むしろ隼人の側に鬱憤の溜まる出来事があったことを記し、隼人側は「心中安からずおもひ、後来内蔵と争論に及ぶ一つの意恨となりたりけり」とする。敵として討たれる側の者の抱く遺恨にまで注目するという発想は、前掲した『小栗外伝』の横山安秀の扱いに通ずるものがある。

また、近年研究が進展した〝初期江戸読本〟との関係も考慮する必要がある。寛政期（一七八九―一八〇一）後半から享和期（一八〇一―〇四）にかけての半紙本型の江戸読本に情話的傾向が強く見られることが指摘されている(26)。その一『桟道物語《かけはし》』（雲府観天歩作、寛政一〇年（一七九八）刊）に、主人公の青年が危難に陥った時、少女の賢明な策によって救われ、青年はその場で彼女を将来妻とすることを約すという話がある。作者は巻末に「老翁曰」とする評を設け、これは決して厚意に対する返しなどではなく、青年は純粋に少女の「才智」に感じ、自分への恋情をも察知して心を動かしたのであると、縷々説明している。若い男女の間に抑え得ずして恋情が生ずる様の捉え方は、前掲した『柳の糸』の平太郎・卯木の話に似る。かくして、京伝・馬琴の手によって江戸読本の典型が確立される以前の要素が小枝繁の作法へと流れ込んでいる可能性がある。

最後に、最も本格的な長編小説である〈史伝もの〉が読本の到達点であるとする見地から、前掲した『小栗外伝』に即して、以上述べてきたことを纏めてみる。作品冒頭部分に神翁が現れ、やがて鎌倉佐々女《ささめ》が谷《やつ》の観音堂が破却され、封じ込められていた新田義興主従の霊が再び世に出て豪傑たちに転生すること、この時主君から破却の役を命ぜられる者が後に滅ぶことなどを告げるとある。即ちこの転生とそれに関わる〝因果〟を、全編の展開を統括する〈読本的枠組〉として機能させようとする。但しこのことと個々の事件との関係の付け方が極めて短絡的であって、例えば前掲した横山安秀による名武篤光殺害についても、殺害の描写の直後に続けて、「是佐々女が谷の翁がいひつる事、こゝにまた其一つを証せり」（観音堂破却の命を受けた名武が滅亡）と説明する。しかし実際には鬱憤の蓄積から殺害に及ぶまでの経緯が丁寧に書かれており、読者はこれで十分了解する。馬琴の〈史伝もの〉であれば、因果が陰に隠れ表に顕れつつ、種々の事件を経て具現していくという形をとる。これにより因果が歴史を支配する原動力として全編に貫流浸透する様を描出し、同時に、因果そのものの奇しさや、因果を思い知らされた人間のおののきなどをも表出する。小枝繁の〈史伝もの〉は明らかにこれとは異なる感覚を読者に与える小説に仕上がっている。

なお、演劇の作法との連関の問題について付言する。『小栗外伝』に現れる美登《みと》小四郎は、もと名武の老臣で主家の滅亡後、照天が流浪して売られて来ることもあろうかと敢えて人買いとなっていた。ある時照天が投身するのを偶然救い、もしや古主ではと気付き自ら名乗るが、彼女が強く警戒して頑なに身分を明かさぬため、さては誤認したかと悔い、別の人買いに売り渡してしまう。後に弟小介と出会い話すうちに、やはり古主に相違なかったと知り、自責の念から自害する。この話は例えば近松の浄瑠璃『双生隅田川《ふたごすみだがわ》』（享保五年（一七二〇）初演）に見える、人買いとなっていた淡路七郎俊兼が古主の息子梅若をその人と知らず打ち殺してしまい、訪ねて来た元同輩と話すうち自分の犯した過ちを覚り自害に及ぶという話と極めて似る。ただ美登小四郎の話では、この直前に、照天が藤浪なる者を信用して身分を明かすが欺かれて害されようとする事件があって、この時人を全く信じられなくなっていたこと、小四郎の容貌が余りに猛々しく、柔和に語り掛けるほど正に曲者と見えたことなどが細かく書かれている。演劇に比して、小枝繁においては、抜き差しならぬ事情を逐一書くことで、人物が特定の思念や行動に至る必然性を理屈付けようとする方法が顕著であると認める。且つ、その思念行動を単にその場での趣向とのみするのではなく、それらが連鎖し重なり合うことで全編の話が組み立てられていくように作っている。ここに長編構成に対する意識をも見て取ることができる。

小枝繁は、善悪対立の構図、人力を超越したものの作用、長編構成を統括する〈読本的枠組〉などの要素を明確に意識し、先ずこれらを骨格に据えて小説全体の構想を立てたものであろう。この点紛れもなく後期江戸読本作者と言うべきである。ただ人間の感情の動きを規定する要因までを、これらの骨格部分に委ね切ってしまうことはしなかった。そして出来上がった小説全体を眺めてみれば、この、感情の動きを規定する部分の描写にこそ、彼の努力の跡が著しく認められると言ってよいように思われる。

注

（1）『催馬楽奇談』は、『新日本古典文学大系　繁野話・曲亭伝奇花釵児・催馬楽奇談・鳥辺山調綫』（岩波書店、一九九二年）に拠る。

（2）『神猨伝』は、国立国会図書館蔵本に拠る。

（3）〈読本的枠組〉の定義については、大高洋司「享和三、四年の馬琴読本」（『京伝と馬琴――〈稗史もの〉読本様式の形成――』（翰林書房、二〇一〇年）所収。初出は二〇〇一年一一月）参照。即ち、後期読本の中で最も本格的な一類である〈稗史もの〉読本において、長編構成を可能にするための仕組みで、「人間・動物・モノ・言葉など様々なかたちで、ふつう物語の発端近くで存在が示され、その後、表面に姿を見せなくても、ストーリー展開に直接・間接に関与し続け、〈稗史もの〉読本の結末は、例えば怨霊の解脱、過去の因縁の消滅、言葉の謎の解決といったように、作品世界の中から〈読本的枠組〉の存在が消えることによってもたらされる。読本における小説的展開の原動力と言って良く、また作品全体が〈読本的枠組〉に貫かれ、挟まれることで、その内側に置かれる個々の挿話や典拠は、互いに突出せず安定した状態となる」とされる（一五〇頁）。なおここに例示した『高野薙髪刀』は〈中本もの〉読本であるが、〈稗史もの〉読本並みに〈読本的枠組〉が設けられていると認める。

（4）『高野薙髪刀』は、『叢書江戸文庫　中本型読本集』（国書刊行会、一九八八年）に拠る。

（5）横山邦治『読本の研究』（風間書房、一九七四年）「第二章　全盛期の読本――文化年間から天保初年まで――／第三節　巷談ものの諸相／その二　江戸における巷談ものについて（二）――小枝繁の「馬夫与作乳人重井催馬楽奇談」など――」、「（同章）／第四節　伝説ものの諸相／その二　江戸における伝説ものについて（二）――小枝繁の「経島履歴松王物語」など、付小枝繁について――」。

（6）『叢書江戸文庫　小枝繁集』（国書刊行会、一九九七年）解題「小枝繁について」（担当田中）。

（7）『桜姫全伝曙草紙』は、『山東京伝全集　第一六巻』（ぺりかん社、一九九七年）に拠る。

（8）『愛護初冠女筆始』は、『八文字屋本全集　第一三巻』（汲古書院、一九九七年）に拠る。

（9）『小栗外伝』は、島根大学附属図書館堀文庫蔵本に拠る。

（10）『小栗実記』は、『京都大学蔵大惣本稀書集成　第五巻』（臨川書店、一九九六年。翻刻担当田中）に拠る。

（11）『道成寺鐘魔記』は、関西大学図書館中村幸彦文庫蔵本（国文学研究資料館マイクロ資料）に拠る。

（12）『柳の糸』は、島根大学附属図書館堀文庫蔵本に拠る。なお同本を底本として翻刻した。堀文庫研究会　代表・田中則雄「〈翻刻〉柳の糸（上）（中）（下・一）（下・二）」（『島大国文』三二・三三・三四・三五、二〇〇八年三月・二〇一一年三月・二〇一四年一月・二〇一五年三月）。

（13）『熊野権現開帳付平太郎きすい物語』は、『古浄瑠璃正本集　第九』（角川書店、一九八一年）に拠る。山田和人「古浄瑠璃『熊野権現開帳』について――洛東遺芳館本の位置――」（『芸能史研究』八七、一九八四年一〇月）参照。

（14）『月氷奇縁』は、『馬琴中編読本集成　第一巻』（汲古書院、一九九五年）に拠る。

（15）注3前掲大高論文。

（16）菱岡憲司「馬琴読本における「もどり」典拠考」（『読本研究新集』五、二〇〇四年一〇月）参照。

(17)『津国女夫池』は、『新日本古典文学大系 近松浄瑠璃集 下』（岩波書店、一九九五年）に拠る。
(18)『絵本東嫩錦』は、国立国会図書館蔵本に拠る。
(19)『古乃花双紙』は、関西大学図書館中村幸彦文庫蔵本（国文学研究資料館マイクロ資料）に拠る。
(20)注5前掲横山『読本の研究』「第二章 第四節 その二」。
(21)『文覚上人行略抄』は、関西大学図書館中村幸彦文庫蔵本（国文学研究資料館マイクロ資料）に拠る。
(22)『橋供養』は、関西大学図書館中村幸彦文庫蔵本（国文学研究資料館マイクロ資料）に拠る。
(23)大高洋司「十九世紀的作者の誕生」（注3前掲『京伝と馬琴』所収。初出は二〇〇四年五月）。
(24)菊池庸介『近世実録の研究――成長と展開――』（汲古書院、二〇〇八年）「第一部第二章 他ジャンル文芸への展開／第一節 絵本読本への展開」（初出は二〇〇一年一〇月）。
(25)『絵本義勇伝』は、島根大学附属図書館堀文庫蔵本に拠る。
(26)木越俊介「春情の目覚め――『桟道物語』から『環草紙』へ――」（『江戸大坂の出版流通と読本・人情本』（清文堂出版、二〇一三年）所収。初出は二〇〇一年一二月）。

補論　小枝繁伝記考

小枝繁は露木氏、通称は七郎次。読本作者として歠醨陳人・歠醨間士・絳山・絳山樵夫などと号する。第一作『絵本東嫩錦』（文化二年（一八〇五）刊）以下、十数作の読本を執筆。読本以外の作で現在確認し得るのは、合巻『十人揃皿之訳続』（文化九年（一八一二）刊）、古今賢女の伝を集めた『絵本ふぢばかま』（文政六年（一八二三）刊）のみである。これは一般に当時の作者たちが戯作の各分野にわたって広く筆を執るのに比して特異と言える。

伝記的事項に関しては、『戯作者考補遺』『戯作者小伝』『浮世絵類考』附録に簡略な伝が見られる他は従来手掛りが得られず、その没年さえ明確にされていなかった。即ち関根只誠『名人忌辰録』(1)では、文政九年（一八二六）八月七日没、享年六八歳とするが、水谷不倒『草双紙と読本の研究』(2)では、天保三年（一八三二）四月一九日没、享年未詳とする如くで、しかも両説ともその拠る所を明らかにしなかった。然るに佐藤悟氏より、『夢跡集』（山口豊山編、写本二八冊、国立国会図書館蔵）「戯作者之部」に、以下の如き伝と墓碑の画図が存在することを教示された。

小枝繁

小枝繁は号にて、また絳山、歠醨陳人とも云ふ。通称露木七郎次といふ。幕府御旗下の士にて、青山焰硝蔵に住し、後四谷忍原横町に移る。文化十一年徳川家斉公の第七の息女峰姫君の水戸中将治紀卿の嫡子鶴千代君後中将斉修卿へ縁談の折、御主殿附を命ぜらる。曾て撃剣鎗術を善くし、当時斯道に屈指の名あり。故に勤務の余暇子弟に是を教授す。また卜筮に精しく、平生読書を好み、殊に和漢の小説に精通し、自ら小説数編を著述し、暫世

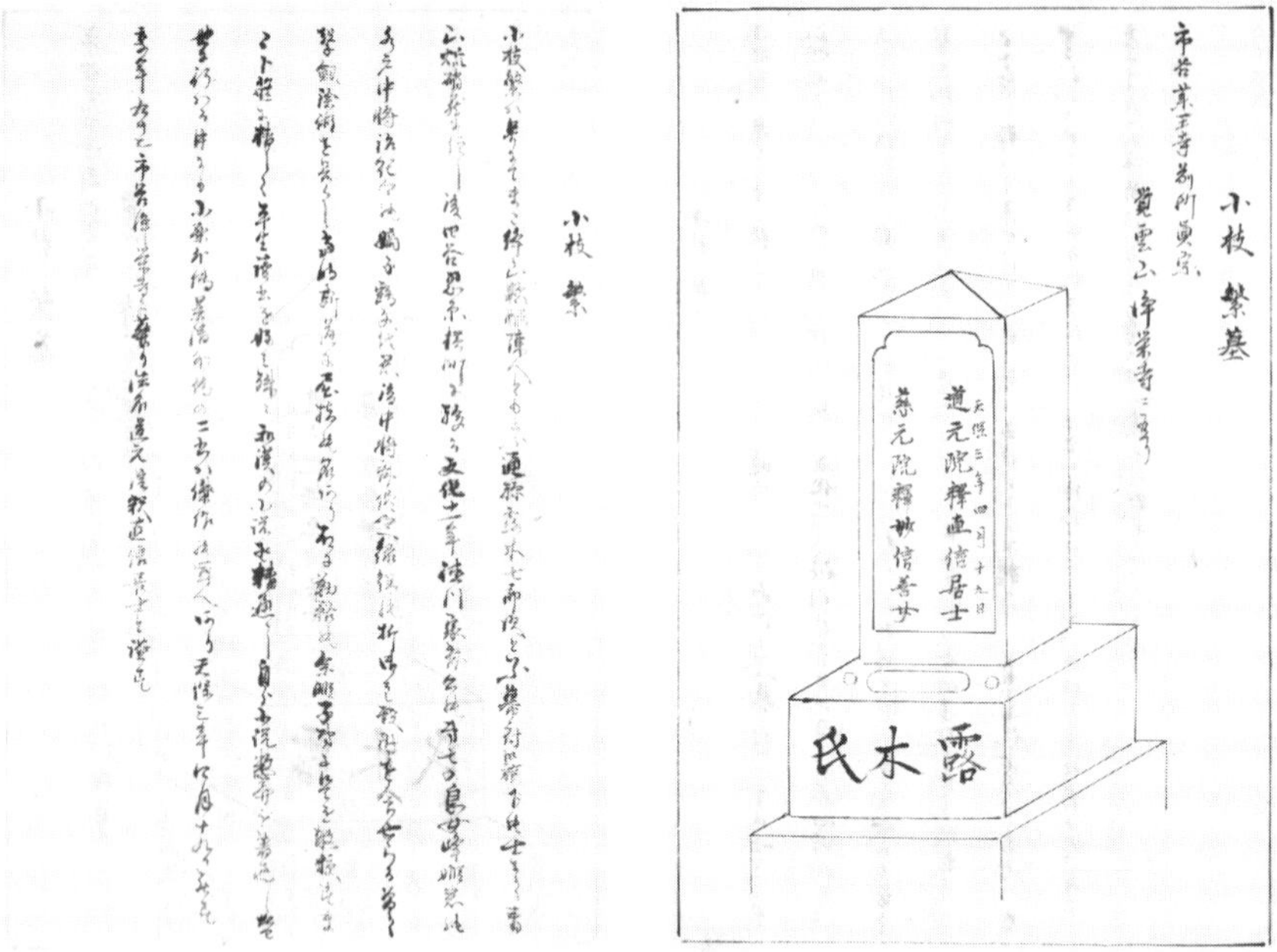

『夢跡集』「戯作者之部」（国立国会図書館蔵。同館デジタルコレクションに拠る。）

に行はる。中にも小栗外伝、景清外伝の二書は傑作の聞へあり。天保三年四月十九日死す。享年九十二。市谷浄栄寺に葬り、法名道元院釈直信居士と謚す。

この一条に手掛りを得て、浄栄寺住職香阪辰也氏を訪ね、同寺の過去帳を閲覧させていただいた。天保三年の項に、

四月十九日　道元院直信　　露木七郎次

と見えて、『夢跡集』に掲げる没年月日に確定するを得た。また小枝繁の妻に関しては、過去帳の同じ天保三年の項に、

六月三日　慈元院妙信善女　　露木七郎次妻

とあって、『夢跡集』に見える戒名（図版参照）と合致する。なお露木氏は、過去帳において正保四年（一六四七）にまで遡ることができる。小枝繁本人も含めて院号を有する戒名が連なることも、彼が「幕府御旗下の士」であったとする『夢跡集』の伝と矛盾しない。ただ、露木姓は大正一二

年（一九二三）を最後に過去帳から見られなくなり、香阪氏によれば、小枝繁の墓も現存しないとのことである。

さて右の『夢跡集』に示す没年月日は、前掲の水谷不倒『草双紙と読本の研究』に掲げるところと一致する。またその他の伝記的事項に関しても、不倒の言うところと概ね合致する。但し『夢跡集』には、不倒が未詳とした享年が「九十二」と記されている。ただこれをそのまま信ずれば、生年は寛保元年（一七四一）、従って第一作『絵本東嫩錦』を刊行した文化二年には既に六五歳であったことになり、やや高齢に過ぎるか。また浄栄寺過去帳には享年についての記載はないが、小枝繁の父と推定される「露木三左衛門」が文化八年（一八一一）没、また母（「露木七郎治殿母」）が同一二年没と記されており、いま前記の享年に従うとすれば、父母はそれぞれ、小枝繁が七一、七五歳の時没したことになり、然れば父母とも彼に劣らぬ長命であったということになる。何れにしても「享年九十二」に関してはやや疑問ありとしておきたい。

注

（1）関根只誠『名人忌辰録』（ゆまに書房、一九七七年。初版は一八九四年）。
（2）水谷不倒『草双紙と読本の研究』（『水谷不倒著作集　第二巻』（中央公論社、一九七三年）。初版は一九三四年）。

第七章　読本における尼子史伝

一　はじめに――軍記と後期読本と――

尼子義久は永禄九年（一五六六）、毛利元就に降伏して富田《とだ》城を退去、この後山中鹿介らの遺臣が尼子勝久を擁して各地で戦いを続ける。しかし終に出雲の地を奪回することは叶わなかった。その後徳川泰平の世に至っても、『陰徳太平記』（正徳二年（一七一二）刊）等の軍記によって知られる尼子氏の興衰に関心を寄せる人は多かったと思われ、近世後期小説においても度々取り上げられている。これらの中で特に読本作者たちが尼子史伝から何を読み取ったのか、そしてそれを読本というジャンル独自の様式にどのように組み入れたのかという問題について考察を試みたい。

軍記では、事件ごとに章段を設けこれを重ねていくという方法をとる。各章段に描かれる事柄は、時に分岐合流しながらも直線的に連なっていくことで一つの時代の様相を描き出す。結果全体が長大な分量に及んだとしても、そこに構造性は見出し難い。一方近世後期の読本においては、基本的に、長編小説として作品全体を統括することが考慮されている。単なる話の積み重ねではなく、それらを相互に関連付けながら作品全体に構造性を与えるための仕組みが存する。曲亭馬琴の読本はかかる構造性が最も顕著に認められるものと考えるが、他の作者による読本においても、馬琴に類似した方法、あるいはそれとは異なる方法に拠りながら、何らかの構造性を作り出そうとしている。特にこのような観点から読本の様式について探究しようとするとき、軍記由来の話が読本において如何に組み上げられていったかを跡付けることは有益であるように思われる。

二 『絵本更科草紙』、全編を統括する構造

『絵本更科草紙』(1)は栗杖亭鬼卵作、初編・後編・三編各五巻から成る。初編は文化八年（一八一一）、後編は同九年、三編は文政四年（一八二一）刊。所見本は何れも、版元河内屋茂兵衛。大坂出来の読本である。(2)山中鹿之助(3)の父を、信濃国村上義清に仕える相木森之助、母を同じ村上家の老臣楽岩寺右馬之助の娘更科であるとして、この父母の伝から説き起こし、鹿之助の生い立ち、後に尼子家に仕えてその再興に尽力することを描く。また鹿之助をはじめ尼子十勇士が次第に集結するという形の〝家臣捃拾譚〟でもある。(4)鹿之助の出身を出雲から遠く離れた信濃とするのは、本作の大きな特徴である。

本書第三部第二章「後期上方読本における長編構成の方法」において本作を取り上げ、人為を超越する理法の作用などを置くことなく（例えば尼子家にまつわる因果などは書かれず）、人物たちの心情や行動の連鎖によって筋が進行するように作られていることを指摘したが、本論では改めて、これらの筋の進行全体を統括する構造が用意されていることを論じたい。(5)

作者は作中全体にわたって「天下」という観点を提示する。先ず巻頭、戦国の世の乱れということから説き始める。

爰に人皇百六代後奈良天皇の御宇、天下大にみだれ、足利将軍義晴公京都に在《いま》せども、国々蜂のごとくに起り、

西国には島津、大友、菊池、竜蔵寺、東国には今川、北条、北国には武田、上杉、村上、諏訪の輩、たがひに蝸牛の角の争ひ止事《やむ》なく、英雄星のごとくにあらはれ、天地始りてよりの大乱、糸を乱せしさまにて、いつ治世となるべくもあらざりける。

信州村上家も、隣国との間に不穏の要素を抱えていた。相木森之助の叔父相木市良兵衛は、村上家重臣の一人であったが、「いさゝか主をうらむる事ありて」密かに国を立ち退き、甲州の武田晴信（信玄）に降った。村上家では武田家に不快をつのらせたが、抗し得ず無念の月日を送っていた。

村上家の老臣楽岩寺右馬之助の娘更科が森之助に懸想し、武芸の師井上光興を媒に頼み結婚を遂げる。老臣牧島玄蕃の弟の大九郎なる悪漢が更科に横恋慕し、森之助を辱めるが、森之助はこれに全く抵抗しない。見かねた更科が武具を取って報復に出ようとすると、森之助は固くこれを止める。また別の日には路上で喧嘩を見たと言って震えながら帰宅する。更科は夫は全くの臆病人と見て思い悩み、彼に勇を授け給へと氏神に日参して祈り、恰もその場を大九郎らの悪漢に狙われるが、彼女は武勇を顕してこれを撃退する。森之助はこれに驚き、彼女を実家の楽岩寺家に謹慎させるが、大九郎らによって誘い出され生け捕りにされてしまう。この時森之助が駆け付けて力業を発揮し、賊を斬って彼女を救った。――楽岩寺右馬之助が、この騒動の責任は娘の更科にあると、彼女を手討ちにしようとするのを、森之助は抑えて言う、「かゝる事の出来たるも天命也。且は我誤りなり。いかんといふに、……我《われ》事を慎むにすぎたるゆへ、婦人の心より億病者とおもひ、神に祈りて勇気を増《まさ》んとする、憎むべきにあらず」と。彼は努めて争いを避け慎んでいたのである。

大九郎と一緒に斬られた賊の中に、長阪左衛門尉の弟、跡部大炊の甥が含まれていた。長阪・跡部は武田家の佞臣、かくして両人は主君武田晴信に強引に働き掛け、武田家から村上家へ森之助の身柄引き渡しの要求がなされる。村上義清はこれに反発するが、森之助は自分が行くことで両家の衝突は避けられると主張し、敢えて甲州へと送られる。武田家の二人の佞臣は森之助を斬ることを主張するが、忠臣馬場美濃守は密かに彼を庇護して軍師とする。森之助はやがて更科と再会を果たし、幼い我が子鹿之助とも対面する。しかしその間に村上家は衰え、義清は越後の上杉家に身を寄せた。このことから、森之助は主君のいる上杉家と戦うことを忌避して退隠を申し出る。馬場は森之助に対して、上杉と直接当たることを避けて遠州の諏訪が原城に入り、幸い森之助は自分と容貌が酷似することから、自分の影武者としてこの地を治めることで、北条・今川の抑えをなすようにと説得する。森之助はこれを受け入れ、かくて戦わずして敵を防ぎ、徳によって人民を統治する。

後に鹿之助が父母のもとから自立しようとする時、更科は鹿之助に、「父御は近頃仏の道に深く入らせ玉ひ、人はおろか生あるものを害する事をきらひ給ふ」と言う。初編全五巻は、以上のような鹿之助自立以前の森之助・更科夫婦をめぐる話であり、その全体を括るのは、森之助の〝非戦の思想〟であると解される。

残る後編・三編各五巻は鹿之助を主人公とする。森之助が諏訪が原城から退去し隠棲することを決めた時、鹿之助は身の振り方を尋ねられて次のように答えたとする。

鹿之助は最前より一言のいらへもせずしてさしうつぶいてありけるが、ふとやかなる息を継て父の前にさし寄、「……某つら〳〵考ふるに、今天下大に乱れ、英雄星のごとくに起り、いつ昇平の代となりなんも計りがたし。いやしくも我幼年より井上道人（かつて父母の武芸の師でもあった前出の井上光興）にしたがひ、軍学の奥義を学び剣術の琢磨せしも、天下に英名を顕はさん為なり。……某は天下に横行《わうぎやう》して世を納め民のくるしみを救はん事を願《ねがふ》外なし。我一人此城に留り、寄来らん敵に淡《あわ》吹せ、其上何国《いづく》へも立退、名将をゑらんで随身せんより外の願ひは是なし」と弁舌水の流るゝごとく左も勇ましく述ける。

ここに再び「天下」という観点が提示される。鹿之助が名将に仕えて我が英名を顕したいと言い、戦う意思を表明するのは父と対照的ではある。しかしその彼方に昇平の世の実現、人民の救済ということを見据えている。

この後鹿之助は都へ出るが、次第に都人の風俗に染まる中で、中御門中納言宗教の息女九重姫に懸想する。この恋愛をめぐる一連の描写が、鹿之助を武勇忠義一徹の完全無欠の人とはせず、自然の恋情を表現するものとなっていることは本書第三部第二章「後期上方読本における長編構成の方法」に指摘した。曲折あって鹿之助は九重姫と結ばれ、彼女の姉八重姫が尼子義久の妻室となっていたことから、尼子家に仕えることになる。このことについて、「山中鹿之助は中御門中納言宗教卿のたのみによつて不計《はからず》も尼子義久にしたがひ、自《みづから》臣下となりて生涯忠臣を旨とし、千辛万苦の中《うち》に志を翻さず、寔《まこと》に天下の豪勇と後世筆に伝《つたふ》るも、一言の義によれるゆへなり」とする。尼子との間には宿縁の如き縛りは存在せず、彼は中御門宗教の依頼を機に、己の志を実現するための場を尼子に定めたのである。

尼子家に赴いた鹿之助は先ず一つの功を立てようと図る。伯耆国の山名氏資の家臣菊池乙八は大強剛力の者で、近国を破壊しては攻め取っていた。鹿之助は先ず乙八と決闘してこれを滅ぼす。山名は力を落とし、近国からの反撃を恐れ、「所詮手強き大名と和睦し諸方の敵を防《ふせが》んより外なしと評義一決しけれど、是まで乙八強勇にまかせ理不尽の振廻《ふるまひ》のみせし事なれば、此方より和睦せんといふとも承知せまじと、各《おの〳〵》眉をひそめ」困惑した。鹿之助はこのことを聞き出し、単身乗り込んで山名氏資を捕らえる。

其時鹿之助大音上《あげ》、「某を誰とか思ふ。尼子義久が忠臣山中鹿之助幸盛といふものなり。山名近来《ちかごろ》無法の軍をなし人民を悩す。依て某爰に来つて氏資を伴ひ、主人義久の前にて和睦をなさしめ、民の危難を救《すくは》んために向ふたり。汝等我に手向ひなさば、主人を一突なるぞ。氏資前非を改《あらため》民を撫育するに於ては、程なく此城へ帰すべし。主人を大切に思ふ者あらば、我に随ひ来《きた》るべし。命に気づかふ事なかれ」と、数万人の中を小児を引提たる如く

悠々と立帰るに、

かくて尼子義久は、氏資に対して礼を尽くしてこれを心服させる。

（義久）早速山名に対面ありて賓客の礼をなし饗応《もてなし》給へば、山名も義久の徳になつき、且《かつ》鹿之助が智勇敵対なり難きを察し、長く唇歯の交りをなさんと誓詞を取かはしければ、義久大に悦《よろこび》、家来あまたに守護させ伯耆国へ送りつかはしける。山名が家来どもは安き心もなく案じ暮しけるに、氏資無事に帰国し、且《かつ》尼子が厚情を述《のべ》、向後無二の中とならんと心服しければ、家中の悦《よろこび》「寔によき後楯こそ候へ。此上は枕をやすんじ玉へ」と、一家中鼓腹してよろこびける。

戦国の世実際には、自国の領地と覇権を拡大するため時に手段を選ばず相手を滅亡にまで追い込むということが行われていたが、これはそれとは異なる。相手の追い詰められた心理状態を察知した上で救済を掲げ、徳化するのである。鹿之助の武勇はその先に世の安寧を見据えていた。

史実においては、尼子義久が毛利に降伏しその身柄を芸州長田へ移されて後、遺臣たちが勝久を擁立して富田城の奪回を目指して各地で転戦し、やがて信長・秀吉に接近して播州上月城に入って毛利と戦うも、敗れて勝久は自害して尼子氏は滅ぶ。本作ではこれを、義久は毛利に圧されて播州上月に蟄していたが、鹿之助を得てから挽回し、雲州富田の旧城を回復して、妻室八重姫、継嗣勝丸（後の勝久）と共に富田へ戻り、鹿之助は上月城代となったと改変する。尼子氏は凋落滅亡の途にあったとはしないのである。

爰に雲伯隠因石作芸三備播十一州の大守、雲州富田に居城ある尼子晴久は、永禄三年十二月廿四日病死あれば、其子式部大輔義久其家を継《つぐ》といへども、年少《わか》く武勇に長ぜざれば、毛利元就の為に追せばめられ、播州上月の城に蟄してありけるが、山中鹿之助を得て其勢竜の雲を得たるが如く、追々他国を切随へ、旧城雲州富田を造営して、八重姫、勝丸諸とも移り玉へば、山中鹿之助は上月の城代となりて播州にとゞまりける。

作者は、鹿之助の忠義というものを、軍記に見えるような衰運の中襲い掛る苦難に抗し続ける生き方から、尼子を立てることで己の志を実現しようとする生き方へと捉え直した。

かくて鹿之助は、我が志ほぼ成就したりとの思いを抱いたとする。

鹿之助 倩《つらく》往事を思ふに、「我幼少より父母の恩山よりも高く海よりも深し。天下に英名をなさずんば再び父母に音信《おとづれ》せまじと誓て国を出たるもはや一昔《むか》しに成たり。今尼子に随ひ衰へたる家を興し再び雲州富田の城主になしたるは皆我《わが》方寸より出たれば、我に於て事足《たれ》りといゝ、つべし。……」

そしてこの思いを、先に召し抱えた大谷古猪之助に使いを命じて、信州の父母へ伝えるが、父森之助は、かねてから我々夫婦は仙術を以て鹿之助の日々の行動を見ていたと言い、「幼少の頃天下に英名をなさずんば再び父母にまみへじと大言を吐出たるに」、これは慢心であると断じ、この慢心に乗じて悪鬼が鹿之助に分け入り災禍をなすと予言する。

その災禍とは、一族の尼子九郎左衛門が毛利と通じて企てた陰謀のことであった。九郎左衛門は、毛利から送り込まれた琵琶法師を使って、上月を守っていた鹿之助らに毒酒を飲ませ、一方で義久を縛して芸州へ移し、富田城を乗っ取る。鹿之助は餓鬼の如き姿となり、これを九重姫が懸命に看病し終に有馬の湯によって本復するとある。この話は小栗判官説話に依拠したものと考え得る。さて鹿之助は本復して、

有し事どもを聞給ひて、姫の貞心を感じ、古猪之助が信州のやうす、森之助の詞を聞《きゝ》、慢心を大に後悔ありける。

とする。このように要所において、鹿之助の天下に英名をなさんとする志（あるいはその逆としての慢心）ということが確認されつつ筋が進むのである。

このあと結末に至るまでは、勝丸（後の勝久）を守って富田城の奪回を目指す鹿之助の行動が描かれる。彼はここで足利将軍家による後ろ楯を得ようとの策に出る。そして先ず、「当時将軍家に佞《おもね》り時を得たるは松永弾正なり。彼は大悪不道にして謀叛の志あり。か丶る者に取り入事、一つの謀なり」と考え、松永の草履取りとなる。後に将軍臨席の場で武勇を発揮して称せられ、将軍直参の草履取りとなる。一方、尼子勝丸を庇護していた東福寺の兆殿司《ちょうでんす》は、勝丸の姿を描いて将軍の妹白綾姫に贈る。姫はこれを見てその像の主に執心し、終に縁組みに至り、従五位上尼子四郎勝久と称する。勝久が将軍と対面した折、そこに控える草履取りが鹿之助であることに気付き、事情が明かされる。鹿之助は富田城奪回の本意を語り、将軍はこれに加勢する。松永による援軍も加わり、勝久は終に九郎左衛門を討つ。

勝久悦び給ひ、「汝（九郎左衛門）が悪計にて忠臣の輩に千辛万苦をさせ、剰《あまつさへ》父義久君をも擒となす事、天罰思ひしれ」と首打落し給へば、諸軍勢凱歌《かちどき》を三度揚て富田の城へ入給ふに、城下の民鼓腹してよろこび、雲州大に治りける。

ここで、九郎左衛門の滅亡は即ち人民の救済、安寧の訪れとされている。更に将軍家御母慶寿院から、姻戚たる尼子義久を解放するよう毛利家に要請したため、「元就も止事《やむ》を得ず、勝久と和睦し義久を雲州富田へ送かへし」たとする。

この後鹿之助は勝久と共に、将軍同席の場で、松永弾正に対して礼謝した。

「ひとへに松永の加勢ゆへに大功を顕し候事、老君の大恩なり」と、ことばを巧に礼謝すれば、慢心の弾正よろこぶ事はなはだ鋪《しく》、なをも元就和睦を松永よりもたのみつかはしけるとなり。

松永の性格をも知った上で、尼子の安定のためにこれを活用したのである。

またそれぞれ活動していた大谷古猪之助、横道兵庫之助、寺元生死之助ら尼子十勇士もここに集結する。かくて尼子の繁栄を暗示する次の文で本作は結ばれる。

是より尼子の威勢旭の登るがごとく、十勇の猛将補佐しければ、近国の大名小名、将軍の聟たるをおそれ、鹿之助が智勇兼備せしを賞し、鉾を伏て尼子にしたがひければ、やがて元の十一州を切したがへ給はん事掌の中《うち》にありと、いさみすゝんではるを迎《むかへ》けるこそめでたけれ。

このように終末部の鹿之助は恰も策士の如き立ち回りをする。彼の志は、敵を滅ぼし切り取ることにではなく、尼子を立てて世の安寧を実現することにあったのである。かくして巻頭に提示されていた「天下」に立ち返る。本作は、鹿之助を尼子家に対する節義一徹から解放し、己の志の実現を求めて生きる人として捉え直した。彼の生き方は父森之助のそれと対照的に映りつつも表裏一体をなし、共に世の安寧への希求という枠組へと収斂する。そしてこのような構造が、読本独自の様式であったと思われる点について、以下考察しておきたい。

三　『絵本更科草紙』と後続作

『絵本更科草紙』は、幕末更には明治期に至るまで多くの後続作を生み出した。合巻『十勇士尼子柱礎《あまごのいしずえ》』[6]初編の嘉永四年（一八五一）柳下亭種員自序に言う。

曾て文化の頃、遠江国小夜《さよの》中山の辺《ほとり》に住《すめ》る栗杖亭鬼卵、更科草紙と題号して十士が伝奇三編を著す。今世《このごろ》舌耕師《ぐんしよよむひと》の彼《かの》更科の月にはあらで是に詞の花を増補《そへ》夜講に読《よみ》しを、錦昇堂のきゝえて梓に彫《ちりばめ》ん事を乞《こふ》。

『絵本更科草紙』に描かれた森之助と更科、鹿之助、尼子十勇士をめぐる話は、舌耕にも取られながら合巻や切附本などにも著され、明治期の講談本へと続いていく。但しそこでは、前述したような全編を統括する構造までが踏襲されたのではなかった。

『尼子十勇志』[7]なる切附本がある。髙木元「切附本書目年表」[8]に、梅林舎南鶯作、歌川国綱画、安政五年（一八五八）刊として掲げられる。『絵本更科草紙』の筋を要約して挿絵を入れた読み物と認められ、終盤の十勇士の行動について合致しない部分もあるが、そこに至るまでの森之助、更科、鹿之助をめぐる話はほぼ忠実に踏襲している。但し文章を刈り込む中で変質が生じているところがある。

再び『絵本更科草紙』における相木森之助の話について見る。森之助は、「威有て武《たけ》からず、終に怒りをあらはせし事なし」、「其頃村上の家中に誰いふとなく、相木森之助は万夫不当の勇士なりと沙汰ありけれども、誰あつて其振舞を見し人もあらねども……」と、武勇を完全に内に封じ込めていたが、これには理由があったとされる。それは叔父の相木市良兵衛が主君村上義清との不和から甲州武田家へ移ってしまったことであった。井上光興が森之助を重用するよう主君義清に推挙すると言い出した時、彼は涙を流して次のように辞退した。

「我幼きより父母にはなれ叔父市良兵衛に養育せられ何ひとつ学ぶ事もなく、剰《あまつさへ》叔父なるものは不忠を懐き甲州へ逃去候へども、我は世々君恩を辱《かたじけなう》せし身なれば独《ひとり》とゞまり罷在候といへども、叔父の悪行に恥入《はぢいり》、漫《みだり》に他出さへいたさぬ心底に候。殊に我を用ひ給ふときは、信甲の合戦に叔父敵方にあれば、もし裏切やせんなど、諸卒のうたがひなきにしもあらず。我は此まゝ捨おき給ひて、君の一大事のとき一命を奉りて人口を塞ぐの外念願さらにこれなく候。」

親代わりであった叔父の出奔は彼を、自分が動くと村上家中に、あるいは村上・武田の間に波風を立てるという思念へと追い込んでいったのである。他人との衝突を避けて安穏でありたいという心情は、彼の置かれた状況から必然的にもたらされたものとして書かれている。そしてこの心情が「天下」という観点と結ばれたとき、前節に見た〝非戦の思想〟となる。彼が馬場美濃守に扮して諏訪が原を治めた様は次のようであったとする。

近隣の百姓共馬場美濃守此城を守り給ふと聞て、水の低《ひくき》にしたがふごとく来りければ、森之助も民を撫育する事我子のごとくなれば、刀に血を濡さずして駿遠の輩森之助にしたがひ、福有心の儘にして安楽にくらしける。

前述した通り、世の安寧の事は、このあとの鹿之助の伝をも含む全編にわたる枠組であったと解する。本作は、人物の置かれた状況と抱く心情とを必然のものとして繋ぎつつ単に話を並べているのみではなく、これらが最終的に、世の安寧という全編の枠組に包摂されるべく構想されていたと見られるのである。

この観点から前掲『尼子十勇志』を見てみる。森之助の叔父の出奔のことは、

相木一《ママ》郎兵衛といふものあり。主を怨《うらむ》る事ありて国を去り、村上と不和なる甲州の武田信玄に降参したり。

と一度触れられるのみである。このことが森之助の内面に影響を与えたことを記す部分は採られていない。森之助が牧島大九郎による辱めに抵抗しなかったこと、喧嘩を見て怯えたことは書くが、かかる臆病と見える振る舞いの背後にあった彼の思いについては言及がない。諏訪が原の城を治めたことについても、

遠州諏訪が原の城におもむき、美の丶守と名のり、民を撫育し安らくに世をわたりぬ。

と説明のみの書き方であり、ここからは森之助の非戦の思想や天下という観点が浮かび上がることはない。

鹿之助に関する部分についても同様である。『絵本更科草紙』では、鹿之助は両親から自立する時、天下という観点から己の志を表明した。前節に引いた所を再掲する。

「今天下大に乱れ、英雄星のごとくに起り、いつ昇平の代となりなんも計りがたし。いやしくも我幼年より井上道人にしたがひ、軍学の奥義を学び剣術の琢磨せしも、天下に英名を顕はさん為なり。……某は天下に横行して世を納め民のくるしみを救はん事を願《ねがふ》外なし。我一人此城に留り、寄来らん敵に淡《あわ》吹せ、其上何国《いづく》へも立退、

名将をゑらんで随身せんより外の願ひは是なし。」

これが『尼子十勇志』では次のように縮約される。

「われは此城にとゞまり、敵兵寄《よせ》なばめざましきはたらきして目をおどろかし、後《のち》城を出て諸国を廻らん。」

『尼子十勇志』は人物の行動を端的に記述して次々に生起する事件を要領よく伝えていくことを旨とする。これと対比するとき、『絵本更科草紙』の読本としての特徴を明確に把握することができる。

以下同じ観点から明治期に刊行された後続作について考察しておく。これらの多くは「尼子十勇士」あるいはこれに類似の書名を有し、大きく次のように分類できる。[9]

(1)『絵本更科草紙』の本文を活字化したもの。但し細かな文字遣いや語句の変更がある。また文章を新たに区切って章段を設けたり、反対に接合するなどの加工を施している。挿絵は新たに作り直している。(例)『尼子十勇士伝』(和田篤太郎編、春陽堂、明治一六年(一八八三)刊)、『尼子十勇士伝』(四教書院、明治一九年(一八八六)刊)など

(2)『絵本更科草紙』の中から幾つかの場面を選んで見開きの画図を作り、そこに簡略な文章を書き入れたもの。(例)『尼子十勇士実伝』(大西庄之助編、松延堂、明治一八年(一八八五)刊)、『尼子十勇伝』(今井七太郎編刊、明治二一年(一八八八)刊)など

(3)『絵本更科草紙』に拠りつつ文章自体は作り直しているもの。全体の筋をほぼそのまま踏襲するものと、改変を加えたものとがある。(例)『尼子十勇士』(日吉堂、明治三四年(一九〇一)刊)、『武士道精華山中鹿之助』(雪花山人著、立川文庫、明治四四年(一九一一)刊)など

いま特に検討すべきは(3)である。明治三四年刊の『尼子十勇士』は、揚名舎伯林口演とある講談速記本である。こ

こでは相木森之助は、村上が武田との戦に敗れた時に甲州方に捕らえられたとし、その後諏訪が原の城を預かったのも、馬場美濃守の依頼によってであったとする。従って『絵本更科草紙』にある如き彼の考え方生き方の問題は扱われることがない。鹿之助が両親のもとを離れるのも、武者修行のためであったとされ、天下に英名を揚げんとの志の表明のことはない。立川文庫の『武士道精華山中鹿之助』では森之助を、「家中においては第一の美男、気質も到つて温和しく少しも人と争《あら》そいを好まず、喧嘩を仕掛けられても、更《さ》らに取り合はない。左様かといつて決して卑怯未練の振舞もなく、何処《どこ》か人に変つたところがあつて所謂《いはゆる》沈勇とでも申しませうか、若武士《わかざむらひ》には珍らしい人物」と、あくまでも彼は武勇の人でありただそれを控えていたとする捉え方に変わっている。諏訪が原で仁政を施したことは書かれるが、そこに至るまでの、彼独自の争いを厭う生き方のことが描かれていないため、単発の話として終わっている。鹿之助が両親に向かって、世を助け人民を救いたいと述べることは書かれている。但し山名氏資を捕らえる話では、短刀を突きつけてその場で「降参の旨を答へ」させ、「矢張り引つ抱へたる儘で」連れ帰り、「尼子義久の幕下となることを誓」わせる。相手を力で威圧するのみのやり方は、『絵本更科草紙』にあった尼子を通じての徳化とは異なる。以上のように対比してみると、世の安寧ということを提示しながら全編を括っていくという方法は『絵本更科草紙』特有のものであったことが把握できる。

四　『出雲物語』

『出雲物語』(10)は、紀美麻呂原編、東籬亭主人補正、五巻から成る。内題「出雲物語」、見返し題「中国外伝出雲物語」。文政一三年（一八三〇）、京都・山城屋佐兵衛ほか刊。末尾に続編を予告するが、刊行を確認できず、未完に終わったと見られる。

巻頭に置く「出雲物語述意」に次のように言う。

> 此書専ら尼子経久が事を記して、長禄より始《はじま》り応仁を中とし文明に終る。然《しかり》といへども其時代の治乱一貫せざるも多かるべく、また経久が伝諸説ありて一ならず。陰徳太平記の伝実に近かるべし。然《しかる》に此書家伝を一説によせたるなど、元より実録にあらずして、事を好む稗史なるが故なり。

本作は尼子経久の事跡とその時代を描こうと意図したものであった（但し刊行された初編五巻は経久の幼少時代のところで終わっている）。また『陰徳太平記』が、虚の部分が混在するものの、最も拠るべき書であると見ていることが窺えるが、一方で言う。

> 此書の名を伊豆裳《いづも》物語といふは、出雲の事を専《もつぱら》書たる故にはあらで、物語出雲に出て出雲に終るが故なり。

即ち『陰徳太平記』をはじめとする軍記に見えるような出雲での戦の一々を描くものではない。その中を満たしているのは、後掲するような尼子一族家臣とその類縁の人々による艱難辛苦の事である。これらの話が出雲を拠点として展開収束するという構想を言うのである。

巻一冒頭部分は、『陰徳太平記』[11]を下敷きにしながら改変を加えて作られている。先ず『陰徳太平記』巻二「尼子経久立身之事」を次に掲げる。ここでは、①経久が中国十一州の太守と言われるまでの勢力を得ることとなったその由来を説くと前置きをし、②経久の父清定に至るまでの出雲国支配の歴史を略述し、③経久が出雲の守護代になってから江州佐々木家の下知に背く恣意的な振る舞いがあったとして追放され、代わって塩冶掃部助がこれに任ぜられたことを言う。

> ①尼子伊予守経久、初《メ》ハ雲州富田七百貫ヲ領シテ一国ノ守護職タリシガ、天文ノ比十一州ノ太守ニ成登《ナリノボ》ラレシ由

来ヲ探リ見ルニ、

【②昔時《ソノカミ》出雲州《ノクニ》ハ、塩冶判官高貞将軍尊氏公ヨリ賜リテ領シタリシニ、高貞、高師直ガ讒ニ依テ自害セシ後ハ、佐々木道誉賜リテ、吾身ハ江州ニ在ナガラ、雲州ヘハ一族ノ中一人差下シテ成敗ヲ掌《ツカサドラ》シメケルガ、一旦ハ山名ガ為ニ押領セラレタリケレ共、明徳ニ山名陸奥守、同播磨守亡《ビ》シカバ、又道誉ガ孫大膳太夫高詮旧地ヲ取返シテ、彼所ヘハ経久ノ祖父上野介持久ヲ下シテ守護セシム。持久ノ子息清定相続《ツイ》デ国務ヲ司ドリ、租税ヲ江州ヘ運漕セラレケルニ、】

③経久マダ又四郎ト云シ時、江州ノ下知ヲ不ㇾ用富田近郷ヲ押領シ、当国ノ士三沢、三刀屋已下ノ者共ヲ攻《セメ》随ヘントセラレシカバ、六角貞頼大ニ怒《キ》テ、頓テ三沢、三刀屋、浅山、広田、桜井、塩冶、古志ナド云国士ニ下知シテ、経久ヲバ追出シ、塩冶掃部助ヲ以テ当国ノ代官トゾ被ㇾ定《メ》ケル。

これに続く部分には、こうして本拠富田城を失った経久が無念の中で流浪したこと、そして終に奇策を用いて塩冶を急襲し城を奪回したことが書かれる。即ち『雨月物語』「菊花の約」の挿絵に取られて有名な、文明一八年（一四八六）元旦の富田城奪取事件のことである。

一方『出雲物語』巻一冒頭は以下のようになっている。先ず①人の世の無常をわきまえず驕り貪る者の多い中で、尼子経久はこれと異なり人格勝れるがゆえに繁栄と名声を得た、その来由を説くとして、②前引『陰徳太平記』の【②】をほぼそのまま入れ込んでいる。但しここで経久の父を清久とし、割書して、『陰徳太平記』に出る清貞のことであるとする（正確には『陰徳太平記』では前掲の如く清定）。そして、③この清久に狐疑の性質があったために出雲の国士たちの心が離反し、中にも塩谷掃部助は、清久の時を得顔なるを憎み対立に至ったとする。

①奢れるもの長久《ひさし》からず、春夜《はるのよ》の夢のごとし。猛きもの終に滅亡《ほろ》ぶ、風前《かぜのまへ》の塵に同じ。世中《よのなか》の定めなきは、風

になびく浮雲のごとく、人の身の定めなきは、飛鳥川の淵に似たり。尊きとて洩るゝはなく、卑きとてまた逃《のがる》る事を得んや。雖然《されど》人情の浅墓《あさはか》なる、富《とん》で礼を知らざる者は色を歓び声を称《たゝへ》て、羂《わな》にたはるゝ狐の如く、快楽を淫酒の穢《けがれ》たるに耽らし、驕者の山の高きを知らず。貧《まづし》うして貪るものは隣の宝を算《かぞ》へ、灯火による夏虫に等しく、心意を不及の念につからし、五慾の海のふかきをしらず。斯る輩倭漢に多かるべき中にも、人皇百余代後柏原後奈良両朝の御宇にあたつて、尼子伊与守経久といふ人のみ、富《とみ》て驕らず、貧《まづしう》して嗇《むさぼる》の心なく、美名は孝義に馥《かうば》しく、武勇は智謀に高し。山陰九州を討従《うちした》がゆれども、その富《とみ》更に不義ならず、其威かつて悪ならず。繁昌子孫におよぼし雷名千載に轟かす。其来由を尋《たづね》見るに、

【②原《もと》出雲国は、塩谷判官高貞足利尊氏卿よりたまはつて領したりしに、高貞、高武蔵守師直が讒言にかゝりて自害せしより以来《このかた》、佐々木佐渡入道道誉申給はつて、吾身は江州に有ながら、一族の内をゑらみて差下し成敗を掌《とら》しむ。そのゝち暫く山名に押領せられしかど、明徳の乱に山名陸奥守号氏清、同播磨守号満幸亡びしかば、道誉の孫大膳大夫高詮、またも旧地をとりかへして、経久の祖父佐々木上野介陰徳太平記には尼子とす。後太平記には富田判官秀貞とす持久を下して主護せしむ。持久の子息刑部少輔清久陰徳作清貞相続《あひつゞい》て国務を司どり、租税を江州へ運送せしが、】

③此清久こゝろ逞ましき勇将にて、智もまた伶俐《さかし》かりけるが、惜むらくは狐疑ふかく、讒を信ずる曲《くせ》あつて、賞は軽く罰《つみ》重く、小過に大功おもひかへて、自然《おのづから》法礼あきらかならぬ事多かりければ、三沢、三刀屋なんどよばるゝ、国士ども、恨みを含《ふくむ》もの多かりける。中にも塩谷掃部助則貞といへるは、往昔《むかし》の領主判官高貞の子孫にして、清久とは親しき一族同士ながら、其姓奸曲にして、清久が時を得皃《えがほ》なるをふかく憎み、「栄枯は時によるとはいへど、吾《わが》遠祖は此国の主将たり。理をもていはゞ、吾こそ主護職は勤《つとむ》べけれ。新家の清久にいかんぞ手を束《つか》ね媚を呈して寵を求《もとむ》る事のあるべき」と、折々は口にも出してつぶやきけるを、人有て清久に告たりければ、清久も

また大に怒りて、遠からずおもひしらせんものと、骨肉の交《まじはり》忽ち敗れて呉越の思ひに日を送りぬ。

このあとは③を承けて、清久が塩谷掃部助によって富田城を奪われて滅亡する話へと続く。

作者による改変は二点ある。一は、『陰徳太平記』では、富田城を失ったのは経久であったとするのを、本作では清久であったとする点である。二は、清久・経久父子に即して人格という観点を提示したことである。即ち『陰徳太平記』の叙述が、①②③と直線的に流れるのに対して、本作では、先ず経久の人格の卓越を謳い上げ、【②】を挟んで、清久の狐疑の性質のことを示す。未完に終わったが、本来の構想としては、清久で崩壊した尼子家を経久が立て直すというものであったと推定できる（これで「出雲に出て出雲に終る」物語になる）。そこには、清久において発した物語が経久において収束するという構造があり、それを支えるのが父子各々の人格という観点である。

さてこのような全体を統括する構造の中に置かれる、尼子一族家臣とその類縁の人々をめぐる話は、如何にして作られているのであろうか。塩谷は清久を放逐しようと企み、近江の六角高頼に接近し、自家に伝わる切竹の剣を献上しようとするが、これを道中の旅宿で奪われる。それは尼子の忠臣山中三郎兵衛の息子で、不行跡によって勘当されていた三吉の仕業であった。塩谷は三吉の残した片袖に山中の定紋があるのを見て、これは清久が山中に命じてさせたことである、そもそも清久には自立の志があるなどと讒言し、六角から清久追討の命を得て富田城を攻撃する。

清久は、妻室花の方、幼い継嗣吉稚（後の経久）を遺して自尽する。臣下の山中三郎兵衛、亀井七郎、小雄《おゆう》（花の方の侍女）らが、花の方と吉稚を庇護しつつ艱難の旅を続ける。一行は備前国蜂浜まで逃れ、ここで小雄の母音羽と合流する。音羽は、尼子家の足軽箕田《みのだ》源作の妻で、源作が病没した後息子の六蔵が無頼を重ねた上に御用金を奪って出奔、その科により娘小雄と共に国を追われてこの蜂浜に移った。小雄はその後花の方の侍女に取り立てられて出雲に戻ったが、今回の難によって主君を伴い母を頼ってここへ来たのであった。かくて一同は塩谷の差し向ける討手から懸命に逃れながら旅を続けるが、備前・播磨の国境で盗賊に襲われ、互いに離れ離れになる。音羽は小雄と共に吉稚を伴って逃れ力尽きたところを、今は出雲の軍太と名乗っている、前出の無頼の息子六蔵に助けられる。六蔵は今までの過ちを母に詫びてみせるが、後に悪心を顕わにし妹小雄を欺いて遊廓に売る。このように善良なる人々が身内の悪に苦しめられるという形を、作者は意識的に用いている。前掲の山中三郎兵衛の息子三吉についても、刀剣盗みの発覚と父の苦悩などのことが後編において書かれるはずであった。

花の方は旅の途中で一行から離れて都へ上り、大原寂光院で剃髪する。当初夫清久の狐疑の性質故に三沢・三刀屋らの国士の心が離れたが、塩谷が清久を攻めた時、この三沢・三刀屋らと共に、彼女の父馬木上野介も加わった。彼女は、吉稚は成長して塩谷を討ったとしても、自分が側にいる限り祖父の馬木を討つことはできない、自分が勧めて討たせれば孝に背く、とどめれば節に背く、「正《まさ》なき父とひとつならぬ心を顕はし申さんため」吉稚から離れることを決意し仏道に入ったのであった。

作者は明らかに『陰徳太平記』を見ておりながら、話は清久（清定）・経久の二代のみに限られているため、続く政久、晴久、義久、勝久の部分は顧みていないかのように見えるがそうではない。一行が出雲を出て備前蜂浜へ辿り着き音羽に対面した時、山中三郎兵衛が花の方の悲愁について次のように語る。

「忍々《しのびく》に落《おと》しまゐらす心は、むかし平家の一門帝都をおちし哀しみに、益《まさ》るとも寧《よ》も劣《おとり》はせじ。錦の浜は過給《よぎり》へど、いつ故郷《ふるさと》に着給《つき》ふべき。羨しくも立かへる浪さへ超《こす》か袖師の浦、うらみは尽ぬ旅の道、踏馴《ふみなれ》給はぬ長路《ながぢ》には、荊棘《けいきよく》をまたずして御足は紅に染み、住なれたまはぬ板屋の舎《やどり》に、時雨よりまづ御袖をぬらす。」

錦の浜は中海、袖師の浦は宍道湖の水際のことである。富田の城から備前へ向かうのに、特に袖師を通ることはあり得ず（一旦西へ廻ることになる）、記述としては確かにおかしい。このことが起こったのは、これが『陰徳太平記』から引き来たったものであったからである。『陰徳太平記』巻四〇「義久兄弟芸州下向之事」に、尼子義久が七年に及ぶ籠城の末毛利に降伏し、富田から安芸国長田へ（西へ）と引かれていく様が、次のように書かれている。

蘇武ガ胡国ニ捕《トラハ》レシ恨ミ、平家帝都ヲ落シ悲《カナシ》ミモ、今身《ノ》上ニ在テ、先立《サキダツ》モノハ涙也。錦ノ浜ヲ過《スギ》給ニモ、浜ノ名ニオフ錦ヲバイツカ故郷ニ著《キ》ルベキト、羨《ウラヤマ》シクモ立帰ル浪サヘ越《コス》カ袖師ノ浦、恨ハ竭《ツキ》ヌ旅行ノ道、急グトシモハナケレ共、同《キ》八日ノ夕《ユフ》ツ方杵築ニゾ著《ツキ》給フ。此地ニ於テ北ノ方ヲモ引分《ヒキワケ》可ㇾ申由、警固ノ武士共ノ申ケレバ、

こうして杵築即ち大社で義久夫妻は引き裂かれる。北の方はこのあと阿佐の観音寺なる比丘尼寺に入って剃髪し、祖先の霊に香華を手向け夫の安穏を祈った。

文治ノ古《イニシヘ》、建礼門院ノ大原ノ奥ナル寂光院ニ浮世ヲ厭ハセ給ケン御嘆キモ、吾身ニゾ斉《ヒト》シカルベキト思続ケ給ニモ、竭《ツキ》セヌ物ハ涙也。

義久の北の方が我が境涯を建礼門院と重ねたとするこの部分は、『出雲物語』において、花の方が大原寂光院に入って剃髪したとする話に示唆を与えたと解し得る。

『陰徳太平記』ではこの富田城陥落の後、山中鹿介らの遺臣が尼子勝久を擁して家の再興を目指して各地を転戦する様が描かれる。

先年尼子義久、毛利元就ノ為ニ降旛《カウハン》ヲ樹《タテ》ラレシ時、山中鹿《シカノ》助ヲ始《ハジメ》諸士悉ク国中ヲ追出サレ、漂流牢落ノ身ト成シカバ、皆京師ニ上《ノボツ》テ親《シタシ》ミヲ尋ネ縁ヲ求メテ、尺蠖《セキクハク》ノ屈《クツ》ニ身心ヲ苦《クルシ》メ、一度ハ雄飛ノ時ヲ迎ヘントス。

（巻四三「尼子勝久入二雲州一付松永霜臺事」）

『陰徳太平記』に記される尼子氏代々の話には、家の滅亡に直面して、身を屈めながら再興を念じて苦難に耐え抜く人々の生き様が底流する。『出雲物語』の作者はこの要素を汲み取って、遺臣たちが吉稚を守って襲い掛る艱難を乗

り越えていく話を構想したものと考えられる。

また『陰徳太平記』に見える、家の滅亡によって孤独の境涯となった義久北の方の生き様は、『出雲物語』の花の方へと取り入れられたと思われるが、ここで彼女の出家を決定付けたのは父馬木上野介の行動であったとする点は創意である。馬木が清久を攻めたのは、清久の人格の問題に由来する。かくして花の方という人物の生き様は全体の枠組と結ばれるように作られているものと解する。

五　『尼子九牛七国士伝』

『尼子九牛七国士伝』[12]は為永春水・松亭金水合作。初輯五巻が天保四年（一八三三）、江戸・丁子屋平兵衛等により刊行される。巻末に二輯の予告を掲げるが未刊に終わったと見られる。先ず冒頭に、衰退した尼子家の再興ということが提示される。

こゝに出雲国富田の領主尼子家の来歴を索《たづ》ぬるに、佐々木源三義秀の苗裔なり。往昔《むかし》は武名輝《かゞやき》しも、栄枯得喪盛衰の移り変れる世間《よのなか》なれば、一所懸命の地を領し数代潜《ひそみ》て在《おは》しけるが、此家忽地《たちまち》再興して威を震ふべき時や来にけん、国家将《まさ》に興らんとする時は必らず禎祥ありといへり。

右の義秀から九代に当たる佐々木大膳大夫経秀が花見に出た時のこと、家臣たちと離れて一人渓谷に分け入り、松が枝に掛けられた羽衣を見付ける。経秀はこれを懐に隠し、清流に浴する天女を伴い帰って妻とする。二人の間に生まれた孝若（後の経久）が五歳になった時、経秀が初めて事実を明かし羽衣を見せると、彼女はこれを手に取るや忽ち別れを告げて天へ飛び立つ。経久の代になって、天女の子なるが故に佐々木を天子と改め、後に帝を憚って尼の字を用いることとしたという。

この話自体は、『西国太平記』(13)（植木悦（橘生斎）著、延宝六年（一六七八）刊）巻二「尼子晴久攻ル二毛利ヲ一幷尼子ノ由来ノ事」にある。またこれの異本かと見られる『西国七将軍記』（京都大学附属図書館蔵大惣旧蔵本。写本一冊）巻一「雲州天子ノ由来事」にも収められる。但し何れも尼子という名の「由来」を述べるものであり、このことについてはこの条のみで説き終わり、後の話には関与しない。『西国太平記』で、去って行く天女が夫経秀に残す言葉は、

「今生《コンジヤウ》ノ対面ハ是マデ也。此子ヲ能育《ヤシナフ》テ給へ。吾是ヲ守ラン。」

とあるのみで、残して行く我が子の行く末を守ろうというものである（『西国七将軍記』でもほぼ同様）。一方『尼子九牛七国士伝』では次のように、自分は家の守護になると言い、併せて家の将来についての予言をもしている。

「はや今世《こんじやう》の対面も今日を限りと思されよ。これまで厚き情のほど、且は吾子の恩愛はいと絶《たち》がたく侍れども、今日此衣わが手にいるは、はや天上へ帰るべき時の至りしものなれば、片時も此土に止《とゞ》まり難し。さはれかばかり鵠恩《かうおん》ある君が家をば守護なすべし。然りといへど孝若はその運微にして早世なれば、名を顕はすに至るべからず。其子にいたりて勇名を四海の内に輝かす壮夫《ますらを》の産《うま》るべし。且は此家の旧臣たる牛尾公朝《きんとも》は直実なり。渠《かれ》が子孫に英雄ありて、此家を再興する事あらん。其外告《つげ》たき事もあれど、天機を漏すの恐れあれば、まづ是のみにて止《やみ》ぬべし。」

作者は、軍記の中に一記事としてあった事柄を元に、作品全体を統括する構造を設けようとした。かくて、未完に終わった部分も含めて全編としては、この予言に沿って、名将現れそれを忠臣牛尾の子孫が支え、終に佐々木の名門でありながら衰退した尼子家の再興が成就する話として構想されていたものと推定できる。尼子家の定められた宿縁の如き、人為を超越した力を提示するという方法は、前掲した『絵本更科草紙』と対照をなす。

後に牛尾朝忠《ともただ》（公朝の子）が、千寿丸（後の義久）と我が子五郎（後の忠親）の秀逸を称して言う。

「父の説話《はなし》に、経久公の母なる天女が久方の雲井に帰れるおりからに、必ず子孫に名将いで丶威を海内に震《ふるは》んといひ遺したりと聞たるが、正しく今の幼主ならん。すゑ恃母《たのも》しきおん景勢《ありさま》。また吾家《わがや》にも英雄の生る丶事のあるべしと言おきたりと聞たるが、嫡子五郎がたち挙動《ふるまひ》、吾子ながらも凡人ならじと折々驚嘆する事あり。」

細川政元が将軍家に抗するため中四国の軍を備前に集めた時、義久も不本意ながらこれに応じた。政元は白牛九頭を屠って血を啜り諸将に盟約をさせようとするが、義久はこれが理に当たらないことを説き、終に撤回させた。

　九疋の牛は勇み悦び、頭《かうべ》をうなだれ義久を数《あまたゝび》回見て逃さりぬ。

また牛尾公朝の弟は出家して行然と名乗り、尼子家ゆかりの武士を求めて諸国行脚に出、佐々木一族の牛飼舎人の後裔にあたる武勇の少年甚三《じんざ》を見出す。また伯耆国大山の麓牛村出身の牛村雅之助は、行然の導きによって、尼子家忠臣で今は大坂堀江で酒店を営む才兵衛の子息牛川浪次郎秀武と義を結ぶ。

　これぞ上古《そのかみ》天女の告《つげ》、また義久が九牛を助命《たすけ》し仁徳善報ありて、牛にかたどる名氏《めうじ》の強勇、自然に尼子を追慕して文武の英才随身し、九牛士ぞと後の世まで美名を口碑に伝へらる丶は、容易《たやす》からざる俊潔なり。

本作には『南総里見八犬伝』の影響が顕然としている。この行然は丶大《ちゆだい》、九牛の因果は八房の因果である。確かに単に『八犬伝』の形を流用し当て嵌めたに過ぎない作であるかのように見える。しかし再興の主を義久とし、九牛の家臣団の先導者を牛尾氏としたところには独自の意図が認められる。

　史実において、尼子義久は毛利に富田城を明け渡して降伏した人物である。また牛尾氏一族に関しては、その重鎮牛尾遠江守幸清がこの時終に力尽きて毛利に降っている。但しこの幸清は、経久による領国形成期から尼子を支え、以来牛尾氏は家臣団の中心であり続けた。ここに、八犬伝型との連結を可能と作者に考えさせるものがあったと推定する。『陰徳太平記』などには、結果としては敗北に終わるものの、義久のもと尼子家の衰運に抗いながら己の全てを投入する人々の生き方が描かれている。作者はそこに、この人々が、自分は生まれながら主家と結ばれており、そしてその再興成就は定めの如く約束されていると観じているとする読み込みを敢えて行った上で読本化した。かくして、当初それぞれの人生を歩んできた者たちが宿縁を知って同じ志のもとに集結するという、『八犬伝』由来の型を、尼子家君臣の生き様に繋ぎ合わせようと試みた。ここに本作の創意があったと解する。

六　結語

読本作者たちは、軍記類を通じて尼子氏の史伝に触れたとき、そこに凋落衰亡する者の悲哀のみを見たのではなかった。再興を信じて懸命に生き抜こうとする人々の在り様に、忠義のために屈しない精神や、己の志の実現への希求、同家一党の命運への思いなどを、想像を伴いながら見出した。そしてそれらを、読本というジャンル独自の様式の中へと取り込んでいったものと考えられる。

注

（1）『絵本更科草紙』は、広島文教女子大学附属図書館蔵本に拠る。
（2）各編の刊年は、『日本古典文学大辞典』（岩波書店、一九八三年）「絵本更科草紙」の項（横山邦治執筆）の推定による。また同稿には、版元は、初編・後編が勝尾屋六兵衛、三編が河内屋嘉助であったかとする。広島文教女子大本は、三編の末尾に、文政四年正月、河内屋茂兵衛の刊記があるが、入木による後補。三編まで揃った後改めて纏めて刊行したものと見られる。なおこの入木の刊記について付言すれば、八戸市立図書館本には「文政四年辛巳正月発行／書林／大阪心斎橋北久太郎町東ぇ入／河内屋茂兵衛」とあり、広島文教女子大本、国立国会図書館本、早稲田大学図書館本等は、ここから更に「大阪心斎橋筋博労町南へ入」と、傍線箇所を改めている。

（3）史上の人物としては鹿介と記し、作中人物としては『絵本更科草紙』本文の表記に倣って鹿之助と記す。

（4）濱田啓介「家臣捃拾譚——水滸伝受容作品に結合する日本的要素について——」（『近世文学・伝達と様式に関する私見』（京都大学学術出版会、二〇一〇年）所収。初出は二〇〇一年一一月）。

（5）なお藤沢毅「『絵本更科草紙』論（一）——前編の歪み——」「同（二）——勝頼の遺児——」（『文教国文学』四六・四八、二〇〇二年三月・二〇〇三年九月）には、当初は勇婦更科の物語として構想されていたが、制作の段階で後編・三編へと続く長編への転換がなされ、鹿之助の物語への接続が図られたとの見解が示される。本論では、この前提に立っても、最終的に全編を統括する構造が考慮されたと認めて論ずる。

（6）『十勇士尼子柱礎』は、東京都立中央図書館東京誌料本による。

（7）『尼子十勇志』は、弘前市立弘前図書館蔵本（国文学研究資料館マイクロ資料）に拠る。

（8）高木元「切附本書目年表」（『江戸読本の研究』（ぺりかん社、一九九五年）所収）。

（9）以下例示した『尼子十勇士伝』等は、何れも国立国会図書館蔵本（同館デジタルコレクション）に拠る。

（10）『出雲物語』は、京都大学附属図書館蔵本に拠る。

（11）『陰徳太平記』は、『正徳二年板本　陰徳太平記』（臨川書店、一九七二年）に拠る。

（12）『尼子九牛七国士伝』は、関西大学図書館中村幸彦文庫蔵本（国文学研究資料館マイクロ資料）に拠る。

（13）『西国太平記』は、国文学研究資料館鵜飼文庫蔵本に拠る。

第四部　読本と実録

第一章　栗杖亭鬼卵の読本と実録

一　はじめに

栗杖亭鬼卵は、文化から文政にかけて二〇点余りの読本を残したが、その中に実録に依拠した作が含まれる。これより早く寛政・享和期から、『絵本太閤記』（寛政九年―享和二年（一七九七―一八〇二）刊。実録『太閤真顕記』に拠る）や速水春暁斎の〈絵本もの〉読本（本書第三部第三章「読本における上方風とは何か」参照）など、実録に依拠して読本を制作するという方法には先例があり、鬼卵の作はこの流れに連なる。このうち『北野霊験二葉の梅』（文化一〇年（一八一三）刊）、『再開高臺梅《かえりざきこうづのうめ》』（同一四年刊）の二作について、その典拠とした実録を把握し得たのでこれについて報告し、更に実録との対比から見えてくる鬼卵の作法の特徴について論じたい。

二　読本『北野霊験二葉の梅』と実録『北野聖廟霊験記』

鬼卵の読本『北野霊験二葉の梅』[1]は、以下掲げる如くその筋や人物の多くが実録『北野聖廟霊験記』と合致し、これを典拠としたと認める。

『北野聖廟霊験記』は伝本が極めて少なく、現在のところ著者架蔵本と河本家（鳥取県琴浦町）蔵本を知るのみである。以下、引用も含めて架蔵本に拠る。二〇巻二〇冊、外題は「敵討北野霊験記」（第一冊（巻一）のみ「北野聖廟霊顕記」）、内題は「北野聖廟霊験記」（目録題・尾題も同じ）。成立年時は確定できないが、後述の如く寛政一一年（一七九九）初演の歌舞伎『けいせい会稽山《ゆきみるやま》』の典拠にもなっていることから、これより前と考えられる。この本の筆写は近世後期頃か。匡郭の刷られた用箋に大振りな文字で記されており、貸本屋が人を雇って筆写させた「仕入本」である。[2] 全体の筋は、石見三郎左衛門が、お菊の父母を殺害し、更に上田慶次郎の父をも殺害したため、お菊と慶次郎は同一の敵を狙うこととなって拮抗するが、媒あって夫婦となり共に石見を討ち取るというものである。

以下『北野聖廟霊験記』がどのように『二葉の梅』へと取り入れられたかを検討するため、先ず順に梗概を掲げる。同じ番号の話は相互に対応する。『北野聖廟霊験記』にあった話を『二葉の梅』で改変している場合は、『二葉の梅』のその番号に【改】と記した。元々『北野聖廟霊験記』には該当の話がなく、『二葉の梅』で新たに設けられた場合は、『北野聖廟霊験記』に「ナシ」、『二葉の梅』に【加】と記した。

【北野聖廟霊験記】

①越前国の悪漢**石見三郎左衛門**（元の名池上七九郎）は、八幡宮から宝刀（九寸五分の守り刀）を盗んで紀伊国へ逃亡し、**岩村喜蔵**に庇護される。

②石見は熊野湯の峯で、岡本三木之進・おつや夫婦を殺害し、巻子（大和国梅谷村（おつやの父北川新十郎の郷里）を興すための秘策を記す）を奪う。残された幼子**お菊**は、祖父北川新十郎に引き取られる。

③ナシ

④石見は大和国梅谷村へ移り、巻子に記された秘策に沿って、隣村との間に水公事を起こして勝つ。同村の人々から礼物を得て富裕となり、南都の遊廓へ通い、そこで親しくなった**馬渕郷右衛門**に、肥後国加藤家への仕官を紹介される。

⑤石見は加藤家にて、重臣**上田覚左衛門**に剣術立合を望んで敗れ、上田を闇討ちにして逃走する。上田の子**慶次郎**は敵討に出、京都へ赴く。

⑥お菊は成長の後、無敵斎（播州の武術達人）の後見を得て敵討に出、京都へ赴く。

⑦ナシ

⑧石見は京都の親王家に身を隠す。

⑨ナシ

⑩お菊、慶次郎、各々敵討成就を願って北野天満宮に日参するが、互いに言葉も交わさない。ある日境内で、お菊が悪漢に襲われるが自力で撃退し、これを見た者はなかった。

⑪ナシ

⑫ナシ

⑬お菊は、石見が親王家に潜むことをつきとめ、所司代**小笠原佐渡守**へ敵討を願い出る。／慶次郎は、これより後れて石見の在処を確認し、所司代へ敵討を願い出る。／各々自分の側に優先権有りと主張する。／所司代は親王家に石見の引き渡しを要求するが、親王家側はこれを拒否する。／所司代はある日お菊、慶次郎を召し、夫婦となるよう言い渡す。両人顔を見合わすに、天満宮にて毎日見掛けた相手であった。

⑭親王家では石見を秘かに逃がそうと謀るが、お菊、慶次郎はこれを察知し、道中で待ち受けて討ち取る。

【二葉の梅】

①**[改]**　越前国の悪漢**石見三郎左衛門**（元の名池上七九郎）は、八幡宮から深雪丸の剣（抜けば雪が頻りに降るという霊剣）を盗んで紀伊国へ逃亡し、**岩村喜蔵**に庇護される。

②石見は熊野湯の峯で、岡本三木之進・おつや夫婦を殺害し、巻子（大和国梅谷村（おつやの父北川新十郎の郷里）を興すための秘策を記す）を奪う。残された幼子**お菊**は、祖父北川新十郎に引き取られる。

③**[加]**　石見は、岩村喜蔵の妹**初瀬**と馴染み、**三之丞**が生まれる。

④**[改]**　石見は大和国梅谷村へ移り、巻子に記された秘策に沿って、隣村との間に水公事を起こして勝つ。このことで殊に石見を尊敬するようになった**馬渕郷右衛門**に、肥後国加藤家への仕官を紹介される。

⑤石見は加藤家にて、重臣**上田覚左衛門**に剣術立合を望んで敗れ、上田を闇討ちにして逃走する。上田の子**慶次郎**は敵討に出、京都へ赴く。

⑥お菊は成長の後、無敵斎（播州の武術達人）の後見を得て敵討に出、京都へ赴く。

⑦**[加]**　初瀬・三之丞（石見の妻子）は、石見の跡を追って肥後へと向かう。途中で初瀬は病没。三之丞は盗癖あり。

⑧石見は京都の親王家に身を隠す。

⑨**[加]**　三之丞は、室町通の富商の娘を唆し、また無敵斎から金子を騙り取るなど、悪行を重ねる。

⑩**[改]**　お菊、慶次郎、各々敵討成就を願って北野天満宮に日参するが、互いに言葉も交わさない。ある日境内で、お菊が悪漢に襲われ、懸命に戦うが危うくなる。これを見た慶次郎が加勢して撃退する。

⑪【加】石見は、親王家にて三月花の宴の折、公卿殿上人たちの前で、深雪丸の剣を用いて雪を降らせて見せる。これにより親王から殊に寵遇される。
⑫【加】石見は三之丞と再会する。
⑬【改】お菊、慶次郎は、それぞれ別々に、石見が親王家に潜むことをつきとめ、同時に所司代建川藤高へ敵討を願い出る。／所司代の御前で顔を見合わすに、天満宮にて救い救われた相手であった。／各々自分の側に優先権有りと主張する。／所司代はその場で案じ出し、自ら媒して夫婦となす。
⑭親王家では石見を秘かに逃がそうと謀るが、お菊、慶次郎はこれを察知し、道中で待ち受けて討ち取る。

以下実録『北野聖廟霊験記』から読本『二葉の梅』への改変付加の跡を辿ってみる。先ず梗概の①において、石見三郎左衛門が盗んで所持した刀を、『北野聖廟霊験記』では九寸五分の守り刀としていたのを、『二葉の梅』では深雪丸の剣（抜けば雪が頻りに降るという霊剣）とした。ここは、石見が越前国で刀剣を盗んで紀伊国へと逃亡し、そこで岩村喜蔵なる人物に庇護される話である。『北野聖廟霊験記』では、紀伊国那賀郡の郷士岩村喜蔵は熊野湯の峯で石見に出会い、彼の「大男にして眼ざし常ならざる」様を見て近付きになり、石見が例の守り刀を見せると、由ある者と信じて自宅に招き滞留させたとする。

（石見は）彼錦の袋に入し守刀をいだして、「是は親共拝領有し大切の御守り刀なれば、肌身を放さず所持いたすなり。我も武家の奉公望《のぞむ》の身のうへなれば、諸国武者修行致して爰に来り、幸ひ入湯いたし候なり」と語りければ、岩村喜蔵右の守り刀を見てよし有る浪人なりとおもひて大きに悦び、元来武術を好める事故甚だ心に叶ひ、「某は当国那賀郡の者なり。是〻程近ければ、我方へも来られ滞留し給へ」と、……伴ひ我家に帰りける。

この時岩村は「郷士なれども数年無禄にて暮し尾羽うち枯し身上挊《かせぎ》に出ん」としていたとし、この男を仕官の便りにもと考えたとして、岩村が石見を庇護したことの説明に理を通している。

一方『二葉の梅』では、信用した側の心情に一段立ち入って描く。石見は逃亡して熊野の山中へ至るがここで餓え、門構え良き家に一飯を乞う。主岩村喜蔵は彼を招き入れ、並々ならぬ武士と見て剣術の奥義を問うと、弁舌巧みに答える。岩村は「大に心服し」剣術師範として逗留させる。この状況のもと、石見は深雪丸を用いて信を揺るぎないものとして岩村方に安住したとする。

　或日炎暑絶《たへ》がたきをりふし、門人数多打寄し時に、……沐浴して庭にをり、呪文を唱え刀を抜はなせば、不思義や、一天かき曇り雪しきりに降しかば、満座の人々はものをさへいはず忙《あき》れはて、居たりしが、「誠に先生は神人なり。此上は分骨《ふんこつ》砕身して奥儀を学び申べし」と、奇異のおもひをなしければ、……是より石見三郎左衛門が名遠近に響、熊野は更なり、近国より聞伝へ門人となりければ、能《よき》隠れ家を得たりと、喜蔵が食客となりて有福に暮しけり。

炎暑耐え難き日を選び満座の人々の前で、初めて深雪丸を披露する。かくて人々が石見を信じ崇めたのも避け難いことであったという、人の心情の起こる必然を表す。読本ではこのように実録の示した筋を発展的に使っていく。

梗概②、石見はおつや夫婦を害して巻子を奪い、④で大和国梅谷村に移り、巻子に記された秘策に沿って隣村との間に水公事を起こして勝つ。『北野聖廟霊験記』では、近郷の村人たちが感謝して「日々に音物を送」ったことによって「身上ゆたかになるにまかせ」、南都の遊廓に通い、そこで馬渕郷右衛門なる男と昵懇になり、例の守り刀を見せると、馬渕は、由緒ある者と信じ肥後加藤家への仕官を世話したとする。

（石見は）ひたすら遊里へ入込みかよひける。宮家の御家来馬渕郷右衛門といふ人と入魂《じゆこん》に相成て、「手前は越前の浪人なり」とて、我家に伴ひ帰り、彼錦の袋に入たる守刀を見せければ、郷右衛門も「扨はゆへ有浪人」と思ひ、……（肥後加藤家に勤仕する従弟に紹介しようと言う。）

これはこれで事の経緯を矛盾無く説明している。

一方『二葉の梅』では、梅谷村へ移るに際して、岩村喜蔵が石見を「剣術の達人なり」とする紹介状を鈴木作右衛門なる者に送り、鈴木が石見に住居を与えて剣術師範をさせ、そこに水公事の勝利があって石見はますます村人から崇められたが、殊に馬渕郷右衛門は彼を尊敬し仕官の世話をしたとする。

（石見は水公事の勝利によって）次第に其沙汰広く、近付にならんと門前に市をなしける。爰に南都の宮家の家来に馬渕郷右衛門といふもの、わきて三郎左衛門を尊敬し、剣術柔術智恵才覚迄たくましき男をかゝる在郷に置んは玉を泥中に沈め置がごとしと、……（肥後加藤家に勤仕する従弟に紹介しようと言う。）

馬渕は石見の一連の行動から、彼を武芸達者である上に才智も勝れる者と見て取って心を動かしたとする。ここでも、人の心情に沿ってその必然を示していく書き方になっている。

『北野聖廟霊験記』では冒頭の章段を「池上七九郎越前出奔の事附り七九郎熊野湯峯に到る事」と称して、池上七九郎（＝石見）が然々したと事の経緯を叙する、実録流の姿勢を示している。一方『二葉の梅』では章段名を「池上七九郎が伝」とし、人物として石見に注目しようとする。本作には、石見が悪人として如何に生きたか、その生き様を全体像として示そうとする意図が貫流している。また、実録には全く見られない石見の妻子のことが加えられた（梗概③、⑦、⑫）。石見と初瀬との間に生まれた三之丞は、剣術に勝れ生来盗癖があったとされ、石見の性質を受け継いでいる。彼は悪事を重ね、梗概では省略したが、終に父がお菊と慶次郎に討たれるのを見るや懺悔自害する。己の罪を告白し、「誠親の悪しき血筋を引しとおもひ合せ侍る。かゝる悪人共なれば、いかで天道ゆるし給はん。……

此上の情には、我死骸父と一緒に埋み給はれ」と述べて絶命する。越前において始まった石見の悪は三之丞へと分岐して増長し、終に父子共に滅んで終結する。これは即ち物語の収束を意味する。

実録は、事と事との繋がりを、筋を通しながら叙述していく。読本では、人の心情の必然によって話を連結しながら、同時に全編を構造として捉えようとしていることが見て取れる。

三　歌舞伎『けいせい会稽山』――『北野聖廟霊験記』『北野霊験二葉の梅』との関係――

歌舞伎『けいせい会稽山《ゆきみるやま》』（近松徳三作）の存在を島津忠夫先生より教示いただいた。この作の詳細については、島津忠夫「『けいせい会稽山』を読む」[3]に記される。実録『北野聖廟霊験記』と対比してみるに、この実録に依拠して成ったものであることが知られる。初演は読本『二葉の梅』に先行する寛政一一年（一七九九）。以下島津先生より複写を貸与いただいた愛知県立大学図書館蔵の台帳写本に拠って掲げる。ここでは真柴家と肥後加藤家に関わる騒動を新たに設定している。加藤家に仕える八代一角、実は明智光秀の弟左馬五郎光興であり、兄を討った真柴久吉（羽柴秀吉）とその一族を滅亡に追い込み無念を晴らそうと企てる。真柴久秋が父久吉の命を受け、家の重宝深雪丸の剣を有馬湯の峯権現へ奉納。一角は池上七九郎（後の今見三郎左衛門）に命じ、この深雪丸を盗み出させ、また岡本三木之進を害して巻子（本作では軍学の書「水術の一巻」とされる）を奪わせる。加藤家の老臣上田覚左衛門は一角の正体を看破するが、七九郎によって闇討ちにされる。岡本の娘お菊、上田の息子慶次郎は、それぞれ七九郎を敵と狙うが、終に夫婦となって敵討を成就する。

池上七九郎（今見三郎左衛門）は、八代一角から「一飛びの立身、大名になる気はないか」と持ちかけられ、己の慾に従って行動している如くであるが、実は明智の家来四方天の伜であったとされている。終末部、桃山の執権岩倉競正がお菊と慶次郎への助力を始めるや、岩倉によって一方的に欺かれて深雪丸を賺し取られ、終に誘き出されて両人に討ち取られる。同じく実録『北野聖廟霊験記』を典拠としながら、『二葉の梅』が池上七九郎（石見三郎左衛門）の悪に着目し、その一貫した生き様を描き出すことを全体の中心に据えたのとは方向が異なる。

読本『二葉の梅』が、石見の盗んで所持する刀を深雪丸の剣としていたのは、この『けいせい会稽山』に拠ったものである。「霰たばしる乱れゆき、抜けば忽ち空かきくもりて一トしきり降る雪催ふ」（七ッ目）の如く、剣を抜けば雪降る場面が舞台での見せ場となっていたと推測できる。『二葉の梅』ではこれを、石見が人に崇敬の念を起こさせる道具として使ったのである。鬼卵が『二葉の梅』を著すに当たって『けいせい会稽山』を参照していたことは、次に掲げるお菊と慶次郎の拮抗とその解決の扱い方においても窺い知れる。

前記の梗概⑩と⑬、お菊、慶次郎が北野天満宮で行き会い、その後各々敵石見三郎左衛門を見出して対抗、終に所司代によって娶されて敵討許可を与えられるくだりは、実録『北野聖廟霊験記』と読本『二葉の梅』との間で大きな相違がある。この相違が生じた経緯は、間に歌舞伎『けいせい会稽山』を置いてみることによって理解できる。

先ず『北野聖廟霊験記』における⑩の話。お菊と慶次郎は互いのことを知らず、各々敵討の成就を願って北野天満宮に日参するが、言葉を交わすこともない。ある日境内でお菊は悪漢に襲われ自力で撃退するが、慶次郎はこれを知らなかった（―天満宮では両人直接関与を生ぜず）。⑬、お菊の方が先に石見が親王家に潜むことをつきとめ、所司代小笠原佐渡守に敵討許可を願い出る。慶次郎は、先日敵討を願い出た者がいるとの噂を聞いて、自分も探りを入れて石見の在処を確認し、敵討を願い出る（―慶次郎の方が後手に回っている）。慶次郎は、お菊なる者は如何なる家系かと秘かに探り、所司代に対面して彼女を貶めつつ自分の優先権を申し立て、これを知ったお菊の側は反論する。一方、所司代と親王家との間では、石見の引き渡しの要求と拒否が再三繰り返される（これは武家と公家との対立の問題）。事態行き詰まる中、所司代はお菊、慶次郎を同じ座に召し、夫婦となるよう言い渡す。両者互いに顔を見合わすに、天満宮で毎日見かけた相手であった。

（所司代小笠原、）「……慶次郎も数年方《ほう》ぼう敵を尋ね廻りし身なれば、未だ定まる妻もあるまじ。菊も同じく所々を廻りし事なれば、外へ嫁するやくそくは有まじ。よつて慶次郎、菊を妻と定むべし。然れば互ひに親しうとの敵なれば、両人心を合わせ討とるべし。……」……（両人拝伏して承り、）互ひに顔を見合せば、いつぞや今北野天満宮へ参詣いたしける度毎に社頭にて出合けるか、又は道にて行相《ゆきあ》ふか、是非あわずといふ事はなかりしに、只今の上意を聞て、夫《それ》と口にはいわねども、天満宮の御引合せなるかと、互に目と目を見合せうつむきける。小笠原殿御近習に仰付られ、用意の三宝、熨斗、こんぶ、かわらけすへて持出れば、小笠原殿かわらけ取上給ひ、……（夫婦固めの盃をなす。）

両人の結婚は、所司代が膠着状態を打開するために予め考案した策であった。祝言のための品々を用意した上で、両人を召して申し渡している。

『二葉の梅』ではこの話に改変が加えられる。お菊と慶次郎はそれぞれ敵討の成就を願って北野天満宮に日参するが、互いに言葉を交わすこともない。ある日境内でお菊が悪漢に襲われ、懸命に戦うが窮地に陥る。これを見かねた慶次郎が加勢して救う（―天満宮で両人互いに関与）。この後お菊と慶次郎は、別々に同時進行で石見の在処をつきとめ、同時に所司代建川藤高へ敵討を願い出る（―両者は全く対等）。ここで作者は、対等を強調する次の一節を入れている。

（お菊、慶次郎それぞれ）同時に建川の館に来り、取次を以て敵打の事を願ひける。取次二通の許状を以て藤高の前に来り、「不思義の事の候者かな。親王家の家来石見三郎左衛門と申者、長州の家臣北川新十郎が孫娘、親の敵と申、又加藤家の家臣上田慶次郎と申者、是又石見三郎左衛門を親の敵と、両人許状を以願出候。敵は壱人、討人《うちて》は両人、一時に願出候儀、前代未聞の義に候」と申ける。

両人所司代建川の御前に呼び出され、互いに顔を見合わすに、天満宮にて救い救われた相手であった。が、双方自分の優先権を主張して譲らない。所司代はその場で案じ出し、両人に盃を与え夫婦となす。

互に皃《かほ》を見合すれば、先日北野にて難を救ひし婦人なれば、両人大に驚きながら、夫《それ》とも言れず謹で扣《ひか》へける。（両人とも所司代に対し、討つ権利を主張して譲らず。）……藤高双方の争ひをつくづくと聞給ひ、暫く思案ありけるが、「慶次郎は何歳に成り給ふぞ」。慶次郎謹で、「当年十八歳に相成候」。お菊を近く呼れ、「そなたはいくつになるぞや」。お菊皃赤やかに成して、「わらはゝ十六になり侍る」。藤高手をはたと打給ひ、近習の者を召て銚子土器をとり寄、自《みづから》一つほしてお菊にさし給ひて、「其酒を呑で慶次郎へさすべし」。お菊不審ながら、大名の命なれば、少し呑で慶次郎へさす。慶次郎も何かはしらねども頂きて一つ呑ければ、藤高公、「是へつかはすべし」と、又一つ請《うけ》給ひ、「……今日より建川藤高が媒にて、慶次郎、お菊夫婦となす也。然る時は、お菊が親は舅姑なり。またお菊は上田覚左衛門則《すなはち》舅なり。互に舅親の敵なれば、一二をあらそふにおよばず。両人にて討んは本望ならずや」と利非明白の仰に、

これは所司代がお菊、慶次郎の拮抗矛盾を見て取り、「暫く思案」して「手をはたと打」、その場で直感的に案じ出した策である。銚子土器の用意も即興的に命じている。

作者鬼卵は以上のような改変をなすにあたり、歌舞伎『けいせい会稽山』を参照したと推測する。『けいせい会稽山』では、酔漢に襲われたお菊を慶次郎が助ける話がある。但しここでのお菊は全く武芸の心得がなく、怯えながら慶次郎に助けを求め、その上言葉を交わし言い寄っている（慶次郎を自分の敵討の後ろ楯に頼みたい思いも含まれる）。慶

次郎も、撃退の後の別れ際に「墨染を後日お訪ねなされよ」と自分の居留地を示し、「立留り振返り、お菊顔見合せ、双方こなし有てちよつと目礼」と、恋の始まりの如く書かれる。この後お菊は押し掛けて嫁入りして来るが、慶次郎は大望ある我が身を思いこれを断る。一方で敵の探索の方は進捗し、それぞれ自分の親の敵が池上七九郎（今見三郎左衛門）であったことを知り、岩倉競正に届け出る。双方張り合うところ、岩倉がかねて用意の三方土器調えて媒妁をなす。恋情の叶ったお菊は「嬉しきこなし。喜び立ち騒ぎ」、「是といふも、あゆみをはこんだ天満宮の御利生」と歓喜する。

『二葉の梅』では、『けいせい会稽山』が両人天満宮において救い救われる関係になったとしたのを取り入れたものと推測される。但し、二人の間に恋情に繋がるようなものがあったとは書かなかった。双方、当初天満宮で互いの姿を見て気にはとめていた。

上田慶次郎は日毎に参詣して、お菊を見て、「やさしくも女の身に日参あるものかな。深き願のあるやらん」とのみ思ひて、終に詞をもかけず。お菊も、清らかなる若衆の神前に願言《ねぎごと》の真心なるを殊勝におもひ、やさし、殊勝とは認めたが、それ以上のものではなかった。慶次郎がお菊を救った直後も、これで何か特別な感情を生じたとはしない。その上で、これが互いの深き因縁の予兆であったとは後になって思い知ることであったと記す。

（お菊は）慶次郎に向ひ、「扨々思ひ寄らぬ事にて難儀致せしに、御身さまの御陰にて（悪漢は）皆々逃去りしと見え侍る有難さよ」と礼謝すれば、慶次郎も、「婦人の途中にて御難儀と見受挨拶せしに、理不尽なるやつばらゆへ、無拠加勢いたせしなり。御礼に預る程の事にあらず。御縁もあらばまた御目にかゝり申さん」と立別れけるが、深き因縁の初とは後にぞおもひしられける。

この天満宮の場面において鬼卵は、『けいせい会稽山』を踏まえながら敢えて違いを出した。敵討に恋愛という要素を混在させて解決へと運ぶという方法をとることなく、先ずは両人をそれぞれ己の敵討のみに生きる人としたのである。

所司代による婚姻申し渡し直後の文脈にも改変がある。『北野聖廟霊験記』の該当箇所（前掲）では、「天満宮の御引合せなるかと、互に目と目を見合せうつむきける」と、当人たちが、こうして互いに夫婦となることについて、天満宮の計らいと受けとめたとする。一方『二葉の梅』ではこの時の当人たちの反応には一切触れず、同席していた無敵斎（お菊の後見人）が「いかさま明君の御差図、残るかたなき御計ひ」云々と礼謝し、これに対して所司代が敵討に助力する旨を次のように語ってこの話は終わる。

（所司代、）「……親王の御所をおびき出し、両人に本望遂さすべし。かならずせく事なかれ。しかし両人日々心をつけ、石見を取逃さぬやうに、細《さい》さくを付《つけ》をくべし」と、其日は館をかへりしが、是全く天満宮の御利生ならずや。

鬼卯はこの話を男女間の事と捉える視点を意識的に回避していると思われる。ここでいう御利生は縁結びのことではない。両者の間で高まった矛盾が超えられ、事態は一気に解決へと向かう――この解決をもたらしたのが天満宮の御計らいであるというのである。

別々の土地で親を討たれ全く知らぬ同士の生き様を、恰も平行する二線の如く交互に描いていく。〝同時・対等〟という状況の中、平行は対立・矛盾へと至る。そしてこれが極限まで高まった時、急転回によって解決がもたらされる。「是全く天満宮の御利生ならずや」とは、先の天満宮での一回限りの接点を予兆であったかと顧みつつ（前引「深き因縁の初とは後にぞおもひしられける」）、この解決を感慨を以て捉えようとするものである。かくて読者は、この平行から対立・矛盾へ、予兆、急転回による収束という、全編にわたる構造を了解しつつ読むことになる。作者鬼卯は、実録『北野聖廟霊験記』に、掲げてきたような改変付加を行うことによって、読本独自の様式へと編み直そうとしたと解される。

四　読本『再開高臺梅』と実録『敵討氷雪心緒録』

鬼卵の読本『再開高臺梅《かえりざきこうづのうめ》』(4)に関して、横山邦治『読本の研究』(5)では、「(浜松)歌国の「摂陽奇観」に火浣布を原因として起った仇討ち話を事実として記録しているから、これも実録種の仇討ものであったと思われる」とする。この度これに該当する実録について知り得たので、このことについて報告した上で、鬼卵による読本化の様相について検討する。『摂陽奇観』(6)巻六「高津氏由緒」に次の如く述べる。

> 敵討氷雪心誌録に云、……天正年中高津氏の隣家に甲州武田家の浪士沼田郡蔵といふ者ありしが、……(高津氏に家宝の火浣布の譲渡を持ちかけたが)曾て承引なきゆへ、欲心に眼くらみ、風雨はげしき夜高津氏の倉庫へ忍び入て火浣布を奪ひ、剰主人新左衛門を殺害して尾州へ走り、福島家へ火浣布を奉指上、其恩賞として知行二百石御馬廻りに召出されける。扨また高津氏は新左衛門横死天正十三年十月のコト也の後、養女おゐん十六歳にて敵討に出立なし、……駿河国興国寺の城下清水屋某と云町家にて郡蔵に廻り合、年来の敵を首尾よく打取る。……

歌国がこの一件についての拠り所としている「敵討氷雪心誌録」とは、実録『敵討氷雪心緒録』(7)のことである。読本『再開高臺梅』はこれを典拠として成ったものと認める。この実録の伝本として、酒田市立光丘文庫蔵本の存在を知り得た。また高橋圭一氏より御所蔵本の存在を教示いただき、借覧を許された。以上二本を知るのみである。大坂高津に住む高津新左衛門の娘おゐんが、父を沼田郡蔵に討たれ、艱難の末駿河国興国寺で終に報讐を遂げるという話である。『再開高臺梅』はこの大筋を踏襲し、人物名もほぼ一致するが（高津を香津、おゑんをお縁とするなどの相違はある）、改変付加を行った点もある。以下重要と思われる二点を掲げる。

改変付加の第一は、お縁に剣術を教授する関口内蔵之進《くらのしん》という人物を設定したことである。実録『敵討氷雪心緒録』では、おゑんは父の横死の後、母方の祖父吉野仙哲方に身を寄せ、三年を経て母が没する時、自分が拾い子であったことを聞かされる。そして、拾い子故に敵討をしないなどと言われるのは無念だと考えるようになるものの、祖父仙哲がこれを許さず一旦頓挫する。それが、この祖父もやがて没し反対する者がいなくなったので敵討に出る。どこを以て彼女の敵討の開始時点とするかは曖昧である。一方『再開高臺梅』では、お縁は最初から自分が拾い子であることを知っていたとする。父の横死の後、祖父吉野仙哲（岸和田の医師）方に身を寄せ、拾い子故に敵討をしないなどと言われるのは無念だと、早速敵討の志を固め、関口内蔵之進に剣術を学ぶことを望んだとする。お縁は関口を剣術家として人間として敬慕し、この人に師事することを切望した。

岸和田藩中に関口内蔵之進といへる人、吉野仙哲とは兼々入魂《じゅっこん》にて、……此人は家中一の剣術達人、門弟数多あり、殊に温淳の君子なれば、お縁は何とぞ此人に剣術を学んと日夜心を尽せども、女の身言《いひ》よる便《たより》もあらざれば、徒《いたづら》に心を悩しける。

ある日仙哲の留守中に関口が来訪して、お縁が応対、自分は香津家の娘であると名乗り、入門を請う。

内蔵之進打点《うちうなづ》き、「なるほど先頃香津氏の一件、仙哲老より承り驚入《おどろきいる》。嘸《さぞ》御愁傷成《なら》ん。暫く此方に御逗留にや」といふに、お縁は能《よき》折と、「有難き御詞、大坂表の事御聞の上は隠すに及ばず。それに付、あなたさまに御願申上度義御座候」といふに、内蔵之進眉をひそめ、「婦人の某《それがし》に願とはいかなる事にや。先《まづ》申て見られよ」と何心なく答へれば、お縁すがたを改め、「御願は外ならず。何とぞ剣術御指南に預りたし」と思ひ込て願ければ、内蔵之進暫く物をも言でありけるが、早々彼が心を察し、「こは思ひ寄らぬ願ひ。去《さり》ながら深き望ありての事と推察いたしたれば、いかにも心得侍る。……」

双方とも敵討のことは口にしない。関口はお縁の窮した様態にその心中を察知し、直ちにこれに共感する。

（お縁は）翌日より関口の方へ引移り、日夜剣術稽古するに、……内蔵之進は渠が復讐の志を察し、格別に心を尽し秘伝の太刀筋を教へける。

やがて彼女が上達し門弟筆頭の男を破った時、関口は喜びを顕わにした。

関口はあふぎ立《たて》〳〵、「天晴手柄。此上は気遣ひあるまじければ、仙哲老の方へ帰るべし」と、送りかへしけり。内蔵之進が心底感ずべし。

ここで関口が餞の言葉と共に送り出したことで彼女の敵討は始まる。前述の如く『敵討氷雪心緒録』で、その始まりが曖昧であったのとは異なる。この関口指南の事は、単に敵討に付随する一つの出来事として記されているのではなく、本話を構成する枠組の開始と位置付けられていると解する。鬼卵は掲げた如く、人物の心情に踏み込んで描いた上で、最後に「内蔵之進が心底感ずべし」と、関口のお縁への共鳴を強く肯定して結んでいる。これと同じ形が、後年敵討を遂げて両者再会した場面にまた表れる。

後に関口は、駿州今川家から懇望されて家中剣術指南役となった。恰も公務で興国寺へ赴いた折、大坂の香津新左衛門なる人の娘が当所で敵を討ったとの話を聞き、お縁に面会を求めて来る。

（お縁出てみるに、）泉州にて剣術指南に預りし関口内蔵之進なれば、大に驚き、「こはいかに」と手を打ば、関口完爾《につこ》と打笑ひ、「一昨日年来の本望遂られしよし珍重なり。（自分は今川家に勤仕し、公務のため）無拠《よんどころ》此所へ来り面会する事、師弟の縁つきざる所なり」と悦べば、お縁も五年の憂事《うき》、……落《おち》もなく語り、悦ぶ事限なし。

関口・お縁の事は、敵討の始まりと終わりに配置されて対をなしている。当初における敵討の願望の共有は、再会の場における歓喜の共有という形で結ばれ、敵討譚の開始と終結とを括っている。このことによって読者に、彼女の「五年の憂《うき》事」（遊女、物乞いとなるなど、ここまで描かれた艱難辛苦。即ち全編のうちの主要部分）を、「師弟の縁つきざる所なり」という感慨を伴いつつここで改めて顧みさせようと意図するものと解する。

鬼卯が改変付加した第二は、お縁と菊池清之助との離合をめぐる話である。実録『敵討氷雪心緒録』では、おゐんが悪人に欺かれて奈良木辻の遊廓に売られ、そこで刀鍛冶清七なる青年と馴染み、清七は彼女の敵討への助力を誓って共に出奔を図るが、亭主に見破られて失敗し、そのまま離別を余儀なくされる。おゐんは敵討を遂げた後、清七が既に病没していたことを知って大いに嘆き剃髪するとある。『再開高臺梅』では、先ず冒頭に次の話を付加する。お縁が未だ幼少の頃のこと、香津家で貝合わせを催した折、父香津新左衛門の友人菊池右近も来合わせ、両家末長く縁を結ぼうとて、お縁と菊池の一子清之助とを許婚とし、各々に貝の片々を証しとして持たせる。

（香津、）「……幸《さいはひ》此貝合の片々を貴君に参らすべし。娘にも肌に付させ置、婚姻の節一緒になすべし」と、貝の片々を右近に渡せば、「是は一興なる事。貝合てふ事も昔妹背のかたらひなしたるわざくれなる由。めでたき事なり」と、酒汲かはし、是よりは親類の睦をなして、互に子どもの成人を待ける。

しかしこの後水害があって、菊池家の人々は行方知れずとなってしまう。香津は、行方の知れぬ許婚のことは忘れ、都より相応の婿を取ろうと言うが、お縁は泣いてこれを拒む。

お縁はさしうつぶいてありけるが、「父母の仰事いなみ申にはあらねども、先年言号《いひなづけ》致せし清之助殿、大濤《おほなみ》にとられ行衛しれずとは申せ共、今に生死も知《しれ》ず。貞女は両夫にまみへずと承り候へば、清之助殿弥《いよ〳〵》相果《あいはて》給ひしといふ慥《たしかなる》成事を聞《きく》迄はゆるし給へ」と涙ぐみていふに、香津はお縁を叱責するが、この直後香津が横死してこの件は立ち消えになる。かくて清之助とのことが、お縁の感情の中で未解決の事柄として留められる。

敵討の旅の途中悪人に欺かれて木辻の廓に売られ遊女外山となったお縁は、刀鍛冶清七と馴染む。鬼卵はここで、実録には無い次の一節、お縁から見た清七の姿についての記述を加えた。お縁の清七に向ける感情という観点を明示したのである。

今宵王昭君が胡国におもむきし心地して座しきにいで、其客をみるに、年頃は廿五六、色白く目秀《ひいで》鼻高く、おのづから威ある人相、中々鍛冶の伜などいふ者ならねば、外山も心にさま〴〵とためしみるに、仮にもたわれたる事なく、座しきのやうすもしとやかにみへける。

敵討の宿意のことを明かされた清七は、共に出奔しようとして失敗し離別を余儀なくされる。この後彼は相州北条家に召し抱えられ菊池主水と名乗る。そして駿州興国寺でお縁が敵沼田郡蔵を見出して突然斬り付けた時、彼は偶然ここに居合わせ、周囲が騒然となるのを静め、勝負の見届け役を引き受ける。

菊池主水押静《おししづめ》こゑをかけ、「やよ外山、我を見忘れしか。刀鍛冶清七なるは。計らずも此所にあつて後見するぞ。家内の者ども何を立さわぐ。敵討なるぞ。某《それがし》爰にあり。尋常に勝負あるべし」といふに、

彼は木辻で離別の後、親から渡されていた守袋を開いて貝の一片と書き付けを見て、彼女と許婚であったと知ったとのことが、敵討成就の後に明かされる。

以上を整理すると次のようになる。実録『敵討氷雪心緒録』において、おゑんが木辻で刀鍛冶清七なる青年と馴染んだこと、沼田郡蔵を討つ時菊池主水なる役人が見届けたことは記されている。しかし清七と主水は全く関係のない別人である。そして清七は前述の如く、後に病没し再会は叶わなかったとする。『再開高臺梅』ではこれを同一人と

し（そのために清七が北条家に仕官する出世譚を挿入し）、更に遡って冒頭に幼年時菊池清之助と貝合わせをした話を設けたのである。但し、菊池清之助＝刀鍛冶清七＝菊池主水であったことは、終盤に至って初めて明かされる。ここで読者は、配置されたもの——貝合わせによる幼少の縁結び、木辻での互いをその人と知らぬ中での心の通じ合い、敵討の場での邂逅と激励支援——を一気に繋いで把握し直すことになる。

最後にお縁は、菊池主水を関口内蔵之進に紹介し、出会いと別れを重ねて終に結ばれたことを語り、共に悦び合う。お縁、菊池主水を呼出し、（関口に向かい、）「是は我言号《いひなづけ》の夫、御聞及《きゝおよび》の菊池右近が伜清之助にて候」と、「水難にて行衛知ざりしに、計らずも奈良にて馴染、守袋より貝合の片々出候故、奴家《わらは》も肌身を離さぬ守袋に貝の片々出候を合せ、不思義にも廻り合侍る。只今は相州北条家に仕官あり、名も菊池主水と申候」とつばらに語りければ、主水も関口に一礼述べ、「不思義の面会なり」と悦び勇ける。

清之助の行方不明で、一旦お縁の感情の中で未解決のこととなったものは、最後に歓喜の情によって括りが付けられる。清之助との離合の話は、敵討譚と接続を保ちながら、関口内蔵之進の話と並ぶもう一つの枠組として機能している。

鬼卵は、枠組の開始と終結とを、人物の心情に絡めて設けた。かくして読者は、終結の場まで読み至った時、「師弟の縁つきざる所なり」「不思義にも廻り合侍る」「不思義の面会なり」という感慨を以て、ここまでの敵討譚を改めて顧みることができる。かくして、一々の話は単なる挿話として散在することなく敵討譚へと関連付けられて収斂し、一編全体は人の世の離合をめぐる話として形成される。

五　実録と鬼卵読本

実録を読本化するに当たって、『二葉の梅』では、石見三郎左衛門が、水公事、深雪丸の剣披露などの手段によって人々の心を動かしながら悪事増長していく、また『再開高臺梅』では、お縁が自身の切実の志を示して関口内蔵之進の共感を得たことによって武芸を習得し敵討を開始するなど、人の心情の必然に沿って筋を展開させる方法が用いられている。ここに、速水春暁斎の〈絵本もの〉読本の方法と連続するものを認める。

本書第三部第三章「読本における上方風とは何か」に挙げた、春暁斎『絵本亀山話』（享和三年（一八〇三）刊）に見える、石井兵右衛門が赤堀遊閑から息子伝五右衛門を付託される話を再掲する。実録『石井兄弟復讐実録』『石井遂志録』『石井明道士』では、石井と赤堀は古傍輩、あるいは縁続きであったとしていたが、『絵本亀山話』では、両者は全く相知らぬ他人同士であったとした。石井が、京都四条河原納涼の雑踏の中、一人俗に染まらぬ赤堀の姿をゆかしく思い話し掛けたことから意気投合、一月余り交遊を重ねて信頼関係が深まる。かかる後に、赤堀は、息子伝五右衛門の気質が改まらぬことに心を痛めつつも、親故の教誡の行き詰まりを感じているとのことを明かし、彼を石井に預けたいと述べる。石井は赤堀の心中を理解しこれを受け入れる。春暁斎は、石井の共感が必然のものであったことを示すべく記述しているのである。

鬼卵の読本に戻り、『二葉の梅』では、石見三郎左衛門が、己の言動によって人々の心を動かし尊敬信頼を得るということを重ねながら悪を増長していくとすることで、彼の生涯が一連のこととして描かれる。『再開高臺梅』では、お縁の志に対する関口の共感は、年月を経て、再会と敵討成就の喜悦へと繋がり結ばれる。即ち鬼卵読本にあって、人の感情の必然に沿った記述は、長編としての構造を作り出すという読本の大目的に接続していると解される。

本論では、鬼卵が実録から改変した点を強調したが、その一方で実録をそのまま踏襲した箇所も多々存する。読本作者は決して実録を、小説として一段低いものと見たのではない。実録には、人物の思考・行動や、事件の発生・展開などを、然るべき理を示しつつ記していく（筋を通す）方法が備わる。[8] 読本作者は、これを認めた上で、なお手を加えて読本独自の様式へと作り替える努力をしたものと考える。

注

（1）『北野霊験二葉の梅』は、著者架蔵本に拠る。

（2）河本家蔵本も同様に仕入本。架蔵本と文章はほぼ一致し、文字遣いに若干の相違がある。

（3）島津忠夫「『けいせい会稽山』を読む」（『島津忠夫著作集 第一一巻』（和泉書院、二〇〇七年）所収）。

（4）『再開高臺梅』は、京都大学附属図書館蔵本に拠る。

（5）横山邦治『読本の研究』（風間書房、一九七四年）「第二章 全盛期の読本――文化年間から天保初年まで――／第一節 仇討ものの諸相／その三 上方における仇討ものの実相――栗杖亭鬼卵の仇討もの一二――」。

（6）『摂陽奇観』は、『浪速叢書 第二』（名著出版、一九七七年復刻。初版は一九二六年）に拠る。

（7）『敵討氷雪心緒録』は、酒田市立光丘文庫蔵本に拠る。なお光丘文庫本は内題・外題等全て「敵討氷雪心誌録」とするが、高橋圭一蔵本に「敵討氷雪心緒録」とする方が妥当である。

（8）高橋圭一『実録研究――筋を通す文学――』（清文堂出版、二〇〇二年）参照。

第二章　文政期読本と実録

一　はじめに

文政期出来の読本の中に、実録に大きく依拠した作がある。『西国順礼幼婦孝義録』（文政九年（一八二六）刊）は、実録『西国順礼女敵討』に拠るものであることが知られている。[1] また『山陽奇談千代物語』（文政一〇年刊）は、後に指摘する如く『山陽奇談』なる実録に拠る。この二作の読本は、筋も文章表現も全体にわたって実録を踏襲している。このような安易とも言える制作態度を以て、読本が文化期の隆盛を終えて、この時期衰退の中にあったことの証左とする向きもあろう。しかしそもそも実録が大きく組み替えられることなく読本となり得るとすれば、そこには読本と実録双方の様式の近接という問題が潜在していないであろうか。また一方で、後掲していく如く、読本化に際して細かな変更がなされた部分もある。とすれば、このことについても様式という観点から検討しておく必要があろう。以下この二作の読本に即して順に考察していく。

二　『西国順礼女敵討』と『西国順礼幼婦孝義録』

『西国順礼幼婦孝義録』(2)は為永春水作、渓斎英泉画、文政九年正月江戸刊、半紙本一〇巻一〇冊の〈稗史もの〉読本である。

先ず本作が依拠した実録『西国順礼女敵討』に即して全体の筋を掲げる。(3)なおこれは元禄年間に生じた事であり、最終の敵討成就は宝永二年（一七〇五）一一月二〇日であったとする。

石井常右衛門は同僚の罪に連座して扶持を放されていたが、古い知友の尽力で酒井雅楽頭に仕官し立身する。これを二人の傍輩が妬み、遊里に疎い常右衛門を吉原へ連れ出して辱めようと謀るが、常右衛門はこのことを事前に知り、三浦屋高尾に頼んで昵懇の如く振る舞い、反対に二人を遣り込める。これを恨んだ二人が廓からの帰りを狙って闇討ちにしようとしたため、常右衛門はやむなく彼等を斬り伏せて出奔する。

常右衛門は伊勢国飯高郡阿波曾村に寓し、百姓嘉六の後家お種の婿となり、自ら嘉六を名乗る。彼が大坂へ出稼ぎに行っている間に、身重のお種は順礼に出て、大隅蔵人なる者によって試し斬りに遭う。その切り口から生まれた女児は、佐藤弾正に庇護され、お捨と名付けられ養育される。お捨はやがて自分の出生の経緯を知り、敵討の念を抱くが、弾正病没の後、養母に家を追われる。順礼姿でさまよい、大和郡山の研屋藤左衛門に救われる。この時郡山藩に仕官していた大隅蔵人が藤左衛門の店へ持ち込んだ刀が手掛りとなり、お捨はこの者が母の敵であったと知る。お捨は大隅との決闘を望み、藩の裁許が下る。恰も、妻の敵の手掛りを探しつつ廻国していた常右衛門はこの地へ至り、お捨と対面を果たす。決闘の日、お捨は常右衛門の助太刀のもと大隅を討ち果たす。父娘とも出家し、西国を廻った後に庵を結び、仏道に専心した。最初の石井常右衛門と高尾との話、後の妻お種が討たれ娘お捨が苦難を経て報讐を遂げる話、相互の接続が円滑でないが、この点については後に改めて取り上げる。

読本『幼婦孝義録』は、石井恒右衛門と表記し、源頼朝時代のこととし、江戸を鎌倉、吉原を大磯とするなど読本の約束事に従った仮構化をした上で、全体の筋は実録をほとんど踏襲し、文章表現そのものも取り入れた箇所が多々ある。しかしその一方で、以下掲げるように、読本化のための変更が幾つかなされている。

先ず石井常（恒）右衛門と高尾との話の扱い方が大きく変わっている。実録『西国順礼女敵討』では、常右衛門の立身を妬んだ傍輩二人が彼を遊里に連れ出して恥を与えようと謀るが、常右衛門は事前にこれを知り、「兼て高尾どの義承り及び、些武士道の儀に付内々にて御頼み申さねばならぬ筋有て」訪れたと申し入れると、高尾は「終に知らぬ御方なれど、御侍たる身の武士道に付て頼度子細有て、態々自分を尋来る事なれば、格別の事可成」と聞き入れ、常右衛門と共に傍輩二人を遣り込め、彼が立ち退くに当たっては路銀を与えたとするが、あくまでもこれは厚情親切の事として書かれている。

一方読本『幼婦孝義録』では、次掲のような事柄を増補し、この両人の間には始終情的な遣り取りがあったように描いている。恒右衛門は三浦屋を訪れ、高尾の侠気を挙げて決して退かぬ構えで申し入れたとする。

「……高尾どの、侠気兼て聞及ぶがゆゑに、内々御面談いたし御頼み申さねば拙者武士道の立ぬ義有之に付き、態々参りし者なれば、是非其通り申ておくりやれ」と、更に還《かへ》るけしきは見へざるにぞ、

廓の者たちは、これは騙りであると言って叩き出そうとするが、高尾は「慌しくも走り来り」てこれを止め、「此高尾が名を聞およんで、武士道がたゝぬ事があるゆへ頼みたいとおつしやるを、逢ぬはどふやらひきやうなよふ」と述

べて面会し、

「仰の通り初めての御方なれども、お侍さまの高尾といふ名をお聞あつて、賤しい勤の私へ刀にかけて御たのみなされ度との事は、よく〱の事ならん。……身に叶ひ候程の事ならば、憚りながら、私も三浦屋の高尾。何にまれ頼まれはべりなん。」

と応じた。恒右衛門が、傍輩二人に伴われて廓へ来る日、座敷に現れてかねてから昵懇の如く振る舞ってほしいと頼むと、これを受け入れ、更に自分の方からこう働きかける。

「……やはり馬鹿におなりなされて十分になぶられてお居《いで》なされた其上で、これを証拠に私を呼びにつかわされましたなら、其時まいりて御同役さまがたへ鼻をあかせ申べし」と言ひつつ、ずんと立て違ひ棚より、梨子地の香筥に角切角《すみきりがく》に紅葉の紋を高蒔絵にしたる器の蓋を持来り、恒右衛門に渡すにぞ、

以上のように、恒右衛門と高尾との心の遣り取りが描かれ、殊に、恒右衛門の働き掛けに高尾が強く反応したことが書かれているのである。彼女は、

蓮葉《はちすば》の濁りにそまぬ心から何とて露を玉とあざむく、蕀《いばら》の林にたとへたる烟花《ながれ》にまれなる心操《こゝろばへ》正しき性《さが》の三浦屋高尾。

と評される人物で、窮迫した中自分を信じて頼ってきた恒右衛門の心を正面から受けとめた。そしてそれが、恒右衛門その人への思い入れへと高まっていったとしている。恒右衛門がやむなく二人の傍輩を斬り伏せて別れを告げに三浦屋へ立ち戻って来た時、彼女が路銀を与え、泉州の我が実家を訪ねて忍ぶよう勧めることは『西国順礼女敵討』にもある。但し『幼婦孝義録』ではこの時の高尾の言葉を大幅に増補し、終生連れ添いたいという意思まで表明するとした。

「……何卒妾《わらは》が親里へいたりて心長く待給はれかし。妾が年季も今暫時《しばし》にてはべれば、年季明しうへは、賤しき身をだに捨給わずは、偕老の契りをむすびて給はれかし」と袖打覆ふに、恒右衛門は感涙を催し、

作者はこうして恒右衛門と高尾との間の情の内実を書くことで、この両人の間の話を、敵討前段の挿話から、全編の構成に関与する要素へと引き上げた。高尾に関する話は、『西国順礼女敵討』においては、後に常右衛門が三浦屋を訪ねて高尾に再会し、かつて与えられた路銀を返戻しようとしたが、高尾は固辞したことのみが書かれて終わる。それを『幼婦孝義録』では、以下のような高尾発心譚を付加することで、全編の構成の中に組み入れた。恒右衛門は勢州阿波曾村に定着の後、「高尾の我為に一生をあやまらんも不便《ふびん》」、彼女をこれ以上巻き込むまいと考えて、自分は病死したとの知らせを送った。高尾は絶倒し、周囲の者が「さま〳〵介抱なしければ、漸く人心《ひとごゝち》は付」くが、忽ち先達の尼のもとへ赴き仏道に専心したとする。その後中盤でまた高尾の件を出す。十余年後、妻お種の敵を探して廻国の身となった恒右衛門が鎌倉に高尾を訪ねてその後の経緯を語ると、高尾は懐旧の涙を止め得なかったとする。そして更に終末部、恒右衛門とお捨は、敵討成就の後出家して、鎌倉の高尾の庵を訪れて対面し、その後も折々「消息してその安否をとひむつまじく交りける」、そして高尾は八〇余歳で大往生を遂げたとする。一方恒右衛門父娘も、共に八〇余歳で大往生を遂げたとする（実録では、常右衛門は五八歳、お捨は三五歳で没）[4]。このようにして作者は、高尾の人生のことを石井父娘の生き様と連結しながら、作中に最後まで底流させた。

この他にも改変が行われている。お捨は佐藤弾正の没後、その妻に疎まれて虐待の上家を追われ、一人順礼の旅に出て大和郡山の研屋藤左衛門夫婦に救われる。この経緯を『西国順礼女敵討』では次のように記す。研屋の店先へ来たお捨に、女房が問い掛けその身の上を聞いて憐れむ。そこへ主の藤左衛門が帰宅して、「なぜ此子を寄付た。此順礼は徒物。早々帰れ」と女房を叱り、この子は盗人であると決め付ける。ここでお捨が出生以来の事情を明かすと、

藤左衛門は初めて疑いを晴らし庇護する。この運び自体は決して不自然なものではない。

然るに『幼婦孝義録』では、これを以下のように改める。先ず、この夫婦が信仰厚く慈悲深い者であったと、その人柄を規定する。

此藤左衛門夫婦は殊に情深く、神仏を尊信する事大かたならず、わけて観世音を信仰しけるが、

かくて最初にお捨を盗人と決め付けたのは、「木訥《むくづけ》ものにて一向に物の哀れもしらず、只利慾にのみふける嗚呼《おこ》の白《しれ》痴《もの》」なる手代の甚九郎であったとする。藤左衛門は、甚九郎がお捨を叩き出そうとするのを見て、その手から箒をもぎ取り、お捨に「これ順礼どの、定めし深い訳のある事で有ふが。……何にもわし等に隠す事はない程に、包まずわけを噺さしやつて人の疑ひ解しやれ」と語りかけ、直ちに庇護し、事情を聞くや、剣術を稽古させて敵討成就へと導く。後に藤左衛門がその尽力を称揚され勢州の城主に武士として召し抱えられたことは、実録にも記される。しかし『幼婦孝義録』では更にこう加える。藤左衛門は忠勤怠りなく、栄進を遂げた。そして、

二人の子をもふけければ、惣領何がしを家督と定め、次男をば殿へねがひ、恒右衛門が石井の名跡をたて、お捨が孝心の程を竹帛にとゞめたきよしをもふしあげければ、殿も兼て其思召の所、藤左衛門が心ざし尤なりとて、次男何某を石井恒右衛門と名乗らせければ、藤左衛門も本意をとげて、よろこびなのめならず。

この後、藤左衛門夫婦は、恒右衛門、お捨の父娘と消息を通じ合い睦まじく交わったとする。以上要するに、この藤左衛門に関する話は、彼の人格、生き方という観点で一旦捉えられた上で、石井恒右衛門の人生へと関連付けられているのである。

お捨を虐待して追い出した佐藤弾正の妻について、実録では、彼女はお捨の敵討成就後世上に酷評されたことから病になって死んだとする。殊に、この実録の伝本の中でも、大喜多勘学蔵本(5)では、より増補された表現になっている。

「誠に」以下は、字下げして評の如く記されている。

古今まれなる娘に無実の難を付家を追出したる悪人よと世上評判に逢ければ、今更後悔せしかどせん方なく、人に顔を合するも面目なければ、是を気にかけ、ぶら〳〵と煩ひ出し、其年の極月五日終に死去したりける。
誠に天道は善悪をてらし玉ふ。既にお捨を不便に思ひて憐愍を加へ本望を遂さし、研屋藤左衛門は元の武士に立帰り弐百石の知行にあり付、末繁昌の基をひらく。夫に引替後家は、人のそしりを請身に恥辱を蒙り、終に病ひを生じ修羅をもやうして苦げんをとげ、心の内甚だ苦しみなやみて死せり。是まったく天罰にて、斯のごとく成べし。恐るゝかな〳〵。

このように、悪行に対して直接的に悪報を受けたという形を示すことが合理的な結びの付け方であると考えている。

読本『幼婦孝義録』ではこれを次のように改めた。恒右衛門とお捨は敵討成就して廻国の途中訪れた大和国の佐藤弾正の菩提所のほとりで、物乞いとなり果てた弾正妻の姿を見る。お捨がいたわり問うと、お捨を追い出した後妊を養女としたが、その婿に家を乗っ取られ、今はお捨への仕打ちを後悔しては泣いているが、これも因果覿面の道理だと懺悔する。お捨は、「譬へ悪人ながらも一トたびは母と頼み恩になりし人、おろそかになしがたし」と、この菩提所の傍らに小家を設け万事不自由ないよう扶助する。かくて弾正妻は「昔の邪見放逸を後悔して善心に立かへり、念仏の行者と成り、これも剃髪して信心おこたら」なかったとした。懺悔、救済というところで話を結んだのである。

また実の父娘である常右衛門とお捨が初めて対面する契機について、『西国順礼女敵討』では、常右衛門は、妻が斬られた時に懐胎八ヶ月の児も死んだものと思っていたが、廻国の途中旅人たちが高札に少女が敵と立ち合う旨書かれていたと噂しているのを聞き、庄屋方へ赴いて実否を確かめたとしている。

一方『幼婦孝義録』では次のように改めた。恒右衛門は廻国の途中初瀬寺に詣で通夜すると、夜更けに一人の順礼が現れ、風説によれば郡山城下で一三歳の娘が母の敵と立ち合う由で、「高札の表に、勢州飯高郡阿波曾村嘉六といふものの子なるよし書て有し」と話す。嘉六とは正に自分の阿波曾村での名乗り故、恒右衛門は驚くが、翌早朝覚めると順礼の姿はなく、これは初瀬寺の観音菩薩の計らいであったと受けとめる。かくてこの後事実を探ってお捨にめぐり会う。以上の如く、佐藤弾正の妻が改悛して救われ仏道に赴く、初瀬観音が父娘を引き会わせる、そして敵討成就後父娘出家し西国を廻った後仏道に専心し大往生を遂げる——と、信心と仏の加護というところへ緩やかに統合されて一編が終わる。

実録『西国順礼女敵討』は、石井常右衛門の妻が討たれ娘お捨がその敵を討つ話の前に、廓における高尾との話が継ぎ合わせられて成ったものと推定する。[6] その継ぎ方は必ずしも円滑とは言えないが、そこに意図したところは見て取れる。高尾との話が前段に置かれることによって、一編全体としては、お捨の敵討譚を包み込みながら石井常右衛門の人生に沿って展開する話となっているのである。廓での一件があったが故に常右衛門は勢州阿波曾村へ移り、妻が討たれ、その時出生したお捨が佐藤弾正妻の悪心による艱難、研屋藤左衛門の扶助を経て、終に父と対面し報讐を遂げると、筋が合理的に繋がることで実録として成り立っている。読本『幼婦孝義録』は、そこに、掲げたような加工を施すことによって構造を与えたものと解される。

三　『山陽奇談』と『山陽奇談千代物語』

同じく文政期に出来し実録に大きく依拠した読本として『山陽奇談千代物語』[7]を掲げる。東里山人作、渓斎英泉画、文政一〇年（一八二七）正月江戸刊。やや縦長の半紙本であるが、匡郭は中本型で、外形的には〈稗史もの〉と〈中本もの〉との中間的形態と認める。かつて横山邦治『読本の研究』(8)において、「稗史もの読本として充分な分量を有しており、内容も人情本的情調は少ない」、「全き稗史もの的読本らしい構想を展開する」と評された作である。以下、この『千代物語』が『山陽奇談』なる実録に拠ることを指摘し、実録を踏襲しつつ如何なる改変を施したかについて検討する。

『山陽奇談』の伝本は、現在のところ、岩国徴古館蔵の写本（吉川家旧蔵、五巻二冊）を認めるのみである。(9)章段の付け方も、例えば「浅川千代女生立之事」「建部平次郎が事附遊女若狭貞節之事」などとなっており、実録と分類して可と考える。なお、例えば作中に登場する毛利元就について、『山陽奇談』では「毛利左馬頭元就」と実名のままとし、『千代物語』では「百里《もゝり》左馬介広住《ひろずみ》」とする。また『山陽奇談』では連続して記される所を、『千代物語』では一旦区切って章段を分けてより形を整えるなどしている。『山陽奇談』の方が原形と見るべきで、その反対、即ち『千代物語』を実録風に書き改めて『山陽奇談』が作られたとは考え難い。かくて『千代物語』における角書きは、粉本たる実録の名を暗示したものと見ておく。

『山陽奇談』には、「山陽奇談序」なる作者自序が付されている（序者名・年記なし）。

> 予一とせ周防岩国の永興寺に寓居せしころ、此物がたりを其寺に久しく伝へしを取出して、爰かしこに闕たるを補ひ過たるを捨て、五巻の文とはなしぬ。抑此寺は花園院の御宇延慶年中大内十五世正六位上周防権介大内弘幸開建の道場にして、仏国国師の開山也。かゝる事をのこせしも近国無双の大寺なればなり。……

永興《ようこう》寺（山口県岩国市）は、ここに言う通り大内氏ゆかりの寺院で、作中において、主人公千代の養父浅川弾正が讒言されてここで切腹し、また陶晴賢が厳島合戦の折に陣を取ったとされる所である。作者は当寺に伝わった文献を元に本作を編んだとするが、その過程で多くの仮作的要素が取り込まれたと推定される。先ずその梗概を掲げる。

〔巻一〕大内氏が西日本に覇を唱えていた頃のこと、伊与之介は四国から摂津住吉へ移り、船一艘を購入して海運で身を立てていた。五〇歳を過ぎて授かった娘千代は容貌秀で且つ聡明。伊与之介夫婦は、この娘を歴々の人に与えて自分たちも後の栄えを得ようと考え、周防国山口、大内氏の家中浅川弾正の養女とした。千代は六歳の時人買いに連れ去られるが、自ら知恵を駆使して無事を得る。成長に従い彼女の評判は近国に広まった。同じく大内家中の一ノ井四郎左衛門は、千代を娶ろうと言い入れるが、弾正はかねてから一ノ井の非道を憎んでいたため、これを拒絶。一ノ井は弾正に無実の罪を着せて切腹させ、弾正の妻を斬殺する。

〔巻二〕千代は山口を逃れ、実父母（伊与之介夫婦）を頼ろうと艱難の旅を続ける。播磨国室津の宿で当国の武士建部平次郎に出会い、養父母の敵討の一大事を頼むべき誠有る人と見て、心を明かし夫婦となる。

〔巻三〕千代は平次郎を実父母の船に伴い、婚礼の盃を交わす。しかしやがて伊与之介夫婦は平次郎を疎むようになり、欺いて船から突き落とす。平次郎は水練の心得有って泳ぎ続け、安芸国仁保島の城主香川光景の船に救われ、その人物を見込まれて取り立てられる。千代は夫は死んだと思い込み、激しく悲嘆する。

陶晴賢が謀叛を起こし大内義隆を滅ぼす。毛利元就は兵を起こし厳島に陶を破るが、この時建部平次郎は香川光景のもとで大いに勲功を挙げ、毛利家に抱えられ新知三千石を賜り、大沢左門と改名する。

〔巻四〕伊与之介夫婦は千代に再婚を勧めるが、千代は固く拒み、黒髪を切り捨ててその意志を表す。伊与之介は周防国白潟の港に船を寄せ、媒の佐世《させ》に婿の世話を頼むに、佐世はこの話を、恰も所用でこの地に滞留していた大沢左門こと建部平次郎に持って行く。左門は、相手は伊与之介なる者の娘と聞き、さてこそと胸に徹し、船へと赴く。相手が平次郎であることに気付いた伊与之介は、面色土の如くになる。千代は奇跡の再会に涙を流す。毛利元就は浅川弾正の冤死を憐れみ、弾正の従弟の次男に家を再興させ、浅川靭負と名乗らせる。靭負は左門夫婦と厚く交わり敵討の念を明かす。

〔巻五〕敵一ノ井は陶晴賢の手に属していたが、厳島合戦の最中に逃亡し、僧形となり、播磨国書写山へ逃れていた。左門と靫負はこれをつきとめ、危難を乗り越え終に討ち果たす。左門と靫負が本国へ帰り敵討成就を報ずると、千代は涙に咽びつつ歓喜した。左門・千代夫婦は三人の子をもうけ、長寿を得て家門は栄えた。

この『山陽奇談』には、通常の実録と異なる特色が認められる。先ず歴史のことを作中に明確に位置付けていることである。即ち巻頭に伊与之介について記す部分、

足利将軍家の武威日々に微々にして、五畿七道の間奸雄蜂のごとく起瓜の如く別れて、四海暫らくも静ならず。去ば此伊与之介も素《もとよ》り四国にて可然ものなりしが、「乱る世の中に家屋敷田畑何かはせん、今は心安く家産を取仕廻てやすらかに世をわたらばや」と、有りつる家宅田畑は皆売代なし、夫にて千石積の船一艘求て家財什具取載せつゝ、

彼は、乱世ゆえに土地に定着するより海運の営みの方が安楽な生活が得られると考えたとする。そしてこの海上生活が、その後の千代の命運を大きく規定していく。また浅川弾正夫婦の横死は、大内家の乱れによってもたらされたものとして書かれている。

其頃義隆卿世家の繁栄に心怠り日々に驕奢して自然に武備に怠り、政事漸々乱れ、……終には位階昇進して日の昇るがごとくなりしが、満る者は欠やすく、義隆卿一遊一予の度に越えられしかば、その失徳漸積ミ、下モ是を恨むるに至れり。

この状況の中で陶晴賢が力を蓄え、一ノ井はこれに属して威を揮い千代を我がものにしようと企てた。この後も、梗概に示した如く、大内の滅亡、毛利による陶打破、中国平定という歴史の動きとの連関の中で、左門・千代夫婦の命

運が描かれていく。

本話は、浅川夫婦の横死に始まり一ノ井が討ち取られることで終わる。但し通常の敵討もの実録とは異なる。敵討の間に描かれる千代と左門との離合をめぐる話が、挿話と見るには余りに大きな位置を占めており、これ自体一つの物語となっている。千代が建部平次郎と父母の船の上で婚礼を行った時次のようなことがあったとする。楫取たちが婿殿へとて大きなめばるを贈ると、平次郎は喜び自ら包丁を取る、するとその時村雨が降り出し、伊与之介が竹の皮の笠を与えるが紐が付いておらず、千代が糸針を取ってこれを付けて平次郎に被らせた。平次郎は千代と引き裂かれて後、大いに出世し大沢左門と名乗る。持ち込まれた縁談の相手が千代であったと知り、先ず小舟に乗って遠目に千代の様を見に行く。

左門は笠の内より見上れば、まがひもなき千代なり。髪はきり衣は色なくて、見へしさまにもあらず。左門心に思ひけるは、「扨は今まで異人にもあわず、我為にかくしてこそありけん。伊与之介夫婦こそ腹悪敷とも、かれはいかに我身恋しくおもふらん。今あひ見れば不便也。……」

かくて左門は翌日伊与之介の船へと赴く。

千代はさせ（媒の佐世）に伴われて船楼の外迄出ながら、是もあまりに仰天し、物をもいわぬ折柄、催ぬ雨のさつとふり来るに、左門申けるは、「いかにさせ、舟の中に麻の紐付たる竹のかわ笠あるべし。とく持来りてかづかせよ」といへば、させは心得ず思ひながら、笠を尋て持来れば、左門取上てつく〴〵ながめ、「あら此笠の下心のわるさよ。さりながら此紐付たるは世にたのもしき細工かな」と笠打かざせば、伊与之介、扨はと驚き、面の色土のごとくひやあせをながして見居たるに、左門重而、「いかに此舟の主はなんじなるか。今日某へもてなしに、めばるの肴はなきか。左門手づから庖丁せん」といへば、千代は漸々心付て、「扨は我が夫平次郎殿か」

と走り寄て取すがれば、

伊与之介の驚愕と焦燥、千代の歓喜をこのようにして表出する。一旦結ばれた男女が海上で引き離され、曲折を経て奇跡的に再会して結ばれるという展開は、読本『朝顔日記』（馬田柳浪作、文化八年（一八一一）刊）の深雪・駒沢次郎左衛門の話と酷似する。妻が離別の間悲愁に沈みつつ夫のことのみ思い続け、夫はその間に出世を遂げ改名していたため、親が持ち込んだ縁談の相手がその人とは知らずこれを固く拒むこと、夫が再び見た妻の姿に自分への変わらぬ愛を知って心を痛めること、また二人が結ばれる場で村雨が降ることなども共通する。この『山陽奇談』の成立年時を知り得ぬため、影響如何については判断し難い。ここで指摘したいのは、このような強い仮作性を伴いながら離別と邂逅を描く『山陽奇談』には、読本に近い性質が備わっているということである。

冒頭巻一で強調される幼女千代の聡明は、中盤以降では触れられず、むしろ右に掲げたような誠実かつ純粋可憐な側面が描かれていく。原初の段階では、先ず賢女千代の伝というものがあって、そこに話が付加されていったことが推測される。六歳の千代が人買いに連れ去られた際、自分を肩車する賊の帷子の衿に色糸の付いた針を刺し込んでおいたため、後日これを手掛りに賊は捕らえられたとする。これは、『月氷奇縁』（曲亭馬琴作、文化二年（一八〇五）刊）巻二に見える、少女玉琴が人買いの衿に松葉を縫い込んでおいたことで人買いが捕らえられる話と似る。この『月氷奇縁』の話に関しては、宋の洪邁編『夷堅志』丙志巻一三所収「藍姐」（和訳『夷堅志和解』では、巻六「女ノ智恵スグレテ多ノ盗ヲ執ラヘシ事」）に見える話の翻案であるとの指摘が備わる。[10]『山陽奇談』の作者も何らかの先行作に拠ってこの趣向を取り込んだ可能性が高い。このようにして膨らんだ賢女の伝に、更に前掲した才子との離合の話が接合されていったものかと推測する。

前掲の梗概に示した通り、最後の敵討には千代は立ち会うことなく、専ら左門と靫負に委ねられるとしている。敵討譚は決して突出することなく、全編は千代の人生を描く物語として統括される。そして前述した通り、人物たちの命運が歴史の中で規定される如く描くのは、読本の〈稗史もの〉の中でも〝史伝もの〟の発想に通ずる。且つ仮作性も顕著である。『山陽奇談』は読本に近接した性質をもつ実録である。読本『千代物語』は、この『山陽奇談』を元に、筋も文章表現も大きく踏襲した。前掲した横山『読本の研究』が『千代物語』を「全き稗史もの的読本らしい構想を展開する」と評するのは至当であるが、その所以の多くは粉本たる『山陽奇談』の性質に拠るものであったと解される。

作者東里山人は、読本的性質を備えた実録『山陽奇談』を見出し、大いに踏襲した。しかしながら、書名を「千代物語」とした時点で、これを千代の人生を描く物語と捉えた作者の認識は表れている。また、全体にわたって踏襲したとはいえ、以下掲げていくように、幾つかの変更を加えている。そしてこれらの変更は、読本とはかくあるべしという作者の見解に沿って、即ち更に読本的にするために行われたものと考えられる。

先ず外形的な事柄として、序文を付け直し、口絵・挿絵を付している。先にも触れたように、『山陽奇談』では連続して記される所を、一旦区切って章段を分け、それに伴って章題も付け直している。毛利氏など実在の名を変更しているのも、出版を前提とする読本の約束事に従うものである。

内容面においても変更が見られる。その一つが浅川家の忠臣八尾新蔵に関わる部分である。浅川家の養女となった幼い千代が新蔵に伴われて山口今宮八幡宮の祭礼に出掛け、人買いに連れ去られる。『山陽奇談』では、「新蔵は千代を我肩に乗せ」、雑踏の中を歩いていたが、次第に疲れ、砂煙が起こった後祭が果てて見ると、千代はいなかったとする。

既に夜に入ぬれば、其賑ひ昼に弥増りて針を立べき地もなければ、新蔵も腕くれ腰痒（痹の誤か）て抱し肩も覚へなき程に、砂煙に眼くらみて人心地もなかりしが、漸く祭はてしかば、数の松明挑灯星の如く散乱たるに、新蔵も今はかふとうれしくて、手をのべ腰をのしてはたと心付たるに、いつのまにかは主の娘我肩にはなかりけり。扨は供の女共の我手がわりに抱しやと見れども、おしへだて、夫も見へず。こはいかにと見まわす所へ、これはこれで説明としては成り立っている。一方『千代物語』では八尾真蔵とするが、この日「真蔵は千代が身のうへ大切ぞと神事の方へは目もふらず敬固《ママ》して見居たるに」と、最初から十分注意していたとする。肩車したとのことは削除し、次の傍線部を加え、騒動が起こったことで見失ってしまったのであったとする。

既に夜に入りぬれば、その賑ひ昼に弥増りて錐を立べき地もなければ、コハ夥しき見物ぞと心にあぐみ果て、風に尾花の狂ふがごとく押合押合なす中に、たちまち砂煙り空を暗まして、「ソレ喧嘩よ狼藉者よ」と噪動して右往左往に人波をうち、血気にはやる壮年は、群集の中を踊り越て我勝と逃るもあり。あるは弥がうへに踏倒されて半死半生の難義に苦しむものもあり。その混雑に駈隔てられて、親は子を見失なひ、子は親に放れて泣叫ぶ声殆々愁れにぞ聞へける。此とき真蔵も群集の中へとり囲まれ、主人の娘と押隔たれば、とやせましかくやせましと、右へ押分左りへ横切て血眼となり尋ね廻る所に、

こちらの方が抜き差しならぬ状況であり、真蔵の焦燥をも強調して、描写としては一段進んだものとなっている。と同時に、真蔵を忠臣として明確に規定することにもなっている。彼はこの後、養父母の受難によって一人になった千代を、身を挺して支えて旅に出、途中備中国で力尽きる。後に大高左京と笹川靫負（即ち『山陽奇談』における大沢左門と浅川靫負）は、敵討成就して周防へ帰る途中、備中に立ち寄り彼の墓前に報告し供養したとする。結果、序盤に真蔵の忠を提示し、それを中盤で具体化し、末尾において括るという形が作られている。

さて千代は、平次郎が落命したと思い、かつて大内義隆から与えられた文殊菩薩像に向かい愁嘆する。『山陽奇

談』では次の通りである。

「是迄屋形様の給物夜の守り昼の守りとなり玉へば社《こそ》、つれなき命ながらへ参らせぬ（る）が、是程に迄見放しおわします」とかこちけるは、せめての事とあわれなり。

『千代物語』では、これを大幅に増補している。

「是まで御屋形さまの賜ものとして夜の守り昼の護りとなり給へばこそ、つれなき命をもながらへ参らせぬ。さはさりながら今更に箇程《かほど》までにうき悲しみの酬《むく》ひ来て、力と憑《たの》む人までも見放ち給ふ怨めしさ。よく〳〵宿世につみ深き因縁づくと、むざうさに是がまア諦められうぞや。ねがひある身の一トすじに、二世の契りもなをざりなふ、三世の仏を誓ひてし、そのかね言も仇まくら、涙のたね」とかこちける、心のうちの刹《せつ》なさは、理りせめて哀れなり。

人の心情をより細やかに描いたということでもあるが、ここで千代の嘆きを強調しておくことは、後の曲折を経ての邂逅の場を際立たせることに繋がる。やはり構成という観点からの配慮が関与していると考えられる。

最終部分にも異同がある。『山陽奇談』では、千代が左門と靫負から敵討成就の知らせを聞いて歓喜したことに続き、次のように左門・千代夫婦の繁栄を記して終わる。

去ば左門家栄へて、弐人が中に三人の子を設け、共に頭の雪を寿き、目出度終を遂けるも、孝行貞節の徳と聞へける。

『千代物語』では、千代の両親（伊与之介夫婦）のこと、靫負のことにも触れながら、千代夫婦も含む人々の繁栄を説くものとなっている。

爰に千代が両親も、今は年闌《たけ》て、船のうへの世渡りも心うくおもひければ、他人に譲りて、折もがなあらば娘千代方へも便《たよ》らんと、わざ〳〵芸州広島のほとりに小家をつくりて爰に住けるが、左京はやくもこれを知りて、悪人ながらも眼前千代が両しんなれば、見ぬふりしてさし置んも本意なしと、千代に勧めて家に迎ひ取せ養ひける。靱負も帰国の後妻をむかへて、いづれも上下和合の化を敷《しき》、上ミとしては下を憐み、下としては上を敬ひ、最睦まじければ、家長く富栄へて、夫婦の中に子余多儲け、終に頭の雪をことぶきて、目出度終りをとげけるも、孝行貞節の徳なりきと、末代《のち》の亀鑑《かゞみ》に残りけり。

伊与之介夫婦の栄達欲によって引き起こされた一連の事件は、彼らがその欲を捨て、許され受け入れられることによって収束する。弾正の横死によって滅んだ笹川家（『山陽奇談』における浅川家）を継いだ靱負の婚姻とは、この家の実質的復活を意味する。発端から動き出し展開していった事どもが曲折を経て終に収束するという形を明示した、読本的な終わり方である。

四　結語

後期読本の草創期にあたる享和（一八〇一―〇四）から文化（一八〇四―一八）の初めにかけて、実録由来の話を元に挿絵を多く加えた速水春暁斎の〈絵本もの〉読本が連続して刊行された。ここでの読本化の方法は、人物の心情を辿りながら一々の事件の生起する必然を示し、その連鎖によって全体を形成するというものであったと考える(11)。実録に依拠した読本は文政期まで続くが、取り上げた二作の如きは、筋も文章表現も原拠の実録に寄り掛る度合いが大きくなっている。制作態度という点からは安易との評を免れないが、しかしこのことが可能となったのは、実録の中に読本と近接する性質が存したからであったと解し得る。このことに気付いた作者たちは、その部分を踏襲して大いに活用し、その上で、情の描写を増幅し、一編としての構造を与えるため必要な変更を行い、更なる読本化を図った。読本としての様式はかくあるべしという意識は作者たちの中に保たれていたと認めてよいように思われる。

注

(1)『日本古典文学大辞典』（岩波書店、一九八四年）「西国順礼女仇討」の項（中村幸彦執筆）に指摘される。

(2)『西国順礼幼婦孝義録』は、八戸市立図書館蔵本（国文学研究資料館マイクロ資料）に拠る。

(3)この実録は他に「武勇女敵討」「八月赤子女敵討」などと題するものもある。本論においては、著者架蔵本（内題「西国順礼女敵討」）に拠る。

(4)実録においては、お捨の享年を三八歳とする本、また両人の享年を挙げない本もある。

(5)内題「敵討西国順礼女武勇」。国文学研究資料館マイクロ資料に拠る。

(6)『日本古典文学大事典』（明治書院、一九九八年）「西国順礼女仇討」の項（高橋圭一執筆）には、この高尾が常右衛門を助ける話は、『北里見聞録』所収「扇屋花扇の事」の条と同話であると指摘される。このように元来別の話として存在したものが取り入れられた可能性がある。

(7)『山陽奇談千代物語』は、名古屋市蓬左文庫蔵本（国文学研究資料館マイクロ資料）に拠る。

(8)横山邦治『読本の研究』（風間書房、一九七四年）「第三章　終末期の読本――天保年間から幕末まで――／第二節　中本ものの諸相／その一　人情本的中本ものについて――東里山人の「夢の浮世白壁草紙」など――」。

(9)『山陽奇談』岩国徴古館本は、国文学研究資料館マイクロ資料に拠る。

(10)『馬琴中編読本集成　第一巻』（汲古書院、一九九五年）「月氷奇縁」解題（徳田武執筆）。

(11)本書第三部第三章「読本における上方風とは何か」参照。

第三章　浜田藩江戸屋敷女敵討の実録と読本

一　浜田藩江戸屋敷女敵討事件とその小説化

享保八年（一七二三）三月二七日、浜田藩主松平周防守康豊の江戸屋敷の奥において、局沢野が中老滝野を叱責悪言したことから、滝野は自害、滝野の下女山路が沢野を討って主の仇を報じたとのことが、本島知辰の『月堂見聞集』巻一五、大田南畝の『一話一言』巻五五に記されている。この敵討についての考証は、岩町功「鏡山事件の不思議（上）（下）」[1]においてなされている。岩町論文にも指摘される通り、この事件に関しては藩の記録など直接的史料が伝存しない。その一方で、これを素材とする実録が作られ、そこに記される事柄が恰も史実の如く扱われるということも起こっている。『一話一言』で別の箇所（巻五一）に掲げる一節では、中老の名がみち、下女の名がさつとなっている点をはじめ、事件の経緯についての記述も実録に見えるところと重なる。

この敵討は先ず実録によって世の人の知るところとなり、やがて浄瑠璃として舞台化され、読本として刊行されるに至ったが、それぞれのジャンルによる様式の違い、作者の関心の置き所の違いによって、事件の捉え方に差異が生じている。本論はこの問題を、近世中期から後期にかけての小説——実録と読本——に絞って考察しようとするものである。

二　当敵討実録の概要

この敵討を素材とする実録の伝本は数多いが、本文の形態により大きく二系統に分類できる。いま仮にそれぞれA系統、B系統と称する。

A系統　「享保九甲辰年石見国浜田の城主六万四百石松平周防守源康豊と申て、賢才正しき君あり」で始まる本文を持つ。

『松田女敵討実録』（山本修巳蔵、国文学研究資料館マイクロ資料）、『女敵討』（長野県立大学図書館蔵、国文研マイクロ）、『三巴女敵討』（名古屋市蓬左文庫蔵、国文研マイクロ）、『石見忠女』（東京大学総合図書館南葵文庫蔵）、『鏡山草履討之段』（高橋圭一蔵）など

B系統　「夫忠孝貞信は男女のへだて無、人情に通じて珍らしからず」で始まる本文を持つ。序を有するものもある。

『女敵討実録』（京都大学大学院文学研究科図書館潁原文庫蔵）、『鏡山実録忠臣女敵討』（弘前市立弘前図書館蔵、国文研マイクロ）、『敵討女豫譲』（同館蔵W九一三・五六―二二六、国文研マイクロ）、『敵討女豫譲』（同館蔵W九一三・五六―二二七、国文研マイクロ）、『鏡山実録』（ノートルダム清心女子大学附属図書館蔵、国文研マイクロ）、『敵討槿花の露』（郷土資料館まにわ文庫（馬庭将光）蔵）、『鏡山真正記』（高橋圭一蔵）、『鏡山実録松田貞忠記』（同）、

『敵討女豫譲』（同）、『松田系図』（著者架蔵）、『女敵討周防染』（同）など両系統の間で、文章表現は異なる部分が多いが、以下のような話の筋は共通する。

①享保九年（実録では九年とする）のある夕暮れ、浜田藩江戸屋敷の奥において、初時鳥を聞いた奥方が侍女みちに詠歌と弾琴をさせようと望み急に召した。みちは出ようとするが、上草履が見当たらず、慌てるあまりその場にあったものを履いて御前へ向かった。

②ところがその上草履は局沢野のものであったため、沢野は激昂し、みちを手ひどく罵った上、詫びるみちに向かってその上草履を蹴り付けた。

③部屋に帰ったみちに対して、下女さつは酒肴を用意して元気付けようと努める。みちは帯や小袖などを取り出し、さつに対し、命ははかないもの故今のうちにこれらを与えておきたいと言う。さつが寝入った後、みちは親里への遺書を認める。

④翌朝みちはさつに、文箱と文庫を親里へ届けるよう言い付けて送り出す。文箱には遺書が、文庫には形見の品々が入っていた。さつが出た後、みちは守り刀で自害を遂げる。

⑤さつは道中で胸騒ぎがして先へ進めなくなり、慌てて引き返すが、みちは既に絶命していた。さつは激しく嘆くが、やがて心を静め、みちの自害は前夜の沢野との一件によるものと断定し、沢野の部屋へ向かう。

⑥さつは沢野に対して、みちが急病で倒れたので見に来てほしいと言って連れ来たり、みちの守り刀で刺し殺す。

⑦駆け付けた奥家老堀野次郎太夫らに対して、さつは経緯を供述する。事件の原因が沢野のみちに対する折檻にあったことが明白となる。

⑧さつは、みちの父岡本佐五右衛門の強い希望により、岡本家の養子となる。藩主松平康豊からその器量を認められ、中老として召され、松岡と名乗る。同藩の士神尾氏と結婚し、一族繁栄する。

何れの写本もこのような筋を基本としているものの、A系統、B系統それぞれの本には、特定の箇所に句や文を増補するなどして、話の中のある要素を強調しようとする営みが見られる。いわゆる実録の〝生長〟現象である。但し該当する実録の悉皆的調査には及んでいないため、その全容を提示することを得ない。以下掲げるのは、浜田藩女敵討の話が、その原型から、実録の継承者（読み継ぎ書き継いだ人々）の手により実録の様式に沿って生長しつつ享受されたということを確認するための具体例である。

三　実録における描写の増補（一）

この実録を継承した人々が関心を置いた点の第一は、前夜の草履事件からみち自害に至るまでの間、さつがみちにどのような思いを向けていたかということである。

先ずA系統の『松田女敵討実録』（山本修巳蔵）について見る。この本では、前掲梗概の③の部分において、みちは沢野から草履による辱めを受けて帰った直後、このことをさつに知られまいとしていたと記す。

やう〳〵と気を取直し、「若此事をさつが聞付てはさまたげ」と心をきわめ、部屋へ立帰り、何事もおし包み、さあらぬていにてもてなせば、あまりむねんと見へにける。

このあとみちが、自分の命のあるうちにと言いながら帯や小袖などを与えようとした時、さつは、ご両親のある身でそのような疎ましいことを仰有りますなとたしなめてはいるが、自害するとまでは案じていない。その後④においても、さつは特に危惧する様子もなくみちの親里への使いに出発したとし、⑤で、道中急に胸騒ぎが起こり、ここで前夜の草履事件のことと関連付けてみちの安否を危惧するに至ったとする。この後大慌てで引き返すが、みちは既に自害を遂げていた。

ここまでの経緯については、敵討を遂げた後の取り調べにおける口上書の中で、さつの言葉を通じて改めて述べられている。それによれば、直接描写されてはいなかったが、前夜の段階でみちはさつに草履事件のことを話していたということになっている。

「夕べくれにお道事御前よりことぐ〳〵しき体にて下り申候間、心得がたく存候て、いかゞの事に候やと承り候へば、替る事もなきよし申候ゆへ、酒をすゝめさまぐ〳〵物がたり仕候内に、沢野様に草履をはね付られ恥辱をあたへられ無念成る事ぞと、一向しよく事もすゝみ申さず候に付、私かれ是と申てさまぐ〳〵致してふせらせ申候。其節何となく帯小袖など私へ呉れ申候。其外に夜中さして替《かはり》候事覚不申候。今朝私に使に参候様申付候間、咄の次第、自害致候程の義にも心付申さず使に出申候。然る処途中にて胸さわぎしきりなれば、心元なく相成り候故、其時夕べお道が物語りの様子を思ひ出し候ゆへ、わけて心元なく、罷り返り候まゝ、……」

要するに彼女は、みちの鬱々とした様子に気付いていたし草履事件のことも知ってはいたが、そこから自害という事態に至るとは全く予想していなかったというのである。

この点については他のA系統の本でも、同様の扱いがなされている。中で『女敵討』（長野県立大学図書館蔵）では、草履事件が起こったのは「卯月の初」、みちが自害したのは「卯月中ば」のことであったとし、二つの出来事の間に時間の幅を設ける。そしてこの間みちは食事も進まず顔色勝れず過ごしていたが、まさか自害するとは、さつには思えなかったとしている。ここでもやはり、突然の胸騒ぎ、悪しき予感、その的中という、さつの心の急転回があったとする解釈がとられている。

B系統の本ではこれをどのように扱っているであろうか。この点に関して、『鏡山実録忠臣女敵討』（弘前市立弘前図書館蔵）は特徴的な傾向を持っているので後掲することとし、先にそれ以外のB系統本の描きようについて、『松田系図』（著者架蔵）を代表として掲げながら整理しておく。梗概の③、みちが沢野に辱めを受けて部屋に帰ってくる場面、さつはこの段階でみちの鬱々とした様子に危惧の念を抱き、努めて彼女の心に寄り添い、その原因を聞き出し慰めようとしている。

おみちうと〳〵敷体にて部屋へ帰りしかば、さつは心もとなく、「いかゞ被成しや。御前の首尾ばしあしくや。又御気分にてもあしく候や」と念頃に尋ければ、おみちうれしく、「いやとよ、御前の首尾もよく、けふは初時鳥おとづれしまゝ、わが身召御歌遊ばし御琴などあり、今ほど御いとまを下されし也。気ぶんもあしからず。少しおもふ子細あり。必々按じてたもるな」とて、しほ〳〵としていけるゆへ、さつは兎角合点ゆかず申けるは、「御かくし被成候てはなを〳〵あんじられ候。何事にても御かくしなく御咄し下されかし」といはれて、おみちはなみだぐみ、……（草履事件のことを）涙まじりに物語しける。「左様なる事にては御腹立御もつともで御座ります。あのお局様の御心あしきは誰とても知らぬ者もなければ、其様な御気のよはひ事仰られずと、御酒壱つ御あがり被成ませ」と、

梗概の④、翌朝みちがさつを起こし、独り夜中に認めた親里への手紙を託して送り出す場面では、さつの心の中に引き続き憂慮があったことを示す記述が入っている。

（みちは）夫より口をすゝぎ手水して法華経一巻よみおはり、「たすけ給へ」とくりかへし、仏を拝し灯明うちけ

し、あひのふすまをおとづれて、「さつ、おきやれ」といふ声に、ふつと目をさまし、「はや夜が明ましたか。いまねたよふにおもふに、みじかき夜にて御坐ります」といふて、どうやら気にかゝり、虫がしらせていふことか、「夏の夜はまだ宵ながらと詠ぜしも、昔よりしてねたらぬ女子もあつたそふな」とおどけまじりにて、……（さつは、みちから親里への使いを命ぜられて）髪ゆひ仕舞、着物きかへて、「左よふなら参ります」と出ければ、

なお『敵討女豫譲』（弘前市立弘前図書館蔵W九一三・五六―一二六）では、右の引用の末尾に相当する部分で、さつの心の中に次のような動きがあったとしている。

さつは手ばしかく髪を仕舞着物きがへ、「左様ならば参りませう」。併きのふの事も有なれば、何とやらん心に懸り、お道が顔を打詠め居たりしが、至て替りし事もなければ、文箱文庫携へ立出る。

何れにしてもさつは、懸念しつつも、これなら先ずは大事なかろうとの思いの中で出発したという扱いである。

一方同じB系統でも、『鏡山実録忠臣女敵討』（弘前市立弘前図書館蔵）は際立った傾向を持つ。さつのみつ（この本では、みちの名がみつとなっている）に寄り添う思いが強く表され、最後も危惧の念を抱きながら使いに出たと書かれている。次の引用の傍線部はそれぞれ前掲『松田系図』における傍線部と対応するが、ここでは二重傍線部の表現が入って来て、草履事件のことを聞いたさつが、この時点で無念と憤りを共有したということが明示されている。

おみつが今日の顔付合点ゆかずと、さつは殊の外案事、おみつに向ひ言けるは、「常ならぬ御顔もち、如何被成しや。御前の御首尾にても候や」と尋ければ、おみつは嬉しげに、「いやとよ御前の首尾もよし。今日は初時鳥の音づれしまゝに、我身を召して御歌の御遊の上にて御琴有しが、今程御暇有しなり。気分悪し。少しおもふ子細有。必案事てたもるな」と言共、さつは合点せず、「案事るなと仰候程、御隠有ては尚々あんじらるゝなり。たとへいささか成る事にても、御家来の私え御隠し被成候事有間敷義なり。何事にても御咄被成て被下」としほ

〳〵と申せば、おみつは涙をはら〳〵と流し、……（草履事件のことを）涙と共に物語すれば、さつは無念と歯がみをして聞ゐたりしが、先主人の心を慰んとて、さあらぬ体にて言様は、「そうした事なら御腹立は御尤。さりながらあの御局の事、御心のよからぬは誰も知ておりまする。其様に御気に御懸なされずとも、さらりと打捨、先御酒壱つあがりませ」と、

この後就寝しようと言う場面でも、さつの憂慮は続いたとする。

さつはどこやらおみつが名残を惜むやうな言葉つき故、いろ〳〵言慰て、はやし夏の夜の更行ければ、「サア早々御休み遊ばせ」。「さつ、そなたは明日の勤が大事ぞや」と、おみつ立て寐所を仕舞わさせ、「おさつ大儀じや。いつよりも（酒を）過しましたぞ。又明日逢ませふ」と寐屋へうつれば、さつは手をつかへ、「御機嫌よふ御休み給へ」と、一間の襖引立ても、何とやらおみつが事の気にかゝり案事居りしが、

翌朝もさつは自分から目を覚まし（他の本では、みちに起こされる）、憂慮を続ける。使いを言い付けられても躊躇し、叱せられてやむなく出発する。

夫よりうがひ手水して普門品をよみ終、「不老の罪をばゆるし給へ」と言声に、さつは驚きふと目をさまし、「覚へず知らず寐入ました。もはや夜が明ましたか。扨々短き夜なり。夏の夜は又宵《ママ》ながら明ぬるをとよんだ人もねむたそふな」とおどけまじりにさつは起、先おみつ様が身の無事を悦び、顔を洗ひいつもの如く朝飯を仕舞、髪を結ひ居所え、おみつは文箱と文庫とを持出、……（これを親元へ届けるようにと言い付ける。）さつは何とやらおみつが事の気にかゝれど、主人の用黙止難く、手ばしこく髪を仕舞て着もの着がへ、「左様なら参りませふ」と言ながらも、昨日の事など思ひ出され、何とやらん心にかゝり、おみつが顔を打詠め、しばしためらひ居たりしが、おみつ声をはげまし、「ヤレさつ、主人のいひつける急用を、何に延引いたしおるや。早急ぎ参れ」としか

り付られ、おさつは跡に心の残れ共、只一飛にかけつけ参らんと思ひ、文庫文箱をたづさえて立出れば、

以上の経緯について、さつは後の供述の中で次のように述べている。

「（沢野に恥辱を与えられたことを）みつ義殊の外無念にぞんじ、部屋え帰りても顔色あしく候故、私様子相尋候得ば、右の次第を、さぞ無念顔にあらわれし故、私も気の毒と思ひ案事られて、無理に酒を進め気をいさめし処、いつになき暇乞の体の事共申、其上にて小袖帯抔私へ呉れ、夫より休まれし故、私も何とやら気に懸り候得共、いつよりも少し酒を過し候へば、何のよねんもなく寐入候て、其跡はぞんじ不申候。今朝はみつ義いつもより早く起、私に親里へ使にまいるよふに申付候故、跡に心はのこれ共、主人の用黙止難く、……」

この本では、さつはみち（みつ）の心に終始寄り添い続けていたが終に彼女の死を止めることはできなかったと解するのである。

同じくB系統の『鏡山実録松田貞忠記』（高橋圭一蔵）は、独自の角度から、みちとさつ相互の心情を描出しようとする。先ず梗概③に該当する部分で、みちが、老少不定なればなどと言いつつ、帯や小袖をさつに与えようとするところ、次の二重傍線部を入れて、さつのみちへの思いを表す。

（みちは）是ぞ形見と思ひつゝ、銚子を取て涙をかくし、「今一ツ呑べし」と、さつへ盃さしければ、さつはとかふの挨拶もせず差うつ向て居たりしが、心の内に思ふ様、「重々厚き主人の心忝くは思へども、今申さるゝ言葉の端々合点行ぬ事計り。若しや今日の御無念を忘れ給わぬ御心より、ひよんな覚悟でもなさりはせぬか。何といふて能ろふか」と、漸々と顔をあげ、「ひよんな事の御噺しにて思わず泪をこぼせしなり。……」と辞退しければ、

続いてさつが、そのような不吉なことを仰有るなと諌めると、みちは、自分を案じてくれるさつの心を受けとめつつ、

自身の遣り場のない思いとの間で一層心を痛めたとする。

（さつ、）「……御前様の御身計りにあらず、御両親様御兄弟様もおわしませば、不吉の事は仮初にも仰られ下さり間敷」と申ければ、お道は心を取直し、さつが案じる心を察し、さも嬉しげに申す様、「其方が異見尤なり。如何にも父母の有身にては、今のやうなる忌わしき事は仮にも申すべき事ならず。能も異見をして呉れた」と口にはいへど心には今宵計の命ぞと覚悟極し身ながらも、父母の事思ひ出し、……胸は一ぱいにせきくる涙を押包み、さつに見られじ悟られじと、心で泣て居る計り。あわれ成ける事どもなり。

また同様にB系統の本文を持つ『敵討女豫譲』（高橋圭一蔵）は、夜が明けてみちがさつに親里への使いを言いつけて送り出す場面に、両人の間の心情的遣り取りを描き込もうとしている。

さつは頓て髪を仕舞着物着替、「さ様なら参りませう。外に御用は御座りませぬか」と言ながら、昨日のこと有なれば、何とやらん心にかゝり、おみちが顔を打詠めしばしひまどり居たりしが、おみちは此ていを見て、「是さつ」とせり立られて、是非なくも文箱文庫たづさへ、心残して立出ければ、おみちはさつを見おくりて、「夫ならもういきやるか。大義じや」と、うしろ姿をのび上り〳〵影見ゆる迄見送りて、「さつはかわひや。自分を今が今迄も心付くろうにかけてたもつたを、だましかつてやつたれば、我死んだ跡で嘸や〳〵我を恨みん。不便や」と、かわかぬ袖の沖の石、しほれ入るこそあわれなり。

以上掲げてきたところから、B系統においては、『松田系図』の如き本文が先ずあって、そこから更にそれぞれの場面を捉え直しながら、みちとさつが相互に向ける心情を描き込むという営みがなされていったことが推測できるのである。

四　実録における描写の増補（二）

さつが沢野を討つ場面について、『松田女敵討実録』（山本修巳蔵）には特徴的な描写が存する。先に、同じA系統から『女敵討』（長野県立大学図書館蔵）の該当箇所を例示する。ここでは次のように、さつは沢野を取り押さえて罵倒し、そのまま討っている。

（さつは）「……あれ見おれ。大切の御主人お道様え能も上草履をけつけたな。さむらひの子が一分立ずと人まじわりがならぬとて、あのやうに死なしやつた。其眼で能見て置。若き人を口先で殺し能も〳〵ぬかぬかと何くわん顔で居よふとは、余り〳〵ふとひねぢかねばゝ。下女でこそあれ、心は己におとろうか。死で恨が言度は、毎日成と来てぬかせ」と、無二無三にとつて伏、＊お道が死がひに打重ね、すかさず上へ乗掛り、お道が咽へつき立し血まぶれに成し九寸五分、沢野が咽へ押当て、「思ひしつたか、面悪くや」と其儘ぐさとさしつらぬく。

これが『松田女敵討実録』では、右の引用の＊に当たる箇所に、沢野が抵抗し両者激しく渡り合い、さつが一旦窮地に陥る様が加わっている（次の引用の〔　〕で括った部分がそれに該当する）。

……無二無さんに取て伏せんとする所を、〔名におふ強気の局なれば、さつを其まゝつき飛す。又おき上り飛かゝるを引はづして取ておさへ、「扨々下主女郎の分として此沢野に手向ひとは不届千万なる女郎かな。見ればお道は自害して居る様子也。定て何んぞ死なねばならぬ訳が有りて、それでくたばつた物であらふ。但しはおのれが殺しおつたかなどゝ、まさしくよく偽言をつきおつた。此口でぬかしたか。いや此つらでほざいたか」と、おし伏せ〳〵畳にすり付け、さん〴〵に打擲し、さつが髪の毛手にくる〳〵とまき付てざしきの内を引ずり廻せば、ふりはなさんとあせれども、ちからおよばず、せん方なく涙ごへして、「ゑヽ残念や。どふよくなる悪人め。殺さば殺せ。くひ付てなりとも此恨はらさいで置ふか」と身をもみもがけども、詮方なくぞ見へし所に、さつが運や強かりけん、局に引づられながらお道が死骸の側へよりしを、さつは爰ぞと嬉しくおもひ、お道が咽へ突込し血に染たる相口を、手をさしのばしとるよりも早く局のふとも丶へ力にまかせ下より突とふせば、さすがの局もうんとそのまヽ仰天して倒るヽ所を、すかさずさつはおき直り、巻き付けられし髪をふりはなし、相口を取直し、〕局をお道が死骸に打付け、上に乗りかヽり、局の咽喉へ相口おし当て、「おもひ知つたか、つらにくや」と其まヽぐつとさしとふせば、

続いて次のような沢野最期の様も加えて、その手ごわさを強調する。

（沢野は）わつとばかりに七転八倒、手足をもがきくるしみ、眼をむき出しにらみ付たるその顔色、身の毛もよだつごとく也。されどもさつは敵を討とり一心にて、少しも恐れずおしすくめ、こぶしも通ふれとつヾけざま三刀四刀突つらぬく。

さつは作中〝勇〟を以て称揚されているが、その実態の部分を描き出したいとの意識が働いたものと窺える。そもそもこの事件において、さつはみちの死後即刻沢野を討っているため、一般的に敵討もの実録において一番の読ませ所となる、敵討成就までの艱難辛苦の過程（零落、犠牲などありながら乗り越えて行く様）の描きようがない。そこで一には、みちとさつが相互に向ける心情に、また一には、手ごわき沢野を凌駕するさつの勇に注目するなどのことが起こったものと思われる。前述した通り当該実録の悉皆的調査には及んでいないため、ここでは、浜田藩女敵討の話が、筋の大枠は決まったものでありながら、各々の本の継承者の意識に沿って特定の要素が強調されながら享受されていったことを確認するにとどまる。

五　読本『女敵討記念文箱』

天明二年（一七八二）三月に中本型読本『女敵討記念文箱《おんなかたきうちかたみのふみばこ》』（2）が刊行される。同年正月に容楊黛作の浄瑠璃『加々《かが》見山旧錦絵《みやまこきようのにしきえ》』が江戸外記座で初演されていることとの関連も想定され、この読本の作者が容楊黛である可能性も考えられるが、依拠しているのは実録の方である。（3）但し全体としては実録に拠りながら（主としてA系統の本を用いたと推測される）、以下掲げるように、読本化するために幾つかの変更を加えている。

建久四年（一一九三）五月、源頼朝の御所奥でのこと、時鳥を聞いた政子御前から道芝（畠山重忠の娘）が弾琴を所望され急に召される。駆け付けた道芝を大老ゑびら（梶原景時の妻）が、遅いと言って罵る。このあと道芝に梶原源太からの艶書が届けられ、道芝はこれを穢らわしと憤りつつ人に見られじと一旦懐中する。この様子を窺っていたゑびらが、妻ある源太との不義見届けたと言い立て、草履で激しく打擲する。理不尽な仕打ちに道芝が怒りの色を見せると、大老たる自分に手向かいはなるまいと言い、「ひつきやうみづからがやうなるほとけしやうなるもの故に、けふのしだらはたすけてやる。いのちのおやじやと思はれよ」と言い捨てて去る。ここから道芝の自害、下女なつによる敵討へと展開する。

実録では、沢野とみちとの間に個人的な遺恨は何もなかったという扱いになっていた。沢野は元来「としの寄るにしたがひいつとなく気みじかに怺《こらへ》しやうな」き者であったところに、みちによる草履の間違いがあって激昂して止まず、この事態に及んだとし（『松田女敵討実録』）、特にB系統の本では念入りにも、さつの供述の中で「全体お局様おみち常々意趣異恨も無御坐候様に奉存候」と述べさせている（『松田系図』）。

一方読本『女敵討記念文箱』では、ゐびらについて「気みじかく、あまたの女中にむりをいひしかりちらす」と短気のことは書かれているが、のみならず、「多くの女中の上にたち、大らうしよくをはなにかけ、政子御前の耳ねぶり」、「邪智ふかくして、道芝が政子御前の御気に入をねた」む者であったと、邪なる人間という規定が明確になされる。かくてこの事件はゐびらが故意に仕掛けて起こったものであったとする。実際道芝はゐびらに対して何も粗相をしていない。先ず御前への参上が遅いと決め付けられ、更には不義の濡れ衣を着せられ無体に打たれている。この事件は「ゐびらが邪智よりことおこり、道芝にあく名付け草履を以て打擲と云ひ、かた〴〵以て大老に似合ざるいたしかた」によるものであったとされ、政子御前から「ゐびらがねたみにより道芝にむじつのとがをおゝせ草履をもつて打たれしを、（道芝）女ながらも武士道を立てのじがい、あつぱれ重忠が娘也。……（なつも）下々にはまれなる忠義の女、主人の仇をたち所に打たるはたらき」感ずべしとの仰せがあったとする。実録から読本に仕立てるにあたり、悪が増長して善を抑圧するが、終に善が悪を討つことで終結するという型を設けようとする意識が働いたことが見て取れる。

六　読本『絵本加々見山列女功』

浜田藩女敵討の話は、さらに読本『絵本加々見山列女功』[4]（川関惟充作、享和三年（一八〇三）刊。以下『列女功』）へと取り入れられる。横山邦治『読本の研究』[5]で指摘され、藤沢毅「『絵本加々見山列女功』論」[6]で詳細に検討される通り、本作は浄瑠璃『加々見山旧錦絵』[7]（前掲。以下『旧錦絵』）に大きく依拠している。浄瑠璃『旧錦絵』は、浜田藩女敵討の話に、加賀藩の御家騒動（実録『見語大鵬撰』等によって伝わる、大槻伝蔵による藩主謀殺など一連の事件）を接合し、全体を足利持氏の鎌倉公方家での話としているが、読本『列女功』もこの点を踏襲する。但し浄瑠璃では、仁木将監等の悪人一団は同じく悪人である大杉源蔵（実録の大槻伝蔵に基づく）の腹の内を終始量りかねているとされていたのを、本作では、大杉源蔵を善の側に位置付け、悪の側は山名宗全等の一団のみに一本化することで、ある種の合理化を行っている。また浄瑠璃では途中で謀殺される足利持氏が、本作では生き延びるとされている点、畑助なる人物の扱いの違いも藤沢論文の指摘の通りであるが、ここではこれらのことを読本の構造に関わる問題として捉え、私見を述べたい。

以下、読本『列女功』における御家騒動と女敵討との接合の仕方を、浄瑠璃『旧錦絵』におけるそれと比較しつつ検討する。なお実録におけるみち・さつ・沢野は、『旧錦絵』『列女功』ではそれぞれ尾上・お初・岩藤となる。『旧錦絵』の尾上は、悪人一団の密書を拾ってしまったことから、これに一味する岩藤から憎まれ、同僚たちの前で町人の娘と罵られ（この作では、商家の出という設定）、草履で叩かれて傷心し自害する。一方読本『列女功』では、尾上を悪人一団の営みと終始対決する忠女と位置付けた。尾上は、岩藤が山名宗全に宛てた密書を拾う。その後、岩藤から町人の娘と貶められるが、彼女は、なるほど私は町人の娘、しかし「得て身分不相応の望をすれば、御出頭でも油断はならず。結句町人の娘がまし。数代の御恩を請たといふて忠臣の有るではなし。どこぞのすみでは悪工《わるだくみ》。油断のならぬ世の中」と切り返し、岩藤は「胸にぎつくり」となる。また岩藤が足利家の宝蔵に盗みに入ったのを尾上が見付けた時、山名宗全が礫を打って尾上の手燭を消した。後日この悪人一団と忠臣細川刑部とが口論した時、尾上は引き分けて入り、「此尾上も物毎を潔白に致し、見聞《みき》ましたる事を真直に此席で申ましよ」と言い、宗全は慌てて俄追従して退く。更に宗全・岩藤が侍女早枝に宝蔵の盗賊の罪を着せようとするのを彼女は止め、「イヤ申岩藤様。尾上が脇より申さふならば申分がござります。過し夜御宝蔵へ忍び入し曲者こそ繽紛《まごふ》方なく六十近き婦人、物ごし恰好取廻し似たるといふも瓜をふたつ。又砕《つぶて》を投し其人も面《おもて》を包《つゝみ》し薙髪の老人」と指摘する。宗全・岩藤は底気味悪く、このまま捨て置かれじと、尾上を立腹させて粗相をさせ身を退くべく仕向けようと、攻撃に出る。かくて、奥方から尾上が急遽召されるような状況を故意に作り、その時岩藤の草履を履くよう仕向けておいて、罵り踏み付ける（この草履間違いは実録からの摂取であるが、より悪質なものとしている）。更に鶴岡八幡宮において、町人の娘と罵りつつ満座の前で足下に掛ける。

尾上が自害を決意する様の描き方についても、浄瑠璃と読本との間で相違がある。彼女が親里への手紙をお初に託して出発させた直後の場面をそれぞれ掲げて比較してみる。

浄瑠璃『旧錦絵』

影見ゆる迄見送りて、こらへ〳〵し胸の中、思はずわつと伏沈み、きへ入る計り嘆きしが、やう〳〵に顔を上、「まだ昨日今日馴染もない此わしを大切に、大恩受けた主人じやと、年はも行ぬ心から大事に思ふてくれる心。コリヤ忝いぞよ、嬉しいぞよ。岩藤へ意恨を察し、さつきにも余所事に浄瑠璃の譬を引き、わしが短気な気も出よかと、云廻したる健気な利発。今別れたが一生の別れとは知らずして、嘸やとつかは戻つて来て嘆かん事の不便や」と、身も浮計せき上げて前後不覚に嘆しが、やゝ有つて顔を上げ、〔「とゝ様やかゝ様の此年月の御不便がり、御恩は海も猶浅く、山より高き御恵み。片時忘れぬお二人様。此中のお文にも、かゝ様の細々《こま〴〵》と、……と小さい子供か何ぞの様に、成人の此わしを大事がつてござる其中へ、アノ文を御らふじたら、何と身も世もあらりやうぞ。常に気細なかゝ様の其場で直ぐに死なしやんしよ。今死る此身より跡の嘆きを見る様で、胸もはりさく悲しさは、何の因果の報にて、親子の縁の薄墨に書き置く筆の逆様事。必お赦し遊ばせ」と〕正体涙せぐり上、身も浮計り取乱す。「ア、我ながら未練なり。女ながらも武家奉公。草履を以て面を打たれ、何面目に存《ながら》へて人に顔が合はされうとは思へ共、大切な御前様への忠義を思ひ、今迄はながらへしが、此書置に委細の訳。伯父大膳の悪事の密書。命を捨て上への忠臣。只何事も宿世の約束。最期のはれの支度して一遍のきやうだらに唱ん物」と

読本『列女功』

影見ゆる迄見送つて、「深《ふかく》馴染も無《ない》私を大恩請た主人じやと大事に思ふ心差、忝ぞよ、嬉しいぞや。岩藤への意恨を察し、余所ながら心を付る健気の程、忘れ置じ。左りながら今別《わかれ》たが顔の見納とは知らずして、嘸や跡にて不便の泣《なげき》。(1)取分勿体なきは花の方様。二人が中を御存有り、事をわけたる御意の程。有難とは思へ共、一度ならず二度三度満座の中にて恥辱をかき、町人の娘でも武家に奉公するからは、主君へ対し何面目に存《なが》らへて親の名迄を汚さんと思へど、(2)御家の一大事、御台様への忠義を思ひ今迄はながらへしが、(3)宗全が詞の端、岩藤が邪智佞奸、活て付そひ居る時は返て御家の騒動止ず。アノ書置には委細の様子。宗全が悪事の密書。命を捨て上への忠節。唯何事も宿世の約束。イサ心よく最期のはれの支度して一遍の念仏せん」と

先ず浄瑠璃では、点線部に見られるように尾上の悲愁の様を重ねて描写するが、読本では全て削除されている。〔　〕で括った両親を思っての嘆きも、浄瑠璃のみに見られる。一方、二重傍線部は読本のみに存するもので、何れも主君御家を思う言葉である。そのうち（1）は、今の場面に先立って付加された話――奥方花の方が尾上に対して、岩藤との軋轢のことを知り、堪忍が大事と教訓したこと――を指す。（2）は今起こっている御家の危機のこと。（3）は、このまま生きながらえるより、死を以て御家の騒動を解決に導くという決意をいうものである。

浄瑠璃の引用の最後の部分「ア、我ながら未練なり」以下の言葉は、〈恥辱を受け死にたいと思ったのを奥方への忠義を思い辛抱していたが、最早限界。ただこの書き置きと謀叛人大膳の密書を差し出すことで忠臣としての役割は

果たせる〉の意で、中心はやはり己の心の悲傷ということにある。一方読本においては、尾上の意識は一貫して御家の事に置かれている。悪人一団を牽制し、陰謀の阻止に腐心し続けてきた彼女は、終に命を賭してこれを全うしたとするのである。

波線部の表現は、読本に取り入れられるに当たり簡略化された。浄瑠璃『旧錦絵』の波線部は、この前の場面で、草履打ち事件のことを他から聞き知ったお初が、尾上の沈んだ様子を見て心を痛め、『仮名手本忠臣蔵』の塩谷判官の振る舞いをどう思うかと問うたことをいう。尾上が、塩谷が高師直の仕打ちに憤りを発し抜刀したのはやむを得ぬと答えると、お初は、しかしそれによって千万の家臣一族が路頭に迷うこととなったのであり、短慮は慎むべしと諫める。お初の真意については、この後の場面、彼女が尾上の死を知って愁嘆する中で明かされる――当然岩藤は許すべきものではない。塩谷の振る舞いを肯定なさったのは、そういう心の張りがあることの証しであり、安堵した。がしかし本当に塩谷と同じことをなさっては大変だとの思いから諫め申したのだ――。そして、この上は自分が必ず敵を討つと決意する。

　意恨の草履手に取上て、打詠め〳〵、無念の涙血をそゝぎ、こりかたまりし烈女の一念。義女の其名を末の世に錦と替る麻の衣、女鑑としられけり。

これは正に『仮名手本忠臣蔵』[8]の、大星由良之助が、塩谷判官切腹の九寸五分を手に取り、その最期の無念を受けとめる場面、

　由良之助にじり寄り、刀取り上げおし戴き、血に染まる切先をうち守り〳〵、拳を握り、無念の涙はら〳〵〳〵、判官の末期の一句五臓六腑にしみわたり、さてこそ末世に大星が忠臣義心の名をあげし、根ざしはかくと知られけり。

と重なる。かくてお初は「恨みの草履片手には血汐したゝる尾上が懐剣」携えて岩藤の所へと向かう。尾上が叩かれた後敢えてもらい受けて帰った草履は彼女の無念の象徴であった。お初は、草履打ち事件のことを知った当初から、尾上の無念を我が心底に焼き付けていたのであった。

浄瑠璃ではこのあと、尾上の遺した書き置きによって、奥方花の方は悪人一団の謀計のことを知る。お初はここで剃髪を望むが、奥方から、「其方が忠心も仇を討しといふ計で、主人尾上が志を立てやらずば、全き忠とは云れまいぞよ」と諭され、二代尾上として仕え、奥方の上使を務めるなど御家騒動の解決に加わって行く。但しこれは、お初自身も「重きお主の尾上様の御忠節を無にせじ」と受けとめたように、尾上の遺した志を引き継ぐことを意味した。以上のように浄瑠璃では、お初の心はあくまでも尾上に向けられていたのであった。

以上の如き点に関して、読本『列女功』ではどのようになっているか。『仮名手本忠臣蔵』をめぐっての遣り取り自体が無く、これに連動して、お初の嘆きと敵討の決意についての場面は次のようにあるのみで、遺恨の草履云々には全く触れるところが無くなっている。

恨つ泣つかきくどき、暫《しばし》涙にくれけるが、思ひ直して立上り、「此上はいか程に泣《なげい》とて返らぬ事なれば、岩藤を一太刀恨《うらみ》、密書を差上、御無念の汚名を雪《すゝぐ》が御為」と、死骸をかへし、奥御殿忍び入こそ健気なる。

この後お初は尾上の書き置きを花の方に奉り、それを読んだ花の方は言う。

「誠尾上が自殺は無下ならず。家の為に大の忠義。そなたの岩藤討ちやつたも主の讐なり、家の為。二人共に揃たる列女の鏡の忠臣義臣。」

尾上の自害も、お初による岩藤殺害も、御家を守る忠義であったとされる。かくて「岩藤討《うたれ》てより、尾上が召使初、主君の書置を花の方へ差上しによつて謀反人の根元顕《あらはれ》て」、事態一気に解決へ向かう様が描かれて行く。尾上・お初の話は、常に御家との関係を保ちながら進行する。

読本『列女功』の全体を統括する枠組は鎌倉公方足利家の御家騒動であり、お初の敵討の話はその中に取り込まれているると、先ずは言うことができる。但しそれをどう取り込むかという点に関して、作者は一定の配慮を備えていた。そのことはお初の父伊場十内の扱いにおいて知られる。本作においては〝十内零落復帰譚〟とでも言うべき話が組み立てられている。先ず巻頭に、足利持氏主従が六浦金沢で鹿狩を行った話を置く。この時土橋が切られたり藪陰から鎗を持つ曲者が現れたりしたことから、狩場を預かっていた十内は責任を問われて放逐される。これにより彼は零落し、その中で病に罹り畑助なる者に借財して本復するが、ある日路傍で畑助から、直ちに返済せよ、ならぬならお初を渡せと迫られる。通り掛った商人坂間伝兵衛が金子を取り出しその場で借金を済ませてやる。この伝兵衛は尾上の父であった。このことからお初は尾上の所へ出仕することとなり、後に尾上の敵岩藤を討つ（前述の通り、この岩藤滅亡から、御家騒動は一気に解決へと向かう）。畑助は悪人一団と通じており、岩藤が足利家の宝蔵から盗んだ宝物を預かっていたが、見付け出されて討たれる。その最期に改悛し、かつての狩場での事件は悪人らと一味をなした自分の仕業であったことを明かす。持氏は十内を召し出し、彼に瑕疵はなかったことを認めて帰参を命ずる。同時に娘お初が二代尾上となって出世することで大団円となる。――このように本作は、十内放逐の話に始まり、十内帰参の話に終わる。お初の〈出仕―敵討―出世〉の事は、この〝十内零落復帰譚〟に包摂されながら、全体構造たる御家騒動の枠組の中に定着する。なおこの観点から、零落していた十内に借財の返済を強いる人物を、浄瑠璃『旧錦絵』で鷲の善六としていたのを、本作で畑助に変更した意味も把握できる。即ち、十内は畑助の仕業によって零落させられ、畑助によって責められ、畑助の改悛によって帰参を得るのである。かくて畑助も全体の構造に関与する。また足利持氏も、十内を放逐し十内を帰参させ、かつ最後御家に返り咲く。そのため浄瑠璃『旧錦絵』の如く途中で暗殺されることなく、生き延びるのである。

浄瑠璃『旧錦絵』は、岩藤が、尾上に危害を与えると同時に謀叛を企てる悪人一団にも属していたとすることで、御家騒動の話と女敵討の話とを混淆した。川関惟充はこれを、小説としての構造という観点から捉え直した。そこには素朴な形ながら読本の様式への意識が働いていると認めてよいと考える。

七　読本『絵本雪鏡談』

速水春暁斎作の読本『絵本雪鏡談』（文化二年（一八〇五）刊）は、加賀藩御家騒動と浜田藩女敵討とを峻別して扱うべしとの立場を表明している。即ち全一二巻のうち巻一一までを加賀藩御家騒動に宛てて本編とし、巻一二に浜田藩女敵討の話を別立てで付帯する。

斯《こゝ》に世俗草履撃《うち》と称《となへ》て鏡山一乱に付会する一奇話あり。もと別事なりといへども誤り伝ふるの久しきを以て、児女の輩あるひは本編に漏脱《おちたる》とせん事を恐る。因《よつ》て其本末《もとすへ》を輯《あつ》め綴て斯《こゝ》に付す。

これは一巻分のみの短編であり、ここに長編としての構造を求めることは当たらないが、以下掲げるような読本特有の作法が認められる。

人物の名が岩藤、尾上、お初とされること、[9] 岩藤は草履で尾上の面上を叩くことなど、[10] 一部浄瑠璃から取り入れた要素もあるが、全体としては実録の筋に大きく拠っている。冒頭、「石州浜名《はまな》の城主誉田《こんだ》近江守某卿《それがしけう》、同国の邦君《だいみやう》瓶井《かめゐ》侯の息女を聘《めとり》て鎌倉の居館《やしき》に迎《むかへ》給ふ」と、地名人名等を僅かに言い換えて知る者にはそれとわからせる春暁斎独特の書き方を用いて、足利家ではなく、石州浜田藩、同国（津和野の）亀井家から迎えられた奥方の所で起こった事件であるとして、実録に立ち戻る。但し以下掲げるように、実録に対して改変付加を行った所がある。

先ず尾上の出自に関して新たな話を作っている。彼女の母はある武士の隠し妻として彼女を産んだが、夫が没して身寄りを失い、鎌倉の大崎文兵衛なる武士に再嫁し、彼女もそこで育てられた。母が病没した後、彼女は瓶井侯の姫に出仕し、輿入れの折に付き従って当家に入り、今の奥勤めに至る。和漢の書籍に通じ、詩歌吹弾に堪能、しかも「貞操《みさほ》正ふして職《つとめ》を麁略《そりやく》にせず」奥向きを治めたので、浜名侯の信頼厚く、中老職に抜擢されたとする。

老女岩藤は、「其性質疎暴《そぼう》にして嫉妒《ものねたみ》偏執の心深く且《そのうへ》奸智逞《たくまし》きもの」であったとするが、単純に悪人故尾上に悪事をしたとは書かない。彼女は家中の士永井亘《わたる》の姉で、要するに最初から当家に仕える者であったが、奥方輿入れの時入って来た尾上が遙かに自分を超えて寵遇されたことから激しく恨み憤った。かくて奸計をめぐらし、先ず奥方に対し、尾上は殿の寵愛を得ようと企んでいると讒言するが、奥方は「固《もとより》尾上が為人《ひとゝなり》を深く知り給へば、正《まさ》しく岩藤が寵を妬《ねたむ》の讒言《さかしらごと》なりと察し給へば」、全く取り合わなかった。「斯て岩藤は夫人《おくがた》の讒《ざん》を信じ給はざるを益《ます〳〵》忌嫉《いみにくむ》事日に増し、此上は面前尾上に恥辱をあたへ自ら罷去《しりぞか》しむるの外なしと、日夜此事をのみ心とし其隙《ひま》を伺ひ居たる」ようになる。

以上の所に、人物の感情が必然のものであることを記しながらその言動を描いていくという、作者春暁斎特有の記述体が表れている。[11] ここでは、ある性質（疎暴、嫉妒、偏執、奸智）の者が挫折をする、それを解消しようとするが、更に挫折を重ね、その中で一つの感情の中に追い詰められていくと書くのである。

続いてある夜、殿が奥向きに出座あって、一同古今の事跡について談話しようということになった。殿から、常盤が夫源義朝討ち死にの後平清盛に再嫁したことをどう思うかと問われ、先ず岩藤が、常盤は清盛に嫁して子の義経らを守ったことにより、後に平氏を滅ぼすことを得たのであり、彼女の行為は不貞に当たらずと述べる。次に尾上が意見を求められるが、「私ごとき賤《いやしき》もの、いかで加《くはふ》る事をわきまへ候べき。只今岩藤が告《もふ》すを承りて始《はじめ》て其理《ことはり》を聞《き》ゝ、実《げに》もと存候なり」と差し控える。ところが岩藤は、「尾上が辞譲《へりくだり》の言《ことば》とは心も付《つか》ず、実《まこと》にかゝる事跡には疎きものよと見慢《みあなどり》、此時にこそ思ふ程渠《かれ》に恥辱《はぢ》をあたふ時至れり」と思い、博識のそなたがその申しようは、私が申したところ取るに足らずとの嘲りかと詰る。尾上はやむなく自説を述べるが、それは、常盤が亡夫義朝の仇を報ずるために清盛に嫁したとするならば、清盛の寵が衰えて後さらに大蔵卿藤原長成に嫁したことが説明できず、従って不貞とせざるを得ないとするものであった。岩藤はここぞと、「密《ひそか》に聞《きく》、其方《そなた》の母といふは、常盤の前のごとく止難《やみがた》き艱《なやみ》あるにもあらず、唯《たゞ》一身の依付《たよる》べき方なきが為に復《ふたゝ》び嫁《かしづき》たりと。さらば是社《これこそ》取も直さず禽獣《とりけだもの》の行状《ふるまひ》といふべし」と決め付けて呵々と笑う。尾上は主君をはじめ満座の前で亡母のことを辱められたことを憤りつつ、自分の不用意な発言に出た事でもあるために深く傷付く。

部屋に帰った尾上は倒れ込んでしまう。下女お初はその原因を他から聞き知り、「是尋常事《たゞごと》にあらず。恥辱《はづかしめ》を忍び給はざる御気質。もしやの事もあらんか」と憂慮し、尾上の側を離れず他事によそえては短慮を諫めた結果、尾上は終に鬱陶を散じて勤めに戻る。殿と奥方は、尾上の争いを好まぬ温敦の性格を賞し寵遇は倍旧となる。岩藤は「案に違《たが》ひて大に焦慮《むねをこがし》、「己れ尾上ふたゝび人に面《おもて》をむけざるごとき恥をあたへ退《しりぞけ》ん」と「種々《さま〴〵》工夫を凝《こら》」すこととなる。岩藤からみれば、重ねての挫折であった。この時に草履打ち事件は起こった。

> 一時《あるとき》事ありて侍女の輩《ともがら》を皆々召《めさ》れしかば、各《おの〳〵》心急《いそぎ》て御前に出るに、尾上は思ひ忘れし事ありて半途《なかほど》より曲房《へや》に帰らんと心急《いそぎ》の余り、何の思慮もなく廊下に在合《ありあ》ふ草履を履《はき》て立帰る。奚《なんぞ》計らん、是《これ》岩藤が草履なりしかば、兼《かね》て意趣を含《ふくめ》る岩藤、斯《かく》と見るより時こそ得たりと……

草履の間違い自体は偶然のことであった。ただこの時岩藤は焦慮の中で尾上の失態が起こるのを待ち構えていた。岩藤の感情に沿って見るとき、草履打ちは起こるべくして起こったものということになる。岩藤は、奥向きの不法を正すのは我が役目、以後の懲らしめのためだと言い、草履で尾上の面上を続け打ちにする。「流石の尾上も今は堪《こらへ》得ず、已に手を返さんとする処」、駆け付けた侍女たちが引き分ける。尾上は心を静め改めて詫び、「何思ひけん、彼草履を懐に納め」て部屋に帰った。そして遺書を認め、「彼草履を寸々に切裂《きりさき》、返す刀に咽喉《のんど》を貫《つらぬき》て」絶命した。親里への使いに出されていたお初は胸騒ぎがして立ち帰り、尾上の死骸、そしてその傍らに切り裂かれた草履があるのを見付け、「岩藤があらぬ恥辱をあたへしを慍《いきどほ》りて斯成果《かくなりはて》給ふ処なるべし」と尾上の心中を受けとめ、敵討を決意する。本作における岩藤の仕打ちは、追い詰められた感情に由来する分執念深く容赦がない。ここに至って尾上の心中に憤怒が生じたのは当然のことであり、お初はその憤怒を共有して敵討に臨んだとするのである。

春暁斎は浜田藩女敵討事件に関して、やみ難い人間の感情という観点から捉え直したいと考え、そのために加賀騒動から切り離し実録に立ち戻ったものと思われる。春暁斎が依拠した実録が如何なるものであったかは知り得ない。流布した実録（即ち第二節に掲げた如きもの）からこの『絵本雪鏡談』巻一二が作られたとすれば、多く手を加えたことになる。もし仮に本作とほぼ同様の筋を持つ実録が存在してそれに拠ったとするなら、その実録は全体から見れば特異なものと言うべきで、やはりそこには春暁斎の選択が働いたということになる。何れにしても、感情に沿って展開する叙述の部分は読本としての創作であったと推定してよいと考える。

八　結語

浜田藩江戸屋敷女敵討の話は、実録を通じて近世中後期の人々の広く知るところとなった。その中で実録の継承者たちは、更なる読み込みを試みていた。浄瑠璃『加々見山旧錦絵』によって一層有名となった後も、読本の作者たちは、自身の考える読本の様式に沿って新たな捉え直しを行っていた。元来この話は、素朴な筋の中に創作者の想像力を動かす要素を多分に含んでいたと言うべきであろう。

注

（1）岩町功「鏡山事件の不思議（上）（下）」（『郷土石見』七八・八〇、二〇〇八年八月・二〇〇九年四月）。

（2）『女敵討記念文箱』は、抱谷文庫蔵本（国文学研究資料館マイクロ資料）に拠る。

（3）中村幸彦「御家狂言におけるかぶき性――加賀騒動の芝居と実録体小説――」（『中村幸彦著述集　第三巻』（中央公論社、一九八三年）所収。初出は一九六九年四月）。

（4）『絵本加々見山列女功』は、著者架蔵本に拠る。

（5）横山邦治『読本の研究』（風間書房、一九七四年）「第一章 展回期の読本――天明末年から文化初年まで――／第三節 絵本ものの諸相／その二 上方における絵本ものの実相――速水春暁斎の絵本ものを中心に――」。

（6）藤沢毅「『絵本加々見山列女功』論」（『読本研究新集』一、一九九八年一一月）。

（7）『加々見山旧錦絵』は、『叢書江戸文庫　江戸作者浄瑠璃集』（国書刊行会、一九八九年）に拠る。

（8）『仮名手本忠臣蔵』は、『新編日本古典文学全集　浄瑠璃集』（小学館、二〇〇二年）に拠る。

（9）但し尾上について「幼名みち」と割り書きで注記するのは実録由来。

（10）実録では、草履を蹴り付ける。

（11）春暁斎特有の記述体については、本書第三部第三章「読本における上方風とは何か」において、『絵本浅草霊験記』『絵本彦山霊験記』等に即して考察した。

第四章　松江藩と実録

一　松江藩主松平氏六代宗衍の時代と実録

近世の出雲で起こった事件を材にした実録が幾種か伝存する。そこには直ちに実とは見なし難い記述も多いが、人物がその時如何に考え行動したかなどの小説的描写が、却って当の人物や事件の本質を映し出していると考えられるところもある。(1)

本論では松江藩主松平氏六代の宗衍《むねのぶ》の時代について、実録でどのように捉えられているか窺ってみたい。宗衍が在位したのは、享保一六年—明和四年（一七三一—六七）である。この一八世紀半ばの時期、松江藩は財政破綻に陥り、宗衍は中老小田切備中尚足《ひさたり》を補佐として改革を試みるものの、事態の打開に至らぬまま隠退する。この時代に関する歴史学的観点からの探究は既に成果があるが、(2)いまこれに実録を以て光を当てるとすれば、どのような像が浮かび上がってくるであろうか。松江藩の危難が当事者たちの心にもたらしたものは何であったのか、また人々は如何なる思いを持してこの時代を生き抜いたのか。このようなことを、先ず出雲の人々に広く写本で読み継がれた『雲陽秘事記』を通じて考えてみる。

二　『雲陽秘事記』に描かれた宗衍周辺の人々

『雲陽秘事記』(3)は、松江藩主松平氏、初代直政から六代宗衍まで約一五〇年間にわたる、藩主とその周辺の人々に関する逸話を集めたもので、作者は未詳、成立は宗衍の次の七代治郷《はるさと》（不昧）の時代、即ち一八世紀後半から一九世紀初の頃と推定される。実在の人物事件が扱われてはいるが、詳細部分の描写には虚と見なすべき部分が多い。藩主の代ごとに章段を立てその時代の逸話を収録するという形をとっており、藩主の人物像やその時代像を窺うことができる。以下、この中から宗衍時代の話を掲げる。

松江藩は、既に五代藩主宣維《のぶずみ》（元禄一一年—享保一六年（一六九八—一七三一）在位）の時代から財政窮乏に陥っていた。『松江市誌』(4)ではこれを「国勢頽廃の時代」と称している。その宣維の死によって、享保一六年宗衍が僅か三歳にして襲封するが、その翌年に享保の飢饉が起こり、藩財政は一層の打撃を受ける。『雲陽秘事記』所収「宗衍公初而御入部之事」の条は、家督を継いだ宗衍が八歳で初めて松江に入った時の話として、他の家老たちが型通りの慶賀の辞を述べる中、大橋茂右衛門は一人これに同じなかったことを記す。

御家老中御玄関ぇ出向へ、夫ゟ御書院ぇ御座定りければ、御家老中ゟ、「御道中無御障り御入国被遊候旨恐悦至極に奉存候」と被申上ける。此時大橋茂右衛門は、御幼年の御側に摺寄、手にて御髪を撫上げ、「扨々あぶなき御事哉。此御幼年を長の道中御駕籠に乗せ奉り振立、若しもの事有之時は如何いたし候哉。夫に何ぞや、御入国恐悦などゝは事珍敷。此茂右衛門には此度の御入国恐悦とは不奉存。扨々危事にて御座候。此親仁が恐悦と奉存は、今十年もして誠の御入国を相待申候也。此事に心付ざる御家老共なれば、まさかの御大事の時は思ひ遣られ候也」と涙を流して申されける也。此時柳多四郎兵衛御道中御供に而有けるが、此大橋の一言を聞て、初而志を起され、後年におよび宗衍公を諫言せしは、此柳多にてありける。

大橋の言動は宗衍を子供扱いするものである。その上で言おうとするのは、故に我々家老が支えなければならないということである。大橋の右のような言動が事実であったかどうかは知る由もなく、実録流の脚色が混じている可能性もある。しかしこの背後に、当時の松江藩の危機的状況を置いて考えてみた時、ここに描かれる大橋の思いは現実味を帯びて読者に伝わってくる。この時柳多四郎兵衛が大橋の言葉に共鳴して志を起こしたとする。これも柳多本人以外が知ることではないが、作者は、その後の柳多の行動（次掲）に着目し、それはこの場における大橋への共鳴に起因すると解釈するのである。

「柳多四郎兵衛大坂御蔵本を帰す事」は次のような話である。藩財政窮乏故に大坂の蔵本への金子返済が延引し、押し掛けた蔵本たちの船が松江大橋の下に筏の如く並んだ。役人たちが困惑する中、柳多が進み出て、明朝自分の宅へ来るようにと告げて、この日は引き取らせた。然るに翌日、柳多はわざと約束の刻限に遅れて姿を現した。

（柳多）椽側ゟゆかたにて大脇差一本にてゆふ〳〵と上座に座し、御蔵本に向、「扨々其方共大儀千万なり。其方共を招事余之儀にあらず。殿様御借受の金子段々延引に相成候得ば、御催促尤也。乍去出羽守（宗衍）当時勝手向難渋に付而、此度は返金難被成也。又夫とも達而御返済可申とあれば、今明年迄には無相違御返し申手立も有べし。其手立は、神門郡に武志土手といふ所有。此所へ薬種を伏る時は五万や七万の金もやすき事也。然共是は是迄例なき事なれば、何分四郎兵衛請合候間、一両年の所は達而御断可申也。此段御帰有て宜敷御伝言頼入候」と被申渡ければ、催促せし御蔵本共柳多の勢に恐入て平伏し、「仰の趣委細承知仕候」と皆々帰りける。

今は返済できぬ、但し神門郡内斐伊川の武志土手に薬種を栽培すれば資金調達は可能故、一両年待たれよと言って帰らせた。松江藩はこの時期、綿花や櫨蠟《はぜろう》などの商品作物を栽培し、その収益によって財政を立て直そうと図っていた。柳多が言っていることはこのことと合致する。それにしても、まだ着手もしていない薬種栽培事業のことを自分が請け合うと言うと、蔵本たちは平伏承知したという。かくして本話のテーマはこの「柳多の勢」ということになる。これに続いて次の話が付加される。柳多は「生得力量強」き人であった。ある時自宅の書院の庭に巨大な手水鉢を誂えたが、人夫七八人掛っても柳多の好みの通りに据えられぬまま、日が暮れてその日は終わった。

四郎兵衛其跡へ書院下駄はきながら庭へ下り、其石を只一人にて心の儘に居直し、左あらぬ顔にて居られけるが、翌朝件の人夫共参りて大に驚き、「夜の間に此石すはりしは天狗の業なるべし」とあきれける。四郎兵衛自身に石を居られしは、家内にても更に知るものなかりける。

かくて蔵本たちが恐れ入った「柳多の勢」とは如何なるものであったのかが理解される。

前掲の一節に、柳多が後年宗衍を諫言したとあったのは、「柳多四郎兵衛太守を奉諫事」に記す一件のことである。宗衍が子息駒次郎（継嗣治郷の弟にあたる人。俳人として著名な雪川）に神門郡六万石を分知しようとした。柳多はこれを強く諫めたが聞き入れられず、終に切腹諫死した。宗衍は大いに驚き柳多方へ遣いを立て、「此方誤たと申せ」と命じたという。ここで柳多は直接語ってはいないが、諫めた最大の理由は、分知が本藩の財力をそれだけ弱める結果になるとのことであったと見てよい。正に決死の構えで危機を救おうと努めた人々の姿が描き出されているのである。

藩政の危機という事実が当事者たちの心に何をもたらしたのかを語る話として、「仙石城之助馬を見らるゝ事」がある。家老の仙石猪右衛門が子息城之助を連れて城下を歩いていた時のことである。

向ふ荷馬壱疋来りける所、此節御勝手向御難渋の節なれば、たゞ御厩に馬三疋有之程の事なれば、諸家中馬壱疋もなかりけるゆへ、城之助幼少なれば、馬といふもの是迄終に見られし事なければ、猪右衛門殿ぇ、「あれは何といふものに候哉」と尋られければ、猪右衛門殿帰宅の上、「扨々嘆敷事かな。十八万石の（大名の）家老の子が馬を知らぬといふは、扨々残念なる事かな」と男泣に泣かれけるとなり。

当時の人々にとって、藩財政の窮乏とは単に経済的な苦しみのみではなかったということを、仙石の涙によって読者に伝える。

以上例示したように、『雲陽秘事記』所収の逸話は、危難の時代の裏面にある人の生き様、心中の様を映し出すものである。

三　母里藩の御家騒動と実録

宗衍治世の最後の頃にあたる明和三年（一七六六）、松江藩の支藩の母里《もり》藩において藩主の後継をめぐる御家騒動が起こった。母里藩は、寛文六年（一六六六）、松江藩松平氏の二代綱隆が襲封する際に、弟の隆政が一万石を分封されたことに始まる。出雲東部の能義郡内を藩領とするが、藩主は歴代江戸定府であり、この騒動も全て江戸における出来事である。母里藩もこの時財政危機の中にあり、しかも藩主は常に江戸にあって国元の窮状を直接知らないという悪条件が重なっていた。この事件について記す『雲州橘之巻』[5]という実録が伝わる。吉永昭「出雲国母里藩「母里騒動」について」[6]は、この実録に拠って事件の経緯、背景等について論じている。いまこの『雲州橘之巻』に、『雲陽秘事記』所収「母里騒動の事」の条を加えて検討する。『雲州橘之巻』の方が、当事件のみで一作をなすものである分叙述も詳しいが、この二種を対比することで、それぞれ独自の観点から人物事件を見ていることを知り得る。

事件の概要は次の通りである。

松平大隅守直道が、志摩守直員《なおかず》の跡を継いで母里藩主の位に就き、亀之助（直道の弟）がその継嗣と定められる。直道の用人に平山団右衛門という者がいた。(7) 平山の妻女は、元は直道の妾であったが、平山に嫁して弥市という男児を産む。彼女がこの子を殿様の胤であると言い立てたことから、平山は亀之助を廃して弥市を藩主継嗣に立てることを画策し、直道はこれを受け入れる。家老たちはこれを諫めるが甲斐なく、本家松江藩の邸へ赴き宗衍に訴える。しかし宗衍は、自力で再応諫言して収めよと言って取り合わない。この後平山や直道は、亀之助を毒害しようと企てる。平山らは、家臣の本多平馬（一説に長尾太右衛門）(8) という者を抱き込もうと考えて、陰謀を明かし同意するよう求める。本多（長尾）は驚くが、同意と見せて血判し、即刻松江藩邸へ赴き、宗衍に経緯を告げて対応を請う。宗衍は役人を母里藩邸へ遣わして、直道を押し込め一味を捕らえさせる。平山は逃亡したが、後に捕らえられ、鈴ヶ森で打首になった。

先ず『雲陽秘事記』「母里騒動の事」の条を掲げる。本条は、全体に平山による陰謀事件という捉え方に沿って叙述されている。平山は元々心の中に一物あったが、妻女の言葉を聞いて画策を始めたとする。

或時団右衛門夫婦語り合ける内、女房団右衛門へ向ひ、「扨々口惜きは此弥市が事也。是迄は隠して不言しが、私殿の御腰元にてありし時ゟ身籠せし此子也。運能は壱万石の大名とも可成に、今小身の子に生れ来りし事口惜しき事也」と語りければ、団右衛門聞て女房に申けるは、「夫はいと易き事なり。折もあらば殿ぇ申上、能に計ひ可申」といふ。是己に一物有ゆへ也。

かくて平山は直道の御前に出て、「かゝる正胤の若君ましますト上は、此弥市どのを御家督に御定めありて可然」と説き、後には亀之助毒害のことをも勧める。

平山団右衛門は大隅守様をたらし込、弥市を若殿に立んと種々工夫をめぐらしけるゆへに、大隅守様に申けるは、

「弥市殿を御家督に立給ふといふとも、弟亀之助様有時は如何なり。何卒亀之助殿をなきものにせんと手立は無之哉」と申上ければ、

このように専ら平山の画策によって事件が展開するという捉え方になっている。

一方『雲州橘之巻』は、以下に掲げるような独自の観点に拠っている。先ず冒頭に次の一節が置かれている。

夫大将たる人は、文武の二つをもつて国家を納、臣下の善悪を知り、忠臣を用ひ逆臣を退け、慈悲をもつて民をあわれむ。是を名将君子と云。夫に引替、逆臣のすゝめにて徒に好色酒宴に長じ、無益の金銭をついやし、家を乱す輩は、知行盗人と云べけれ。

「逆臣のすゝめにて」云々は、この書に描かれる直道の像そのものである。この事件は平山の陰謀によるものではあるが、のみならずそれを誘発し増長させた要因として太守の不行跡があったと見ているのである。平山一味の者たちが弥市の件を勧めたのは、直道の放埒に付け込んでのことであったとする。

大隅守殿表向病気とて月なみ登城なく酒宴遊興を常とし、美しき女を召抱置、昼夜酒宴を被致ける。時分は能と、滝忠右衛門、小沼臺八、山下左中言葉をそろへ、「兼々申上候通、弥市殿は弾右衛門子息と申ながら、殿様の御たねなり。……」と申ければ、大隅守殿早速彼等が申分尤と得心有り、「近日家老共へ申付、屋形ぇ可引取」と被申ける故、弾右衛門へも此通内々通じて其日を待けるとなり。

また、「如此俄に騒動する事、偏に大隅守殿無分別より起る事なり」とも評している。直道の放埒の実否について史料によって知ることを得ないが、母里藩では先代の志摩守直員の代の宝暦九年（一七五九）、江戸における藩主の贅沢が国元の財政破綻を生じ、二人の家老が諫死する事件が起こっている[9]。単に、下が乱れるは上が治めぬ故という一般論ではない、現実味を持った見方としてここに取り入れられた可能性がある。

また本書の特色として、平山弾右衛門という人間への着目という点を挙げることができる。平山は次のような者であったとされる。

知行百五拾石、当家譜代、殊に武芸に達し才知成る故、大隅守殿部屋住の時より後見たる故、尤大隅守殿気に入、殊に手懸の女を彼が妻女に給り、此度家督相続なれば、猶以彼に万事相任せられし故、今は家老用人を取おゐて、彼壱人万事取計ひける故、諸士雑兵に至迄、何卒弾右衛門気に入らんとへつらいける。

早くから直道の寵遇を受けていたが、家督相続があって一層の権勢を得た。この状況の中で平山は妻女の言葉を聞いたとする。

ある時妻女申けるは、「今殿様の御家督に付思ひ出すは弥市が事。其むかしわれは渋谷の百姓の娘にて、此御屋敷ぇ奉公に参り、風と殿様の御情を受懐胎して、間もなく当家ぇ被下産しはあの弥市なり。運能は壱万石の御物領とたつとみあがめられんに、不運にて家来となり、漸々百五拾石の家督を取事残念さよ」と涙にくれて語けるに、弾右衛門是を聞始て欲心おこり、

弥市を藩主後継に据えるという企みを最初に抱いたのはこの時であり、それは妻女の無念の涙に触発されたものであったと、独自の捉え方をしている。

前掲の通り『雲陽秘事記』では、平山はこの後自ら直道に説いて弥市を勧めたとしていたが、この『雲州橘之巻』では、

「……誰ぞ殿の御気に入たる者に此事能々言含、折を見合申上ば、殿も御承引有り御家門ぇも（弥市を）御披露有、御惣領となさらん。兎角御気に入の滝忠右衛門、小沼臺八、山下左中等に金銀をもつて恩を見せ、此計らわせんと、是第一の計略なり」といろ〳〵したしみ、

先ず直道昵近の三人と結託することから始めたとする。平山の周到さ執念深さは、この後も一貫して描かれる。

最後に悪事が露顕して平山が捕縛処刑されることについて、『雲陽秘事記』では、本郷丸山で虚無僧となっていたのを、松江藩役人が「無難《なんなく》団右衛門を召捕、江戸品川鈴ヶ森にて打首にぞ成りにけり」と、呆気ない結末であったとする。一方『雲州橘之巻』ではここからのくだりが極めて長い。妻女に対して、「我思立し存念も水のあわと成り、此上如何成うき目にか逢ふべくもしれず」と語り、妻子を知る辺に預け、己も本郷丸山の与力何某方に匿われる。松江藩はこのことをつきとめて引き渡しを要求するが、与力何某はこれを欺いて平山を逃がす。熊谷の宿外れに潜んでいたところ、終に踏み込まれるが、「いや左様の者にては無御坐候」と言い逃れようとし、刀を抜いて抵抗するが捕らえられる。討ち捨てと極まり牢から引き出された時、なおも陳じようとする。

（役人）罪の次第一々箇条書をもつて申渡しければ、「是まつたく私壱人わざにあらず」と言分に及びければ、役人声かけ、「此場に至て何申分、推参至極」と申ければ、弾右衛門あやまり入奉り只一言もなく居たりしが、役人申条、「重罪にきわまる上は、如何様被仰付候共いなやこれある間敷候」と申ければ、「此上は御憐愍ねがいたてまつる」と申ければ、此上にものがれんこともがなと思かく申けるとぞ見へにける。

鈴ヶ森にて打首と言い渡し、松江藩の足軽安井五藤太が縄を掛けようとした時、平山は抵抗した。

久々弾右衛門牢にあり力つきたりといゑども、元来覚あれば、五藤太取て二三間なげとばす。五藤太は漸々起上り顔をしかめける。つゞいて深津彦十郎大力持殊に少し覚へあれば、恐れげもなく立むかい、なんなく弾右衛門を高手にいましめける。[10]

いよいよ引き据えられ討たれる時、次のことが起こったとする。

「我かくまでつゝみしこともあらわれし上は、かくすにをよばず。倅弥市を若殿に仕立壱万石をとらせんと思しに、こと顕無念至極」と、両の眼をくわつと見ひらきし有様に、下部抔は二目と見やらざりける。其時同心、「観念せよ」と、水もたまらず討落す。其日は晴天なりしが、俄に大風吹雨のふることすさまじく、誠に平治年中悪源太義平の被討し魂魄雷と成りしためし(11)、弾右衛門が恨ゆへ雨ふり風吹ならんと、皆々急ぎ屋敷ぇ帰りけり。

本作は一貫して平山のしぶとさに着目する。但しその欲心執心の増長を許したのは藩政システムの機能停止であり、その根元は藩主の放埒にあるという構図で捉えている。これもまた、人物事件の描写を通じて時代の在り様を映し出していると言ってよいと考える。

四　実録が捉えた宗衍とその時代

松江本藩のことに戻って、再び『雲陽秘事記』を見る。作者は宗衍を、藩政の立て直しを遂げられなかったという結果から無力の人と決め付けることはしない。「宗衍公公儀御礼の節御即智之事」は、宗衍が一一歳で将軍吉宗に拝謁した折の話である。頂戴した盃に、御側衆が誤って酒を一杯に注いでしまったが、彼は智を以てこれを切り抜けた。

将軍にも御声を被為懸、「幸千代くるしかるまじ。其酒三方ぇあまし可申」と有けれども、宗衍公御三方へしたむは恐有りと被思召て、我御振袖へ移して、其余りを御頂戴有之ける。依之御才智を将軍を始奉り御君近の人々感心ありけると也。

この話は他の文献にも見出されるが、小異がある。そのうち『翁草』(12)（神沢杜口著）巻九七では、将軍は「年相応に過不及のなきを、全き人といふべし」、幼年にして知恵の勝り過ぎるは考えものと、苦々しく評したとする。この『雲陽秘事記』の一条は、宗衍が年少にして才人の片鱗を見せたものとして手放しで賞するものである。

「朝鮮人来朝之事」は、寛延元年（一七四八）、朝鮮通信使が徳川家重の将軍就任祝賀のために来日した時の話である。

宗衍公も御登城有之ける所、朝鮮人数多の諸大名の前を通りけるが、此宗衍公の前計《ばかり》にて平伏して通りける。跡にて是を尋るに、朝鮮人ども言けるは、「将軍より天威の備りしは、我々共平伏せし所に井居られし諸侯こそ、誠に眼中に天威備はりし」と恐れをなして物語ける。誠なるかな、此宗衍公は忝も東照宮の御血筋を為継給ひ、其御母君は京都伏見宮御方ゟ入らせ給ふ姫君の御腹に御出生被遊候御事なれば、自然と天威も備らせ給ふならん。

通信使たちは宗衍のことを、眼中に天威備わる人として畏伏した。血筋故の生得のものであろうと言うが、学者文人など教養人によって構成される通信使団の人たちを圧倒するほどの威光が宗衍にはあったとする。

「吉原にて宗衍公を知る事」は、江戸滞在中、宗衍が近習の面々と主従の装束を替えてお忍びで吉原へ出かけた時の話である。

折ふし雨天にて羅紗合羽を着込みければ、皆々見返りてぬぎ、袖だゝみにして片角に置けるが、宗衍公ばかりは何の御気も付ず、ぬぎたる合羽を金屏風に投懸奥ぇ被為入ける。若者ども、大守様成事をしりけるとなり。

雨に濡れた合羽を金屏風に投げ懸けた一瞬の振る舞いに、廓の若い者どもはその人の誰たるかを知ったという。彼の豪快奔放な一面が、思わぬところで現れたのである。

「宗衍公御歳旦の御発句之事」には、宗衍が藩主の位を退いて迎えた新春に詠んだ句を掲げる。

隠居して世を倅に譲る身は童のこころになり侍れば

元日やまづ読そめに赤双紙　　雪淀

草双紙の赤本を手に取って、子供に返った気持ちで読んでみる。宗衍のもとで行われた藩政改革は十分な効果が上がらず、明和四年（一七六七）、一七歳の治郷が七代藩主として襲封し、家老朝日丹波郷保は新たな改革に着手、ここに宗衍は隠退する。但しここに読み取れるのは、これで自由な心を持って生きられるという安堵、喜びの如きものであろう。改革成就せず隠退、故に彼は失意の底に沈んだであろうなどと安易に決め付けられないことを、この一条は語る。

以上掲げてきたように『雲陽秘事記』『雲州橘之巻』とも、人の言動や事の経緯を実見してきたかの如く語る。但しこれらの叙述は決して無造作に並べられているのではなく、この時代を生きた者が見た所、考え感じたであろう所を描き出すべく選び取られ、また付加されたものであったと思われる。

注

(1) 田中則雄「実録『三巴八雲の敵討』について」(『山陰研究』二、二〇〇九年一二月)。なお本論で取り上げる『雲陽秘事記』については、田中則雄『雲陽秘事記と松江藩の人々』(松江市教育委員会、二〇一一年)において詳述した。
(2) 乾隆明『松江藩の財政危機を救え——二つの藩政改革とその後の松江藩——』(松江市教育委員会、二〇〇八年)。
(3) 『雲陽秘事記』は、島根大学附属図書館桑原文庫蔵本に拠る。誤脱は、他の伝本を参考にして訂した。また適宜表記を改めた所がある。
(4) 『松江市誌』(松江市、一九四一年)。なお名著出版、一九七三年の復刻版に拠った。
(5) 『雲州橘之巻』は、島根大学附属図書館桑原文庫蔵本に拠る。注3と同様の処理を行った。なお同本を底本として翻刻した。田中則雄「『雲州橘之巻』について」(『山陰研究』一〇、二〇一七年一二月)。
(6) 吉永昭「出雲国母里藩「母里騒動」について」(『御家騒動の研究』(清文堂出版、二〇〇七年)所収)。
(7) 平山の名は伝本により、団右衛門、弾右衛門、両様の表記がある。
(8) この人物を、『雲陽秘事記』では本多平馬、『雲州橘之巻』では長尾太右衛門とする。
(9) 注6前掲吉永論文等参照。

（10）『雲州橘之巻』島根県立図書館蔵・河上家蔵本（謄写本）では、底本（桑原文庫本）と比較するに、「つゞいて深津彦十郎」以下の箇所に、次の〔 〕で括った部分が増補されている。

続て深津彦十郎〔捕らんとして飛かゝれば、団右衛門両手を組うつ伏に伏て、右より寄れば左へ替し、左より寄れば右へ替し候ゆへに、彦十郎捕不得。其間に五藤太起上り、膝をつかんで後へ引倒さんとしければ立上る。其所を膝にて腰を踏ければ、後へどふと倒しを、すかさず五藤太、「捕」といふて縄を掛。〕大力持殊に少し有覚ば、無恐も立向、無難団右衛門を高手小手に戒めける。

これについて貼紙があって、

右安井五藤太直物語也。本書に誤有、仍書載るもの也。夫のみならず、右の働御褒美として銀三両被下置候の由也。天明六午春年《ママ》之書載之。

と、五藤太自身の話によって、流布の本文に彼の活躍を加えて訂したものという。これによれば、平山は最期に一層の抵抗を見せたことになる。

（11）六条河原で斬られた源義平が雷となって平氏に祟ったという話（『平治物語』）に拠る。

（12）『翁草』は、『日本随筆大成　第三期第二一巻』（吉川弘文館、一九七八年）に拠る。

第五章　出雲国仁多郡木地谷敵討の実録

一　『木地谷敵討』の特色と本論の課題

出雲国仁多郡木地谷の五兵衛・三助・七兵衛兄弟が、七郎兵衛なる男を父親の敵として狙い、元禄六年（一六九三）五月四日、終に三助が討ち取った。この事件について記す写本二種が伝存する（何れも島根県立図書館蔵）。一は天明八年（一七八八）春日易重の書写、一は文化一〇年（一八一三）中島則道の書写によるもので、以下それぞれ〔春日本〕〔中島本〕と称する。なお書名は、〔春日本〕の内題・外題により『木地谷敵討』を以て称する（〔中島本〕は内題「雲州仁多郡百姓三助復讐」、外題「雲州仁多郡百姓敵討」）。(1)

〔春日本〕の構成は次の通りである（なお便宜的に（ア）（イ）、一二など、記号、番号を付す）。中心をなすのは（イ）実録（実録体小説）の部分で、一〇の章段から成る。（ウ）（エ）（オ）は各種文書の写し。（カ）はこの『木地谷敵討』の編著者による成立時の自跋。以上を囲むようにして、（ア）日光川北伊蒿なる者の序（明和三年（一七六六））、（キ）この写本の書写者春日易重の跋が加わる。

（ア）日光川北伊蒿序

（イ）実録

一、木地谷長兵衛同所七郎兵衛山畑論之事
二、大野木谷にをゐて七郎兵衛長兵衛を殺害する事幷長兵衛死骸を取帰事
三、庄屋六郎兵衛取捌の事幷太郎兵衛五郎右衛門後家をすかす事
四、五兵衛母親に孝行の事幷母親子共に異見之事
五、三助しきりに敵討をいそぐ事
六、敵の証拠を聞出し母親本心をあかす事附七郎兵衛五兵衛出合之事
七、五兵衛七郎兵衛と偽りて和睦之事
八、兄弟蜜々相談之事
九、三助敵討之事
一〇、庄屋惣右衛門三助兄弟を召捕働之事幷双方口上書之事

（ウ）「注進幷口上書之事」
〔組頭又兵衛・下郡勘右衛門・吉川太郎兵衛・土屋嘉兵衛より佐々安左衛門・水野孫四郎・高橋九市宛ての状〕、「三助口上書」、「三助兄五兵衛口上書」、「三助弟七兵衛口上書」、「三助母口上書」、「三助兄作兵衛口上書」、「三助伯父太郎兵衛口上書」、「米原之五郎右衛門口上書」、「古木地谷清三郎口上書」、「六左衛門善兵衛口上書」、「七郎兵衛女房同人倅弥三兵衛口上書」、「七郎兵衛弟徳右衛門口上書」、「七郎兵衛弟八郎兵衛口上書」、〔「斯注進ありて」云々の文章〕

（エ）「郡奉行佐々氏御状之写」

（オ）「伝に曰」

（カ）自跋（無名）

（キ）春日易重跋

右の（カ）実録編著者による自跋に、この書は当事件の詮議に郡長として関与した渋川退翁なる人物が、数巻の書記を与え且つ語った所を元に記述したものであるという。〔春日本〕によって掲げる。

此郷に渋川退翁とて九旬に及べる老翁あり。彼孝子が報讐の時郡長を勤して、其始終にたづさはれり。よて平日三子（三助ら三人兄弟）が孝を感じて、我子孫はもとより人の子たる者に物語りぬ。或日数巻の書記を我にあたへて曰、「是は三助等が仇討の日記也。おもふに百年の後かならず事実を失して付会の説を伝へ終には彼等が功名もむなしく朽なん事をうれひ、始終の実記を写して世に残さん事をおもへど、気然衰へて心に任せず。吾子我にかはりて後人に伝へよ」と、今眼前にみるが如くに物語りて猶其時の書記をもつゞけるまゝ、老の志ざしをもむなしくなし難く、且は三子が孝名のうづもれん事もおしむがあまりに、短文の嘲けりをかへりみず、是を書記して伝ふることしかり。

なお〔中島本〕では、渋川退翁が書記を与えて曰く云々以下のくだりは次の通りで、〔春日本〕と同旨であるが若干語句の相違がある。

「此は是れ三助等が親の敵を討ける時書留置る草稿なり。我も其頃郡の役を勤て始終の有様を知れる也。時去り人替りて百年の後には、彼等が高名も朽ざらん《ママ》事を惜めども、血気衰て心に不任。汝書集て後人に伝へよ」と云。老人の志の空からんと、三子が孝名の朽なんも本意なければ、其物語の儘に書留置ける者なり。

この〔中島本〕自跋では、末尾に「于時宝暦八戊寅年二月」と年時の記がある。また渋川退翁の所に割注を入れ、

「此退翁ハ本文ニ有之下郡勘右衛門也」とする。渋川退翁を、本文中に現れる下郡の勘右衛門であるとする説には信憑性がある。渋川勘右衛門清房は寛文四年（一六六四）に生まれ、宝暦二年（一七五二）八九歳で没している。この跋文の書かれた宝暦八年（一七五八）は没後六年、また「九旬に及べる」も許容してよかろう。二四歳の時から庄屋を務め、元禄元年（一六八八）に与頭、同四年に下郡役に就いており、事件の起こった同六年は同職在任中である。[2] なおこの実録編著者の名は記されていない。〔春日本〕には、退翁が「吾子我にかはりて後人に伝へよ」と、〔中島本〕には、「汝書集て後人に伝へよ」と言ったとするところから、退翁に近く親しい人物と窺える。

また〔春日本〕には最末尾に（キ）春日易重跋が付されており、最低限の字句の校訂のみ加えたことを述べている。

予木地谷孝子が徳名を聞伝ふる事ひさしといへども、此記録ある事をしらざりしに、ある人此書を袖にして来り、一見せよとありけるまゝ、書写して人にもみせばやと欲すといへども、多年伝写のあやまりすくなからず、文言も又鄙俗にして他の国人に聞あかし難き事など多きを以、筆の序にあらまし校訂をくはへ侍りぬ。されども事実におゐてはいさゝかも私意をくはふる事なく、唯文段の前後なるをば、始末を考量して是を改め、手尓於葉のあやまりの如きを削補し侍る而已。

天明八年戊申仲春　　神門郡古志郷　春日易重

次に〔中島本〕の構成を示す。先ず〔春日本〕の（イ）～（カ）に相当するものを収める。但し（イ）実録の本文には後掲するような〔春日本〕との異同があり、（ウ）の文書類も、断った上で「三助母口上書」以下を省略している。続いて末尾に、〔春日本〕にはない次の二点を収める。

（ク）「元禄六癸酉五月四日雲州仁多郡上阿井谷に而敵討事」（二ヶ条の文章。）

（ケ）「郡御奉行ゟ御状写」（前出の（エ）（オ）と重複する内容が含まれる。）

またこの〔中島本〕には、上欄・行間等に栗原寛なる人物による注が挿入されている。

以上よりこの『木地谷敵討』の形成について以下のように推定する。先ず渋川退翁の書記が成る。この中には、文書の写しと、事件に関する退翁自身による記とが含まれていた。文書の写しはそのまま（ウ）〜（オ）（ク）（ケ）などとして収録。退翁による記はこれに語りの内容を加えて（イ）実録の原型として編纂される（時期は〔中島本〕自跋の記された宝暦八年（一七五八）頃）。この後転写されて、一つには（ア）明和三年（一七六六）日光川北伊蒿序が付され、最終的に天明八年（一七八八）春日易重の校訂筆写により〔春日本〕が成る。また一つには、栗原寛による注が加えられ、文化一〇年（一八一三）中島則道の筆写により〔中島本〕が成る。

【『木地谷敵討』の形成】

文書の写し

渋川退翁による記・語り
↓
実録原型　**宝暦八年（一七五八）頃**

…**転写**

↓
日光川北伊蒿序を付加　**明和三年（一七六六）**
↓
春日易重の校訂筆写　**天明八年（一七八八）**
＝〔春日本〕成立

↓
↓
栗原寛による注を付加　**年時未詳**
↓
中島則道の筆写　**文化一〇年（一八一三）**
＝〔中島本〕成立

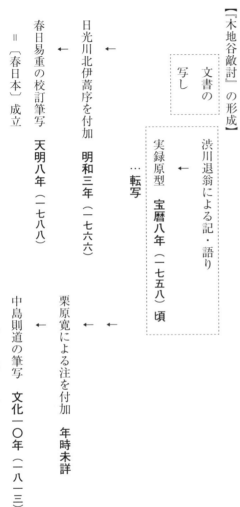

（イ）実録部分に関して〔春日本〕〔中島本〕の本文を対校してみると、全体としては共通する部分が多くを占める。その共通する部分では表現の細部まで合致する。一方、共通しない部分においては、〔中島本〕の方が詳細に踏み込んで描写するという傾向が認められる。このことから、〔春日本〕の方が原型成立～転写初期の本文を残しており、〔中島本〕はこれより後の時期、転写される中でより積極的に補訂が行われたものと推定する。

ここで『木地谷敵討』という書の特色を次のように整理する。先ず、一書の中に実録と文書の写しとが併存する点。また実録部分には、渋川退翁による記と語りに基づくことにより、文書には残りにくい、当事者のみが知る事情や解釈が取り込まれたと推定できる点である。

本論は、この実録部分が如何なる観点に基づいて形成されたかを考察しようとするものである。先ず次の第二節において、実録部分を幾つかの纏まりに区切りながら取り上げ、文書の写しに記す所との異同を把握し、事件や人物に対して一定の解釈が存し、それに基づいて実録本文が記述されたことを跡付ける。ここでは原型成立～転写初期の本文に近いと見られる〔春日本〕本文に拠ることとする。続いて第三節では〔中島本〕が独自の本文を持つ部分を取り上げ、転写の段階で生じた補訂について考察する。

二　原型成立～転写初期段階の実録本文

（A）発端

一、木地谷長兵衛同所七郎兵衛山畑論之事

二、大野木谷にをゐて七郎兵衛長兵衛を殺害する事并長兵衛死骸を取帰事

【梗概】木地谷の木地師長兵衛と甥の七郎兵衛とは山畑の境をめぐって争論が絶えなかった。延宝五年（一六七七）四月二一日、七郎兵衛は山中において斧で長兵衛を打ち殺害する。長兵衛の息子五兵衛が公儀に訴えると言うのを、伯父太郎兵衛、従兄弟五郎右衛門は固く止め、事故として済ませる。

長兵衛・七郎兵衛が対立した経緯に関して、先ず文書に記す所を見る。（ウ）の中に収める、五兵衛（三兄弟の兄）(3)の供述「三助兄五兵衛口上書」には、両人の間に山畑の境をめぐる争論があり、庄屋年寄中が仲裁に努めるが七郎兵衛が承引しないため、四月一九日（長兵衛横死の前々日）両人を伴い与頭四郎右衛門方へ赴こうとしたところ、道中において七郎兵衛が突然得心したと言い出したので訴えを取りやめたと記している。

十七年以前巳年父長兵衛、従弟七郎兵衛と山畑境争論仕、庄屋年寄中色々取扱被申候得共、七郎兵衛承引不仕候に付、同四月十九日庄屋年寄中、双方召連組(与)頭四郎右衛門殿方え罷出可申と、下阿井村境迄参申候所、何と心得候哉、七郎兵衛申様、「纔之儀に付伯父甥争論仕、役人衆え懸御苦労候も如何敷候間、是迄双方御取扱之通に承引可仕」と申に付、上阿井村え罷帰申候。

一方（イ）実録の「一、木地谷長兵衛同所七郎兵衛山畑論之事」の章段では、これより一つ前の出来事から七郎兵衛の言動を描いていく。両者の争論は七郎兵衛の我意によって収拾つかなくなり、村内の者たちは先ず庄屋六郎兵衛に訴え出たという。

村役人古老の者打寄取扱といへども、七郎兵衛我意に募り、他の扱ひを用ひず、口論喧嘩に及事たび〳〵なれば、村内の者も捨置がたく、長兵衛幷七郎兵衛同道して庄屋六郎兵衛方に罷出、

ここで七郎兵衛は庄屋六郎兵衛に対し、役人衆が長兵衛と結託して偏頗の取り捌きをしていると主張する。

七郎兵衛傍に人なき面色にてゐせ笑ひ、「扨々役人衆も長兵衛より能々頼込候にや、同様に詞をかざり下手狂言

をみるやうに申合されし手目の見苦しさよ」と、さもにくてらしくの、しり嘲るま、、

これには一同立腹し、かくて与頭四郎右衛門に訴えることにしたが、七郎兵衛は突然翻心した態度を見せる。

既に四郎右衛門宅近くなりて、七郎兵衛なにとかおもひけん、傍の石に腰うち懸、「いづれも先しばらく是にて御休足候へ。扨々思ひ廻し候得ば、大勢の衆え御世話をかけ、何とも気の毒に存候得ば、唯今まで何角と申候儀は偏に御用捨下さるべし。……右山畑境の儀は、村内衆の御取持下され候通に仕べし」と、打解たる顔して手をつき詞をつくし断しければ、

庄屋六郎兵衛は、かほどに謝るからは再度言い募ることはあるまいと、これにて事を収める。

以上殊に傍線部に見える如く、我意を顕わにしていたものが忽ち下手に出る様を描く。そのことにより彼の内面に注目しようとしている。

山畑境争論は村内の者扱によりて長兵衛、七郎兵衛納得いたし事静て両家和睦のやうに見へけるが、七郎兵衛が底意解ずして、ふかく忿をふくみ居ける。

七郎兵衛は詫びて承引して見せることで与頭の前に出る事態を避けたが、これが却って心中に忿懣を増幅させ、長兵衛殺害へと突き動かすことになったと見ているのである。人物の感情（ここでは封じ込められた忿り）を捉え、そこから次の行為（殺害）を理由付けるというのは、実録に典型的な型である。

続く長兵衛殺害のことに関して、前引の「三助兄五兵衛口上書」では、四月二一日の朝、七郎兵衛が長兵衛を訪ねて、代官所の下代衆より誂えのあった丸盆を作るための材が無いと言い、長兵衛が自分がこれを見立てようと言って山へ入って行ったこと、五兵衛が父の帰りが遅いのを心配して七郎兵衛に尋ねるが、全く知らぬと言い、自分の下人にも捜索を手伝わせようと言って遣わしたことをいう。

四月廿一日の朝七郎兵衛罷越申様、「御誂の丸盆其方ゟ挽立出し可被申。私方には木も無之候間、得挽不申」由申に付、父長兵衛ゟ申候は、「此方にも木地無之候得ば、今日山え罷越見立可申」と及返答、父は朝五ツ時分山え上り申候。其跡ゟ七郎兵衛も同じ山え参申候処、……（父の帰りが遅いので、行方を知らぬかと）相尋候へば、七郎兵衛申様、「私とは山違候間、一円様子不存候。何様気遣の事に候」迚、七郎兵衛下人市郎兵衛にも為尋可申由に而、両人夜に入相尋候得共、相知不申。

この部分、実録では、事の流れは同様であるが、傍線部のような七郎兵衛の振る舞いとその意図（悪意）とが示される。

四月廿一日朝七郎兵衛長兵衛が方に来りて申けるは、「御代官所下代衆より誂の丸盆其元より拵出さるべき哉。手前には木地もなければ得挽立申まじく」といひければ、長兵衛が曰、「此方にも取置たる木地はなけれど、受合候品今さら木地なしとも申さるまじ。けふは大野木谷辺え参り、木地見立申べし」と答へける。七郎兵衛何歟思ひ付たる気色にて、あたふた我家に帰りける。長兵衛は其日の五ツ時に木地見立に行てけり。七郎兵衛も斧をふり荷ひ、長兵衛が跡を追て山に登りける。

続いて、七郎兵衛が五兵衛から、父の行方を知らぬかと尋ねられて驚きの面色を見せたこと、彼が自分の下人に捜索を手伝わせようと申し出たのを五兵衛は不自然に感じたことが記される。

（五兵衛が、貴殿は父の行方を知らぬかと尋ねると、）七郎兵衛驚きたる面色にて、「長兵衛殿にはいづれの山へ参られ候哉、一円影だにも見ざる也。何様それは気遣ひの事なり。此方下人市郎兵衛も松明こしらへ五兵衛殿とともに尋さすべし。……」と、山畑争論以後何事も世話せざりし七郎兵衛が俄に取持けるは心得ずと思ひながら、市郎兵衛と同道し、松明を打振て山に登る。

実録編著者は、七郎兵衛は村内衆の前で詫びた時以来、忿りを完全に封印しつつ淡々と殺害の機を狙い実行したと解している。

五兵衛が翌朝山で死骸を発見、斧で首を切られていたので村役人衆に届け出ようとするのを、伯父の太郎兵衛、従弟の五郎右衛門が固く止め、事故扱いにさせたとする。先ず五兵衛の供述（「三助兄五兵衛口上書」）によれば、二人はその理由として、親戚同士の事である点（七郎兵衛の母は長兵衛の妹）、事件扱いにすれば村方に難儀をかけることになる点を挙げたという。

「死骸を其儘村役人衆掛御目候上に而山ゟ取帰可申」と申候得共、太郎兵衛、五郎右衛門抔ゟ、心得違の儀申候迚私を呵、死骸を其儘山ゟ取帰葬送仕様にと色々異見仕候に付、私ゟ申候は、「是は慥に斧に而切候体に相見候。外に人の可参所に而も無之。決而七郎兵衛仕業と存候得ば、難捨置。御上の御吟味奉願度」と色々申候得共、太郎兵衛、五郎右衛門より、「此段御上え訴出候はゞ、七郎兵衛は如何様可被仰付も難計は候得共、七郎兵衛母は、長兵衛、太郎兵衛妹の儀に候間、偏に堪忍仕候様」申、其上村方の難渋彼是の趣を以厳敷異見仕候に付、……無拠其儘に相済葬送仕候。

一方実録においては、太郎兵衛、五郎右衛門の振る舞いは次のようであったとする。

太郎兵衛、五郎右衛門とくと疵を改見て、傍に寄耳に口よせ、「是は慥に斧にて切たりとみゆれば、必定七郎兵衛山畑の意趣にて切たるならん。しかし是とても肉縁のものなれば、大事の場也。先々死骸をとり帰り然るべし」といふ。五兵衛は泣沈みて居たりしが、「是は慥に相手ありと見受たり。此儘御公儀え訴へ検者をうけ、御吟味を願ひ敵をうたせて玉はれ」と、むづと座して帰るべき体ならねば、五郎右衛門、太郎兵衛左右にすり寄詞を揃へ、「扨々不埒千万の申事哉。嘆きに心も迷ひけるや。たとひ死したる父にもせよ、魂うちにあるなれば、か丶る野山にとめ置からだを雨露にさらされて嬉しとも思ふまじ。又孝行にもなるべき哉。まづ〳〵家につれ帰り、一類打寄衆評致さん。いよ〳〵相手もあらば、我々とても捨置べきか。物に狂ひたる事也」といろ〳〵すかしなだめければ、五兵衛頭をあげ、「なる程御尤の仰也。しからば宿につれ帰るべし。たとひ御吟味の願ひ不レ叶とも、相手を聞出し、敵をうたで置べき歟」と、泣沈たる母を引立すかしなだめて、なく〳〵死骸を我家に取かへりける。

ここでは、太郎兵衛と五郎右衛門は、七郎兵衛の仕業であることを確信の上で、相互に密談し、事故として済ませることを決めている。一方の五兵衛が公儀へ届け出ると主張して譲らぬ様であったことを示しながら（「むづと座して」云々）、それを両人が無理に抑えたとする。しかもここで、父親のために早く死骸を家に連れ帰るべきだと、孝を持ち出して責めている。前掲の口上書では、親類間の出来事であること、事件扱いにすると村方に難儀がかかることを、五兵衛に対して率直に説いたとなっていた。実録の方が両人の不条理が強調され、五兵衛にとってより苛酷な状況を作り出している。

（B）母子の苦難、証拠の探求、母の本懐

三、庄屋六郎兵衛取捌の事幷太郎兵衛五郎右衛門後家をすかす事
四、五兵衛母親に孝行の事幷母親子共に異見之事
五、三助しきりに敵討をいそぐ事
六、敵の証拠を聞出し母親本心をあかす事附七郎兵衛五兵衛出合之事

【梗概】遺された母子は、庄屋六郎兵衛に、七郎兵衛の仕業であると訴えて吟味を請うが、伯父太郎兵衛と通じ

ている六郎兵衛は取り合わない。兄弟は無念を噛みしめつつ苦難の日々を送る。後年兄弟が成長するに至って、母は敵討の本懐を明かす。元禄五年（一六九二）一二月二一日、五兵衛は七郎兵衛と出会って口論となり、その方は父の敵故必ず討ち果たすと告げる。

庄屋六郎兵衛が母子の嘆願を退けたことについて、文書には見えない。実録がこれを記すことで注目しようとしているのは、

（庄屋から退けられ）後家を始め二人の者共（五兵衛、三助）、今は誰を頼ん方もなければ、唯涙の外いらへなく、臥沈て嘆きけるが、扨しも有べき事ならねば、なく〳〵だびのいとなみ取した〻め、野外に送りかへりけるは、本意なかりける事ども也。

と、夫親を殺害されたのみならず、周囲から正当な扱いを受けず孤立した母子の悲愁のことである。

また庄屋六郎兵衛は、母子の訴えに対して、「それには慥に証拠ある事にや。証拠なくては中々左様の吟味難レ成」「何ぞや刃物疵に相違なしと申証拠あるにや。剣を植たる如き巌にあたりては、首に傷足手を損ぜんこと寔に刃の疵のごとくなるべし」と強弁する。三助（この時一二歳）は、「是は御役人の仰とも不レ覚。さほどに証拠しれ居申事なれば、御吟味は御願申さず候。証拠のしれ難き故にこそ御吟味を御願申にて候へ」と食い下がり、我々兄弟のうち一人を同じ谷から突き落として、父の疵が岩で打ったものか刃物によるものか確かめなさるがよいと、忿りの涙をこぼして詰め寄るが退けられたともいう。なお後掲する如く、後続の段を読むと、ここで庄屋から「証拠」と言われたことが兄弟の思考を大きく縛ったことが見て取れる。

一方七郎兵衛の側は、事故として収められたことを悦んだとする。

（七郎兵衛は）隠便に事済けると聞て、弟徳右衛門、同八郎兵衛幷嫡子安右衛門、二男弥之助（後弥三兵衛と改号す）打寄悦事限な

し。

勿論七郎兵衛の弟や息子らが後に、我々はこの時悦んだなどと供述するはずもなく、文書の方にはこの類のことは出ない。それどころか（エ）「郡奉行佐々氏御状之写」では、弟や息子らは当初から関知していなかったと見なされたとする。

　七郎兵衛伜安右衛門、弥三兵衛、同人弟徳右衛門、八郎兵衛儀、先年七郎兵衛長兵衛を殺候儀不存筈、殊に伜共は其節幼少故猶以不存筈に候……

実録では、ここで七郎兵衛側の心の内（安堵、喜悦）に言及しておこうとの意図が働いたと考えられる。そのことは、一方で母子の側の無念苦難の暮らしぶりを記すことと表裏の関係にある。

　長兵衛死去の後は月日を経て貧しくなり、木地挽の細工売先をも七郎兵衛に押領せられ、彼争論せし山畑も村役人扱にて済けるが、いつともなく是も七郎兵衛が物となりぬ。次第に貧しくなり行ければ、漸炭を焼樵夫なんどして其日を送る。

身内を討たれた者が苦難の日を送る様を描き出すのは、敵討物実録の典型的方法である。

ここで、母の心中がどのように記されているかについて見る。文書（ウ）に収める母の供述（「三助母口上書」）には、次のように言う。

　決而甥七郎兵衛山畑の意趣に而切殺候と察申候得ども、長兵衛兄太郎兵衛、従弟五郎右衛門ゟ手過に紛無之旨色々申に付、私は女の事、子共は幼年故、是非なく親類共任申旨打過候処、子共も成長仕候へば、何卒敵を討取候様兼而申聞、折を見合候……

ここには、当初から七郎兵衛の仕業と察しつつ、是非なく親類共の計らいに任せたものの、子供も成長したので、討ち取るよう申し聞かせ折を見合わせていたという、事の経緯のみが記されている。

一方実録においては、五兵衛が初めて敵討の本意を明かした時、母はそれを敢えて止めたとする。

（五兵衛の言葉を聞き）母も世に嬉しくはおもひながら、兼て子共の成長を待て敵をうたんとおもひ定めければ、先々五兵衛が心を静めんと、態と無興にもてなし、「扨々其方はよしなきことを思物哉。敵は七郎兵衛ならんと推量は致せども、たしかなる証拠なきゆへ、親類をはじめ役人衆も怪我死と定めたる事を、今さら敵呼わりして切殺なば、父えは孝行にもなるべきが、忽人ごろしの咎をうけ、此母までいかなる重科に逢べきも難計。……」と様々すかし宥めければ、元来五兵衛母へ孝行厚き者なれば、此詞に今さら押たる仕方も致し難く、何卒敵の証拠を糺し、母を所縁の方へ預け置、心安く本望を達せんものをと、いろ〱尋さぐれども、慥に敵といふ手懸りもなければ、忿を押へて時をこそ待けれ。

母が口上書に述べていた所をもう一歩踏み込めば、このように、子供が成長するまでは敢えて一念を封じ込めていたという理解に辿り着く。

ところで実録編著者は、「証拠」をめぐっての兄弟たちの思いに注目しようとしている。彼等はかつて庄屋六郎兵衛から、証拠なしと退けられた。ここで母は、時節を待てと言わんとして「たしかなる証拠なき」と述べたのであるが、五兵衛はこれを正面から受けとめた。事件から一〇年が経過し、三助が、これ以上待てないと勇み立つのを五兵衛は宥め、「七郎兵衛を敵といふ慥なる証拠なくして事をなさば、人殺しの科をうけ、母に迄憂目をみする不孝の者との仰ゆへ」、是非なく延引に及んでいるのだと説く。更に、たとえ証拠を得て討ったとて科を免れ得ぬかも知れぬが、それでも証拠は必要であると言う。

「たとへ敵といふ証拠ありて討とも、農民の事なれば、人殺の科に行はるべきも難レ計。されども同じ罪に行るゝとも、不法人よ狂人よと諸人に指さゝれんより、何卒実否を糺し、其上にて事をなさば、母人迄科のかゝる事もあるまじ。」

三助もこの理に伏し、証拠不可欠という思いを共有するようになる。

さて前掲した母の口上書で「子共も成長仕候へば、何卒敵を討取候様兼而申聞、折を見合候」とのみ述べていた部分を、実録では詳細に描き込む。同じ木地谷に住む清三郎の女房が、一六年前長兵衛横死の日、山から戻って来た七郎兵衛に出会い、袖に大分の血が付いているのを見て不審に思い尋ねたが、鼻血であると言い、このことを他言せぬよう止められたと明かす。これにより母は兄弟を集めて報仇の望みを告げる。

（母は）五兵衛、三助、七兵衛を招て申けるは、「……今日不思儀に十六年の昔語りを聞、七郎兵衛を敵といふ慥なる手懸り聞出し候。殊に其方達も成長したる上は、何とぞ智計をめぐらし、此上にも明白なる証拠を求て仇を報ひ、夫の黄泉の意恨をはらし呉よ」と、彼清三郎女房が咄ける始終を物語ける。

続いて彼女は、ここまで抑え込んでいた思いを一度に吐露する。

扨又数珠袋の中より紙に包たる物を取出し、「是こそ先年夫横死の砌我もかけ付、村下坂にて朱に染たるむなしき死骸に向ひ、「御あやまちとはみえず候へば、御相手の有べし。仇を報ひ黄泉の御恨をはらし申さん」と、其あたりの草に血の付たるを引ちぎり、たとへいつまでも此恨を報ぜずんば片時も忘るまじと心に誓ひて此草を納置、それより此かた仏前に向ふ毎に世になき夫の血しほを見て、其時を思ひ出し、無念の年月を送るうち、折々五兵衛より、我にゆるしをうけ仇を討たきと申されしを、心ならずも差留ける胸の中推量せよ。殊に三助は生質勇気者にて、年来我差留れども、やゝもすれば事をなさんといさみ進むを、五兵衛さま〴〵と取押へ、何角と心遣ひの程感じやられて候ぞや。又ある時は三人の子共の中病気にて打臥候節は、万一病死もしたらん時は、我本心を打明ずしていかゞすべき哉と、仏前にむかひて幾度か涙をおとし、人しらせず亡夫え断しける也。……」と、始て本心をあかしける。

亡夫への思い、抱き続けてきた無念、敵討の切望、子供たちに向ける思いを明かしている。かかる話は、渋川退翁の語りに由来するか、あるいは実録編著者による増補か。何れにせよ母の内面に大きく関心を向けている。これがまた転写の段階で〔中島本〕において一層顕著になることについては後述する。

五兵衛はこうして母の本心を聞いて以降、敵討の意志を顕わにするようになる。元禄五年（一六九二）一二月二一日、木地谷御番所の前で七郎兵衛に出会い口論となる。七郎兵衛が木地挽きの役銀のことで難を言い掛けるのを五兵衛は切り返し、その方は親の敵故必ず討つと告げる。「三助兄五兵衛口上書」では次のように記している。

去申十二月廿一日、私儀内谷鍛冶屋え参罷帰候節、木地谷御番所の庭に七郎兵衛居候所え通り懸候得ば、木地挽役銀の事何角と申に付、私申候は、「役銀の儀は兎もあれ、其方は父の敵に紛なき証拠有之候得ば、捨置不申」と申候得ば、御番人梶野源左衛門様ゟ「申分有之候はゞ罷帰可申。御番所門先に於て不届成」と御呵被成候故、互に立別れ申候。

実録には、五兵衛は炭焼きをして「可部屋勘左衛門と云鉄師」（即ち櫻井家）へ納めていたとし、この日可部屋からの帰り、木地谷御番所の前で七郎兵衛に出会ったとする。先ずこの時の七郎兵衛の様を、

七郎兵衛近年は余程福分に暮し、万事の世話は子共弟などに打任せ隙人になりて、身の廻り迄も温げに出立、

と描くのは、前掲箇所に、木地挽き細工の売り先も押領し、争論せし山畑も我が物としたとあったのと対応する。ここで七郎兵衛は五兵衛に対して、従兄弟でありながら不通にしているのは不当である、定めて木地挽きの役銀を当方のみに払わせようとして無実を申し掛けるのであろうと決め付ける。五兵衛は、これは意図的に企むところがあって

言うものであろうと判断し、「おどしかけて先の所為を白状させ、わび言をさせてそれを証拠に鬱憤を晴さん」と思案して言い掛ける。

「其方儀は親の敵に紛れなし。唯今迄は私共幼年彼是無念の年月をたへ忍び候へども、最早捨置申さじ。されども当年は最早余日なければ、老母に安楽に年もいたさせたし。春に至り候はゞ早々討て捨候間、存寄もあらば御公儀え御願にても申されよ。此方には慥に証拠有之候間、中々捨置申さず」と云ければ、七郎兵衛俄に色青くなりて、「扨々跡方もなき事を申物かな。御上へ此方より訴申事少もなし。其方より訴申旨あらば、願候得」と、跡じさりして御番所の門内へ入にけり。

かくて、五兵衛優位へと流れが変わるのがこの時点であったとするのである。

(C) 五兵衛の知慮、敵討成就

七、五兵衛七郎兵衛と偽りて和睦之事

八、兄弟蜜々相談之事

九、三助敵討之事

一〇、庄屋惣右衛門三助兄弟を召捕働之事并双方口上書之事

【梗概】 翌元禄六年（一六九三）二月、七郎兵衛から依頼を受けた善兵衛、六左衛門が、五兵衛に和解を勧めに来る。後日御番所の庭を借りて対座し、七郎兵衛は長兵衛殺害の件を詫び、五兵衛は和解を認める一札を渡す。五兵衛はこれにより、人々の前で殺害を告白させようと図ったのであった。兄弟は四月二一日亡父の法要を終えて敵討に動き出す。五月四日、三助は、七郎兵衛が他行すると聞いて跡を追い、名乗り掛けて討ち取る。

先ず文書の方、五兵衛の供述（「三助兄五兵衛口上書」）においては、一つ前の出来事、即ち前年一二月二一日御番所前での口論（前掲）と、この和解申し入れ一件との関わりが明瞭でなく、両件を単に「然所……」と繋ぐ。先にも引いた御番所前での口論のくだりから続けて掲げる。

去申十二月廿一日、……（木地谷御番所前にて七郎兵衛と口論になり、）私申候は、「役銀の儀は兎もあれ、其方は父の敵に紛なき証拠有之候得ば、捨置不申」と……互に立別れ申候。然所当二月九日古木地谷善兵衛、六左衛門罷越、「七郎兵衛に意恨有之不和の由、年来打隔候事にも候得ば、何分致堪忍和睦仕候得」と、色々利害を解取持候に付、私共申候は、「左候はゞ、七郎兵衛ゟ、其方の親の敵に紛無之候処、此度両人取持に付堪忍仕呉忝段、七郎兵衛は勿論弟子共に至迄手を突誤入詫言仕候はゞ、了簡可仕」旨受合、同十四日、七郎兵衛兄弟幷倅共不残、私共兄弟三人共に罷越、右取持人其外村内の者共罷出、木地谷御番所御庭をかり、七郎兵衛ゟ酒を買、親子兄弟詫言仕候故、中直り仕、其上望に依而、七郎兵衛儀は父の敵に候得共、此度取扱に付和睦仕、向後申分無之旨、取持両人当に書付認遣申候。併私共心底全和睦の存念無御坐候得共、後日の証拠と奉存、右の通に仕候。

一方実録においては、御番所前での口論と、和解申し入れとの間に何があったのかを、七郎兵衛の心中にまで立ち入って描き出す。

扨も七郎兵衛は長兵衛を殺害して後は、何となく心懸りにて、他行万事に油断せざるがうへ、去くれ五兵衛より申けることの胸にこたへて安心ならず、我身の滅亡近きにありと、気も魂も身に添ず、何とぞ五兵衛兄弟の者の心を静める手段もやと、御番所梶野源左衛門は兼て心安く出入する事なれば、蜜に相談に及びければ、源左衛門頭を傾け、「いか様去暮五兵衛が申分にては、深く遺恨を挟むと見えたり。しかし此方より訴出んも、彼証拠ありと申せしかば、いかなる事にやあらん。なまじひなる訴事して仕損ぜば、大事の場也。さあればとて打捨置も気遣しければ、何とぞくちがしこきものを頼、両家和睦致し候様に取計然るべし」とて、古木地谷善兵衛、六左衛門を呼寄、三つ金輪にて相談あり、此両人を以五兵衛方へ扱ひ申遣ける。

再度、一つ前に引いた五兵衛の口上書に戻る。彼は、（二重傍線部）最初から和睦の意思はなかったと述べている。先ず二月九日善兵衛、六左衛門から話を持ちかけられた時点で、（点線部）〈七郎兵衛が弟と息子を同伴の上で長兵衛殺害の件を詫びること〉を要求している。そして一四日当日は（破線部）〈御番所の庭を借り、七郎兵衛より酒を買う〉という状況の中でこれが行われたとするが、予め九日の時点で五兵衛がこれらのことまで要求していたのかどうかは曖昧である。

一方実録では、次のように、五兵衛は当初の段階から〈証拠を得る〉という目的に向けて行動していたことを明瞭に示しながら記述していく。彼は善兵衛、六左衛門から和解を持ちかけられた段階で、〈御番所の庭を借り、七郎兵衛より酒を買う〉ことを含む要求を、抜き差しならぬ言いぶりで突きつけたとする。

五兵衛承り、「……殊にをの〳〵御懇切の御異見に従ひ、此以後ふつと思ひ切堪忍可仕候。しかし御面倒ながら御番所の御庭をかり、七郎兵衛より酒を買、倅安右衛門、弥三兵衛幷弟徳右衛門、八郎兵衛共に私どもえ手をつき頭を下、「其元の親長兵衛殿を手に懸申候処、此度御了簡下され命を御助け、向後睦敷なし下さるべき段忝候」とわび言仕候はゞ、それにて年来の無念をはらし、以来敵のかの字も申まじく候。若又此儀難成と候はゞ、中直りの儀気の毒ながら御断申也。孝を捨恥を忍て了簡仕儀に候へば、是程の儀は御取持衆の御世話もあるべき儀と存られ候」と申ければ、善兵衛、六左衛門も理に伏し、「尤なる申事也」とうなづき、御番所え立帰り、源左衛門え此旨申述、七郎兵衛幷安右衛門、徳右衛門をも呼寄、五兵衛が返答の趣を申談じける。

かくて五兵衛は自分の側優位、しかも御番所で人々が立ち会うという状況を作り出し、その中で七郎兵衛に詫びさせた。

七郎兵衛這出、五兵衛にむかひ、「是迄は御兄弟ともに私を親の敵のよし申され恨をふくみ、出入もなく、気の毒に存候所、今度善兵衛殿、六左衛門殿御取持に付、何事も御了簡に而和睦下さるべき段忝存候」と述ければ、嫡子安右衛門も罷出、「唯今親父申通り、先年御親父と親共ふと口論より事起り、御あやまちとは申ながら斧の刃当り御死去のよし、何共親父初銘々共迄気の毒に存居候所、此度両人の取持にて和睦下さる段忝存候」と申ける。

盃が済んで、五兵衛は相手方の求めに応じて、「古木地谷七郎兵衛儀、私共親の敵に候故唯今迄不通仕候処、此度各様御取持に付堪忍仕候」云々の一札に印判を押して渡した。

帰宅後、七郎兵衛を許したかの如き五兵衛の振る舞いに弟たちが不満を表すのに対し、五兵衛は答える。

五兵衛打笑ひ、「……我おもふ坪え落て、先年我父を討たる趣を白状し詫言を致すこと、御番所といひ大勢の中なれば、是程慥なる証拠はなし。望に任せ、向後申分無之旨一札を渡したるは、彼等に心をゆるさせんが為也。敵討の上御公儀より「其方共は向後申分無之旨一札を渡しながら狼藉なるふるまひ」とありて、万一厳科に行はるゝとも、少もくるしからず。元来土民の身として親の敵にもせよ、我儘に人を殺し候はゞ、時の御取捌によりては死罪に行はれん事も難計けれども、我等敵さへ討おほせなば、命を塵芥とおもひ候へば、是等の事を心に懸る事にあらず。……」

五兵衛の行動は、人々の面前で証拠を得るという一点に向けられていた。和睦の約を破ることの咎めも恐れるに足りない。むしろ相手方を油断させるにはこの方がよいのだと。実録では、敵討成就直前のかかる一連の経緯の中に〝五兵衛の知慮〟を読み取った上で記述を組み立てている。

かくて五兵衛の計算はそのまま当たったのであったとする。

五兵衛七郎兵衛和睦したりと、近辺の者も安心し、七郎兵衛が一族も心をゆるしけるこそおろかなれ。七郎兵衛側が心を緩めた頃、五兵衛らは亡父の法要を済ませ、「追付冥途の御無念をはらし申べし」と改めて誓いを固め、他の者を巻き込まぬよう七郎兵衛が一人外出する折を狙うこと、兄弟三人揃わずとも機を得れば討つべきことなどを確認し合っていた。やがて三助は七郎兵衛方へ忍び、彼等親子の会話を聞く。

内には親子寄集り四方山の物語して居けるが、七郎兵衛申様、「近来は五兵衛より何角と申に付、心ならずひさしく他行もせざりしが、此節句には親類共の方へも参たし」といへば、子共弟なども、「最早五兵衛兄弟ともに打解たる体なれば、安堵してちと気ばらしながら節句には御出あれかし」と進ければ、七郎兵衛も悦びて、「いかさま其節は他行すべし」と相談して寝所に入ける……

盗み聞きされているのに気付かぬことも、一人で外出しようと思い立つことも、心の緩みによる。かくて五月四日、兄弟の中で一人だけ在宅していた三助は、七郎兵衛が親戚へ出掛けようとしていると聞くや跡を追い、名乗り掛けて討ち取る。

三　転写の中での実録本文の補訂

第一節に記した通り、〔中島本〕では、〔春日本〕と対比した場合、特定の部分において詳細に踏み込んで描写するという傾向が見られることから、一旦本文が形成された後、転写の中でより積極的に補訂が行われたものと推定する。その一つが母の内面に関わる部分である。五兵衛が父長兵衛の行方を見付けられず、一旦帰宅した時のこと。〔春

日本〕では、

斯て其夜も程なく明方近くなりて、五兵衛は松明あかし尽して詮方なく立帰り、父に逢ざるよしを母に語れば、母も案思大かたならず。

とのみあるが、〔中島本〕では、母の心痛の様を詳細に描く。

斯て其夜も無レ程明方近く成て、五兵衛は松明を灯しつくし詮方なく立帰り、母出向ひ様子を問ひば、父に逢れざるよしを答ふ。母打しほれて、「今朝内を出られし時、何ぞ用事も有様に二三度も内に指のぞき、子供にけが過のなき様にと云ては戻り行ては省み、常にない内出の悪き、何と無く心に懸り、山行を止めんと立出は出たれども、如何様急成誂への御用と思ひ直して内に入けるが、今夜の帰の遅きは猶更心に懸るなれば、……」

長兵衛横死について、母子が公儀へ詮議を願い出ると言うのを、伯父太郎兵衛が止めた時のこと。〔春日本〕では、（太郎兵衛）異見を加へけれども、母子ともに中々承引すべき体ならねば、

〔中島本〕ではここに、母の述懐と涙のことが加わる。

（太郎兵衛）異見を加へければ、母も泣々落る涙を押拭ながら掻くどきけるは、「恨めしき仰事かな。我身は既に四拾の老を過夫を討れ、生残るとも後の栄へを求べきや。世に存命もなき人の後生の菩提を弔はんよりは、我も共に死するならば、縦令地獄にもあれ極楽にもあれ、共に楽み共に苦しむこそ夫婦の中なれ」と、忿りの涙飛蛍の如し。

後に五兵衛が弟三助と七兵衛に語る言葉の中で、最初母人は敵討を止められたが、今はその本心を明かされた、と述べる所。これも〔春日本〕では、

「……母人も初めの異見とは替りて、本心を打あけ給ふうへは、急に敵を討とらんこと、是又本望にこそあらめ。

……」

というのみであるが、〔中島本〕では、母の本心を聞いての五兵衛の思いが記される。

「……仇討の事折々母に相談を致せども、「死たる父へ孝行に成べきが、生たる母を思わざるか」との御一言わすれがたく、兎角と今迄延引せり。誠に女儀のかなしさと互に拳を握りけるに、去る頃本心を明し給ふを聞に、聞ても我々が思ふとは百千倍御心を痛め給ふ。子を思ふ親の恩五臓に染み込み難有、共に涙にくれし也。母も其夜は寝玉はず、我と夜もすがら泣明しけるが、母人は夫より以来朝夕の物も喰ひ給はず、昨日も蜜々我を招き、「必母を思ふ事なかれ。敵さひ討ならば、母も共に命を果すが則夫への道成ぞ」と思ひ入たる体なれば、敵討五日十日とは延すまじ。母にも覚語を極め玉へば、我とても少も命を惜む所存に不レ有。……」

以上、〔中島本〕の系統の何れかの段階の筆写者において、この敵討をめぐり殊に母の内面に着目しようとの強い動機が働いたことが窺い知れる。

〔中島本〕はまた庄屋惣右衛門なる人物に関しても、描写を補訂している。庄屋惣右衛門とは、文書（オ）「伝に曰」に、

一　庄屋惣右衛門、敵討の節取捌宜候旨御称美被成遣候。（〔春日本〕による。〔中島本〕でもほぼ同文。）

とされる人物である。

実録の方を見ると、以下掲げるように、〔春日本〕でも、三助の敵討成就の直後、七郎兵衛一族による報復を防いだことは書かれているが、〔中島本〕ではその活躍の様が一層強調される。

三助は七郎兵衛を討つや役所に届け出たが、縄を掛けられることを拒んだ。ここに庄屋惣右衛門が駆け付け、

「扨々三助儀は親の敵を討留候由、嘸本望手柄を致候。さりながら平人の身として人を殺し候者なれば、御上の

御吟味有之迄は縄を懸れ。」（〔春日本〕による。〔中島本〕でも同旨の文。）

と述べた。三助が、自分は七郎兵衛一族の者によって返り討ちに遭うかもしれず、その前に母に報告したいので縄を待ってほしい旨返答すると、惣右衛門は次のように応じ、拘束することで却って三助を守った。この部分、〔春日本〕では以下の通りである。

惣右衛門が曰、「なる程其方が気遣尤也。然れども返り討は天下の御法度なれば、たとへ七郎兵衛が弟倅共親類を集め催し何十人来り狂ひ候とも、此惣右衛門来る上は中々手向ひおもひもよらず。其段は少も気遣申間敷」と云ければ、三助頭を下、「こは忝次第也。此上は如何様とも御計らひ下さるべし」と腕を廻して畏れば、惣右衛門縄をたぐつて立懸り、「汝が神妙なる志しを感じ、某縄を懸候」と手早く縄をかけて、茂兵衛と申者の一間に置、村内の者数人番に付置厳しく守らせける。

〔中島本〕では、以下のように傍線部の語句が置き換わり、波線部が付加される。

惣右衛門うなづき、「成程其方が申条尤なり。去ながら返り討の儀は天下の御法度なれば、此惣右衛門が来る上は中々思ひも不レ寄。縦令七郎兵衛が倅共親類共を集て相催し何拾人来り狂ひ働共、我又立合相手と成て命にかけても防ぐべし。其事少しも気遣被申間布」と世に頼母敷申ければ、三助は涙をはら〳〵と落頭を下げ、「こは忝。世に情有御詞。縦令何十人打寄縄を付んと手取足取致共中々縄にかゝる間敷と存候得共、頼母敷御一言を聞き候上は、さらばいかやうとも御計らひ被下候へ」と腕を廻し畏る。「如何様けなげ成る者なり」と、惣右衛門縄をたぐつて立かゝり、「汝が神妙の志を感じ、某縄を掛るぞ」と縄を手早く懸て、茂兵衛と申者の奥の一間に入置、村の者数多此処を囲ひ稠敷番を致せける。

惣右衛門の厚意、それを受けとめる三助の心情を強調して描こうとしているのである。

さて予想通り七郎兵衛の一族十二三人が木伐斧を持って詰め掛けたが、惣右衛門はこれを退けた。先ず〔春日本〕は次の通りである。

惣右衛門高声に申けるは、「汝等三助を討ん迚参りたりとみえたり。親を討れたる子共の心底察入。然れども三助はじめ兄弟三人共に縄をかけ厳敷押込置、御上え注進申たれば、早御公儀の囚人也。我儘に敵呼はり堅難レ成事也。罷帰候て御下知を待べし。若又理不尽の働いたすにをゐては、御上を不レ恐狼藉者、捨置難し。早々立帰るべし」と、大丈夫の一言に、手向ひすべき様もなく、

〔中島本〕では、惣右衛門の勇を一層強調している（波線部付加、傍線部表現増補）。

惣右衛門は仁王のごとく門先に立塞がり高声に申けるは、「汝等三助を討んと馳向ふたりと見受たり。親を討れたる子供の心底察入候得共、三助を始兄弟三人の者共縄を懸稠敷押込置たり。尤御注進申たれば、最早御公儀の囚なれば、我儘の敵呼り思ひも不レ寄。立帰りて御下知を待。若又理不尽の働を致ならば、公儀を不レ憚不法者共なれば、某相手と相成べし」と、物に動ぜぬ大丈夫、幾人表に向ふとも防ぎ兼ざる勢形に、恐れて進む物もなし。

さらに〔中島本〕では、次の論評をも付加している。

爰を思ふに、彼三助兄弟の者は命を軽んじ、七郎兵衛が子供等は親族を徒党してせき立折柄なれば、此時惣右衛門なかりせば、命を失ふ者も多かるべきを、先づ「手柄」の一言に三助が怒りを和らげ、「囚」の一言に七郎兵衛が一族を退けぬる働き。是惜しや、仁勇の二つにして、智は亦其内に有りぬべし。ア、役を勤る者は上下共に仁を旨として智勇不レ有しては危かるべし。一人国を定むといへ共、其場の機変は役人の取捌きに可レ寄。

惣右衛門の取り捌きの勝れた点は、的確な言葉を用いて極度に高揚した人間の心を静め、結果多くの人命を守ったところにあると解するところまで、〔中島本〕は踏み込んだのである。

四　結語

七郎兵衛は、封じ込められた忿懣から長兵衛殺害へと至り、その後五兵衛らの自分に対する怨恨を脅威と感じつつ生きてきた、それが和解によって解消したと思うことで最後の緩みが生じたと描かれる。一方母子の側については、長兵衛横死後一〇年を超えて抱えてきた無念と苦悩を具体的に記す。その上で、兄弟が証拠を切望し、それを得るや優位の中で敵討へと進む様を、彼等の心の在り様からすれば必然である如く描き出している。〔中島本〕においては、特に母と庄屋惣右衛門に着目し、その人が何を考えそのように行動したのかを示そうとする。木地谷敵討の実録は、人々の内面の動きを追跡することによって、この事件とは一体何であったのかを把握しようとしているのである。

注

（1）　この二伝本のほか、菊池庸介氏より可部屋集成館蔵『木地谷敵討』の存在を教示された。同本は、天保八年（一八三七）写、元来三巻三冊であったが、中之巻一冊を欠く。本文は〔中島本〕の系統である。但し、〔春日本〕に見られる日光川北伊蒿序を収める。可部屋は、本実録中、兄弟が炭を焼いて納めていたとされる櫻井家のことであり、地元での伝存を示すものとして注目される。

（2）　渋川勘右衛門の伝については、『仁多町誌』（仁多町誌編纂委員会、一九九六年）等による。根拠となる史料については未調である。

（3）　三助には五兵衛のほかに作兵衛なる兄がいたが、この作兵衛は幼少時から他家へ奉公に出されており、敵討は五兵衛・三助・七兵衛の三人によって行われた。

第六章　地方における実録の生成
――因幡・石見の事例に即して――

一　はじめに――地方で成立し伝存した実録――

実録には、伊賀越敵討物、伊達騒動物など全国規模で流布したものがある一方、その事件の起こった地元で作られ伝えられてきたものがある。前章「出雲国仁多郡木地谷敵討の実録」に取り上げた、出雲国で元禄六年（一六九三）に起こった敵討事件について記す『木地谷敵討』はその一例である。伝存する写本には、実録本文のみならず、当事者の口上書など文書の写しが付載されており、これと比較することで、事件を元に実録が作られていった様を窺うことができる。またこの実録は、当時郡長として事件の詮議に関与した人物の提供した書記と語りに基づいて成ったと記され、実説に就くという立場が表明されている。しかしそこには、たとえ関係者であったとしても直接聴くことはあり得ないような家族内の会話などが書かれている。原初的なものであろうとも、既に実録の形態が備わっているのである。また一伝本においては、より話の筋を通すべく特定部分の描写が増補されるなど、〝実録の生長〟への動きが生じている。事件に近接する所で実録が作られる時、何が起こっているのか。地方における実録の生成の在り様には、実録という小説の特質そのものを映し出しているところがあるように思われる。かかる観点から、以下因幡国の百姓一揆、石見国の敵討を記した実録を例に検討を試みる。

二　鳥取藩元文一揆とその実録

元文四年（一七三九）二月、鳥取藩で起こった百姓一揆は、同藩史上最大規模のものであった。前年の凶作による窮迫饑餓の中、郡代米村所平や村役人たちを怨嗟の的とし、因幡（現鳥取県東半部）、伯耆（同西半部）から群勢都合五万人が鳥取城下を目指して集結したと伝えられる。従来この一揆に関する研究において、鳥取藩の藩政資料と共に、事件後地元で作られた実録が取り上げられてきた。(1) 実録には二種あることが知られており、本論ではこれらを、次のように〔甲類〕〔乙類〕と称することとする。

〔甲類〕『因伯民乱太平記』『因幡豊饒記』等の題を有し、元文四年二月、因幡国八東郡西御門に一揆勢が集結し騒動が始まるところから終結までを記す。

〔乙類〕『米村騒動記』などと称され、前半に米村所平（郡代）、東村勘右衛門（一揆の首謀者）の伝を記し、後半に元文四年二月の一揆の始終を記す。

即ち、〔乙類〕後半の内容は、〔甲類〕全体に記すところと重なり、文章表現の類似する箇所もある。但し後掲するような相違も認められ、二種の実録はそれぞれ独自の観点からこの事件を捉えようとしているとすべきである。以下、〔甲類〕は鳥取県立図書館蔵『因伯民乱太平記』(2)、〔乙類〕は西尾市岩瀬文庫蔵『因伯百性一揆』(3)に拠り、順に検討していく。

二―一　鳥取藩元文一揆の実録〔甲類〕

一揆勢は最終的には鳥取城下へ迫り藩に訴えることを目指したが、先ずは藩から業務を請け負い自分たちから直接年貢などを取り立ててきた大庄屋等を標的とした。〔甲類〕では、因幡の一揆勢が大庄屋等と対面する中で、その怒気が如何にして湧き起こり高まっていくかに注目している。最初の大庄屋襲撃の様は次のようであったとする。一揆勢が群集していると聞いて、郡代米村の下知により、小谷新右衛門（吟味役）、安田清左衛門（郡奉行）の二名が遣わされる。この時七千余人にまで膨れ上がっていた群勢は、若桜《わかさ》の大庄屋草屋市郎右衛門に一飯を請う。草屋は、着到した二名の役人にこれを相談したが、このことが彼らの怒りに火を付けた。

此時大庄屋草屋市郎右衛門、余り大勢成る故、両人え御願申、一飯も振廻ざる様に申なしたり。是によつて百姓中大に立腹し、……一同に棒鎌鳶口熊手にて半時ばかりに大庄屋を打潰し、

そしてこの怒気はそのまま小谷・安田に向けられた。

「猶も両人の役人をあますな」と、時を作りて押寄けり。二人の役人大勢に気をのまれ、跡をも見ずして逃失たり。大勢いよ〳〵勝にのり、「追懸けて打殺せ」と声々に呼はり追懸たり。二人の役人廿日の闇のことなれば、闇さは闇し道見へず、行先とても敵の中、心元なく行道の供人とてもちり〴〵に、主も下人も銘々の命限りに逃延たり。追懸け来る百姓の声、高野峠より道をよぎつて川伝、山崎川を越へぬれば、跡も恐ろしく先もまた心元なく行内に、

両役人は反射的に逃れ、闇の中を疾走したのである。この後供人らが追い付くが、大家より小家に宿を借りる方が探されにくいだろうなどと、逃げる算段のみ話している。かくして、一揆勢の抗しがたい〝勢い〟を描き出そうとしている。

なお〔乙類〕ではこの部分の扱いが異なる。草屋（底本では「草屋市郎左衛門」）を打ち毀すところは、一飯を請うたが断られたので襲撃したと、端的に記される。

七千余人の者共市郎左衛門え一飯を乞けるに、七千人に与へべき用意なければ、断りける。彼張本人握鉄を振上けるに、「ソレ」と言や、大勢の者共鎌鍬棒熊手抔手にでに振廻し、見る間に打崩、

小谷・安田はこの様を離れた場所から窺っており、騒動を鎮める役に選ばれた我々故斬り死に覚悟で戦うしかない、否、百姓の乱を鎮めかねて在役人が斬り死にしては殿様の名折れ、ここは一旦退き御家老中の指図を受けるべきか、と思案をした末、退くことに一決したとする。対比すれば、〔甲類〕が表そうと意図したものが際立つ。

この元文一揆に関する史実を求める場合、先ず拠るべきは、藩側の記録した日記などの藩政資料であるが、『因伯民乱太平記』の記述にはこれら藩政資料に合致する部分としない部分とが存することが、坂本敬司「鳥取藩元文一揆の構造」[4]に指摘されている。右の若桜大庄屋襲撃と二名の役人による鎮圧失敗があったことに関しては、坂本論文に掲げられる藩政資料「控帳」（家老のもとで記録された日記）の記述と矛盾しない。なお岡嶋正義の『因府年表』[5]は、天保（一八三〇—四四）の末年頃編纂が成り後に藩に提出されたと推定されているものであるが、その元文四年二月二三日の項に、一揆勢が大庄屋方へ押し寄せ家宅土蔵を破壊した旨藩に注進があったとし、

急ぎ御役人に命あつて発遣せられ候処、一揆の勢ひ熾盛にして、中々以て当り難く、却て渠等が為に困辱せられ、這々の体にて引退き畢ぬ。

と記される。この大筋も実録と合致する。一揆勢の在り様について、事件当時から地元の人々の間で語られていた事柄が存在し、実録はこれを元に、人の言動や思念の描写を入れることによって成ったものと推測される。

先の草屋を手始めに襲撃を重ねて五日を経た頃、千代川に沿って鳥取平野へと下って来た因幡の一揆勢は次のよう

になっていたという。

又近郷よりそこにんせり。「倭文《シトリ》の手代も性悪者。序の事」と言ければ、何ぞ悪事を聞付て潰さんと思ふ時なれば、「一慰」と皆々悦打よりて、卵を潰す如くなれ。

彼等の精神が昂揚し勢いが増長していたことを示す。このことは、伯耆国から入ってきた一団と合流しようとした時、双方の温度差となって表れる。伯耆勢は、道中の狼藉はやめて藩へ直訴することに専念すべきであると説くが、因幡勢は、悪しき村役人を討たんとする気を抑え得なくなっていた。

「去ながら秋里の大庄屋所七郎は国中に懸合ほどの大悪人。是は其儘置がたし。去来《（いざ）》今の間に打潰さん」と皆々いさみをなしにけり。

伯耆勢は「夫は無益の事共也」と押し返し、我々の心底は、同じ百姓である彼等に当たることではなく、御城下へ詰め掛け米村らと戦うことであって、その覚悟で武具を纏って来ていると主張するが、因幡勢は引き下がらない。

因幡勢聞もあへず、「尤左には候得共、彼より宜敷役人さへ大形残らず打潰せば、彼を其儘置ならば、贔屓や有りと笑ふべし。……各々是にて見物有れ」と、秋里村にこそ押寄けり。次第に巧者に成ぬれば、時を移さず加路の下役諸共に悉く打潰し、安長にこそ引たりける。

ここにあるのは双方の方針の相違というようなことではない。「去ながら」云々と即座に反論し、「聞もあへず」鋭く反発してそのまま行動に出てしまうのは、連戦を経てきた因幡勢が自身でも止められぬ勢いを獲得してしまっているからである。

一方〔乙類〕では、倭文の手代を襲うところも、

倭文村の手代をば玉子を潰す如くに押砕きけるぞ不便也。

と端的に記す。また、引用は省略するが、合流してきた伯耆勢と対話するところも、「去ながら」「聞もあへず」と反応する押し問答の如き様は書かれず、一旦文脈を切って、「扨も此日百性共……」として、秋里の大庄屋所七郎を襲撃した事が記される。

終盤では、一揆勢に対する藩側の対応のことが中心をなすが、〔甲類〕はこれを、藩側が彼等の勢いを強く意識したとする見地から記している。

御城府には去る廿一日、在役人ども不首尾を取、漸々命を助かり逃帰るよし、町家中是のみ咄しなりしが、殿様聞召なば御心安からずと深く隠し、御家老郡代元〆、評儀取々なり。

二四日百姓側が願書を藩に提出、翌日それに対する一応の回答が示されたが、一同は全く承服できない内容であるとし、「御言渡しの書付をうくべきけしきは無」く、いよいよ城下に迫ろうとした。ここから四人の大目付が、彼等と対峙していく緊迫が描かれる。

四人の人々、「然らば明日は一生懸命。城下に入ては武威の破滅、入らずは民共聞まじく、能き思案こそあれかし」と、四人は其夜も目睡まず、唐土の韓信が剣の売知恵も爰に顕れ出よとて、皆々思案に取り込給ふ。

夜を徹しての評議の末、一番手に御徒目付、二番手に盗賊奉行、その後ろを大目付の人々が固め、「玄忠寺の辺迄も込入らば乗出さんと、各々見合ひかへたり。武威の揃ぞ勇しけり」という様で立ち向かった。押し寄せた一同に御徒目付が退けと告げるが、聞き入れようとせず、三人の大目付はいよいよ急迫した（この時、先の四人のうち一人は登城し、三人で対応）。

御徒目付も跡すざり、大勢の入込を、「引よ〳〵」といふ内に、はや玄忠寺の門前を込み入たり。是によつて大目付に断と注進有りければ、三人が目と目を見合て、「サア爰が絶体絶命ぞ。留てとまらぬ其時は我ら生て居られず。尤君より百姓を討な切なと御意なれば迚、我身を果す程ならば、太刀先の続程」と示合て待給ふ。前進して来た一揆勢の先頭の者が棒鎌を持っているのを御徒目付が咎めると、これに却って反発し、「なを〳〵差揚、不畏《イカメシ》げにぞ持たりけり」、ここから激しい揉み合いとなるが、終に一団は「跡も見ずして逃失」せて終わった。

なおこの部分〔乙類〕では、大目付衆が対応を協議したが纏まらず、そこで年配上座の絹川勝左衛門が、「すばやく真剣に及ばゞ立足もなかるべし。其時御法を以て征せば、如何様とも相成べし」と、武力で威嚇する方法を唱え、これによって鎮圧、「是誠に武勇の徳と言べし」と結んでいる。対峙による緊迫を、一々辿るようにして記すのは、〔甲類〕独自の方法である。

但しこれとて作者の空想によったものとは考え難い。前掲の『因府年表』二月二六日の項に、「御城下さして込入ぬる有様は、恰も洪波の張り来るが如くにして、更に可レ遮様も無りける」とある。この実録の作者は事件周辺にあった人々と見聞を共有する中で、この一揆全体を貫くものは何であったかと考えた、その時見えてきたのが、次第に高まっていき、大目付らとの対峙において極限に達した一団の精神の在り様であったと思われる。(6)

二―二　鳥取藩元文一揆の実録〔乙類〕

ここで拠った岩瀬文庫本は、内題を「因伯百性一揆米村広次東村勘右衛門が事」とする。内容はこれと合致しており、即ち先ず前半で、米村広次（所平）(7)、東村勘右衛門それぞれの伝を掲げ、両人の接近、その後の確執のことを記し、そこから勘右衛門が一揆の主導を思い立ったとして、後半で元文一揆の始終を書く。この後半部分の記述の幾つかを、先に〔甲類〕との比較の中で掲げ、捉え方に相違があることを述べたが、騒動の全体的流れについては一致する。いまこの〔乙類〕に関して留意したいのは、作者が、前半後半を一体のものとして、即ち米村、勘右衛門の伝との関連の中で元文一揆の意味を把握しようとしている点である。

前半部分に記されるのは次のような内容である。先ず、元文一揆の根元は「乱臣米村広次が不行に有」ったと述べ、米村は元御徒格で御蔵奉行など務めた折、「算術に妙を得て、天地の間に暗きことなく、其上生質殊に勝れ利根発明なりしかば」、見出されて、知行八百石、郡代に経上り、驕り増長し政道を乱すに及んだとする。一方、「爰に壱人の国賊有り」として、勘右衛門の伝を語る。彼は、「生れ立一を聞て十を知る秀才」であり、幼年時から頓智を用いて窮地を逃れたり、成長しては知謀を以て他人の公事を勝たせたりしたと、その逸話を連ねる。かくてこの「人並ならぬ深智高才」により郡中の願書訴状等々全て彼が執筆したが、その筋道明断であること広く知れ渡り、藩の側でも勘右衛門を在の事に通じた知恵者と認識するようになる。ここで彼にいち早く接近したのが当時郡奉行を務めていた米村であった。度々語り合ううち、勘右衛門は、各年の米の出来にかかわらず常に定率を掛けて年貢を取る請免制の導入を進言する。この実録では、実は、鳥取藩の請免制は勘右衛門の発案によって始まったのであるとの説を唱えているのである。米村はこの進言に注目し、やがて勘右衛門を在役人に取り立てるよう計らうと約した。勘右衛門は続いて請免の運用面での方策を進言しようと用意していた。しかし米村は早々に、正に勘右衛門の腹案であった方策を自分で案じ出して実施してしまい、しかも在役人取り立ての約は放置した。米村は「朝日の昇る如く威勢を振ひ、御両国（因幡・伯耆）の郡役人え先請免御新法を触なしける」と、己一人の手柄としてしまう。勘右衛門は心外に思い、藩の老中に、農政の献策を添えて自分の取り立てを内訴したが、これも米村の妨害によって挫かれた。

東村勘右衛門は生質人に勝れ利根発明およぶ者なし。依而農業の事をば常々不足に思ひ、公事或は訴訟の中立して物を計るに当らずと言ことなきまゝに、郡中の大事を米村に明し、其尾に付て立身せんと工みしに、広次又智者なれば、渠に心を結び打明させけれども、其一つ二つを語りて始終をば明さずと雖共、賢者は明らかに見顕し、勘右衛門は己の利根発明を以て立身しようと意図したが、米村もまた智者であって、勘右衛門に一二のみ言わせればあとは全て見通してしまう、こうして智と智の衝突が起こったのだと見ている。ここで注目したいのは、勘右衛門が「農業の事をば常々不足に思ひ」藩政に関与しようと望んだとしている点である。史実においてはどうであったか。前掲した坂本論文「鳥取藩元文一揆の構造」に、鳥取藩士上野忠親[8]の『木鼠翁随筆』に拠りながら、勘右衛門の先祖が武士であったこと、藩の上級家臣たちとも交流があり、一揆の二年前の元文二年には願書を呈して献策を行っていたことを挙げ、彼が藩政へ参加する意志を持っていたことが指摘されている。但しあくまでも彼は「御役人様被為仰付被下候て、一々其筋可申上候」と、自分と考えを共有する役人の登用を望みその人を通じて己の案を実現しようとしたのであった。ここから一つ進めて、己自身が直接参与しようと企図したとすれば、この実録の記述のようになる。

実録〔乙類〕ではこのあと次の話がある。勘右衛門はかくて不満をつのらせていた折、安井村の清左衛門が金子を落として狼狽しているのに出合い、これを密かに拾い持ち帰った男から、知略を用いて取り戻してやる。

（清左衛門は）是よりして勘右衛門を親の如く思ひしが、終に勘右衛門が為に一命を捨たるは、過去の約束と言ながら、今の悦は後の患の基となる、墓なきこと共也。

勘右衛門は徒党を結んで米村へ報復するため、「兎角して人の心を悦ばせ手に付んと思ふ折節」、清左衛門に恩を見せたのであったとする。

元文三年、百姓側は近年の不作による困窮を訴え請免に不満を唱えたが、米村はこれを却下し、「請免御法の通上納致さすべし」と大庄屋等に申し渡した。「大庄屋共は其身に懸らんことを恐れて、（百姓の）願の趣を不聞入収納厳敷申付け」たため、百姓は益々窮乏し憤懣をつのらせた。これに勘右衛門は注目したのであったとする。

既に人気の荒立たる折なれば、弥勘右衛門は悪心を起し、いかさま此費に乗己が存念を晴さんと、弟の武源次に伯耆国で徒党を結び後に因幡国へ合流してくるよう申し付け、前出の安井村清左衛門を語らい、近辺を騒がせ落とし状をして人を集めさせた。

かくして後半部分、即ち元文四年二月の一揆の記述へと繋がる。この後半部分に入ると、一揆主導者のことを「張本」「長犯人」などとし、直接勘右衛門とは称さなくなる。この点は〔甲類〕と共通する。〔乙類〕の作者は、〔甲類〕の一写本か、もしくは更にその祖となる写本に拠って、この部分を全体の中に嵌め込んだものと推定される。但し作者の思考はその嵌め込み方の中に表れている。騒動終結後のこととして、末尾に、〔甲類〕にはない次のような記述がある。事後次第に勘右衛門の名が顕れ出、吟味がなされた。彼は「中々平生の者とは事替り、其言語つゞまやかにして」明かさなかったが、厳しく責め問われ、自身と弟武源次の関与を白状した。しかしその他の徒党の大将のことは如何に責め問われても一切口外せず「大丈夫の魂を見せ」たとする。同じ一揆の群の中にあっても、彼と百姓勢とは異なる意思を抱いていたのであるから、その理を貫いたということになる。

また殊に哀れであったのは、安井村の清左衛門であったとする。

纔に弐百目足らずの金子を勘右衛門が世話にて取返したる其恩儀に迫り、勘右衛門が申事をば何事も背まじと思ひより、諸々に落し状を配り、知頭郡八上郡の百性一揆を起させたるは、勘右衛門が下知を請て渠が働きたりしと、是も安井村入口に獄門に晒され哀を雪霜の下に残しけるとぞ。

安井村の清左衛門は実在の人物であり、藩の『御目付日記』(9)元文五年一一月二三日の項に、一揆参加を呼びかける廻状を村々へ送ったとして「御刑罰以後梟首」を申し渡されたとある。廻状は実録では落とし状になる。そして何故彼が身の危険を冒して人集めの役を働いたのかと、その背後にあるものを求めていった時、智の人勘右衛門へ寄せる思いという点に辿り着く。実録の作者はこの部分を描き込んだものと考えられる。

全編を改めて俯瞰すれば、この実録が、元文一揆は米村、勘右衛門という二人の者の性質とその生き方に由来すると捉えていることが見えてくる。その成立は〔甲類〕より下ると推定されるが、それでも実際に事件を知る人による見聞は周囲に残存していたであろう。作者はこれらに立脚しながら、この一揆の裏面にあったものを見据えようとしたのであったと考えられる。

三　石見国吉永藩士子息による敵討の実録

三―一　地元石見国で作られた実録

寛文一一年（一六七一）、石見国吉永藩出身の一四歳の少年が摂津の芥川で父の敵を討ったことを記す実録が地元石見に伝わる。吉永藩は、寛永二〇年（一六四三）から天和二年（一六八二）までの間石見国安濃郡吉永（現島根県大田市）に存在した小藩である。この実録に関しては、現在次の二種を知り得る。

『吉永記』

『新修島根県史　史料篇3（近世下）』[10]所収。底本は大田市物部神社蔵本。奥書「天保八丁酉歳正月二十日後藤佐渡写之／明治九年三月写畢　物部神社禰宜蔵田敬之」。吉永藩士の姓名録、領内役人や寺社に関する記事等々と共に、「芥川復讎の話」の条を収める。

『石見国吉永乱記』（以下『吉永乱記』と記す。）

島根県邇摩郡宅野村漆谷久二郎蔵本を大正二年（一九一三）に島根県史編纂掛が書写した本（島根県立図書館蔵）に拠る。敵討のことのみを記す。

以下この二本を比較しつつ検討する。『吉永記』は、先ず冒頭に藩士姓名録を掲げ、これは当藩の家老菅平左衛門が記し置いたのを医師土江自仙が写したものに拠ると記し、続いて「又以下の事実は、自仙老暗記、かつ下隣喜三郎殿書状等に因て誌せし也」とする。即ち「芥川復讎の話」の条もこれに含まれ、当時藩内にあった人から直接取材して成ったものということになる。更には同条の本文中に、当事者の一人である中田平左衛門（後出）の談話に拠るとも述べており、これに直接基づく部分の方が多いとも考えられる。

此仇討の次第は、平左衛門其後に浪人と成、五右衛門と改名、大田町に住居す。常に入魂の人此事を尋るに、語不申。老年に及び、一夕ある人の尋により、細かに語りけるを聞て記せる也。

この『吉永記』の編者自身も藩に近い者かと推測するが、具体的な手掛りはない。「芥川復讎の話」の条は、実録としては原初的というべきで、事の経緯を中心に簡潔に叙述していくものである。一方の『吉永乱記』は、成立に関する事情は付されていないが、『吉永記』「芥川復讎の話」を参照し、増補して作られたものと認める。また『吉永記』「芥川復讎の話」の条が区切りを設けず連続して記述するのに対して、この『吉永乱記』では、例えば「八之丞吉永を立退事」の如く章段を立てて記しており、実録としての形をより整えている。

この敵討事件の概要は以下の通りである。万治二年（一六五九）の春、吉永藩士早川四郎兵衛の養子八之丞が、同僚大崎長三郎を男色の争いから討ち果たし出奔した。その後養父四郎兵衛は藩によって責めを負わされ切腹。八之丞は、これは大崎長三郎の姉が藩に働き掛けた結果であると伝聞し、彼女の夫である松下源太左衛門を敵と定め、江戸において討つ。残された幼い三郎兵衛、忠三郎の兄弟は、成長の後敵討に出る。兄弟二手に分かれて探索中、忠三郎が摂津の芥川で八之丞を討ち取る。時に忠三郎一四歳であった。

『吉永記』「芥川復讎の話」（以下これを単に『吉永記』とのみ記す）では、八之丞は大崎長三郎と「男色のことより恨をふくみ」立ち合ったとするが、『吉永乱記』ではそこに、二人が争ったのは藪八助なる美少年であったこと、立合は接戦であったことなどが加わる。続いて『吉永記』では、八之丞は帰宅して養父四郎兵衛に切腹の意志を告げるが、養父はこれを止め、「われ齢七旬に余り、若き汝を先立て存命すとも、かひなき身なれば社《こそ》かくは申なれ。然るを吾が命に背き切腹せば、七生の勘当なり」と説いたので、八之丞は是非なく立ち退いた、やがて藩によって、八之丞が名乗り出なければ養父を切腹させるとの高札が立てられるが、八之丞現れぬまま、養父は切腹となったとする。この部分『吉永乱記』では、八之丞は養父に諭された後、一旦波根《はね》村に潜んでいたところ、かの高札のことを聞いて養父のもとへ戻り、「是非とも罷出べく」と言ったが、養父は認めず、結局養父は切腹を仰せ付けられたとのことが加えられている。波根村は吉永の北東（同じく現大田市）、地元の伝聞によって増補された可能性が高い。

八之丞が養父の切腹は松下源太左衛門の妻の進言によると伝え聞き、江戸で源太左衛門を討ったことについては、『吉永記』『吉永乱記』ともほぼ同じ。そしていよいよ敵討となる部分、『吉永記』では次のように記す。残された幼い兄弟は、一一年後敵討に出ようとする。兄三郎兵衛は、同藩の栗田氏の養子となっており藩からの御免が得られなかったが、養父栗田氏が忍びかねて敢えて親子の約を切ったことによりこれが叶う。一手は三郎兵衛、一手は弟忠三郎と家来中田平左衛門、互いに「敵見次第通達して討べし」と、揃って討つことを約しつつ二手に分かれた。やがて忠三郎と平左衛門は、摂州芥川の宿で、虚無僧姿になっている八之丞を発見。この事を三郎兵衛に知らせて到着するのを待っていては見失うと危惧し、知らせのみ飛ばして、即刻立ち合い討ち取った。『吉永乱記』では、三郎兵衛を三郎平、平左衛門を平次右衛門とするが、流れ自体は同じである。但し敵八之丞を見出すくだりについて、双方の実録で扱いが異なる。『吉永記』では次のように極めて簡潔に記す。

八之丞は虚無僧四人づれにて居しが、芥川に泊り、其向の家に忠三郎、平左衛門宿をかり、とくと見定、弥敵に

究りければ、

一方『吉永乱記』では、大幅な増補がなされている。平次右衛門は四人連れの虚無僧を見かけ、その中の一人が八之丞ではないかと疑い跡を付ける。彼等は芥川に宿を取る。平次右衛門はその向かいに宿を取り、夜更けて宿を抜け出て「妻戸のひま蔀の透より能く見入」った。すると彼等は「まだ初秋の寐ぐるしくてや、蚊やり火のもとに物語りせしが」、一人の虚無僧が別の一人に、かねて聞き及ぶ手裏剣の腕前を披露せよと言う。言われた虚無僧は最初拒んだが、断り切れず、終に柱を的に打った。それは「毫髪もたがひなかりけり」という様であった。平次右衛門は「兼て八之丞が手裏剣の名人たるを能知」っており、即座に確信し忠三郎に告げた。

敵討成就後の忠三郎について、『吉永記』では全く触れていない。一方『吉永乱記』では、彼は九百石で熊本細川家に召し抱えられたとし、それは「細川越中守殿参勤之折から芥川わたりを通り給ひて始終をきかせられ」、彼の勇を知ったからであったとする。その一は、討ち取った八之丞の懐中に、吉永藩中の親しき者からの書状数通があり、松下兄弟が敵討に出たので油断なきようになどと記されていた。然るに忠三郎は「それらの書通を取廻見るにおゐては、其仇終に断事なし」、即ちこれを吟味しては果てのない怨恨の連鎖に入り込むとして、忽ちこれを焼き捨てたこと。二は、敵討を前に芥川の御役所から湯漬を下された際、平次右衛門は食し得なかったが、忠三郎は三膳まで食したこと。これらにより、「忠三郎は誠に大丈夫の者なりけり」とて、細川殿から懇望されたとする。

さて『吉永記』『吉永乱記』とも、兄三郎兵衛（三郎平）が敵討に立ち会えなかったことを無念とし、特に平左衛門（平次右衛門）を深く恨んだこと、また後にこの兄が出家して南善（南谷）と称したことを記している。但し『吉永乱記』では、

彼の敵を討ざりし事をほいなく思ふて、身をなき物と、偏に父の菩提を弔ふなり。

と、彼の無念と出家とを関連付けている。『吉永乱記』は、更に三郎平の無念にこだわり、末尾に以下の話を付記する。忠三郎らが敵を討ち取ったとの知らせに、「三郎平聞より昼夜のわかちなく駈付、ほいなくおもひ、気も狂乱のごとくにて、其日九ツ時分より兎やせん角やせんと思案決しがたく」、この上は忠三郎らを討ち果たそうと心を定め、芥川の大手に蹲り居たところ、思わずまどろむ夢に、長身の僧が現れ、とくと分別改めよと諭されたと思うや夢が覚めたとする。

以上掲げて来た通り、『吉永記』から『吉永乱記』へ至って、実録の生長への動きが起ころうとしている。出来事の背後にあった（であろう）具体的な状況、当事者の心情の部分が描き込まれていく。但しそれによって元来『吉永記』にあった話の枠組を崩してはいない。作者は、当事者やその近辺の人々による見聞が存する中にあって、枠組は守りながらその間隙の部分を如何に充たし筋を通すかを考えたのではなかったか。そのことは、この敵討譚が地元を離れた時どのように変容したかを見ることによって窺い知ることができる。

三—二　地元を離れた所での話の変容

この敵討については、『続近世畸人伝』（寛政一〇年（一七九八）刊）巻四「僧南谷」の条にも収められている。[11]但しここでは、僧南谷は松下兄弟の弟であり、敵討をしたのは兄豊長であったとする。南谷は当時勝之允と称し九歳であったため敵討同道叶わず、これを無念として釈門を志し、京都遍照心院に入り大いに学業を積み広く崇敬を集めたという。そして伝の末尾に、兄豊長の事跡として敵討について付載する。父松下源太左衛門が討たれた年を豊長一二歳の寛文九年（一六六九）であるとし（実録では万治二年）、豊長に剣術を教えた京都の宮原伝蔵なる人が彼の志を憐れみ共に八之丞の行方を探索し、自分も八之丞と同じ虚無僧の党に入り、誘い出して豊長に討たせたとするなど、実録とは異なる説が出ている。『近世畸人伝』の続編である本書は、三熊花顚の原稿に伴蒿蹊が加筆して成ったとされるが、この条の末尾に蒿蹊の次の言が付されている。

蒿蹊云、俗間に野藪談話といふものあり。それが中に華塵談とて、此復讐のよしを書り。されど文飾多く、かつ事実も大同少異也。今、寺記によりて其要のみをしるす。

寺記とは南谷と繋がりのある寺院のものかと思われるが未詳。勿論『続近世畸人伝』は人物の伝として記述するものであって、実録とは方向が異なる。ここで確認したいのは、地元の原初的実録を離れた所で、兄弟の上下や年時年齢など基本的事柄を異にする話が生まれていたということである。結果、前掲した実録に示されていた、物心つかぬうちに父の横死に遭った弟がようやく成長の後宿意を果たしたものであること、兄弟揃って討つはずであったものの叶えられなかった兄の無念といった点がここでは問題にされておらず、違う内容の敵討と言うべきものになっている。

次に蒿蹊が言及した『野藪談話』について掲げる。編者未詳。写本で伝わり、国立公文書館内閣文庫蔵本は三二巻二八冊、延享元年（一七四四）の序がある。諸国の怪異・敵討等の話や人物の逸話を集める。蒿蹊が言うのは、その巻六に収める「摂州芥川讐討ノ談話」のことである（但し当写本では「華塵談」なる記はない）。確かに蒿蹊が文飾多しと述べている通り、状況や人物の思念の描写が備わり、即ちより実録的文章になっている。ただそれと同時に、前掲『吉永記』『吉永乱記』と比較して、事件の大筋の部分が大きく組み替えられていることに留意すべきである。

早川八之丞の父の名を八左衛門とし（『吉永記』等では四郎兵衛）、この八左衛門が松下源太左衛門に対して怨恨を抱いたことが事件の発端であったとする。ここで松下源太左衛門は「俸禄千石を領し、文武兼備り知勇有りて、人体柔和にして慈悲深き男也」、一方早川八左衛門は「八百石を領し、放逸無慙にして無礼法外なるもの也。殊に血気の勇者にして力量つよく心底苛刻なる生れ付」で家来を手討ちにするなどして、主人加藤式部少輔に疎まれたと、両人を善悪に対置する。松下が善意の異見を加えたところ、早川はこれに鋭く反発し、更に不奉公重なり終に扶持を放された。早川は、これは松下の讒言によるものに相違なしと邪推し、積鬱から病に臥す。枕元に八之丞を呼び、「何とぞかの源太左衛門をうつてその首を我に手むけ父が妄執を晴さすべし」と言い渡して没した。一方松下は致仕して石見吉永を出、妻を京都に置き、次男助三郎（『吉永記』等では忠三郎）を連れて江戸に住んだ。一二歳の助三郎が重い麻疹に罹り懸命の看病の最中、松下は早川八之丞に襲われた。この時重病により夢中の如き状態にあった助三郎は後日平癒してこれを知り、「扨々口おしきこと共哉。われ折あしく大病にて目前に親をうたせ其敵を心よく退せしこと武の道立ず」と無念遣る方なく、母のいる京都へ赴き、山崎武左衛門に新陰流を学び極意を得た。母は素読を指南し時に武芸稽古の相手もし、衷心からの教誡をして送り出した。兄三郎兵衛はこの由を聞き、自分は栗田氏の養子となっており敵討は叶わずとて、自分の若党を遣わす。この若党は八之丞の面体を見知っており、尽力して在処を探り出し、助三郎は終に敵を討ち取る。以上掲げた通り、この「摂州芥川讐討ノ談話」では、『吉永記』等に見られた早川八之丞の男色をめぐる刃傷事件のことは無く、松下・早川の善悪対立の所から説き始める。このことは、末尾に至って、八之丞が討たれたことを「かの非道に源太左衛門をうちし天罰成べし」と評するところと連動し、首尾一貫する。八之丞は如何に父の遺志を受け継いだとはいえ、その遺志自体が誤っていたということである。一方で善の側の苦悩努力が強調増幅される。助三郎の武芸稽古、母の扶助などである。また兄三郎兵衛は敵討不参加を最初から了承していたとして、弟との関係は終始円満である。こちらの方が話としては明瞭であるが、それは換言すれば、それだけ加工が施されているということである。この敵討譚は、当事者から離れた所でこのように形を変えたのである。

三―三　近藤芳樹「芥川報讐の事を記す」

この敵討については、高槻市芥川で起こった事件として、『高槻市史』(12)に取り上げられており、その中でこの話が近藤芳樹の『寄居文集』（明治二三年（一八九〇）刊）に見られることが指摘されている。これに示唆を得て、『寄居文集』(13)初編巻下に収める「芥川報讐の事を記す」を参照するに、全く前掲の『吉永乱記』に拠ったものであることが知られる。末尾に、僧南谷の伝が『続近世畸人伝』に見えることに言及し、「されどもその仇討の始末においては、かの書うべなひがたきふしもまじれる」とする。そしてこの「芥川報讐の事を記す」の文は、草臣ぬしが松下の家来平次右衛門の刀を得たことから自分に執筆を求められ、成ったものであると言う。

今おのれ草臣ぬしが需によりてくはしくこれを正しるせるは、あだうちの時平次右衛門が用ひたりし刀、ゆゑありてぬしが家にをさまれるゆかりのあれば、子うまごの世になりて、この刀を人にも見せん時、事のよしかたりつたへむに、たがひめありてはあしかりなんとてのよういによりてなりけり。

『近藤芳樹日記』（山口県文書館蔵）に拠れば、この草臣は、芳樹門人、石見大田の歌人幸田草臣のことと判明する。萩藩に仕えた芳樹は、安政三年（一八五六）の秋、石見・出雲へ旅に出た。草臣方に滞在中の八月二五日、この文を書き終えたことも同日記中に見出すことができる。芳樹は敵討の正説を求めて、『吉永乱記』こそ拠るべき文献と判断したのである。この実録が大きく実説を逸脱してはいないとする芳樹の理解は妥当なものであったと思われる。

四　結語

事件の起こった当地で作られた実録の全てが実説に就こうとする態度によって書かれているとは限らない。菊池庸介「「久留米騒動物」実録の基礎的研究――『筑後国郡乱実記』系統を中心に――」(14)に取り上げられる、宝暦四年（一七五四）久留米藩における一揆に関する実録には、実説とは合致しない人物や出来事が多く記されているとされる。ただそれとて実説を無視した空想による改変付加ではなく、作者がこの一揆を如何に評価するかというところに依拠しての営みであったことが、同論文によって理解される。全体的には、事件当時の見聞が残存している所で実録を作ろうとすれば、実説の枠を大きくは逸脱しないよう抑制する力が働く場合が多いと推測する。この推測については、今後更に事例を重ねて検討しなければならない。ただ、残存する見聞を重んじながら事件そのものと正面から向き合い、間隙の部分を描き込み話の筋を通す努力をした、正に実録を作る骨法を心得た人々が地方にも存在したということは、改めて認識されてよいように思われる。

注

（1）徳永職男「鳥取藩元文一揆について」（『因伯史考』（徳永職男論文集刊行会、一九七五年）所収。初出は一九五二年五月）、原田久美子「『因伯民乱太平記』解題」（『日本庶民生活史料集成　第六巻』（三一書房、一九六八年）所収）、また注4後掲坂本論文など。なお二月の因幡における一揆に続いて、三月伯耆で一揆が起こっているが、実録が扱うのは専ら二月の一揆に関してである。

（2）書名は外題による。内題は「因幡豊饒太平記」。文政一三年（一八三〇）書写とする奥書あり。

（3）書名は外題による。内題は「因伯百性一揆米村広次東村勘右衛門が事」。

（4）坂本敬司「鳥取藩元文一揆の構造」（『鳥取県立博物館研究報告』二七、一九九〇年三月）。

（5）『因府年表』は、『鳥取県史　第七巻（近世資料）』（鳥取県、一九七六年）に拠る。

（6）坂本敬司「『因伯民乱太平記』の作者」（『郷土と博物館』三六―一、一九九〇年九月）には、『因伯民乱太平記』（本論における〔甲類〕）の作者を、鳥取藩士上野忠親とする説が示されている。上野は一揆の後に閉門を仰せ付けられており、一揆勢と繋がりのあったことが推測されている。本論の観点の如きから言っても、藩と一揆勢の双方から具体的且つ正確な情報を得ることのできた人物という作者像に思い至る。

（7）史実としては、請免制の創始者が米村広次（所平）、その養子となって嗣いだのが、一揆当時の郡代米村広当（同じく所平を名乗る）。この実録ではこれを一人物としている。

（8）即ち注6に掲げた上野忠親。

（9）『御目付日記』は、注1前掲『日本庶民生活史料集成　第六巻』に拠る。

（10）『新修島根県史　史料篇3（近世下）』（島根県、一九六五年）。

（11）この敵討について、『摂陽奇観』巻一七の寛文一一年九月九日の項にも挙げられており、『続近世畸人伝』の同条を掲出する。なお『続近世畸人伝』は、島根大学附属図書館桑原文庫蔵本に拠る。

（12）『高槻市史　第二巻』（高槻市史編さん委員会、一九八四年）。なお同市史の記述は、江馬務「風俗史上より見たる芥川の復讐」（『江馬務著作集　第六巻』（中央公論社、一九八八年）所収。初出は一九一九年一月）などを参考にしている。

（13）『寄居文集』は、国立国会図書館蔵本に拠る。

（14）菊池庸介「「久留米騒動物」実録の基礎的研究――『筑後国郡乱実記』系統を中心に――」（『雅俗』一一、二〇一二年六月）。

付記　『高槻市史』（注12参照）に、芥川の岸田家所蔵として存在が指摘される『摂州芥川之駅鷹僧之敵討実録』は、現在原本の所在は不明ながら、『芥川村史資料』（岸田敏馬出版）に翻刻が収められている（高槻市立しろあと歴史館学芸員芦原義行氏示教）。なおこの実録に関しては、田中則雄「芥川敵討実録の展開」（『山陰研究』八、二〇一五年一二月）において検討した。

初出一覧

第一部　初期読本の成立

第一章　近世初期の教訓意識と宋学
『近世文藝』五七（一九九三年一月）

第二章　「載道」と「人情」の文学説――初期読本成立の基底――
『国語国文』六一―八（一九九二年八月）

第三章　都賀庭鐘の読本と寓意――「義」「人情」をめぐって――
『国語国文』五九―一（一九九〇年一月）

第四章　上田秋成と当代思潮――不遇認識と学問観の背景――
『国語国文』六〇―七（一九九一年七月）

第五章　上田秋成における小説と詩歌
『国語国文』七二―二（二〇〇三年二月）

第二部　読本周辺の諸問題

第一章　悪漢と英雄――椿園読本が求めたもの――

『読本研究新集』一（一九九八年一一月）

第二章　水滸伝と白話小説家たち

『アジア遊学』一三一（二〇一〇年三月）

第三章　増穂残口の誠の説――その文学史との接点――

『雅俗』六（一九九九年一月）

第四章　仏教長編説話と読本

『国語国文』七三―七（二〇〇四年七月）

第五章　文学史の中の大江文坡

『文学』三―三（二〇〇二年五月）

第六章　大江文坡における思想と文芸

『読本研究新集』六（二〇一四年六月）

第三部　後期読本の表現様式

第一章　因果応報――長編小説に内在する理念――

『江戸文学』三四（二〇〇六年六月）

第二章　後期上方読本における長編構成の方法

『説話論集　第一〇集　説話の近世的変容』（清文堂出版、二〇〇一年）

原題「人為と人情の世界――後期上方読本における長編構成の方法――」

第三章　読本における上方風とは何か
『鯉城往来』一〇（二〇〇七年一二月）
第四章　浄瑠璃の読本化に見る江戸風・上方風
『江戸文学』四〇（二〇〇九年五月）
第五章　『雨月物語』と後期上方読本
『秋成文学の生成』（森話社、二〇〇八年）
原題「『雨月物語』と後期読本」
第六章　後期読本作者小枝繁の位置
『近世文藝』八二（二〇〇五年七月）
補論　小枝繁伝記考
『叢書江戸文庫　小枝繁集』（国書刊行会、一九九七年）解題
第七章　読本における尼子史伝
『山陰研究』五（二〇一二年一二月）

第四部　読本と実録
第一章　栗杖亭鬼卵の読本と実録
第二・三節は『淞雲』一八（二〇一六年二月）所収「河本家に伝存する近世実録と読本」に拠る。
他の節は書き下ろし。

第二章　文政期読本と実録
『日本文学』六四―一〇（二〇一五年一〇月）
第三章　浜田藩江戸屋敷女敵討の実録と読本
『山陰研究』四（二〇一一年一二月）
第四章　松江藩と実録
『アジア遊学』一三五（二〇一〇年七月）
第五章　出雲国仁多郡木地谷敵討の実録
『山陰研究』六（二〇一三年一二月）
第六章　地方における実録の生成――因幡・石見の事例に即して――
『文学』一六―四（二〇一五年七月）

全ての論に補筆修正を施した。なお、初出稿発表以後諸氏の論により研究の進展した部分もあるが、そのことによる補筆は最小限にとどめ、論旨は初出時のままとした。

図版は新たに収録した。掲載に御協力下さった所蔵機関各位に深謝申し上げる。

あとがき

文学部への進学を志した高校生の時から、将来旧家や寺社の蔵に入って古い書籍を掘り起こして解読したいという漠然とした憧れを抱いていた。一方で、中国文学・中国哲学にも興味を持つようになり、京都大学に入学して後も、第二外国語に中国語を選択するなどした。二回生の時、最初の専門の授業で日野龍夫先生の講義を聴いた。「近世文学と中国文学」という題目であった。現代に伝存する膨大な近世の書籍、それは単なるモノではなく、その奥に重厚な文学の世界が拡がっていること、その基盤には中文中哲の影響が大きく存在することを知った。こうして自分の関心の向かっている所がかなり明確になってきた。四回生になって卒業論文を書くに当たり、上田秋成と老荘思想との関係というテーマを設定した。秋成と言えば国学と考えるのが普通であり、そこを突き抜けて老荘とは困難な設定ではないかとも思ったが、根柢で繋がる何かがあるように思えた。ここで取り上げた論が、本書第一部第四章「上田秋成と当代思潮」の一部を成している。大学院進学後は、都賀庭鐘の読本と小説観、その背景にある近世の文学思潮、思想の問題を探究したいと考えた。一方、深沢眞二氏のもとで行われていた大惣本研究会にも学部生の時から参加していた。この研究会の成果は、やがて日野先生のもとでの『大惣本稀書集成』（臨川書店）の刊行へと繋がっていく。ここで伊丹椿園、速水春暁斎、畠山泰全等の作と向き合うこととなり、自分の研究対象と関心とが確実に拡がっていくことを感じた。

一九九三年に島根大学に赴任した時、島根県津和野町の堀家から寄贈を受けた文庫の受け入れ作業が進んでいた。

近世から明治にかけて同地で営業した貸本屋の蔵した後期読本を中心とする書籍群である。ただ、この頃の私には、これをどのように自分の研究に活かせばよいのか、直ちに描けなかった。一九九八年度、国文学研究資料館の併任助教授に任じていただき、毎月国文研（当時は品川区戸越）に通い調査研究に打ち込めることとなった。この時一つの目標を立てた。それは、未だ十分に研究の進んでいない後期上方読本を一点でも多く見ることである。マイクロリーダーの前に座り続け、帰路羽田からの飛行機に乗り遅れそうになったこともある。善本を把握すると複写して持ち帰り、梗概を取った。気付いてみると、堀文庫の書籍の内容が実感を伴って把握できるようになっていた。そうした中で成ったのが、第三部第二章「後期上方読本における長編構成の方法」である。また、横山邦治先生と共に『叢書江戸文庫　小枝繁集』（国書刊行会）を担当したことを機に、亜流の作者とされてきた小枝繁の読本について改めて考究するようになった。こうして一九九〇年代後半から二〇〇〇年代初めにかけて後期読本の調査研究に時間を費やしたが、思想への関心も依然持ち続けていた。増穂残口、大江文坡、仏教長編説話（長編勧化本）は、初期読本と後期読本とを包み込んで繋いでくれるテーマであった。

二〇〇四年度から二〇〇九年度まで、大高洋司氏を代表とする国文学研究資料館のプロジェクト「近世後期小説の様式的把握のための基礎研究」に参加した。この共同研究は、八戸市立図書館所蔵の読本を中心に据えつつも、人情本や実録等も含め、近世後期小説を総合的に俯瞰してその様式について探究するものであった。研究会での議論を通じて、長編小説を様式的に把握する方法について大いに学んだ。特に本書第三部の諸論にはここで得た成果が反映されている。このプロジェクトの終了時、読本に関する共同研究を継続させたいと願う有志が集い、西日本近世小説研究会を発足させ、現在に至る。

実録に惹かれていったのは、全く自然な流れであった。島根大学の蔵書の中に、地元で作られた実録の写本があることは、赴任当初から知っており、少しずつ読んでは、附属図書館の館報や新聞の連載などで紹介していたが、本格的研究には入りあぐねていた。そのような中、国文研プロジェクトや研究会等の場で、山本卓氏、高橋圭一氏、菊池庸介氏から実録を分析する方法を学んだ。読本との深い繋がりも理解できた。第四部所収の論はそこから成ったものである。読本に素材を提供した実録は勿論のこと、地方実録（事件の起こった地元で作られ伝存した実録）に関する探究は、現在も取り組んでいる課題である。

このように、自分なりに連続した研究テーマを持ちながらここまで来ることができたのは、師、先学、学界同志の方々のお蔭である。私が初めて日野龍夫先生に接したのは、先生が秋成に関する論文を次々発表され、主著の一つ『宣長と秋成』を公刊された頃であった。研究者としての先生の姿自体が私にとっては師であった。その後公私にわたり受けた御恩についてはここに語り尽くすことができない。先生が掛けて下さった言葉、して下さったこと一つ一つの中に込められたお心の奥深さと温かさを思い知ることが幾度もあった。二〇〇三年三月、退官記念パーティーの席で、先生は私に、そろそろここまでの研究を纏めるべきではないかとおっしゃった。そう思います、とはお答えしたものの、どう取り掛ったものかと戸惑っていた。先生はその僅か三か月後の六月に急逝された。その後長い年月を要してしまったが、ようやくここに宿題を果たすことができた。濱田啓介先生には、京都大学在学中、教養部（後に総合人間学部）の研究室をお訪ねして御指導を請うた。論文作成に行き詰まった私に、結論を急ぐことなく虚心坦懐に文献と向き合いなさいと助言して下さり、これを使いなさいと、御所蔵の版本を手渡して下さった。その後も、前記の国文研プロジェクトにおいて、発表の都度御教示を下さった。本書第三・四部の論は、濱田先生が教えて下さったことを基底に置いている。大高洋司氏には、関西での研究会（西鶴輪講会、一日会等）で御一緒した時期から、有益な御示唆をいただき、国文研プロジェクトにおいても多大な学恩を受けた。中野三敏先生には、大学院時代から御教示をいただいた。また大江文坡に関することで御質問したところ、大量の文坡著作の御蔵書をお送り下さったことは、今も鮮明に記憶する。高橋圭一氏は、私が論文公表や学会発表を行う度に御教示を下さり、御所蔵の実録写本をお貸し下さった。このほか多くの方々から、御著書や御論文、書簡などを通じて御教示をいただいた。また資料調査に赴いた各地で、親切なお心遣いを以て迎えて下さった方々のことも、有り難く懐かしく回想する。

汲古書院の三井久人氏が、既発表の論文を纏めて出版しましょうとお声を掛けて下さったのは、もう随分前のことである。本当に光栄で有り難いことであり、頑張ろうと思ったが、特に二〇年以上を経た旧稿を改めて見てみると、表現の不備、表記の不統一など問題が余りに多く、途方に暮れていた。そうした中、三井氏が突然私の研究室へ来られた。近くで学会出展の用務があったので、とおっしゃったが、要は私を鼓舞するためにわざわざ訪ねて下さったのである。これはやらないわけにはいかないと思った。初出時と論旨は変えないことにしたものの、大幅な補筆修正が必要、且つ引用に関しては、マイクロ資料、デジタル資料が充実した現在、多くは当たり直しが必要であった。かくて修訂作業は困難を極め、長大な時間を要したが、三井氏は絶えず穏やかに激励して下さった。編集部飯塚美和子氏は、旧稿修訂作業が遅延し、且つ編集上の方針に関して度々迷路に入ってしまう私を温かく見守りながら、終始問題点を整理し的確な道筋へと導いて下さった。本書が無事刊行に至ったのは、お二方のお蔭である。

日頃私の研究活動を応援し支えてくれている郷里の両親、妻と娘息子に、そして私の学問の基礎を作って下さった松井純一氏に、心から感謝の意を捧げたい。

二〇一九年五月

田中則雄

著者略歴

田中 則雄（たなか のりお）

1963年鳥取県生まれ。

京都大学文学部卒業。京都大学大学院文学研究科博士課程修了。博士（文学）。

日本近世文学専攻。島根大学教授。

編著書に、『京都大学蔵大惣本稀書集成 軍記』（単著、臨川書店、1996年）、『叢書江戸文庫 小枝繁集』（共著、国書刊行会、1997年）、『京都大学蔵潁原文庫選集 談義本・読本・軍書』（共著、臨川書店、2018年）など。

本書所収の論文以外に、「日本左衛門の実録『東海浜島英賊』について」（『島大国文』30、2003年3月）、「『英草紙』の初刷本をめぐって」（『読本研究新集』5、2004年10月）、「南里亭其楽の〈仇討もの〉読本」（『読本研究新集』8、2016年6月）、「文化期大坂の作者五島清道の読本」（『日本文学研究ジャーナル』7、2018年10月）など。

読本論考

二〇一九年六月二七日 発行

著 者 田 中 則 雄
発行者 三 井 久 人
整版印刷 三 松 堂 ㈱

発行所 汲 古 書 院
〒102-0072 東京都千代田区飯田橋二-五-四
電 話 〇三（三二六五）九七六四
FAX 〇三（三二二二）一八四五

ISBN978-4-7629-3640-1 C3093

KYUKO-SHOIN, CO., LTD. TOKYO.

索　　　引

ページ内に直接当該の人名・書名が現れていなくとも、その人・書に関して論述している場合は、掲出することとした。

人名索引

あ行

か行

さ行

た行

な行

は行

ま行

や行

ら行

わ行

書名索引

あ行

か行

さ行

た行

な行

は行

ま行

や行

ら行

わ行